张石山　著

山西出版传媒集团
北岳文艺出版社

图书在版编目（CIP）数据

晋文公/ 张石山著. — 太原：北岳文艺出版社，2017.4
ISBN 978-7-5378-5193-0

Ⅰ.①晋… Ⅱ.①张… Ⅲ.①电视剧本—中国—当代 Ⅳ.①I235.1

中国版本图书馆 CIP 数据核字（2017）第 089812 号

书　　名：晋文公
著　　者：张石山
责任编辑：孙　茜
书籍设计：张永文
印装监制：巩　璠

出版发行：山西出版传媒集团·北岳文艺出版社
地址：山西省太原市并州南路 57 号　　邮编：030012
电话：0351-5628696（发行部）　　0351-5628688（总编室）
传真：0351-5628680
网址：http://www.bywy.com　　E-mall：bywycbs@163.com
经销商：新华书店
印刷装订：山西人民印刷有限责任公司
开本：700×1000mm　1/16
字数：650 千字　印张：38.5
版次：2017 年 9 月　第 1 版
印次：2017 年 9 月　山西第 1 次印刷
书号：ISBN 978-7-5378-5193-0
定价：65.00 元

本书版权为本社独家所有，未经本社同意不得转载、摘编或复制

自序　文明的诞生

雍容博大的中华文明，犹如黄河长江，不择细流、有容乃大。

离开众多地域文明，华夏文明难以称其大。山西地域文明、三晋文化，乃是整个中华文明巨幅画卷上最为色彩浓重的一方画布。这块画布得天独厚，富含了整个中华文明画卷上的所有文明基因。

从上述意义来讲，认知地域文明正是认知整体华夏文明不可或缺的功课。

公元前1046年中国历史上的周朝建国，到公元前770年这一时段，史称西周。西周初年分封诸侯，同姓诸侯国晋国的始封地在今山西晋南一带。晋国在史书《春秋》上频频出现，盖有渊源焉。

晋国所以成为史上大名鼎鼎的晋国，我们山西特称为"晋"、三家分晋而有"三晋"，关键在于晋文公。春秋五霸，"晋文公称霸"赫然在列。历史选择了晋文公，晋文公以其辉煌业绩光耀史册。

书写山西历史，传略三晋历史名人，晋文公当仁不让该有一席之地。《晋文公》风云际会，得以出版，堪称以史为鉴，所谓古为今用是也。

公元前770年，王室衰微，周朝东迁，其后称为东周。随着诸侯国势力壮大，相互攻伐、战事频仍，所谓礼崩乐坏，成为当时历史的现实。诸侯国起而争霸，客观评判，有着历史的必然，我们不可无视其重新"整合、塑造"华夏民族文明的历史功能。

晋文公重耳生于公元前697年，卒于公元前628年，时在"春秋"中段。孔子生于公元前551年，卒于公元前479年，时在"春秋"末年。

孔子整合华夏上古文明，叫作"祖述尧舜，宪章文武"。华夏文明，"周监（鉴）于二代，郁郁乎文哉"，曾经有过炫目的辉煌。时移势易，"周辙东，王纲堕"，周朝却走向了衰落。到孔子的《论语》出世，时光经历了五百年，传统文明才得到再一次整合。这五百年，不会是华夏文明的蛮荒和空白。除了亲传和再传弟子们记述孔子言行而有《论语》，孔子还亲笔修订了一部伟大的史书《春秋》，与《诗》《书》《礼》《乐》《易》五经共列，通称六经。

重耳在《春秋》《左传》《国语》以及《史记》等皇皇史书中号称"晋文公"，恰如周文王、孔文子，其谥号中的这个"文"字，大有考究。

晋文公重耳，因国乱流亡在外十九年，艰辛备尝，终于复国。复国之后，秉持仁义，为政以德。对内广施仁政，拔擢贤能；国民各执其业，官吏各司其职；政平民阜，晋国由此大治。对外主持公义，锄强扶弱，联秦合齐，保宋制郑，尊王攘楚，维护国际和平。作三军六卿，勤王事于洛邑，败楚师于城濮，盟诸侯于践土。开创了晋国长达百年的霸业，为维护当时的中原和平、造福人民，做出了历史性的贡献。文治武功，昭明后世、显达千秋。

晋文公"尊王攘夷，退避三舍，施惠百姓"等等，其中有忠恕、有仁道、有信义、有坚守、有弘毅、有当仁不让。特别是有"仁者无敌"的形而上精神。

中国历史上的春秋时代，正当马斯贝斯所论断的人类文明史上的"轴心期"时代。在这一人类文明史上的伟大时代，佛陀、亚里士多德和孔子等各大文明的圣贤诞生。他们所整合创建的文明，光耀千古，两千年来无人可及。无论中外皆然。

毫无疑问，孔子的伟大思想，既不是从天上掉下来的，也不是他老人家凭空虚构出来的。春秋时代，是中国历史上最伟大的生动活泼的时代，是一个诞生圣贤、伟人和传奇的时代，是华夏国族的民族性格成型的时代，也是民族文化达到成熟的时代。

晋文公生于那样一个时代，参与创造了那个时代的宏伟历史，也建造了属于那个时代的文明。

《晋文公》基于这样的一些思考而撰述完成。

应该坦诚说明，《晋文公》原本是一部电视剧剧本。这个剧本创写完成之后，于2014年获取了国家新闻广电总局颁发的全国剧本大奖。所谓剧本，乃一剧之本，当然可以经过二度创作，搬演为可供视听的精彩电视剧。正如莎士比亚、关汉卿、汤显祖等伟大剧作家所创写的剧本，它首先是可供阅读的。编撰故事、塑造人物，在这些文学创作的要素方面，与小说创作没有本质的区别，倒是颇具共通之处。

《春秋》《左传》，包括《史记》，中国的古代典籍惜墨如金、微言大义。关于晋文公的史料，非常有限。搜罗殆尽，短短数千言而已。我的这本《晋文公》却写了几十万言。可以这样说，这本书是在严格遵照史实的基础上完成的一部"故事体"志传。作为电视剧的脚本，拿过来就可以拍摄；作为小说，捧起来便利于阅读。

在这部志传中，笔者除了塑造晋文公重耳这一主要人物，当然还塑造出了众多性格鲜明的历史人物。其中，我想特别说说介子推其人。

介子推的故事传说，在民间留传广远。

民间传说，小说家言，比如把曹操描绘成白脸奸臣，往往有悖正史。介子推割股奉君、后来被烧死绵山，也属于类似传说。而严肃的史家顾炎武说："当以左氏为据。割股燔山，理之所无，皆不可信。"

尊重正史，才更是我们的职责。

在这部志传中，我将介子推塑造为一位带剑行走的士子。春秋时代，所以伟大，恰恰在于那是中国文明史上的士文化诞生的时代。士农工商，士子，历来处于四民之首。他们原本属于自耕农，读书认字，秉持仁义，以仁为己任；有时带剑行走天下，路见不平、拔刀相助；有时进入仕途，君臣共治天下；但他们始终葆有人格的自由，鸟可择木，木岂能择鸟？一言不合，拂袖而去；用之则行，舍之则藏，胸怀天下而能箪食瓢饮居于陋巷不改其乐。可以讲，介子推是儒学士子的先行者，后来的孔门弟子之精神与介子推的精神一以贯之。

《晋文公》首先会非常好看。编撰故事、营造气氛、刻画细节、渲染情感，本来是小说家的长项。

《晋文公》塑造了众多人物，其人物形象堪称鲜活，让史书上概念化的一些人物变得有血有肉、呼之欲出，笔者也颇具自信。

而我最为满意的是，《晋文公》竭力凸显了伟大的春秋时代的民族精神。愿我能够引领读者一道穿越回"文明的轴心期"，体味国族先人曾经的文明辉煌。

目 录

前　言　文明的诞生

第 一 章　刚愎晋君无端兴战事
　　　　　贤良公子仗义进危言 …………………… 001

第 二 章　上下勾连骊姬得宠信
　　　　　里外策应重耳费周章 …………………… 025

第 三 章　手足情深悲泪赴曲沃
　　　　　父子相残杀机满都城 …………………… 050

第 四 章　小施仁政筑城守边地
　　　　　大动干戈封功藏杀心 …………………… 072

第 五 章　决战疆场太子入险境
　　　　　运筹帷幄重耳布奇兵 …………………… 095

第 六 章　得胜还朝申生反遭忌
　　　　　设谋深宫骊姬伏祸根 …………………… 117

第 七 章　废长立幼上国违古制
　　　　　移花接木毒妇施恶行 …………………… 137

第 八 章	防不胜防昏君中奸计
	逃无可逃仁者陷牢笼 …………… 156
第 九 章	孝道忠心申生甘自尽
	枪林箭雨二子竟逃生 …………… 175
第 十 章	国将不国首都伐边地
	家已非家君父灭儿臣 …………… 193
第 十一 章	走投无路重耳奔狄地
	进退有据介推辅贤君 …………… 213
第 十二 章	假途灭虢诈谋夺临国
	以德服人真情助友邦 …………… 233
第 十三 章	盛年生子善者得善报
	老来无德暴君终暴亡 …………… 252
第 十四 章	骊姬赴死衷肠获倾诉
	夷吾登基本性尽昭然 …………… 272
第 十五 章	矢志复国重耳起盟誓
	扶佐友邦秦君错主张 …………… 292
第 十六 章	恩将仇报惠公犯秦境
	吊民伐罪秦军捉夷吾 …………… 311
第 十七 章	赶尽杀绝勃鞮充刺客
	半途而废头须当逃兵 …………… 330
第 十八 章	野人献土绝境得吉兆
	大国高待流亡且存身 …………… 349
第 十九 章	重耳子圉叔侄皆大婚
	晋国齐国两处生变端 …………… 367
第 二十 章	李代桃僵仁人脱险地
	瞒天过海志士离乱邦 …………… 386
第二十一章	偷偷摸摸曹侯坏大礼
	堂堂正正宋君获仁名 …………… 406
第二十二章	死到临头子圉杀狐突
	生当人杰重耳会楚王 …………… 425

第二十三章	苦尽甘来仁君竟复国 百废待兴晋侯首惠民	444
第二十四章	除恶务尽履险平内乱 既往不咎大度得人心	465
第二十五章	高尚其志高士隐山野 功成身退功臣归田园	486
第二十六章	尊王攘夷旗帜真猎猎 恪守信义精神最煌煌	503
第二十七章	觊觎中原楚国逞蛮横 维护公理晋军树威权	523
第二十八章	攻卫救宋晋旅得胜势 退避三舍大军失先机	543
第二十九章	城濮之战一举成霸业 践土之盟诸侯贺周王	563
第 三 十 章	春秋大义瑰宝千古在 仁者无敌箴言万代传	584

第一章 刚愎晋君无端兴战事 贤良公子仗义进危言

1. 统一片头

2. 字幕 画外音

故事发生在公元前 600 多年,其时周王室已经东迁。中国历史跨入春秋时代。

晋国公族的一个分支,封地在今山西南部的曲沃。曲沃武公,也就是晋文公重耳的祖父,攻灭了周天子分封的晋侯,取而代之;并且迫使周王朝接受既成事实,予以正式册封,史称"曲沃代翼"。其时公元前 679 年,正是齐桓公开始称霸的年头。武公代晋为诸侯,第二年去世;其子诡诸继位晋侯,是为重耳的父亲晋献公。

献公五年,决定攻伐骊戎。

电视剧《晋文公》就从这儿开始。

3. 室外 晋国王宫 大殿外 日

大殿外,阳光耀眼。朝议过后,散朝的大夫们陆续走出大殿,走下台阶。

晋国元老,大夫狐突,年近六旬,拦住里克等三名大夫。

狐突:老夫真是想不到,今日朝议,你们几位是这般样子!邳郑大夫,你是一言不发；里克大夫、荀息大夫，你们两个竟然赞成对骊戎用兵！

里克：狐突大夫，你老人家息怒。用兵的事儿，咱们君上已然下了决心，这事情谁还能拦得住啊？

狐突：里克，你这是什么话？你我身为朝中大夫，须知君臣共同治国的道理。该说的话不说，国家大事能任由国君一人独断吗？

荀息：不少大夫拥护君上的决策，也不能说便是国君一人独断。比方在下，赞成用兵。东面的齐国，异姓诸侯，已经称霸好几年。堂堂晋国，与大周天子同是姬姓一家，难道不该争取称霸吗？狐突大夫，身为晋国柱石老臣，又是当今君上的岳父，尊为国丈，难道应该专门和君上唱反调吗？

狐突：荀息，你？你简直是——

这时，后宫传话太监来到近边。

太监：大王有令，有请荀息、里克二位大夫后宫议事！

荀息、里克便甩下狐突，跟随太监去了。

狐突气息不平吹胡子；邳郑则仰脸看日头。

邳郑：入夏以来天旱少雨，麦收怕是要减产。再要打仗，老百姓负担就更重啦！

狐突：有这话，刚刚在朝堂上怎么不讲？哼！

狐突愤然离去；邳郑摇摇头。

4. 室内 后宫内廷 日

老太监寺奔随同献公下朝。晋献公四十出头，气派雄劲，阔步走向便榻。

宫中半男半女、粉面施朱的优人名叫优施者，丝巾拂扫便榻，殷勤服侍献公落座。一边打手势，要乐队奏乐，要小太监捧酒。

优施：大王快歇歇！大王请饮酒！叫谁说，这当一个国家的君上，是容易的吗？为了晋国的强盛，要操多少心？拿出些英明的主张吧，那些大夫们还领悟不到。大王在朝堂上，还得听他们嘈嘈，你说乱道不乱道啊？

献公放下酒器，皱皱眉头。

献公：好啦好啦！

优施朝乐队挥挥手。

优施：停止奏乐，给我下去！没看见大王不耐烦了吗？

乐者悄没声儿撤下，优施满面堆笑斟酒。

优施：大王，咱们晋国攻打骊戎的事儿，定下了没有啊？

献公：优施，国家大事，是你随便插嘴的吗？

优施：小人该死！瞧瞧我这张嘴。小人不过是个优人，是供大王消遣、讨大王高兴的。小人只是为了报答大王的宠信，恨不得把一颗心给大王掏出来！就说齐姜娘娘吧，那样温柔贤淑，对大王是多么体贴入微；可是，可是大公子申生刚刚册立了太子，娘娘她就，唉！

献公：嚯嚯，越说你还越来啦？议论完国事议论开寡人的家事啦？

寺奔：大王，优施说得不错。齐姜王后病逝，无人统领后宫，这事儿大王是该上心考虑啦！

献公：你们这是合计好了给我添堵的吗？优施你先下去。寺奔去看看荀息、里克到了没有？到了，即刻领来见我！

5. 室外 旷野 村镇 日

旷野上，一队甲士骑马驶来。

大路前方，现出一座村落。

甲士：勃鞮将军，大家一路驰骋，前面歇息一下吗？

勃鞮面肌固定，冷冷发令。

勃鞮：军务在身，马不停蹄！

勃鞮一马当先，骑兵队奔向村落。

6. 室外 介子推院子 日

茅屋简陋低矮，院里铺块席子。重耳二十当令，和狐偃、赵衰几人席地而坐。

介子推的母亲四十以来，粗衣麻裙，给就地摆放的几只粗碗斟水。

介母：重耳公子，我儿子一早出门去了。何时归家，老身确实说不来。

重耳：介子推在家孝亲，在外行侠仗义，世人称誉。重耳自和令郎结识以来，引为知己。几次深谈，确实得益多多。

介母：公子客气。寒舍简陋，不成敬意，请！

介母当先捧起水碗，略一沾唇；重耳捧起粗碗喝水。

赵衰：前头我来过两趟，替我家公子诚恳邀请介子推到都城相见，但他始终不露面。你儿子也真是过分清高啦！

介母：这位见过面的，是赵衰吧？寒门小户，一介庶人，原本也不敢高攀晋国公子！

狐偃：伯母在上，请容狐偃插言一句。我家公子为人，想来你也知晓，最是礼贤下士。你儿子如果能在公子手下用事，有个一官半职，也好为国效力呀！

介母：这样话题，快不要说起！我母子在晋国为民，耕种一份薄田，纳税完粮之余，尽可自在度日。他哪里像你们一样，够得上做官的材料！

赵衰：你——

重耳摆摆手，止住赵衰；一边起身。

重耳：人各有志，不可勉强。本公子也想过这样自由自在的日子，可哪里能够啊？好啦，重耳这便告辞。

狐偃向身后招手，随从们捧上钱币、锦帛等礼品。

狐偃：你们的光景，也是清贫。这是我家公子的一点薄礼，还请伯母千万笑纳。

介母：无功不受禄。公子的好意老身领了，礼品请统统给我拿走！

重耳：没有别的意思，这也不过是"损有余以补不足"罢了。

介母：损有余补不足，说得好！晋国连年征战，老百姓的负担是太重啦！公子真有这份爱民之心，怎么能够让国家减轻些赋税，才是正经的大仁大德！

赵衰：我们公子今天就是下来视察民情的！你知道我们公子，为了减轻赋税，给君上进言过多少回？

重耳摆摆手。

重耳：重耳也只是尽力而为。只可惜人微言轻，唉！

正说话间，一名庄丁喊叫着奔进院子。

庄丁：不好啦！介子推和人打起来啦！

7. 室外 村落 街面 日

甲士骑马穿过村街；介子推一人当道，横着带鞘宝剑，挡住马头。

马队后边，有老者被撞倒，在那里挣扎、呻吟。

介子推：给我站住！

甲士：什么人？胆敢挡住勃鞮将军去路！

介子推：不管你什么将军，撞伤了人，休想扬长而去！

甲士们看看勃鞮，勃鞮面色阴鸷。

勃鞮：给我踏过去！

两名甲士当先，挥动马鞭劈头打下，两骑兵直冲而来。

介子推攥住鞭梢一扯，两人滚落马下；剑鞘拦住马匹胸部，两匹马动弹不得。

勃鞮：看不出，你还真有两下。不是军务要事在身，本将军就会会你。快快闪开了！

介子推：军务，那是你的要事；眼看你撞伤了人，是我的要事！

有村民汉子老幼围拢过来。

村民：介子推，说得对！

汉子：不能让他们就这么走了！

勃鞮不再言语，脸子冷冷，下马；手握剑柄，逼近前来。

介子推盯视着对方，也握住剑柄。

气氛一时紧张，众人不由地退开；勃鞮身后，众甲士挺着兵刃，对介子推形成半包围。

剑尖在烈日里反射寒光，双剑即刻就要相交。

重耳一行匆匆奔来。

赵衰：勃鞮住手！路过村镇，怎么能随意驰骋？撞了人，怎么能不管不顾？

重耳：勃鞮将军，身为宫中禁卫统领，我看你在宫中很是拘谨嘛。出得宫来，怎么能这般横行？这不是败坏君上的名声吗？

狐偃：公子到来，还不收起宝剑？

勃鞮翻眼看看，宝剑入鞘。

勃鞮：原来是仁义爱民的重耳公子。恐怕你还不知道吧？马上就要打仗啦！末将奉了君上严命，去打探军情，确实是军务在身。耽搁了军务，谁能担待得起？公子你能吗？

赵衰：真的又要打仗啦？

狐偃：果然是又要打仗啦！

这厢，勃鞮上马，带领众甲士驰骋而去。

那厢，乡民们面现惊惧，窃窃私语。

介子推：连年征战，民不聊生哪！

重耳面色严峻。

8. 室内 后宫内廷 日

荀息和里克席地；面前矮几上果蔬未动。

两人目光随着献公移动，献公走来走去，侃侃而谈。

献公：看看东边，齐君那是寡人的老丈人啦！称霸几年来，连连召集诸侯大会，那该多么风光？各家诸侯，听命于齐国，唯齐君的马首是瞻，眼里哪还有什么周天子？看看西边，秦君娶了寡人的女儿伯姬；面上看着也还尊重我，貌似老老实实待在黄河对岸。秦君真的那么老实？那是雄心勃勃、含而不露！再看看南面的楚国，早有觊觎中原之图谋，野心很大！咱们晋国，要按原先分封的老地盘，不过是个百里之国。不设法开疆拓土，成吗？

荀息欠身执礼。

荀息：大王英明，微臣坚决拥护君上决策。大周王室衰微，各诸侯国无不蠢蠢欲动。晋国不能尽快强盛，大力开疆拓土，尽等着别国扩张吗？等着人家扩张到我们地盘上来吗？

献公：说得好！你等几人在朝堂上赞同用兵攻伐骊戎，深慰寡人之心。用兵打仗，到底非同小可，具体还有哪些方略，寡人考虑不周的，你们说说看。

里克：请恕微臣知无不言。

献公：里克大夫一向稳健谨重，但说无妨。

里克：骊戎即便属于边鄙之地、戎狄之邦，对其用兵，也总得有个名堂才好。不然，岂不是师出无名？要惹天下诸侯非议。

献公：名堂很现成！先父曲沃武公和翼城晋侯打仗的时候，骊戎借兵给翼城方面，那不就是与我为敌吗？

里克：可是，有人说那也是"此一时，彼一时"。当初我们是弱势，骊戎不敢不听翼城晋侯的。如今，骊戎多次向我国示好，日前又特别派来了求和使者。

献公：示好、求和？他们早干什么去了？寡人成了晋侯，想起来求和啦？他们派人求和，我们就不要打仗，晋国如何去开疆拓土？再说，国中大夫，包括你们，里克你，还有荀息你，哪家不想多要封地？不打仗，不去开拓疆土，让寡人拿什么来封赏你们？

献公讲得激动，里克倾下头颅。

荀息：大王，里克大夫所言，不过是有些朝中大夫的说法。比如国丈狐突大夫，老人家反对用兵的主张很坚决啊！

献公：哼！尊他一声国丈，就真是国丈了？寡人的国丈，是太子申生的外公，是齐国的齐君！

荀息：据说，太子申生和重耳、夷吾两位公子，意见也不大统一。在对外用兵这样的大事上，公族意见不一，叫朝臣们怎么想？

献公：知子莫若父，申生敦厚老实，人所共知。夷吾还小，不过是随风倒。就是重耳，每每有奇谈怪论！和狐突，不愧是外公、外甥。但话说回来，重耳、夷吾两子乃是庶出，不得参政。他们有什么说法议论，何足道哉？——好啦，择日由掌卜大夫卜吉。卜得上上吉卦，朝臣国人，还能有什么说辞？

9. 室内 狐突府上 内室 夜

狐突府上内室，烛火摇曳；狐毛、狐偃兄弟，重耳、赵衰，围拢在狐突身边。

重耳：外公，看来要对骊戎用兵，这件事已经不可改变了？

狐突：恐怕是这样啦。朝堂上，坚决反对的，没有几个人。拥护的、看君上脸色行事的，占了多数。开疆拓土，对一些大夫来说，能够多得封地，是太有诱惑啦！老百姓负担重不重、攻伐骊戎合不合道义，他们就不管啦！

重耳：外公，还有什么办法能说服我父王吗？

狐突：难！我看是难！我是看着他长大的。你父王那是禀性倔强、过分能干啊！

赵衰：请教伯父，君上能干不好吗？过分能干，此话怎讲？

狐突：过分能干，屡建功勋，结果是君权日隆。听不得反对意见，朝臣大夫们快都成了摆设啦！

烛火快要燃尽；狐突淡然一笑，指指侧室。

狐突：毛，去把那件物事拿来。

狐毛起身离去，重耳又燃起一支火烛。

重耳：既然料定无法说服我父王，外公你在朝堂上又何必坚持反对呢？

狐突定定看着重耳。

狐突：重耳呀，这话你是问外公、也是问你自己吧？做臣下的，明明看出君上处事有偏，不合道义，怎么可以仅仅考虑利害、明哲保身？翼城晋侯最终是怎么垮台的？多行不义、民不聊生，结果是众叛亲离。过于仗恃武力，到底是不能长久啊！

重耳：内修德政，才能远人来服。就说那骊戎，虽是戎狄之邦，也不能说打就打人家啊！

狐突：想我狐突祖上，便是戎狄的一支。

赵衰：这么说来，重耳公子身上也有戎狄血统？

重耳：天无私覆、地无私载，将心比心，谁能说戎狄就低人一等呢？

狐突：将心比心，世上有几人能做到啊？

狐毛走上。

狐毛：父亲，这个拿来了！

狐突接过物事，在矮几上展开。这是一幅血写的锦帛，上面隐约看出几个人名。

重耳：这是？

狐毛：这是父亲和杜大夫两人血写的谏书！

说着，捋起狐突左臂衣袖，伤处赫然。

狐偃：父亲，这个要呈递上去吗？有用没用？有人会不会说这是要挟君上？

狐突：毛！偃！你兄弟两个给我听好。咱们胡氏一门，对晋国忠心耿耿，无愧天地！至于别人怎么说、君上怎么想，瞻前顾后、利害权衡，哪里还会有做人的气节！

狐毛、狐偃，双双伏身叩拜。

狐毛、狐偃：儿子记下了！

赵衰：君上是想开朝会才开朝会，不想让谁进宫，谁就进不去。老大夫你这件帛书，要是递不上去呢？

狐突：那老夫就来个冒死闯宫！

重耳：外公，我们兄弟几人住在宫内，到底方便些。如果外公信得过重耳，这件帛书我一定设法呈上去。况且，外公给甥儿做出了样子，重耳也要尽力劝谏父王！

狐突：你的脾性品行，外公清楚。不过，你和我到底不能相比。我好歹是他的长辈，况乃是当朝大夫，谏诤是职责所在。参政议政，不是你的事儿啊！以你的身份，过分靠前，多有不便哪！

赵衰：重耳公子要是太子就好啦！

重耳：赵衰，不得胡言乱语！——外公，重耳虽然不在其位，但对我晋国的立国大政、何去何从，怎能不时时挂心！再者，我兄长太子申生，最是忠厚宽仁，我们兄弟，概无芥蒂，手足情深。这份血写帛书，我们一定会呈给父王；包括我们该说的言语，也一定要讲给父王！外公，此事请托付外甥。

重耳虔诚下拜，向上伸出双手。

狐突肃然凛然，将锦帛放在重耳手中。

10. 室内 后宫 卧室 夜

卧室里。老太监寺奔在门口值守。

献公便服坐在榻上，勃鞮躬身汇报。

勃鞮：末将打探确实，一切不出大王所料。骊戎国上下，都巴望着能够求和成功；他们甘愿向我国示好，并且预备好了进贡的大批礼品。对我们是毫无防备！我军要是突然袭击，一定能将骊戎一鼓荡平！

献公：好！此仗不打则已，打则必须获胜！不然，劳师动众，老百姓叫苦连天，寡人可就不好交代啦。

勃鞮：大王思虑深远，决断英明，我军定能战无不胜！

献公：另外那件事儿呢？

勃鞮看看门边那里。

勃鞮：此事大王特别关照，末将哪敢掉以轻心？也是上天作美，正赶上骊戎国主为骊姬公开选婿，末将化了装混进当场，看了个仔细。骊戎国主那一双女儿——骊姬、少姬，传言非虚，真是美艳绝伦！

献公：你看仔细了？不是诳骗寡人？

献公语气急迫，起身逼近勃鞮。

勃鞮：末将看得仔细，目不转睛、反复端详过了。说来大王或许不信，那骊姬还真有几分像是齐姜娘娘呢！

献公：你一个刑余之人，也能看出美丑妍媸的吗？

勃鞮连忙伏地叩首。

勃鞮：勃鞮犯了必死之罪，是大王仁慈，看小人还有点微末本领，法外施恩只让小人受了腐刑，留下性命，还让小人当了王宫禁卫统领，小人就是大王的犬马！

献公：你起来吧。要不是受过腐刑，寡人能让你在这后宫直出直进吗？

勃鞮：末将谢恩！

献公：说说，你再说说，那骊姬到底怎么个美艳绝伦？——寺奔，给寡人拿酒来！

　　献公一时兴奋，不能自已。

11. 室内 太子东宫 厅堂 夜

　　烛火光影里，申生、重耳和夷吾，从那方锦帛上收回目光；申生折好锦帛。

　　申生：既然是一份谏书，有国丈狐突和我师傅杜原款大夫的血写署名，申生理当代为转呈。我现在就上后宫，这还不成吗？惊扰父王歇息，也只好惊扰了。

　　重耳：兄长，我想同你一块儿去。朝中发生大夫血谏这样的事体，对父王应该有所触动。再者，不用解释，父王也猜得到，这血谏锦帛是我带进王宫来的。我想趁此机会，好生劝谏一番，不信父王就一概听不进去！

　　夷吾年方十六七，眼珠骨碌转。

　　夷吾：没用，我看没用！父王能听你们的，早就能听咱外公的；外公他们倒用不着写什么血书啦。血忽淋刺的，吓唬谁呀？闹不好，肥肥地挨一回臭骂！我看你俩都别去。

　　重耳：夷吾！你不愿意去，尽管回房歇息。这样大事，你也不懂。趁早少掺和！

　　夷吾：就你懂！不打骊戎，哪来土地？没有土地，让父王拿什么赏赐大夫们？

　　重耳：这话是你的陪臣讲的吧？是吕甥，还是冀芮？

　　夷吾：甭管谁讲的，反正比你那一套能打动人。"内修仁政"啦，"远人来服"啦，听着顺耳说着顺口，就是俩字——没用！

　　申生：夷吾，不许和你二哥这样讲话！重耳，夜是太深了，要不，这方锦帛我隔日看着父王高兴的时候，再设法呈递上去？

　　重耳：太子觉着有所不便，这件事让重耳一人承担好啦。我去闯宫！就是挨骂，该说的话我也要说！

　　重耳伸手去夺锦帛；申生避让开来。

　　申生：我们兄弟，同气连枝，要去就一块儿去。大不了一起挨骂！

　　两人要动身，夷吾凑上来。

　　夷吾：你们真要去，我也去。你们不怕挨骂，我一个人躲轻闲啊？

　　三人相随出屋。

12. 室内 后宫 卧室 夜

卧室里。床榻上,寺奔拿近烛火,献公凝视锦帛的字迹;靠近闻嗅一回,神色凝重。沉吟片刻,脸上添了怒容。

献公:他们三个一块儿来的?

寺奔:是。太子申生一再恳求,请大王能召见他们几个。

献公:申生?哼!没来由的他会深夜闯宫?是重耳!背后是狐突!血书!寡人见过血流成河!

献公作势要撕锦帛,想一想,便塞入枕下。

寺奔:大王,他们几个还都等着呢。

献公:去,就说寡人不见!

13. 室外 后宫禁门 夜

后宫禁门这儿。执戟卫士铁铸一般。宫阙剪影,依稀可辨。

随从举着的火把光影里,申生躬立,重耳紧紧攥拳,夷吾不耐烦地走动着。

宫门开启,三人的神情俱都专注了;寺奔来到门外。

寺奔:太子,两位公子,你们请回吧。大王一整天繁忙劳累,已经安寝。

申生:寺奔总管,事情重大,你、你不能唤醒父王吗?

寺奔:这个不妥吧?大王睡熟了,老奴不敢惊扰。

重耳:那方锦帛呢?

寺奔:这个尽管放心。大夫们的谏书,定然会及时呈递大王。太子你们请回!

寺奔执礼躬送;三人面面相觑。

抬头再看,宫门已然关闭。

14. 室内 太子东宫 书房 日

太子东宫书房内。太子兄弟三人席地于各自书桌前,桌上有展开的书简。

太傅杜原款教授三人。

杜原款:师傅杜原款身受国恩,忝任太子太傅一职,不敢不教授汝等以仁义道德。仁义道德,乃立国之本,修身大义。所谓仁者,不在夸夸其谈,不在熟读诗书;而在于安身立命、身体力行。君上有子八九,你等三人为长,国人称誉曰"素有贤行"。愿汝等好自为之!

申生：学生申生受教!

重耳：学生重耳受教!

夷吾：学生夷吾也、也受教!

杜原款：我与狐突老大夫的谏书，你等已然看过；及时呈递君上，做得甚好！惟愿君上，兼听能明；乃国人之望也！乃晋国之大幸也！

突然，有小太监进屋。

小太监：大王驾到东宫，召见太子申生、公子重耳、夷吾!

三人整理书简，起身整理衣冠。

申生肃然，重耳兴奋，夷吾眼睛骨碌转。

15. 室内 东宫 厅堂 日

东宫厅堂，献公端坐；寺奔在侧，勃鞮值守门口。

申生等兄弟三人次序而立。

献公：你们三个转递上来的帛书，寡人看过了。帛书既是你们连夜代为呈递，想必是赞同那些说法喽？

申生一时嗫嚅。

申生：这个——

献公：深更半夜，搅扰寡人；怎么，你们都哑巴啦？重耳，你怎么不讲话？帛书上那些说法，你外公没和你谈论吗？

重耳：太子长兄在前，重耳不敢造次。

献公：你倒成了个知礼的！凡事推了太子在前，主意却多半是你的。以为寡人看不出来吗？

申生：父王！夜来呈递帛书，是儿臣的主张。大夫上书谏诤，合于朝规；况乃是血书血谏，理应及时转呈。至于谏书内容，儿臣不尽赞同。晋国如何能够日益强盛，父王思虑一定比我等更为周全。只是对外兴兵，百姓负担确乎过重。国人能够安居乐业，是儿臣之盼！

献公：百姓负担，寡人岂能不想？但此事诚属两难。不去开疆拓土，莫说称霸，晋国能否强大自立，都要存疑！若眼下国人暂时勒紧腰带，能与寡人上下一心，晋国强盛，便指日可待！

夷吾瞅瞅情势，站前半步。

夷吾：儿臣同意太子的说法，尤为赞同父王的强国方略。其实，道理再明白不过。不知我外公他怎么就闹不懂？晋国想要称霸，只能开疆拓土；开疆拓土，就得打仗；用兵打仗，百姓的负担，暂时非得加重不可。相信在父王统领之下，我晋国定然能够强盛起来，超过齐国！——不知儿臣说得对不对？

献公面现喜色。

献公：夷吾年岁不大，道理讲得竟然不错。不过，上下尊卑，长幼有序；你的外公，是你随便议论的吗？你哥哥重耳尚未说话，你就开口，这个不好啊！

夷吾：父王教训的是，儿臣知错了！

献公：重耳，寡人该听听你的啦！

重耳：父王，儿臣赞同外公和杜大夫的谏言，不同意对外用兵。对内而言，晋国连年征战，老百姓苦不堪言。仅仅常规税收，已是负担不轻；再要增收兵赋，恐怕属于竭泽而渔。老百姓哪里还能安居乐业？对外来说，骊戎不曾进犯我国，晋国凭什么要攻伐骊戎？不宣而战，师出无名，会对我晋国声誉大大有损！至于称霸云云，齐国那么做，晋国为什么一定要学它的样子？诸侯争霸，将周天子置于何地？

献公脸色愈来愈难看。

献公：那以你之见呢？

重耳：请恕儿臣斗胆。恳望父王内修德政，让我晋国民众安居乐业，真正做到民富才能算是国强。为政治国，不能单单仗恃武力；只有广施仁政，才能千秋万代立于不败，才会"远人来服"。恭请父王听取谏言，放弃攻伐骊戎！我们晋国，不可对内不仁、对外不义啊！

夷吾偷眼来看，忙又顺下眼皮；申生似有首肯。

献公陡然站起，一掌拍响几案。

献公：你给我住口！让你说两句，竟敢滔滔不绝数落寡人"不仁不义"，什么叫"内修仁政、远人来服"？空话连篇，简直是迂腐之论！就算远人来服，也是来吃晋国的麦子，不会带上土地来晋国！天下的大势，你看清没有？你不去杀人，别人就要来杀你！"不能仗恃武力"，我们小小一个百里之国，仗恃什么？就这样一个百里之国，是你祖父和我一刀一枪打下来的！不是谁白白赏赐给的！——申生、夷吾，寡人说的不是事实吗？

申生：父王所言极是！

夷吾：父王说得太对了。与其等着别人打我们，不如我们打别人！

献公：打打杀杀，寡人为了什么？是为了晋国！晋国是谁的？眼下是寡人的，日后是你们的！——重耳，怎么不吭声啦？你是不是想着，这晋侯之位，日后是太子的，与你无关啊？

重耳听得这话，当即跪下，伏地叩首。

重耳：父王册立太子，立嫡、立长、立贤，最是英明！太子仁厚睿智，众望所归。儿臣断不敢有任何非分之想！

献公：谅你也不敢！

重耳连连叩首；申生接着跪下，夷吾看看局面，也跪下来。

申生：父王，重耳勇于进言，出于一片忠义之心。言语多有失礼冒犯之处，也是儿臣为兄者没有做好表率。

夷吾：父王，仲兄和儿臣不知天高地厚，随便议论国事，全凭仰仗父王仁慈。

献公：你们两个起来，让重耳还给我跪着！

申生叩首不起，夷吾也跟着叩首；献公缓缓口气。

献公：寡人攻伐骊戎，决心已定！自家人尚且意见不合，如何表率国人？既要打仗，就得开征兵赋。你们三个即刻给我分头前去王室公田，来一个雷厉风行。如此，朝中各家大夫，也就不敢无故拖延。给我好生学着办事从政吧！再过几年，说不定还要率领千军万马、带兵出征呢！——重耳，寡人知晓你身边有什么"五贤士"，你是个干才，会用人是你的长处。这回征收兵赋，且看你给寡人怎么交账！

献公扫视一下三个跪着的儿子，转头离去。

16. 室外 都城 王宫外 魏阙 日

所谓魏阙，王宫外的广场建筑，国家政令发布之处。

勃鞮带领仪仗队，簇拥了大夫荀息；一名太监在荀息身后捧了政令木牌，队伍庄严行进，来到魏阙前。

荀息依礼行动，拜过政令，然后接过木牌，高举过头。

木牌上刻了"征赋"一类字样。

有甲士再取了木牌，在魏阙上悬挂妥当。

勃鞮示意，两名甲士执戟护卫在魏阙两侧。

然后，一行人等方才次序离开，回宫复命。

国人这才敢围拢过来，有识字的给人解说。

国人甲：要打仗啦！

国人乙：要打仗，还能有什么好事？要开征兵赋呗！

17. 室外 曲沃 宗庙 院里 日

曲沃晋国宗庙院里，申生与杜原款绕行廊檐之下。

申生：曲沃乃我国宗庙所在，每年几番祭祀大典，百姓负担已是不轻。又要开征兵赋，学生真不知该如何面对民众。

杜原款：君上政令已下，夫复何言？

申生：学生斗胆，想做主给大家减赋一成。

杜原款：太子仁厚，乃民众之福。然擅自减赋，若君上怪罪，太子何言以对？

申生：日前，学生说起天气荒旱，公田需要开渠打井。民众少缴一成兵赋，多出一点劳役。事关宗庙祭祀，父王应能体谅吧。

杜原款未置可否，两人绕行而过。

18. 室内 冀芮府上 客堂 日

冀芮府上，夷吾坐了正位，冀芮和吕甥两名大夫相陪。

夷吾饮酒，放下酒器。

夷吾：冀芮大夫你是我的陪臣，吕甥大夫呐，和你是合穿一条裤子。征收兵赋的事儿，有你两位出马，本公子一概放手！——你府上这酒，比宫里的也不差嘛！来来，喝酒！

冀芮：公子，征收兵赋，咱们按政令全收吗？

夷吾：可不全收？我要说减赋两成三成，父王能饶过我吗？再说，公族减赋两成，你们大夫各家，还不看样儿行事啊？兵赋征收不够，那还打不打仗啦？你们两位花招多，可花招不是这么耍的。恐怕你们倒是计划多收那么一成半成，不然，你们奔前跑后的，图个什么呀？

吕甥：我等一向奉公守法的，公子说笑了。

夷吾：对了，要说看样儿，你们记住给我注意看一个人的样儿！

吕甥：是说太子？

夷吾：哈哈，吕甥大夫比我还聪明！晋国眼下日后，能有我夷吾什么事？美酒肥肉有我一份，不错啦！顾眼下，我先得讨父王高兴；谈日后嘛，我得跟紧了太子老大!

冀芮:公子聪明绝顶,不愧是晋国的一流人物!

吕甥:公子,听说申生太子在曲沃要减赋一成。

夷吾:光听说不行,你得给我打探确实了!

吕甥:消息绝对确实!

夷吾:那咱们也减赋一成。老百姓高兴嘛,心里记着咱们的好;父王要是不高兴,反正我是学太子来着。

冀芮:公子高见。来来,给公子满上,喝酒!

19. 室外 田野 阡陌 日

田野上,麦收已过,满目枯黄;田间,有老者、贫妇拾穗。

介子推面色严峻,沿着阡陌而来。身后跟随七八条汉子,镰刀镢头的。

视界前方,是一座简易茅棚。

20. 室内 茅棚 日

临时搭建起的一座遮阳茅棚,向着田野阡陌。

茅棚外,两列兵士执戟。茅棚里,重耳、狐偃、赵衰等人席地,有仆从人等斟水执扇。

赵衰:公子,我已打听确实,申生太子减赋一成;夷吾公子那儿,效仿太子,也是减赋一成。我们该怎么办?

重耳:政令已经发布下去,我们管理的这一片,按政令行事!

赵衰:公子,这可不是你的做派啊!太子那儿做出了样子,你都不敢效仿啦?

狐偃:公子转递血书、慷慨进谏,君上动怒,说出什么册立太子的话来。咱们公子处境尴尬呀!只好按政令行事,全数开征啦!

赵衰:全征就全征!民众骂娘,也是骂君上!

重耳瞪了赵衰一眼,赵衰缄口。

这时,有兵士闯进来报告。

兵士:禀报公子,有人硬要闯进来,阻拦不住,公然说是要、要抗赋!

赵衰:公然抗赋?这还得了!

赵衰跳起,按剑而出。

21. 室外 田野 阡陌 日

离茅棚数十步外，介子推和兵士们起了肢体冲突。

头目：反了反了！公然抗赋，可是杀头之罪！

介子推身后的汉子扬扬农具。

汉子：抗赋就抗赋，杀头就杀头，反正是逼得人活不成了！

介子推向身后摆摆手。

介子推：我要见重耳！

头目：你，公子的大名是随便呼叫的吗？持刀弄杖的，想干什么？

那头目示意，众兵士持戟向前，兵刃发光。

介子推：闪开了！

头目：造反啊？给我——

介子推剑不出鞘，将众兵士推搡得东倒西歪，一路闯到茅棚跟前。

赵衰：介子推！三番五次请你不到，你就是这样来见我家公子的吗？

介子推：重耳言而无信，助纣为虐，我见他有话说！

赵衰：要见公子可以，你不该率人抗赋！

介子推：率人抗赋便怎样？

赵衰：政令发布，非常时期，少不得按规矩来。——交出兵器！

介子推摘下宝剑交出。

赵衰示意，兵士们远远拦住农夫们；另外上来两名兵兵，反剪了介子推双臂，走向茅棚。

22. 室内 茅棚 日

进来茅棚，兵士退下；介子推抱臂盯视重耳。

赵衰：禀报公子，介子推带头率人抗赋，请公子发落。

重耳已然站起。

重耳：赵衰，还不把宝剑还给介子推？子推兄，有何见教？

介子推接剑挂回腰间。

介子推：用不着和我称兄道弟，虚情假意。重耳，那日你大言煌煌，说是要进谏君上，争取给老百姓减轻税务，你是怎样进谏的？不但不减税务，反而变本加厉开征军赋，是何道理？分明口是心非、助纣为虐。

狐偃：大胆！

介子推：怎么？公族大夫肆意鱼肉民众，民众就连说句话也不许可了吗？

赵衰：你怎么知道公子没有进谏？有人进谏，君上就会听从？事情哪有你想的那么简单？我家公子他——

重耳：赵衰，多说这些无用。子推兄，我答应过争取减轻税务，没有兑现，十分惭愧！

狐偃：如今国君政令已下，限期征赋，父命、君命，谁敢违抗？你叫公子怎么办？

介子推：横征暴敛，老百姓在晋国实在无法存身，大家只好投奔别的国家！天下之大，难道就没有施行仁政的国度吗？

重耳：子推兄，这也只是激愤之词罢了。眼下，晋国并没有坏到那样程度。即便到了那个份儿上，迁徙而去的也是少数。众多百姓，故土难离，还会留在晋国。晋国者，晋国人的晋国，是重耳的晋国，也是介子推你的晋国。我们携手并肩，一起努力，争取让它变好，这样想、这样做，不好吗？

介子推：不用讲那遥远的话题。申生太子减赋一成，夷吾公子起而效仿，也减赋一成。只有你，竟然要全额征收！

重耳：今天，我料定你会前来见我。如此，正好把话讲在当面。本公子准备减赋两成！

赵衰：减赋两成？

狐偃：公子，兵赋征收不足，你怎么向君上交代？

重耳：此事我已反复思虑，我个人屡年的积存、今年的薪俸，拿出来就是了。也不过还是"损有余补不足"罢了。

介子推：重耳，你此话当真？

重耳：一言既出，驷马难追。

介子推：言而有信？

重耳：天日昭昭，人神共鉴！

狐偃：公子，政令已经发布下去了呀！

重耳：这正是要和介子推妥为商量的。兵赋说是全缴，事实上少缴两成，有请子推兄秘密讲给老百姓，千万不可走漏风声！不然，难免会有议论，说我重耳是在私下讨好百姓、收买民心；这般罪名，重耳我万万担待不起。区区此心，请子推兄体谅！

众人看看重耳，再看看介子推。

介子推和重耳几乎同时上前一步，两双手蓦地紧紧握在一起。

介子推：公子——

23. 室外 后宫 甬道 日

通向后宫禁门的甬道上，狐突迎住荀息、里克。

狐突：二位大夫，此次出兵攻伐骊戎，卜吉的结果，你们送给君上看过了？

里克：君上刚刚看过。

狐突：我听掌卜大夫细细讲过卦象，此次出兵是"吉凶参半"啊！

里克：正是如此。

狐突：君上怎么讲？吉凶参半，就不该坚持出兵啊！

荀息：狐突大夫，你还念念不忘阻拦出兵啊？君上决心已下，兵赋征收完毕，你就不用给君上添乱啦！

狐突：不成，我去面见君上！卦象便是预兆，此次出兵，必有后患！

里克摇摇头，狐突早已直奔禁门而去。

24. 室外 禁门 日

禁门这儿，勃鞮拦住狐突。

勃鞮：大王有口谕，非常时期，除了奉召，任何人一律不得觐见！

狐突：勃鞮，你给我通报一声，就说狐突今天非见大王不可！

勃鞮：这叫什么话？你说要见大王，大王就非得见你不可吗？

狐突：出兵乃大事，卜吉是天意，身为大夫、晋国元老，我有谏诤的职责！

勃鞮：那是老大夫你的职责；末将的职责，就是绝对听命君上！你给我闪开了吧！

勃鞮不客气地将狐突推开。

狐突：你、你竟敢推搡老夫！

这时，优施花花绿绿地走过来。

优施：勃鞮将军呀，执岗哪！咱们大王召见我，还要通报吗？进了宫，我可是还得抽空上妆哪！

勃鞮：优施请进！大王的红人嘛，无须通报。

优施：优施不是什么红人，只是个优人、小人罢啦！

优施扭扭捏捏走近禁门。

狐突：罢了罢了，堵塞言路、亲近奸佞，国将不国呀！

勃鞮面无表情。

优施从门边扭头讪笑。

优施：我说国丈，您年纪大了，生气是要伤身的。想开点吧！这儿是晋国，不是你们那老家狄国！

狐突气得胡须乱颤，脸上不成颜色。

25. 室外 东宫 厅堂 日

东宫厅堂里。

寺奔在侧，申生等兄弟三人肃立；献公情绪高昂。

献公：好，好！太卜已然卜吉，卦象虽说是吉凶参半，寡人倒觉得吉祥得很！这不，兵赋都顺顺当当征收上来了嘛！

申生：父王允准减赋一成，仁德爱民，实乃我国百姓之福！

夷吾：父王率领仁义之师，一定能旗开得胜！

重耳倾头不语，献公脸色渐渐肃然了。

献公：重耳！你兄长弟弟都懂得减赋，宣示寡人仁德之心；你就不长脑子吗？还是在和寡人赌气？

重耳执礼躬身。

重耳：父王严命，儿臣愚陋，不敢自作主张。往后，定要多学太子的榜样！

献公：你是得好好学着点。待寡人领兵出征，太子监国；你给我好生相助，不许添乱！

重耳：儿臣不敢！

26. 室内 狐突府上 内室 夜

内室，重耳、赵衰、狐毛、狐偃，围拢了狐突。

狐突：出兵攻伐骊戎，看来是挡不住了。君上不纳忠言、不敬天命，崇信武力、一意孤行，往后晋国的事，难说啦！

狐偃：父亲，晋国的事，你都管不了，我们几个还能怎么样呢？

狐突：也不过是信天命、尽人事罢了。此次征收兵赋，重耳该有多作难？能做的，到底还是千方百计去做了。多行仁义，在个人、在国家，必能长远！——毛，重耳能有几个积蓄？亏空多少，咱家尽数补足了！

狐毛：儿子知道了。

重耳：重耳谢过外公！

狐突：此事可一再不可再而三。重耳，也许是外公多虑，有几句话，你给我记下了。

重耳：外公请讲。

狐突：往后，凡事不可强行出头。人言可畏，不得不防。

赵衰：那我们几个就什么都不用干啦？

狐突：说得再深，你们年轻人怕是理解不透。重耳，外公是老了。晋国往后怎么样，或许要看你们几个。不可因小失大，不能和我比，要学会隐忍啊！

烛火里，老人目光深邃，有如古井。几个年轻人似懂非懂。

27. 室外 城郊 军营 日

城郊。军营的营门大开。

围栅上，旗帜高扬，迎风猎猎。

从围栅间隙看去，可见军阵一角。

战车成列，驭手、军士们皆是戎装。

前面一辆战车上，是里克与吕甥。

传令军士高举令旗，一人一骑驰骋而来；呐喊着呼啸而去。

传令兵：大王即将斩首祭旗，大军做好出发准备！

吕甥：大王在魏阙祭旗，里克大夫可知道要斩首何人？

里克：骊戎国求和使者。

吕甥：斩首求和使者，是不是有点……？

里克：大军所到之处，将要血流成河，大王哪里还在乎杀个把使者！

吕甥：说的也是。

28. 室外 宫门 高台 日

宫门外，搭起高台。

高台四周，宫中禁卫甲士们戈戟森立；隔开看热闹的国人。

高台上，献公端立正中，顶盔贯甲；勃鞮护卫在身后。

一侧，是随军出征的冀芮、士蒍等大夫，皆是戎装；一侧，是监国太子申生为首，狐突、杜原款等大夫。

台下，重耳、夷吾等人站在前列；身后是狐毛、狐偃、赵衰等人。

高台根底，写有"晋"字的军旗下，跪着那名使者；乱发披散，口中填了麻团；双臂反剪，牢牢捆缚。间或开眼看看，目光中满是仇恨和愤怒。两名刀斧手，凶神恶煞般立在一边。

狐偃悄悄扯动狐毛衣袖。

狐偃：兄长，这就是骊戎国的求和使者！

赵衰：拿求和使者开刀，大大不义！

前面，重耳身躯颤动，拳头攥紧又舒开。

狐毛：公子，这种场合，要隐忍啊！

29. 室外 魏阙 广场 日

魏阙附近，围拢了不少看热闹的国人。其中，有介子推和那帮曾经抗赋的汉子。

从这儿看过去，宫门外搭建了高台；高台上人物众多。

高台一角，晋国军旗高竖；荀息站在台口，正在手捧木简，准备宣读发兵誓命。

30. 室外 高台 日

台上，荀息宣读誓命，已到尾声。

荀息：故尔，攻伐骊戎，上合天意、下顺民心；大军所指，定能旗开得胜，马到成功！

献公身后，勃鞮扬手示意；台上台下禁卫甲士，齐声呐喊。

甲士：旗开得胜，马到成功！

献公：开刀祭旗！

荀息：开刀祭旗！

台下，两名刀斧手一左一右来拖那人，那人在台阶上挣扎扭动，目光愤怒，回头扫视众人；又想吼叫，胸腔中是"嗡嗡"的声音。

31. 室外 魏阙 日

魏阙这里，人群骚动，人声嘈杂。

汉子：要杀人啦！

国人：听说是骊戎国派来的求和使者！塞住嘴，怕人家说话哪！

老者：不合道义，不合道义呀！

国人：惨哪！给晋国丢人哪！

介子推脸色如铁，挤开人众，向高台靠拢。

身后，一帮汉子跟随前去。

32. 室外 高台 日

高台上，那使者已被强迫跪下，面向广场。

一名甲士将军旗凑近；两名刀斧手，一个揪住那人发髻，一个往手心吐口唾沫，作势要抡起斧钺。

整个广场立时静默，气氛莫名紧张。

这时，台下的重耳再也不能隐忍，甩开狐毛、狐偃，厉声呐喊开来。

重耳：住手！不能滥杀无辜！

此声一出，满场震惊。

台下，身边的夷吾猛一哆嗦；台上，狐突、申生也是一震。

献公登时勃然，勃鞮反应神速，冲向台口。

勃鞮：何人大胆喧哗？

重耳快步登上台阶，刽子手看是重耳，停下刀斧。

33. 室外 魏阙 日

介子推等人，已经逼近了甲士的警戒线。

介子推：诛杀使者，不合道义！

汉子们：诛杀使臣，不合道义！

34. 室外 高台 日

台口，勃鞮扫视到介子推一行，厉声发令。

勃鞮：发兵大典，国人不得喧哗！违令者，杀无赦！

台上，重耳面向献公跪下，膝行而前。

重耳：父王，诛杀求和使者，确实有违公理道义！儿臣恳请父王收回成命！

献公：大胆！发兵吉日，竟然口出狂言，目无纲纪，扰乱军心，来人，给我拿下！

勃鞮出手如电，用剑鞘横在重耳脖颈，将重耳压得快要趴下。

献公脸色倏红倏白，好不怕人；手按剑柄，微微颤抖。

申生见状跪下，也是膝行而前。

申生：父王，重耳谏言不分场合，有违礼仪。儿臣监国，愿代替父王，予以处置！

狐突也出列跪下。

狐突：大王，重耳目无君父，扰乱发兵仪典，老臣身为外公，愿代替大王、代替他死去的母亲，给予严厉责罚！

台下，狐毛、狐偃、赵衰等纷纷跪下；夷吾随后也跪下来。

狐偃：狐毛、狐偃、赵衰，辅佐公子不当，甘愿代为受罚，请君上恩准！

荀息见状，躬身进言。

荀息：发兵吉时已到，有请大王暂息雷霆之怒！是否先把重耳拖下去？

献公看看狐突、申生。

献公：就让他在台上陪绑，也让他见识见识我的"公理道义"！然后拖下去重责！

勃鞮即刻将重耳拖到那使者近边。

献公：开刀祭旗！

荀息：开刀祭旗！

刀斧手挥起斧钺，兵刃反光刺眼。

鲜血喷溅，染红了军旗一角，溅上重耳面部颈部。

日光如血。

35. 室外 城郊 军营 日

旌旗招摇，车声隆隆，车阵出动，开出军营。

当先车辆上，献公挺立，勃鞮在侧。

大军远去，后边腾起一路烟尘。

第二章 上下勾连骊姬得宠信 里外策应重耳费周章

1. 统一片头

2. **室外 东宫 院落 日**

东宫院内。太子申生居中,大夫狐突、杜原款在侧,朝服冠戴,监督责罚重耳的行刑场面。

重耳北向跪了,袒露脊背;两个太监左右分扯双臂,一名行刑太监正在抡起刑杖痛打。重耳背部,已是夹红带紫。

狐毛、狐偃、赵衰,跪在一旁;夷吾立在一旁;听得刑杖之声,俱都面现不忍。

申生想说什么;杜大夫面色肃然。

寺奔:禀报监国太子、两位大夫,重耳谏言不分场合,违礼,刑责十杖;打过。扰乱发兵仪典,刑责十杖;打过。目无君父,罪过尤在不赦,刑责二十杖;加力打过。

申生:狐偃、赵衰听命。命你二人赶赴军前,一则敬告大王本太子一片慰劳之意;一则详细禀告责罚重耳公子情形。父王有何谕示,速速还报!

狐偃、赵衰:遵命!

狐突:太子,重耳刑伤不轻,请允准到老夫舍下将养。

申生：如此最好！

那面，寺奔已经着人将重耳放上担架，抬了出门。

寺奔：看看这，我的重耳公子，这是从何说起？

3. 室内 狐突府上 内室 日

内室榻上，狐毛给重耳背部涂药；狐突语重心长。

狐突：想来令人后怕！重耳，你这是捡回来的一条命啊！毛，你就在重耳身边，也不拦着点？亏你还算他的舅父！

重耳：大舅提醒我来着。我当下实在忍不住呀！

狐毛：诛杀求和使者，还不让人讲话；我都快跳起来啦！

狐突：恻隐之心，仁之发端。可是，你们得学会忍，忍辱才能负重！动一时之气，逞匹夫之勇，还能当得起什么国家大任！你再要这般冒失冲动，外公我就错看了你！重耳，你给我记下了没有？

重耳伏身叩首。

重耳：甥儿谨记外公教诲！

狐突：不希望打仗，哈，外公如今倒是希望你父亲能打个胜仗。万一打败了，你、你的命还玄乎哪！

重耳：外甥知道其中的厉害。

狐毛：父亲，听宫中传言，君上执意要去攻伐骊戎，是为了骊戎国的什么女子。

狐突：你少给我散布这些不三不四！

狐毛：儿子也是关心晋国的未来。什么人掌管后宫，不是小事啊！

狐突：可惜你姐姐早早弃世，齐姜夫人也，唉！

4. 室外 骊戎国 都城 日

骊戎国的都城，不甚巍峨；有兵士守卫堞垛，持弓引满。

城外，晋国兵车势不可当；当先车上，是里克、吕甥等。

甲士们喊杀连天，骊戎残兵败将逃回城去。

5. 室内 大帐 日

大帐里，献公戎装，勃鞮护卫一侧。

荀息正在禀报军情。

荀息：禀大王，我军连战连捷，已经直逼骊戎国都城。诸将请示，是否即刻攻城？

献公：小小城池，已在我的掌中，不忙攻城。传令下去，按兵法，围三缺一，留下北门。

荀息：留下口子，让他等逃走吗？

献公：没用的戎狄草民，逃走何妨？有用的，一个都不能放跑。此事，寡人已有安排。你传令去吧！

荀息：遵命！

荀息离去，献公对勃鞮授意。

献公：戎狄之人，十分刚烈；逼迫太急，往往不惜自刭。留下口子，那骊姬、少姬极其可能由此逃命。你给我带兵埋伏，好生活捉了来！

勃鞮：末将得令！

6. 室内 骊戎后宫 日

骊戎国后宫，颇显简陋。

国主前胸、两臂，都负了重伤；骊姬、少姬姐妹，正在处置伤口。

两人身着本族服装，倍显窈窕；侧影看去，果真艳丽绝伦。

骊姬剪去箭杆，用牙叼出箭镞，带着血肉；少姬不禁咧嘴，骊姬不动神色，冷静操作。

国主：晋侯不宣而战，突然袭击，无耻之尤哇！骊戎国灭亡在我的手中，我还有何面目活着！你们、你们闪开，让我起来！让我去战死军前！

国主挣扎一回，又倒回榻上。

骊姬：只要草根还在，草原总会泛绿；只要我哥哥他们逃得出去，还有骊姬我在，我们一定要给骊戎国报仇！

国主：为父知道你，你是比男儿家还刚烈啊！让你先逃走，你又不肯。还有少姬，我的一对宝贝啊！

骊姬：父王这是什么话？你要和骊戎国共存亡，我凭什么要逃？

少姬：姐姐不走，我也不走！

这时，一名血污满身的兵士奔进。

兵士：报国主！王后他们逃出北门，中了晋军埋伏。王后和女眷们生怕受辱，都、都自到了！

少姬：阿妈！

少姬托着箭镞的器具，失守摔碎；国主奋力挣扎，伤口鲜血涸出。

国主：我的王后哇！

骊姬咬了嘴唇，半晌，从牙缝里发声。

骊姬：晋王、晋国！

少姬：我哥哥他们呢？

兵士：小王子他们舍命血战，都负了重伤，被晋军抓走了！

国主：罢了，罢了！

骊姬这时，才似乎肩头一颤。

7. 室外 城下 日

城下旷野，献公和荀息在后，勃鞮当先带领一队甲士，一行人步上一座土冈。

献公：荀息大夫，你的劝降书写得好！深合寡人之意。

荀息：微臣不敢当，实乃大王料兵如神、运筹帷幄。勃鞮按计设伏，一举抓获了骊戎小王子；还有一个，竟然是骊戎国主为骊姬比武选婿选定的勇士。有此二人来做诱饵，何愁骊戎国主不答应我方条件乖乖投降！等他们献出骊姬、少姬，然后嘛——

献公：然后怎样啊？

荀息：大王心机，神鬼莫测。微臣愚陋，哪里猜得出？

献公当先，加快脚步。

8. 室外 土冈 城楼 日

土岗上，城池在望。

城楼上，骊戎国兵将指指画画；有人朝这儿放箭。

距离太远，羽箭都在前面落地；少数射来近前的，被勃鞮随手扒拉开去。

勃鞮看看身后献公，献公点点头。

勃鞮从甲士手中取过两支硬弓，搭上羽箭，箭杆上绑缚了帛书。

勃鞮：呔！城上听好！这是晋国大王给你们国主的帛书，尔等收好了！

弓开满月，羽箭带了风声疾飞而去。

城楼这里，只听羽箭"噔"的一声，牢牢插入木柱。

附近兵士连连咋舌；用力拔出羽箭。

9. 室内 骊戎后宫 日

后宫。骊戎国君伤势加重，已经是苟延残喘。几名卫士守在近边。

少姬伏在父亲身边啜泣；几名侍女拎着些物事，也在抹泪。

骊姬声音沉重但却十分冷静，一一安排大事。

骊姬：骊戎国亡国了；父王我看也挺不过去了。我和少姬这就自己去晋国军营。狼要吃羊，何须商量？道理就这么简单！

有卫士作势要护送，骊姬冷笑一声。

骊姬：你们这是要保护我吗？你们能保护得了我吗？给我好生服侍父王！假如阿哥和我的、我的郎君真能活着回来，父王也就瞑目了！

少姬抬起泪眼。

少姬：那个什么晋侯说不会屠城，不是要把阿哥他们放回来的吗？

骊姬：但愿如此！

少姬握紧一柄短剑。

少姬：他们说了话不算，我就——

骊姬上前，夺下短剑。

骊姬：死还不简单吗？不容易的是活下去，活下去给骊戎国报仇！妹妹你还小，女人的武器不是这个！

骊姬将短剑掷下，插入地板。

骊姬：我们走！

少姬扑向父亲。

少姬：父王，我的阿爸！

国主嘴唇嗫嚅，不能出声；一滴眼泪涌上眼眶。

骊姬厉声发令。

骊姬：把少姬拖出去！非要等着晋军屠杀我全族人民吗？

侍女们簇拥着少姬离开。

骊姬在门边回头。

骊姬：父王、我的阿爸！你到天国，见到阿妈、见到列祖列宗，就说骊姬不愧是骊戎国的女儿！我身上流淌的是骊戎族的热血！商朝苏妲己能为苏国复仇，骊姬也一定能为骊戎国复仇！我发誓、我发誓！

骊姬的眼角，也是一滴眼泪涌上眼眶。

10. 室外 军营 军帐 日
兵车在外围列了车阵。
甲士军容威武，分站左右；中间空出一条通道，直达大帐。
号角鸣动，鼙鼓轻敲；骊姬一行缓缓走向大帐。
少姬掩面低眉；骊姬冷艳端丽，目不斜视。
军士们合着鼙鼓节奏，戈戟夯击地面，闷闷作响；大家自发齐声低吼。
军士：万岁、万岁！
靠近大帐，是戎装将领大夫们。
狐偃、赵衰列在其间。
赵衰目不转睛，眼神都痴痴了；狐偃则不胜骊姬的光艳，不敢直视。
骊姬快要走入大帐，半面回眸，似笑非笑。
军士们到底放肆地呐喊开来。
军士：万岁！万岁！万岁！

11. 室外 城下 黄昏
城下，战车边。里克和吕甥戎装。
两名被绑的骊戎汉子，伤痕累累，有军士解开绳索。目光疑惑，似在询问。
吕甥：我家大王放你们回去，走吧！
两人相搀着，蹒跚而去。
前面，城楼在望。
里克：答应释放战俘，结果还是杀害，斩尽杀绝，这不合道义呀！
吕甥：骊戎的国土，我们抢夺过来，早已没有道义可言啦！君上讲得明白，骊戎的土地如果分给我们，我们希望留下强硬对手造反作乱吗？斩尽杀绝，免除后患！
两人示意左右，甲士们持弓引满，瞄准目标。

12. 室外 大帐 黄昏
大帐开敞，只见群臣将领美酒烤肉欢庆胜利，围拢了献公笑语喧哗。
献公示意，勃鞮按剑出帐。

帐外，兵丁甲士举了羊腿肉块，饕餮大餐。

13. 室外 城楼 城下 黄昏
城墙堞垛，残阳如血。
城楼上，兵士们搀扶了垂死的国主。
兵士：回来了！小王子他们回来了！
国主睁大眼睛，面肌颤动。
小王子二人快到城下，背后乱箭射来；两人中箭，身上犹如猬刺。
小王子极力仰头，想要看看父王，却一头栽倒。
另一人尽力扭头，愤怒仇恨的目光似要寻找敌人，侧身倒地。
城楼上，国主牛吼一般，撕心裂肺。
国主：啊——
国主狂喷鲜血，山崩一般仰面倒下。
兵士们悲戚愤怒，放火点燃了城楼。

14. 室内 大帐 黄昏
另一座大帐里，有甲士看守。
骊姬、少姬面前，粗笨器具放着食物。
姐妹两人从帐篷缝隙向外张望；火光在面部闪烁。
少姬看到惨象，就要失声惊呼。
骊姬随手掩住妹妹的嘴巴。
少姬浑身颤抖。
骊姬缓缓拔下头上簪子，一撅两断。
身后，勃鞮挑开帐篷，只见姐妹两人依偎，别无异常。

15. 室内 晋国后宫 内室 日
[字幕：几年之后]
晋国后宫内室，布置华美温馨。
几案上器具精致，蔬果琳琅；宫娥捧了铜镜，优施正在精心服侍骊姬上妆。一支华贵玉簪，插上鬓边。
优施：什么叫貌若天仙？我说骊姬娘娘你就是天仙、胜过天仙！咱们大王哪,不神魂颠倒才怪哪!

骊姬浅浅一笑,当即肃然了。

骊姬:你说大王耽迷女色了?咱们大王是那样的人吗?以后这样的话,你给我少讲!记住了?

优施:小人该死,小人记住了!小人一定要听从娘娘教诲,多长记性!

骊姬:大王雄才大略,英明神武;我们这些服侍大王的人,如何辅佐好大王,才是正经。自我进宫几年来,大王哪天不是日理万机?我所以让你随便出入宫禁,也是看你会讨大王喜欢;让大王高兴、轻松,以便更好地处理朝政啊!

优施:娘娘说得对对的。小人又琢磨了几套把戏,要不先给娘娘献丑一回?

骊姬:不忙,我让你办的事怎么样了?

优施压低声音,神秘兮兮地报告。

优施:禀报娘娘知晓,小人秘密见过士蒍大夫了。正如娘娘算定的,那士蒍品级不算高,封地也不多,可是巴望上进哪!收到宫里的礼品,高兴得什么似的。上头的意思,我看他都领悟到了!

骊姬:是啊,大王想办成一件事,可该有多难。有些主张,总得有人替大王出头倡言。

优施:也就是替大王打前锋!咱们大王,怎么好赤膊上阵呢?

骊姬斜了优施一眼。

骊姬:臣下的倡言合理,大王表示首肯也就是了。免得朝臣大夫们七嘴八舌,吵不出一个结果。大王为之倍生烦恼。

优施:本来是大王的主意,让士蒍讲出来;大王呐,表示首肯,给他准奏。

骊姬:什么话,让你一说,总要变味。

优施:小人该死!瞧瞧小人这张嘴!小人恳请娘娘严厉责罚!

优施退开两步,自己作势掌嘴。

优施:我叫你胡说八道!我叫你犯贱!我叫你记不住娘娘的教诲!

骊姬:好啦好啦,不用给我做戏啦!

骊姬拈起几上一件玉玦。

骊姬:对大王忠心耿耿的,你也辛苦啦。我看你喜欢这些物件,这个就赏你了!

优施:娘娘,这么昂贵的玉玦!我的娘娘,这该多么值钱!娘娘上回刚刚赏过小人——

骊姬：只要你听话，办事得力，这算什么？王宫里不缺的就是这个！

优施接了玉玦，拜伏在地。

16. 室内 朝堂 日

朝堂上，献公端坐王位；寺奔在侧。

朝臣大夫分列两厢。一列，狐突为首，杜原款、里克等人；一列，荀息为首，邳郑、士蒍等人。

献公：上次朝议，言及国中姬姓诸公子上书请地一事，不知各位大夫有何见解？

这厢里克出列。

里克：大王，上次微臣说过，姬姓乃周朝国姓，晋国诸公子与王室同根一家。诸公子封地不多，也是实情。微臣同意允其所请，给予封地！

里克退下，邳郑出列。

邳郑：微臣邳郑，赞同里克大夫所言。姬姓诸公子获取封地，得其所愿，有利王族和谐，此乃晋国稳定之根基！

荀息出列。

荀息：微臣赞同！

狐突出列。

狐突：此乃好事，请大王尽快定夺！

献公脸色已是不悦；扫视群臣，朝堂一时安静。

士蒍出列。

士蒍：大王，微臣不赞同众位大夫所说。微臣品级低下，请能允准微臣直言。

献公：君臣议事，与品级无关。有话尽管讲来！

士蒍：晋国土地，无疑都是大王的。可是除去给众家大夫的封地之后，真正属于公族姬姓的土地能有多少？要是答应给诸公子土地，开了这个头，往后诸公子代代相传，人数越来越多，大王手头还能剩下多少土地呢？

献公听得来了兴致。

士蒍：所以，微臣以为，众家大夫言辞滔滔，并无切肤之痛。如果众家大夫都能多少不等拿出些土地，分给诸公子，所谓倡议便能成立。否则，分给诸公子土地，只会削弱公室。恰恰会动摇晋国之根基！

里克出列。

里克：大王！士蒍满口胡言！自古以来，王室分给异姓各家的土地，哪有随便褫夺的道理？这不合古礼呀！

士蒍：里克大夫，你固然品级居高，然在下的话尚未讲完，就被你打断；请问，这合于古礼吗？

里克：你——

献公：里克大夫，让士蒍把话讲完。士蒍，往上站，接着说！

士蒍：既然各家大夫都珍爱自家的土地，不肯拿出；大王的土地莫非就是白来的，难道就可以随便给人吗？

献公：士蒍大夫，那诸公子请地的要求，如何处置？

士蒍：微臣替大王着想，反复思虑，倒是有个处置办法；只是恐怕说来骇人听闻，微臣不敢言讲。

献公：朝堂之上，但说无妨。

士蒍：微臣以为，不仅不应该分给诸公子土地，反而应该来一个釜底抽薪彻底了断！

献公：如何彻底了断？

士蒍：诸公子提出土地要求，这便是有了欲望，所谓欲壑难填。诸公子仗恃天生国姓，大王拿出土地，他等会认为是天经地义、理所当然。大王若是不能满足其要求，必然心生怨愤。与其心生怨愤，日后酿成祸乱，莫如于今痛下杀手，将诸公子统统杀掉，以绝后患！

此言一出，满座震惊。

杜原款出列，戟指痛斥。

杜原款：大胆士蒍！身为大夫，不是倡言仁义立国，竟敢蛊惑大王屠杀同姓！分明要陷大王于不仁不义！

荀息出列。

荀息：大王，士蒍信口雌黄、谰言惑主，请大王治罪！

士蒍早已跪下，伏地不起。

献公：寡人让他讲话的，朝堂至上，岂可因言获罪。不过嘛，士蒍！倡言"尽数诛灭诸公子"，这话是一家大夫可以随便说的吗？

杜原款：恭请大王明正典刑，处分士蒍！

狐突：大王，老臣建议对士蔿罚俸三月，以示惩戒。

献公看看众人，俯视了士蔿。

不料士蔿强直脖颈，抬起头来。

士蔿：大王！士蔿忠于晋国，忠于大王，一片赤心，可对天地。请恕微臣死罪，微臣还有下言，大王容禀！只要微臣讲出肺腑之言，大王再治微臣之罪不迟！

士蔿还要讲话，出人意料，连献公也感意外。

献公：你竟然还有话说？那就——讲！

士蔿：大王的晋侯之位如何来的？普天下尽人皆知！

里克：大胆！

士蔿：大王英明神武，稳操国柄，晋国方才安如泰山；姬姓诸公子当中，谁能断言就没有野心勃勃之人？虑及长远，微臣愿我晋国千秋万岁！微臣愚陋，一片忠心，请大王明察！

话题敏感，众人一时缄默。

献公沉吟片刻。

献公：士蔿，你平身吧。——众家大夫，今日朝议，到此为止。士蔿所言话题，非同小可，任何人不得外传！退朝！

寺奔：大王退朝！

众人来看士蔿，士蔿一头的汗。

17. 室内 后宫 内室 日

内室，骊姬姐妹双双服侍献公。

献公仰靠榻上，少姬在后捏肩捶背；献公摸住少姬的手。

献公：寡人就是再烦再累，一看见两个爱妃呀，就什么都忘在脑后啦！

骊姬捧来蜂蜜，亲自用小勺喂献公。

骊姬：这是妃子专门给大王调制的蜜水，来，喝点儿！

献公：寡人自己来！

骊姬：不，妃子就要喂你喝。你是不是嫌我们姐妹烦你啦？

献公嘴里嘟囔着。

献公：寡人哪里会？

骊姬：下了朝，好好歇歇，别想那些烦心事啦。不是妃子多嘴，家有千万，还得主事一人，何况要管一个偌大的晋国？诸公子，也是不晓事，专门给大王添乱！

献公：士蒍那人，平素没在寡人眼里，想不到竟是忠心敢言。今天一番话，说在了节骨眼儿上！

骊姬：妃子平日，听了大王的许多教诲，觉得对大王的雄才大略多少领会了那么一点点。晋国想称霸，就得要开疆拓土，怎么能不杀人呢？士蒍的主张，我听着十分在理！

献公：怎么在理？诛杀诸公子和开疆拓土有何关联？

骊姬：大王这是要考妃子呀？妃子就斗胆说说，看大王的这个学生够格不够格？说得不对，大王可不兴给我打手板啊！

献公：寡人晚间，拿别样东西狠狠打你！

骊姬：没个正经的，你还要不要妃子说啦？

献公：尽管说。有他们七嘴八舌的，反倒没咱家宝贝说的啦？

骊姬：妃子觉着，大王高深莫测，把一切早已想好了。杀人的事，哪有在朝堂上商量的？为了杜绝晋国日后祸患，就要杀人；既要杀人，大王该是部署妥当，毫无犹疑，决不手软！把话讲在朝堂上嘛，妃子猜测，大王那是专门放出风去。此乃兵法所云：围三缺一的妙计。有那么些个姬姓公子，必定会逃亡；他们逃到哪国去，哪国竟然给予保护，大王岂不就有了攻伐哪国的托词？这还不就是开疆拓土？——大王的妙计，妃子猜得对也不对？

献公定定地瞅了骊姬半晌。

骊姬假作害怕。

少姬：大王，我姐姐是不是说错了？

献公站起来。

献公：不！你姐姐说得很对，这正是寡人的心中所想。

骊姬：前面的，妃子说对了一点点；后面的，让妃子再来说说看？

献公：爱妃但说无妨！

骊姬：杀绝诸公子的倡言，是那个士蒍在朝堂上讲的；这透露消息的事儿嘛，也叫他去做。赏他当一回好人嘛！话又说回来，士蒍他胆敢给诸公子透露消息，这个把柄抓在大王手里，还怕他士蒍从此不听话吗？

献公已是十分激动，强自镇定了。

献公：深合寡人之意！爱妃冰雪聪明、冰雪聪明！只是，让士蒍去给诸公子通风报信，寡人不宜做在明处，须得有个计较才好！

　　骊姬：这有何难？区区小事，大王要是信得过，就交给妃子来办。办得不好，学生甘愿受罚，请先生打手板儿！

　　骊姬伸手让献公来打，献公一把将骊姬搂在怀里。

　　献公：寡人哪里舍得？

18. 室内 后宫内廷 日

　　后宫内廷，献公召见勃鞮；寺奔避开到门边。

　　献公：此事夜长梦多，务须当机立断、出其不意！给我好生部署，不得有误！

　　勃鞮：末将得令！

19. 室内 后宫卧室 日

　　后宫卧室，优施洗去脂粉，是个俊朗后生；少姬不禁瞪眼来看。

　　优施目不斜视，正在肃然听骊姬指令。

　　骊姬：此事非同小可，见了士蒍，说话的火候分寸，务必在意！

　　优施：小人明白。让那士蒍知道是上面的意思，鼓励他争功邀宠、甘愿卖力；但又不给他完全说透，虚虚实实。娘娘信任，小人不敢辜负！

　　骊姬：你去吧！事成之后，自有重赏！

　　优施下去，骊姬拍响巴掌。

　　一名贴身宫娥，穿了宦官服饰进来。

　　骊姬：你是跟随我们姐妹，从骊戎国来的体己贴身。我说的事，你记住了吗？

　　贴身：无论见到重耳，还是他手下的什么五贤士，把杀人的消息透露给他！

　　骊姬：重耳满口仁义，喜好笼络人心。我料定他对诸公子不会坐视不救。只要让我抓住把柄，哼！

　　私底场合，骊姬脸上杀机隐隐。

　　贴身：对方要是查问我的底细？

　　骊姬：给他来个真真假假，你是寺奔的人、还是勃鞮的人？让他摸不着头脑。你去吧！

　　贴身：奴婢遵命！

贴身离去，少姬颇有不解。

少姬：姐姐这是要一箭双雕，对付重耳？

骊姬：来晋国几年，你还看不出来吗？太子申生不足惧，那个夷吾不足虑。深藏不露的是重耳！结交贤士、倡言仁义，他想干什么？他才是咱们祸乱晋国的最大障碍！

少姬：可是，可是重耳曾经反对攻打咱们骊戎，还舍命要救咱们的使者——

骊姬：糊涂！你真是糊涂！我们要给骊戎国报仇，要祸乱晋国，就是要凡事反着来！小人、奸臣，就是要重用；什么忠臣孝子，想尽办法除灭！你忘了父母的血仇了吗？你不记得阿哥他们怎么惨死了吗？你身上流的不是骊戎族的热血吗？

少姬在逼视质问之下，跪地认错。

少姬：我错了，请姐姐责打！想起血仇，我恨不得掐死那个暴君！

骊姬：哼！掐死他，便宜了他！我要让他自己祸害晋国，要让他亲自杀害他的骨肉亲人！

骊姬咬牙切齿，几分狰厉。

20. 室外 晋都 僻巷 黄昏

都城街巷，一条僻巷口上，化装成宦官的贴身，窥视街市。

赵衰大步流星走来；贴身闪出拦住。

贴身：赵公子，请留步，这厢说话。

那人衣袖遮脸，赵衰警觉注视，满是疑惑。

赵衰：你是宫里的？

贴身：明晚，上头要下手诛杀姬姓诸公子！

赵衰：这样消息，你如何得知？为什么告诉我？谁派你来的？

贴身：消息绝对可靠！至于其他，无须多问。我也不便告知。

说罢，那人闪身离去。

21. 室内 士蔿居处 夜

士蔿居处，优施席地对坐，与士蔿谈话到一个分际。

士蔿：君上听从了在下的谏言，决定诛杀诸公子，这我就放心了。今日朝堂之上，我是一身的汗哪！

优施：那本是君上的主张，让你讲出来的；做戏嘛，就要做足了，像真的一样！回到后宫，大王是连声夸赞你呀！

士蔿向北执礼。

士蔿：士蔿忠心耿耿，愿为大王肝脑涂地！

优施：下面的安排，有请士蔿大夫按计行事。

士蔿：这，向诸公子通报消息、泄露君上机密，这可是灭门之罪呀！

优施：这事天知地知、你知我知，你不去嚷嚷，上头没来由的，怎么会拿你治罪？

士蔿：这、这真是上头的意思？

优施掏出那件玉玦。

优施：这是骊姬娘娘命我给你的。见了内宫宝器，你还敢不相信吗？

士蔿接了玉玦，端详片刻。

士蔿：请优施替在下回复上头，就说微臣会派一名得力的死士去报信。事情一定能办妥，末了，我这儿不留活口，来一个死口无对。

优施：死口无对，士蔿大夫思虑缜密呀！好啦，我这就回宫复命去啦。一切听命上头的，士蔿大夫你品级高升是指日可待呀！

22. 室内 狐突府上 内室 夜

内室，狐突父子与重耳、赵衰紧急议事。

狐突：若不是赵衰传来这样消息，朝议的事儿我也不会讲给你几个。

狐毛：君上真的要诛杀诸公子？这样大事，朝议不曾有所定论，君上竟然就要独断专行、径自血腥屠戮不成？

狐突：如今情势，已经不可以常情度之。

赵衰：那我们就眼看着随便杀人，无所作为啦？国丈你也不出面劝阻谏诤啦？

狐偃：杀人的事，是莫名人物小道传来，不曾朝议公布，又是未成事实，做臣下的如何去劝阻谏诤？

狐突：重耳，此事你如何看？

重耳：听外公讲朝议情形，看士蔿往日做派，我看君上、臣下已经达成内外勾连。宫里有何谋划，朝中就有人提议响应，其余的大夫群臣事实上已经成了摆设。

狐突：说的是。朝纲大坏，君上这是玩弄朝政于股掌之上啦！

重耳：至于赵衰听来的消息，我们一时无法弄清所自何来。

狐偃：是寺奔那儿的人，还是勃鞮的属下？

重耳：猜测这个，暂时无用。不过，我首先认为这消息一定是真的！诛杀诸公子已成定局，无可扭转。

狐突：口口声声说，为了晋国的将来要防患于未然云云，虚拟敌手，然后就要随意杀人，此种说法十分险恶！可怕！让人不寒而栗！

狐毛：父亲是说，有人说咱们狐姓将不利于国，也可能突然被暗杀、灭门？

赵衰：哎呀！要是怀疑我们公子对太子不利，那么也要……？

狐突：眼下固然不到这种程度，但防备之心不可不有！

重耳：宫中一名宦官把消息特意告诉赵衰，这是要干什么？第一，可能有人动了恻隐之心，希望我等救助危在旦夕的诸公子；第二，这极其可能是一个圈套！

狐突：这圈套，可能冲着老夫来的，更可能是冲着你重耳来的！

赵衰：这、这也太险恶啦！

狐偃：如果明知是圈套，我们为什么一定要去钻它？

重耳：诸公子请地，不给土地可也；即或请求过分，有所不当，废为庶人可也。斩尽杀绝，太暴虐、太血腥啦！即便就是圈套，我们几个也不能坐视不救啊！

狐突：此事极宜慎重。那通报消息的人，恐怕已经盯上这儿、盯上你们几个啦！

重耳：外公放心。自骊姬姐妹进宫，我们兄弟几个是处处谨慎行事，不敢落下把柄！

狐偃：有人给这儿通报这样消息，有人会不会给太子那儿设套呢？

重耳：太子与我无话不谈，这个今晚回宫便知。

狐突：也许是我想得太过了，你们几个，这两天最好离开都城。不然，老夫睡不着啊！

23. 室外 王宫偏门 魏阙 街面 晨

王宫外，魏阙、广场一带无人。

街面上行人寥寥。

王宫偏门大开，重耳乘车、赵衰驾驭，狐毛、狐偃等跟随了，若干仆从簇拥。戈戟弓箭、牵狗架鹰，一行人越过广场、魏阙，穿街而过。

24. 室内 后宫卧室 晨

骊姬正在梳理；那名贴身，一边脱去宦官服饰，一边汇报。

贴身：郡主，咱们小郡主呢？

骊姬：记住给我改口！再不许称呼什么郡主！——前半夜是我，后半夜是少妃娘娘服侍大王；他们还没起床。——有话快说！

贴身：启禀娘娘，重耳早早出宫打猎去了。

骊姬：看样子他是不肯轻易上套啊。和我玩儿开兜圈子啦！咱们走着瞧！——你还是给我盯着他，我就不信他不露马脚！

25. 室内 士蒍府上 内室 日

士蒍这里，正在给一名蓄养的带剑武士安排任务。

士蒍：你听好了。诸公子得到消息太早，全跑了，不可以；没有几个跑掉的，也不可以。办完事，你就不必回来了！任你逃到天边去，再也不要让国人看到你！

武士：主公对在下恩重如山，在下这条命早该奉还主公！

26. 室外 荒野 丛林 日

打猎场面。狐毛、狐偃、赵衰等，呜呼呐喊地在荒野上追赶猎物。

重耳与介子推在丛林边上对谈。

介子推：这样事情，介子推只要听说了，自然就要出手。何况公子讲在当面？

重耳：重耳的处境，实有无奈之处。一切托靠子推兄，今晚，我就不回都城了。

介子推：晋国的事，弄成这般样子。身为王室公子，竟是如履薄冰！

重耳：但愿不要落到诸公子今日的境地！

27. 室外 王宫 后门 黄昏

王宫后门之内，一队甲士整装待发。

勃鞮戎装佩剑，神色冷峻。

勃鞮：天色转暗，大伙儿随我出发。有人预谋造反，将不利于大王；到了地头，听我命令动手。见人便杀，不留活口！

28. 室外 都城 僻巷 夜

一条僻巷中，影影绰绰三五人。

为首的是介子推。

介子推：今晚的事儿，我等只能尽力而为。你们几个在门外接应，救出几人算几人。情况危急的话，一定要记住全身而退，不可造次拼命！

众人点头；介子推做了个手势，要大家蹲伏下来。

头顶建筑上，一条黑影飞身而过。

29. 室外 街巷 巨宅 夜

一处街巷，前方可见一座巨宅。

勃鞮带领宫中甲士疾步而来；快到巨宅，作势停下队伍并分派任务。

勃鞮：你们几个，去守住后门；不许放走一人！

几人沿墙根跑去。

勃鞮：其余的，随我攻进大院。点燃火把，走！

火把燃亮的瞬间，勃鞮扫见高垣上一个黑衣人飞身急奔大院。

30. 室外 巨宅 大院 夜

黑衣人从屋顶看下去，巨宅大院的后院上房亮着烛火。纱窗上人影绰绰，人声杂乱。

黑衣人飞身而下，直扑上房。

31. 室内 上房大厅 夜

上房大厅里，姬姓诸公子聚集议事，老幼不等，杂以女眷仆役，指指画画，七嘴八舌。

突然，屋门被人一脚踹开；黑衣人持剑闯进。

黑衣人：晋侯下令，诛杀姬姓诸公子！尔等还不快逃？

众人惊愕之际，院内已是火把齐明、杀声震耳。

众：杀！不要放走了诸公子！杀呀！

屋里有人哭喊，有人随黑衣人冲出屋门。

32. 室外 大院 夜

大院里。

甲士们冲进大门，先是朝上房一阵乱箭。

黑衣人用宝剑击打飞箭，身边多人中箭倒下。

勃鞮挺剑扑上，于黑衣人斗在一处。

勃鞮：何人大胆，竟敢抗拒王命？

甲士们有的乱砍众人，有的冲进上房；房内、院里惨叫连连，鲜血飞溅，洇湿纱窗。

黑衣人胸部负伤，欲要飞身上房。

勃鞮：哪里逃！

疾飞而上，半空中将那人一剑斩落。

这时，另一名蒙面黑衣人从屋檐鹰隼一般扑下。

蒙面人：看剑！

勃鞮挺剑交手，竟是落了下风，被逼退几步。

院里，诸公子抱头乱窜。

蒙面人：快去后门。

蒙面人边喊边隔开甲士们的戈戟；若干诸公子逃向后门。

33. 室外 后门 夜

后门这里，介子推带来的汉子，蒙面黑衣，与甲士搏战，得了上风。

有诸公子数人狼狈逃出；有黑衣汉子指挥方向。

汉子：从这面，快跑！

后门里有人零星逃出，有的被砍翻，有的中箭倒地；甲士们举了火把，呐喊追出。

甲士：杀！杀呀！

黑衣人等架了一名伤者，且战且退。

34. 室外 大院 夜

大院这里。地下尸体一片狼藉。

勃鞮要冲向后门，屡屡被蒙面人挡住；有甲士背后袭击，往往被砍伤、踹翻。

弓箭手们要放箭，又怕伤了勃鞮。

弓箭手：勃鞮将军，让开了！

勃鞮闪身，这厢乱箭齐发；那蒙面人用宝剑拨开飞箭，飞身跃上屋檐，没入暗夜。

勃鞮近前来看先前砍翻的黑衣人；只见那人宝剑横在喉头，已然自刎。临死前，竟是自行毁容。

35. 室内 后宫内廷 日

后宫内廷，献公用罢早膳，寺奔指使下人收拾了餐具离去。

勃鞮向献公汇报情况。

献公吐出漱口水，寺奔用水盂接了。

献公：如此重大行动，夜来因何不报寡人结果？

寺奔：夜来行动，出现了意想不到的情况，归来晚了；大王已经安歇，末将不敢惊动。

献公：有何意想不到的情况？讲！

勃鞮：末将刚到地头，竟然有一帮来历不明的黑衣人出现。给诸公子泄露消息，并且出手对抗！

献公：黑衣人？出手对抗？

勃鞮：结果，绝大部分诸公子伏诛，大约有七八人逃脱。末将未能完成君命，请大王责罚！

献公：既然是出于不测，情有可原！有七八人逃出，倒也不是多大的事儿。谅他们还能成了什么气候！

勃鞮执礼。

勃鞮：末将谢过大王！——逃走的人，要派兵追剿吗？末将不敢擅自行动，请大王示下。

献公：这倒罢了。让少数诸公子逃走，正在寡人整体谋略之中。

勃鞮：大王谋略，神鬼莫测！

献公：那些黑衣人是什么来头？你没有拿到活口吗？

勃鞮：其中一人，甚是强悍，末将未能将其活捉。那厮负伤之后自刭，临死前竟然自毁面容。末将极力辨认，好像其人在国都出入过哪家大夫的门庭。

献公沉吟片刻。

献公：昨晚要动手的事儿，你手下不会有人泄露到宫外去吧？

勃鞮连忙跪下。

勃鞮：大王，昨晚行动，要干什么、要去哪里，末将的属下是一无所知。况且，后宫禁卫，都是大王精选的忠心猛士。

献公：你起来吧。你是寡人最信任的爱将，往后，你给寡人多多留心了。无论什么人，未经寡人首肯，胆敢与宫外勾连、泄露消息，哼！

勃鞮：末将明白。

献公：有人得知消息，竟敢派人武装对抗，此事更加非同小可！给我暗中查访，不得有误！

勃鞮：末将晓得利害。

献公：姬姓诸公子，杀掉了哪些人、逃掉的是哪些人，给我一一查验清楚报来！

勃鞮：末将遵命！

36. 室内 后宫卧室 日

卧室里。那名贴身已经换回女装。

贴身：禀告娘娘，重耳出城打猎，到现在还没回来。

骊姬：他是坚决不上钩呢，还是暗中另有安排？他可真是滴水不漏啊！

37. 室外 旷野 大路 日

旷野上。

重耳乘车，赵衰驾驭；一行人挑着猎物归程，与介子推等人碰头。

汉子们和赵衰等七嘴八舌；重耳和介子推到一边交换情况。

重耳：另有人给诸公子报信？并且战死了？

介子推：在下一路琢磨，此事甚为蹊跷！

重耳：莫非另有知情人，抑或是宫中另外还给什么人透露了消息？好在咱们的人俱都安妥。本公子多谢子推兄啦！

介子推：那个黑衣人，不会是太子的人吧？

重耳神色即刻严峻了。

38. 室内 后宫内室 日

献公面色不虞，在室内走来走去；骊姬、少姬肃立，小心拘谨。

献公：诛杀诸公子，宫中的部署，只士蒍一人知道。怎么会出现一群黑衣人？并且胆敢武装对抗？

骊姬：是不是士蒍假戏真做，做戏做得过头了？

献公：据你所说，优施回来复命，说得清楚。士蒍是只派了一名死士去报信的。这样事情，士蒍一家大夫，关乎他的身家性命，哪里敢弄悬？——依我看，宫中部署，一定另有人透露了出去！

献公说话间，蓦地回头，逼视了骊姬。

骊姬和少姬，急忙双双跪下。

骊姬：宫中的部署，知情者不过是大王身边这几人。大王既然起了疑心，请大王就从妃子姐妹身上查起！亡国贱俘，当初不能刚烈一死；多亏大王怜悯，充作后宫。事到如今，还有何说？我姐妹的两条命，任凭大王处置！

说着，早已是泪流满面。

献公放缓了口气。

献公：寡人好色，可寡人睡觉也睁着眼睛！你们两个，我看对寡人服服帖帖，不怀二心。寡人是说，宫中人多嘴杂，万一你们口风不严，宫娥啦、宦官啦，一句半句听了去。你们起来吧！

骊姬：多谢大王信任，多谢大王体察我姐妹对大王的归服之心！——妹子，还不赶紧谢恩？

骊姬回头，给少姬使眼色。

少姬：大王口口声声，承认宫中人多嘴杂；勃鞮将军手下、寺奔总管手下，谁能保证都是守口如瓶？大王专拿身边人说事，少姬不服！我姐妹来到这晋国，人地两生；宫里的规矩又多，我们是整日里战战兢兢。

骊姬：少姬！你大胆！不要再说了！

少姬：我就要说！大王要是怀疑我们，干脆杀了我们姐妹，大王杀人，什么时候眨过眼睛？大王要是发了慈悲，就放我们姐妹出宫，让我们回那野天野地里去！太子啦、公子啦、姬姓诸公子啦，谁能分清谁是谁？我们自己的性命保不保,还说不来,哪有功夫管你们晋国的事!

骊姬:放肆!大王宠爱,你就越来越没个样子啦?

骊姬扑上去,结结实实打了少姬几拳。

骊姬:大王恩宠,让我主理后宫,我就替大王教训教训你!给我跪下!真要让我喊来宫娥,给你动家法吗?

少姬委屈跪下,不停啜泣。

骊姬也不禁要抹泪,带着泪珠又对献公强作笑容。

献公脸色渐渐平和了。

献公:寡人一句话,闹出这么大动静。这又何苦呢?诸公子,绝大部分除掉;少数几人,逃了出去。本次行动,一切皆在寡人掌控之中;你两个也都是有功的。——少姬呀,你真是个心直口快的女娃!甭跪着啦,起来吧;怎么,还要寡人亲自去搀你吗?

骊姬忙去扯起少姬;姐妹二人相视会意。

39. 室内 太子东宫 厅堂 日

东宫厅堂。太子申生焦躁地踱步,像是问师傅杜原款,又像是自问。

申生:竟然出了这种事!不经朝议,说杀人就杀人,晋国到底还有没有朝纲啦?我得去劝谏父王!

杜原款:诸公子已然被杀,劝谏还有何用?太子,晋国朝纲已坏,难道凭你一己之力,能重整纲纪吗?何况,子不议父,此乃古礼,不可违背啊!

申生:这、这,重耳到这时分还不回来;关键时刻,你去打什么猎呀?

杜原款:畋猎射御,何尝不是世家子弟应该的功课!畋猎所获,敬献君上父母,也是臣子要谨守的礼仪。想必重耳不会疏忽。

这时,重耳换过衣装,出现在门口。

重耳:师傅说得是。獐鹿雉鸡,重耳已然备好,正要去敬献父王!

40. 室内 后宫内廷 日

内廷。献公接见太子、重耳与夷吾三人。

献公:不在东宫与太子一道好生读书,径自出城打猎,重耳你有何话说?你是不耐拘束、贪图玩乐吗?还是和你的贤士们又生出了什么怪异点子?

重耳恭谨执礼。

重耳：儿臣不敢贪图玩乐。师傅杜原款教诲，礼乐诗书、射御书数，皆是儿臣等应该修习的功课。儿臣读书之余，其他功课不敢偏废。狐毛、狐偃，是儿臣两位舅父，赵衰等人，皆是世家子弟，跟随儿臣，愿意为我晋国效力，愿意随时听候父王差遣！

献公：晋国的事儿，还不到你们几个毛头小子操心的时候！没你几个，恐怕寡人倒还省心些！

重耳低头，不敢仰视；申生站前一步。

申生：父王，重耳出城畋猎，所获猎物愿敬献父王，恭请骊妃娘娘和少妃娘娘尝鲜！重耳知礼，一片孝心，值得儿臣效仿！

献公：你们兄弟三人，结帮成对来见寡人，就是要说这么点猎物的事儿吗？

献公目光犀利，逼视过来。

夷吾：多日不见父王，儿臣十分想念；儿臣随太子、仲兄前来，就是来拜见父王，愿父王千秋万岁！

申生：父王，诛杀诸公子的事，儿臣已经听闻。斗胆恳请父王，准予将死者依礼安葬；女眷奴仆，给予抚恤。仁义立国，到底是治国为政的根本——

献公：太子！申生！你给我醒来吧！诸公子为什么请地？是嫌土地少；他们天生姬姓，自认为晋国有他们的份儿，恨不能把晋国整个拿去才能称心！寡人为什么诛杀他们？是为了你们、为了你！"立国、治国"，你懂得多少？寡人这叫先下手为强！莫非，等着诸公子心怀怨愤、羽翼丰满，让他们来杀你不成？你知道吗？夜来宫中绝密行动，竟然遇到一帮不逞之徒的武装对抗！说不定过几天，还要有人带兵起事，冲着寡人动手呐！给我唠叨什么"仁义立国"，还不给我下去！

兄弟三人，再不敢言声；躬身倒退出去。

41. 室外 王宫后园 花栏 日

王宫后园，骊姬、少姬，有优施和宫娥陪伴游园；一边遥遥窥视内宫情形。

优施：看，快看，那三个人出来了！

申生等三人，高高挺挺，并肩靠膀的，相携离开后宫。

优施：人家那是手足同胞啊！"三人一心，其利断金"哪！

少姬：什么叫"三人一心，其利断金"？

优施：我的少妃娘娘，就是俗话说的"三人结帮，一堵城墙"。想要搬动它、推倒它，不那么容易呀！

近边，有宫娥们拿来漂亮的野鸡等猎物。

宫娥：娘娘快看，多漂亮的雉鸡！是重耳公子打猎打来的，献给大王和两位娘娘，要娘娘尝鲜的！

骊姬神色突变，牙缝里出声。

骊姬：你不肯上套，还拿这个来气我！

说着，去扭断雉鸡的脖子，还不解恨，扔到地上乱踩。

骊姬：我叫你"三人结帮，一堵城墙"！

少姬、优施忙过来劝阻。

骊姬出力过猛，脸色发白，竟至呕吐。

优施：娘娘你不要生气！凡事不可着急上火。"留得青山在，不怕没柴烧"嘛！——小人这厢给娘娘道贺啦！

少姬：姐姐生气难受，你胡说什么呀！

优施：娘娘这是"有喜"了呀！

第三章 手足情深悲泪赴曲沃 父子相残杀机满都城

1. 统一片头

2. 室内 后宫内廷 日

[字幕：献公十二年（公元前665年），骊姬为晋侯生下了第十个儿子奚齐。]

内廷，献公接见荀息、狐突、杜原款三位大夫。

荀息：骊妃娘娘生子，大王大喜、晋国大喜！微臣等几人代表群臣，特来给大王道贺！恭祝骊妃娘娘贵体安好，奚齐小王子洪福齐天！群臣皆有礼物献上！

献公：哈哈，好，好！——寺奔，寡人得子、群臣道贺，给我看赏；各位大夫皆有赏赐！

荀息：微臣代众家大夫谢大王赏赐！

杜原款：启禀大王，王族生子，太子申生倡言，愿亲率群臣代理大王在曲沃宗祠祭祖告天。祈请大王恩准！

献公：这个，要代理寡人嘛——

狐突：老臣启禀大王，大王日理万机，国政辛劳；太子年齿渐长，宜于委以大事、多加历练。况太子此举，诚属一派孝心，不可冷淡。

荀息：此乃宗亲和睦、王室兴隆之兆，微臣请大王恩准！

献公沉吟片刻。
献公：太子嘛，是该学着办事从政啦！就依几位大夫所奏！
杜原款：依循古礼，大王若不亲自祭祀，宜于请荀息大夫代替大王致祭。
献公：古礼，你比寡人清楚得多。就这么办！

3. 室外 曲沃宗庙 大院 大殿 日
祭祀大典，场面隆重庄严。
仪仗执事排开，宦官们列队抬了牲礼祭品，摆上献殿祭台。
依次准备上香祭拜的官员，从大院排到大殿里。
有钟磬之声悠然传出。

4. 室内 大殿 日
大殿内，香烟缭绕。
晋侯列祖的木主灵牌，依次供奉。
音乐声中，香案一侧，杜原款司仪。
杜原款：荀息大夫，代理大王致祭！有如大王亲临！
荀息上前，焚香，插入香炉；尔后叩拜于地。
太子以下，众臣随后，一齐跪下叩拜。
杜原款：晋国太子申生，主祭！
太子焚香之后，接过帛写表文，焚烧于鼎炉。
申生：曲沃姬姓，列祖列宗在天之灵，祭如在！
然后跪拜于地。
重耳、夷吾等兄弟宗亲，齐齐跪下叩首。

5. 室外 大殿 回廊 日
大夫朝臣，依次排序，进殿致祭上香。
依次祭祀行礼过后的大夫们，步出大殿。
狐突、里克、邳郑等，走向一侧。
冀芮、吕甥等，走向另一侧。
士蒍出了大殿，左右看看，追了吕甥这面而去。

6. 室外 大殿侧 回廊 日

冀芮、吕甥叙话间，看到士蒍，当下缄口。
士蒍讪笑执礼。
士蒍：两位大夫，今天这个祭祀大典，这场面嘛，哈哈！
冀芮：有杜原款太傅司仪、太子主祭，一切依循古礼，井然有序哪！
吕甥：莫非，士蒍大夫觉着哪儿有什么不合适了？
士蒍：哪里哪里，太子主祭，重耳、夷吾两位公子辅佐协同，宗亲和睦，实乃王室幸事、晋国幸事！

7. 室外 大殿后 甬道 日

大殿后，甬道上，林木扶疏。
里克、狐突、邳郑三人边走边谈。
邳郑：太子渐渐参与处理国政，又有重耳、夷吾兄弟两人鼎力相助；看今日祭祀大典，晋国日后大局，或能预料一二。狐突老大夫教诲两个外甥有方哪！
狐突：今日祭祀，所为何来？那骊姬为君上生了小王子奚齐，对王室、对晋国，正不知是喜是忧！
里克：自骊姬入主后宫以来，种种迹象表明，宫内宫外已然上下其手、达成勾连。骊姬生子，恐怕会更加恃宠而骄。晋国如今态势，莫说太子一人之力，便是加上重耳、夷吾，加上我等几人，恐怕都难以转捩了。
狐突：太子禀性温良，仁孝修身，但愿君上——
邳郑突然连声咳嗽示意。
身后，士蒍满面堆笑，跟随而来。
三人只做不见，沿着甬道继续往前。

8. 室外 王宫后园 甬道 日

王宫后园，林花灼灼。
骊姬一派雍容，宫娥簇拥了游园，沿甬道漫步而来。
草地上，少姬和宫娥正在围观优施的变脸节目。
优施一下变成个白须老者，老态龙钟；一下变成个宫娥，混迹人群。
少姬带头鼓掌，草地上笑语喧哗。
那宫娥作势要呵痒少姬，少姬笑得滚跌在地。

骊姬现身，语气严正。

骊姬：少姬！身为晋侯少妃娘娘，看你像个什么样子？还不给我起来！

优施变回原型。

优施：娘娘息怒！大王外出围猎，恐怕两位娘娘寂寞；小人新学的把戏大王看着好玩，是大王命小人来给两位娘娘献丑的！

9. 室外 王宫围墙 堞楼 日

围墙上，有甲士巡行。

堞楼垛口，勃鞮目光鸷利，扫视王宫，俯瞰后园。

10. 室外 后园 林间 日

后园林间，宫娥落下距离。

骊姬正与优施低声言谈。

骊姬：勃鞮将军其人，你怎么看？

优施：勃鞮呀，绝对忠于大王！外头的人都说，那就是大王的一条看门狗！娘娘犯不着多动他的心思，娘娘拢住了主人，还不等于拢住了他的狗吗？

骊姬：哈哈，有趣有趣。你是说，大王的狗，也就是我的狗？

优施：小人说着玩儿，只要娘娘高兴！

骊姬：上次，本妃赏你的玉玦，你真的给了士蒍啦？

优施：启禀娘娘，小人是贪财；不过，为了娘娘，小人什么都豁得出来！

骊姬：那么，你是忠于大王多些、还是听命娘娘我多些？

优施：娘娘冰雪聪明，小人不敢撒谎。大王待我，不过当我是个玩物；娘娘待我，是把小人当作人物！小人虽只是一名优人，却也懂得"士为知己者死"。只要娘娘肯把小人当作心腹，小人甘愿为娘娘肝脑涂地！

骊姬：你是光为了我吗？恐怕更是为了少妃娘娘吧？

优施听言，猛一哆嗦；瞟眼来看，骊姬面现杀气。

优施连忙跪下。

优施：娘娘，小人是个卑贱的优人，万万不敢有任何非分之想！王室后宫，莫说男子，就是一只公苍蝇都不得随便飞进。今天小人进宫，小人揣测，也是娘娘全力策划的呀！

骊姬：知道是我策划的就好！以后，凡事给我小心了！——起来吧！

优施起身。

　　骊姬：本妃让你进宫，有重要话题！

　　优施：娘娘请讲。

　　后园曲径通幽，两人边谈边走而去。

11. 室外 后宫内廷 台陛 日

　　台陛下，申生居中，重耳、夷吾左右，躬立敬候献公；夷吾双脚搓动，小声嘀咕。

　　夷吾：大清早等到这般时分，都一个时辰了！

　　申生瞟了一眼，夷吾噘嘴不言。

　　台陛上，寺奔俯身，和蔼地唠叨。

　　寺奔：老奴是看着你们哥儿几个在这宫里长大的，一个个出息长俊，都有贤名啊！前几日，宗庙祭祀，听说办得不错，大王好生满意！——大王答应接见你们，有些日子了，父子们也该见见啦！

　　寺奔竖耳听听动静，连忙到门边迎候。

　　献公便装，大步走出，昂立台陛。

　　申生带头施礼。

　　申生：儿臣等恭请父王安好！恭请骊妃娘娘、少妃娘娘安好！

　　献公：寡人好得很，两位娘娘也好得很！你们的小弟弟奚齐，寡人的小王子，更是好得很！——你们三个相携了来，不是又有什么讽劝寡人的吧？

　　申生：日前，承蒙父王信赖，有重耳、夷吾与群臣相助，曲沃祭祖告庙，儿臣总算不辱君命！

　　献公：好啦好啦，拢共办了一件事，寡人耳际听得夸赞你们的话够多的啦！——你们下去吧，往后有事，寡人自会召见你们！

　　三人抬头，只见献公的背影。

12. 室内 后宫内廷 日

　　献公落座，优施捧上蜜水。

　　优施：骊妃娘娘忙着侍弄小王子，这是少妃娘娘给大王调制的蜜水。咱们大王呀，洪福齐天，现在的后宫哪，有了个后宫的样子啦！

　　寺奔：宫里两位娘娘操持，一派和谐；宫外太子和几位公子忠孝两全，都有贤名。咱们晋国，前途无量啊！

优施：几位公子已经成人，又有朝臣大夫拥戴，大王是不用操心啦；咱们小王子，快快长大吧！到那时，大王看着小王子也成了人，也有贤名、朝臣大夫们拥戴，可该多称心哪！

说着，自己乐得拊掌。

献公：好啦好啦！寡人的小王子当然能长大成人！

这时，一名小太监慌忙奔进。

小太监：不好啦！宫娥来报，少妃娘娘哭泣不止，说是要回骊戎国去，谁都劝不下！

献公变色。

13. 室内 后宫内室 日

后宫内室，献公到来；宫娥们躬身闪开。

少姬打扮得花枝招展，却是泪流满面；见到献公，近前扑通跪下。

献公：你是寡人的少妃娘娘，有什么事，尽管站起来说话。

少姬扯着献公衣袂，含泪抬头，愈加楚楚动人。

少姬：大王！妾妃恳请大王，放我们姐妹回国去吧！

献公：回国？你们哪还有国？晋国不就是你们的国吗？这、这是从何说起？

少姬：大王，少妃求你啦！

说着，连连叩头。

突然，一名宫娥从侧门冲进。

宫娥：不好啦！来人哪！骊妃娘娘要寻死呀！

献公甩下少姬，冲向侧门。

14. 室内 卧室 日

卧室里，一片凌乱；有宫女抱着孩子襁褓抚拍。

骊姬蓬头垢面，对着襁褓小儿哭闹。

骊姬：人家都成人了，你什么时候才能长大呀！人家结帮成对，兄弟如同手足，谁把你当手足啊？为娘是个戎狄女子，在你们晋国，为娘是个外人哪！为娘和你怕是活不出来呀！

献公：骊妃！好好的，你这是干什么？你给寡人主持后宫，这、这成了什么样子?

骊姬抱过儿子,跪地流泪陈说。

骊姬:大王,妃子不敢无视后宫礼仪;妃子是情不自禁,心里的话不能不说呀。妃子的心里话,不和大王说,又能对谁去倾吐?妃子要是没有奚齐,不生下这一骨肉,大王百年之后,我们姐妹服侍大王一场,决心一死身殉,也免得别人动手!多承大王恩宠,妃子生下了大王你的这团骨肉,到那时,谁来管他的死活?他有外公疼爱、还是有舅舅帮扶?——奚齐,我的儿子啊,你叫为娘拿你怎么办啊?

献公:说什么"百年之后",寡人已经老了吗?还是现在谁已经把奚齐怎么样了?他没有舅舅、没有外公,有寡人!

那面,少姬进来,搂着姐姐号啕开来。

少姬:我的阿哥,我的阿爸呀!谁来疼爱我们、有谁管我们姐妹的死活呀!

襁褓中小孩子受惊醒来,哇哇哭吼。

奚齐:哇!哇——

献公束手无策。

有宫女抱过孩子一面抚拍,不再哭泣。

献公:你们就给我闹吧!你们没人疼、没人爱、没人管!简直是无理取闹!——给我好生起来,看好奚齐!寡人的小王子有个长短,拿你们是问!

献公勃然,撂下话,悻悻而去。

少姬窥见献公离去。

少姬:姐姐,大王生气,好可怕呀!我们是不是闹得太过了?

骊姬却微笑了。

骊姬:你以为大王是生我们的气吗?

15. 室内 朝堂 日

朝堂上,献公端坐,群臣两厢站立。

为首的荀息出列。

荀息:启禀大王,今日朝议,众位大夫事先不知议题。微臣恭请大王明示!

献公:众位大夫,日前太子在曲沃宗庙主持祭祀大典,深合寡人之心,也颇得众位赞许。太子年齿渐长,确乎也该替寡人分担一些国事政务了。曲沃乃宗庙所在,我曲沃姬姓一支之发祥,宜于有人长期驻守、主持日常祭祀,此事关乎国运，不可轻忽。寡人决定，派太子前往曲沃驻守！

事起仓促，群臣措手不及；一时面面相觑。

太傅杜原款出列。

杜原款：大王，自古以来，太子乃是储君，关乎国脉；微臣以为，太子不可擅离东宫，不宜离开都城！

群臣点首。

士蒍出列。

士蒍：微臣以为，大王决定，至为英明！曲沃乃宗庙所在，同样关乎国脉。由太子前去驻守，最为可靠。至于太子不宜擅离都城云云，莫非让大王去守宗庙、让太子控扼都城吗？请大王明察！

此言一出，众人惊愕。

献公：士蒍大夫，总是直言敢辨。凡事都得寡人亲自操持，太子何时才能学会从政治国？此事就这样定了！为郑重起见，除太傅杜原款之外，由里克大夫协助辅佐太子！

士蒍：大王看重太子，真是舐犊情深！杜太傅熟知古礼，里克大夫品行刚正，辅佐太子确乎是上上人选！

两人张口结舌。

献公变色。

荀息在一边提醒。

荀息：两位大夫，这个得谢恩呀！

杜原款：微臣谢恩！

里克：微臣谢恩！

献公脸色好转。

献公：祭祀大典过后，各家大夫都按礼分到供品、祭肉了吧？整日美酒甘旨，多多托赖祖宗之德，便是寡人，也要谢恩哪！——散朝！

寺奔：散朝——

16. 室内 冀芮府上 客厅 日

客厅里，夷吾与冀芮、吕甥席地议事。

冀芮：今日朝议，非同小可呀！太子地位动摇，整个朝中震动啊！

夷吾：太子地位巩固，有我什么事？太子地位动摇，又关我什么事？里克、杜原款跟从太子，终究还有一搏；日后太子当了晋侯，还不是太宰、首辅的干干？你们二位，跟上我，屈才啦！小打小闹，多大的油水？

吕甥：公子不可泄气。太子地位动摇，还只是初露端倪。日后到底会怎么样？皆在未定之中。谁能说公子就没有机会呢？至于眼下嘛，公子只能暂且隐忍蛰伏。

夷吾：你说的意思就是装糊涂呗！耍聪明耍不好，装糊涂，还装不来吗？

17. 室内 杜原款府上 客厅 夜

客厅里。杜原款与里克议事。

里克：骊姬刚刚生下王子，晋国已经现出废长立幼的端倪！废长立幼，这是乱国的根苗啊！

杜原款：太子禀性仁厚，老夫认定他会是日后晋国的仁德之君。如今君上独断专行，你我又当如何？也只好规劝太子，处事谨慎、多行仁孝，或能否极泰来、绝处逢生。

里克：哼！骊姬蛊惑君上、恃宠而骄，君上独断专行，岂能与这个妖女无干？里克奈何不得君上，有朝一日让她骊姬认得里克！

杜原款：里克大夫，你我辅佐太子，固然要让太子处事刚正，可万万不能让太子冲动啊！

里克：太子受你教诲多年，仁义修身，你让他冲动，他冲动得起来吗？

里克苦笑，杜原款无言。

18. 室内 狐突府上 内室 夜

内室，狐突父子，重耳、赵衰议事。

狐偃：君上说得冠冕堂皇，其实三岁小儿都看得出来，这就是要废长立幼！

狐突：骊姬生了儿子奚齐，自然巴不得君上将奚齐立为太子。此事还只是略显端倪而已。小娃娃，不会一夜之间长大的！

重耳：太子仁义，朝野共知。父王有了废长立幼之心，这分明是在倒行逆施。这是废仁义、远贤臣，晋国离道德治国越来越远啦！

狐突：重耳，你想过吗？太子地位稳妥，你和夷吾还勉强得以安度日月；太子地位动摇，你们多半也就难得安生啦！

重耳：甥儿明白。太子平安，晋国才有希望！

赵衰：那我们能怎么办？还不是眼睁睁看着太子被撵出都城？

狐毛：可不眼睁睁看着。要依我说，往后我等与太子就不宜过度亲近了。君上为什么突然把太子撵出都城？太子和两位公子皆有贤名，手足情深，所谓结帮成对，骊姬睡不着觉啊！让那女人惦记上，可不是什么好事。

狐突：重耳，你大舅说得倒也有几分在理哪！

重耳：外公、舅父在上，请容重耳一言。自古正邪不能两立，重耳奉行仁义，但绝不是软弱，绝不会向邪恶低头。想想太子，想想我那仁厚的兄长，无端被驱出都城，该是什么心情？此时此刻，多么需要哪怕一点理解与抚慰！父王专断，谏诤已是无用；至少重耳要让太子知晓，他绝不孤独，有人站在他的一边！

赵衰：赵衰愿听公子的，你说怎么办吧？

重耳：你等不可轻举妄动，要知须不是打架拼命。重耳不过是要公然为太子送行。即便引起父王不快，我也要告诉他，重耳就是拥护太子、永远站在仁义一边！

狐毛：公子，我看这样不妥。这样做，对太子或有些许抚慰，对大事毕竟丝毫无补；况且，这个时分，你的一举一动，恐怕上头都会密切关注；徒然引发君上的不快，这又何苦呢？利害相权，我坚决反对你为太子公然送行！

重耳：兄弟人伦，如果我重耳都为了利害而弃之不顾，重耳还奢谈什么仁义？还敢自认有什么"贤行、贤名"？

烛火摇曳，重耳表情毅然。

19. 室外 王宫 宫门 晨

清晨，王宫。

太监杂役清扫王宫院落的时分，申生离了东宫；重耳、夷吾左右陪伴了送行。

宫门那里，勃鞮按剑，注视这厢。

夷吾突然双手捂着肚子，一脸苦相。

夷吾：哎呀，夜来贪吃，这是闹肚子了。太子，对不住，小弟就只能送你到这儿了！

申生：夷吾兄弟，你快自便吧！自家手足，说什么对住对不住？

夷吾不及回答，一手捂了肚子，一手乱摆，慌忙地去了。
申生：重耳，你若有事，尽可去办，让兄长自己走吧！免得——
重耳：兄长不必顾虑，即便白刃当胸，谁能断我手足之情？重耳定要送你一程！
申生：兄弟——
兄弟执手，相携走向宫门。
勃鞮：两位公子这是要？
重耳：勃鞮将军，请禀告父王，就说重耳送太子出城去了！
两人岸然出宫。

20. 室外 宫外广场 魏阙 晨

宫外广场上，车驾待发。
杜原款、里克等候在此，空空的广场上，狐突一人前来送行。
狐突：太子，一早便要赶赴曲沃去吗？
申生：哎呀，狐突国丈！一来，君父之命，不敢耽延；二来，申生恐怕劳烦各位。想不到，哎呀，这个，申生这厢多谢了！
狐突：太子保重！杜太傅、里克大夫，保重！
里克：就此别过，多谢送行！
大家执礼告辞。
车驾启动前行。
杜原款、里克随了车驾。
申生、重耳在后，到魏阙那里，再次回转身。
晨风吹动狐突的白须，老人伫立良久。

21. 室外 城外 大路 高冈 日

城外大路，车驾在前，上了一处高冈。
申生、重耳，相携步上高冈。
申生：前面已是曲沃地界，兄弟留步吧！
重耳：兄长，重耳千言万语就是一句话，请能为了晋国百姓、为了晋国的将来，忍辱负重！
申生：与你相携一路，为兄的种种苦衷能倾吐一回；有你这样的兄弟，苍天待我申生不薄啦!

　　重耳：兄长驻守曲沃，往后见面叙谈，恐怕就不容易了。兄长在上，请受重耳一拜!

　　重耳大礼拜倒。

　　申生连忙跪下。

　　申生：兄弟，我的好兄弟!

　　两人执手对视，泪睫滢滢。

22. 室外 冈下 高冈 日

　　冈下。赵衰、狐偃，带着不少家丁仆从追来。

　　从冈下仰望，申生、重耳伫立，仿佛天际剪影。

　　赵衰：太子，我们大伙儿为你送行来啦!

　　回声鸣应。

　　一行人奔上高冈，簇拥着申生、重耳。

23. 室内 王宫 朝堂 日

　　朝堂上，群臣等候献公上朝许久，已经有些不耐烦。

　　冀芮、吕甥、士蒍等，在一侧；狐突、邳郑等，在另一侧。

　　邳郑：向来朝议，君上都不曾让大家这样久等过啊!

　　冀芮：荀息大夫去询问情由，也该回来了吧!

　　朝堂侧门那儿有了动静，众人肃然，准备接驾。

　　荀息在前，回到队列。

　　寺奔陪了一人，走上献公宝座前，蓦然回首，竟是优施!

　　荀息：众家大夫，大王身体偶感不适，今日朝议原拟令在下主持。荀息不敢僭越，大王特派宫内行走、下大夫优施代为主持。优施下大夫传达大王旨意，有如大王亲临!

　　众人惊愕，一时噪杂。

　　邳郑：下大夫？

　　狐突：简直是胡来!

　　荀息已经带头，向上躬立。

　　优施站在台陛上、几案前，向下施礼，谦卑恭谨。

优施：众位大夫，小人是个优人，不过是滑稽逗笑，给大王开心的。不意大王格外恩宠，赐以下大夫之爵位。大王哪天不高兴了，这个爵位说不定就拿掉了。小人这个下大夫是不作数的，万不敢与众家大夫同列。大家放心，仙鹤群中不会有我这只草鸡；一只羊子也不敢混入骆驼群中。今儿个小人斗胆站在这上面，是代大王说话的，如同大王亲临！

优施挺直身躯，蓦地回头，俨然已是几分献公气质。

优施：今日朝议，大王有关宫内的家事处置，通告各位大夫知晓。晋国疆土，屈地靠近北方狄族，边境常有摩擦；蒲地与河西秦国接壤，控扼黄河天险，地势极为重要。这两地须得有公子们前去守卫，大王才能放心。不然，莫说开疆拓土，守住晋国祖传家当都是疑问。

士蒍出列。

士蒍：大王决策，极为英明！微臣斗胆，敢问大王，不知将派哪两位公子前往守卫？

优施：大王言讲，派重耳公子驻守蒲地、夷吾公子驻守屈地！两位公子素有贤名，到了替大王分担国政、为晋国出力建功的时候啦！此事虽是宫内家事，但到底关乎晋国，不可不通告各位知晓。

荀息：大王决策，微臣等都知道了！

优施：所以召集各位大夫朝议，家国一体，家事也是国事。狐突老大夫年事已高，特恩准狐偃随同重耳去往蒲地；狐偃赐下大夫之爵！夷吾陪臣冀芮，特恩准随同夷吾去往屈地；冀芮下大夫，擢升中大夫之爵！

狐突不语，冀芮愣神。

荀息：两位大夫，这得谢恩呀！

冀芮：微臣谢恩！

狐突直视优施，优施毫不示弱。

狐突：蒲地、屈地边鄙，连一座弹丸小城都没有，如何守卫？

士蒍出列。

士蒍：狐突大夫此言差矣。没有城池，可以建造。建好城池，蒲城、屈城，与晋都绛，恰是鼎足而三。此乃大王高瞻远瞩，可保晋国立于不败！

优施：士蒍大夫直言敢谏，堪为朝臣之榜样。大王口谕，特擢升士蒍大夫为中大夫！

士蒍：微臣谢恩！肝脑涂地，万死不辞！

优施：两地筑城，已在大王谋略筹划之中。哪家大夫愿自告奋勇，负责筑城？

邳郑：士蔿大夫勇于任事，能力强劲，微臣建议大王，委以士蔿大夫筑城重任！

狐突：老臣赞同！

吕甥：微臣赞同！

士蔿：这个，两地边鄙，急切之间，在下才疏学浅——

荀息：众位大夫极力举荐，看来，筑城之事非士蔿大夫莫属！食君之禄、忠君之事，你要推诿吗？

优施：那就这么定了，我回宫禀报大王就是了。士蔿大夫负责筑城，限期完工，不得有误！

狐突：士蔿，还不谢恩？

士蔿：微臣谢恩！

24. 室内 冀芮府上 客厅 日

客厅里，冀芮神情嗒然，夷吾牢骚满腹；吕甥左右规劝。

冀芮：三个贤公子都要赶出都城，以便日后废长立幼，这也太急迫、太逼人了！

夷吾：紧跟太子，混了一个"皆有贤名"，我错了，我们都错了！哪如像其他几个小兄弟？斗鸡走马，整日鬼混，反倒没事！

吕甥：公子不可自暴自弃。一个好的名声，也值钱啊！国人服膺，口碑称善，终究不是坏事哪！

夷吾：远水不解近渴！名声不错，不能当饭吃。要疏远太子，动作太晚了，现在，让父王给一锅烩啦！冀芮大夫，把你也连累啦！

冀芮：冀芮跟从公子，愿与公子祸福与共！

夷吾：跟了我当陪臣，原本也由不得你。祸福与共，眼下哪有什么福？升了一个中大夫，尝到小小一点甜头；随后哪，跟本公子到屈地去吧！说得难听点，就是流放啊！——你们说说，谁当太子，碍我什么事？夷吾我又碍了谁的事？

吕甥：公子去屈地，吕甥认为倒是好事！

冀芮：好事？

吕甥：一者，三位公子看似一同被赶离都城，事实上，太子是首当其冲。大王单单赶跑太子，也怕事情太露骨。

　　夷吾：是嘛，拿我们一道陪绑嘛！

　　吕甥：二者，假设公子留在都城，在那骊姬眼皮底下，那可就是动辄得咎。闹不好，结局恐怕就不是什么流放啦！

　　夷吾渐渐听了进去。

　　吕甥：三者，去往屈城，不仅可以避祸、远离是非，更可以等待机会，因时而动！

　　冀芮：等待机会？

　　吕甥：假如太子地位稳固，日后顺利登位；公子是连带受害过的，太子能不念及吗？那时公子的处境将会如何，尽可不言而喻。而太子失宠，被取而代之，几乎已成必然；到那时，骊姬和奚齐，真能掌控得了晋国的局面吗？那个时候，公子的机会就来了。就看公子和重耳，哪个能够捷足先登了！

　　夷吾：吕甥大夫，你说的固然有理，可那样的日子，是否有些太遥远呢？

　　吕甥：人无远虑，必有近忧。忍辱才能负重，耐心才有机会。有冀芮大夫到屈城好生辅佐，有吕甥在都城当公子的内应，谁敢料定晋国的权柄，有朝一日不会落在我等手中？

　　吕甥连连鼓动，夷吾、冀芮振作了精神。

25. 室外 狐突院落 日

　　狐突院落里。

　　狐突手拎头盔，一身戎装；仆役在身后束带，狐突吩咐狐毛。

　　狐突：毛！去把先王临终赐我的宝剑请出！

　　狐毛：父亲！请听儿子一句，不可去闯宫啊！君上一意孤行，刚愎自用，当初血书血谏没有用，如今闯宫当面指责又有什么用？

　　狐突：给我快去！

　　狐突戴上头盔，束好带子；狐毛双手捧出宝剑，剑鞘铜绿斑斑。

　　狐突：当面指责君上，是没有用，乃至会惹祸上身，为父岂能不知；然凡事不可仅仅以利害成败论。关乎国家大事，大臣有谏诤之责；面对倒行逆施，国人有讽喻言说之权。狐突要让他知道，威权并不能让所有人低头；仁者有勇、勇者不惧！

狐毛：父亲，万一君上动了雷霆之怒——

狐突：我谅他现在还不敢无故诛杀大臣！即便是那样，狐突也要给世人做个榜样——指斥不义，宁可杀身成仁！申生被赶离都城，有胞弟重耳为其送行；重耳被赶离都城，有他外公替他闯宫，一吐胸中郁闷！

狐突白须飘飘，昂然出门。

26. 室外 后宫大门 日

后宫大门这里，狐突大步而来。

有侍卫前面狂奔报信。

侍卫：勃鞮将军，有人闯宫！

勃鞮出现在宫门，拔剑当门而立；剑尖指向狐突。

勃鞮：狂悖大胆！后宫禁地，岂容乱闯！

狐突：勃鞮，认得先王的宝剑吗？

勃鞮凝目认出，急忙倾头，低下剑尖。

狐突随手扒开勃鞮，闯进后宫。

27. 室内 后宫内廷 日

后宫内廷，献公便装，宫娥捶腿，宦官捏肩，品尝鲜果。

优施鼓瑟，少姬赤足舞蹈，脚铃仓锒。

寺奔轻轻摇头。

突然，小太监仓皇奔进。

太监：不好啦！狐突带剑闯宫啦！

优施变色，作势保护少姬。

寺奔挡在献公身前。

献公冷笑一声，扒开寺奔，踢开宦官，直视门边。

狐突进门，直立不拜。

身后，勃鞮的剑尖不离狐突后心。

献公与狐突，两人对视良久。

献公：带剑闯宫，意欲何为？

狐突：没有先王所赐宝剑，老臣如何能够进宫、直谏君上！

献公：哼！血书血谏，闯宫直谏，你倒是像个忠臣！

狐突：老臣忠奸，自有公论！

献公：寡人要是没有闲功夫听你的废话，也不想听你的什么谏言呢？

狐突：朝野上下，悠悠众口，谁能阻挡得了？将三个儿子撵出都城，任你说得冠冕堂皇，君上的隐秘心机瞒得了谁人？狐突带剑闯宫，即便一言不发，国人皆知老臣犯颜直谏，君上不能兼听则明、早已是独断专行！

献公：仗着先王所赐宝剑，胆敢带剑闯宫，你还有什么不敢胡作非为的？勃鞮，取来宝剑让寡人验过；若是以假乱真，分明就是图谋行刺、意欲弑君！

勃鞮摘下狐突腰间宝剑，捧给献公。

狐突朝天揖礼。

狐突：先王哪！你赐予微臣的宝剑，被人褫夺；微臣忠于晋国之心，谁能夺走？

献公根本不来验看什么宝剑，随手便摆在几案。

献公：晋侯赐你的，晋侯尽可收回！免得你挥舞着吓唬孩童！

狐突：沉迷女色、亲近佞臣，仗恃威权、践踏仁义，你还有什么干不出来的？晋国迟早毁在你这个暴君的手里。

献公：你给我住口！你以为晋国是谁的晋国？不看你有功于国，以为寡人不敢杀人吗？先免去你的上大夫，给我离开都城，跟上重耳到蒲地给我筑城去！——勃鞮，将这个老匹夫叉出王宫！

勃鞮推搡了狐突，狐突仰天大笑出门。

狐突：哈哈，痛快、痛快！

献公猛地抡起带鞘宝剑，将面前几案击得稀里哗啦。

28. 室外 宫门 广场 日

狐突被剥去头盔、衣甲，让甲士们用戈戟叉在脖颈、胁下，推搡出宫。

大门外，广场上，狐突的车驾已被捣毁；驭手、仆从衣衫破裂，鼻青眼肿。

勃鞮：老人家，对不住了。你如今不是大夫了，以后就不用摆架子、耍派头啦，自个儿步行走路回家去吧。一把年纪，不明事理，在晋国、在普天下，和国君对着干，能有什么好儿？

狐突：勃鞮，你是狗眼看人，你知道人眼是怎么看狗的吗？

勃鞮脸子不红不绿。

狐突啐一口，拂袖而去。

29. 室外 魏阙 日

魏阙这儿，聚拢了不少国人。眼见刚刚场面，自是议论纷纷。

国人：听说，三位公子都被赶出都城啦！

闲人：嘿！刚才狐突老大夫是仗剑闯宫来着，估计就是冲那个去的。那场面，嘿，火爆、热闹！除了老大夫，谁敢哪？

士子：国将不国呀！

介子推听了几句，默默离开。

30. 室内 王宫 内室 日

王宫内室，献公怒气未消的样子。

骊姬笑颜如花，给献公抚胸消气。

骊姬：大王，快消消气，小事一桩，大王什么山崩地裂的场面没见过啊？

献公：小事？哼！仗剑闯宫，能算小事？

骊姬：少姬一个劲儿后怕，耍刀弄杖的，万一伤着大王、吓着咱家奚齐，妃子们可该托靠谁呀！

献公：他敢！

骊姬：妃子都听少姬说啦，那场面反正把她吓坏了。可咱们大王，那叫气定神闲，轻轻巧巧就把他给缴械啦！老也老了，和咱玩儿这个！结果呢，让侍卫们给叉出去啦！

献公：叉出去？寡人把他的大夫也给免了，贬为庶人啦！

骊姬：贬为庶人？这个——

献公：怎么？你觉着寡人处置得不妥当吗？

骊姬：大王处理朝政，妃子不敢胡乱插言。不过嘛——

献公：爱妃，自家人私下里，有话尽管说。

骊姬：先前呀，妃子确实有点害怕大王，有话是不敢说；如今哪，打心底里知道大王对妃子好，有些话就敢说了。可是，妃子又怕人家议论，说我生了个儿子，就不知道天高地厚啦！大王，你是妃子头上的一重天哪！

献公：你瞧你，越说越显得咱们夫妻生分啦！

骊姬：你叫妃子说话，妃子说错了，你可不许生气！生起气来，既上火又伤身，何苦呢？

31. 室外 王宫 回廊 日

回廊下，优施正在教少姬宫舞，执手扶腰的，颇是亲昵；还一边窃窃私语。

优施：我看咱们骊妃呀，算是把大王的脾性摸透了！服侍大王，那叫体贴入微；调教诱导，不着痕迹！——手儿这么着。

少姬：多半是你教的！你怎么那么多鬼点子呢？

一面，寺奔等候献公，坐在栏杆上满身疲态。

另一面，勃鞮踱步过来。

勃鞮：优施！快到后宫戒严时辰，还不动身！

优施：哎哟，是勃鞮将军哪！优施如今好歹也是大王钦赐的一名下大夫，你说话不能稍微客气那么一点点吗？再说了，教授少妃娘娘宫舞，可是大王吩咐的！

勃鞮：本将军职责所在，到时辰不走，下大夫？上大夫我都叉出去！

32. 室内 内室 日

献公安坐，骊姬手之舞之侃侃而谈。

骊姬：派自家的儿子驻守边地，护卫晋国，一般人不理解，狐突身为老臣，他怎么能那样？轮到谁的头上，都会生气。可是，天子动怒，也不能代替法度！生气了，你就随口免了他的上大夫，这能放到明面上吗？所以呀，免他，就要让他心服口服，让朝野上下知道他的罪错！带剑闯宫、以下犯上、信口开河、诋毁君上，要在朝堂上宣布，要张贴魏阙告之国人！让朝臣和国人，觉得大王仁厚，狐突他是有恃无恐、罪有应得！

献公：爱妃说得不错。寡人正要虑及于此，爱妃倒想在前面了。

骊姬：一定要借处置狐突，来震慑其他朝臣。狐突这是做了个最坏的样子啊！仗剑闯宫？哪天有人不高兴，会不会弑父弑君啊？

献公：所以，寡人下令，将其赶出都城。

骊姬：妃子斗胆再说一条，大王怎么能把他赶出都城呢？外公、舅舅们和外甥聚在一起，不怕他们合伙儿谋逆吗？

献公：谋逆？这个恐怕还不至于吧？

骊姬：大王！诛杀诸公子那回的悬案疑案，你破案了吗？到底是谁派人对抗大王的行动？除了胸怀大志的重耳，谁敢生这样悖逆的念头；除了带剑闯宫的狐突，谁敢暗中对抗大王？上次，重耳是外出打猎；这次，是出城为申生送行。怎么就那么巧呢？都城一旦有大事，他就正好不在场。他这是做样子给谁看呢？他为什么要躲开？这岂不是欲盖弥彰吗？诸公子远在天边，都惦记着晋侯的宝座，我不信有人近在眼前，就不惦记这个！

献公站了起来。

献公：爱妃，果然心思缜密，分析得在理、透彻。

骊姬：他那儿欲盖弥彰，大王就给他来一个欲擒故纵。所以，大王不能赶跑狐突，要让他乖乖地待在都城。包括重耳、夷吾的妻小，也不能随便离开。一来，拆开他们几个；二来，让他们有些顾忌，不敢铤而走险！

献公：说穿了，就是扣押人质！

骊姬：说法嘛，好办。蒲地、屈地，偏远边鄙，怎么好让妇孺老弱前去呢？话说回来，咱们大王生气是生气，心里到底也是不忍哪！

献公：好！骊妃我的娘娘，不愧寡人身边、枕边最贴心的知己，就这么办！

骊姬：这么好的事，是不是赏给荀息去办？打一个总得拉一个呀！

33. 室外 狐突院落 日

狐突院子里，狐毛指挥仆从们正在打整箱笼。

狐突、狐偃父子谈论眼下处境。

狐偃：儿子正在东宫帮重耳收拾行装，听说咱家出事了。这也好，干脆举家都到蒲地去；眼不见、心不烦，免得在都城整天受他的窝囊气。

狐突：哈哈，老丈人打到女婿的门上，臣下带剑去闯君上的后宫；你可听说周边列国有这样的事？君上哪，罢了丈人的官，女婿呢，要把老丈人全家赶出都城；你可见过如此一位国君？他生气了，好；跳起来，做得越过分越好！钻在深宫，耍弄权谋，别以为国人都是瞎子、全是傻子！——重耳那里定下何日出发？

这时，一名家丁奔来。

家丁：报老主人、少主人，荀息大夫到访！

狐突：有请！

狐毛、狐偃，迎了出去。

34. 室内 狐突客厅 日

客厅里，主客席地；狐毛、狐偃作陪。

荀息执礼。

荀息：老大夫仗义执言，仗剑闯宫，果然一派刚正！忠于国事，直言敢谏，荀息心底由衷敬服！

狐突：荀息大夫屈驾前来，不是单单夸赞老夫冒失之举的吧？

荀息向上揖礼。

荀息：这个，在下奉了君上之命，有两件事特来告之老大夫。

狐偃：家父已经被贬为庶人，这儿哪里还有什么老大夫？

荀息：哈哈，在下失言了。关于阁下被免职因由，君上已经令人拟了文告，宣示于魏阙。

狐毛：家父为了晋国，慨然进谏，免了大夫还不够，这是要昭告国人、羞辱胡氏一门！

狐突：毛！荀息大夫不过是来传话，不可无礼！——昭告国人，好啊！对这个，狐突就不必谢恩了吧？

荀息：还有，念阁下年老，蒲地边鄙偏远，关于随同重耳前去驻守蒲地，君上已然收回成命！请阁下尽管安心待在都城。在下协助君上打理朝政，有什么不明不当之处，也好前来请教，以便听取阁下的直言指教。

狐突：荀息大夫客气！

狐毛有所释然。

荀息：出于相同考量，重耳、夷吾的家小，君上也特许留在都城啦！

狐毛：好，好！到底是骨肉亲情，君上仁厚啊！这个，应该向阙谢恩哪！

荀息笑容可掬，等候狐突谢恩。

狐突木然，狐偃肃然。

荀息：这个，哈哈，在下进宫复命，自然要说阁下举家谢恩。——荀息位列朝堂，概不会拨弄是非、唯恐天下不乱。区区此心，恳望老大夫体谅！

荀息深深拜伏下去。

狐突：荀息大夫，老夫勃然一怒，容易；阁下委曲求全，难啊！太子仁厚，实乃晋国之希望所在；请阁下在朝中，设法周旋、多多辅佐！

狐突扶起荀息，对视良久，默默无言。

35. 室外 曲沃 宗庙 廊下 日

曲沃宗庙，太子与师傅在廊下散步。

申生：原先整日与两个兄弟在一处，乍然分手，好不令人惆怅！

杜原款：太子肩担晋国未来大任，岂可过分为此伤神？

申生：师傅，晋国未来云云，岂是申生决定得了的？但愿重耳、夷吾留在都城，一切安好，是我之望！

里克匆匆走上。

里克：都城来了消息！朝纲大坏，简直是匪夷所思；一意孤行，简直是为所欲为。

36. 室内 卧室 夜

骊姬卧室，那名贴身已经换好了夜行衣。

骊姬：重耳临行，一定会和狐突见面。你潜伏了去，看看能不能听到他们的什么密谋。包括口出怨愤、诅咒大王的话，一字不漏回来报我！

贴身：少姬不是说有了安排，准备在半道上行动吗？

骊姬：想用那样办法除掉重耳，小妮子把事情想得过于简单了。优施他能有几个得力人手？半道劫杀，岂能保证一定成功？闹不好，露了马脚，那要毁掉我整个的复仇计划！

贴身：少姬事前也不和娘娘商量，优施也已经出宫去了，让他取消行动都来不及了。

骊姬：所以，你的行动非常重要！只要抓住重耳的一点把柄，他就趁早别离开都城，就地把他炮制了！让晋国的国君替咱们出手杀人，那才叫借刀杀人！让老子杀儿子，我看了才算解恨！杀，杀得惨不忍睹；杀，杀得血流成河！

第四章 小施仁政筑城守边地
大动干戈封功藏杀心

1. 统一片头

2. 室内 狐突内室 夜

内室,重耳前来辞行。

狐突:毛,院里有人守夜吗?

狐毛:父亲,公子前来辞行,依礼本分。这个,还要偷偷瞒着谁吗?

赵衰:在下已经安排了人手。老元戎考虑得对,眼下情势已不能用常理考量。便是君上,也想不到老元戎仗剑闯宫啊!

狐突:赵衰是个将才。你还有偃,一同保驾重耳去蒲地,我就放心啦!话说回来,重耳、夷吾离开都城也好,无形中倒是一个避祸的办法。

重耳:外公,父王此项决断,重耳细细思量,不能不由衷佩服。一者,可以说是把我兄弟三人都赶离了都城;骊姬那里应该暂时有所安分,后宫一派和谐。她终不能挑动父王现在就废了太子!

狐偃:并且,也免于单单赶跑太子,废长立幼的计谋太过露骨!

重耳:这是其二。三者,从晋国大局考虑,蒲地、屈地分别筑城,与都城鼎足而三,确实也是眼光长远的战略部署。

狐突:你父亲原本是雄才大略呀,可惜像是中了邪,劝不动、喊不醒啦!

你们几个都年轻,晋国的将来,看你们的啦!

重耳:外公,重耳到了蒲地,定要好生治理那个地方。

狐偃:好,好!说来也是独当一面。治理一地和治理一国,同样的道理。

3. 室外 院落 屋顶 夜

院子里,有人值岗,有人巡行。

屋顶暗影处,影影绰绰埋伏着一名黑衣人。

另有一名黑衣蒙面人踩着瓦垄,蹑手蹑脚而来,俯身到屋檐那里,侧耳窃听。

暗影处,黑衣人现身。

黑衣人:什么人?胆敢私入民宅!

蒙面人一惊,仓皇逃走。

黑衣人追了下去。

值岗的当下呼叫起来。

值岗:有刺客!

屋门大开,光亮泻出,赵衰早已仗剑冲出。

赵衰:刺客在哪里?

扫视四处,踪迹杳然。

4. 室外 王宫 巷子 夜

一条巷子里,黑衣人追赶蒙面人。

蒙面人疾奔,逃往王宫方向。

巷口,黑衣人停下来。

侧影看去,像是介子推。

5. 室内 狐突内室 夜

大家自是在议论方才。

赵衰:跑出来两个黑衣人。一个像是要与我不利,一个倒像是暗中相助与我。哈,令人莫名!

狐突:宫里对这儿不能放心,是生怕我和重耳密谋什么行动吧。

狐偃:终不成怀疑我们谋逆造反,要带人杀进宫去?

赵衰：老元戎仗剑闯宫，吓着上头啦！

狐突：有害人之心者，常恐有人会来害自己呀！重耳，你等不必在都城多耽延了，安顿妥当，及早动身！刚才，哈哈，就算是宫里来人为你送行吧！

重耳执礼。

重耳：重耳离开都城，放心不下外公、放心不下太子啊！

狐突：外公这里，能有什么事？你们走了，我从此不再上朝，保准什么刺客密探的也就不来了。太子嘛，我看暂且也不会有事。还有个夷吾，唉！你们三个呀！

狐偃：按说，夷吾他该来辞别一下啊！

狐突：夷吾那孩子，比重耳有心计。我刚刚仗剑闯宫，闹得惊天动地的，他不来也好。——毛，打听到他何时出动，你过去送他一程。他要避嫌，你打个招呼就是了。

狐毛：儿子遵命。

赵衰：这事闹的，外甥、外公都不敢见面啦！

6. 室外 旷野 大路 日

大路上，重耳一行迤逦而来。

重耳乘车，狐偃执御。

赵衰按剑当先步行，车驾前后有仆从、家丁武装护卫。

道路前面，遥遥一处林子。

7. 室外 大路 树林 日

树木间隙里，可见大路横亘。

林中空地上，一帮黑衣杀手持刀持弓，都戴了面具。

一名哨探到来。

哨探：报主人，目标快要到达！

当间主人，一言不发，做了个手势，众人蹿上路边大树，隐没在枝叶中。

林子更深处，介子推蒙面仗剑，带十来条汉子蒙面持弓，疾步而来，现身空地。

众人引满弓箭，瞄准上面；介子推剑指树上。

介子推：上面的，给我乖乖下来吧，不用现眼啦！

弓弦响处，树上有箭矢射下。

介子推挥剑，拨开箭矢；同时纵身跃上，听到兵刃相交之声，有树木枝叶凌乱飞落。

介子推老鹰捉鸡雏似的，凌空抓获一名面具人，稳稳落地。

揭去面具，却是优施。

优施倒也不惧，闭目受死。

介子推指指上面。

介子推：让他们都下来，免你一死。

优施打个手势，面具人都下了树，倒提兵器，乖乖站立。

介子推：回去告诉你们主子，天下者，众人之天下。对重耳这样的公子下此毒手，就是与仁义为敌！天下人绝不会坐视不管！

优施也不回言，顺下眼皮，带了一千人，快快而去。

汉子们摘去蒙面；一名汉子指指大路。

汉子：子推大侠，要去见见重耳吗？

介子推：重耳公子大仁大义，何尝有过自我标榜？咱们自命侠义中人，做了这样一点事情，要向谁表白不成？

一千人霎时没入林中。

8. 室外 旷野 茅屋 日

旷野上，远处林木掩映，可见村落。

近边停着马车，搭好一座军帐。

眼前，一座简陋的茅屋已经搭好。

重耳等议论当下起居。

赵衰：既然公子不肯扰民，我反正是睡军帐；同时负责公子的守卫，安排属下守夜值岗。

狐偃：哈，一本正经，后宫侍卫统领似的！

赵衰：侍卫统领？就你现在当上的什么下大夫，白给我都不要！赵衰日后，至少要当领军的元帅，让公子在家运筹帷幄，本元帅去决胜千里之外！

狐偃：还、还千里之外，今儿的午饭还没着落呢！

赵衰：那面已经挖好行军灶，不过就是埋锅造饭而已。

重耳：你们世家子弟，都是应征打过仗的，急切之中，学得的本领都能派上用场啊!

赵衰:可不,公子看我那军帐所在的位置,与公子的驻跸之地,恰是互为掎角之势!

狐偃:好啦好啦,别吹乎了,让公子看看他的茅草房住得住不得吧!

说话间,一名仆从报告。

仆从:报公子,本地亭长头须已经到来!

几个汉子皆是短打,留在远处张望这儿;头须穿了长衣,走前几步,已是连连作揖。

又前来几步,叩头伏地。

头须:小人名叫头须,是本地的亭长。拜见公子和都城来的各位大人!小人迎接来迟,实在大大有罪!

重耳:起来说话吧。

头须:小人甘愿多跪一刻!想不到公子驾临这边鄙之地,小人简直就和做梦一样;就打上先人八辈,谁能有这福分,当面叩见公子呢?

赵衰上前,拎起头须。

赵衰:让你起来,你就起来!公子不耐虚礼,无须客套!

头须:公子容禀,听说公子到来,小人已经腾出村子里最好的房屋。万望公子赏光,不要辜负百姓一片敬仰之情。

狐偃:公子想体察民情,何妨住到百姓当中?具体在何处筑城合适,听听本地土人的说法也好。百姓如何分担徭役,公子做到心中有数。即便士蒍到来,全权负责筑城,公子也能侧面给予指点。

赵衰:公子,你不要头须和你客套,你也就不必和头须客套了!

重耳:如此也好。——警告仆从人等,不许侵扰民众,不然定要重责!

9. 室外 黄河 岸垣 日

黄河南去,岸垣横亘。

重耳等立于高处,指画山川。

重耳:在蒲地筑城,重耳由衷赞同父王的此一决策。晋国固然不可无端去侵犯别国,但也绝不允许别国侵犯晋国。

赵衰掏出一张兽皮上绘制的地图指画着。

赵衰:公子请看,蒲地南面,黄河之南,是这些中原小国;黄河西面,与我晋国隔河而望，就是秦国。

狐偃：你妹子出嫁秦君，两国有姻亲之好；但愿秦晋之间，永远不要发生战事摩擦。

重耳：我那妹夫秦君，几年来一统河西，志向不在小啊！谁能保证，他身边没有佞臣蛊惑？如果秦国上下，都像父王一样，也想称霸要开疆拓土呢？天下大势，真的非是人力可掌控啊！

赵衰：有人要打晋国，晋国还能只会挨打不成？秦晋之间，万一发生战事，蒲地必然首当其冲。如果让赵衰领兵，我敢立军令状，保证蒲地万无一失！

身后，介子推飘然现身。

介子推：公子别来无恙！狐偃、赵衰二位好！

赵衰上前，捶击介子推前胸。

赵衰：介子推，你总是出没无定！那天夜里，在狐突老元戎府上闹刺客，是你暗中相助的吧？

介子推笑笑，答非所问。

介子推：指画山川，赵衰你只顾及前面，秦国进犯晋国该怎么办；你就不防备后面，有朝一日都城发来大兵吗？

狐偃：介子推，你说得也太玄了吧？公子的家事、晋国的国事，你比我们还看得透彻吗？

介子推：公子的家事，也正是晋国的国事。介子推不过是有所关切。愿直言不讳，提醒公子。

重耳上前见礼。

重耳：子推兄飘然现身，不知有何见教？

介子推：公子客气。公子离开都城，日后将长期驻守蒲地；我和一干属下，对这一带倒也熟悉，随同公子前来，或能多少出些绵薄之力。

重耳：如此甚好，深合我意！

介子推：眼下，士蒍已经开始征发民夫、广派徭役，动手筑城。据说是限期完工，催赶逼勒，劳工们确实苦不堪言。

狐偃：政令下达、限期筑城，民众本来就有服从徭役的律令啊！你这是动不动拿老百姓说事，让公子从中作难！

重耳：舅父，介子推给老百姓讲话，咱们不妨听听嘛。

狐偃：士蒍负责筑城，公子你好出面干预的吗？

介子推：民众按律令服劳役，自然应该。可眼下正是春耕大忙，节令不等人；耽误了农时，要影响一年的收成。况古礼古制有之，使民应该以时，要在农闲时候啊！——公子，介子推这些话说与你知道就是了。
　　说罢，又是飘然而去。
　　赵衰：这个家伙，说来就来，说走就走！
　　狐偃：所谓士子，知道点古礼古制，又标榜要为民请命，说三道四；让他居官，把他管住，他还偏生不干，谁看见他们都头疼！
　　重耳：只要他说得对，说三道四有何不可？咱们几个，是不是到筑城的工地上看看去？
　　重耳前行，众人即刻跟从。

10. 室外 工地一角 日
　　工地一角。
　　民夫们有的筑地基，有的开始"版筑"城墙下部。
　　有兵丁布防监视；有甲士挥鞭恐吓。
　　甲士：快点儿干！不许偷懒、拖磨！
　　有个小后生慌渴，到一边捧起瓦罐喝水。
　　甲士鞭打，将瓦罐踢碎。
　　甲士：没有下令歇息，不许喝水！
　　老者求情。
　　老者：军爷，求求你啦，大伙儿太累了，让多少歇歇吧！
　　甲士：你求我，我求谁去？少废话，干活！
　　版筑的汉子们，敢怒不敢言。

11. 室外 工地 站笼 日
　　工地边上。
　　是惩罚劳工现场。
　　有的被两根粗木一并夹牢手脚，倒卧在地，动弹不得。
　　有的正被甲士塞入站笼。
　　双手扯在两边拴牢，头部伸出木笼锁定。
　　甲士：胆敢怠工，预谋逃亡！老实待着，不许呻唤！不然，砍掉你的双脚。

12. 室内 厅堂 日

士蒍下处厅堂里。

士蒍倨傲站立，面色难看。

当地长老，陪同头须跪地恳告。

头须：恳告大夫，确实是到了下种的节令，农夫们都得抢种，误了农时，不得了啊！

士蒍：本大夫奉王命前来负责筑城，王命大如天！一个小小亭长，你是给我推三阻四、阳奉阴违！

头须：小人不敢阳奉，更不敢阴违——

士蒍：胡说！什么叫不敢阳奉？

头须：老百姓有话不敢说，都求告小人向大人讲情；小人总得如实转告给大人哪！筑城的劳工，害怕误了农时，都想回家种地呀！

士蒍：他们想回家种地？本大夫还想回都城交差哪！废话少说，筑城的劳工，既然到了工地，一个也别想回去！胆敢逃亡者，看我敢不敢砍几颗头颅？你给我赶紧去召集本地所有劳力，前来筑城；非要本大夫派兵下去抓人吗？

头须：我的大人呀！小人不过一个小小亭长，只能传达政令，老百姓不听，我实在说不动他们呀！

士蒍：本大夫与你苦口婆心，你是给我软磨硬抗，让我先砍了你的头颅示众！——来人，给我拉下去！

有甲士如狼似虎来拖头须。

长老：大夫！大人！刀下留人哪！

头须：大人饶命，小人这就去办、这就去抓人！

此刻，重耳和狐偃、赵衰现身。

重耳：住手！士蒍大夫，给我放人！

甲士住手，头须惊喜。

士蒍：是重耳公子呀，在下王命在身、期限逼迫，无暇问候公子起居，还请见谅！

重耳：方才我已到筑城工地看过，听劳工讲述了种种苦衷；来这里又见到你处置头须。士蒍大夫，筑城固是大王命令，百姓理当来服劳役；可也应该使民以时，时时不忘为政以德啊！耽误了农时，影响了收成，老百姓吃什么、拿什么缴纳赋税？

长老：公子爱民如子，说得在理啊！使民以时，是古礼古制啊！

士蒍：公子素有贤名，士蒍佩服、由衷佩服！可这筑城的任务，是压在我的头上，不是压在公子头上。士蒍要是站在一面，轻巧说话嘛，倒也会说两句"为政以德""使民以时"。

赵衰：大胆，敢对公子这样讲话！

士蒍：士蒍所奉，是大王之命，须不是公子之命。公子是否请便，能让士蒍恪守职责、尽忠王命呢？

头须、长老等都看重耳。

赵衰手按剑柄。

重耳：士蒍大夫，你能不能随我到工地上看看、听听民众的说法，你我商量一个更好的办法呢？

士蒍：恕难从命！

重耳：与我拿下，押去工地！

赵衰拔剑，架在士蒍脖颈。

众甲士变色，无所适从。

狐偃：甲士们，护卫了公子去往工地！

13. 室外 工地 日

工地上民夫停工，目光都集注到重耳一行这里。

重耳登上一个土台，准备讲话。

士蒍神情嗒然，垂手立在赵衰旁边。

狐偃：民夫们听了，重耳公子有话要说。

重耳：晋国决定在蒲地筑城，关乎国家安定；国家安定，对蒲地百姓也是好事情。政令下达，大家来服劳役，也是国民应尽之责。如今，筑城进展不快，恐怕要延误工期；工地上出了鞭打民夫、惩罚怠工的事情，实属本公子关注不到。

有人交头接耳。

头须、士蒍表情不一。

重耳：现有几条做法，公之于众。一条：所谓有人怠工，事出有因。把囚禁的劳工，立即释放；身体受伤者，予以治疗赔偿。

工地上已是一片杂音。

狐偃做手势要大家肃静。

重耳：甲士、监工，多数出身世家，不知劳役之苦。从今天起，不妨学着干干筑城的活计。不定指标、允许休息饮水，看看筑城速度，有没有民夫快！

甲士面面相觑。

重耳：赵衰将领、狐偃大夫，也将编入部武，与大家一块儿劳作！

甲士惊异，士蒍矫舌不下。

重耳：眼下，正当春耕大忙，农时节令不可耽搁。播种日子，不过十日；十日不足，给予半月。我和士蒍大夫商量好了，这就给所有民夫放假半月，回家种地！个别军士，家在蒲地的，家里耕种农田的，一律给假。

工地上登时鼎沸。

民夫：这下子好啦！

老者：想不到啊！

士蒍手之舞之的，被赵衰按住。

士蒍：这这，这这这——

狐偃：大家肃静，公子还有话！

重耳：放假回家种地，期限半月。半月之后，不再另行通告，请大伙儿自动归来筑城。到时，大家抓紧赶工，以便如期筑城完毕，士蒍大夫也好回都城复命！

狐偃：大家散了吧。怎么，不乐意回家种地吗？

劳工们呜呼呐喊的，纷纷走散。

士蒍捶胸顿足。

士蒍：完了完了，好不容易动用政令，才召集来这么些民工；这回放了羊啦！

14. 室内 厅堂 日

士蒍下处，重耳席地，士蒍与重耳激辩。

士蒍：公子，你、你还说是和我商量了，你什么时候和我商量的？

士蒍要跳起，被赵衰摁住。

重耳：为政以德、使民以时，重耳这样的好主张，不能一人独享哪！

士蒍：你能保证那些草民、土人，到时候自个儿回来吗？

重耳：为政者对民众守信，民众为什么会对我们失信？——头须，你说呢？

头须叩拜执礼。

头须：这个，头须甘愿拿头颅做保！

士蔿：你的头颅才值几个？误了工期，大王动怒，这这——

重耳笑笑。

重耳：反正是士蔿大夫负责筑城，误了工期，有一个中大夫的头颅，还怕交代不了父王吗？

士蔿又要跳起。

士蔿：不成，我要将实情禀报大王知道！重耳，你、你这是无端构陷，公报私仇！

重耳：士蔿大夫，你我有什么私仇吗？

士蔿：是我极力赞同大王主张，同意放你来蒲地驻守；你、你对此怀恨在心，你你——

赵衰：住口！大王决定蒲地筑城，关乎晋国战略大计；公子愿当大任、欣然领命，何来怀恨之说？尽是尔等揣测上意，以小人之心度君子之腹，挑拨大王与公子的父子之情，该当何罪？

士蔿：反正、反正，这、这耽误筑城工期，绝非士蔿之责！士蔿一定要据实上报，洗清自身！

重耳摇摇头。

狐偃：一事当头，首先虑及的是洗清自身。士蔿呀，你想一想，立于朝中大夫之列，凡事不能出以公心，不该有一丝愧疚吗？

重耳：多说无用。赵衰，派人给我看好士蔿大夫；没有我的指令，一兵一卒不得擅自离开蒲地！

士蔿：你、你们，你们胆敢软禁当朝大夫——

赵衰拎了士蔿的衣领，像捉小鸡仔似的出去。

当时场面，头须咋舌。

15. 室内 厅堂 夜

厅堂里，屋门大敞，赵衰进屋。

士蔿伫立窗前，仰望星空。

赵衰：士蔿大夫，又在夜观天象、暗想心思啦？月缺看到月圆，想开了没有？现在还要回都城报告吗？

士蔿：莫要耍笑。这几日和重耳公子叙谈，士蔿不免扪心自问。急急回去报告，除了洗清自己，除了惹动大王生气，到底对于筑城任务之完成，有什么用处，又有什么好处？事到如今，但愿如同公子与民工所约，大家能够如期归来。至于工期嘛，恐怕是要耽搁了。放民工回去春耕，关乎民生大计，毕竟是好事啊！终不成大王会为此责罚在下吗？

赵衰：士蒍大夫，这几句话嘛，像个中大夫说的话啦！

士蒍：赵衰，你说，再也不用提醒、催逼，民夫们真的能如期归来筑城吗？

赵衰：人同此心，心同此理。赵衰对此，深信不疑！

士蒍：你们几个，所谓重耳身边五贤士，甘愿忠心耿耿跟随他，看来是必有缘故啊！重耳公子，处境在那儿明摆着，跟着他，能有什么好处呢？这次驻守蒲地，前程愈加渺茫。你等几人，对他一如既往的追随，堪称始终如一呀！

赵衰：不是大夫言及，其间的道理，赵衰还真没有细细想过。是公子禀性仁厚，还是器度恢宏？说不来，反正是愿意不计利害跟着他！

静夜无声，月色如水。

16. 室内 厅堂 日

重耳下处，重耳正在几案上抚琴。

琴声一派幽雅、安详。

狐偃在侧，有些坐卧不宁，欲言又止。

琴声止歇，余音袅袅。

狐偃：公子，今天可就是民夫归来的日子啊！

重耳：是吗？

狐偃：我反复叮咛了头须的，以午时三刻为界。

重耳：不是还没到午时吗？

重耳调调琴弦，闭目酝酿情绪。

士蒍闯进。

士蒍：公子，请恕士蒍打断你的雅兴。这、这即刻就到午时了呀！

重耳：士蒍大夫，你郑重答应过别人的事情，会无端失信吗？

士蒍：当然不会。可是，一些草民、土人——

重耳：草民者，国家之根本。我不欺人，人不欺我！

这时，赵衰气昂昂奔进。

赵衰：禀报公子，有四方民夫成群结队，朝筑城工地而去！

士蔿：民夫如期归来了？

接着，头须奔进，伏地叩拜。

头须：头须禀报重耳公子、士蔿大夫，四乡八里的民夫，除了原先筑城的按期归来，还有在家种田的，纷纷自愿来到，人数多了不只三倍！

士蔿：自愿来到？

重耳：头须，起来说话。

头须：民夫们说，只要筑城出力，给他们算作额定的徭役就成！

士蔿：筑城多少天，算作服徭役多少天，本来就是这样宣布政令的嘛！

头须：还有妇孺老者前来，愿意无偿给工地上负责煮饭、洗衣、搭窝棚，好让民夫们抓紧功夫，及早完成筑城任务！

重耳：头须，我看你是个干才，你就在士蔿大夫麾下，好生协助士蔿大夫筑城吧！

头须：头须愿听公子吩咐，愿服从士蔿大夫指派！

士蔿：公子——士蔿我、我这就去工地！头须，随我来！

17. 室外 旷野 大路 日（秋）

旷野上，秋风扫动落叶，枯草离离。

新城已在身后，大路上车驾待发。

重耳等人来给士蔿送行。

士蔿：公子亲自前来送行，士蔿担待不起呀！

重耳：提前完成筑城任务，大夫辛苦了；重耳理当来送送大夫。

士蔿：提前筑城完毕，多多托赖公子为政以德、使民以时，士蔿获益匪浅，感慨良多。公子给大王的奏本上，却连连表彰士蔿、为在下请功。公子风范，士蔿深深折服。

重耳：士蔿大夫过谦了，一念可为善、一念可为恶。内修德政、远人来服，乃是我大周先祖文王、周公，言传身教之祖训。重耳岂敢少忘？父王派我驻守蒲城，重耳定当尽心竭力，使民众安居乐业、边陲安定，让父王放心！朝中政事，重耳不便谈论；唯望君臣和谐，福佑晋国。

士蔿：一念可为善、一念可为恶。士蔿受教，就此别过！

士蔿深深揖礼下去。

重耳还礼。

士蒍登车远去，还在频频回视。

重耳伫立荒原，秋风兀自劲疾。

18. 室内 都城 王宫内廷 日

[字幕：献公十六年（公元前661年），晋国建立二军。]

王宫内廷，士蒍归来向献公汇报情况。

士蒍伏地叩拜。

献公：蒲城、屈城两座新城如期筑造完工，士蒍你办事，深慰寡人之心。起来说话吧！

士蒍：微臣谢恩。

献公：重耳、夷吾他们两个怎么样啊？没给你添什么麻烦吧。

士蒍：启禀大王，两位公子都好。尤其是重耳公子，年长懂事，深深敬服大王筑造新城的战略部署。不唯积极出谋献策，协助微臣提前完成了筑城任务；抑且诚恳表示，愿为晋国驻守边城，维护西部边境之安宁。以微臣之所见，两位公子不愧大王之重托，确实是一片忠诚。

献公：好！他两个能给我安生就好。边陲安定，免得分心。你回来的也正是时候。朝议已然通过，寡人决定，咱们晋国要兴建二军啦！

士蒍：兴建二军？

献公：依循古制，天子六军；诸侯大国三军、次国二军、小国一军。晋国眼下只有一军，寡人要开疆拓土，晋国想图谋称霸，没有军队怎么成？

士蒍：大王宏图远大，部署井然，合于大势，顺乎民心。

献公：建起二军之后，晋国跟前几个弹丸小国，碍手碍脚的，也该纳入寡人的版图啦！

士蒍转动眼珠。

士蒍：大王是说霍国、魏国、耿国吗？

献公：士蒍，你还记得诸公子的事吧？寡人网开一面，就是为了今日。他们果然分头逃亡去了这几个国家；蕞尔小邦，无视寡人，竟敢收容逃亡，与晋国为敌！

士蒍：大王机变权谋，思虑深远，真乃神鬼莫测！

献公：寡人已命荀息大夫拟定文告通告国人。文告写得如何，你不妨帮他参详一下！

士蒍：微臣遵命。

19. 室外 魏阙 日

魏阙这儿，围拢国人，议论文告。

国人：建立二军？好啊！咱们是大国，建立三军才好哪！

老者：建军、打仗，都是国人的负担呀！

国人：那些小国，敢藏匿逃亡的诸公子，就该灭了它们！

士子：弱肉强食，光拿拳头软硬说话啦；乱啦，乱啦！

老者：言多语失，少说为佳！

介子推静听片刻，闪身离去。

20. 室内 后宫内室 日

后宫内室，优施打扮得更成了女人似的，和少姬正在指挥宫女为献公整备征衣、擦拭铠甲。

献公漫步进来。

献公：少妃呀，这些杂事何劳你亲自动手？

优施：可不是嘛。可是谁都拦不住，少妃就是不听！

少姬：大王，他们哪里体察得到妃子的心？大王是我们姐妹的终身托靠，妃子实在害怕——

优施：少妃！大王出征之前，不许说不吉利的话！

献公：嗯？我在跟前，你就多嘴多舌！少妃哪里说什么不吉利的话啦？少妃讲话，吉利得很！寡人爱听！

优施：是小人多嘴，婆婆妈妈，大王你别生气啊？

献公：你整天混在女人堆儿里，寡人看你更像女人啦！

优施：哎哟，小人自己也常常忘了自己是男人还是女人哪！每次，大王召我进宫，到时辰呢，勃鞮将军提醒我赶紧出宫。后宫禁地，不是大王恩宠，谁能进得来呢？

献公：寡人出征，宫里暂时用不着你，你就不必进宫了。大夫、朝臣、国人，有什么不轨行为、出格言语，你给我留心着！

优施：小人遵命。

献公：我的骊妃哪？

少姬：姐姐怕是又在为大王祷告呢。祈求天地鬼神，多多保佑大王！

献公：天地鬼神？哈！

宫女要求通告骊姬，献公摆摆手制止。

21. 室内 卧室 日

骊姬跪在屋角，面对鼎炉焚香，正虔诚祷告。

献公轻轻推开屋门。

骊姬：晋国大王正妃，公子奚齐之母、小女子骊姬，虔诚祈祷天地神祇、山川灵鬼，多多保佑大王！多多保佑小王子！天有福泽，请赐予大王；天有责罚，请加诸骊姬！骊姬一片诚心，天地鬼神明察；大王战无不胜，小王子平安长成，骊姬死而无憾！衷心祈告，碧血可证！

骊姬拿起小刀，刺破指尖。

献公：骊妃！

骊姬受惊，小刀脱手，插入地板。

见是献公，惊慌扑上，纵体入怀。

骊姬：大王，吓死妃子啦！大王要出征，妃子我、我害怕呀！

献公拿起骊姬的手指，察看伤口并含在口中。

献公：傻女子，痴心人，你又何必如此？你的心，寡人岂能不知？有寡人宠爱，还有什么让爱妃害怕的呢？

骊姬：大王，国家有规矩，出征有古制；可是、可是这规矩、这古制，让妃子寝食难安，不由觳觫恐惧啊！大王亲自带兵出征，我真的是害怕出事呀！大王，你可不能有一点点、一丝丝闪失啊！

献公：哈哈，寡人身经百战，什么阵仗没有见过？小小几个弹丸之国，有何凶险？能有什么闪失？

骊姬：大王稳操胜券，妃子放下了一头的心；可是，我还是放心不下咱们的儿子奚齐呀！

献公：奚齐不是好好的吗？有你和少妃看着他，勃鞮留下来护卫后宫，谁敢动奚齐一个脚指头？

骊姬：大王，咱们晋国不是兴建二军了吗？

献公：是啊！

骊姬：二军归属何人统领？

献公：太子申生。寡人建军，终不能让外人执掌了兵权！

　　骊姬：大王和太子，父子一体；按古制，大王带兵出征，太子负责监国；就算大王有什么闪失，晋国还有太子。太子又有兵权在手，晋国社稷，自然可保万无一失。可是，大王离开了晋国，太子手握重兵，这——

　　献公：寡人的儿子寡人知道！申生莫非还敢别生二心，趁寡人不在，谋权夺位不成？

　　骊姬：就算太子不会生二心，大王能保准别人也没有二心吗？带剑闯宫，杀气腾腾，吓人哪！就算太子朝臣忠于大王，大王不在了，骊姬算什么？少姬算什么？咱家奚齐又算得了什么？太子监国，可就是大权独揽、生杀予夺呀！带剑闯宫，要什么说法、什么由头？

　　献公松开骊姬，沉思踱步。

　　骊姬：大王疼爱奚齐，尽人皆知；奚齐，一个小娃娃，能碍了谁的事呢？可是，在有些人的心目中，奚齐就是一块绊脚石、一颗堵心钉！大王诛杀诸公子，为了谁？是为了太子；为了太子，为了晋国，怎么做，都能交代得了国人、交代得了祖宗啊！奚齐，我的儿啊，你也是人家心中的诸公子啊！为娘我就不该把你生出来呀！

　　献公：又来了，又来了，你不能容寡人想想吗？奚齐成了诸公子？哼！

　　献公停了踱步，握紧拳头。

22. 室外 曲沃 靶场 日

　　靶场上，一角停着战车。

　　射箭靶台这儿，申生和里克顶盔贯甲射箭；杜原款在侧，手执答板。

　　靶台上，成捆箭矢；前面靶子十多个，多数已经集满羽箭。

　　里克瞄准放箭，命中靶心。

　　太子放箭，中靶而未中靶心。

　　杜原款挥动答板，击打申生肩部。

　　里克：太子如今身任下军元帅，却从未上过战场；如何能够表率将士、身先士卒？射箭、驾车、格斗等，须得统统好生习练。

　　申生：里克大夫教训的是，师傅责打的是。

　　杜原款：今日功课，把这捆羽箭给我射完；不能命中靶心者，从头来过！

　　那面，有仆从奔来。

仆从：禀报太子，大王旨意到，请太子和两位大夫宗庙接旨。

23. 室外 宗庙 院落 日

宗庙院里，申生等跪拜。

优施宣读旨意完毕，将帛书旨意递给身边的小太监。

优施：太子和两位大夫，快快平身吧！大王的旨意，听清楚了吧？我从宫里来的时候，大王在朝堂上给众位大臣已经解释过了。二军新建，需要到战场上磨炼；咱们太子呢，日后要肩负家国重任，也得真正学会领兵打仗！

太子：父王考虑深远，部署最为妥当。申生愿亲率二军，为大王之前驱冲锋陷阵！

里克暗暗点头；杜原款不语。

24. 室外 城郊 军营 日

军营旌旗招展，有如上次发兵。

当先战车上，是全副武装的太子和里克。

有传令兵挥舞着小红旗奔马而来，呼喊着驰骋而去。

传令兵：大王在魏阙誓师、祭旗完毕，二军作为前驱，立即出兵。

号角鸣动，战鼓隆隆。

营门大开，战车列队而出。

25. 室内 狐突内室 日

狐突静坐，狐毛归来。

狐毛：禀报父亲，果然不出所料，此次出兵，上军、下军一齐出动。太子统领下军，作为前驱。

狐突：下军虽然没有上过战场，但有里克指挥，估计也不会有什么差池。

狐毛：父亲，还有——

狐突：既然太子出动，君上的安排不过两条。一条，留下荀息监国；让谁来看着荀息和宫里宫外呢，就是勃鞮罢了。

狐突闭目养神；狐毛点头暗服。

26. 室外 后宫大门 日

后宫大门这儿，里边是太监，外边是武装侍卫。

勃鞮指着门槛，正在嘱咐领班侍卫。

勃鞮：大王出征，你是领班侍卫，协助本将军护卫整个王宫。宫中侍卫的条律，你给本将军再重复一遍。

领班：属下牢记将军的归纳，主要是两条，叫作"一不能出、一不能入"。一不能出，是说凡宫内太监，不能出王宫的宫门；凡宫内的宫女嫔妃，不能出后宫，就是这道门槛。

勃鞮：好，那"一不能入"呢？

领班：国人，包括朝臣大夫，除了大王诏令，不能随便进入前面宫门。所有男子，一律不得进入后宫。当然，除了大王，除了宦官，还有——

勃鞮：还有本将军。

领班：将军，还有优施下大夫呢？

勃鞮：下大夫，哼！大王离了后宫，给我盯牢他！胆敢迈过这道门槛，当即给我砍断他的狗腿！——听见了没有？

领班：属下听见了。

27. 室外 王宫后园 日

王宫后园，树木蓊郁。

骊姬和少姬，漫步其间；宫女拉开距离，遥遥在后。

少姬：那人出征，算是过了几天轻松日子！整天作假、应酬、小心翼翼的赔笑、讨好，累不累呀！

骊姬：为了咱的报仇大计，日子难熬，也得熬！

少姬：我真想逃出这深宫牢笼，远走高飞，自由自在，去过自己的日子！

骊姬：我们还有自己的日子吗？你我都是赌过血咒的！我们今生今世的任务，就是报仇！

少姬：报仇、报仇，赌咒发誓，我都烦透了！报仇，你自个儿尽管报，你放了我好不好？饶了我好不好？

骊姬：你！你个死妮子、死丫头，你、你成心气我！

骊姬一巴掌打去，扫住少姬面颊；还要打第二下，手掌却被人凌空抓牢。

骊姬惊视其人，原来是一名宦官。

骊姬：少姬，机密败露！和我一块儿做了他！

骊姬掏出匕首。

那宦官蓦然变脸，竟是优施！

优施：娘娘是我，小人吓着娘娘啦！娘娘不该动怒，不该责打少妃娘娘啊！

少姬挨打委屈，突然受惊，见是优施，转而喜悦；表情变换。

骊姬看看外面、身后。

骊姬：你是怎么进来的？

优施：小人思念娘娘，冒险进宫探望；谅他勃鞮守卫严密，奈何不了优施变化无常。

骊姬：我们姐妹说的话，你是统统听见了；你就不怕本妃告诉勃鞮，说你私闯后宫禁地，当场取了你的性命吗？

少姬已是满面担心；优施跪地。

优施：娘娘，你与少妃娘娘有杀父之仇、亡国之痛，殊不知优施也有杀父之仇、灭族之痛！小人变身优人，供人取笑玩弄，一个男子，被人当作男宠，个中屈辱，生不如死！旧恨新仇，刻骨铭心哪！

少姬：你也有深仇大恨？那咱们更成了一伙儿的啦！

骊姬：所说种种，叫我如何才能信你？

优施：口说无凭，娘娘何不回想优施为你所做的种种？联络士蒍、暗杀重耳，事情虽有成败，优施可走漏过一丝风声？还有，优施知晓了娘娘的计谋，可曾反转来有过丝毫要挟？娘娘吩咐的，优施无不竭心尽智、全力以赴，因为娘娘所做的，正是优施想做的呀！

骊姬看看外面。

骊姬：此地不是说话处，随我回内室，我等细细商谈！

少姬要去拉起优施。

骊姬：我的少妃娘娘，你给我稳重一点吧！

28. 室内 蒲城 重耳居处 客厅 日

重耳居处，与狐偃、赵衰议事。

赵衰：前番，介子推报来消息，说太子率下军随大王出征；这倒已经打了胜仗，班师还朝。听说太子身先士卒、勇为前驱，率军冲锋陷阵，居功至伟呀！

狐偃：公子，你让我草拟贺功表章，除了祝贺大王，要不要提及太子几句呢?

　　重耳:太子建功,我岂能不为之由衷高兴?然而,军功便会有助于太子、太子的处境便会因之有所好转吗?我看未必。给太子贺功,说不定反倒成了把太子放在火上烤啦!

　　狐偃:那就干脆不提。莫非太子还想不到这一层,会抱怨咱们公子不成?

　　重耳:写好表章,你是我的陪臣下大夫,亲自回都城一趟。递上表章,看看家里外公大舅他们,朝中的情况、太子的处境,也好做到心中有数。

29. 室内 都城 狐突府上 内室 夜

内室,狐突和两个儿子叙谈。

　　狐突:朝臣嘛,里头有几个给太子贺功的,还有咱的夷吾,也来掺和。是故意呢,还是装糊涂?这、这不是把太子放在火上烤嘛!

　　狐偃:父亲所言和重耳公子所说,简直一模一样!

糊涂敲敲脑壳。

　　狐突:重耳的肩膀上,长得是这个;这叫脑子!功高震主,人臣之大忌。哪怕你是太子!

　　狐毛:太子的处境,难啦!当前锋,能打败仗、敢打败仗吗?那是不想当这个太子了。亲冒矢石,身先士卒,打了胜仗,也不行!

　　狐偃:听荀息大夫宣布,大王决定要在曲沃为太子筑城。曲沃新城的规模,仅次于都城。已经把筑城的任务交给了士蒍。大王这步棋,是要干什么呢?

　　狐突:偃,你就自己来说说看。

　　狐偃:这是要向太子表白,说父亲我真的喜欢你,将来的晋国呀,就托付给你啦!——这个,不大像。或者,还是个火炉子?这等于是在告诉太子,现在父亲能做的、能奖赏你的,这就到头啦!——这个嘛,有几分像。父亲,你说呢?

　　狐突:这和派太子驻守曲沃,原本还是一码事。都城、王宫,这一头,没你什么事啦!

　　狐毛:太子听到大王这样安排,该怎么掂量啊!

　　狐突:忠臣孝子,自古难当。申生,唉,遭了罪啦!

30. 室内 士蒍府上 客厅 夜

客厅里，优施到访，主客席地。

优施：士蒍大夫筑城，你是筑出名声来啦！这曲沃新城，筑城的事儿，咱们大王又托付给你啦！

士蒍：大王信任，优施大夫诸位也在一边托举，让士蒍这米粒之珠也放光华呀！

优施：还请不要称呼我什么大夫吧。只是在宫里，大王、娘娘，对某家也还信得过；在这宫外朝臣中嘛，士蒍大夫，你可就算得上是上头最入眼的大臣啦！

士蒍：不敢，不敢。——优施大夫黉夜驾临寒舍，这是？

优施：大王下令，给太子在曲沃筑城，士蒍大夫你怎么看呢？

士蒍：食君之禄、忠君之事，士蒍好生负责筑城，之外不敢随便揣测。——这个，或者是君上对太子的奖掖？

优施：士蒍大夫，你不要揣着明白装糊涂了。这事满朝大夫，谁个看不出其中关窍？还能单单落下你这聪明人，让在下把话给你说透了吧！咱们大王给太子筑城，意思明白不过。也就是明着告诉国人，申生这个太子，算是到头了！

士蒍一惊。

优施：日后的晋国，晋侯之位，到底是谁的？这个且不要说破，反正是与他申生无关啦！

士蒍又是一惊。

优施：太子要是放明白点儿，就趁早离开曲沃、离开晋国，自个儿爱去哪去哪吧！这么着，大家都方便些，对申生好，对大王也好。做儿子的，非要逼得父亲恩断义绝、陷咱们大王于不仁不义吗？

士蒍已是张口结舌。

士蒍：这个，这个，太子他、他能明白大王的意思，他能按照大王的意思去做吗？

优施微微一笑。

优施：上头呢，就是怕太子、还有他那师傅杜原款钻牛角想不开，所以呢，给太子把话说透，把他点醒了，这个任务就交给士蒍大夫啦！

士蒍：哎呀，这个，优施大夫伶牙俐齿，你何不直接去找太子分说清楚？

事关重大，牵扯到大王、太子父子之间骨肉亲情，士蒍担不起如此干系，实实不敢从命哪！

优施：话嘛，谁都能说；可太子还有杜原款，能听我的吗？在朝臣眼里，优施算个什么东西？士蒍大夫，上头让你去办这个事，这是对你另眼相看呀！大王提升你为中大夫，不是胡乱提升的！是不是干了几天中大夫，你已经干够了呢？

士蒍：这个，在下勉为其难，只能试着和太子说一说；要是太子听不进去呢？

优施：只要你把话讲透，太子听不听，与你无干。牛头不烂，不过多加几块木炭！太子，哼！——事情的结果怎么样，我会尽早来过问的。告辞！

优施说走便走，士蒍一脸苦相。

第五章 决战疆场太子入险境 运筹帷幄重耳布奇兵

1. 统一片头

2. 室内 曲沃 宗庙 大殿 日

大殿里，几案上有些供品。

太子燃起三柱高香，插入香炉，而后叩拜于地。

杜原款与里克在一旁作陪。

太子：列祖列宗在天之灵，祭如在。不肖子孙申生，不忠不孝，不能得君上信任、不能讨父王欢心，罪孽深重，痛不欲生；心中郁结，哭告无门，唯有剖白心迹于列祖列宗灵牌前。祖宗盛德，或能护佑不肖子孙；神鬼灵异，多多启示愚顽之人。申生虔诚再拜！

申生伏地啜泣，肩膀抖动；压抑的哭声，断断续续。

里克要去扶起申生，杜原款摇摇手。

两人蹑足离开大殿。

3. 室外 大殿回廊 日

杜原款、里克漫步回廊，言及当前。

杜原款：太子忠孝，国人尽知；禀性仁厚，不愧天地。这样好的太子，哪里去找？偏生不能获取君上信任，其中的苦衷，唉！

里克：君上的心思，明白不过，就是要废太子！可是又抓不着什么显然的把柄，不能无端公然废去太子；这是要逼着太子自个儿来废自个儿啊！

杜原款：太子心中作难，也曾与我谈到此事。太子倒是为了君上心情，愿意就此辞去太子之位，请我帮助定夺。

里克：在下也曾私下想过，只怕事情没有这样简单。太子揣摩上意，要辞去太子不当，从此落得平安也罢；如果君上反转来责怪，太子将何以处之。大王对你信任无比，连连奖掖，你还嫌不够，这不是要撂挑子、甚至是在逼宫吗？到了那种地步，太子危矣！

里克做了一个抹脖子的手势。

杜原款：所以，此事极难定夺。忝为太傅，不能教太子一个万全之策。况且，为晋国日后考虑，这样好的一个太子，我怎么能劝他退位呢？

这时，有仆从来报。

仆从：士蒍大夫前来造访，要拜见太子和两位大夫。

杜原款：士蒍？他来干什么？

里克：毫无道义可言，全无骨鲠；一切看上头眼色行事，趋炎附势。这样小人，里克不见！

里克拂袖而去。

4. 室内 客厅 日

客厅里，宾主坐定。

士蒍连连客套。

士蒍：君上下令给太子在曲沃筑城，士蒍恐难担此重任，还望太子与太傅，多多襄助。

杜原款：这个何须多说。

太子：士蒍大夫辛苦了！

士蒍：不敢不敢。太子能得君上如此宠信奖掖，哈哈，微臣为太子高兴！

太子：父王信赖，为子为臣者，唯有尽忠尽孝、死而后已。

杜原款：士蒍大夫，今番造访，或另有高见，请能不吝赐教！

士蒍：太傅识见渊博，可给太子讲过国姓先祖、前贤泰伯的故事？

申生：先祖古公膝下三子，长子泰伯、次子仲雍、三子季历。季历之子，便是大名鼎鼎的周文王。

杜原款：古公预料到文王姬昌日后必有大成，然又不便废长立幼；是泰伯领悟到古公意图，便与二弟仲雍出走，让三弟季历得以顺利接位。泰伯能以天下让，其德行后人称许。

士蔿：那么，算是士蔿多嘴，太子何不效仿前贤泰伯呢？

杜原款：看来，你是说君上决心要废长立幼啦？

士蔿：哎呀，在下可没有这么说。在下只是打比方，打比方而已呀！

杜原款：比方说，太子就是泰伯，那么三子季历是指谁？季历的儿子文王何在？

士蔿：这个，反正大王的心思我等也只能是冒昧揣测。太子的处境嘛，眼下实属不利。如若离开晋国，不唯可以避祸，还能落个推位让国的名声。

杜原款：你来曲沃游说，是大王所派吗？

士蔿：非也非也。

杜原款：莫不是奉了骊妃的密令？

士蔿连连摆手。

士蔿：哪里哪里，哪有什么密令——

杜原款：你住了吧！既然不是大王派来，你如何敢劝太子去国逃亡？挑拨君上与太子的父子之情，是何居心？分明是骊姬的主张，要逼走太子，加君上废长立幼之名、陷大王于不仁不义！

申生：师傅，士蔿大夫无论受谁指派，看来也是无奈。

士蔿：是啊是啊，还是太子通情达理、善解人意。

杜原款：哇！间离父子，这是何情？逼迫太子让位，好取而代之，这是何理？不知羞耻，还敢鼓吹什么通情达理。回去告诉骊姬，太子宁可担忠孝之名，被人残害；不会屈从奸谋，背父而逃，还不给我快滚！

士蔿满面尴尬。

5. 室外 后宫 回廊 日

优施匆匆赶来后宫，看到骊姬背影。

骊姬伫立后宫回廊；此处可以望见后园。

后园里，少姬与宫女们正在推着小王子奚齐荡秋千。

奚齐笑得天真烂漫，宫女们笑语喧哗。

骊姬脸上泛着由衷的喜悦,眼神满是慈爱。

骊姬:我的儿子,快快长大吧!现在,你还不会知道——

优施已到身后,出声接口。

优施:咱们小王子还不会知道,将有多么大的一个晋国要他来掌管!

骊姬回身,脸色不虞。

骊姬:本妃说话,是你可以随便打断的吗?

优施:小人生怕娘娘一时忘情,说出什么不大稳便的话来。小人冒昧,请娘娘海涵!

骊姬:你倒也细心。——士蒍去过曲沃啦?太子他怎么讲?

优施看看四周,嘀咕一些什么。

骊姬:他是敬酒不吃吃罚酒啊!

优施:娘娘低声,娘娘息怒。此事小人想过了,反正小王子还小,眼下就逼着大王废长立幼,也有点过急。凡事欲速不达,操作太急了,过犹不及、反为不美呀!

骊姬:太子打仗当前锋,不但毫发未伤,还立了大功!他们家的种子,天生就会打仗的吗?这可倒好,曲沃要给他筑城,威信会越来越高。羽翼丰满,咱们还能搬得动他吗?

优施:太子他能打仗,也不是坏事呀!开疆拓土,打下的江山是谁的?眼下是大王的,日后就是小王子的呀!

两人边说边走。

优施盘旋左右,像是绕膝讨好主人的哈巴狗。

6. 室内 大殿 日

大殿上,群臣分列,荀息、里克、邳郑、吕甥、士蒍等,等候朝会。

邳郑与里克打招呼。

邳郑:里克大夫,尊驾不是在曲沃陪太子吗?今天这是——

里克:士蒍大夫通报,说大王有重要决策宣告。里克不敢不来。

这时,先有司礼太监走上;"静鞭"响过,朝堂肃静下来。

司礼:内宫行走、下大夫优施,代大王上朝,宣读旨意哪!

里克不屑,群臣默然。

优施碎步走上台陛。

优施:各位大夫,大王贵体有些不适,还是命小人代为宣读旨意。或者,各位心中会有点不以为然,其实呢,这么着有这么着的好处。比方,大王在私下呢,常常夸赞各位的;朝堂之上,反倒不便随口表彰。大王说啦——

优施端立,已是几分献公的口吻。

优施:荀息大夫,虽然不是首辅,任劳任怨、协调上下,但做的是太宰首辅的事;大王很满意!士蒍大夫,直言敢谏,勇于任事;大王很欣慰!里克大夫,品行忠直,辅佐太子,多有功绩!

荀息、士蒍出列,向上执礼。

荀息:微臣荀息谢恩!

士蒍:微臣士蒍谢恩!

只有里克不曾出列,默然无语。

优施:今天朝会,要通报各位的是,大王已经决定,近期将发兵讨伐东山赤狄!

朝臣竟然鸦雀无声;里克左右看看,也隐忍不言。

荀息:大王决策,曾与微臣言及。赤狄部落,连年侵扰边境,晋国东部,不得安宁。出兵讨伐,理所当然。

士蒍:我国东部,太行山乃天下之脊,地势险要,控扼中原;晋国要开疆拓土,大王决策讨伐东山,至为英明!战略要冲,晋国不去攻占,等着齐国、卫国占领,居高临下威胁我国吗?

优施:两位大夫说得好。这事就这么定下啦!——大王决定,此次讨伐东山,由太子统兵出征!里克大夫多历战阵,命为副帅,协助太子,不得有误!

听得此言,众人惊愕。

优施已经闪身离去。

司礼:退朝——!

7. 室外 殿外 台陛 日

大殿外,朝臣退朝散去。

里克拦住了荀息、邳郑。

里克:自古以来,国君出征、太子监国,关乎国家大计。如何能让太子单独带兵出征?二位大夫,难道就看着君上如此倒行逆施不成?

荀息:君上已有决策,谁能奈何?我等只有听命执行的份儿啦!

邳郑：关乎古制，非同小可。按说，朝臣大夫应该直言进谏。不过，有前车之鉴，狐突老大夫的结局如何？丢官免爵，于晋国大势丝毫无补。听在下奉劝，里克大夫冷静一些，准备随太子出征吧！

里克：正是君上命里克随太子出征，里克不能不犯颜直谏！

里克断然去往后宫方向。

荀息摇头、邳郑叹息。

8. 室内 后宫议事厅 日

后宫议事厅内。

寺奔服侍，优施、勃鞮在侧，献公指画了地图。

献公：蒲城，对付了西边的秦国；屈城，看住了北面的戎狄诸部。这两边，寡人暂时不去动它。东部，拿下东山，控扼太行；南面嘛，寡人将相机打过黄河，挺进中原！南边，虞国过去就是虢国！

勃鞮：虢国，是和咱们晋国同姓哪！

献公：所以，上次逃亡的诸公子，有的就逃到虢国啦。虢国竟然向周天子那里告状，诋毁寡人。哼，迟早让尔等认得寡人！

优施：大王雄才大略，我晋国称霸，指日可待呀！

司礼太监来报。

司礼：启禀大王，里克大夫伫立宫门，说是一定要见大王！

献公：哼，寡人知道他要来。让他到内廷等着去！

9. 室内 狐突府上 内室 日

狐突父子三人议事。

狐突：让太子统兵出征，哈哈，君上他是越来越出格啦！

狐毛：太子安危，国脉所系。这是拿晋国的未来当儿戏呀！

狐突：空言评说，已是无用。此事极为重大，偃，你即刻返回蒲城，听听重耳有何主张，但愿他能有个计较。

10. 室内 后宫内廷 日

后宫内廷，里克跪地进谏。

里克：大王哪！请恕微臣直言。自古以来，太子的职分，"君行则守，守曰监国"；万一国君出兵不利，有太子在，此乃古制，关乎国家大计呀！

献公：古制也是人定的嘛。太子不独自带兵，他天生就会打仗吗？日后将国家交给他，寡人如何能够放心？再说，让太子出兵，莫非寡人反倒不能留守监国吗？如果太子出兵不利，有寡人在，国家岂不是更加安全？莫非，寡人反倒可有可无、没有太子重要了吗？

里克：大王，太子从来不曾单独将兵。"禀命则不威，专命则不孝"；一切听从大王战略部署，有何威权？军权专断，分明又是无视大王。首鼠两端，带兵之大忌！太子如何能够保证必胜？万一太子有所闪失——

献公：说来说去，反正你们强调什么古制，就是不怕寡人我有所闪失！动不动怕太子闪失，哼！寡人的儿子多得很！怕没人当太子吗？话说到这儿，寡人便来问问你，你看日后晋国谁来当太子合适呢？

里克猛一哆嗦，伏地不敢应声。

献公：给我下去，好生准备出兵事宜去吧！

里克躬身退出。

11. 室外 城外 路边 林地 日

路边林地，重耳与赵衰正在换装。

赵衰主人装束，重耳变作随从模样。

赵衰：哎呀，让公子当我的随从，这个——

重耳：不是父王所召，擅自离开驻地，有砍头大辟之罪。非常时刻，暂且从权便了。

赵衰：那就干脆等到黄昏时分进城。

12. 室内 曲沃 太子居处 夜

太子居处，申生与师傅杜原款对坐。

申生：里克大夫转述父王话语，已是明白不过。父王确实是要废掉申生了吧。只要父王高兴，我宁可不当这个太子。出兵之前，是否给父王上表，请辞去太子之位。拜请师傅教我！

申生虔敬拜下。

杜原款：唉！你是太子，天下诸侯共知；突然请辞，是何原因？诸侯必然猜测纷纷，大王为之要担什么名声？况出兵在即，请辞太子，有违抗王命之嫌哪！

申生：为了成全父王的心愿，又不使父王作难，看来申生的前程，唯有一死！今番出征东山，里克大夫称病，我独自领兵，死于两军阵前便了！

杜原款：太子，万万不可如此灰心、自暴自弃！领兵出征，为晋国计，岂可战而不胜？为太子计，设若兵败，焉能逃脱军法惩治？

太子：活、活不得；死、死不成；老天，申生我到底该怎么办哪！

申生仰天哀号，泪流满面。

杜原款含泪，拿起戒尺。

杜原款：申生，给师傅我听好了！为臣为子者，要时时检讨的，是自己是否忠孝；不该总是猜测君父，还让不让你当太子！修身自责，克尽孝道，或能幸免于难，则太子幸甚、晋国幸甚！太子勉之！

申生泪湿衣襟。

申生：学生谢师傅教诲！

13. 室内 都城 狐突府上 内室 夜

内室，重耳、赵衰拜见狐突。

狐突：毛！你在外面多布岗哨，严加警戒。如有风吹草动，拼死也要保护重耳！

狐毛：遵命！

狐突：今日之事，重耳有何见解，让你舅父传话就是。何必冒此凶险，拿性命当儿戏？还能越大、越不稳重了？

重耳：甥儿谢外公教训。如今凶险，险不过太子；太子如有闪失，晋国大事休矣！往来传话，只怕有所耽延。不是冒险归来，还不知道里克大夫这般时分称病。

赵衰：里克大夫此时称病，不知究竟是何用意？

狐突：里克禀性刚正，倒不全然在于明哲保身。乃是抗议君上一意孤行，坚决反对废长立幼罢了。

重耳：太子单独将兵，事情变得尤为凶险！

狐突：长话短说，你们看太子单独将兵，其凶险何在？

赵衰：自古兵者为凶器，太子殊少带兵，难保必胜。一旦兵败，凶多吉少！

重耳：设若兵败，即便战场上逃得性命，岂能逃过阴谋构陷、法令制裁？

狐突：为今之计，有何良策？

重耳：赵衰熟悉战阵，善能用兵。计划由他秘密潜往军前，暗中相助太子。

狐突：单人独马，如何能成？

重耳：我已问过舅父，外公府上，能上阵的家兵，大约一二十人；势又不宜尽数公然出动。我这就连夜赶回蒲城，请介子推帮助推选一些民间勇武，但愿能临时组建一支精悍队伍。

赵衰：兵不在多而在精！运用得法，或能出奇制胜。

狐突：但愿此举能够帮得上太子。老夫真恨不得闯宫请命，随太子出征！

重耳：事不宜迟，重耳这就连夜出城！

14. 室外 城郊 军营 日

[字幕：献公十七年（公元前 662 年），太子申生单独将兵，攻伐东山。]

军营这儿，太子出征。

当先战车上，太子单独一人。

天低云暗，风卷旌旗；耳际长箛呜呜，地面疏草离离。

空旷的军营外，只有狐突、杜原款两个送行的身影。

15. 室内 王宫 内廷 日

王宫内廷，优施领奏，雅乐阵阵。

少姬领舞，与宫女们表演宫舞。

献公与骊姬端坐，骊姬揽着儿子奚齐。

奚齐直勾勾看着少姬。

寺奔为献公斟酒，低声劝告。

寺奔：大王，多饮伤身，这酒还是少喝一点吧！

骊姬：难得大王雅兴这么高，今儿咱就破例一回！

宫舞告一段落，奚齐拍手。

奚齐：小姨跳得真好！小姨真好看！

献公慈爱地看着儿子。

献公：奚齐，你长大以后干什么呀？

奚齐：禀报父王，奚齐长大要当太子、要读诗书，还要领兵打仗！

献公：哈哈，有志气，真乃是寡人的儿子啊！

骊姬使眼色，让少姬引了奚齐下去。

骊姬：大王，奚齐也该有个师傅，到了教他本领、教他读书习礼的时候啦！

献公：给奚齐选师傅，此事极宜慎重。眼下不能给予太傅之职，其人却又须得有太傅之才。爱妃，你看哪家大夫合适？

骊姬：妃子按说不该参与朝政、议论大臣，不过关乎奚齐的将来，此事妃子倒也想过的。

献公：何不说来听听？

献公挥手，令寺奔等退到远处。

骊姬：平心而论，比如杜原款，应该说是忠直之臣；只是太过固执，缺少权变。比如士蔿，倒也属于言听计从，也算有些本事；只是立身不牢，在朝中也难孚众望。荀息大夫，你看如何？

献公：妃子评断诸人，可谓中肯。荀息果然是最为合适。然目前寡人令太子出征东山，群臣未免揣测纷纷；此时提出给奚齐当师傅的话题，荀息考虑避嫌，恐怕要婉拒寡人。

骊姬：也不是一半天之间就要定夺的事，且先放放也好。

16. 室外 蒲城 校场 日

校场上，分行排列一些兵丁。

狐偃正在优选人才。

狐偃：蒲城新建，当然要募集兵勇，卫戍守城。日后假如有战事，还得打仗。你们暂且归我统领，加强训练，严明军纪。眼下，赵衰将军有一项紧急军务，需要从你们中间选拔勇武。先前曾经从军打过仗的，给我站出来！

有人带头，从队列中站出一些人来。

狐偃：仅仅打过仗还不行，到了赵将军那里，还要精选！选中的，加发兵饷，减免家中赋税！

出列的不免喜形于色。

又有几个走出了队列。

17. 室外 城外 练兵场 日

练兵场上。

一队兵士，身背箭袋，正在靶台开弓射箭。

一队士兵，分作对手；一边手持戈戟，一边腰刀盾牌，练习攻防。

一队士兵，一律使剑，赵衰示范，动作划一。
士兵：杀！杀！杀！

18. 室外 重耳居处 院落 日
院子里，头须领来十多条汉子。
头须：公子，这些都是打过恶仗，当过武长、百夫长的。听说公子用人，愿为公子效命！
重耳：头须，这些人服过兵役，看样子都是有了家口之人，怎好再冒生死之险？
汉子：咱们都是心甘情愿的，愿意给公子出力效命！
重耳：头须，这几位，还有赵衰将军那里定下的人选，你帮着一律登记造册。万一有所死伤，如何加倍抚恤、如何安置家人，给大伙儿讲清楚。重耳不会失信于人！
狐偃奔进。
狐偃：公子，介子推终于来了！领着一帮人，从边地搞到几十匹战马！
重耳：战马？好！走，看看去！

19. 室外 东山 营寨 日
营寨一角。
有战车歪倒，车轮横卧。
一些军士在匆忙树立营栅、安放拒马。
陆续有败兵逃回大营，有伤兵被抬进军帐。

20. 室内 大帐 黄昏
大帐内，点着火把。
申生面带汗污，眼神僵直，与亲兵军将议论当前形势。
申生：想不到东山戎狄这般强悍，抑且交兵不按阵法，倏忽往来、聚散无定。还未与其主力决战，我军反倒损失了半数兵力！
亲兵：太子亲冒矢石，奋勇冲杀，可是、可是，这仗不能是这样打法呀！
申生：让你派出哨探，寻找敌人主力，你派出没有？
亲兵：派出的人手，地形不熟，中了埋伏，多数都战死了。

一名文员记室，执礼发言。

记室：太子，此处皆是山地，我军兵车行动受阻；敌人轻骑快马，往来迅捷，我军死伤惨重。军心已然不稳，属下认为我军只宜坚守；请太子派人，火速回都城求取救兵。不然，我们有全军覆没的危险啊！

太子：出战不利，有负大王重托，我、我还有什么面目求取救兵？申生务要寻找敌人主力，与其决一死战！

记室扑通跪下。

记室：太子视死如归，不惧一死报国；可是领兵为将者，岂能意气用事？数千兵丁的性命，请太子珍惜！

申生的眼神渐渐转动。

申生：你是说，应该派人回去报信求救？

记室：不仅应该即刻派人，而且要将求救的决策告诉全军将士，如此才能稳定军心，坚守着援军到来。

申生：我看你头脑清楚，又是随军记室，熟知军情战况，堪当此任。只是，脱离大军，殊多凶险；——你需要多少人马？

记室：多了无用，反倒可能暴露行踪。三五人足矣。

申生：如此快去快回！

记室起身。

记室：属下日夜兼程，一日可回都城；最多三日，一定带领援军赶到，太子保重！

记室刚刚离去，外面一片嘈杂。

兵士闯进报告。

兵士：禀报太子，敌人偷营！

21. 室外 军营 夜

军营里，乱作一团。

营栅外，四处火光，有敌人步骑来袭，呜呼呐喊。

火箭射来，有的射中大帐、大帐起火。

营栅一带，发生战斗，兵刃相交。

有骑兵冲击营门，冲破鹿角、掀翻拒马。

太子率领亲兵，冲向营门，强弓大戟，杀退敌人。

太子的亲兵，挥舞着晋军大旗，簇拥太子登上战车。

亲兵：只是小股敌人袭扰，太子有令，就地坚守，不必慌乱！

太子：将士们，已经派人回都城求援，近日援兵就要到来！

亲兵带头呐喊。

亲兵：坚守大营，晋军必胜！

众：坚守大营，晋军必胜！

火光里，大旗高扬。

22. 室外 山林 夜

从山林回望，遥遥可见晋军大营。

火光闪烁，有呐喊连连。

那名记室，与几名随从，没入林中。

23. 室内 荀息府中 客厅 夜

优施前来拜访，与荀息席地对谈。

面前几案上，是一双玉璧。

优施：荀息大夫，虽不居首辅之位、却有首辅之才。这是大王的原话，也是朝臣们的公论啊！

荀息：荀息有多大肚子、能吃几碗干饭，自己心知肚明。关于给奚齐小王子当师傅的事，既然不是大王任命，承蒙优施大夫来征询在下的意思，请回宫禀告大王，眼下，荀息恕难从命！

优施：大夫强调"眼下"，不知何意，请能明示。

荀息：眼下，太子独自带兵出征东山，胜负未明、生死未定，牵动着多少朝臣国人的心？太子仁厚，一片忠孝，荀息岂能全无心肝！假若荀息全无心肝，又如何能当小王子的师傅？

优施：可是据小人判断，太子易位，恐怕上面决心已下，此事概无怀疑的了。

荀息：岂止是你的判断，朝臣们谁个看不出来？即便如此，荀息也不能趋附上意、推波助澜。

优施：咱们做臣下的，莫非还能让君上反转来求告不成？这一双玉璧，我看大夫还是收下得好！

荀息：哼！大王随口封你一个什么下大夫，你倒给荀息讲起为官之道来！娘娘奉赠的玉璧，请原物带回。荀息却之不恭，受之有愧！——优施下大夫，你请吧！

24. 室外 蒲城 城郊 练兵场 日

练兵场，一支精干骑兵队整装待发。

赵衰、介子推当先。

兵士们一律弓弩、短兵，列队受阅。

狐偃、头须，陪了重耳阅兵。

一排木架上，已经摆满大碗，斟好酒水。

重耳：太子命运，关乎国脉；我们这支队伍，增援东山战事，使命重大！

赵衰：效命国家，晋军必胜！

众：效命国家，晋军必胜！

重耳：壮哉！重耳特备美酒，为各位壮行！

重耳亲自为赵衰、介子推端起酒水。

重耳：赵衰，请！子推兄，请！

头须也给重耳、狐偃捧上酒碗。

赵衰、介子推：公子，请！

众军士一律捧起酒碗，大家痛饮。

赵衰：全队听令，上马出发！

大家上马。

重耳、狐偃等执礼。

等放下袍袖，骑兵队已经奔出练兵场。

烟尘滚滚。

25. 室外 旷野 高冈 日

高冈上，报信的记室等几人疲惫不堪。

眼前已是农耕旷野，隐约可见远处城池。

记室：快到都城了，继续赶奔！

几人奋力疾行。

26. 室外 山地 林木 日

赵衰、介子推,带队在林中穿行。

一出高地,队伍停下。

赵衰:已到东山地界,尖兵在前,后队隐蔽跟进!

介子推:东山这般地势,但愿太子和大军情况尚好。

队伍开进,没入林荫。

27. 室内 都城 后宫内廷 日

内廷。献公设宴,款待荀息。

骊姬、少姬作陪。

寺奔、优施,布菜、斟酒。

荀息在几案前恭谨执礼。

荀息:大王赐宴,微臣何以克当。

献公:荀息大夫啊,寡人朝中这么多大夫,谁个什么成色,寡人心中有谱!

优施:那是,咱们大王雄才大略,目光如炬啊!

荀息微笑。

献公:优施,你住嘴吧。你也不过是替寡人跑跑腿,传传话儿。真正体察上意、协调群臣,寡人靠的是谁?是荀息大夫!

优施:那是那是——瞧我这张嘴。

荀息:大王厚爱,荀息在其位、谋其政,不敢荒殆政务、有负君恩!

献公举觞。

献公:荀息大夫,请!

荀息举觞过顶。

荀息:荀息为大王寿,为骊妃娘娘、少妃娘娘寿!

献公看看骊姬,骊姬从优施手中接过酒器,来给荀息斟酒。

荀息不敢直视。

荀息:大王赐宴,娘娘亲自斟酒,荀息不敢当!

骊姬:荀息大夫不必如此客气。说是赐宴,其实呢,也就是个家宴!君臣和谐,亲如一家呀!

骊姬:大夫,请!

荀息饮尽酒爵。

这厢，少姬又来斟酒。

荀息：微臣谢少妃娘娘！

少姬：咱们大王尽日夸奖大夫你。我看你也没什么特别呀！听说请你给奚齐小王子当师傅，你还摆架子哪！

骊姬：少妃，不许和荀息大夫这样讲话！

献公：哈哈，今天，咱们就是吃饭喝酒。别的不提。哈哈，不提。

少姬：荀息大夫，那就请喝酒啦！

荀息只好饮尽酒爵。

骊姬：其实，自家人说话，也就是奚齐长大了，到了读书明礼的岁数啦。他的几位兄长，皆有贤名，那都是早早拜师、有人严加教诲的结果。荀息大夫，没别的意思，请不要想得太多了。太子申生好好的，给奚齐当个师傅，哪里就是太傅了呢？

荀息抬头看看，骊姬满面诚挚、一片期盼。

荀息当即又低下了头。

28. 室外 宫门 广场 魏阙 日

王宫的宫门紧闭。

宫门外，广场上。

那名报信的记室，与几名兵士，疲惫不堪，跪在宫门前，向宫内连连呐喊。

记室：我军失利，太子受困，请发救兵！

魏阙这儿，聚集国人。

国人：太子受困？

老者：打仗哪有必胜？砍柴难免伤手啊！

士子：那得发兵救援哪！

再看宫门那里，开了一道缝儿，有人领了那名记室与兵士，进宫去了。

29. 室外 王宫 大殿 门外 日

王宫大殿外。

里克伫立台陛，焦急不安。

看见邳郑、吕甥等大夫疾步走上台陛，略有释然。

里克：两位大夫，事情紧急，未能亲自登门，只派家丁传信，还望宽宥！

邳郑：里克大夫，太子受困、我军失利，我等理应赶来，请求君上带兵救援！

吕甥：里克大夫，早知如此，太子出征之时，你又何必称病呢？

里克：出兵征伐，谁能保证必胜？假如里克现在受困东山，谁来呼吁呐喊、救助太子？

邳郑：好啦，两位别争啦。我等这就一道去后宫，请求大王出兵吧！

30. 室内 后宫内廷 日

后宫内廷。

荀息端坐，少姬领引小王子奚齐，给荀息行叩拜礼。

一拜三叩，小家伙有模有样。

骊姬在一旁，屈膝万福。

荀息这才给骊姬还礼。

献公乐呵呵看着。

突然，勃鞮闯进，跪地报告。

勃鞮：启禀大王！我军东山失利，太子被困，有军报到来。里克、邳郑等几位大夫，求见大王，敦请大王立即带兵救援！

骊姬、少姬，领了奚齐下去。

寺奔面现担忧。

献公：荀息大夫，你先去稳住几位大夫。胜败乃兵家常事，无须慌乱！具体如何处置，寡人自会定夺！

31. 室外 狐突府上 后院 日

后院里，狐突舞动一支大戟；大开大合，呼呼带风。

狐毛在侧。

狐毛：太子被困，君上难道能不念父子之情，不去救援？即便不为太子考虑，能不为大军考虑、就看着一支军队全军覆没吗？

狐突掌推戟尾，大戟飞出，直插院内树干。

狐突：晋国的事情、宫内的事情，早已不合常情常理。太子的生死、大军的命运，就看赵衰的一支奇兵啦！

32. 王宫 朝房 日

朝房里。

荀息与众大夫见面。

荀息：在下刚刚从大王那里来。关于东山战事，各位有何看法，尽管说来。关乎太子与一支大军的存亡，大家尽可畅所欲言！

邳郑：太子已然受困，此事何须多说？但愿大王火速决策，带兵驰援！

里克：即便有任何缘由，不能出兵救援，也请大王下令，准许太子撤军！不然，太子性命休矣！

荀息：除此两条，各位还有话要说吗？

吕甥：荀息大夫，在下有话。各位大夫之言，不知阁下能否如实转达君上？

荀息：荀息立于朝堂，也非一日。此事尽管放心。

吕甥：如果君上竟然不发救兵，也不肯下令让大军撤退呢？

邳郑：能有这样的事？怎么会呢？

吕甥微笑。

吕甥：我只要荀息大夫回答。

荀息：身为朝臣大夫，荀息自当竭力进谏！君上能否听从谏言，则另当别论。

里克起身施礼。

里克：荀息大夫，里克拜托！

荀息：关乎太子生死，荀息岂能有话不讲？荀息何苦虚与委蛇、诓骗各位？请各位且先回家，静听消息便了。

33. 室外 后宫回廊 日

后宫回廊上，寺奔拦住勃鞮。

寺奔：勃鞮将军，怎么着能跟大王说说，太子受困，这、这父子情深，总得赶快发兵啊！

勃鞮：我说总管你哪！咱们的身份，好随便说话的吗？父子情深，哈哈，你有儿子、还是我有儿子？

34. 室内 后宫内室 日

内室。

骊姬与优施紧急磋商。

优施：少姬正缠着大王；娘娘有话快说！

骊姬：太子是他儿子、大军是他的大军，怎么才能拦住他不发援军？就是替他想想，也得给他一个说得过去的理由啊！

优施表情飞速变换。

优施：有了！大王提起过黄河南面的虢国，有诸公子逃亡到那儿，大王正计划攻打虢国——

骊姬：虢国已经有了准备，甚至可能要袭击晋国；大王带兵去往东山，虢国乘虚而入，如何了得？

优施：就这么着，咱们两下里使劲，教给他一个不出兵的理由！

35. 室内 后宫 议事厅 日

议事厅内，勃鞮、优施在侧。

献公目光集注在那张地图上，指画着晋都到东山的路线。

献公：申生虽然出兵不胜，可也摸清了东山戎狄的战法；你敢灭了我的儿子，哼！寡人整个灭了你！

勃鞮：大王出征，定能扫平东山！

优施：那是那是，不过嘛，也不尽然！

献公：唔？

勃鞮：大胆！大王出征在即，竟敢口出不吉之言！

优施：大王，记得上次就是在这儿，大王说起那黄河南面的虢国。诸公子逃到他们那儿，不说抓住了给咱们送回来，竟敢收容保护起来！收容了、保护了还不算，还竟敢向周天子告状，我看他们是别有图谋呀！

勃鞮：优施！大王要带兵驰援东山，你乱扯什么虢国！

献公：让他讲！优施，你说虢国它有什么图谋？

优施：大王呀，人同此心、心同此理。大王想着什么时候攻打虢国，人家虢国的国君啦、大夫啦，就什么也不想吗？说不定已经是陈兵边境，要相机偷袭咱们晋国哪！太子给困在了东山，大王你再领军驰援，咱们晋国可不就是整个空虚了吗？虢国要是真的乘虚而入呢？大王远在东山，这都城还有王宫，尽剩下些妇孺老弱、孤儿寡母的，还不是——哎哟，瞧我这张嘴。小人不说了，小人放肆，小人我错了！

献公定定地看着优施。

优施故作恐慌。

献公：优施，真有你的！这番话，并非全无道理，且容寡人熟细思之！

36. 室内 大殿 日

大殿上，群臣朝会。

里克、邳郑、吕甥、士蔿等，议论当前，一时鼎沸。

里克：东山军报到来，已经三日；因何还不发兵驰援，这、这不眼睁睁看着一支大军覆亡吗？

邳郑：太子是大王的儿子，可这晋军是国家的军队啊！

士蔿：或者大王另有妙算在胸？也未可知呀！

里克：咦！有何妙算？何妙算之有？你给我讲、你给我说！

士蔿：里克大夫，在下也不过是猜测而已。猜测而已呀！

吕甥：大王妙算，我等哪里猜得到呢？

此时，有太监走上；耳际，静鞭三响。

侧门走上来荀息，却也不曾步上台陛。

荀息：有劳各位大夫久等了。荀息见过大王，大王已有决策。只因晋国姬姓诸公子逃亡虢国，那虢国不仅收容了诸公子，抑且向周天子上表，责备晋侯。据大王判断，那虢国可能已在边境陈兵，极有可能随时进犯我晋国。面对如此局面，大王认为，不宜出动大军，驰赴东山救援。万一虢国趁机袭击，我晋国举国空虚，如何了得？

邳郑：据大王判断，虢国在边境陈兵，可有准确边报？

里克：这、这援兵不到，太子他，这简直就是见死不救啊！

荀息：里克大夫，大王决策已定，说这些激愤之词，又有何用？

吕甥：荀息大夫，所有朝臣只有阁下能面见大王，你果然向大王当面进谏过吗？

荀息：荀息倒也不必向吕甥大夫指天发誓。荀息所作所为，内省无愧于心罢了。只是，从攻伐骊戎那时起，凡大王之决策，你我同为朝臣，你可记得谁能改变得了大王？

士蔿：那么，那么，大王既然决定不发援兵，可曾下令，让太子撤军？

里克：士蔿，你这句话问得好！或者，你已经事先听到大王的后宫决策？

士蔿：这又何须事先听到？我军已然失利，胜败乃兵家之常，撤军乃是可想而知、顺理成章也!

满堂突然一片静寂;众人统统去看荀息。

荀息脸子平平。

荀息:关于下令撤军与否,在下确实没有听到大王的明确指令。

里克:荀息大夫,你、你难道就没有当面问问大王?撤军、退兵,不过一句话、两个字啊!

荀息:在下自然当面催问了的。然大王只是摇头不语,挥手让我退出了。

里克:我、我里克去问他,为什么不让太子撤军?我、我去闯宫!

邳郑:里克大夫,你有先王所赐的宝剑吗?狐突老大夫闯宫,其结果如何?

里克:罢了罢了!晋国,国已不国了呀!

荀息:里克大夫,后宫有什么言语,荀息自然不便搬弄。不过,优施倒是追上来,让我把几句话讲给众位朝臣。

里克:什么话?

荀息:大王病了,近日不能理事,各位大夫不必上朝。至于大王突然生病嘛,话是这么讲的——里克大夫能称病,寡人反倒不能称病啦?

里克登时张口结舌。

朝臣纷纷退朝离去。

邳郑过来拍拍里克。

邳郑:里克大夫,别愣着啦,下朝吧!

里克:哈哈,我病啦,大王也病啦!哈哈,晋国的君臣都病啦!

37. 室外 宫门 广场 日

广场上,那名报信的记室与几名兵士,跪在宫门前。

记室:大王既不肯发兵,又不下令撤军。我小小一名随军记室,又能如何?请不到救兵,有负太子重托!你等几人,尽可自便;我当返归军前,与太子战死在一处!

兵士:记室大人还报太子,我等甘愿追随,战死军前!

记室与几名兵士,拔刀指向天穹,刀锋撞击。

38. 室外 东山 军营 日

晋军大营。

军士疲惫；战马低头。

营栅一带，有弓箭手警觉防卫。

靠着木栅，一名老兵在咀嚼一块干粮，碎渣乱掉。

几名士兵在看一位伤兵饮水，水袋空瘪，滴沥水珠而已。

兵士们舔舔干裂的嘴唇，喉结滚动。

老兵：没有水喝，比没吃的还要命。再这么耗下去，这仗就不用打了！

兵士：好几天了，援兵该来了呀！

39. 室内 大帐 日

大帐里，几名将校在听太子部署。

申生：困守待援，已经是第五天。

将校：援军迟迟不到，或者国内出了什么大乱子？军心不稳啦。

申生：最是敌人断了我军水源，尤为可怕！派人抢水，伤亡巨大。

将校：大家吵吵，与其这么着等死，不如冲出去与敌人决一死战！即便找不到敌人主力，至少也能强占水源。

申生：水源，那正是明摆着的诱饵，我军恐怕会陷入敌人的包围圈。尽管如此，我军也只好冒险一战。——传我的将令下去，明天寅时造饭，卯时出兵。抢夺水源，我带兵车前锋冲击；如果战局不利，后队改作前队，由我殿后！

将校：太子，你——

申生：军令如山，快快传令！

第六章 得胜还朝申生反遭忌 设谋深宫骊姬伏祸根

1. 统一片头

2. 室外 东山 山林 晨

山林中，居高临下，遥遥可见晋军大营一角。

赵衰、介子推等潜伏在此；兵勇们都下了马，隐蔽待命。

介子推：来到东山，这般潜伏已经两天，让人好生不耐烦！

赵衰：你我率领，不过数十人。若是过早暴露，与大军会合，能起多大作用？所谓奇兵者，必须出奇制胜。一定要抓住战机，突然出现；一者，给我军士气以鼓舞；一者，出其不意，震慑敌手。

介子推：道理我也懂得。只是如何把握战机，愿闻其详。

赵衰：眼下情势，大军困守营地，敌人只是小股骚扰。看来，我军不动，敌军主力也不会动；我的方略是，敌军主力一动，我们就突然行动！

介子推：大军断了水源，恐怕是不得不冒险出动了。

赵衰：对！敌军主力，必然会部署于水源一带，那儿一定会发生激战；我已侦察过那里的地势。等大军一旦出动，我们就赶过去，要在敌军伏兵的背后，给予突然打击！

介子推指指下面。

介子推：我军像是要行动！

赵衰：我们走！

3. 室外 大营 晨

营门大开。

队伍前边，是几辆战车；战车之后，兵士列队；

弓箭手在两厢，戈戟手居中，虽大家疲惫、焦渴，但斗志坚定。

申生登上战车。

申生：敌人断了我军水源，固守大营，便是等死。今天，我们全军出动，本帅自任先锋，去攻占水源。如果我军得利，在那里驻扎大营；倘若有所不利，后队改作前队，退回大营，本帅断后！——出发！

令旗前指，战车出了营门。

4. 室内 大帐 日

赤狄军队大帐。

老王与王子等议事。

王子：申生是太子，咱家是王子，我看他这个太子也不过如此！

老王：我们稍稍占了些上风，对晋军、对晋国，万不可小瞧了它！

王子：怕什么？咱们打赢了就打，打不赢就跑。反正这东山之地也不是我们的。晋军出动来攻打水源，正好钻进咱们的伏击圈，让他们的太子，有来无回！

老王：晋军明知我们会有埋伏，冒险出动，今天必有一场血战。

王子：落入陷阱的老虎，申生他还能怎么样？

老王：如果能活捉申生最好。拿他做人质，换取东山之地！

探报到来。

探报：报王爷、王子，晋军出动，奔水源而来！

王子：来得好！

5. 室外 山谷 谷口 日

兵车进了谷口。

眼前一片葫芦形地势；同车亲兵指指前面。

亲兵：太子，水源在那里。我军进了谷地，后边让卡住谷口，这可是兵家大忌呀！

申生：今日之势，我军已是有进无退了。

申生剑指沟谷深处，令旗前指。

亲兵：冲啊！

众：冲啊！

兵车、队伍，直冲而前。

6. 室外 谷口山上 日

赤狄老王率众，看着晋军迤逦进了山谷。

旁边，是檑木滚石之类。

老王：晋军一旦撤退，给我堵死谷口！

7. 室外 山坡 日

山坡上，王子率众埋伏。

王子：弓箭手，准备！勇士们，一刻听我的号令，冲下去活捉申生！

8. 室外 谷底 水源 日

晋军接近谷底。

已经听到水声，看见崖壁瀑布。

晋军兵士备了水袋、瓦缶的，愈加焦渴。

将校指派十多人前去取水。

突然，两厢山坡上一阵梆子乱敲。

前面草木丛中站起一排弓箭手，乱箭齐发，射倒了取水兵士。

同时，山坡上也有羽箭飞来。

在呐喊声中，两厢满是旗帜，伏兵齐出，从坡上压下来。

众：杀呀！活捉申生，杀呀！

近处。

晋军阵势不乱。

令旗挥动，弓箭手跪地，分别向两侧与正前方发箭还击。

一名亲兵，拎了几只水袋，带领若干兵士冲向水源。

赤狄两厢的伏兵，虽有中箭者，但大部分快要冲到车前。
当先的王子，与身边骑士，挥舞弯刀，十分勇悍，往来冲杀狂呼。
王子：申生在哪里？活捉申生哪！
一名将校挺立战车，挥动大戟，敌人步卒被刺死、挑翻。
王子策马冲上，弯刀砍断大戟，将校负伤。
取水的亲兵，带人返归。
接近战车时分，见有敌骑袭击太子，徒步抵抗。
亲兵：太子小心！
喊话间，背后中了弯刀。
敌骑扑向申生，亲兵飞掷宝剑，刺穿敌胸。
亲兵用最后的气力，将水袋扔上战车。
亲兵：太子，水，水！
谷地里，战车转动不灵；呈被分割包围之势。
申生判断局势，挥动令旗。
将校：后队改作前军，冲出山谷！

9. 室外 谷口 山坡 日

谷口山上，看到晋军有兵车当先，冲杀而来。
老王挥手，伏兵推动檑木滚石。
下面谷口，滚石乱落，堵塞道路，砸伤兵丁。
晋军兵车受阻，军士不禁恐慌。
山上，赤狄兵勇背后，突然有人呐喊放箭。
众：杀呀！晋国援军来到，杀呀！
老王回顾，身后更高处，旌旗在林表舞动；有若干甲士挥剑冲下。
身边，多人中箭。
老王：晋国援军来了？快撤！

10. 室外 谷口 日

谷口，将校仰视。
上面有人挥舞旗帜呐喊。
众：晋国援军赶到，大家冲出谷口！

兵士们纷纷去搬开杂物，清理道路。

兵车回头。

将校：援军到来，我等杀回去接应太子！

11. 室外 谷地 日

谷地这里，见晋军要撤退，赤狄骑兵拦腰冲击，将晋军切为几段。

最后靠近水源这儿，王子率精骑围住了申生的战车。

弓箭手的箭矢用尽，骑兵冲驰而来。

戈戟甲士奋勇抵抗，双方互有死伤。

有敌骑突进圈子，飞掷标枪，申生与身边的亲兵连连挡格。

外围有晋军甲士想冲进来援助太子，被赤狄步兵纠缠搏斗。

驭手催动战马，有赤狄勇士冲上来砍马腿。

车上戈戟手乱刺敌人，有的被扯住戈戟拉下战车。

申生拔剑，连连砍翻要扒上兵车的敌人。

战况激烈异常。

王子已经认准申生，从属下手中接过一杆大枪。

王子：申生，哪里逃！

战马狂奔，冲开战团，直扑兵车。

申生捞起一杆大戟迎敌。

王子的大枪与申生的大戟猛地相交，双双从中折断！

王子回马，挥舞弯刀再次冲来。

身边兵士呐喊连连。

众：不要放走了晋国太子！

战车上，已经没有亲兵。

申生一绺头发散落，挺剑面对赤狄王子。

情势已到最后关头。

这时，有数十人一支骑兵从山坡上呼啸冲下，直扑申生方向。

申生见状，仰天呼喊。

申生：父王，申生今日为你尽忠尽孝了！

将散乱的头发随手一绾，含在口中，准备要最后一搏。

骑兵们喊声愈来愈近。

众：晋军援兵到啦！杀呀！

赵衰、介子推当先，两把宝剑劈开血路。

此刻，赤狄王子冲到战车前，弯刀与申生宝剑相格，弯刀断了刀尖。

王子马上回头，半截弯刀飞掷，飞旋镖一般，直扑申生胸部。

只见介子推在马上飞起，凌空扑来，手中宝剑挑开了弯刀。

双脚落在战车轮子上，回手砍翻两名敌人。

数十名骑兵呐喊着冲上，将赤狄骑兵纷纷砍落马下。

众：晋军援兵到了，杀呀！

赵衰冲向赤狄王子，一剑劈下。

王子失了兵刃，低头躲闪，头盔被砍掉半边。

赤狄队伍受此冲击，落了下风。

有的向山坡后退，有的护卫着王子。

赵衰脸上溅满血污。

赵衰：太子，快随我冲出山谷！

骑兵前面冲击，赵衰、介子推两厢护卫。

申生的兵车一路狂奔，冲向谷口。

12. 室内 赤狄大帐 日

老王与王子等议事。

老王：晋军这支援兵虽人数不多，却是好生勇悍！

王子：眼看就要活捉申生，竟被他们救了出去；不过，援兵人数有限，看来，只是要救申生脱困。我们不能这样平白放走晋军！

老王：晋军退却，我们保住东山地面，岂不也好？

王子：父王，我看不然。晋军只是小有损伤，谁知会不会轻易撤军？接着会不会有大批援军到来？以我之见，机不可失，我们不能放过天赐的良机。一定要给晋军以痛击，力争全歼！

老王：中原人用兵诡诈，谋略多多，务须小心对付啊！

王子：哈哈，申生并非带兵之才，他的诡诈我们已经领教了！

13. 室内 晋军大帐 日

申生与赵衰、介子推议事。

申生：若非重耳兄弟有此安排，若非二位及时援救，申生今日哪能生还？援军到来，大军得以保全，我军士气大振哪！待回军之日，申生定要禀明父王——

赵衰：太子，万万不可，此事颇有尴尬之处。重耳公子派了我等前来，乃是秘密行动，哪里敢让君上知晓底细？

介子推：介子推惯好行侠仗义，没见过这样事体。救人者不敢承认救人，被救者不能说出被何人所救；哈哈，你们晋国王室，好戏连台，不亦怪哉，果然怪哉呀！

介子推仰天大笑，申生颇是难为情。

赵衰：关于一支援军到来，晋军将士皆已知晓；此事如何解释，我等随后再议。太子出兵东山，如何面对眼下战况，乃是当务之急！

申生：赤狄主力，只是不肯与我军正面交锋。除了偷袭，便是埋伏；我军被断了水源，军粮给养也消耗过半。坚守不得，求战不得，我等暂且退兵如何？

介子推：太子仁厚，近乎迂腐也！奉命出兵，损兵折将而还，莫说骊姬见缝生蛆、谗言惑主；便是你父王，秉公处置，白白饶过你，能交代得了群臣和国人吗？这仗还得打，不仅要打，而且必须打胜！

介子推说罢，扬长出帐而去。

赵衰：太子休怪，重耳公子极是敬重其人。

申生低了嗓门。

申生：当初，有人给诸公子报信，并且听说——

赵衰：太子心如明镜，何须点穿？

申生：我也是私下揣度。诸多事情，难为了我的重耳好兄弟呀！

赵衰：太子与重耳公子手足情深，乃王室之福、晋国之福。太子奉君上之命，攻伐东山。赵衰受重耳公子之托，前来协助太子。赵衰不才，一定要帮公子打好这一仗！

14. 室外 都城 城郊 军营 日

城郊，空旷的军营。

狐毛陪伴着父亲。

狐突伫立营门，遥望太子出兵方向。

15. 室外 蒲城 高冈 日

高冈，可见空旷的练兵场。

狐偃陪着重耳。

重耳伫立高冈，遥望赵衰等出征的方向。

16. 室外 东山 大路 山地 日

大路上，晋军一字长蛇行进。

前军，几辆兵车；部队中段，是太子的兵车，车上高扬晋军大旗。

山地林中，赤狄王子率军埋伏。

王子：晋军果然是要退兵。儿郎们，随我杀出，今番定要痛杀晋军、活捉申生！

梆子乱敲，伏兵喊杀冲出。

众：杀呀！活捉申生！杀呀！

晋军当先的兵车受阻，双方接战。

王子率精骑直扑申生而来。

晋军前军溃败，阵脚大乱。

申生挥动令旗，晋军且战且退，后军改为前队，退向一条山谷。

王子：晋军退入绝地，随我冲啊！

精骑一旅，盯着申生兵车追击。

17. 室外 山谷 林地 日

山谷中没有道路，兵车无法行进。

申生与将校们只好弃车，回身步战。

赤狄骑兵冲击，晋军大乱，弃甲曳兵，纷纷逃向山林。

亲兵将校，护卫了申生撤退。

赤狄王子率精骑，追入山林。

林中，赵衰率兵埋伏。

梆子响处，弓箭手现身，箭矢如雨，将不少赤狄骑士射落马下。

弓箭手看赵衰令旗，后退一程。

复有戈戟手现身，长枪大戟突然刺出，又有若干骑士落马。

王子勇悍异常，与几名骑士紧追申生不舍。

赵衰令旗挥动，有盾牌手着地滚来，直砍马脚。

王子骏马腾跃，越过灌木，而绊马索终于将奔马绊倒。

王子翻身跃起，挥刀砍向申生。

介子推大喝一声。

介子推：看剑！

斜刺里飞身迎上，挑落王子弯刀，半空中链环两腿，将王子踢翻。

将校扑上，生擒了王子。

申生身边，赵衰微笑。

王子：你们使诈！

赵衰：哼！只有你们才会设伏袭击、惯于山林作战吗？——给我押回大营，听候太子发落！

18. 室外 晋军大营 大帐 营门 日

营门一带，赤狄数十名俘虏被看押了，晋军两厢列阵。

俘虏们张望大帐这里。

申生、赵衰陪着王子走出大帐，来到俘虏这儿。

王子：你们真的要放我回去？

赵衰：我家太子，言而有信。放你回去，岂能诓骗于你？

王子：你们真的没有向我父王索要赎金？这是我们赤狄部落交还俘虏的规矩啊！

申生：东山之地，原无归属。我看东山，谷地、平川宜于农耕。山林、草甸宜于放牧。晋国将在东山设立官宰，愿与你们和平相处；大家互通有无，永远不要打仗才好。

赵衰：太子所说的，你也不妨可以看作是放你回去的赎还条件吧。

王子：就是这些条件，我们真的可以走了？

赵衰：拔去鹿砦，开了营门！

晋军得令，移开拒马、拔起鹿角，营门大开。

申生：将王子的骏马、兵刃，交还王子！

晋军将赤狄兵士的武器，弓箭、长枪等一一交还。

王子的骏马牵到，介子推将王子的弯刀双手捧给王子。

王子看看骏马、自家的部下，看看手中弯刀，突然给申生跪下。

王子：被俘之人，本来就是你的奴仆。太子仁德信义，放在下归去，在下绝不辜负太子！

太子连忙跪地。

申生：你是赤狄部落王子，我是大周一国太子，如何敢受你这般大礼？快快请起！

王子站起，解下弯刀。

王子：太子！我赤狄一部，从此退出东山，永不来犯！愿以我的兵刃为信！

太子解下腰间玉玦。

申生：王子！只要你们不进犯晋国，即便父王严令，申生今生今世绝不再与你交兵。愿以这枚玉玦为信！

王子上马，手执玉玦行礼。

太子双手捧了弯刀行礼。

19. 室外 晋都 街市 魏阙 日

上次报信的那位随军记室，率领一支骑兵小队，高举红旗，大呼穿过。

众：太子大胜！平定东山！

国人惊愕、惊喜，不一而足。

骑兵小队，一路呼喊，奔魏阙、王宫而去。

20. 室内 大殿 日

大殿上，众大夫前来朝议。

杜原款、里克在列。

邳郑：杜大夫，少见啊！

杜原款：太子得胜还朝，君上决定郊迎大军。在下奉命上朝，得以躬逢其盛。

里克：战局果然瞬息万变！方为大军存亡担忧，太子已是捷报传来。太子有如天助啊！

听得静鞭三响，众臣肃然。

荀息匆匆归来。

荀息：征讨东山，我军转败为胜，此乃我晋国万千之喜！军前消息传回，原来有一支精悍骑兵，驰援太子；仿佛自天而降，出其不意，一举扭转了交战态势!

里克:奇兵自天而降?

士蔿:莫不是大王绝密部署,神机妙算?大王用兵,神鬼莫测啊!

荀息:此事大王未做深解,众位大夫不可猜疑。太子平定东山,得胜归国,大王特命在下与杜太傅,代表大王率各位大夫郊迎太子!待太子交还兵符,大军将士,论功行赏;太子进宫见驾,大王将亲自赐宴!

杜原款:太子建功、大王赐宴;父子恩深、后宫和谐,此乃晋国之福!

荀息:这便退朝;各位等候通告,出城郊迎大军!

21. 室外 后宫 回廊 日

后宫回廊上。可见后园一带,少姬与宫女们陪着奚齐抛球玩乐。

骊姬、优施,陪伴献公散步。

优施:平定了东山,太子大获全胜,到底是晋国的好事,大王洪福齐天呀!

骊姬:大王洪福齐天?我看是太子洪福齐天。咱们大王嘴上说,害怕虢国兴兵侵犯,不敢出动大军营救东山。其实呀,到底是父子情深,暗暗派出精兵驰援太子!老子救儿子,这有什么呢?是大王不该欺哄妃子。再说,欺哄妃子又算得了什么?只要大王,待咱家奚齐,能有这么一半关爱,妃子也就烧高香啦!

优施:大王宠爱骊妃娘娘,简直是无以复加;娘娘这么使性子,大王也不生气。要小人说呀,咱们大王用兵神鬼莫测;派兵驰援太子,用兵的大计,怎么能随便讲给咱们呢?

骊姬:妃子一片真心,换取得来的是什么呢?我也是想起来寒心。妃子失态,祈望大王恕罪!

献公:你们也别生着法儿挤兑寡人。有一支精兵驰援东山,寡人也是百思不得其解!

优施:或者,当初太子并未受困?急如星火传来兵败消息,只是为着试探大王的?看看大王,到底发不发救兵。

献公:假传消息、谎报军情,谅他申生不敢!

优施:要不就是大军得胜,太子呀,明里,像是不敢居功,这是给咱们大王脸上贴金;暗里呢,是要提醒大王,反正你是见死不救来着!

献公:哼!寡人的儿子,哪有你这么多花花肠子?他明明打了胜仗,与寡人派不派救兵扯得上什么干系？

优施：小人卑贱、小人该死！小人不该乱猜、小人不该胡说！——反正呀，咱们大王会打仗、太子更会打仗！让人揣摩不透的，就大获全胜啦！

献公：会打仗？寡人就让他多打几仗！——寺奔，告诉荀息，到后宫议事厅议事！

22. 室内 后宫议事厅 日

后宫议事厅，献公与荀息议事。

献公：荀息大夫，关于有数十人一支奇兵，驰援东山的事儿，你怎么看？

荀息：大王并未派兵，莫非是哪家大夫暗中出动了家兵？此事看不出任何蛛丝马迹，微臣以为不必深究。此事到底不是坏事，不过是不忍我军失利、不忍太子毁败。请恕微臣直言，太子仁厚，颇得人心，平定东山，有功于国，大王明察！

献公：好吧，这事且先放下。关于攻伐虢国的大事，你安排得怎么样了？

荀息：大王有此战略图谋，微臣不敢轻忽。共有三个方面，需要考虑周详。

献公：且给寡人一一说来。

荀息：攻伐虢国，整个战争部署宜于隐蔽、突然。我军应该厉兵秣马，暗暗调动，不可走了风声。

献公：此事不难，再说其二。

荀息：晋国、虢国，中间隔了一个虞国。我军攻伐虢国，最好能从虞国借道。虞国控扼黄河以北山地，俯瞰河南虢国。大军居高临下，突然奔袭，必能取得事半功倍之效果。

献公：那么，你看虞国肯于借道给我们吗？

荀息：大王，我晋国有一座天生盐池，自古以来，池盐乃国之大宝。我国向周天子进贡食盐，以食盐与中原各国交换物品，向来都是从虞国借道。虞国收取买路钱，从中获利而已。今番我大军过境，还是以护送给周天子进贡食盐为名，那虞国之君是个贪财之人，多多送些礼物，借道不难。

献公：哈哈，虞侯贪财，不妨投其所好。那么，你准备给他送些什么礼品呢？

荀息：微臣已经筹备妥当。用垂棘所产的璧玉三十件、屈地出产的北狄良马五十匹作为礼物，鄙词厚币，何愁不能打动虞侯！

献公：这个，需要这么多珍贵礼物呀？

荀息：大王怎么聪明一世、糊涂一时？这些宝物良马，不过暂时存放在虞国罢了。微臣冒昧揣测，这虞国碍手碍脚，恐怕已在大王的通盘战略考虑之内了吧？

献公：哈哈，知我者，荀息也！

荀息：还有其三，尤为关键。虢国乃是周天子封建，与我晋国同为国姓；攻伐虢国，断然不可仗恃武力，师出无名。

献公：寡人倒是想了一个名堂。虢国收容逃亡，窝藏诸公子，分明是蓄意与我晋国为仇；最是对我晋国向周天子进贡食盐，屡屡设置障碍、收取高额税费。明着是盘剥晋国，实质是无视大周天子，僭礼不臣！

荀息：我军向虞国借道成功，大兵直扑虢国的同时，大王可向周天子送上礼物，写表上奏。晋国愿替周天子维护纲常、惩罚僭越不臣。

献公：等周天子看到表章，我军已经拿下虢国。给他一个生米煮成熟饭！

荀息：我们为了大周王朝之安定，劳师远征，还要请周天子予以旌表，布告天下！

献公：荀息大夫！你我君臣，不谋而合呀！

荀息：大王厚爱，微臣不敢不竭心尽智！

献公：待部署妥当，寡人还是让太子替我将兵出征，有你来代我监军、掌控军务，你看如何？

荀息：微臣敢不从命！

23. 室内 蒲城 重耳客厅 日

蒲城。重耳设宴，为赵衰、介子推贺功。

为介子推专设的几案前，座位空着。

头须进来禀报。

头须：禀报公子，介大侠不肯前来赴宴，率领他的一帮人刚刚离去。公子给他们的赏赐，也都分文未动。他说，但凡公子用得着的时候，告诉一声，他一定还会慨然相助。

狐偃：这个介子推，也真是孤傲得紧！

重耳：介子推不是我辈中人，倒也不必强求。——来，让我们为赵衰将军贺功！请！

赵衰：援助太子平定东山，赵衰幸不辱命！

几人饮尽酒爵；头须主动斟酒。

重耳：头须，发动兵员、急我之所急，你这次也是有功的。

头须：愿为公子效劳！

狐偃：按赵衰所言，太子兵败受困，大王得到军报，竟然是坚决不发救兵！这、这可真是见死不救；大王他、他怎么成了这个样子？

重耳沉吟，头须知趣退出。

赵衰：分明是骊姬蛊惑，巴不得太子兵败身死啊！

重耳：太子平定东山，为晋国建了大功。可宫中态势决定，太子的危机不会过去啊。

狐偃：太子修身严谨，但愿不要让抓住什么把柄。

赵衰：太子所处地位，只能一味防守退避；要是打仗，尽等着挨打，这仗谁也没法打！

重耳：朝中骨鲠之臣，多数支持太子；太子在国人中，威望本来不低，今番平定东山，威望更增。如果争取得到其他大国的声援，或者能让宫中奸恶之辈投鼠忌器，阴谋有所收敛。此事我还没有想好，请二位帮着参详。

狐偃：争取大国声援，不知公子可有预想目标？

重耳：东面，以齐国为大。齐君乃是太子外公，焉能放任仁义的太子被奸佞祸害？西面，以秦国为强。秦君是我的妹夫，妹妹伯姬或能从中有所作为。

狐偃：我是伯姬舅舅，如果公子做了决断，我可以到秦国一趟。

赵衰：那齐国呢？谁去游说齐君？

重耳：只有外公随父王出使齐君召集的诸侯大会，见过齐君。此事恐怕须得大舅狐毛代外公去拜望齐君了。

狐偃：赵衰、介子推已经建功；为太子、为晋国，我和兄长就分头去齐国、秦国给公子当一回使臣！

24. 室内 虞国都城 馆驿 日

虞国大臣宫之奇，到馆驿拜会来访的荀息；两人对坐。

宫之奇面前几案，两副玉璧。

荀息：承蒙贵国君上接见，宫之奇大夫又来馆驿过问起居，荀息多谢！

宫之奇：上国使臣，你我又是老相识，在下理当前来拜望！只是，这么贵重的礼物，宫之奇不能接受；原物奉还，请阁下收好。

荀息：贵国君上已经收下礼物，大夫又何必这样不看故人面呢？

宫之奇：我国大王宽厚，或者不便明言；莫非虞国上下无人，看不出贵国的图谋吗？

荀息：宫大夫何出此言？

宫之奇：你们晋国先伐骊戎、再灭耿魏诸国，刚刚又平定了东山；如今向我国借道，又要攻伐虢国。晋国意在武力称霸，令周边邻国极为不安！

荀息：虢国收容叛逃，实乃存心与我晋国为敌。大夫应该知道，晋国盐池所产，一向供奉大周王室，供给中原诸多国家。盐道途经贵国，一直借道给我国；不过按约定收取过境费用。而那虢国，竟敢漫天要价，不然便要扣押食盐。僭礼不臣，已经惹得大周天子不快，难道晋国不该维护大周权威、不该捍卫晋国自身利益吗？虢国此等行径，难道不该受到应得的惩罚吗？

宫之奇：只怕惩罚虢国，并非你们晋国的最终目标吧？假如你们将不利于我国，虞国借道给你们，岂不是成了引狼入室、最终为天下笑！

荀息：晋国、虞国，邦交友好。大夫如此猜忌晋国，真让在下失望！阁下这番言语，只是代表个人、还是代表你们虞国态度呢？这话传到贵国君上耳中，大夫不怕担责吗？

宫之奇：为大臣者，食君之禄、忠君之事，宫之奇自会竭力劝说我家大王，何劳阁下提醒？——这便告辞！

25. 室内 虞国后宫 内廷 日

宫之奇拜见虞国君上，虞君把玩玉璧，颇为不耐。

虞君：宫大夫，虞国的安危，寡人岂能不考虑？只是你的担忧，有些言过其实了吧？

宫之奇：大王，晋君野心勃勃，所图谋者，必欲武力称霸。我国借道给他，助长其武力扩张，只怕最终养虎遗患，对我虞国不利呀！

虞君：晋国借道，为的是向大周王室进贡食盐。我国如果拒绝借道，岂不是也要开罪大周王室？那晋侯以此为借口，要打我国，我国能惹得起晋国大军吗？况且，晋国给寡人送来如此丰厚的礼品，实在看不出对虞国有何恶意。

宫之奇：大王，贪其礼物小利，恐怕虞国日后要受其大害呀！

虞君：你在挖苦寡人是贪图小利的庸人吗？

宫之奇：微臣不敢！

虞君：晋国池盐，中原各国多所仪仗。大量食盐借道过境，每年我国增加多少税收？假如晋国从此另辟盐道，我们虞国的损失就太大了！寡人心意已决，你不要再说了！

26. 室外 虢国 黄河 下阳 日

[字幕：献公十九年（公元前658年）。晋国第一次借道虞国，攻打地处黄河之南的虢国。攻克虢国宗庙所在地下阳。]

晋军旗号高扬，队伍严整；兵车成阵，戈戟如林。

申生与荀息，顶盔贯甲端立战车。

画面与地图，叠印在一起。

虢国兵败，晋军车轮碾过虢国旗帜。

晋军前进方向，直指虢国下阳。

27. 室外 下阳 宗庙 院落 日

下阳，虢国宗庙院落里。

宗庙管理人员，被晋军强令跪在院子一角。

身边有被杀者的尸体。

地下、回廊上，有虢国列祖列宗的灵牌被践踏。

晋国军士，正在从殿内搬出各种祭祀礼器，抬出大门。

有的抱来柴草易燃，将要焚毁宗庙。

虢国被押人员，敢怒而不敢言。

荀息全副武装，一副胜利者的姿态。

申生顶盔贯甲，按剑从大门外闯进。

申生：住手！把虢国祭祀宗庙的礼器，给我原封抬回大殿！

兵士们看看太子，再看看荀息，无所适从。

荀息迎上来，两人在大院一角，为此争辩开来。

荀息：太子，我军本次行动，旨在惩罚虢国；攻下其王室宗庙所在地下阳，可谓对其沉重打击！夺其礼器、毁其宗庙，就是要极大震慑对方！大王的战略部署，恳望太子不必干预！

申生：仁义之师，灭其国，而不绝其祭祀；何况，虢国并未亡国。宗庙、礼器，不该毁伤啊！

荀息：太子，这个道理微臣岂能不知？只是，大王的部署——

申生：荀息大夫，晋军此次出征，对外声言是奉了大周天子之命。代天巡狩，岂非仁义之师；毁人宗庙，将陷周天子于不义。晋国形象，亦将受损。此事还请大夫三思！

荀息稍事沉吟。

荀息：太子仁德，虑事周全。我看，我等只取虢国重要礼器两件；一件，献于周天子，一件带回我国还报大王。此事，由我向君上禀报担责。太子意下如何？

申生：这个嘛——

荀息：兵士们听了！留下重要礼器两件，其余的，给我搬回虢国宗庙。柴草搬走，保全宗庙！

虢国被俘人等，口不敢言，已是纷纷叩拜。

28. 室内 晋都 大殿 日

王宫大殿，献公端坐。

台陛上，寺奔、勃鞮站立左右。

殿上，群臣分站两列。一列，杜原款、里克等为首。一列，太子、荀息为首。

寺奔：大王决策，太子领兵出征虢国，荀息大夫监军，我军大获全胜！群臣上朝，恭贺大王！

群臣执礼。

荀息：借道虞国、突袭虢国，大王决策，英明卓绝，微臣等为大王寿！

众：微臣等为大王寿！

献公微笑，顾盼自雄。

寺奔：群臣免礼！

荀息立于队首。

荀息：请齐国使者、秦国使者上殿，拜见大王！

两国使者上殿，同时跪下。

齐使臣：齐国使臣，奉齐君之命，拜见晋侯！

秦使臣：秦国使臣，奉秦君之命，拜见晋侯！

献公打个手势。

荀息执礼。

荀息：两位使节请起！

齐使者：贵国攻伐虢国，取其下阳之地，不毁虢国宗庙礼器，晋侯仁德、太子仁德！恭贺大王，恭贺太子！

秦使者：太子仁德，晋侯教导有方；下国使臣，恭贺大王、恭贺太子！

献公略显不虞之色。

寺奔：大殿之上，为两国使者赐座！

使者执礼，尔后落座。

荀息：请大周天子使节上殿！

使节进殿，献公降陛执礼。

荀息引导使节登上台陛。

献公执礼，群臣随之执礼。

两国使者也站立起来。

献公：卑微臣属，拜见天子使节，诚惶诚恐！

使节受礼，然后降陛。

使节：有请晋侯归位上坐！

献公登陛落座。

使节：晋侯受大周天子之命，代天巡狩，讨伐虢国，惩罚僭礼不臣，天子甚喜，特与嘉奖！太子申生，攻克下阳，不毁虢国宗庙礼器，仁德之举，深得天子嘉许；文告发布诸侯各国，特与旌表！

申生在下执礼。

申生：申生殊不敢当！

使节微笑。

使节：太子仁厚之名，上达天听、广布四方。晋国之福、大周之福，太子好自为之！

献公脸色变化。

荀息低头，吕甥眼珠骨碌转。

寺奔：请天子使节、两国使臣，众位朝臣，后宫饮宴！——散朝！

29. 室内 后宫议事厅 日

议事厅内。

献公背身伫立在地图前。

荀息默然不语，勃鞮注意申生的表情。

申生有些不安。

献公蓦地回头。

献公：申生，我看你虽非用兵之大才，但还是可以带兵打仗的！收拾了虢国一回，哈哈，也算是举重若轻嘛！

申生：端赖父王福泽，多承荀息大夫协助。

献公：借道往返虞国，该国的地理山川、兵备情形，你留心了吗？

申生：晋国池盐，历年经由虞国盐道运销中原，儿臣注意了。盐道翻山越岭，也还通畅；虞国君上与臣子大夫，对我晋国心存友好。

献公：哼！对寡人之言，支吾其词、你是答非所问！

荀息：大王，回军途中，大王的宏图大略，微臣也曾多少向太子透露。太子正在尽力领悟！

申生跪下。

申生：父王，虞国是我晋国友好近邻，并无丝毫与我为敌之意。我方预谋攻伐，偷袭诈取。仅有此心，可谓不仁；若有此举，是为不义。不仁不义，儿臣以为大大不该！儿臣斗胆奉劝父王，请父王放弃此念！

献公猛拍几案。

献公：你给我住口！让你带兵攻伐虢国，攻取下阳之后，正可扩大战果，你却下令班师；寡人部署，夺其礼器、毁其宗庙，恐慑虢国上下，是你沽名钓誉，擅自作为。齐国、秦国使者，客套两句；天子使节，表彰一声，你便给我不知天高地厚起来！不听寡人之言，便是不忠不孝！不忠不孝之子，滔滔不绝，给寡人奢谈什么仁义？周天子夸赞你，你倒以为寡人奈何不得你了吗？

荀息也连忙跪下了。

荀息：大王息怒！太子禀性仁厚，在大王面前直抒己见，更胜于有话不说、心中非议。太子不能领会大王意图，请能令其回曲沃驻地好好反省！

献公怒视太子，拂袖而去。

荀息搀起申生，看看献公、勃鞮背影。

荀息：我的太子呀！满朝上下，谁还能左右得了大王的决策啊。言之无用，何如不言；太子身系晋国未来，望能委屈隐忍！

申生：出征东山，申生已经怀了死志。苟活而不可得，申生毋宁死于仁义！

30. 室内 后宫内室 日

后宫内室，骊姬、少姬与优施紧急策划。

骊姬：这可倒好，大王年事越来越高，奚齐何年何月才能当上太子？申生的势力竟是越来越大！

少姬：听说齐君、秦君都出面了，连周天子都派使节来大力表彰了。照这个样子，怎么才能搬掉这个申生呀！

优施：看来，是到了采用非常手段的时候了！

骊姬：我看大王已经对申生怀了猜忌，须得给他一个理由，让他恨不得即刻除掉太子！

少姬：申生驻守曲沃宗庙，行事又严守规矩，急切之间抓不到他的什么把柄呀。

优施：我看咱们那大王，已是恨不得赶紧一脚踢开申生！驻守曲沃嘛，可以设法将他调度到国都来；没有把柄嘛，就来制造把柄！秦国、齐国，齐国、齐姜——

骊姬：我们就从齐姜身上做文章。

少姬：齐姜，不是死了好多年了吗？

骊姬皱眉苦思。

两道眉毛扭结，犹如毒虫蠕动。

第七章 废长立幼上国违古制 移花接木毒妇施恶行

1. 统一片头

2. 室外 后宫回廊 日

后宫回廊上。优施胁肩谄笑，旋绕在献公左右，做鬼脸、讲笑话，竭力服侍献公。

寺奔迎上来。

寺奔：启禀大王，齐国使臣和秦国使臣，都已离开馆驿回国。荀息大夫派人将使臣分头礼送出境；并且代大王致意齐君、秦君，都有丰厚礼物奉送。

献公：知道了！

优施：世上的事儿，总是不能细想的多些。就说秦君，不知想干什么？女婿辈儿，要来管咱们大王、插嘴他家老丈人的家事来了！还有齐君，你是厉害，齐国称霸嘛！可你也不能称霸到晋国的头上。太子是你的外甥不假，可太子头上还有大王不是？咱们晋国图谋称霸，还得凭着大王不是？

寺奔：姻亲之国，礼尚往来。我看秦君、齐君并无恶意，派人夸赞了太子两句，夸的是晋国、夸的是咱们大王。优施你岂可无事生非、从中挑唆？国家大事，岂是你我这样的人应该插嘴的！

献公：哈哈，秦君、齐君要代我管理家事，寺奔你这是也要替我管理国事了！

寺奔：老奴万万不敢！

献公：优施不是寡人亲封的大夫吗？国家大事，他怎么不可倡言建议？莫非，你嫌他不是太子一党，不曾像你一样吃里扒外吗？

寺奔跪地，叩头不敢仰视。

寺奔：老奴该死！

献公拂袖而去。

优施：哎哟，"吃里扒外"？老胳膊老腿儿的，伺候大王多少年，怎么落了个这样的评价呀？你说你冤不冤呀？——你也甭跪着啦，你跪给谁看呢？

3. 室内 后宫内室 日

后宫内室，门外有宦官出声。

（宦官：大王驾到！）

献公独自踱入内室；少姬和几名宫女正在逗哄小王子奚齐。

少姬搡开奚齐。

少姬：大王驾到，你哭给你父王去听吧！小姨我是逗哄不下你来了！

奚齐呜呜痛哭，看看献公，啜泣吞声。

献公：怎么回事？是谁惹奚齐哭泣？后宫这么多人，都是干什么吃的？

宫女们屏息低头。

少姬：不让你哭，你非要哭；你父王来了，怎么不哭了？满后宫，你也只是敢给小姨放肆！

献公：奚齐，给寡人说说，她们谁欺负你了？

少姬：大王，奚齐是你心爱的小王子，谁敢欺负他？是他自己气苦掉泪。唉，可怜见的，心眼里想的都是大人的事啊！

献公：唔？咱家奚齐想什么大事啦？来，说给寡人听听！

奚齐：父王，也许有一天你会不在了吗？母妃说，到那天，父王不在的时候，就是我们母子毙命的时候。儿臣害怕，因此哭泣，儿臣有请父王恕罪！

献公：寡人这不是好好的吗？奚齐长大，等长成个男子汉，没人敢欺负你！好生给我读书习礼，别听那些没影子的话！——来人，带小王子玩耍去！

奚齐：奚齐谢过父王，奚齐愿父王千秋万岁！

奚齐被带下，献公屏退众人，给少姬放下脸来。

献公：没来由的，没事你们吓唬奚齐干什么？奚齐的将来，莫非寡人不是时时考虑，还要你们要这等小把戏来提醒吗？

少姬：大王明察秋毫，聪明雄略之主，妃子们哪里敢卖弄什么把戏花招。姐姐关心奚齐的将来，所谓母子之情、十指连心；心中焦虑、夜不能眠。大王，母子之情，是能装出来的吗？不该讲给小王子的言语，发乎真情，不能自持，或者就脱口而出。妃子恳请大王体谅姐姐！

献公：好啦好啦，随我去见骊妃，寡人今天就给你们吃一颗定心丸！

4. 室内 卧室 日

卧室里，献公端坐；骊姬一脸悲戚，强自赔笑。

骊姬：妃子言语不周，惹奚齐哭泣，给大王添乱，还请大王饶恕！

献公：唉！骊姬哪，和寡人说话，何须这样生分？寡人心思，你和少姬其实早该明白。申生在你们进宫之前，已被册为太子。齐姜是寡人王后，申生是寡人嫡亲长子。平心而论，若不是有了奚齐，寡人势不会妄动废太子之心。废立之事，关系过于重大呀！

骊姬：这个妃子知晓。妃子只是想到日后，大王万一弃我们母子而去，可怜奚齐将必死无疑！大王骨血，到时被目为骊戎贱种；我们姐妹，尽心尽意服侍大王一场，太子一党，定会诅咒为狐媚惑主。孤儿寡母，凭谁护佑？想到种种，悲从中来，妃子失态、妃子失言。

献公：今天，让寡人把话给你们说透了吧！申生即便百无一错，寡人心意已决，废去他的太子，让奚齐代之！至于如何操作，容寡人想一个万全之策，然后即可公告国人、公告天下！

少姬当即跪下。

少姬：如此，小王子有了一条生路；我们姐妹哪怕到时身殉大王，死也就瞑目了！——姐姐，大王终于吐口啦，天长眼，咱们姐妹不用整日为奚齐担心啦！

骊姬突然直撅撅跪下，直视献公。

骊姬：大王！请听妃子一言，此事万万不可！

少姬：姐姐，你说什么？

献公：骊妃，你、你不是昏头了吧？

骊姬：大王能真心为妃子姐妹考虑，妃子感恩戴德、没齿不忘！人非草木，反过来，妃子岂能不为大王考虑分毫？申生素有仁德之名，如今在朝中深孚众望；几番带兵出征，连连获胜；国人拥戴、诸侯声援。太子百无一错，大王如何可以无端废嫡立庶？大王冒然行事，将会背负不仁不义之名；弄不好甚至激出其他变故。朝中大臣不服于内、重耳夷吾反叛于外，那便如何是好？大王一意孤行，非要这么做，妃子宁可自杀，死在大王面前！

骊姬：姐姐！

献公：你，你简直是不可理喻！申生是太子，你不满意；寡人要废他的太子，你还是不满意！你、你到底要寡人怎么样？

少姬：姐姐，你就跪在这儿反省吧！——大王，咱们走，咱不和她一般见识。少妃今儿晚上陪大王，给大王消火顺气！

5. 室内 少姬卧室 夜

卧室内，少姬袒胸露臂，帮献公宽衣。

少姬：咱们不生气了，让奴婢今晚好生服侍大王；大王今晚不许想别的，就想着奴婢一个；大王今晚，整个都是奴婢的！

献公：你们姐妹呀，还说不是狐媚惑主，哈哈，你们就是一对儿狐狸精！

少姬：瞧大王说的什么呀！——其实，姐姐是没有把话说清楚。既然太子百无一错，怎么能空口一句话说废就废了呢？总得有个说得过去的理由。不然，太子心里不服，大王心下也过不去。哪天想起来后悔了，看着我们姐妹不顺眼，反过来废了奚齐、废了我们！

献公：申生做事谨慎，寡人又给他找了个师傅杜原款，教了他满脑袋的伦理纲常。你说寡人该怎么办？

少姬：今晚，咱不说这个了，好吗？

少姬推倒献公，顺势扑在献公怀里，扭股糖似的缠住献公。

6. 室内 骊姬卧室 夜

卧室里，骊姬、优施还有那名贴身宫女，正秘密议事。

优施：大王已经答应废去太子，娘娘今天的这场戏，是不是做得有些过了呢？

骊姬：废太子，要让他心甘情愿；然后杀太子、灭重耳，也要让他心甘情愿！不要说，是咱们逼着他、求着他干的！到奚齐登基、当上晋侯的那一天，让老东西悔断肠子！

贴身：眼下，奴婢的任务是什么？

骊姬：事情到了极为关键的时刻，我身边也就是你们几个可靠人手。具体怎么办，你一切听从优施的安排！——你先下去吧。

贴身悄然退下。

优施：娘娘，已经过了后宫宵禁时刻，小人也该出宫去了。

骊姬：今晚老东西有少姬服侍，你慌什么？你在少姬房中过得夜，在我这儿过不得夜吗？

优施扑通跪下。

优施：娘娘神仙一般人物，优施不敢妄想。

骊姬：全凭你给我策划如此重大的计谋，本妃也是无以为报啊！

骊姬伸手去拉优施。

优施一把搂住骊姬。

7. 室外 曲沃 宗庙 大院 日

宗庙大院里，优施有太监跟随，前来传达骊姬懿旨。

申生跪拜聆听，杜原款、里克立在一旁，对优施一脸鄙夷。

优施：优施这个下大夫哪，本来也是不作数的。在当朝大夫们的眼里，原本也不算什么玩意儿。说白了，就是替上头跑腿儿传话。今儿个跑腿跑来曲沃宗庙，要传的话呢，可是要紧话！——前一段，不是齐国的使臣来过了吗？快到齐姜娘娘的忌日，咱们大王思念齐姜娘娘，做梦梦到娘娘啦！骊妃娘娘哪，感念大王对齐姜娘娘的一片真情，所以提议今年为齐姜娘娘举行隆重大祭！咱们大王哪，也首肯啦！

申生：齐姜娘娘倍享哀荣，幸何如之！申生感谢骊妃娘娘提议，多谢父王首肯！

优施：太子你是主持过宗庙大祭的。上面的意思，大祭齐姜娘娘，还是由你主持操办。杜原款大夫、里克大夫，一并协助操持！为宫里传话呢，也就是这么些事；太子你请起吧！

杜原款：既是大祭齐姜娘娘，按礼朝臣大夫俱要参加祭祀；重耳公子、夷吾公子也该归来致祭。

优施：大祭自有规矩，你们按礼操办就是。

里克：那么，奚齐小王子也是应该参与致祭的。

优施：奚齐小王子参加与否，这个小人可做不了主。须得太子进宫，亲自请示骊妃娘娘！

8. 室内 后宫内室 日

后宫内室。

少姬玉琬捧来参汤。

少姬：大王，这是姐姐命厨下熬制的参汤，喝点补补脑子、养养身子！

献公：寡人用得着补什么脑子？寡人真的已经爱忘事了？寡人真的梦到过齐姜娘娘？

骊姬：半夜里猛地坐起来，亲口说给妃子的！

少姬：大王日理万机，这些小事就丢到脑后啦。夜来说梦话，还一个劲儿念叨齐姜娘娘呢！

献公品啜参汤，眼神恍惚。

骊姬：大王思念贤惠的齐姜娘娘，足见大王看重夫妻情意。妃子和妹妹感慨良多。大祭齐姜娘娘哪，妃子已经安排好了。妃子对这位没有见过面的齐姜娘娘，由衷钦慕，何况还有太子。妃子替大王主持后宫，凡事我总得做出个样子来。也好让群臣和国人知晓，大王对待太子，这叫舐犊情深、这叫关爱备至！至于他对我们姐妹怎么样，那就凭他的良心了。

少姬：人家是堂堂太子，嫡出长子，还有什么齐君撑腰，对我们怎么样，倒也无所谓。不过，他不能对大王不敬、不能对小王子不好！姐姐处事说话，像个王后，母仪天下似的。我可不管那些！申生他不像样子，看我怎么挑拣他！

献公：大祭齐姜，就说大祭的事儿。拿这个挑申生的毛病啊？妇人之见，给我耍家家哪？

9. 室内 蒲城 客厅 日

重耳与狐偃、赵衰紧急议事。

重耳：自从奉命驻守蒲城，荏苒已是将近十年，父王始终未曾召见。今番突然要为齐姜娘娘举行大祭，据称是骊姬极力主张。真不知其间有何文章。

狐偃：奚齐小王子将满十岁，宫内莫非要对太子有所不利？

赵衰：公子奉召，夷吾公子必然也要奉召还都，所谓宴无好宴、会无好会，如果宫内要对太子下手，公子此行也将非常危险。此事不能不防！

重耳：父王春秋已高，但愿父子兄弟相见，得享天伦之乐。

狐偃：公子之望，岂不也是众人之望。只是，自从君上令太子单独领兵出征东山，君上必欲除去太子的心机已是昭然若揭。太子的地位岌岌可危，大祭云云，恐怕宫中会有出乎意料的动作啊！

赵衰：空自猜测，也是无用。知己知彼、方可百战不殆；然事情不到近前、一切未见端倪。我等回到都城之后，如何防患未然，只能再做定夺。

重耳：我看舅父还是先行一步，回都城摸摸情况。赵衰精选几名得力人手，以备不测。介子推那儿，立即通告一声，或有用得着之处。

狐偃：介子推，飘忽不定的，每次还得公子特意通告！

重耳：介子推耕田纳税，不食官家俸禄，来去自由，谁能干涉他飘忽不定？几次有事，皆是我求着他；他何尝求过我等什么？

狐偃：那次出征骊戎、为乡民减赋，不是公子为他担了风险做的吗？

重耳：介子推为民请命，哪里是为他自己？其人风范，非你我所及呀！

赵衰：介子推仰慕公子，对公子是有求必应。但凡我等面临危局，还能料敌机先，多次暗中保护公子。——介子推行侠仗义，认为所有一切，皆是侠义道分所当为，不擅炫耀。赵衰由衷佩服！

重耳：赵衰，见了介子推，你要代我多多致意。

赵衰：哈哈，我和他倒是合脾气！这个请公子放心就是。

10. 都城 吕甥府上 客厅 日

时隔将近十年，夷吾身上多了些沉稳。

用心听冀芮、吕甥分析情势。

吕甥：君上重用荀息，总揽朝中大事，正是未封首辅之职、而行首辅之权。小王子已经拜了荀息为师傅，废长立幼、废嫡立庶，谁都看得分明。申生的太子，怕是要当到头了。

冀芮：齐姜娘娘亡故多年，今番举行大祭，好生突兀反常。莫非这是要对太子下手了？

夷吾：太子禀性仁厚，这些年为晋国又屡建功勋。可这管什么用？手中无权，只有伸长脖子任人宰割的份儿！如此形势，人人看得分明，太子自己反倒不明白吗？

吕甥：若是公子处在太子地位，你当如何？

夷吾：父王不仁，我当不义！后宫宠信骊姬，为所欲为，当朝任用奸佞，排斥忠直，父王哪里还有一点君父的样子？假如我是申生，有功无过，凭什么要废我的太子？东山得胜，还军之时，就是我的动手之日！带兵杀进后宫，将妖姬孽子统统诛杀。至于父王，对不起，与其你统治晋国、莫如我统治晋国。你老人家该歇歇啦！屈城虽然不大，我夷吾住得，你老人家也能住得。

吕甥连连执礼。

吕甥：公子，士别三日，当刮目相看；公子偏居屈城，胸怀器量、今非昔比呀！

夷吾：可惜哪，申生当太子，没我什么事；奚齐当太子，还是没我什么事！但愿今番回来参与大祭，不要生出别的事。屈城虽小，可我在那里说了算；三里之城、七里之墎，不是周天子册封的诸侯，也胜似一方诸侯啦！

冀芮：吕甥大夫，你看公子今番还都，有什么凶险吗？

吕甥：不仅有凶险，而且是凶险得很！拿掉太子，重耳、夷吾你两个会怎么想？与其等你两个醒过神来，对奚齐有所不利，不如斩草除根、这回便来个一网打尽！

夷吾：哈哈，大哥总算还当了一回太子，你说夷吾冤枉不冤枉？狗屁好处没捞着，末了捞着个"一网打尽"！

冀芮：为今之计，如之奈何？

吕甥：这个何须吕甥多言，我看公子胸中已有主张。

夷吾：无非还是看人学样罢了。好在夷吾前边有个重耳，要说凶险，也是重耳的凶险比我大些。重耳身边的谋臣追随，谋略智计不在你们二位之下；今番还都，重耳难道不知凶险，会平白回来掉脑袋的吗？

冀芮：公子还都，先要进宫拜见大王，这个不会有事吧？

吕甥：废太子、杀公子，总得多少有个理由。进宫拜见大王，我看无事；只要处处谨慎，莫要被当场抓住什么把柄就是。倒是公子以静待动，有机会察颜观色，说不定看出点蛛丝马迹来！

11. 室外 狐突府上 院外 日

狐突府邸，大门外，备好一辆车驾。

狐偃陪了重耳，冀芮陪了夷吾，狐毛陪了狐突，家丁、仆从人等，喧哗热闹，从大门里走出。

行人有的走过，有的驻足。

狐突老态龙钟，精神依然健旺。

狐突：好，好！重耳、夷吾，你两个先来看看外公我，这个好！按说，你们多年不曾回来,这次奉召还都,应该先进宫拜见你们父王。先看看我,也好;你们外公,如今庶人一个,倒也比你们那老子高着一辈儿,先来看我,也不算违礼。再者,也让国人知道,重耳、夷吾两个公子,两个大活人,回到都城来了!

狐毛:父亲,你老讲话不能低声些吗?在这当街上——

狐突:老夫耳朵背,一辈子讲话就这习惯,不会低声下气!——重耳有陪臣狐偃,夷吾有陪臣冀芮大夫,毛!你再陪上他们,一道进宫。倒要看看那妖物狐媚,敢把我的这两个外甥怎么样了!

重耳:外公,你上曲沃,不要舅父陪你了吗?

狐突:这不,还有人给我驾车嘛!外公老了,上阵杀敌怕是不成;赶车串个门儿,还办得到!申生哪,我也多时不见了,到大祭那天,外公又不得出场,我得去看看他!那是个好娃娃、那是晋国的好太子啊!有人起了恶意,是非要除掉他不可呀!

老人唠叨着,登上马车。

驭手驾车,车声辚辚而去。

重耳一方、夷吾一方,两下里对视、执礼。

狐偃:冀芮大夫,我们这便陪了公子们进宫去吧!

12. 室外 僻巷 巷口

沿着街面,重耳等人远去。

一个僻巷的巷口,是改扮男装的那名骊姬的贴身宫女。蒙面上方,只露出一双窥视的眼睛。

巷子深处,介子推脸子现出半边,也窥视着那个暗探。

13. 室内 曲沃 宗庙 大殿 日

宗庙大殿里,杜原款、里克、狐突,并肩而立。

三人各自秉持一炷高香,同时执礼,插入鼎炉。

尔后又一同拜伏在地。

三人注视灵牌,神态肃穆。

杜原款:晋侯宗庙,列祖列宗,臣下杜原款等三人,世受国恩;衷心报国,一片赤诚,可对天地、无愧鬼神!当今大王昏聩,宠信妖姬、任用奸佞,将不利于太子，动摇我晋国之根基。臣等三人，智微力薄，敢告天地鬼神者，唯有保国之寸心。——臣，杜原款，身为太子师傅，教之以仁义、育之以德行。太子日后若能登位，主持国政，仁德之主，何须老臣之驽钝；而太子因其仁德、遭人妒恨，或竟难逃毒手，老臣当身殉太子以死，报历代先王于地下！

里克：微臣里克，忝列我朝上大夫之爵位、太子之陪臣。太子若遭奸人荼毒，不幸殒命，里克当忍辱负重、立志手刃奸邪，为太子报仇雪恨！有违誓言，鬼神不佑！

狐突：老臣狐突，以庶人之身叩拜先王。太子申生设若不保，晋国之望或在重耳。老臣唯愿假以天年，与犬子毛、偃辅佐重耳，冀能看到明君登位、光复晋国！

三人庄严发誓毕，匍匐再拜。

相搀而起，目光炯炯。

14. 室外 王宫 后宫正门 日

后宫正门，有甲士全副武装，两厢站立。

重耳、夷吾当先，狐偃、冀芮、狐毛随后，来到门边。

勃鞮闪出，在阶上按剑俯视。

勃鞮：大王未招狐毛，狐毛止步！请陪臣随重耳公子、夷吾公子进宫见驾！

重耳当先步入内宫。

夷吾回头看了一下狐毛，连忙跟上重耳。

15. 后宫 内院 日

后宫内院，两列甲士排开，戈戟森森。

身后，勃鞮下令。

勃鞮：给我关了宫门！

狐偃、冀芮对视一下，难免有些狐疑。

夷吾回头，面现惊惧；双脚已是有些踟蹰。

重耳拉住夷吾的手，用力晃晃。

重耳：夷吾，我们这是去见自家父王！

重耳当先，泰然走过甲士之间的夹道。

16. 室内 后宫议事厅 日

后宫议事厅。

光线有些阴暗，献公在远端高高的台陛上端坐榻上，居高临下，面现威严。

优施陪伴在侧，荀息、士蔿两人站在阶下。

带刀侍卫环立陛下。

勃鞮按剑，先远远止住狐偃、冀芮。

勃鞮：两位陪臣在此止步！

然后带着两人，当先上前执礼。

勃鞮：重耳、夷吾两位公子前来见驾！

重耳、夷吾长幼并列了，大礼叩拜于地；狐偃、冀芮远处跪下。

重耳、夷吾：不肖子重耳、夷吾叩见父王，愿父王千秋万岁！

献公半晌不语，两人抬眼来看；献公正威严下视，两人忙又低头。

献公：起来吧！

优施：两位公子平身！

重耳、夷吾：儿臣谢恩！

献公：在我面前，你们倒也礼数周全。奉召还都，怎么不先来见寡人，先去看你们外公哪？

重耳：儿臣两天前回到都城，被告知父王今天召见；生怕齐姜娘娘大祭，庶人狐突不得参与致祭，无由见面。外公年事已高，故尔先去看过了外公。

献公："庶人狐突"，你是说寡人将他贬为庶人不对了？

重耳：儿臣不敢！

夷吾：儿臣自到屈地驻守，天天思念父王；今天见到父王，父王精神健旺、身体康泰，儿臣万千之喜！

献公：万千之喜？恐怕你们几个巴不得我老迈无能、早早驾崩吧？

重耳、夷吾复又连忙跪下。

夷吾：儿臣死罪！儿臣不敢！

献公：人们说，寡人将你们两个发配到边地，又把你们的家小扣做人质；听到这些说法，心中作何感想啊？

重耳：父王差遣，能为国家驻守边地，能替父王分忧，儿臣等不敢渎职、不敢有任何怨怼！

献公："不敢渎职、不敢怨怼"，一派花言巧语，你们背着我，什么不敢？

当初，是谁派人对抗寡人部署、派人营救诸公子的？后来，又是谁派出小股援军、私下发兵东山？哼！说不定哪天就会派兵冲进宫来，弑父弑君！

夷吾：父王，儿臣绝不敢行此悖逆之事；儿臣对父王所说一无所知啊！

献公：重耳，你怎么不说话？满口仁义，滔滔不绝，怎么会有事背着君父、不敢应承？

重耳伏地，半晌无语。

优施：大王问你哪！怎么哑巴啦？

勃鞮：大王问话，还不快快回答？

重耳挺直身躯，向上回言。

重耳：父王，据朝中大夫传言，当初放走一些诸公子，乃是父王的整体谋略。此事儿臣不敢妄自猜测。至于有人发兵东山，救了太子、相助太子打了胜仗，对晋国实在是好事。儿臣远在蒲城，仅仅是听说，未知详情。若是能够查知其人，请父王予以表彰奖掖！

献公：好啦！数年不见，你这个逆子还是这般桀骜不驯，敢与寡人顶嘴，你以为寡人不敢拿你开刀吗？与其等你杀父、不如寡人担当这杀子之名！

重耳：父王！重耳如有忤逆不孝种种恶行，父王尽可将罪恶公布于众，然后明正典刑，儿臣也死个心服口服！儿臣远赴蒲城就任途中，有人派出刺客，对儿臣暗下毒手；此事有陪臣狐偃、随员赵衰等见证。儿臣对这样死法，实在心有不甘！是谁要让父王背负暗杀儿臣之恶名，儿臣斗胆恳请父王，查出背后主使！

献公：什么？哪里会有这种事？

优施在献公耳际私语几句。

狐偃在议事厅远端呐喊起来。

狐偃：大王！有人暗杀重耳公子，暗杀微臣，请大王查明真相、查出凶手！

荀息：狐偃住嘴，议事厅中，未经允许，不得喧哗！

荀息上前执礼。

荀息：大王，重耳公子与夷吾公子还都述职，奉召进宫见驾，乃是君臣大礼。两人驻守边地，恪尽职守，有功无过，请大王明鉴！

士蒍：大王当面教子，言辞恳切。两位公子宜于深自反省，听候责罚！

献公：忤逆不孝，屡次顶撞寡人，收拾你两个逆子，还要什么暗杀不成？快快给我滚下去！

献公拂袖而去。

勃鞮：两位公子，请吧！

夷吾已是满头大汗；重耳鬓角也有豆大汗珠。

士蒍咧嘴，苟息沉吟。

17. 室内 狐突府上 内室 夜

内室，狐突父子与重耳、赵衰议事。

重耳：父王性子暴烈，做事独断专行，做儿子的岂能不知。想不到几年不见，父王性情竟是大变！

狐偃：为君为父，怎么能那样？专横、乖戾、偏激、多疑，与其说是暴君，莫如说已经成了一个病人！

狐突：宠信妖姬，后宫无人；自己又亲小人而远贤臣，顺我者昌、逆我者亡，他还能变成什么样子？

狐毛：动辄就是雷霆之怒，开口就是随便杀人。这次大祭，我看太子是太危险了！

狐偃：太子危险？我看两位公子也危险得很！今日进宫，算是捡了一条命回来，想起来让人后怕呀！

重耳：如果父王决心废长立幼，决计要除掉太子、除掉我和夷吾，我能逃得掉吗？也不过是早死几日、迟死几日罢了！

赵衰：公子，万万不可如此灰心！视死如归，舍生取义可也；君上如果滥杀无辜，公子凭什么要白白受死？事情但有可为，赵衰誓死保驾公子！

狐突：重耳，太子如若不保，晋国日后托靠何人？你立志奉行仁义，岂能巴望一蹴而就。自当经历磨难，矢志不移，或能有所建树。轻言生死，匹夫意气，非外公所望！

重耳肃然，执礼拜下。

重耳：外公教训的是！

狐突：毛、偃！重耳日后究竟如何，谁能预知？不过是顺应天命、克尽人力。我在晋侯宗庙起誓，我狐突父子当全力辅佐重耳、之死靡它。你两个给我记下了！

狐毛、狐偃叩拜狐突。

狐毛、狐偃：儿子谨记父亲教诲！

重耳再拜。

重耳：重耳谢过外公，谢过两位舅父！

狐突：好啦，咱们本是亲情一家，共赴大义，何必谢来谢去。提前做些防备安排，看如何应对突变吧！

18. 室外 王宫 后宫正门 日

甲士守卫着后宫正门。

申生由杜原款相陪，走向后宫。

杜原款：前面已到后宫，老臣非招不得进入；太子谨慎！

申生：请师傅宽心，申生当凡事依礼而行！

宫门这儿，勃鞮按剑现身。

勃鞮：后宫禁地，请杜太傅留步！——太子，请！

申生登上台阶，门里优施含笑迎接。

优施：太子驾到，优施代大王和娘娘在此迎候。

申生：申生万不敢当，优施大夫快快免礼！

19. 室内 后宫内廷 日

内廷。骊姬端坐榻上，少姬在旁。

优施领进申生。

优施：太子驾到！

申生赶前两步，大礼跪拜。

申生：申生参拜骊妃娘娘、少妃娘娘！

骊姬离座，还了半礼。

骊姬：优施，还不赶紧搀起太子！——少姬，给太子看座！

几案前，少姬拿来垫子，铺在席子上。

少姬：太子请！十分少见，太子越发丰神俊逸啦！

优施：咱们太子，禀性仁厚、能打胜仗，名满天下呀！

申生席地端坐。

申生：托庇父王娘娘，申生愧不敢当！

骊姬：太子啊，咱们自家人相聚，就不必那么拘礼了。前一段，齐国使臣到来，大王许是日有所思、于是夜有所梦，梦到齐姜娘娘了。我呢，深感大王念旧之情，这不，叫你进宫，咱们合计着，怎么把大祭齐姜娘娘的事办好。祭祀亡故、抚慰生者，也好体现大王一片高情厚谊。

申生：娘娘主持后宫，与少妃娘娘照顾父王无微不至；父王身心康泰，乃儿臣之盼。申生谢过两位娘娘！

骊姬：齐姜娘娘深得大王宠爱，娘娘生前服侍大王有什么起居习惯，太子难得进宫，今天还请给我细说一回。

少姬：还有，太子当年在后宫是如何读书习礼的，也得给咱们小王子传授传授！

优施：我看哪，太子既然进宫来了，何不妨到内宫各处走走，也好追思咱们齐姜娘娘哪！

申生：申生自成年以来，不曾踏入内宫一步。这个与礼不合，万万使不得！

骊姬：优施大夫还有宫女们陪着，有什么与礼不合？莫非太子明里尊重妃子姐妹，心中暗含什么猜忌不成？

优施：太子，有小人陪着，尽可放心。或者，咱们不必进内室，只到后园走走。小王子也正在后园玩耍，兄弟手足，也该亲近一些才好。太子进宫，与娘娘商谈大祭事宜，是咱们大王首肯了的。太子就算拂逆娘娘，不好拂逆大王的主张吧？

申生犹豫半晌，到底还是站起身来。

20. 室外 后园 园门 日

一行人到了后园，园门这儿，可见奚齐与宫女们正在草坪上嬉闹。

骊姬信步进了后园；回身招呼太子。

申生拘泥着，也随后进园。

骊姬：优施、少姬，去看看大王正忙些什么？如果没事，何妨来此，一道见见他们兄弟？

优施：小人这便去请大王。

21. 室外 后宫 凉亭 日

回廊交会处，凉亭里，献公正在纳凉。

宫女们轻摇宫扇，寺奔用拂尘驱赶昆虫。

优施慌慌张张奔来，做手势撑开宫女们，神秘兮兮报告献公。

优施：大王哪！可是想象不到啊，太子他、他怎么会这样哪？他是万万不能、万万不该呀！他不该、不该调戏少姬娘娘啊！

献公猛地坐起。

献公：谁？申生？他把少姬怎么了？

优施看看周围。

优施：奴才不能说，请大王自己去看吧！

献公挣起身，一把扒开优施，直闯内宫。

寺奔张口结舌，满面狐疑。

22. 室内 少姬卧室 日

少姬在卧室榻上，鬓发散乱，哭泣诅咒。

少姬：太子，申生！你真是个畜生！你以为我没人做主，是随便欺负的？

献公怒气冲冲闯进。

献公：申生哪？他干什么了？

少姬看看献公，欲言又止，扑回榻上，呜咽抽泣。

献公一把扯起少姬。

献公：快给我说！

少姬：姐姐不许我多嘴，说是怕影响王室名声；妾妃我、我，我实在气不过啊！

优施：少妃娘娘，你憋着难受，就给大王诉说诉说吧！

少姬：好心好意的，领了太子来齐姜娘娘当年起居之处；他、他不该言语调戏娘娘，还、还对妾妃动手动脚。妾妃虽不是什么金枝玉叶，可即便是丫头仆妇，也是大王的人哪！大王，你可要给妾妃做主哪！

寺奔：不会，不会呀！申生会对娘娘非礼，这、这任谁也难以相信啊！

优施：少妃娘娘，说来太子也没把你怎么着；不过捏捏这儿、摸摸那儿，你这不是小题大做、专惹大王生气吗？

献公：狗奴才，统统给我闭嘴！申生呢？现在这畜生在哪里？

优施：骊妃娘娘大肚能容，不愿意没事嚷成有事，顾全大王和太子的脸皮，领了太子到后园去了。光天化日之下，谅他太子不敢胡作非为！

献公：给我取宝剑来，让我当场宰了这个畜生！

献公冲出。

寺奔：大王、大王，不可莽撞哪！

随后追出。

23. 室外 后园 日

后园里，草木葳蕤、繁花盛开。

骊姬与申生在前，宫女们拉开距离在后；骊姬招招摇摇，申生拘谨跟从。

骊姬：太子，难得大王对齐姜娘娘那样有情有义！骊妃我能得到大王一半关爱，也不枉服侍他一场啦！

申生：父王宠爱娘娘，尽人皆知。

骊姬：太子，能否为我摘朵鲜花呢？年华易逝、青春易老；人无千日好、花无百日红哪！

申生转身去摘花，骊姬将预备的蜂蜜偷偷抹在鬓发上。

24. 室外 回廊 日

优施前面引导，献公拎着宝剑，气急败坏来到回廊。

这儿隔了树影花枝，遥遥可见后园情形。

只见离开众宫女，骊姬与申生的身影几乎靠在一处。

献公怒目圆睁，气息粗重。

25. 室外 后园 日

后园。香蜜引诱，蜂蝶在骊姬头顶绕飞。

骊姬自己使手帕驱赶。

骊姬：这些蜜蜂好不讨厌，有劳太子帮我驱赶一下！

申生见状，挥动袍袖。

骊姬躲避蜂蝶，身姿摇曳；双手一边驱赶蜂蝶、像是要挡开申生。

26. 室外 回廊 日

回廊这儿，寺奔揉揉老眼，分明不敢相信。

优施：哎哟，羞死人啦！不是亲眼所见，谁能相信啊！

献公暴跳如雷，剑指申生。

献公：畜生！逆子！我、我要宰了你，把你剁为肉酱！

少姬阻拦，优施劝导。

优施：大王息怒，此事不可张扬哪！

寺奔跪地，抱住献公双腿。

寺奔：大王不可呀！

27. 室外 后园 园门外 日

这厢，骊姬已经领着申生步出后园。

骊姬：大祭的日子已经定好。奚齐他也该懂事了，自然是要代我去参与祭祀的。太子想必熟知礼节，祭祀过后，祭肉美酒献来宫中。你贤名在外，更要好生敬奉你家父王。

申生：多谢娘娘指点，申生不敢荒废礼仪。

骊姬：莫听外人胡言，说我挑拨你们父子关系。唉！我在这么个位置上，做人难哪！咱们办好这次大祭，做出个样子来，让闲人闭嘴！

申生：娘娘留步，申生这便告辞。

骊姬：来人，礼送太子出宫！

申生离去。

骊姬用手帕揩去鬓发香蜜。

28. 室外 后宫正门 门外 日

后宫正门，杜原款迎到申生。

申生：让师傅久等了。

杜原款：公子安好，微臣多等片刻算得了什么？

师徒交谈着出宫而去。

29. 室外 后宫正门 门内 日

门内，寺奔匆匆赶来，被勃鞮拦住。

勃鞮：寺奔总管，干什么？

寺奔：太子他、他走了吗？

勃鞮：急匆匆的，要宫里宫外勾连，还是怎么着？

寺奔：勃鞮呀！要出大事啦，你、你呀！

勃鞮：大事？哼！绝对听命大王，是我勃鞮唯一的大事！

30. 室内 后宫内室 夜

内室，献公恨意难消；仗剑来回走动。

献公：你们、你们为什么拦住我？这个畜生，竟敢在我的后宫、在我的眼皮底下，行此禽兽勾当！

骊姬：大王息怒，请听妃子给你分说。你要杀掉申生，消火出气，那还不容易？何须亲自耍刀弄棒，下令让勃鞮把他抓来，砍掉脑袋不就完了？可是，大王，不能这样啊！

献公：怎么不能？寡人怎么就不能这样？

骊姬：人人都有年轻时，太子见了我们姐妹，一时动情，也是有的。再说，他又没把我们怎么样了。我和妹妹专爱大王，这个谁能夺得走呢？

少姬：等大王百年之后，他这个禽兽再霸占我们姐妹不迟！

献公：闪开，让我去找勃鞮，寡人现在就下令！

骊姬：少姬！你不要给大王火上浇油好不好？——大王，你先放下宝剑，你就听妃子一句吧！你这么杀了申生，如何向国人和群臣交代？又如何公布他的罪状？就说申生调戏我们姐妹啦？传之于诸侯、书之于史官，好听吗？这不是往自己脸上闹难看吗？

骊姬到底夺下宝剑，放过一旁。

献公：让这畜生多活两天，寡人不杀逆子，恨意难消！

骊姬：为齐姜娘娘大祭，已经张罗开来。这事儿闹的。大祭的事情，还只能办好、不兴办坏。大王火气这么大，有什么好处？地动山摇的闹起来，这不是要妃子的好看吗？——要不这样，大王哪，宫里的事你就甭操心了。架鹰牵狗的，出城打猎去！你也散散心、消消气。等你回来，大祭也办完了，说不定呀，太子的这点小事也就忘在脑后啦！

少姬：大王舍不得杀他儿子，好让他儿子杀父奸母！

献公双眼喷火，揪断绦带，扯下玉玦，用宝剑一剑斩成数块。

献公：不杀申生，有如此玦！

劲风煽动烛火。

烛火摇曳，骊姬、少姬微笑，显得狰狞。

第八章 防不胜防昏君中奸计 逃无可逃仁者陷牢笼

1. 统一片头

2. 室内 后宫 内廷 日

内廷，献公顶盔贯甲、全副武装，准备出猎。

骊姬亲自给绑系甲胄。少姬捧来宝剑，挂在腰间。

勃鞮拿来硬弓。

勃鞮：大王，请试弓！

献公用中指弹弹弓弦，"噔噔"作响；然后发力拉弓，弓开满月。

优施：大王神勇，真是不减当年啊！

献公：勃鞮，寡人这次出猎要搞得声势浩大，对那些不逞之徒，要起到恐吓的作用，你明白吗？

勃鞮：末将已经安排妥当。

献公：寡人走后，你要加倍注意宫中警卫。宫里宫外、包括本次曲沃宗庙大祭，诸般事宜，寡人托付了骊妃；骊妃在、犹如寡人在，你要一切听命骊妃！

勃鞮：末将遵命！

献公：好！出猎！

3. 室外 后宫 内廷 日

献公出现在内廷外面台陛上,亲兵近卫,两侧簇拥。

后宫正门大开,甲士们全副武装、戈戟林立,队伍从宫内排列到宫外。

勃鞮打个手势,甲士呐喊。

众:万岁、万岁、万岁!

献公挥臂前指,亲兵令旗舞动,号角齐鸣。

鼓声隆隆,队伍整齐行动,开向宫外。

4. 室外 广场 魏阙 大街 日

魏阙这儿,聚拢了一些国人。

出猎队伍,旌旗招摇、鼓号鸣动,走出广场、走过魏阙。

队伍几乎铺满大街,不见头尾。

战车上,献公端立,亲兵引满弓矢,对准街市观众。

国人恐惧,纷纷走避。

5. 室内 狐突府上 内室 日

内室,狐毛、赵衰与狐突议事。

狐毛:除了打仗出征,君上很少离开都城;这次出猎,搞得如此声势浩大,不知究竟何意?

赵衰:所谓虚张声势;兵法有云,虚则实之、实则虚之。君上出猎,目标恐怕不是山林野物吧。

狐突:君上废长立幼之心,已是昭然若揭。将老夫贬为庶人,不过一句话的事;贬退太子,看来是要抓住申生的什么把柄、给申生安个什么罪名。

赵衰:事情之凶险,我看不仅如此。齐姜娘娘大祭,召回两位公子,怕的是要一网打尽啊!

狐毛:父亲,要是这样,重耳怎么办、夷吾怎么办?

狐突:召回重耳、夷吾,随后又召太子进宫。假如此时,君上下令拘捕乃至处决三人,谁又能奈其何?他们想要贬退太子,还要寻找一个什么说辞,这或许倒成了几位公子的一线生机。

狐毛:重耳和夷吾,已经去了曲沃参与大祭,父亲你又不得参与其事,这该如何是好?

狐突：在一旁暗中使力，岂不更好？毛！你就负责曲沃方面，派人打探种种动向。赵衰，你专门负责安排人手，随时准备应急行动。事情或者瞬息万变、或者猝不及防，但愿天佑神助，能逃脱大难！

赵衰：只要我赵衰有五百精兵，趁君上出猎，我就杀入王宫——

狐突：嗯？跟随重耳多年，你的脑袋里竟能生出如此念头！以暴易暴，弑父弑君，这样的子弟，倒不如让杀掉干净！

狐突胡须抖动，赵衰低头。

6. 室内 后宫 内廷 日

后宫内廷，骊姬、少姬、优施盛宴款待勃鞮。

骊姬亲自给勃鞮面前几案上的酒爵斟酒。

勃鞮：娘娘如此厚待，末将何以克当？

骊姬：将军护卫宫廷，尽忠职守，可谓日夜辛劳、从无懈怠。本妃理当致谢。——请！

勃鞮：末将忠于大王、愿一切听命娘娘！

勃鞮饮尽酒爵。

骊姬示意，少姬也上前斟酒，身后有宫女捧了衣物之类。

少姬：将军忠诚勇武，小妃子由衷敬慕！将军身边虽有亲兵照应，日常起居，跟前到底没有女人。姐姐吩咐，这是小妃子令人为将军缝制的内衣、卧具之类，请将军莫要嫌弃！

勃鞮：哎呀，勃鞮刑余之人，能得骊妃娘娘、少妃娘娘如此关爱，这个哎呀——

少姬：这算得了什么呢。将军收下东西，请饮尽此酒！

勃鞮饮尽酒爵。

优施也上来斟酒。

优施：勃鞮将军神勇盖世，大王和娘娘有你这样的忠臣辅佐，何愁大事不成？

勃鞮：优施大夫客气。勃鞮一条性命，拜大王所赐。大王吩咐，让末将一切听命娘娘，勃鞮万死不辞！

骊姬：大王有所吩咐，本妃就把话给将军说透吧。大王钟爱奚齐，已经决计立奚齐为太子。

几人齐看勃鞮。

勃鞮：大王心思，末将早已非常清楚。

优施：日前，太子申生进宫，竟然对两位娘娘非礼，大王当下就要召你动手，翦除逆子。是娘娘考虑周全，觉得那样除掉申生，说出去不利王室的名声。于是，算是暂时寄存下他的一条小命。

勃鞮：往下如何动作，末将敬听娘娘的安排。

骊姬：说来也没有什么，不过是为除掉太子找一个理由而已。本妃已有计较在此，具体如何操持，优施自会给你细加讲述。

优施：大王出猎，声势逼人，是要震慑敌手；然而太子重耳的党众，说不定已有预感，要作困兽之斗、冒险一逞。勃鞮将军除了加倍护卫王宫、保障两位娘娘的安全，在下将陪小王子去曲沃，请将军能拨给我一支近卫，以作保驾。

勃鞮：这个何劳吩咐，末将属下精兵，任大夫调用就是。

骊姬：让小王子当上太子，是大王的一块心病。办成此事之后，本妃自会提醒大王，对将军大大提拔重用。这王宫侍卫统领之外，整个都城卫戍，少不得请将军来掌管。

勃鞮匍匐叩首。

勃鞮：末将愿效犬马之劳。

7. 室内 曲沃 宗庙 客厅 日

客厅里。

狐偃陪了重耳、冀芮陪了夷吾，进入客厅；几人对申生同时执礼。

重耳、夷吾：重耳、夷吾拜见太子！

两人作势要拜下，申生急忙搀扶。

申生：两位兄弟，不意申生还能见到你们哪！

申生动情泪下，重耳、夷吾也不能自持。

狐偃、冀芮退出。

申生：不是这回大祭，父王召你们还都，我如何能够见到我的两位兄弟？今生今世，或许这是最后一面了吧！

重耳：太子，兄长，请勿如此悲凉。

申生：父王令我出征东山，当时就是我的死期。苟活数年，奚齐已然长大，申生哪里还有活下去的理由？

夷吾：兄长，与其引颈就戮，何如逃走呢？

申生：兄弟，申生如果有心逃走，哪里会等到今天？君上要我死，逃死是为不忠；父王愿我死，逃死是为不孝。被册为太子、封于曲沃，父王能给我的，已经给过；就让申生将这一切还给父王吧！

重耳：设若父王废长立幼之心，已经不可动摇，兄长遭到不测，不知有什么可教重耳、夷吾？

申生：申生身为太子，逃生是为不忠不孝；两位兄弟，有什么必死的道理？千万勿学我的样子，可如诸公子，设法逃走可也。父王百年之后，两位兄弟或有复国机会。晋国之未来，寄望与你们哪！

8. 室外 宗庙院落 一角 日
院落一角，狐偃、冀芮议事。

冀芮：两位公子奉召还都，那日进宫见驾，宫内杀机昭然，定要一网打尽。眼下局面，如之奈何？趁着还有逃走的机会，何不赶紧逃生？

狐偃：君上并无对太子下手，此时逃走，恐怕给宫里制造了口实啊。何况君上外出打猎，岂知不会带兵候在中途？两位公子逃走，岂不是正好自投罗网？

冀芮：那我们就无所事事，等着上头动手不成？重耳公子或有什么脱身之计，不可扔下夷吾不管啊！

狐偃：冀芮大夫何出此言？两位公子同气连枝，此刻正是生死与共。我等协调行动便是。

9. 室外 大殿 回廊 日
从院里到大殿内，宦官们正在布置大祭。

荀息总揽大事，给寺奔安排什么。

见到杜原款、里克，荀息凑了过去。

荀息：杜太傅、里克大夫，今日大祭还请两位多多协助配合在下！

里克：君上决意废长立幼，太子等着被废、等着被杀，这还不算配合吗？荀息大夫将要升任太傅，我等准备祝贺，这还不算多多协助吗？

荀息：大王执意废长立幼，荀息何德何能、能够改变大王决策？在下奉命调教小王子，敢说教的都是仁义道德。

杜原款：这个倒是真话。恐怕之外的事，也不是你可左右了的。

里克：申生被废去太子，一定要取他性命吗？贬为庶人不可以吗？

荀息：荀息自当尽力而为，绝不敢推波助澜、助纣为虐！

寺奔到来。

寺奔：荀息大夫，小王子奚齐快要到了，是否开始安排大祭？

荀息：小王子到了，快快门外迎候！

10. 室外 宗庙门外 日

宗庙门外，优施陪了奚齐来到，宫中甲士护卫左右。

杜原款、里克等诸大夫，在两厢分列迎候。

荀息：微臣等恭迎王子！——甲士不得进入宗庙，门外守候。王子，请！

优施嘻着脸面，陪奚齐迈上台阶。

荀息看看里克等人脸色。

荀息：优施大夫，请在殿外等候，你就不必进殿参与祭祀大典了。

优施：荀息大夫，优施卑贱，可也是大王亲封的下大夫——

荀息：优施大夫体谅。你若硬要参与祭祀，诸位大夫则不肯与你为伍；干扰了今日大祭，恐怕你吃罪不起吧？

优施看看里克等人，嘟着嘴退开一旁，咬牙切齿、脸上不成颜色。

11. 室内 大殿 日

大殿内，香烟缭绕、钟磬和鸣。

杜原款司仪，太子申生为首，重耳、夷吾、奚齐依次祭祀。

12. 室外 殿外檐下 日

殿外檐下，里克、邳郑关照寺奔。

里克：寺奔哪，一刻大祭完毕，祭肉、祭酒将首先敬献宫中。但不知大王出猎何时归来，祭品在宫中存放，你是后宫总管、你要多多小心了！

寺奔：老奴服侍大王多年，谨守后宫种种规矩；先前存放祭品的事情，也曾有过。

邳郑：老总管，非常时期，诸事谨慎为好，免生不测呀！

寺奔：老奴处处留心便了。

优施要凑上来，里克拂袖离去。

13. 室内 大殿 日

大殿里，献祭的几案上，祭肉、祭酒已经放入鼎镬等器具。

荀息等大夫在场，申生等宗族子弟在场，还有宫中司礼太监在场，杜原款用帛带系好器皿。

杜原款：众位大夫、宫中司礼太监见证，敬献宫中的祭品封存完毕，请司礼太监依礼收纳！

司礼太监行礼如仪，指派手下小太监将祭品隆重抬出大殿。

荀息：祭祀齐姜娘娘，大礼完毕。等大王出猎回宫，荀息将禀报大祭事宜。大王是否召见太子与两位公子，请在曲沃敬候旨意。

寺奔进来，向奚齐执礼。

寺奔：大祭完毕，有请小王子登车回宫！

奚齐看看荀息，扭头给申生拜下。

奚齐：太子殿下，两位兄长，奚齐告辞！

申生单膝跪下，搀起奚齐。

申生：小弟快快请起！

奚齐：我想让几位兄长住到宫里，小弟能与你们常常见面啊！

申生：小弟在宫中侍奉父王、娘娘，多行孝道，是为兄之望！

奚齐离去，到门边还在回头。

申生眼圈不禁湿润。

杜原款一声叹息。

杜原款：呜呼！手足情深，此情何堪！

荀息等，面带凄然。

14. 室内 王宫 厨下 储藏间 夜

黄昏时分，有小太监秉持火烛，引领寺奔和司礼太监来到。

厨下大房内，辟有储藏间；门上加了大锁。

寺奔取出钥匙，亲自开锁。

只见存放祭肉、祭酒的器物好生摆放，上面系着的帛带原封未动。

寺奔关门，重新加锁，装好钥匙。

寺奔：你等轮流值守，给我看好这儿。大王狩猎归来，说不定要品尝食用；关系重大，万万不可疏忽！

司礼：总管你拿着钥匙，除了你谁也无法开锁进屋。你老放心就是！

寺奔再次动动锁头，扭身离去。

15. 室外 回廊 夜

寺奔来到回廊，只见优施陪着少姬，挨挨蹭蹭的，从前面走向后宫内室而去。

寺奔皱皱眉头，关照小太监。

寺奔：优施大夫出没后宫，你等只当没看见，不许在宫里嚼舌头根子！

小太监唯唯诺诺。

转过回廊，勃鞮按剑在墙角现身。

寺奔：勃鞮将军，宵禁时辰已到，还不清理后宫吗？

勃鞮：骊妃娘娘召见优施大夫，一刻我自会督促提醒。

近处，有梆声笃笃；宫墙上，隐约有卫士巡逻。

16. 室内 后宫 内室 夜

内室，骊姬、少姬与优施议事。

骊姬：我要的东西，你带进来了吗？

优施掏出一个小瓶。

优施：娘娘小心，这是小人弄到的剧毒药粉，只消稍许，即刻夺人性命！

少姬：寺奔那个老家伙，看守祭品十分的严谨啊！

骊姬笑笑。

骊姬：大王食用祭品之际，才是我们用毒之时，他哪里防得住呢？

优施：老不识相的，隔天就是他的死期！

骊姬：大王隔日就要狩猎归来，安排群臣接驾，并通告申生、杜原款前来都城的事，吩咐下去了吗？

优施：启禀娘娘，这个已经告诉荀息大夫。

少姬：重耳、夷吾，不是要一并除掉吗？怎么不通告他俩一并进宫？

骊姬：明天集中全力，将申生下毒的事情做成铁案，让他百口莫辩！等除掉申生，再将下毒的阴谋牵扯到重耳、夷吾头上，我已有计谋在此。

优施：一箭双雕、一石三鸟，娘娘妙算，果然是一石三鸟啊！

骊姬：好啦，优施你也该出宫去了。养精蓄锐，全力以赴干这一件大事！

少姬：你走吧。夜夜纠缠，不怕勃鞮吃醋吗？

优施：哈哈，他？刑余之人，今生不识醋味啦！

17. 室外 曲沃 旷野 土冈 傍晚

土冈上，大路回环通往冈下。

路边停着车驾，重耳与狐偃、里克，前来为申生、杜原款送行。

一边，里克与杜原款谈论。

里克：杜太傅，一者，宫中没有召我；二者，即便宫中召我，里克也要称病。里克留在曲沃，恭候太傅与太子平安归来！

杜原款：在下料定此去凶多吉少，已不存活命之想。晋国往后之事，寄望或在重耳公子身上；里克大夫责任非轻啊！

里克：一如誓言，太子如有不测，里克忍辱存身，必除妖孽，以报太傅于地下！

这边，申生与重耳执手告辞。

重耳：兄长！但愿此去无事，兄弟等候你平安归来！

申生：不意晋国之事，到了这般地步。兄长我生而何欢、死而何憾？唯愿兄弟好生保重，忍辱负重、光复晋国，大任在肩；但有一线生机，可速速远走高飞！

重耳：上天果能照拂重耳，逃出生天，重耳有生之年，必为兄长昭雪沉冤！

里克等聚拢来。

狐偃：太子，车驾催促，请太子登车！

申生：申生这便去休！

重耳：太傅、太子，请受重耳一拜！

重耳拜伏于地，杜原款站立执礼，申生也跪下来。

杜原款：重耳公子保重！

申生：你我兄弟少时，在宫中同窗读书，历历如在目前；而今岂可得乎？兄弟保重！哈哈，申生去也！

申生、杜原款登车。

车轮滚动，二人再不回头。

重耳、狐偃、里克追了前去。

从曲沃高处土冈望下去，烟笼沃野，浍河曲曲。

重耳：重耳生于斯、长于斯，天若不弃，重耳岂能辜负这大好河山！

远处大路尽头，申生一行身影快要消失。

夕阳衔山，一片黑云遮去太阳最后的光芒。

18. 室外 王宫 广场 宫门 日
献公出猎归来，广场下车。

勃鞮率领侍卫，簇拥着献公，步向宫门。

荀息当先，太子、太傅、群臣随后，在宫门两厢恭迎。

荀息：大王出猎辛苦，微臣等恭迎大王回宫！

众：恭迎大王回宫！

献公：众位大夫免礼吧！

瞥眼看见申生，按剑怒喝。

献公：申生，你还胆敢前来见我！

杜原款：微臣协助太子，主持齐姜娘娘大祭完毕；骊妃娘娘懿旨，令微臣陪太子进宫，听候大王吩咐。不知太子做错了何事？

献公：哼！那畜生自己明白！

申生跪下。

申生：儿臣做错什么，请父王明示！

献公：你、你放肆！

荀息：请大王息怒，是骊妃娘娘令微臣通告太子与诸位大夫，迎候大王狩猎归来；请大王回宫更衣，娘娘说，大王将要举行朝会。

献公：举行朝会？

勃鞮附耳低言两句。

献公：好！众大夫且到大殿等候寡人更衣。——申生、杜原款，候在宫门听宣！

献公岸然阔步回宫。

荀息指挥众人，入宫前往大殿。

有甲士看牢了太子和太傅。

荀息回视，两人镇定自若。

19. 室内 王宫 厨下 储藏间 日
厨下，寺奔亲自开锁，司礼太监带小宦官进储藏间小心抬出食器。

器具上，帛带捆扎完好。

20. 室内 后宫 内廷 日

内廷，献公已然更衣，面前摆好用餐几案。

骊姬、少姬，一旁服侍。

勃鞮立在一侧，寺奔令小太监将食器摆放在高案上，尔后亲自解开帛带，揭去盖子。

寺奔：大王，这是大祭齐姜娘娘的祭肉、祭酒，有请大王先行品尝！

少姬拿了一只酒爵，过去斟满酒浆。

寺奔夹出祭肉，放进玉琬，舀些肉汤。

正要捧过来，优施起身阻拦。

优施：且慢！这是从宫外来的食物，又放了两天，大王岂可随便食用？

说着，夺过少姬手中的酒爵，将酒爵的酒，倒回酒器；（酒中下毒）

骊姬：优施！你真是多嘴，疑神疑鬼的，难道太子他们还会给大王下毒不成？

说着起身，手持匕箸，去搅和肉汤；（祭肉下毒）

骊姬：亲生儿子给父亲下毒，这世界上还能相信谁呢？你们怕有毒，我且不信，我这就替大王尝食。

勃鞮出手，夺下食具。

勃鞮：娘娘不可冒失，优施大夫所言有理！

优施：是啊是啊，害人之心不可有、防人之心不可无！大王，小心没大错呀！

骊姬：你们越说，还越成了真的啦。要不，牵条狗来试试？

勃鞮：侍卫们，将大王的猎犬牵来！

献公将信将疑，骊姬在一旁说笑。

骊姬：大王，这不是庸人自扰、多此一举吗？

寺奔：呵呵，怎么会呢？

众目睽睽之下，猎犬吞食了一块祭肉。

祭肉刚刚下咽，那猎犬猂猂哀鸣，眼巴巴看着献公，口吐黑涎而死！

骊姬手中匕箸落地，少姬惊恐尖叫。

少姬：吓死人啦！太可怕啦！不是优施、勃鞮阻拦，被毒死的就是大王啊！

勃鞮一把揪住寺奔。

勃鞮：寺奔总管，是你负责看管祭品，莫非是你投毒不成？

骊姬、少姬都怯生生靠拢在献公身边，几乎是瑟瑟发抖。

寺奔跪地。

寺奔：寺奔忠心服侍大王，绝不会谋害大王哪！祭肉、祭酒在曲沃宗庙用帛带加封，有司礼太监为证，器物进宫之后，再未打开过呀！

优施：大王说你吃里扒外，莫非你真的与太子一党勾连，迫不及待要害死大王？

献公：寺奔！祭品是太子所献，由你带回宫来保管，铁证如山，你还有何话说？

寺奔：大王，祭肉中如何有了剧毒，老奴实在说不清啊！

优施：既然不是你投毒，无疑便是太子一党投毒，此事一清二楚、昭然若揭，你还敢为太子辩护不成？

寺奔：太子、太子禀性仁厚，他、他断不会为此灭绝天良之事啊！

勃鞮斟满酒爵。

勃鞮：你竟然还在担保太子不会下毒！那么，你敢饮尽此酒吗？

勃鞮逼近，献公怒视寺奔。

优施：好一个吃里扒外的背主之奴！

少姬：太子答应给你什么好处？你竟然对大王和娘娘下此毒手！

寺奔指指少姬、指指优施。

寺奔：你们、你们通同一气，背过大王——

勃鞮一把扼住寺奔喉咙，强行将酒水灌下。

寺奔：你、你们，大王，你迟早被这些奸佞——

寺奔当下委顿，也是口角流涎死去。

勃鞮：大王，酒浆中也下了剧毒！

优施：毒辣、阴险！天诛地灭！

献公惊魂未定，骊姬那里大哭出声。

骊姬：丧尽天良啊！申生，太子！你灭绝人性哪！你父王哪里对不住你啦？立你太子之位，封你曲沃之城，你真正不该呀！为齐姜娘娘举办大祭，骊妃我是诚心诚意，为着体现大王一片爱子之心；你、你不该辜负这点心意啊！

少姬：姐姐，快不要念叨这些了，真是气死人哪！好心请他进宫，他竟然人面兽心，调戏你我！大王恼怒，你为着王室面皮，苦劝大王，隐忍不发，顾全大局；人心换人心，大王和你的好心，换来了什么？换来的是毒药、是杀父杀君的狼子野心！这样的好儿子，你我两个继母后娘，说什么、哭什么？让大王看着办吧！

献公：先把寺奔这老东西和死狗抬出去，让朝臣大夫们验看之后，再行掩埋！

优施：大王，朝臣们还等着朝议哪！

献公：优施，你先去大殿，公布申生投毒的恶性事件！

优施：小人得令！

献公：勃鞮听命！

勃鞮：末将在！

献公：让侍卫封锁王宫，变故处置之前，谁都不得出宫！你先将申生、杜原款给我拿下，押到大殿，待寡人上殿，将其就地正法！

勃鞮：勃鞮遵命！

骊姬：勃鞮将军且慢，大王气头之上，考虑或有不周。处置如此大事，岂可草草？优施听命！

优施：小人在！

骊姬：你到大殿，宣布太子投毒罪状之后，命荀息、士蒍即刻起草文书，公诸于魏阙、告之于国人。公示其弑父弑君恶行，撕去其所谓忠孝仁义的假面！

优施：小人遵命！

骊姬：勃鞮听命！

勃鞮：末将在！

骊姬：将军先将杜原款抓起，押回朝堂问罪！身为太傅，参与阴谋、教唆忤逆，该当何罪？待其认罪之后，参看律条，该灭族嘛，自然要灭族！此刻，需要派兵包围其府邸，不许一人走脱！至于太子嘛，将军近前来——

勃鞮近前，骊姬低声嘱咐了几句什么。

勃鞮：末将明白！

骊姬：你们去吧！

优施、勃鞮这才奉命离去。

骊姬：大王出猎辛苦，先消消火气，用些酒饭。大王出猎之前，给了妃子权限，令妃子处置宫中事宜，遇事不妨专断。大王刚刚回宫，可是还没有收回你的将令哪！——妃子刚刚替你发号施令，你看还大致没有离谱吧？

献公：你呀，寡人已然回宫，要叫外人说，你这不是越俎代庖吗？

少姬：我说大王，这儿就是姐姐和我，哪儿有外人、谁是外人哪？再说，姐姐替大王所发的将令，有什么不对、有哪点不妥呢？

献公：几条将令，倒也有模有样。只是和勃鞮窃窃私语的，怎么还不把申生那畜生给我抓来？

骊姬：我的大王，这个请让妃子给你细说。太子下毒、弑父弑君，这样惊天动地的阴谋，难道会没有重耳和夷吾的份儿？除了太子，那二位素有贤名的公子，野心勃勃、桀骜不驯，大王就不一并处置吗？太子是投毒不成，莫非要让那两个忤逆发兵杀进宫来，杀我们一个措手不及、片甲无存吗？

献公皱眉沉吟。

献公：爱妃有何计较，给寡人细细讲来！

21. **室外 大殿前 日**

大殿前，群臣在廊檐下等候朝议，已是有些不耐烦。

吕甥：所谓朝议，还不是派优施前来宣告大王的决策？莫非大王今天会亲自前来？

邳郑：大王出城狩猎，或者另有意图。也许，大王又要攻伐哪个国家？朝议朝议，我等是只朝不议呀！

荀息：诸位大夫少安毋躁。大祭过后，按惯例宫中将会赐食，给各位分享祭肉，约莫也就快了。

突然，一阵躁乱，甲士们跑步前来，气氛紧张、如临大敌。

一支卫队，奔向宫门；一支卫队，分列开来，包围了大殿。

大家惊惧之际，优施佩戴宝剑，亲兵簇拥，来到殿前。

优施：众位大夫听了，后宫发生非常情况！大王狩猎归来，准备尝食祭肉、祭酒，不意太子申生在祭品中下毒，几乎毒死大王和骊妃娘娘！

邳郑：太子下毒？

士蔿：这、这，怎么会有这种事？

优施：骊妃娘娘有令！众位大夫进殿，恭候大王处置决断！

众人面面相觑，满腹狐疑陆续进殿。

优施：侍卫们，给我把牢大殿！乱说乱动者，格杀勿论！

22. 室外 宫门 广场 魏阙 日

宫门这儿，申生、杜原款静候听宣。

魏阙附近，有国人向这里指指点点。

沿着宫墙，从侧门那里疾步赶来一名太监，袍袖遮脸，约略可以看出，是骊姬那名贴身宫女。

太监：内宫传言，太子在祭品中下毒，要毒死大王；太子还不快逃！

太子与杜原款怔忡之际，那太监已闪身不见。

申生：这是从何说起？

此时，宫门大开，远远看见侍卫们奔来，口中连连呐喊。

众：不要走了申生，不要走了弑父弑君的太子！

申生：父王决计要我一死，不意是诬陷申生这样一个弑父弑君的恶名！师傅，此事尚有辩解乎？

杜原款：太子！此乃妖姬陷害、大王昏聩，辩解已然无用！还不快回曲沃，通告重耳、夷吾速速逃生！

申生：父王派人来抓我，申生逃离，师傅，这样恐怕有悖"忠孝"二字呀！

杜原款：申生！蠢材！你要让妖姬、昏王将你们弟兄一网打尽吗？晋国日后复兴，指靠重耳、夷吾，还不快去？师傅先你而死一步，恭候太子于九泉之下！

申生怔忡着，挪步离去。

此刻，侍卫们已经冲到近前，杜原款当门而立。

有人欲要去追太子，杜原款厉声怒喝。

杜原款：大胆，哪个鼠辈敢动当朝太子？

侍卫却步，回看勃鞮。

勃鞮：当朝太子，与太傅通同一气，投毒弑父弑君；这个鼠辈，奉大王、娘娘之命，特来收拾你们师徒！——侍卫们，将弑君逆贼杜原款剥去衣冠、与我拿下！

杜原款自己摘去顶冠，高高托在手中。

杜原款：杜原款太傅之职，乃是先王任命；今日正要连这一颗头颅，一并交还先王！

杜原款视死如归，管自进宫，去往大殿。

侍卫们随后跟从而去。

勃鞮目光追踪申生。

申生不疾不徐，正走过魏阙。

23. 室外 魏阙 日

申生目光几分呆滞，对国人视而不见，走过魏阙。

国人议论纷纷。

国人：这就是仁厚的太子啊！

士子：欲加之罪、何患无辞？诬陷太子投毒，弑父弑君，拙劣啊、可耻啊！

老者：宠信妖姬，废长立幼，晋国生生要坏在女人的手里呀！

申生听而不闻。

勃鞮来到魏阙，阴鸷的目光扫过，众人缄口。

24. 室外 当街 日

勃鞮朝着申生追去，突然，一个蒙面人闪出当街，挡住去路。

两人都不言语，目光对视，几乎同时拔剑。

双剑相交，格打之声连珠爆豆。

勃鞮攻击凶猛，竟不能前进一步。

勃鞮：与阁下过招，已非一次。你究竟是什么来头，竟敢屡屡与今上大王作对？

蒙面人：行侠仗义，扶困济危，是在下本色行当。在下眼中只有天下人，并无什么大王！

勃鞮：阁下本领不在本将军之下，何不学某家样子，投靠大王，效命当朝？

蒙面人：哈哈，甘为鹰犬、助纣为虐，还有脸大言不惭！

勃鞮：与大王作对，分明就是太子一党！弑父弑君之徒，单人独马，能挡得了大王的诛杀吗？口吹大气，竟然要管天下人的事情。

蒙面人：自行投毒、嫁祸太子，这般奸计，顶多瞒得了三岁小儿！这事让在下撞上，少不得就要管上一管！

两人几乎同时出手，复又斗在一处。

太子已然远去，对身后发生种种，茫然不睬。

25. 室内 大殿 日

大殿上，优施按剑，身边有侍卫助威，在台阶上居高临下。

优施：荀息大夫、士蔿大夫，娘娘有令，命你二人速速起草文告，公布申生一党蓄谋投毒、弑父弑君罪行，为何还不动手？

荀息：优施大夫，后宫传言、有人投毒，谋害大王，大王如今何在？大王是否平安？不见大王，微臣等恕难从命！

士蔿：是啊是啊，是你优施前来，空口所言，太子投毒，如此惊天大案，毒物何在？毒死何人？朝臣大夫，总得有所见证哪！

优施：好、好，连你们也敢抗命！优施我、我——

邳郑：优施！你待怎样？

优施：我、我这就去禀报娘娘，请大王上殿！见了大王，看你们还敢这样猖狂！——你们给我等着，侍卫们，给我守好大殿！说不定哪，这里就有太子的党徒哪！

26. 室内 后宫 内廷 日

后宫内廷，勃鞮归来复命。

勃鞮：禀报大王、娘娘，投毒弑君大罪，罪人杜原款已经抓获，押往大殿听候处置；罪人申生逃走，逃回曲沃。

献公：什么？你让申生那逆贼逃走了？

勃鞮眼看骊姬，骊姬起身解释。

骊姬：大王，请听妃子给你解说。申生逃走，可以说是妃子的安排。不然，以勃鞮将军之勇武，以内宫侍卫之雄强，手无寸铁的申生，怎么能轻易逃走呢？

献公：骊妃，是你安排他逃走，你这葫芦里卖的究竟是什么药？

骊姬：大王，一者，如果申生不曾投毒，一定会拒绝逃走，一定要进宫申辩，请求大王弄清真相、抓出真凶。申生逃走，足可证明其投毒弑君的罪行是真，大王再无怀疑的了。申生蓄谋投毒、弑父弑君，就此已成了铁案！

献公：妃子说得有理！

骊姬：二者，申生脑子不傻，犯了弑君大罪，岂能逃脱追捕？他的仓皇逃离、其直接念头，不过是想要通报其同党同谋。让同谋有所防范，以便逃脱一网打尽！

献公：申生的同党同谋，以你说就是重耳、夷吾那两个逆子？

骊姬：大王，申生逃往何处，正是曲沃。他的师傅杜原款，已被抓获，逃往曲沃者，定是通报重耳、夷吾！想那重耳、夷吾，如果大王废去太子，谁最有望争当太子？首先跃跃欲试者，就是重耳哪！重耳虽是庶出，生母还是狄族女子；大王你不想想，奚齐难道不是庶出、妃子我难道不是狄族女子吗？奚齐能当太子、重耳凭什么就不能当？重耳、夷吾，一定是心怀不满，与太子申生结成死党，他们一贯对抗大王的种种战略部署，直到最后发展为丧心病狂、不惜投毒、弑父弑君！

勃鞮：大王，方才末将追赶申生，遭到一名蒙面人的抵抗。其人乃是当年救助诸公子的武功高手。末将怀疑，此人是带剑行走的士子、所谓行侠仗义的介子推。重耳公子结交芜杂、收罗亡命，与这个介子推过从甚密！

献公：如此说来，重耳、夷吾的问题也到了一并处置的时候。

少姬：三人结成死党，公然投毒，这个滔天大罪如果不做处置，大王，你非要等着人家杀进宫来，杀死奚齐小王子、霸占了我们姐妹两个，你才满意吗？

献公：谁说寡人不做处置，是骊妃非要放走申生。依寡人心思，几日前就恨不得手刃那个畜生！

骊姬：大王，将申生谋逆篡位、弑父弑君的罪名公诸于天下，看他还有何脸面活在人世间？申生罪行暴露，阴谋破产，妃子断定他一定会自杀！大王何必像个匹夫暴怒，一定要担负杀子的恶名呢？

献公：那个逆子要是不肯自杀呢？

骊姬：那就再让勃鞮出兵曲沃不迟。他不自杀、也得逼他自杀！

献公：即便如此，曲沃方面的监控不可放松！勃鞮，即刻部署下去，申生等几人但有逃亡迹象，杀无赦！

这时，优施大惊小怪嚷嚷进来。

优施：我的娘娘啊，我的大王，可是不得了啦！荀息、士蒍心说都是大王喂熟的狗，小人传话过去，他们该是言听计从、连连唯命。想不到呀想不到，人家不听话呀！硬是不把娘娘和大王的旨意当回事啊！

献公：优施，你少给寡人草木皆兵！——勃鞮，令人抬上祭品、抬上寺奔尸体，随寡人上殿！

27. 室内 狐突府上 内室

狐突府上，狐毛、赵衰汇总情况。

狐毛：魏阙一带，国人传说得沸沸扬扬。说是太子在祭品中下毒，要毒死大王和骊姬，宫中侍卫已经将杜太傅抓捕了！

赵衰：介子推有消息，太子已经出城，要回曲沃；勃鞮带兵，似追不追，像是并不急于抓捕太子。

狐突：大王出猎，看来就是要留出空子，让骊姬为所欲为，给太子制造罪名，好冠冕堂皇废长立幼。此计固然拙劣，然也毒辣无比。申生的心性，哪里还能苟活于世？唉，这个孩子是抱定宗旨一死，以全忠全孝啦！

狐毛：那重耳和夷吾怎么办？

赵衰：放太子回曲沃，分明是要将投毒弑君的惊天大案，勾连牵扯到两位公子头上。我们是否现在就立即动身，保护两位公子逃走？

狐突：而今的情势，重耳、夷吾两个逃回驻地，恐怕是唯一的选择了。只是这不告而逃，岂不是给妖姬以口实、坐定了参与谋害大王的罪名吗？何况，君上到底会如何处置太子投毒一案？并未给两位公子加诸罪名的时分，以重耳的禀性，他也不会兀自逃走啊！

赵衰：这，这中间的分寸、时机极难把握，闹不好就是拿性命开玩笑啊！

狐突：毛！你此时即刻备起快马，追上太子，直奔曲沃；将宫中激变讲给重耳、夷吾。重耳自会有个决断，你再将他的决断速速传回！

狐毛：儿子这就出发！

狐突：赵衰，你还是蛰伏都城，与介子推的人手做好准备，以接应两位公子。同时注意监控宫中动向，上面如有除掉重耳、夷吾的丝毫蛛丝马迹，你等便放手大杀一场！放手大杀，不正是你盼望已久的吗？

赵衰：只要能救出公子，赵衰便和昏君撕开这脸面！

狐突：呵呵，所谓正邪不两立，你和偃儿追随重耳，走得是正道、为的是仁义。身家性命，都说不得喽！

赵衰：那你老人家和狐毛呢？

狐突：毛，他暂时留在都城，日后也好和蒲城方面联络报信什么的。老夫这把年岁，哈哈，也就是风吹不倒罢了。不能与你等一道大砍大杀啦！上天给我几年时光，让我活着看看君上和那妖姬的下场！

第九章 孝道忠心申生甘自尽 枪林箭雨二子竟逃生

1. 统一片头

2. 室外 都城 城门 日

大街直通城门，城门出入行人寥寥。

申生眼神发痴，朝城门走来。

两个门军认出太子身份，年轻的戳戳年长的。

小军：这个人好像是太子啊。

老者：哎哟，像是，就是；就是太子啊！

小军：太子怎么没坐车驾，也没有随从呢？

老军戳戳小军，两人连忙执礼。

申生视而不见的，已经走出城去。

3. 室外 巷口 日

巷口，蒙面人注视了城门这儿，一直看着申生出城走远。

摘下蒙面，其人正是介子推。

4. 室外 城郊 大路 日

城郊大路上，申生踽踽前行。

狐毛骑一匹马、牵一匹马，追上申生，下马搭腔。

狐毛：太子，所幸宫内没有派兵追来，请太子上马！

申生：狐毛，你说，是我在祭品中下毒，要毒死大王吗？

狐毛：太子，这分明是骊姬的计谋，蒙骗了大王。

申生：申生不当太子，让位就是；申生不惧死，砍头可以，可是这弑父弑君的罪名，太歹毒、太歹毒呀！

狐毛：太子！骊姬的奸谋，不仅要除掉太子，恐怕还要株连重耳、夷吾。将三位贤公子一网打尽，晋国休矣！请太子上马，速速赶回曲沃！

太子眼神渐渐清晰；终于执缰上马。

狐毛：太子小心了！

在后面加了一鞭，两匹马驰骋而去。

5. 室内 王宫 大殿 日

王宫大殿，勃鞮全身披挂，带执戟甲士当先闯入。

甲士散开，分列四周。

大夫朝臣悚然之际，静鞭三响，优施现身。

优施：大王驾到，群臣肃静！

献公步上台陛，先不落座，怒目俯瞰群臣。

荀息为首，众大夫俱都肃立，莫敢仰视。

献公这才缓缓落座。

荀息领头朝拜。

众：大王千秋万岁！

献公：免礼！

优施：群臣免礼平身！

优施示意，有小太监将祭品器具抬上，放在台陛一侧。

献公：这是太子，你们的太子申生，给寡人敬献的祭肉、祭酒中毒而死的猎犬、还有内宫总管的尸体，就在殿外！祭肉、祭酒，进宫之后，原封未动；狗和人中毒而死，寡人就在当场，是寡人亲眼所见！莫非只有寡人食用了祭品被太子毒死，你们才会相信事实吗？

优施：被毒死的狗和人，尸体就在殿外，诸位大夫尽可验看；太子敬献的祭肉、祭酒，就摆在这儿，诸位大夫如果不相信太子投毒，可以尽管品尝！

众大夫低头不语，大殿内鸦雀无声。

献公：怎么，没人品尝不是？没人愿意被毒死不是？——勃鞮听命！

勃鞮：末将在！

献公：把杜原款押上来！

勃鞮：甲士听令，将投毒弑君的共犯杜原款押上大殿！

大殿正门开启，执戟甲士押了杜原款进殿。

杜原款高举头冠，直立不拜。

优施：大胆杜原款，见了大王，竟敢不拜！

杜原款：杜原款拜天拜地拜祖宗，不拜无道昏君！

优施：剥去他的衣冠！

杜原款手中头冠被夺、身上朝服被脱去。

杜原款：杜原款太傅之职，拜先王所赐，正要奉还先王！

优施：甲士们，让他给大王跪下！

甲士强迫跪拜，杜原款箕踞而坐，蔑视献公。

献公看看勃鞮。

勃鞮冲到近前，强行弄弯杜原款的膝盖，用大戟横压膝弯。

杜原款怒视献公。

优施：你、你好生无礼，竟敢这样直视大王！

杜原款：奸佞鼠辈，知道什么叫礼？岂不闻"君视臣如土介，臣视君如寇仇"！

献公：怪不得申生要给寡人下毒，看来正是你的教唆！

杜原款：大祭完毕，封存祭肉、祭酒，有众位大夫、宫中司礼太监在场，所谓太子投毒，分明是无中生有。太子仁德，国人尽知；忠君孝亲，无愧天地！是你宠信妖姬奸佞，存心废长立幼，必欲将太子除之而后快；反要诬陷太子、加诸罪名！

献公：寡人猎犬、后宫总管寺奔，食用祭品而死，你还要强辩！

杜原款：祭品存放宫中有日，是你托言外出狩猎，放手让妖姬与优人之辈预设奸谋，以便嫁祸太子；这般鬼蜮伎俩，连三岁小儿都瞒哄不过，此事不难查明，你敢让朝臣大夫组成有司、予以彻查吗？

献公：寡人亲眼所见，便是铁证，何须有司彻查！

杜原款：君权在握，所谓生杀予夺；顺我者昌、逆我者亡，专宠妖姬、重用奸佞，践踏仁义、仗恃诈术，要杀太子、何患无辞？不以国家前途为念、只凭一己好恶，废长立幼、废嫡立庶，堂堂晋国、先王基业，生生毁在你的手里！

献公：寡人的晋国，无须你来担忧；需要担忧的，你与申生一党同谋、弑父弑君，难道就不怕寡人将你灭族吗？

杜原款：暴君技穷，除了杀人灭族之外，你还能将我怎样？

献公：你、你，寡人现在就将你斩首，寡人就是要废长立幼，寡人就是要为所欲为！寡人好好活着，看着你死在我的面前！

杜原款：杜原款虽然看不到你的下场，但史官会记下你的暴行，让后人而复后人，耻笑唾骂、万古蒙羞！

献公：你、你，勃鞮，还不动手，你要让寡人亲自杀人不成？

众大夫惊惧注视，杜原款含笑仰首。

勃鞮宝剑挥处，杜原款血溅当场。

士蒍觳觫，吕甥低头；邳郑切齿，荀息默然。

优施、勃鞮，目光探询献公。

献公站起，拍响几案。

献公：士蒍，你来起草文告，将申生、杜原款预谋投毒、弑父弑君罪恶，张挂魏阙、公诸国人！荀息，你来主持占卜，寡人要择吉立奚齐为太子！勃鞮，带领甲士，将杜原款灭族、杀他个鸡犬不留！

群臣缄默，士蒍直看荀息。

荀息跪地。

荀息：大王，微臣斗胆恳请大王，念杜原款多年有功于国，大王仁慈、收回灭族成命！

士蒍、邳郑、吕甥等所有大夫，随后跪下。

众大臣低头静默。

献公沉吟一刻。

献公：将杜原款蒿葬，不得享受大夫之礼；将其举族贬为庶人，赶出都城；将杜氏田产统统没收，归于公族！——退朝！

优施：大王退朝！

6. 室外 曲沃 宗庙 院落 日

院子里，重耳与夷吾来回踱步，分明有些焦急不安。

两人走到一处，相对无言；复又踱步来去。

两个陪臣，狐偃与冀芮，一会儿张望大门外，一会儿以拳击掌。

冀芮：太子一去，再无消息，这、这真是令人心焦啊！

狐偃：太子没有消息，我家兄长或者赵衰也该露面啊！对宫中情况一无所知，这简直就是等着任人宰割哪！

这时，有仆从奔进大门。

仆从：公子，两位公子！

接着，狐毛征尘满面出现。

狐毛：太子回来了！

众人停止踱步，目光集注门口。

7. 室内 起居室 客厅 日

客厅内，诸人席地，紧急会商。

狐毛：太子已被诬陷投毒、派定了弑父弑君的恶名；杜太傅被抓捕进宫、死活不知，太子侥幸逃回，就是给二位公子报信的！

夷吾：给宫中敬献祭品，有诸多见证；说太子投毒，分明是蓄意诬陷！兄长，如此罪名，岂能诬服？何不进宫向父王说明真相，托请当日在场大夫据理力争？

重耳：父王宠信骊姬，溺陷已深；废长立幼，父王决心已定。此事恐怕再无转捩的可能。

申生：父王宠爱骊姬、少姬，日夜不能离开；莫说父王绝不容许任何怀疑、涉及后宫，即便能够戳穿骊姬的奸谋，申生等于派定了父王的昏聩。为子为臣，兄长我如何可以这般悖逆父王？出征东山之时，申生已经下定决心，一死以成全父王！有所不甘者，申生尽心竭力、力图全忠尽孝，不料被加诸如此恶名，死而不能瞑目！

狐偃：奸谋陷害、恶名加身，太子何不逃走？太子不惧死，死于战场可也、死于国难可也；束手就擒、引颈就戮，却是死于妖姬之奸谋、大王之昏聩，岂不悲哉？

冀芮：是啊，急切之间，我家夷吾公子本领有限、屈城简陋；重耳公子结交贤士、能力昭然，太子便是到蒲城存身，也好啊！

重耳：兄长若是同意逃往蒲城，重耳此身以及属下诸人，甘愿侍奉太子！

申生：多谢两位兄弟美意。申生若有逃走之心，不会在曲沃苟活至今；申生死志已决，申生如果有罪，有罪不死，是我不勇；申生无罪，岂不是等于认定父王有错？无罪而逃，是为不仁。申生居于太子之位，只要我活着，父王就不能快意；就让申生一死，此身还诸父王，全忠尽孝吧！

狐偃：太子！

重耳：兄长！

申生：两位兄弟，申生竟然能从都城逃出，此刻我倒有些明白了。分明是宫中有意放我逃回曲沃，恐怕要将投毒弑君的罪过，牵扯到两位兄弟头上，好将我等三人一网打尽！你二人趁其网络未收，还不快快逃走！等到父王百年之后，你们或能光复我晋国；申生被诬陷屈死，真相能得大白于天下、妖姬受到惩罚，是我之愿！

申生说罢，伏地拜下。

申生：愚兄今日，与两位兄弟永诀！

重耳、夷吾双双跪下；狐毛、狐偃、冀芮也都跪地。

重耳、夷吾：兄长！

狐毛等：太子！

兄弟三人执手紧握，泪如雨下。

里克一阵风冲进。

里克：太子、两位公子，都城报来消息，太子投毒弑君罪名已经公诸于魏阙！太傅杜原款、厉声抗辩、宁死不屈，在王宫大殿被杀！

众人惊愕；太子悲号。

申生：师傅，申生随后来也！

申生袍袖掩面，奔出客厅。

8. 室内 宗庙大殿 日

宗庙大殿，烛火摇曳。

申生披发免冠，带剑扑门而进。

面对列祖列宗牌位，申生伏地三拜。

申生：申生之忠孝，天地皆知；申生之悲苦，鬼神共见。不能见容君父于世间，唯有追随先祖于九泉！

从容拔剑,自刎而死。

[字幕:献公二十一年(公元前656年),太子申生遭诬陷,自刎而死。]

9. 室内 厅堂 日

厅堂里,申生尸体,覆盖白绫,横卧灵床。

重耳、夷吾、里克等,换了素装,拜伏于地。

重耳:晋国忠孝太子,重耳、夷吾等仁厚兄长,不能见容于君父,一朝自刎。重耳不能随太子于地下,起誓于吾兄灵前——从今以后,不仁不义,便是重耳死敌!

夷吾:夷吾有誓——君上不明,夷吾不能尽忠;为父不慈,夷吾难以尽孝!

里克横举申生佩剑。

里克:老臣里克,不能随太子、太傅死;愿能苟全性命,寿比大王。妖姬所生,窃夺我晋国大宝之日,里克必用太子此剑,除之灭之!

几人起誓毕,叩首再拜。

10. 室内 客厅 日

客厅里,重耳、夷吾、狐毛、狐偃、冀芮,紧急磋商。

狐毛:太子自刎,消息报于宫中,君上废长立幼,已经无有障碍。或者二位公子的处境,不会那么凶险了吧?

狐偃:兄长之言差矣!都城传来的消息,君上已经决定立奚齐为太子;妖姬阴毒无比,断然不会轻易放过二位公子!

夷吾不禁十分紧张。

冀芮:两位公子,现在便分头逃回蒲城、屈城如何?不然,尽等着宫中阴谋发动,统统被害死不成?

夷吾:小弟方寸已乱,愿听兄长高见,唯兄长之马首是瞻!

重耳:此事最难拿捏,不可草草应对。假如宫中阴谋已定,或者早派勃鞮带领兵马杀到。你我猝不及防,如何能够逃脱?猜度当今局势,也许骊姬等,正在蛊惑说动大王;也许倒是估计我们要恐惧逃生,我等归来参与大祭,不向父王辞别、仓皇逃离,反而会授之以柄。

夷吾:兄长,我们现在不逃,假如勃鞮已然带兵杀来曲沃途中,如之奈何?

重耳:这个倒是不会。狐毛舅父在此,都城还有外公替我们操心。宫中一旦有异常动作，赵衰一定会快马来报。到那时，我等再逃不迟。

狐偃：两位公子，曲沃到都城一线，我已派出仆从沿途把风。但有异常情况，皆在掌控之中。

冀芮：假如大王有召，要两位公子进宫辞行，不知是该抗命还是该应命呢？

狐毛：抗命，岂不是中了骊姬的奸计、落入她的圈套？"哈哈，两个逆子果然是参与了申生毒害寡人的奸谋，怪不得不敢来向寡人辞行！"

狐偃：可是，应命进宫向大王辞行，岂不等于自投罗网？"哈哈，勃鞮何在？与寡人将这两个逆子给我拿下，就地正法！"

夷吾那儿，已经在缩脖子。

重耳：父王有召，我等如果抗命，危险极大！如果应命，重耳、夷吾概无错处、坦然依礼进宫辞行，父王如何可以滥杀无辜？

夷吾：兄长，太子申生难道不是无辜的吗？

重耳：父王做派，固然一向是独断专行、我行我素。但废长立幼，实在过分违礼；所以他还要依赖骊姬奸谋，给太子安设一个十恶不赦的罪名。你我应命进宫，固然极其危险，然也不妨说有一半生机。

夷吾：一半生机？哎呀，那不是说，有一半可能被杀吗？

重耳：兄弟不愿听重耳的，尽管现在逃走可也！

夷吾：这个，兄长现在不逃，夷吾凭什么单独逃走？单单让父王给我安上罪名，就我一人被追杀吗？

冀芮：重耳公子决定不逃，我家公子一切跟从照办就是。

11. 室内 王宫 后宫议事厅 日

后宫议事厅。

勃鞮远远在门口警卫，献公召荀息、士蔿议事；屏退了左右，君臣席地。

献公：士蔿大夫起草文告，公布申生、杜原款预谋投毒、弑父弑君罪恶，张挂魏阙、公诸国人，深合寡人心意。

士蔿：大王倚重，微臣敢不效命！

献公：只是申生逆子竟然自到，逃脱惩处，寡人深恨之！废为庶人，不得以姬姓诸公子之礼安葬，蒿葬可也！

荀息：大王，申生投毒弑君，固是罪大恶极；然国人议论、众口悠悠，此事最难处置。微臣斗胆，申生已然伏罪，恳请大王准许，葬之以诸公子之礼。

以体现大王仁厚胸怀，平息国人舆论，安抚几位公子之心。

献公：弑父弑君，岂可宽假！乱臣贼子，正要威慑恐吓，对之有何仁厚可言！还有，申生一党，其师傅杜原款伏诛，其陪臣里克有无涉案牵连？听知申生罪行，胆敢不来宫中谢罪，难道不该给予严惩？

士蔿：大王，奚齐小王子将要册封太子。依古制，册封之前，须得朝中大夫建言、拥立；册封之后，应当大赦天下。微臣斗胆，恳请大王不再深究里克，以示安抚。往远处说，也是笼络大臣之心，为小王子好啊！

荀息：大王，士蔿大夫久在朝堂，愈加老成持重。所言确是定国安邦的大好道理，请大王明察！

献公：哈哈，寡人倚重你两个，你两个这是一唱一和，逼得寡人当仁义之君哪！

士蔿：大王胸襟，天高地阔；仁义广被，乃朝臣之福、民众之福！

献公：哈哈，说得好！寡人就依了你们。

荀息：太子申生被废，朝野震动；最为局促不安、战战惶惶者，恐怕莫过重耳、夷吾两位公子。微臣建言，宜于由士蔿大夫前往曲沃，加意体恤宽解。

献公：哼！他两个有什么局促不安的？莫非果然也是申生一党，参与了投毒弑君的阴谋不成？

荀息：大王，当朝太子投毒、谋害大王一案，杜原款伏诛、申生自刭，微臣以为此案就到这里结案为妥。不然，无端勾连、人人自危，决非明智之举呀！

献公：荀息，寡人是要让你做太宰、当首辅的，凡寡人所言，你便弯弯绕绕、给我阻挠，是何道理？依你所言，寡人是无端猜忌、随意勾连什么人了吗？

荀息伏地叩首。

荀息：大王哪！曲沃大祭，微臣协助太子主祭；大祭之后，为宫中献祭，切割封存祭肉、祭酒，微臣在场监督操办。假如有人怀疑微臣也参与了投毒阴谋，微臣照样是有口莫辨哪！微臣只是有幸，不曾被先王派作太子师傅，不然，血溅大殿的将不是杜原款，极有可能就是微臣哪！

士蔿：荀息大夫肺腑之言，恳请大王明察！

士蔿也拜伏于地，不再抬头。

献公蹙额，若有所思。

12. 室内 后宫 内室 日

内室，骊姬帮着献公更衣。

优施捧上蜜水，少姬为之先尝。

少姬：大王，这蜜水是姐姐亲自调制的；尽管如此，小妃子还是要先替大王品尝。从今而后，大王的餐饮，也该安排专门的尝食太监啦！

献公：哈哈，难得少姬如此细心。不过，倒也不必闹得草木皆兵。申生已然伏法，册立奚齐为太子，指日可待。心存此念，经营数年，寡人到底为奚齐办成了这件大事！

优施：咱们小王子立为太子，这母以子贵，骊妃娘娘也就该册立王后啦！

骊姬：优施，要你给我多嘴！只要奚齐顺顺当当立为太子，再没有什么人处心积虑要害死大王，妃子我就谢天谢地啦！想起来让人后怕、让人出汗、让人夜不能眠啊！

少姬：就差那么一点点，大王就出事了呀！王宫大殿上坐着的就是申生，咱们奚齐让杀掉，姐姐和我，就要被那畜生霸占了呀！

优施：在朝堂上弹冠相庆的，就是重耳、夷吾他们啦！

献公：好啦好啦，寡人这不是好好的吗？重耳、夷吾，他两个敢怎么样、能怎么样？奚齐册为太子，他们敢不俯首称臣、上表恭贺吗？

优施：小人该死、小人多嘴！小人不该提起重耳、夷吾——

少姬：优施你也真是的，这次揭穿申生阴谋、千钧一发之际救下大王，你是有功的！大王宠信有加，你在大王面前还能不敢说话啦？我看你说得挺好、讲得挺对、考虑得挺周全！可倒好，宫中出了这样惊天动地的大事，大王险乎被害、九死一生，他们当儿子的不该主动进宫，向大王问安吗？待在曲沃，等着大王派人去召请！

优施：我这张嘴就是犯贱，好说，少姬娘娘帮我壮胆，我就再说几句。大王这父亲当的，几乎被害死；儿子不来问安，还得自个儿眼巴巴地派人去召请。"儿子们呀，为父请你们来看看寡人，你们倒是来不来呀？"大王舐犊情深，这也太放纵他们几个啦！候在曲沃，非请不来，他们在那儿等什么？难道就是要等大王被害死的好消息吗？

骊姬：优施，你住嘴吧。少姬给你撑腰、大王对你宠信，你别没边没沿了。要我说，即便咱们大王派了士蔿大夫去召请，重耳、夷吾也十有八九不会应召进宫！

献公：他们敢！

骊姬：他们不是敢、他们是怕！他们是害怕、他们心里有鬼，他们怕得要命啊！杜原款为什么那么视死如归？申生凭什么着着急急自到？他们这是要自行灭口、斩断线索。阴谋没有得逞，这是要保存实力、潜伏下来，好与大王继续作对；等着大王百年之后，好抢位夺权，害死奚齐，完成申生未竟的夙愿哪！

献公：爱妃推断，倒也成理。可这毕竟只是推断啦！

骊姬：暗中派人救助诸公子，秘密发兵东山援救申生，两个公子、尤其是重耳，背叛大王，什么不敢干？与其说，他是奚齐日后的对手，莫如说，他现在就是大王你的对手！与其说，是申生、杜原款投毒谋害大王，莫如说，重耳就是幕后主谋！奉召还都，为什么不先进宫、要先去看望狐突？那就是秘密策划、阴谋部署投毒机会呀！

献公：呵呵，说来说去，妃子你还是推断猜测嘛！

骊姬：大王，妃子空说无用，敢与大王击掌为信！尽管大王召请，重耳、夷吾必定不敢进宫！

优施：娘娘，这话可不敢说满了。大王派人召请，他们真的就会违礼抗命不成？

献公：是啊是啊，他们怎么会、怎么敢呢？除非——

少姬：除非他们真的心中有鬼，真的参与策划了毒害大王的阴谋！

骊姬：怎么，大王那么相信重耳、夷吾，却不信妃子，不愿看到真相、不敢和妃子击掌吗？

献公：重耳、夷吾如果进宫来见寡人呢？

骊姬：妃子甘愿谢罪，哪怕奚齐不当太子！

献公：爱妃呀，你说的言重啦。

骊姬：重耳、夷吾要是果然不敢进宫来见大王呢？

献公：那就是心中有鬼，参与申生一党无疑！

骊姬：然后呢？

献公：胆敢谋害寡人，格杀勿论！

骊姬：君子一言——

献公：快马一鞭！

两人击掌。

凌空三响。

13. 室外 野外 大路 高冈 日

通往曲沃大路上，士蔿乘车，带几个随从，缓缓而来。

高冈上，潜伏监视的人手，引弓持满。

这时伏低身子，其中一人从小路跑走报信。

14. 室外 宗庙 大门外 日
宗庙大门外，狐偃按剑瞩望。

报信者匆匆奔来。

报信：报狐偃大夫！都城方向来了一车数人，穿扮像是朝中大夫；后面没有兵马，所以没有燃放烽烟、也没有施放响箭！

狐偃：知道了。传令下去，继续严密监视！

15. 室内 客厅 日
客厅里，重耳、夷吾、狐毛、狐偃、冀芮，紧急议事。

狐偃：都城来了一车数人，后面倒是没有兵马。具体什么情况，也得等人来了之后方知。

重耳：常情推断，该是通报所谓太子投毒一案处置情况，安抚我二人。你我无非奉召进宫，慰问父王和娘娘，然后向父王辞行，返归驻地。

冀芮：妖姬机谋深险、居心叵测，不可掉以轻心！若是来人要抓捕两位公子，该怎么办？甚至宣读大王旨意，要两位公子伏罪、君上赐死，又该怎么办？

夷吾：哼！那就杀翻来人，逃回驻地！你我在蒲城、屈城，分头建军；父不慈、子不孝，和他撕破脸啦！

重耳：来的不是勃鞮，朝中大夫出面，说明事情没到那个地步。待会儿见到来人，便知分晓。如果父王召见急迫，你我就得及时动身进宫面君。有劳大舅快马返回都城，让赵衰等有所准备！

冀芮：这个，我等随两位公子进宫，一旦落入奸谋，可就出不了王宫啦！

重耳：即便宫中有奸谋，奸谋未曾暴露，你我到底还是不宜抗命哪！

夷吾抓耳挠腮，如坐针毡。

16. 室外 王宫 后园 花厅 日
王宫后园，骊姬与优施、勃鞮在花厅议事。

几案上，美酒时蔬。

骊姬：勃鞮将军、优施大夫，你们二位这次除掉申生立了大功，完成了大王的心愿，事情办得天衣无缝，大王很满意、很兴奋！大白天要少姬陪着进卧室，这可是好几年没有过了！

优施：大王的整个计划，是要利用投毒大案，一举除掉重耳和夷吾，为奚齐小王子清除所有潜在的对手！

骊姬：勃鞮将军，完成大王的这个计划，少了谁也少不了你的忠诚勇武哪！

勃鞮：大王和娘娘，但有差遣，末将义不容辞！但不知娘娘要怎么做？

骊姬：大王判定，重耳、夷吾既然参与投毒大案，必然不敢进宫面君；也就是说，士蒍受命去召请重耳、夷吾，他两个只要不进宫，就说明心中有鬼、一定参与了投毒大案！

勃鞮：两位公子要是不那么配合，竟然胆敢进宫呢？

优施：这个，娘娘另有安排。到时，他两个必然不敢进宫！这时在下负责报告大王，大王自然会下令诛杀二人；将军不必等候旨意，带领预先安排好的兵马，即刻以迅雷不及掩耳之势，将重耳、夷吾就地正法！

骊姬：大功告成，将军你就等着听封吧！

勃鞮：愿为大王、娘娘效命，勃鞮敢立军令状！

优施满酒，骊姬亲自捧上。

骊姬：预祝将军马到成功！

勃鞮单膝跪下。

勃鞮：末将谢娘娘赏赐！

17. 室外 宫门 魏阙 街面 日

宫门紧闭，有数名值岗侍卫把守。

街面上有国人寻常走动。

赵衰戴着遮阳，装扮有如扑通士子，在魏阙一带监视宫门情形。

赵衰目光扫过街市，有接应者在巷口或廊檐下示意。

18. 室外 王宫 正门内 日

王宫门内，甲士待命；弓上弦、刀出鞘，杀气腾腾。

另有骑兵一队，紧勒马缰。

勃鞮全副武装，贴近门缝，窥视外面情景。

19. **室外 都城 城门 日**

城门这儿，两辆车驾进城。

前面车上，士蒍与重耳；后面车上，夷吾与狐偃、冀芮。有仆从步行跟从。

士蒍：重耳公子，进宫之后，大王若是责问，宫中出了如此大案、因何不来问安？公子将何言以对？

重耳：只因父王未曾召见，不敢冒然进宫。这样回答可好？

士蒍：荀息大夫与我也是这样给大王解释的。大王思路，异于常人；实在不好应对的话题，公子尽管低头缄默，由在下从中周旋就是。

重耳：多谢士蒍大夫关照！

后面车上，夷吾紧紧抓握横轼。

狐偃环顾四周，看到巷口黑衣蒙面的介子推。

两人目光相接，似有会意。

20. **室外 王宫侧门 门内 日**

王宫侧门内，那个骊姬的贴身宫女换装宦官，听候优施吩咐。

优施：你就说是寺奔总管的亲信，一定要吓住重耳，让他不敢进宫！

贴身：不劳一再吩咐，我记住了！

优施比画着，比贴身还要紧张。

21. **室外 街市 日**

看到王宫宫墙，魏阙遥遥在望。

士蒍、重耳等下了车驾。

士蒍当先，招呼诸人步行而前。

魏阙方向，一人骑马奔驰而来，原是宫中司礼太监。

扫视众人，在马上揖礼。

司礼：是士蒍大夫一行吗？大王有令，两位公子到后宫议事厅觐见大王和两位娘娘！

司礼太监回马而去。

22. **室外 宫门 魏阙 日**

宫门这儿，大门开启，司礼太监下马，牵马而进。

大门里，戈戟森列，甲士铠甲闪光。

魏阙这儿，赵衰闪身一边。

23. 室外 后宫 回廊 亭子 日
后宫回廊亭子下，献公与骊姬、少姬对坐。

少姬给献公斟满酒爵。

少姬：要是大王判断对了呢，这是奖赏大王的；要是娘娘判断对了呢，这是处罚大王的！

献公：哈哈，寡人无论对错，都有美酒啊！

24. 室外 街面 日
街上，士蔿在前，随后是重耳、夷吾，再后是狐偃、冀芮。

赵衰遮阳掩面，与狐偃擦肩而过。

赵衰：宫门有埋伏，准备出西门、回蒲城！

狐偃点头，身边的冀芮浑身一颤。

赵衰跟随在队伍末尾。

仆从看看，认出赵衰。

25. 室外 宫门里 日
宫门这儿，大门开了个门缝。

勃鞮仗剑，指着门缝正中。

勃鞮：重耳、夷吾，如果朝宫门而来，还才罢了；如果不进宫门，只要越过这条线，尔等随我杀出去！杀死重耳、夷吾者，重重有赏！

26. 室外 侧门 日
重耳一行走近王宫侧门。

一个小太监袍袖蒙面，闪出来拦住去路，不睬士蔿，直冲重耳、夷吾说话。

太监：两位公子小心！小的是寺奔老总管的亲信，宫内有埋伏，你们可千万不要进宫！

说罢，不回王宫，低头走进对面巷子。

巷口回头，正与赵衰目光相接。

189

士蒍猝不及防，张口结舌。

士蒍：这个，这个——

夷吾已经变色，抓住重耳衣袍。

夷吾：兄长，怎么办？

重耳：不可慌张，随我缓缓走过宫门，然后奔西门出城！

赵衰摘去遮阳，来到跟前。

赵衰：公子，赵衰在此接应！——士蒍大夫，请照常回宫复命。就说两位公子识破奸谋，不肯自投罗网！

说着，将一顶遮阳抛向半空。

预先部署的接应者，看到信号，纷纷掣出兵刃。

27. 室外 宫门 日

宫门这儿，勃鞮由大门缝隙窥视。

先见士蒍与众人一行，向宫门而来；勃鞮似乎略显失望。

接着，只见重耳等并未追随士蒍，而是越过宫门西去。

勃鞮：果然可恶！侍卫们，随我杀出去！

宫门大开，弓箭手、戈戟手两厢冲出。

勃鞮上马，骑兵队居中，冲向广场。

众：杀呀！不要走了逆贼重耳、夷吾！杀呀！

28. 室外 后宫 亭子 日

后宫亭子这里，司礼太监跪地禀报。

司礼：启禀大王、娘娘，士蒍大夫与重耳、夷吾两位公子，已经下了车驾，向王宫而来！

献公：好！让他几个到议事厅等候寡人！

说着，喜形于色站起，看看骊姬、少姬，端了酒爵顾盼自雄。

献公：哈哈！他两个到底不敢抗命，服服帖帖来见寡人啦！

优施匆匆奔来，几乎与退下的司礼太监撞个满怀。

优施：娘娘、大王，重耳和夷吾果然心里有鬼！不告而别、越过宫门，向西出城而去！

献公：什么？竟然、竟然是这样！

回看骊姬、少姬；少姬撇嘴，骊姬扭转脸。

献公将酒爵摔掉，猛拍几案。

献公：快快命令勃鞮，给我抓捕两个逆贼！抗命者，格杀勿论！

29. 室外 街市 城门 日

街市上，重耳挽了夷吾，向前疾奔。

狐偃、冀芮仗剑，与仆从人等随后，一窝蜂逃窜。

赵衰与几名随从断后。

背后，甲士戈戟森森追来，行人走避、跌跌爬爬。

弓箭手奔跑中放箭，箭矢如雨。

赵衰挥剑，拨打羽箭，不时回头关照重耳。

赵衰：公子，快逃！

勃鞮乘马，率领骑兵队当先冲来。

赵衰砍翻一名甲士，夺过大戟，当街挥舞、阻挡骑兵。

介子推现身，在大街一边房屋上，掀起瓦片、痛击弓箭手。

勃鞮在马上，遥看前面重耳等人身影，厉声呐喊。

勃鞮：快关城门，抓捕反贼重耳！

赵衰挥舞着大戟将一名骑兵连人带马挑翻，阻遏了追兵。

介子推连环瓦片，打向勃鞮。

勃鞮挥剑，凌空击碎瓦片；介子推用瓦片击中马头，勃鞮坐骑歪倒。

那勃鞮好生勇悍，从马上飞身跃起，越过数名兵士，直扑赵衰。

赵衰舞动大戟抵挡，大戟被宝剑砍为两段。

赵衰双手舞动断戟，与勃鞮恶战。

30. 室外 城门 城楼 日

城门这儿，门洞里守兵冲出，有的关闭城门，有的持刀挺枪守住道口。

城楼上，有头目指挥，弓箭手向下放箭。

狐偃冲到前面，奋勇拨打箭矢。

随从有的中箭倒地，有的拉扯了重耳、夷吾，到临街屋檐下躲避羽箭。

有甲士、侍卫冲到近前，几个随从舍命抵挡。

介子推在房顶上奔跑中，用宝剑挑动瓦片，击打甲士。

只见他跑到城墙附近，纵身跃起，飞上城墙，挥剑杀上城楼。

弓箭手纷纷被砍翻、被踢下垛口。

当街上，赵衰与几名随从且战且退，也靠拢到城门这里。

只见城门守卫仪仗门洞死守，狐偃几番冲杀不进。

门洞深处，已经放下巨木横梁、所谓千金闸，卡牢城门。

夷吾、冀芮，急得连连顿足。

重耳拾起一柄宝剑，已经做好自裁准备。

赵衰急得眼中喷火。

赵衰：公子不可！

赵衰待要扑向城门，勃鞮狞笑。

勃鞮：赵衰，还不放下兵刃、乖乖受死！

赵衰被勃鞮缠住，只好回身死战。

街市上，更多的侍卫、甲士涌来。

最危机关头，介子推从城头飞身而下，从刀丛中，只身杀进城门洞！

狐偃随后，挥剑血战。

介子推来不及插剑入鞘，用嘴叼住剑刃，双手狠命托起了千金闸。

一名兵士，挺枪刺来；狐偃从背后一剑砍下，那兵士倒地，但长枪也刺中了介子推肩胛。

介子推身上插着长枪，倒地将千金闸托出锁槽。

千金闸落地，狐偃等打开城门。

赵衰与众随从士气大振！

赵衰：城门已开，冲出去啊！

冀芮护着夷吾，当先冲出。

狐偃扯了重耳，随后冲出。

还有兵士追上，赵衰、介子推两把宝剑，杀得血肉横飞。

两人死守了城门，勃鞮双臂一张，铠甲崩裂落地；飞身窜上街旁屋顶，看样子要登上城墙。

介子推拾起一把弓，搭箭瞄准。

介子推：你下来吧！

勃鞮飞跃在半空，羽箭射中后臀，手足乱舞，当空跌落。

赵衰、介子推浑身满面是血，挺剑退出城去。

第十章 国将不国首都伐边地 家已非家君父灭儿臣

1. 统一片头

2. **室外 野外 大路 林地 日**

重耳、夷吾一行,徒步奔逃。

重耳气喘吁吁、夷吾衣履不整。

大路穿过林地,介子推一声呼哨,林中窜出一帮汉子,牵着若干马匹。当先的汉子,胡子拉碴,便是壶叔;先来见介子推,介子推胸部包扎,血迹泅出。

壶叔:介大侠受伤了?壶叔在此等候多时,请大侠和各位公子、大夫们上马!

介子推:二位公子,请先上马!

夷吾:啊呀介大侠,舍命相救,叫夷吾如何报答?

介子推:夷吾公子不客气。除暴安良,介子推分内事尔!

重耳:子推兄,这位是?

介子推:这汉子叫壶叔。壶叔,来见过两位公子!

壶叔搓着巴掌,局促见礼。

壶叔:两位公子,野地里,壶叔就不磕头啦!

重耳:这些马匹?

壶叔:介大侠吩咐的,让咱家在此接应大伙儿。介大侠服气你,咱家服气介大侠!

断后的赵衰赶来。

赵衰:公子,后面有追兵赶来,请速速上马!

冀芮已经抢先扶持夷吾上马,狐偃随后扶持重耳上马。

几人打马前去。

赵衰:子推兄,恐怕勃鞮穷追不舍,你我就在这儿设伏阻截如何?

介子推:在下已有安排。我们走!

3. 室外 大路 土塬 日

大路上,一支骑兵奔驰而来。

勃鞮当先,大腿包扎了伤处。

前面大路拐弯,进入一带土塬。

那里有尘头腾起。

勃鞮快马加鞭。

4. 室外 土隘 日

大路弯曲,黄土沟壑中现出一道土隘。

骑兵队奔驰中,听得头顶一阵梆子响。

土隘上方,灌木丛中,介子推、壶叔等汉子现身。

勃鞮待要勒住奔马,上面檑木滚石、黄土巨块雪崩而下。

黄土烟尘中,只见人仰马翻、连滚带爬。

勃鞮与不多几人,狼狈逃出土隘。

众人都是汗渍和了黄土,成了一群土地爷。

5. 室外 野外 高冈 草坪 日

重耳、夷吾等,步上一带高冈。

回望都城,烟岚迷茫。

俯瞰前面,高冈下路分两叉,仆从人等牵马而下,分为两拨。

一处草坪,众人席地而坐;唯有介子推兀立冈峦。

夷吾向重耳一行执礼致谢。

夷吾:此次逃得性命,端赖兄长救助,夷吾无以为报,请受兄弟一拜!

夷吾虔诚拜伏，重耳连忙回礼。

重耳：你我手足情深，同舟共济，能够一起逃脱骊姬的奸谋，实属侥幸！从此，你到屈城、我回蒲地，但愿父王不来讨伐，你我能为晋国好生驻守边城。

狐偃：公子仁厚，总是处处回护君上。骊姬奸谋、勃鞮追杀，难道没有大王首肯？奚齐一旦册为太子，我看君上一定会派兵前来，不除掉两位公子，大王他不会善罢甘休！

冀芮：如果大王派兵讨伐，不知蒲城方面作何打算？

赵衰：两位公子拒绝进宫辞行、武力抗拒诛杀，反正已经和君上撕破脸面；屠刀架在脖子上，难道都能像申生太子一样、任其杀戮不成！

夷吾：屈城虽小，夷吾一定要自行建军；民谚云"虎毒不食子"，昏聩无道、滥杀无辜，他哪里还有一点为父为君的样子？屈城不惜与他一战！再要逼人太甚，少不得派人向周天子和齐国、秦国申说冤情，屈城干脆声明脱离晋国、自称屈国！

冀芮：夷吾公子胸怀大志、敢作敢为，冀芮今生能辅佐公子，三生有幸！只是屈城、蒲城到底势单力孤，最易被大王各个击破；两位公子若能相互为应、同仇敌忾，可保两城不失。到大王驾崩之日，屈城、蒲城发兵还都，晋国天下就不是奚齐小儿能掌控的啦！

冀芮扬扬自得，赵衰、狐偃来看重耳。

重耳：尽管父王有种种不是，重耳为子为臣，总归不能与父王为敌。莫说蒲城不会建军，即便违礼建军，恐怕也不是晋国大军的对手；徒使蒲城百姓，兵连祸结，为重耳一己而遭屠戮，重耳于心何忍？

赵衰：公子，岂不闻哀兵必胜？公子广施仁义，民众拥戴，以仁义之师抗拒暴虐，孰胜孰负，我倒以为远远不尽然哪！

重耳：父子相残，我必不取！日后仗恃武力，对抗父王，重耳如何洗雪今日被加的"弑父弑君"之名！父王不肯放过重耳，重耳唯有出亡而已。诸君不肯相随，尽可自便！

赵衰、狐偃，闭口不言。

冀芮：重耳公子仁义高标，在下钦服之至！我家公子第一不会面对追杀、引颈就戮；第二不甘放任晋国落入妖姬贼子掌中。如果苍天有眼，国君百年之后，夷吾公子捷足先登，望重耳公子不要眼热！

狐偃：冀芮！你——

重耳：只要光复晋国，实行仁政，成功者何必在我。夷吾兄弟果然能像我们的兄长申生一样，重耳甘愿从旁辅佐！

冀芮：重耳公子，红日在天，冀芮不敢忘记公子今日之言！

赵衰：冀芮！我家公子为兄，夷吾公子为弟，逼着我家公子赌咒发誓，是何道理？看你今日做派，日后必定不能辅佐夷吾公子施行仁义！不仁不义，将有如今日之君上，最终众叛亲离！

重耳：赵衰！从善如登、从恶如崩；秉持仁义，对谁都不容易。重耳唯有修身自勉，不敢责备他人。

赵衰：公子教训的是！

赵衰、狐偃，不再理睬冀芮。

冀芮：话不投机，如此咱们告辞了吧！

夷吾几分尴尬，起身向重耳揖别。

夷吾：兄长，为弟告辞！

重耳：兄弟保重，好自为之！

夷吾、冀芮走下高冈。

高冈下两条路分叉，渐去渐远。

6. 室内 王宫 后宫内廷 日

后宫内廷，勃鞮带伤归来，献公怒斥。

献公：看看你的样子，还算是寡人的猛将、后宫侍卫统领！骑兵、步兵、弓箭手、戈戟手，还有都城卫戍部队，生生让两个逆子逃掉！

勃鞮：末将无能。原以为两个逆贼手无寸铁，谁知赵衰、狐偃早有准备，暗中部署了好多人马。末将要攻其不备，对方竟然回敬末将一个出其不意。

献公：有勇无谋的东西，你还给寡人背诵兵书！

勃鞮：末将无能、末将无谋。

骊姬：赵衰、狐偃，不就是重耳的什么五贤士吗？拒绝应召进宫，而且预先安排人马对抗大王诛杀，足见重耳早已包藏祸心，这次参与投毒弑君阴谋是真！赵衰，所谓将门之后，当初出兵援救东山的，一定就是其人！重耳暗中与大王斗法，已非一日呀！

勃鞮：大王，屡次干扰大王部署，与末将交手的人，这回也终于现形。就是重耳死党，民间传言的大侠介子推。末将愿率精兵一支，攻伐蒲城，为大王根除这一心腹大患!

骊姬：这个暂且不忙，重耳、夷吾参与申生一党、投毒弑君的罪行已经昭然若揭，大王难道会轻易饶过他们不成？眼下，除掉了申生，册立奚齐为太子，乃是当务之急。勃鞮将军先下去好生养伤吧。忠心效命大王，还怕没有你建功立业的机会吗？此次揭穿申生阴谋、手刃杜原款，你是有功的，大王哪天高兴了，会赏赐你的！

勃鞮跪地。

勃鞮：末将永生永世效忠大王、效忠娘娘！

献公：还不给我下去！

司礼太监进来。

司礼：启禀大王，优施大夫代大王上朝，有好消息报告大王、娘娘！

骊姬：你去告诉优施，大王特许他到后宫内室禀报详细！——大王，你也劳碌半晌啦，咱们一家人回内室说话可好？

少姬早扯了献公袍袖。

少姬：要不就到少妃我的卧室去，反正今晚我要先占住大王！

献公：哈哈，寡人今晚偏不让你占住，寡人要占住你们两个！

少姬：哎呀羞死啦，大王你是越老越坏呀！

献公左搂右抱，已无宫闱礼仪可言。

司礼太监，视而不见。

7. 室内 内室 日

内室，献公倒卧榻上，骊姬在一头轻轻捶腿，少姬在一头喂食鲜果。

优施席地，嬉皮笑脸禀报。

优施：我说大王哪，你可是想不到。今天朝会，这头一位上奏建言，立咱们小王子当太子的是谁。

献公：还能有谁？荀息不便出马，那就是士蒍。赏他当了中大夫，他就不想当上大夫吗？

优施：不——对！

骊姬：莫非士蒍不长眼色，让荀息自个儿挑头不成？

优施：娘娘，你猜的也不对！

献公：难道是邳郑？除了那个杜原款，荀息、里克、邳郑，这三人是先王当年亲封的上大夫。寡人重用荀息，眼看要当太傅，邳郑是要往这边靠拢了吗？

优施：大王、娘娘，让后宫行走的下大夫优施告诉你们吧，这个人哪，是吕甥！

献公坐起。

献公：吕甥？和夷吾的陪臣冀芮合穿一条裤子，那是夷吾一党！分明是见风转舵，害怕寡人收拾他！

优施：大王，他害怕、他能够见风转舵，就是好事呀！他要耍点拗脾气，硬充汉子，不给咱们小王子捧场，那多煞风景？他呀，联合了好几个下大夫，那是铆着劲儿给大王和娘娘献媚哪！

骊姬：看来，不肯支持咱们奚齐的，就剩下里克、邳郑两家上大夫了。

优施：可不是嘛！

献公：哼！寡人想让谁当太子，还要看他们的脸子不成？里克！不是荀息为他讲情，这次就将他打入申生一党，一并除却！他的田产最多，夺下来，寡人能封八个下大夫！

骊姬：大王，咱家奚齐当太子，是喜事；俗话讲，"有理不打贺喜的"。总是君臣们和和美美的，异口同声的，拥立奚齐才好。要不然，依照古礼，册封太子是要史官记载的。有两家上大夫不赞成册封，王室面子上也不好看哪！

献公：那怎么着，顾忌什么史官记载，寡人放任他们登鼻子上脸吗？

骊姬：我的大王，这个你就甭操心啦。让妃子和优施替你操办，准定给你办一个花团锦簇！

献公：好！

8. 室外 王宫 大殿 台陛 日

王宫大殿，群臣散朝。

里克表情凝重，独自沉吟，步下台陛。

邳郑义形于色，面现不平。

吕甥对周边四五个年轻大夫，指手画脚，高声喧哗、顾盼自雄的样子。

吕甥：大王英明神武，雄才大略；有意选定奚齐当太子，无疑是高瞻远瞩、为晋国未来着想！我等几人，拥戴大王决策，可谓明智之举。岂不闻"识时务者为俊杰"乎？

邳郑一脸不屑。

邳郑：哼！太子尸骨未寒、夷吾生死难测，分明见风转舵、全无信义，还有脸喋喋不休、振振有词！

吕甥：邳郑大夫，你老这是什么话？杜原款几乎被灭族，谁能不怕？在下正是见风转舵！莫非吕甥被灭族，上大夫才能满意不成？

邳郑：无耻小人，本大夫羞于同你为伍，闪开了！

邳郑拂袖而去，吕甥阴阴地一笑，不尴不尬。

邳郑追上里克，侧身拱手执礼。

邳郑：在下反对册立奚齐，原以为里克大夫会与我同道；朝堂之上，你却一言不发！狐突、杜原款之后，晋国朝堂没有大臣了吗？

里克翻眼看看邳郑，几番欲言又止；最终还是没有吭声。

9. 室内 里克府上 客厅 夜

里克府上客厅，优施来访，宾主席地而坐。

几案上，是玉璧、锦帛等礼品。

优施：里克大夫，你是当朝柱石之臣；别的小人不敢说，小人行走内宫，大王、娘娘对大夫十分倚重，这个可是千真万确！就说太子投毒弑君一案，宫里要是继续追究，被砍头的恐怕就不止是杜原款一个啦！

里克：哈哈，里克的脑袋还长在肩膀上，说来也是奇事一桩！

优施：里克大夫，话不是这么说的。大王、娘娘不愿意牵扯朝廷重臣，到底是一派仁厚之心。咱们做臣子的，总得知道感恩不是？

里克：里克有幸与优施大夫同朝为官，还请大夫替在下多多感激大王的不杀之恩！

优施：里克大夫，这不是寒碜小人吗？小人不过是个跑腿传话的。大王和娘娘，犯得着给谁送礼呢？奚齐小王子要册封太子，宫里是想办得冠冕、和美一点。这点东西哪，你别看不在眼里。

里克：里克辅佐太子，原本是大王指派；如今太子尸骨未寒，当即见风转舵，里克则枉为当朝大夫。急不可耐，跳出来拥立奚齐，不啻见笑于朝臣同列，亦是献媚欺君！宫中礼物，还请原物带回。

优施：哎哟，里克大夫，不给小人面子算个什么？这可是不给大王和娘娘面子啊！东西呢，你无论如何收下，小人回宫也好交差不是？至于拥立奚齐小王子嘛，里克大夫不想跳出来拥立，足见大臣风范；你就来个默许默认，不那么坚持反对，你看如何？

里克蹙额，默然不语。

10. 室内 狐突府上 客厅 夜

狐突客厅，邳郑来访。宾主席地，狐毛作陪。

邳郑：里克与在下，皆是先王敕封的上大夫；想不到太子被诬陷冤死，妖姬所生孽子鸠巢雀占，里克他竟然不言不语！

狐突：邳郑大夫，里克乃太子陪臣，此次逃脱诛杀，已属侥幸。

邳郑：朝臣大夫，人人怕死，晋国就这样任由妖姬作乱、奸佞横行下去吗？

狐突：依老夫看，里克大夫禀性刚正，倒也不是个怕死的。蛰伏沉默，或者别有远图。

邳郑：骊姬把持了后宫，荀息、士蒍分明早已投靠，奚齐再当上太子，晋国大势恐怕再无转捩之日！

狐毛：邳郑大夫，假如里克与大夫你拒不拥立太子，奚齐就当不成太子了吗？晋国大势，眼下已然不可转捩呀！

狐突：两位大夫，你们是现在同仇敌忾、一致反对拥立奚齐，如同老夫一样，被贬为庶人好呢？还是有待日后，图谋有所作为呢？到君上百年之后，邳郑大夫你想想，能够重整朝纲的，恐怕非里克莫属吧？

邳郑：莫非邳郑也来个缄口不言，妄称大臣、尸位素餐起来？

狐突：倒也不必。邳郑大夫尽可我行我素，也好给朝臣做个榜样；申生、杜原款地下有知，也不至过分寒心。有你出头，里克大夫等有心人，蒙羞忍耻，以待将来。

邳郑：若果能如此，邳郑何乐而不为？

狐突：等奚齐册为太子，骊姬封为王后，宫中就该对蒲城、屈城部署讨伐啦。大王昏聩，太子申生在，晋国有望；如今申生殒命，重耳在，晋国有望！

11. 室内 王宫 大殿 日

大殿朝会；除了里克、邳郑素服之外，其余朝臣鲜衣朱冠。

甲士分列四周，亦是衣甲鲜明。

正中榻上，献公、骊姬端坐；少姬、奚齐分坐两侧。

勃鞮佩剑，岸然立于阶陛一侧；优施在阶陛上，宣告朝会内容。

优施：大王决定，经朝臣大夫朝议，奚齐王子册为当朝太子！群臣恭贺太子即位！

荀息为首，向上执礼。

众：恭贺太子即位！

优施：母以子贵，大王册封骊妃娘娘为晋国王后！群臣恭贺王后娘娘千岁！

众：恭贺王后娘娘千岁！

优施：奉告群臣，众所周知；奚齐太子乃王后娘娘所出，无疑是为嫡出！古礼有制，立太子，以嫡不以长；立嫡，以长不以贤。奚齐太子，大王、王后之嫡长子。册为太子，天经地义！

荀息出列。

荀息：启禀大王、娘娘，有吕甥大夫等多人上奏，建言册立少姬娘娘为次妃，请大王、娘娘恩准！

献公：寡人准奏！

优施：群臣恭贺次妃娘娘！

众：恭贺次妃娘娘！

优施：册立太子、王后次妃登位，王族大喜、晋国大喜！大王论功行赏，封赏如下。——荀息上大夫，封为太傅。加首辅衔，行太宰之职！

荀息跪拜。

荀息：微臣谢大王封赏！

优施：士蔿大夫，为太子陪臣，赏土地三千顷！

士蔿跪拜。

士蔿：微臣谢大王封赏！

优施：后宫侍卫统领勃鞮，加将军衔，领都城各门卫戍之职！

勃鞮执礼。

勃鞮：末将甲胄在身，谢大王封赏！

优施：吕甥建言，册立太子、册封次妃娘娘，忠直敢言，赏土地两千顷！——吕甥大夫之下，多名大夫拥立太子有功，各赏地一千顷！——里克大夫，曾为逆贼申生陪臣，幸能幡然悔悟、弃旧图新，大王开恩，特赏地一千顷！

吕甥等纷纷跪地。

众：微臣等谢大王封赏！

里克犹豫半晌，也出列跪地；满场只剩下邳郑一人。

里克：微臣谢恩！

满场只剩下邳郑一人，素衣素冠兀立。

优施：优施下大夫，就是小人，受大王、娘娘差遣，宫中行走，大王御口亲封，加小人中大夫、暂摄后宫总管之职。——小人这里，谢大王、娘娘封赏啦！

荀息：太子册封、王后登位，大王赏赐丰厚，群臣皆大欢喜！择日卜吉，众位朝臣将一道赴曲沃宗祠，祭祖告庙。在下奉旨主祭，里克、邳郑两位上大夫协同致祭！

里克、邳郑，倾头不语。

优施：大王、娘娘后宫赐宴！——散朝！

12. 室外 屈城 城墙 城楼 日

屈城。城楼上旗帜招摇，上面写有"屈城"字样。

城墙上，劳工在加固堞垛；甲士监督，有持鞭头目凶神恶煞。

头目：夷吾主公有令，限期加固城池！偷懒、怠工者，重罚！

13. 室内 厅堂 日

宽敞厅堂，布置作大殿模样。

夷吾端坐台陛之上。

冀芮率一班吏员，叩头参拜。

冀芮：微臣等叩见主公！

夷吾：冀芮爱卿免礼。孤家令你办的几件事，怎么样了？

冀芮：启禀主公，加固城池已经开工；建军一事，招募以及抓丁，编成一支两千人的队伍。微臣正在安排训练，演习攻战之法。

夷吾：建军要花钱，不知爱卿如何筹措？

冀芮：依照主公命令，屈城所有田赋，从此不交晋国朝廷。除此之外，追加兵赋，限期交齐。

夷吾：孤家命令，那些吏员们肯不肯听从呢？

冀芮：启禀主公，凡听从命令者，原职录用；胆敢违抗者，已在当街通衢，就地正法！

夷吾：几件事爱卿措置，深合孤家之意！随时派人监控都城方向，以防兵马前来讨伐。

冀芮：微臣遵命！

夷吾：退朝！

14. 室内 蒲城 客厅 日

蒲城。客厅里，重耳、狐偃、赵衰以及头须议事。

头须：启禀主公，小人属下有去屈城购买屈地良马者，回来讲述了一些情况。

重耳：我说头须，你还是称呼我"公子"可好？主公云云，从哪里说起？

狐偃：据头须给我细说，夷吾公子在屈城已经挂出旗号，称孤道寡起来。公子本来就是我等主公，头须这般称呼，有何不可？

赵衰：头须，不妨先说说，屈城是否已经建军？兵员以及费用，如何解决？

头须：兵员，招募若干流亡之外，主要还是在农夫中抽丁；不肯听从，让甲士抢抓，搞得鸡飞狗跳的。费用嘛，据说是截留了全部税收，拒不上缴都城；另外，还强行征收兵赋，老百姓是怨声载道。

赵衰：建军嘛，老百姓总得有所负担。

重耳：赵衰，你不要再提什么建军之事。我已说过，重耳断不能与父王兵戎相见！莫说兵连祸结，父子相残，百姓遭殃；仅是建军征赋，屈城民众已是水深火热！

赵衰：公子，奚齐册为太子，君上下一步就要对蒲城动武，我们就、就束手待毙吗？

重耳虎了脸，不再接言。

狐偃：头须，夷吾他那么做，朝廷吏员就听之任之不成？

头须：听话的，原职任用；不听话的嘛，就在屈城当街，就地正法。

重耳拍响几案。

重耳：简直岂有此理！夷吾这般作为，与父王何异？即便屈城建立军队，抗住父王的征伐、乃至取而代之，不过以暴易暴而已！

狐偃：公子，就算我们不建军，君上也要来讨伐蒲城的呀！

重耳：父王一定要前来讨伐，重耳流亡可也。其不仁在父王，不在重耳。何况，眼下都城并未派兵前来。

狐偃：眼下蒲城所有税收，全部缴纳都城；就算君上不来攻伐，公子，咱们的用度也没有个着落啊！

重耳：那个壶叔不是来报告过吗？黄河一线，滩涂广阔，尽可发动民众开垦；谁垦出的土地，归谁所有，只消缴纳十一之税。这部分税收，应该够我们用的了。

头须：老百姓听说主公有这样主张，都极为高兴。大伙儿只是有些担心，公子一直驻守蒲城还好，哪天公子不在了，官家不认账可怎么办？

重耳：此事由我与朝廷吏员协调，官家发兵政令，取信于民。即便重耳离开蒲城，种地的百姓依照政令纳税，于国于民都是好事吧！

头须：主公仁德爱民，愿主公永为蒲城之主！

重耳：但愿如此。只怕命运捉弄，晋国之事，此时非人力所可左右啊！

众人一时缄默。

15. 室外 都城 魏阙 日

王宫外，国人围观魏阙公告；狐毛立在人丛外。

国人：讨伐蒲城、屈城，这是又要打仗啦。缴完田税缴兵赋，唉，管它狼吃羊、羊吃狼，哪个朝代不纳粮？

士子：为了小儿子，这是要除掉所有大儿子！真忍心啊！

有巡行甲士走进。

老者：祸从口出，少说为佳吧！

狐毛默默离去。

16. 室内 后宫 议事厅 日

后宫议事厅。

荀息、优施，向士蒍、吕甥部署任务。

荀息：这次分头统兵征讨蒲城、屈城，是我向大王举荐的两位大夫。希望二位谨慎用兵，不负大王重托。

吕甥：两城皆是新建，重耳、夷吾虽然驻守有年，但一向不曾正规建军。请首辅放心，在下定然将蒲城一鼓荡平，生擒重耳以报大王！

士蒍：蒲城、屈城都是在下监工，奉命筑造。说来惭愧，当初，要两位公子为国家驻守边城，两城都造得分外坚固。在下素来不曾单独领军，此番分工征讨屈城，只怕不能尽如人意。万一不能攻克坚城，还望首辅从中周旋。

优施：士蒍大夫这是什么话？未战先怯，岂有此理！对逆贼重耳、夷吾，依然口称"公子",莫非你对二人怀有什么私情吗?

士蒍:在下不敢!在下只是不敢像吕甥大夫一样轻敌。

吕甥:重耳逆贼不除,大王不能安睡;吕甥与两个逆贼,势不两立!自然不会像士蒍大夫一样未战先怯、畏缩不前。

优施:吕甥大夫,你也不必在这儿挤兑他人。知道为什么派你攻打蒲城吗?只因你和夷吾、冀芮过从甚密,假如让你去攻打屈城,大王对你不能放心,你不会派人给夷吾通风报信吧?

吕甥:哎呀优施大夫,在下与夷吾有所往来,与冀芮有些私交,只因夷吾当初是公子,而非逆贼。况且,都城将要发兵攻伐两城,已将公告张佈魏阙;蒲城、屈城有所防备,吕甥可是百口莫辩哪!

优施:我说一句,大王对你不能放心,你便是连珠炮一般连连反驳。你到底是冲着我来的,还是对大王有什么不满哪?

吕甥:在下不敢!

荀息:优施大夫,士蒍说两城坚固,吕甥说重耳、夷吾可能有所防备,按理都不算错。咱们还是给两位大夫鼓劲,但愿他们马到成功才是!

优施:好啦好啦,反正我这个中大夫也就是宫内行走,你们怎么说的,我如实禀报大王就是。除掉申生之后,大王和娘娘的心病哪,就剩下重耳和夷吾啦!你们看着办吧。

优施转身离去。

荀息微微摇头。

17. 室内 狐突府上 内室 夜

狐突老人,咳嗽气喘,愈显老态。

狐毛轻轻捶背,狐突吩咐两名健仆。

狐突:奚齐册立太子,大王急不可耐发兵对付重耳、夷吾。你两个连夜出城,速速分头去往蒲城、屈城,让两位公子有所防备!

两名健仆领命而去。

狐毛:重耳、夷吾,这回有危险吗?

狐突:夷吾说过要建军,不惜和他父亲开战,我看士蒍不一定能攻下屈城。重耳就难说啦。不过有你兄弟和赵衰,即便吕甥攻破城池,重耳也不至于被杀被抓就是。

狐毛：攻伐两城，是迟早的事啊！

火烛摇摇，狐突不语。

18. 室外 大路 土冈 日

[字幕：献公二十二年（公元前655年），晋国都城发兵，攻伐蒲城、屈城。]

土冈下，大路分叉。

士蔿、吕甥，分率两军，分头而去。

兵车驰下土冈，旌旗招摇。

19. 室外 屈城 城楼 城下 日

屈城战场。

城下，士蔿与将校指挥攻城；士兵呐喊，抬了云梯强攻。

有不多的抛石机发射，石块飞向城楼。

城楼上，"屈城"字样旗帜飘扬；冀芮与将校指挥，垛口有弓箭手放箭。

对付云梯，有檑木滚石打下，有戈戟手用大戟挑翻云梯。

城下，士蔿摇头无奈。

士蔿：筑城，唯恐不够坚固；谁能想到今日自己前来攻城？

将校：大夫，我们兵力有限、辎重给养不足。屈城，怕是攻不下来呀！

士蔿：暂且退兵休战，打听一下蒲城方面的消息。吕甥要是退兵，咱们也随着退兵便是。

20. 室内 蒲城 客厅 日

重耳在室内踱步，狐偃在侧。

重耳：吕甥来攻伐蒲城，怎么还没有动静？赵衰哪里去了？

狐偃：公子，你不愿与大王为敌，大王却是非要与你为敌。国都无端发兵前来攻伐，老百姓就想不通、看不惯呀！赵衰，恐怕是和介子推一道，阻截吕甥去了。

重耳：唉！这还不是等于我对抗父王吗？即便这次挡住吕甥，都城一定会发重兵前来，蒲城的老百姓怎么办？父王是不怕杀人，说不得要屠城哪！

狐偃：这次吕甥领兵前来，要是攻下蒲城，其人要在大王面前洗清自己，谁能保证他就不会屠城？火烧眉毛顾眼下，我看赵衰他们干得不错！要是早早建军——

重耳：你们再不要和我提什么建军的事。父子打成一锅粥，晋国搞得兵连祸结，重耳还奢谈什么仁义？

狐偃：那，公子该有个长远打算哪！

重耳：我在晋国，父王终归不能放心。趁早准备去国流亡吧。我们离开蒲城，至少晋国不必为这个打仗动刀兵。至于长远打算，只能看父王百年之后了。假如奚齐是个有道君王，晋国百姓安居乐业，重耳老死他乡，又有何妨？

21. 室外 旷野 大路 树林 日
旷野上，吕甥当先乘了兵车，率兵挺进。

吕甥：前面不远，就到蒲城；队伍加速行进，到城下造饭，准备攻城！

身边将校挥动令旗。

22. 室外 林中 日
林中，赵衰身后是若干甲士。

介子推身后，是壶叔等汉子。

头须身后，更有大量农夫，锄头棍棒如林。

赵衰：我们的目标是活捉吕甥，擒贼先擒王，争取少杀人。

林子间隙，可见晋军沿着大路而来。

23. 室外 大路 陷阱 日
晋军行进中，步卒尖兵身后，战车猛地落入壕沟陷阱。

后面兵车一时收不住，纷纷栽进陷坑。

烟尘飞扬，人喊马嘶。

林中梆子乱敲，伏兵齐出。

赵衰率人，用挠钩拖出吕甥及领兵将校；灰头土脸，不成人样。

后面有兵士欲要冲上救人，介子推跳上兵车，挥剑一抡，兵丁们的长枪大戟纷纷斩断。

介子推：我等不会杀死吕甥，也不愿为难你们。

头须带领农夫们，趁乱一拥而上，分割包围了兵士们。

有人向介子推放箭，介子推拨打箭矢，凌空抓住一支飞箭，劈手掷出，那人应手中箭。

介子推：停止抵抗，一律不杀！

24. 室外 林边 日

吕甥狼狈不堪，与领兵将校被押到林边，赵衰申斥。

赵衰：吕甥大夫，仗恃武力、率领重兵，想不到成了赵衰的俘虏吧？

吕甥：是我粗心轻敌，想不到蒲城已经建军——

赵衰：你看仔细了，这都是蒲城周边农夫，自愿前来保护重耳公子的。得道多助，你难道没有听说过吗？我家公子为晋国驻守边城，仁义爱民，守法尽忠，竟然兴兵讨伐，是何道理？

吕甥：吕甥奉了君命，不能不来。赵衰你也不过是使用奸计、侥幸得胜，何必如此沾沾自喜？

赵衰：不是赵衰用计，让你攻入蒲城，岂不是要为了表功、大肆屠戮，祸国殃民？

壶叔：宰了这个暴君的走狗，和他啰唆什么！

吕甥：吕甥乃晋国大夫，你们不能犯上作乱！

赵衰：我家公子深明大义，不愿父子相残、兵连祸结；念你也是王命差遣，不然公子已被诬陷"弑父弑君"，宰了你个小小中大夫，算什么狗屁犯上？

吕甥倾头无语。

赵衰：本将军不杀已降、不辱俘获，这就放你们回去。吕甥大夫，你如今在朝中所为，也不过是韬晦自保；但愿别再助纣为虐，咱们日后也好相见。妖姬奸佞，一朝得势，日后的晋国，你以为永远就是这个样子了吗？

25. 室内 后宫 议事厅 日

议事厅里，献公面色不虞，召见荀息、士蔿、吕甥。

献公：这可倒好，两支兵马给我双双败退回来。士蔿你是强调当初筑城筑得太坚固了，你这是自作自受！筑城坚固，寡人还要表彰你不是？

士蔿：微臣目光短浅，始料不及；微臣请罪！

献公：哈，吕甥更是荒唐！一队雄兵，竟被农夫们打得大败！小小一个赵衰，将你活捉，你真给寡人长脸！

吕甥：微臣轻敌冒进，只说重耳不敢建军，确是没有想到他手下颇有能人。微臣该死！愿交还大王所赐土地赎罪！

献公：申生能打仗，重耳擅用人，还有个夷吾竟敢建军、打出旗号，与寡人分庭抗礼！

荀息：重耳等固然悖逆不孝，却果然是大王种子血脉！日后奚齐太子，也必是一个晋国雄主！眼下，晋国不曾内乱而兴兵，朝野议论纷纷；大王还有吞灭虢国、虞国之志，我晋国图强争霸大业未成。蒲城、屈城，请大王暂且搁置。

献公：后宫，优施算个会说话的；朝堂，我看荀息你也是个会说话的。寡人选首辅，没有选错！

荀息：多谢大王夸赞。荀息竭心尽智，愿表率群臣，共同辅佐大王，成就晋国霸业！

献公：说得好！吕甥你也不用交还土地、士蒍你也不必请罪，攻伐虢国的事情，听荀息安排，给寡人多出些力气吧！

士蒍、吕甥：愿为大王尽忠效命！

26. 室内 后宫 内廷 日

内廷，骊姬、少姬、优施，联手蛊惑献公。

少姬将蜜水搡在献公跟前，薄嗔假怒。

少姬：这是姐姐调制的蜜水，大王要喝，自个儿端了喝吧！我可是不伺候。吃一口、喂一口，我这个次妃就是一个粗使丫头！

骊姬：少姬，不许对大王那样讲话！看把你惯成什么样儿！

献公：这是谁惹寡人的次妃啦？寡人打他的板子，把屁股打烂！

少姬扑哧一笑。

少姬：还能有谁？

优施：大王呀，听说咱们两支军队都给打了回来，次妃娘娘是为这个焦急呀！这重耳、夷吾，果然不得了；说对抗大王嘛，就公然对抗；对抗了一回哪，还把他们父王的军队打败了！

少姬：打败父王有什么？父王嘴说要除掉两个逆子，其实呢，下不了手！听说人家还建军了，过几天就该打上门来了！东山能打下、虢国能打败，我就不信发去大兵，灭不了蒲城、屈城！

献公：国内兴兵，到底不是什么好事。再说，寡人还考虑攻伐虢国的大计。家有三件事，还得先捡紧的办。重耳、夷吾，暂先放一放，谅两个逆子不敢兴兵和他老子作对！

优施：两位娘娘吓得睡不着，两个逆子倒是高枕无忧！大王的家事，小人就不多嘴啦！

骊姬：大王考虑晋国大事，日理万机，一时想不到的，咱们好生建言嘛！你们东一榔头、西一棒子的，徒然让大王不快！

献公：哈哈，到底是咱家王后，明理开通！

骊姬：大王，咱们手里可是还有一张好牌没打呢！

献公：什么好牌？

骊姬：重耳、夷吾的家小，留在都城，咱们可是还扣着他们的人质哩！

献公睁大眼睛，立刻来了精神。

27. 室外 宫门 广场 日

广场上，重耳、夷吾的妻小、家丁女仆，统统被绑缚跪地。

勃鞮指挥侍卫甲士，四周列队，拦阻围观的国人。

几名刽子手，彪悍凶恶，刀斧雪亮。

狐突胡须哆嗦，神情惨恻，狐毛搀扶了，匆匆来到近前。

女眷、孩子，连连呼救、哭喊。

女眷：外公，救救我们、救救孩子们吧！

孩子：老爷爷，我们都听话，没有淘气呀！大王爷爷为什么要杀我们呀？

优施阴恻恻发话。

优施：狐突老爷子，大王、娘娘放话啦，只要你劝说重耳、夷吾归来投案，大王保证不会杀他们，也就不会杀他们的妻小！

狐突：昏君暴君，妖姬狐媚！丧尽天良，灭绝人性！

优施：老人家，看着这些女眷、娃娃们呼救号啕，能救不救，是你没有天良、没有人性哪！你真的就这么残忍、这么无情？

狐突：你这个不男不女的猪狗！

狐突一把薅住优施的衣领，优施眼神惊惧。

优施：救命哪！杀人啦！

勃鞮冲上，剑鞘指向狐突。

狐突发力，将优施扔出老远。

老人急火攻心，一口鲜血喷出，染红白须。

28. 室内 狐突府上 客厅 夜

客厅里，士蒍来访。狐突疲惫养神，狐毛应对。

狐毛：士蒍大夫，家父主意已决，你就不必多费口舌了。两位公子如果归来，哪里还能活命？大夫你自个儿相信这样的鬼域伎俩吗？

士蒍：大王派在下前来，措辞严厉。狐突前辈抗命不尊，只怕有灭族之祸哪！

狐突挣起。

狐突：老夫仗剑闯宫那回，就准备他来灭族！你回去告诉他，多行不义、暴虐无道，必遭报应！两个妖物狐媚、连同所生孽子，定然不得好死！狐突就是这话，等着他来灭族好啦！

士蒍苦笑。

士蒍：老人家，这话听着解气，士蒍哪里敢回去转述啊！

士蒍起身告辞，又站下。

士蒍：大王不除重耳，不会罢手；派兵攻伐不成，采取其他手段，或也不无可能。——士蒍告辞！

29. 室外 宫门 广场 日 雨

雷声、雨声，混杂了女眷、孩子的哭声。

闪电，映亮刽子手的刀斧。

血水，和在雨水中流淌——

30. 室内 狐突府上 内室 日

狐毛将要离家，狐突端坐榻上，殷殷嘱托。

狐突：士蒍那是有意透露风声。宫中极有可能派勃鞮带领杀手，前往蒲城行刺。你这就速速去给重耳报信！

狐毛：父亲，给重耳报信，派家丁前往也可。我走了，放心不下你老人家呀！

狐突：为父土埋半截，迟早是黄泉路上的人。你和偃，从此追随重耳，不必以我为念。晋国将来的希望，一定是在重耳身上；你给我记下了。你两个好生辅佐他，要给他多鼓劲！重耳笃信仁义，任重道远；所谓从善如登，要人服膺仁义，哪有一蹴而就的事情？

狐毛：儿子记下了！

狐突：蒲城看来是待不得了，恐怕重耳也正在准备出亡它处。你告诉他，莫如逃往咱们老家狄地。其他诸国，万一恐惧晋国攻伐，重耳岂不危险。狄地、狄族，咱们那的人，憨直厚道啊！——事不宜迟，你去吧。日后归来，到为父坟头上香一炷，告我重耳复国消息就是了！

狐毛深深拜下，泪流满面。

第十一章 走投无路重耳奔狄地 进退有据介推辅贤君

1. 统一片头

2. 室内 后宫内厅 夜

后宫内廷。献公召见勃鞮。

骊姬、少姬、优施在侧。

勃鞮执礼。

勃鞮：大王召见，不知有何吩咐？

献公：士蒍、吕甥攻打蒲城、屈城，竟是双双败回。

优施：这两家大夫，也真是没用得很！

献公摆摆手。

献公：也是寡人轻敌，不曾做到知己知彼。经过此番交手，也算摸清了两个逆子的情况。

勃鞮：夷吾在屈城竟敢建军，殊为可恨！重耳的蒲城没用军队，吕甥偏偏让一帮农夫打败——

献公：你错了！重耳胸怀大志，身边有赵衰、狐偃等辅佐，不曾建军而能败退吕甥，不可小觑！只要灭掉重耳，夷吾不足论！让你精选侍卫百人，选好了吗？

勃鞮：末将已经选好。

献公：命你连夜出发，偷袭蒲城。不可走漏一丝风声，出其不意、攻其不备，逆子重耳一行，给寡人统统诛杀，一个不留！

勃鞮：末将得令！

少姬斟满酒爵，骊姬捧上。

骊姬：将军忠勇，大王倚重；请满饮此酒，祝将军马到成功！

勃鞮跪下，捧接酒爵。

勃鞮：末将愿为大王、王后效劳，万死不辞！

饮尽酒爵，执礼倒行而出。

3. 室外 蒲城 院落 日

头须从院外奔进，撞上赵衰。

头须：赵将军！狐毛公子从都城赶来报信，说重耳、夷吾两位公子的家小统统被残害而死！

赵衰握紧剑柄，切齿愤恨。

4. 室外 都城 城郊 日

城郊。荒地里，一片新堆坟茔。

仆从们在坟堆培土、摆放祭品。

狐突惨然孑立，风动白须。

5. 室内 蒲城 院落 客厅 黄昏

头须在院子里，指挥仆从们打整行装。

有人从客厅扛了行礼大件出来。

头须：主公要出远门，能带走的统统带走；该装车的一律装车。快要天黑，你们手上给我利落点儿！

6. 室内 内室 夜

内室。重耳与狐毛、狐偃、赵衰一行议事。

狐偃：诛杀妇孺，暴虐血腥！那些孩子，都是君上的孙男孙女啊！

赵衰：恨不能统领一支大军杀回都城！

狐毛：公子肩负光复晋国重任，不可过于悲伤，更不可一时冲动！

重耳：如果苍天照拂，重耳有朝一日执掌权柄、治理晋国，定要杜绝暴虐、广施仁政！眼下，却唯有去国流亡，成了无国无家之人。

狐偃：家父建言我等逃往狄国，公子考虑周全了吗？

重耳：狄国乃外公故国老家，是我重耳的母出之地。或能长期收容。胜过逃亡诸侯各国，仰人鼻息。

赵衰：狄国离晋国不远，有利于应对晋国种种变动；狄国与我国不通外交，存身也较为安妥。

头须进来执礼。

头须：启禀主公，行装已经全部装车；明天一早即可出发。蒲城的百姓假如知道主公要离开，真不知道会多么痛心，不知会有多少人来挽留主公！

重耳：我离开蒲城的具体时间，不必泄露，免得百姓前来，贻误农时。再者，我走之后，朝廷会派别人前来管理蒲城。请广为告知百姓，一定不要如上次一般对抗、妄动，免得徒遭连累。

头须：主公一片爱民仁心，头须定会好生劝导大家。唉，老百姓嘛，安分守己、纳税完粮罢了！哪年哪月，才能盼得主公当上国君哪！

重耳：我等明日会尽早动身。你这就去通告百姓，明天不必前来为我送行了。

头须想说什么；重耳摆摆手，头须退出。

重耳：另外，我等离开蒲城，请赵衰辛苦去通报介子推一声。事起仓促，重耳不能当面辞行，深为抱歉！

赵衰：请公子早些歇息，我这就去找介子推！——狐偃，有劳安排人手值更守夜，以防不测！

7. 室外 城门 夜

城门。

赵衰带两名亲随，牵马到来。

城门守卫举着火把认出了赵衰，忙去开门。

亲随：给将军留着门，不出个把时辰，我等回来。

8. 室外 城墙 夜

勃鞮带领多名杀手，潜来城墙根儿。

众人纷纷将爬城索甩上垛口，开始登城。

城门那儿，泻出光影。

勃鞮示意，杀手们贴身在城墙上。

光影消失；马蹄声远去。

黑衣杀手，纷纷登上城垣。

9. 室外 大门 夜

勃鞮带领杀手，潜来重耳居处大门外。

勃鞮先指派几人。

勃鞮：你等绕到后面，看看有无后门；如有后门，给我把牢，不许放走一人！

接着，指派几人先行翻墙。

勃鞮：你等几个，翻墙进去，打开大门；如有守卫，一律杀死！

有人搭手，杀手踩了手掌，被向上抛送，扒住墙头，翻入院内。

勃鞮回看部属，有的准备了火把、有的准备了火箭。

勃鞮：一刻进院，点起火把；见人便杀，主攻上房，杀死重耳者，重重有赏！

10. 室外 大门 外院 夜

杀手轻轻落地，进入外院。

两名值更，在大门道这儿注意更香。

值更：还有少半炷香，咱们也该躺躺去了！

杀手暗中摸上，捅死值更。

值更的梆子落地，发出声响。

杀手去打开大门。

狐偃巡夜，在上房屋檐下发问。

狐偃：怎么回事？

大门那里，杀手涌进，亮起火把。

狐偃：有刺客！保护公子！

狐偃拔剑，厢房有仆从冲出。

大门这里，杀手们火箭射来，狐偃拨打箭矢，守住通往后院过道。

火箭射中仆从、插在廊柱，满院火光、满耳杀声。

杀手：杀呀！杀重耳、赏千金！

11. 室内 客厅 夜

客厅榻上，光影里狐毛跃起，穿鞋、拔剑，冲屋内大喊。

狐毛：公子快快起身！

狐毛拔剑，冲出院去。

外面火光照耀。

12. 室外 过道 后院 夜

过道这儿，狐偃与几名仆从死命抵抗。

勃鞮冲上，砍翻一名仆从，连连进击，逼退狐偃。

狐偃等退到后院。

杀手散开，扑向后院上房。

狐毛当门死守，劈死几人。

杀手众多，围住狐毛、狐偃缠斗。

勃鞮挥剑，砍断上房的窗栅，挑起脚下火把，掷入房内。

13. 室内 内室 夜

室内，火把点燃帐幔。

有火箭射进。

重耳拎起几案，掷出前窗。

推开后窗，跳到后园。

14. 室外 窗前 夜

窗前，勃鞮看见有黑影跃出，挥剑砍下，却是砍中几案。

几案碎成几块。

勃鞮冲到窗口扫视。

勃鞮：重耳从后窗逃走，快追！

随即绕去后园。

狐毛、狐偃不敢恋战，逼退杀手，也奔向后园。

15. 室外 街口 夜

街口，赵衰等乘马奔回。

看见住宅起火，有厮杀声响。

当下大惊，从奔马上飞身跃下，扑向大门。

16. 室外 后园 院墙 夜

后园这里，情况紧急万分。

狐毛、狐偃要救助重耳，被杀手们纠缠阻拦。

勃鞮对付重耳一人，连下杀招。

重耳绕着一辆马车逃命，勃鞮的宝剑连连砍刺，不离要害。

包围圈越来越小，眼前是兵刃，身后是高墙，重耳只能束手待毙。

重耳抓了车上包裹乱扔，勃鞮狠命一剑，重耳发冠被砍掉，头发披散，勃鞮剑刃砍入车厢护板。

勃鞮狞笑拔剑。

勃鞮：重耳，你的死期到了！

狐毛、狐偃奋不顾身，疯狂一般，扑向勃鞮；两人掀起车辆，砸向勃鞮。

勃鞮怒不可遏，一脚踢碎车厢板，车厢整个掀倒。

狐毛、狐偃推动车轴，铁轮撞向围墙；只听轰隆一声，后墙被撞塌一段，一股烟尘腾起。

狐毛：公子，快逃！

两人扯了重耳，没命扑入烟尘中。

勃鞮劈手去抓重耳，同时宝剑夺命砍下。

定睛来看，利剑竟然砍下重耳的一截衣袂。

这时赵衰赶回，旋风一般杀到近前，挡者辟易。

赵衰：勃鞮，休伤我家公子！

勃鞮急着要追重耳，赵衰宝剑已经背后袭来。

有杀手袭击赵衰，赵衰侧后起脚，将杀手踹飞。

勃鞮与赵衰，恶战在一处。

17. 室外 旷野 林地 晨

旷野林地，三人都浑身狼狈。

狐毛监视身后。

重耳头发披散，衣衫不整，席地绾整头发。

狐偃：公子，无论如何不能再等了，万一追兵赶到，我等再无生理呀！

重耳神态端然。

重耳：死生有命，重耳无可奈何。去留在我，不知赵衰生死，重耳如何忍心逃走？

狐偃：公子！你身上肩负大任，不可这样拿自己的安危当儿戏呀！

重耳：茫茫天地间，眼下只有你们几人甘于追随我、舍出性命保护我；只顾一己安危，弃这份生死情谊于不顾，重耳还奢谈什么仁义？空言什么大任？

狐偃：公子——

重耳闭目端坐，再不言语。

狐毛：赵衰赶上来了！

重耳起身迎候。

赵衰满脸汗污、浑身血迹，与狐毛来到近前。

重耳动情，上前执手。

重耳：你没有出事，大家总算都放心了！

赵衰：我能有什么事？去找介子推，公子这儿遭了暗算，把我惊出一头冷汗！万一公子有个好歹——

狐偃：想不到勃鞮来的这么突然！真是万幸，想起来让人后怕，咱们公子，真是吉人天相哪！

赵衰：你们两人也是的，公子好不容易脱险，就该一路奔往狄地；怎么敢让公子久居险地，吉人天相？看看，衣袂都让斩去一截，这这，简直是千钧一发、分明是死里逃生啊！

重耳：父王这是要斩尽杀绝，重耳有你们几人舍命保护、偏偏不肯轻易就死。

赵衰看看身后。

赵衰：公子，险地不宜久居，我们赶路吧！

重耳：哈哈，重耳对父王不忠不孝，从此无国无家啦！

18. 室内 介子推居处 陋室 日

介子推家中，简陋居处；母亲正在榻上缝缀衣衫，身边是行装。

介子推恭立一侧，听老母教诲。

介母：重耳是个仁义公子，你没有看错他。先前，你不肯到他手下做事，为娘也赞同。我儿行侠仗义，锄强扶弱，何必听命谁人、任其驱策！眼下重耳让他那暴君老子追杀，在晋国不能存身，你此时要去追随扶持，为娘赞成。无须锦上添花、正该雪中送炭。

介子推：儿子多年，在外时多、在家时少，十分愧对母亲！如今要去狄国，往来多有不便，儿子实在放心不下母亲！

介母：凡事难以两全，这样道理何须为娘细说。家中有薄田出产，尽可度日；仆妇家丁，照应起居。我儿当以大义为重，不必挂念老娘！

介母咬断缝线，架起衣衫。

介母：来，穿上，让我看看。

介子推穿好衣衫，任母亲端详。

介子推：重耳公子今番流亡，正不知何年何月才能回到晋国；国人、朝臣，寄希望于重耳，天命难测，晋国将来复兴，果然在其人乎？

介母：重耳秉持仁义，我看其人倒也不是依此沽名钓誉；我儿行侠仗义，自命天下人、要管天下事，又岂能斤斤计较于成败利害。你觉着做得对，就尽管去做；多行侠义，惩恶扬善。天无私覆、地无私载、日月无私照，天地神灵岂能不保佑？

介子推：母亲教诲，儿子谨记！

介母微笑蔼然。

介母：我儿去吧！不违人情天理，我儿就是天下最大的一个孝子！

介子推虔诚叩拜于地。

19. 室外 山野 荒径 日

山野茫茫。

从高处看下去，重耳与狐毛、狐偃、赵衰，一行四人，踽踽而行；在高天大地间，显得那样渺小、孤单。

20. 室外 冈峦 日

头须带领两名仆从，都背负了吃食、行装，汗流浃背，爬上冈峦。

极目远望，是遥遥行进的几个黑点。

头须擦擦汗。

头须：就快赶上了，我们走！

21. 室外 山涧 林地 日

林地边上，一道山涧。

重耳等四人，饥渴疲惫，狐偃请重耳饮水。

狐偃：请公子先饮水！

重耳在山涧边席地跪坐，双手捧起涧水，从容饮用。饮水完毕，向空执礼。

狐毛：赶奔一日，没有碰到一处人家；公子三餐都是饮水，依然举止不失礼仪。

重耳：咱们几人都是一粒米未进。幸有山水解渴，也是天地所赐呀！

赵衰在下流处，洗好一捧野果，自己先尝食了。

赵衰：记得随军征战，吃过这种野果。又苦又涩，倒是无毒。请公子吃几个！

重耳：吃得菜根，百事可做！来，大家都吃点儿！

赵衰：走得匆忙，竟是不曾带上弓箭；不然，打个野物来充饥。

这时仿佛听得什么响动，起身拔剑，钻进山林。

赵衰：说到野物，莫不真的来了野物？

一刻，从林中奔出。

赵衰：公子，头须带了两个人追上来了！

头须与从人现身，头须撂下口袋，先到涧边对重耳跪拜。

头须：主公，小人总算赶上了你！

重耳：头须，你这是？

头须：主公仁德爱民，小人誓死跟从主公到复国登位的那一天！

重耳：快快起来说话。重耳狼狈去国，尚不知到何处容身，哪里就谈到复国的事？还有这二人——

头须：这是小人治下乡民，愿意追随小人，效命主公！——你两个还傻着干什么？你，把炒熟的麦粒拿来，让大人们充饥；你，洗净瓦罐，赶紧给大人们造饭！

狐偃：头须，难为你想得如此周到。

头须：大人们都是衣来伸手、饭来张口惯了，服侍大人们本来就是小人的公务。哎呀，凌晨听说夜来有人暗杀主公，可把小人吓死了！你们都好好的，小人是连连感激天地神灵哪！再者，咱们主公吉人天相，天地护佑，哪里会出事呢？——狐偃大人，你也先请吃点麦粒！

那面，狐毛请示重耳。

狐毛：公子，记得幼时随你外公来过一次狄地，觉着该是不远了。狄族人向来逐水草而居，不知如今有无国都？我等冒然前来投奔，又不知狄国君臣是否同意收容？我还是先行去交涉一下为好。

重耳：大舅考虑周全，如此甚好。你要小心了！

狐毛挂好宝剑、拿了一包麦粒，前头去了。

22. 室内 都城 后宫后园 亭子 日

后园亭子，宫女服侍，骊姬、少姬、优施都坐着。

勃鞮跪在亭子下，挨训、领罪。

少姬：勃鞮你自个儿也不想想，你到底算个什么东西？本妃给你敬酒，你饮驴似的喝得一滴不剩；口口声声要宰了重耳，万死不辞什么的。你连重耳的一根毫毛也没斩得来！

勃鞮：末将无能，有负大王信任、有负两位娘娘重托！

优施：夸你两句神武勇悍，我瞧你也是自得沾沾。让你埋伏杀人，你让重耳、夷吾生生逃掉，自个儿扛着伤口回来；让你带队去暗杀，你到蒲城却玩耍游戏了一趟。不知是倒霉事都让你撞上了，还是你有意放卖！

勃鞮：优施大夫！末将忠于大王、娘娘，决无二心！这临阵对敌，情况瞬息万变，实在不是坐在宫中所能预料的呀。

优施：哎哟，话言话语的，你这是敲打我呢、还是数落王后和次妃呢？我们坐在宫中，你看着不舒服了不是？莫非是你来坐着，本中大夫替你去跑腿儿不成？让王后娘娘下座去服侍你不成？

勃鞮：末将不敢！末将是大王的犬马，也是两位娘娘的犬马！

优施：我看你本领没长，脾气倒是见长！外头吃了亏，回来一个劲儿耍横；犬马？你还有点犬马的样儿没有？在两位娘娘跟前炸蹶子，我看你是没骟干净了，不男不女的，当自己像个爷们儿似的！

优施起身，扭打扭打的。

勃鞮伏地叩首，不敢仰视；五指狠抓，地下方砖只见印痕。

骊姬：好啦，你也甭跪着了。你嘛，自然是大王的犬马，日后是不是太子的犬马，本后我可是瞧着你哪！

优施：下去吧！不是娘娘给你在大王跟前讲情，莫说后宫侍卫统领的职位，你连狗命都没了！

勃鞮低头倾身，倒退离去。

优施回身；屏退宫女。

优施：娘娘，重耳没能杀掉，总算撵出咱们晋国去了。眼下晋国的权柄，按说已经操控在娘娘的手中。小王子又实打实当上了太子。不知娘娘往下有什么方略？要是准备做掉那糟老头子，也就到了下手的时候了。包括刚刚此人，也是可杀不可留哪！

少姬：姐姐，我是一天都耐不得、见不得那老东西啦！让奚齐早早登基，姐姐你来垂帘听政，这晋国可就成了咱的骊戎国啦！

骊姬：不然，你们别把事情看得过于简单了。我们隐忍多年，才终于有了今天；一个不小心、一点点大意，都可能把报仇大计毁于一旦！你们以为那老家伙已经老蛇无毒了吗？错了！他说过的，连睡觉都睁着一只眼睛；现在，你们以为他对咱们姐妹就彻底放心了吗？

优施：娘娘，我看他对两位娘娘，可真是称得上百依百顺、言听计从啊！娘娘此话——

骊姬：做掉申生，不惜派人去暗杀重耳，你们以为全然是我们蛊惑煽动起来的？不对！是因为他有了奚齐，他要为奚齐日后登基扫清道路。而眼下，奚齐不过十来岁，对他的权柄没有任何威胁。假如奚齐现在成人了，敢有什么自个儿的主张，违背了他的意志，他照样会除掉奚齐。毫不手软、绝不留情！连奚齐他都会除灭，莫说我们两个骊戎女人！

少姬：姐姐，既然连奚齐都有危险，我们为什么还供着这个暴君，捧着这个恶魔？我们是百般逢迎、极尽献媚讨好之能事，没有一天舒展做人、没有一刻呼吸是自由的啊！

骊姬：奚齐还小，对晋国没有尺寸之功；没有他老子罩着，没有这个杀人不眨眼的恶魔坐在王位上，晋国的国人会听我们的吗？朝臣大夫能服服帖帖的吗？士蔿听话、荀息顺从，他们怕的是大王，不是我们两个女人、更不是你一个优人！暴君不在，单单是狐突敢仗剑闯宫吗？里克、邳郑甚至吕甥，都会闯进宫来，随便斩杀我们！——你们仔细想过没有？大王不在了，糟老头子不在了，就包括刚刚的勃鞮，真的还能听我们的吗？重耳、夷吾随便回来一个，奚齐都不是人家的个儿！

少姬悚然，优施矫舌。

优施：这个，小人虑事不周，娘娘教诲的是！

骊姬：所以，现在我们不仅不能做掉咱们的"大王"，还得好生敬奉咱们的"大王"。呵呵，这可真是咱们的大王啊！让他替咱们好生护着奚齐，对付重耳、夷吾，收拾朝中大臣；还有，让他替咱奚齐去开疆拓土！咱们还会怕他专横暴戾、草菅人命、杀人如割草吗？咱们还会怕他开疆拓土、攻伐他国、争霸称霸吗？响鼓要用重锤，老牛更要扬鞭！哼，勃鞮算什么？老不死的，才是他老娘的犬马哪！

23. 室内 后宫议事厅 日

后宫议事厅，献公端坐，司礼太监在侧。

群臣一律席地，面前几案上摆有鲜果、酒水。

司礼：大王今日召见各位大夫，赐酒赐座，请各位大夫不必拘礼！

众：谢大王！

荀息：据可靠消息，逆子重耳自觉罪孽深重，恐惧国都大兵征讨，已经出亡狄国。流亡在外，谅他一时不会兴风作浪。重耳去国，逆子夷吾不足为惧，龟缩屈城，不会轻举妄动。内乱既已暂时平息，大王强盛我晋国的雄心不减，将于近期兴兵，再次借道虞国，彻底攻灭虢国！

吕甥执礼。

吕甥：微臣衷心拥护大王决策！虢国藏匿逃亡诸公子，实属狂悖。上次申生统兵，半途而废、劳民伤财、得不偿失；今番兴兵，定能扫平虢国，开拓疆土、扬我国威！

士蒍：不知此次兴兵，大王将派何人为帅？再者，屡次借道虞国，诸多不便，不知大王可有同时攻灭虞国之谋？

荀息：是否同时攻灭虞国，大王自有深谋远虑，岂是你我能够揣测得出？

献公：本次攻伐虢国，寡人将亲自统兵出征！上军、下军，两军一齐出动！

吕甥：大王亲自挂帅，我军定能马到成功，将虢国一举荡平！

献公：本次兴兵，哪家大夫愿意随寡人出征呢？

献公目光扫过群臣。

里克率先执礼。

里克：微臣里克，愿听大王调遣，帐前效命、甘为前驱！

吕甥：微臣吕甥，愿跟随大王出征！

献公：好！寡人亲率上军，里克大夫为副；荀息将下军，吕甥大夫为副！

里克、吕甥：微臣遵命！

献公：寡人出征，太子监国；奚齐尚在幼年，士蔿大夫暂摄太傅之职，你给我把摊子守好了，如有闪失，唯你是问！

士蔿：微臣谢大王信任，当勉力而为！

献公：邳郑大夫，你是咱们晋国的老臣啦；寡人亲征，你要为国出力效命呀！

邳郑：微臣愿听大王差遣！

献公：好！此次兴兵，战线很长，粮草辎重接应，事关成败。邳郑大夫负责整个后勤供应，不得有误！

邳郑：微臣遵命！

献公：打了胜仗归来，寡人自会论功行赏！

众：微臣等谢大王！

24. 室外 宫门 广场 日

众家大夫出宫，纷纷走向自己车驾。

吕甥迎着里克，执礼询问。

吕甥：里克大夫请留步。此次大王兴兵，想不到大夫会如此踊跃。其间用意，肯对再行透露一二否？

里克：唔，这样话题，便是讲在朝堂之上也无妨。大王将我归入申生一党，册立奚齐，我又不如诸位大夫那般积极。我这样的角色，留在都城，大王能放心吗？

吕甥：倒也是。那么，大王整体战略，大夫有何预测？

里克：两军出动，估计灭掉虢国之后，回军之际，将顺带灭掉虞国吧。大王年事已高，亲自领兵出征，哪里会仅仅小打小闹就罢了的？

吕甥：在下以为，灭掉虢国、虞国之后，或许大王还有动作。

里克：突然袭击，解决屈城问题！

吕甥：届时，恐怕要让里克大夫与在下出头，阁下以为然否？

里克：此事你我心中有底就是，不可说破。不然，看穿大王心机，可是犯了大忌呀！

吕甥：在下晓得。

两人各自登车。

25. 室内 后宫 内廷 日

后宫内廷。太监组成的乐队，在周边伴奏。

优施戴了面具，扮作出征大将，少姬扮作征人妻子，两人表演送行的场面。

始而难分难舍，情意缱绻；音乐哀婉，如泣如诉。

继而发变徵之声，激越亢奋；妻子为丈夫壮行、大将义无反顾。

优施、少姬，完全进戏。

献公看得如痴如醉。

献公：好！好！

优施摘去面具，与少姬双双施礼。

优施：小人献丑了！

少姬：大王，小妃子为大王献舞，祝愿大王出征顺利！

献公：演得好，果然好！寡人的次妃，我的少姬，简直就是一个小妖精！始而缠绵悱恻，令人不忍须臾分离；继而激越亢奋，大丈夫当建功立业，岂能过分贪恋儿女私情？十分给寡人鼓劲啊！

少姬：大王英雄神武，定能将虢国、虞国一鼓荡平！咱家奚齐日后管理的地盘呀，就是要全天下最大！

优施：还有咱的璧玉良马，就白白给了他们虞国不成？大王要把它收回来，还有整个虞国的宝贝、礼器，还有后宫美女——

少姬：大王，有了虢国、虞国的美女，你可不敢冷淡了姐姐、抛弃了你的少妃呀！

献公：哈哈，寡人是那么花心吗？寡人和你姐姐，有了太子奚齐；骊妃已经正式册为王后，寡人的真心，你们不可怀疑！

少姬：小妃子什么时候也能给大王生个小王子，我才能放心！

献公：你这个小妖精！

骊姬那面满脸惨恻，是另一番表演。

优施：王后娘娘，为大王出征壮行，娘娘这是？

骊姬：大王年事已高，还要为晋国、为咱们奚齐东征西讨，后妃心中实在不是滋味！万一大王有个长短，叫后妃该怎样后悔？——大王，何不派人出征，你就不要亲冒矢石了！

献公：寡人老了吗？哈哈，寡人觉着还正当壮年哪！为你们、为咱奚齐，我还能干点大事哪！

优施：拿酒来，为大王壮行！

少姬捧上酒爵。

少姬：大王请！

骊姬：大王慢饮！

献公饮尽酒爵。

献公：你们就等着寡人的捷报吧！晋国，要在寡人的手中成为中原第一大国，称霸诸侯！

26. 室外 虞国 都城 馆驿 日

［字幕：献公二十二年（公元前655年），晋国再次向虞国借道，攻伐虢国。］

荀息出使虞国。

车驾进入虞国都城；后面车队，满载礼品。

城门这里，有虞国大臣迎接。

车驾来到馆驿，大臣执礼，邀请荀息进入馆驿。

27. 室内 虞国王宫 内廷 日

王宫内廷。

宠臣、宦官，陪着虞侯欣赏晋国奉送的丰厚礼品。

虞侯，颠顶而贪婪，宠臣，胁肩而谄笑。

大夫宫之奇，跪在当地，连连警告。

宫之奇：大王！晋国此次出动两军，其举国兵力倾巢而出，我们不可借道啊！

虞君：宫大夫，已经退朝，你怎么还在这儿？借道嘛，与人方便、自己方便。咱虞国的道路，闲在那儿，借人走走，有何不可啊！要不然，晋侯会白白给寡人这么多礼物吗？你看看这些锦帛、瞧瞧这些玉器，哈哈，让人目不暇接、爱不释手啊！

宫之奇：大王，晋国上次借道，攻下了虢国宗庙之城下阳；这次晋国借道，是要彻底诛灭虢国呀！

虞君：那又怎么样呢？晋国打得须不是我们虞国，你慌张什么呢？虢国给过寡人什么礼品？寡人倒是觉得，让晋国替咱们教训教训虢国，未尝不可！省下我国出兵，倒能帮寡人出气！

宫之奇：大王哪！虢国和我们虞国山水相连，这就好比是唇齿相依啊！唇亡则齿寒，大王你想想其中的道理吧！

　　虞君：唇亡齿寒？寡人倒是头一次听说，也还新鲜有趣！嘴唇没有了，牙齿没了挡风的，自然觉得寒冷些；这个，还用你说吗？再说，人的嘴唇，怎么就能平白没有了呢？

　　宫之奇：大王呀！晋侯野心勃勃，灭掉虢国之后，大兵返回，极有可能突然袭击我们虞国、虞国危在旦夕！

　　虞君：宫之奇，你还有完没完？言过其实、耸人听闻，你到底想干什么？你没去馆驿见见荀息大夫吗？荀息如今是晋国首辅，他讲话能不负责任吗？人家信誓旦旦，言辞恳切，我们怎么好随便怀疑一名有身份的堂堂上大夫呢？

　　宫之奇膝行而前。

　　宫之奇：我的大王！晋侯狼子野心、荀息机谋深险，我们不能不防啊！大王，虞国宗庙社稷、国家安危整个在大王一念之间，大王不能贪图礼品，中了晋侯奸计、让我虞国毁于一旦哪！

　　虞君：嚯！？虞国是寡人的虞国不是？寡人贪图礼品、寡人见钱眼开，寡人乐意！寡人可是把你们统统惯坏了，要是晋侯是你们的大王，你们敢这么放肆地说话吗？真是的，还不给我下去！

　　宫之奇绝望，气得泪珠迸溅。

28. 室外 宫之奇府邸 庭院 日

　　宫之奇府邸，庭院里，家丁仆妇匆忙进出、收拾行装。

　　管家来见宫之奇。

　　宫之奇：管家，告诉族人，我等是举族迁徙，一室一户不得留恋不去！

　　管家：金银细软倒是能带走，可是这住宅房产、还有土地，全部扔下，太可惜啦！

　　宫之奇：晋国大兵杀到，玉石俱焚；整个虞国将不复存在，还奢谈什么土地、房产？唉！国运倾颓，何来家运？能保得我全族老少性命，宫之奇无愧祖宗啦！

29. 室外 山野 日（风雨）

　　山野里。风雨交加。

重耳一行，艰难前进。

灌木满山，无处避雨；头须拔些草木，编了草笠，分发给大家。

下山，路滑泥泞；粮食袋子被荆棘划破，米粒漏泄。

待仆从发觉，米袋空空；回头去看，雨水冲跑了粟米。

暴雨浇淋，山风呼号。

大家牵挽着，涉过山溪。

30. 室外 山林 山嘴 日（风雨）

介子推和壶叔等七八条汉子，大家带着弓箭、刀剑、斧头、禾叉等，在山林中冒雨行进。

行人惊起避雨的山鸡、野兔，仓皇逃窜。

一处突出山嘴，介子推等回看山势路径。

壶叔：介大侠，我们抄的是近道，说不定赶到重耳他们的前头了！

介子推：壶叔，说了你几回，你该记下。咱们这帮兄弟，可是自愿追随重耳公子去往狄地的；以后出言口语，咱们都要称呼重耳"公子"。狐毛、狐偃、赵衰都是官家人，讲究礼节，咱们也学着文雅一点。对我，再不要称呼什么"大侠"，好像逼得我天天要劫富济贫似的。

壶叔：哈哈，你就是大侠嘛，我们这么称呼惯了嘛！那个头须，见了重耳，一口一个"主公"，好肉麻！

介子推：头须有他的想法，希望重耳公子日后光复晋国，他想在官府朝廷做事，自然要称呼"主公"什么的。

壶叔："主公"现在正淋雨哪，今晚恐怕都找不到避雨的地方！

介子推：真个的，天已向晚，这雨一时停不下。你到前边，看一处合适地方，搭建窝棚；我看看能否打一只野物。

壶叔等冒雨前去。

介子推手持弓箭，独自钻入林子深处。

31. 室外 山野 崖下 夜（风雨）

风雨依然，天色昏黑。

重耳一行跌跌撞撞行进。

赵衰：公子，前面山崖下像是有个窝棚。

手搭凉棚看去，隐隐有火光现出。

赵衰：像是有人！——喂，有人吗？

那面，壶叔应声。

壶叔：是重耳公子吗？我们等候多时啦！

32. 室内 窝棚 夜

倚靠山壁，窝棚堪可遮风避雨。

一角，有人正在烧烤鹿肉；油滴下落，火中哔哔剥剥。

一角，汉子们围拢篝火，正在光着膀子烤干衣衫。

介子推正在穿衣扎带，壶叔进来。

壶叔：重耳——那个，公子，他们来了！

重耳当先，一行人钻进窝棚。

介子推：公子，介子推与壶叔等兄弟，在此恭候多时！

重耳：子推兄！万万没有想到，在此与你相遇！

重耳执礼，狐毛等也纷纷作揖。

赵衰：介子推，你真是不够朋友；要来狄国，怎么前头不告诉我赵衰？

介子推：只因老母尚在，在下须得回去安顿母亲。壶叔他们几个，也都是家无拖累，愿意追随公子前来狄国。

壶叔：各位湿淋淋的，不停地打躬作揖，是不是先脱下湿衣服烤烤？烤干了，然后吃烤肉！

头须那面，已经去服侍重耳。

头须：主公，请脱下衣衫，小人替你去烘烤！

重耳：这个，众人都湿透了，大家还是各自来吧。

壶叔与手下，抬来一块石板，用柴草擦拭干净，准备摆放烤肉。

有人冲壶叔嘀咕，壶叔看那面重耳等人赤裸的上身。

壶叔：子推公子，国人传言的都是真的啊？重耳公子果然是——

介子推：休得失礼！

重耳已经听见，在那面回头。

重耳：重耳骈胁，不是传言，果然是真的。所谓骈胁，哈哈，我的前胸肋条，天生不分，竟然长成那么一整块！人说是天生异相，有什么贵处，唉！刚出生时，几乎因此丧命哪！

狐毛：早年听父亲说起过，公子天生异相，掌卜大夫说是贵不可言；日后光大晋国，功盖先祖。大王恼怒，说一个庶出之子，如何能光大晋国？当时就要处死。

重耳：要不是外公恳告说情，天地间哪里还会有个重耳？

头须帮着重耳穿好衣服，系好带子。

头须：大难不死，必有后福！主公日后必定会光复晋国，当上国君！我们这些人，哈哈，包括小人，都是服侍过主公的啊！

壶叔撇嘴。

赵衰：头须，话题扯远了吧？

壶叔大呼小叫。

壶叔：鹿肉烤好了，请介子推给客人分炙！

鹿肉抬上石板。

重耳等席地围坐。

介子推用匕首切下四条腿，先捡一条后股，敬献重耳。

其次，献给狐毛、狐偃、赵衰。

其余的，切割平均，人人有份儿。

重耳执礼感谢。

重耳：多谢子推兄，多谢各位！重耳何德何能，多承诸位高贤不弃；荒山野岭，风雨之夜，有此美餐、得此友情，没齿不敢有忘！——请！

众人依礼依次捧起鹿肉。

头须：介大侠！最肥的一块股肉，依礼敬献主公，这个堪称是"割股奉君"啊！主公刚刚说了，这份情谊、这号功劳，日后绝不会忘记的！

壶叔：你这人真是的，我们愿意追随重耳公子，是因为公子仁德！仁德公子，偏偏遭受种种不义侵凌；我们看不下去，路见不平、拔刀相助！岂是为了什么日后如何？

场面一时尴尬。

重耳：壶叔讲得好！重耳与子推兄相识多年，心中十分敬服他的处世为人。重耳若非出生公族，说不得也要行侠仗义，扫尽天下不平！以我所处地位，看如今晋国情势，要说不想复国、是我矫情虚伪；要想复国，能够执掌国家权柄、以便推行仁政，又谈何容易？唯愿上天照拂，各位忠贞侠义之士相助，重耳能有施展抱负的一天！

有仆从用瓦罐接了雨水,分在一些粗陋器具里。

赵衰当先端起一碗。

赵衰:天下者,天下人的天下;晋国,是咱们晋国人的晋国!天下事,到底脱不开仁义、道德几个字;咱们以水代酒,为仁义、为道义、为侠义,干!

众:干!

第十二章 假途灭虢诈谋夺临国 以德服人真情助友邦

1. 统一片头

2. 室外 狄国 山野 日

山野，小径。

两骑狄国猎人，身背弓箭、手持矛枪；活捉了狐毛。

狐毛头发散乱、衣衫褴褛；被拴了双手，用绳子拖在马后，来到一处简单石砌隘口。

猎人吹响哨笛，向上呼喊。

猎人：哦嘀！哦嘀！

石壁上有兵士现身，隘口出来两名兵丁。

猎人：这个人说是从晋国来的，要见管事的大人！——这是他的剑。

一名兵丁牵了绳子，一名接住宝剑。

狐毛被牵着，进了隘口。

3. 室内 大帐 日

大帐里，座位上蒙着兽皮；龙卡大将猾毛围喙，络腮胡须戟张，正在啃吃烤羊腿。

一名小校进来报告。

小校：龙卡大将，我们的猎人抓回来一个晋国人，请你发落。这是他的宝剑。

龙卡：带进来！

龙卡在衣襟上擦擦手，一边观看剑柄，拔出一截剑刃。

小校带进狐毛，狐毛揉揉手腕，执礼讲话。

狐毛：大将，在下从晋国来，是为我家公子前来报信的。

龙卡：凡你们晋国来的，不是逃亡，便是奸细！我还没见过什么报信的。

狐毛：我从蒲城来，在下狐毛——

龙卡：狐毛？

龙卡审视半晌。

龙卡：狐毛我是见过的，你们晋国人狡猾奸诈，知道狐突大夫出自我们狄国，凡被我们抓获，都谎称是什么狐毛、狐偃。你这个狼狈样儿，怎么会是贵公子狐毛？我不管你是狐毛还是狐偃，也不管你是逃亡还是奸细；给你个机会，出去与我们的勇士决斗一场。你胜了，让你活命；你败了，将你砍头！这是我们的规矩，这个办法非常公平！

狐毛：这叫什么规矩？一般流亡没有武艺，你们岂不是滥杀无辜？

龙卡：没有什么本领，留下他干什么？

狐毛：反倒是奸细，往往有些武功，你们就让他活命不成？

龙卡：凶猛的猎犬，总是很少；恭顺的绵羊，我们多得很！猎犬拴上链子，就是猎人的好帮手；奸细给我们效力，就是一条好猎犬！

狐毛：真是岂有此理！家父所说的狄族，狐毛曾经来过的狄国，人们质朴好客，怎么会是你这个样儿？

龙卡：我们狄族人当然好客！可我怎么知道你是客人，不是敌人？能言善辩、自带兵器，还竟敢冒充狐毛，我看你就是一个奸细！少废话，快快出去打过！

狐毛哭笑不得；龙卡将宝剑掷来。

狐毛凌空接剑，宝剑出鞘；剑鞘一拨，绊倒小校；剑尖已经指定咽喉。

狐毛：狐毛岂是怕死之人！只是为我家公子前来报信，想不到狄国是这样对待远客，毫无礼仪可言！早知如此，我家公子何必巴巴地投奔你们狄国？——来，谁来和在下决斗？

龙卡：一口一个"我家公子"，你说的公子是谁？现在何处？

狐毛：在下被你认定是一名奸细，不是客人乃是敌人；你也少说废话，快快出去和我打过！你胜得了我手中宝剑，再说不迟！

龙卡：哈哈，看来你真是狐毛？我是龙卡！咱们见面那时，有七八岁，摔过跤的呀！

狐毛：龙卡？你这一脸的络腮胡——你成了狄国大将啦？

两人相认，眼中敌意消失。

龙卡：狐毛！你怎么，哎呀，我怎么想得到啊！你说的公子，莫非是？

狐毛：公子重耳！

龙卡：重耳公子前来投奔狄国？哎呀，这这，更是想不到！我、我真该死，真是大大的失礼！——走，我带你去见我们国主凯勒！

4. 室内 狄国宫廷 日

狄国宫廷，不类中原建筑。

内部拱顶，形似帐篷。

粗笨木桩，上面搭着兽皮，当作座位。

国主凯勒，龙眉方口，相貌威严，与大相乌楞、大将龙卡议事。

凯勒：晋国公子重耳，前来投奔；咱们狄国收留还是不收留，大相、大将你们说说看。

龙卡：对落难之人，我族向有给予救助的习俗；况且，还有狐突这层关系，重耳算是我狄族的外甥，我们当然要收留！

大相乌楞，半鬼半巫，长发盘绕、山羊胡须；连连摆手。

乌楞：重耳不比一般落难，他是晋侯要追杀的公子；收留他，分明便是开罪晋侯、惹祸上身。我们不宜收留！

龙卡：重耳有仁德之名，又蒙受了不义残害，我们害怕开罪晋侯、不予收留，好像暴风雪之夜，将求救的人关在帐篷外；我们狄族人，怎么做得出来？

乌楞：我们不把重耳抓起来送给晋侯，以交好晋国，就已经足够仁至义尽了！只因一时恻隐，冒然收留逃亡，晋侯生了气，发起大兵前来攻打我狄国，就是全族的灾祸啊！收留重耳，就像收留带来瘟疫的病人，不吉不祥。请国主三思！

龙卡：害怕豺狼报复，不敢救助被豺狼追逐的小鹿，太怯懦啦！我龙卡为这样的想法害羞！

乌楞：晋国大兵打来，全族遭殃，龙卡你能担起这个责任吗？

龙卡：国主，你要是害怕晋侯报复，将重耳拒之门外，龙卡羞于再当你的大将，龙卡宁愿自己陪着重耳去流亡天下！

凯勒：乌楞大相，我看龙卡大将说得有理。重耳身上流着我们狄族人的血，他是我们的孩子。我决定收留他、保护他！

乌楞：我们的孩子？他是受伤的雏鹰。伤口养好了，翅膀长硬了，他要飞走的！

龙卡：看他飞走，强于看他伤重而死。没有客人来访的帐篷，等于一座坟墓啊！

凯勒：好啦，按接待诸侯公子礼仪，迎接重耳到来！

5. 室外 草原 定居点 日

草原上，龙卡与狐毛迎着重耳一行。

龙卡与卫兵，远远下马。

卫兵分列两厢，龙卡迎上去，单膝跪地。

龙卡：奉国主之命，迎接重耳公子！欢迎公子到狄国作客！

狐毛：公子，这是狄国大将龙卡，我幼时的朋友。

重耳执礼。

重耳：多谢龙卡将军！多谢国主收留！

龙卡：请公子和诸位客人上马！

卫兵牵来马匹，众人先后上马。

前有卫兵开路，旁有兵士两列护卫；宾主坐骑组成的方阵，缓缓行进。

再旁边，牧民策马跟随，挥舞鞭子，呜呼呐喊。

众：哦嗬！哦嗬！

队伍前面，遥遥已是定居点。

6. 室内 宫廷 日

狄国宫廷，正举办欢迎宴会。

国主居中，一侧是客人，重耳、狐毛等依次席地跪坐。

一侧是主人，大相、大将等依次盘腿而坐。

国主执礼。

凯勒：重耳公子肯到蛮荒狄国作客，是狄国的荣幸！

重耳向着国主，伏地叩拜。

重耳：重耳落难流亡，国主和大相、大将上下肯于收容，重耳感激不尽！

凯勒：诸侯公子，行此大礼，凯勒不敢当啊！

重耳：中原诸侯国君，狄国国君，皆是一国之君；况重耳外公狐突，本是狄人，狄地乃重耳母族祖国；重耳初见国主、初到狄国，理当大礼叩拜！

凯勒举起酒碗。

凯勒：敝国上下，一致欢迎公子一行，请！

重耳：重耳一行，多谢接待，请！

乌楞：重耳公子，礼下于人、必有所求。公子此来，莫非是要策动我家国主，出兵与晋侯为敌，替你火中取栗不成？

狐偃：这个，敬请国主与大相放心。我家公子，身为晋侯臣子、全忠尽孝，正是不欲与父王为敌，所以才不得已而选择流亡。前来投奔狄国，只图存身，不为其他！

龙卡：咱们狄族人，不能把落难之人拒之门外。来，喝酒！

乌楞：敢问狐偃大夫，重耳公子不欲与晋侯为敌，恐怕也是没有那个实力吧！再说，公子不与晋侯为敌、晋侯却偏偏不肯放过公子；假如晋侯以此为由发来大兵，重耳公子岂不是将祸患引到了我们狄国？

不止龙卡、连凯勒也有些尴尬了。

赵衰：晋侯野心勃勃，其志是在中原争霸；晋国与狄国尽管接壤，中间却是山岭蛮荒无人之地相隔。我等一行以为，晋侯一时不会对狄国兴兵。如果国主与大相、大将觉得有此危险，不欲收容我等，尽可明言。天下之大，应有仁义之处、收留我家仁义公子！

龙卡：正如狐突老大夫所言，我们狄族人质朴好客。何况重耳公子是本族外甥，我们不会将自家的孩子挡在门外风雪中不管！

重耳：国主，大相、大将请容重耳一言。大相者、国家之宰辅、国君之股肱；为狄国之安危考虑，句句直言。诚乃国族之良相也！重耳流亡之人，但求立锥片瓦存身之地，盖不愿给好客的主人带来不祥。国主与大相，如若担心我给贵国带来危险，重耳这便告辞！一饭之德，不敢少忘，容当日后补报！

凯勒：公子请安坐。咱们狄族人，心直口快，心里有话藏不住，各位贵客不必介意。大相所担心者，生怕晋侯借机寻衅，不利于我狄国，也是常情常理。不过，狄国既敢收容公子，就不怕由此带来的种种后果！

乌楞：国主！非是乌楞不讲人情。事关狄国安危大计，还请国主不要意气用事！如果晋侯真个发兵打来，我们举国、举族，就要为了"好客"陷入战乱，闹得死尸遍地、血流成河吗？

龙卡：豺狼要吃人，总归是它的本性。晋侯看中我狄国土地，即便没有重耳公子前来投奔，他也会无端兴兵，前来进犯。当年晋国攻伐骊戎，又有什么理由？晋国兴兵来犯，不过是兵来将挡，我们就和他打一仗！

乌楞：龙卡大将，晋国本来没有兴兵的理由；我们收容重耳，分明就是给了晋国一个理由！

龙卡：乌楞大相，国主已经同意收留重耳公子，你是非要逼着国主赶跑客人吗？

乌楞：如此不祥之人，自己不知自重，不顾他国安危、强行乞求保护；立即赶跑，不把他绑缚起来交还晋侯，算是给他面子！

此言一出，重耳等人面色大变。

凯勒：够啦！迎宾宴会上争吵不休，也不怕来宾嘲笑。——重耳公子，乌楞大相他喝多了；来，请，咱们喝！

那乌楞大相，站起来，也不告辞，举手向国主略施一礼，离席就走。

主人、客人，俱都惊讶。

介子推身形一闪，在宫廷出口拦住了乌楞。

介子推：给我站住！

这下子，就不止乌楞，主人、客人愈加出乎意料。

乌楞：你想干什么？

介子推：我看你们国主好客大度，有点君上的样子；你不过是个大相，屡次出言无状，实在没有点臣下的样子。重耳公子是客人，处处依礼；你是主人，连连失礼。迎宾宴会，是个讲礼的场合；你这个人不懂礼、不知礼，枉为什么大相！

乌楞：你待怎样？

介子推：一国大相不知礼，我介某今天要教训教训你，让你像我们那的乡下三岁小儿一样，懂点初步的礼仪。第一，在君上面前出言不逊，要道歉认错；第二，不告而别，对尊贵的客人失礼，要礼貌告辞！

乌楞：你？你敢！

正是快如闪电，介子推宝剑出手，已经削去乌楞的山羊胡须；而且反转剑刃，上面齐齐托着那胡须。

介子推吹掉胡须。

介子推：要不要把你的头发也剃掉啊？

介子推威慑之下，逼着乌楞回到宴席前；宝剑轻轻点击腿弯，乌楞给国主跪下。

介子推：国宾大宴，乌楞大相不识大体，不敬君上，现在愿意认错。

乌楞：国主，臣子错了，请国主恕罪！

介子推：乌楞大相对来客重耳公子言语冒犯，不告而辞，现在愿意道歉！

乌楞向重耳执礼，嘴里嘟囔了一句什么。

乌楞这才满脸不是颜色，离席而去。

介子推：你要胆敢出什么花样，对重耳公子不利，小心介某的宝剑！

龙卡：哈哈，这位壮士，脾气也是大得很啊！

赵衰：介子推，咱们前来投奔狄国，你也太莽撞了吧？

介子推：公子落难，前来投奔，须不是前来乞讨；如果公子不是落难，那个大相他也不会眼高于顶。介子推平生见不得这样嘴脸！——国主在上，对重耳公子要留便留；如果不留，重耳公子也会礼貌告辞！犯不着来什么冷言冷语、夹枪夹棒。你的这顿招待，开出价码，我隔日派人加倍送还，介子推告退！

介子推说罢，也是离席而去。

7. 室内 下处 夜

简陋下处，重耳一行议事。

头须、壶叔等，在一边铺排床榻。

壶叔：主公，你和几位大夫，住这边一溜上房；小人与壶叔等，住在厢房。公子但有差遣，呼喊小人一声就是。

介子推：壶叔，咱们的人手，你来安排大家值更下夜。

壶叔：好嘞！

狐偃：那个乌楞大相，我看只是说话难听，倒也不至于有什么恶意。介子推你给人家君臣，也够难看得了；不必搞得那么草木皆兵，对狄国君臣怀有敌意、戒备森严吧！

介子推：公子逃出都城杀戮、逃出蒲城暗杀，都是千钧一发。公子有几条性命让我们粗心大意来闹着玩儿？

赵衰：子推兄也是讲话直率、处事干脆，对狄国君臣也难说就是有什么敌意。我等初来乍到，还是小心一些为好。

介子推：狄国这片定居地，建筑有限；我看大家不一定住在这儿。到山野里，求得一片地界，临山靠水，咱们的人尽可筑造房舍；讨到种子，壶叔等人惯会种田、烧陶，我等完全能够自食其力，也免于寄人篱下、给别人添太多麻烦。

狐偃：自己种地、烧陶？

重耳：我看子推兄这个主张好！情况如无大的变化，我等要在狄国做长期居留打算；总是要主人一切供给，确实也令人不安。舅父你过那厢，即刻就可将此主意讲给龙卡大将。

狐偃顺从出屋。

赵衰：介子推，我赵衰可是要说你两句。你自己自然不是来投奔狄国的，你可以不看主人脸色、我行我素；咱们公子说到底，是求到了人家门下。再说，那个乌楞大相是颇为失礼，你当众给人家剃去胡须，难道就那么合于礼仪不成？士可杀而不可辱，这句话我看对谁都合用。给人剃胡须还要剃头，亏你做得出来，闹得公子还得给人家连连解释。对此，你就没有一丝反省之意吗？

介子推作难半晌；向重耳执礼。

介子推：公子，介子推今天确实是冒失了！隔日见了乌楞，我会郑重道歉！

重耳：我已经安排狐毛大舅，要给对方好生解释道歉。做事之先，能三思而行；完事之后，能反躬自问；恐怕对谁都是一辈子的功课。

介子推：公子的器度器量，值得介子推效仿！

重耳：子推兄独往独来惯了，不耐种种场面应酬。我等在狄国安顿下来，需要随时了解晋国以及中原各国动向；不知能否辛苦一些，四下往来走动、打探消息，免得重耳在此闭目塞听。

介子推：这个正合我意，何言辛苦？

8. 室外 虢国 都城 大街 日

晋军攻克虢国都城。

大街上，尚有兵士尸体，空中有硝烟。

晋军举行入城仪式。

骑兵开道，高旗巨幡。

献公当先乘车，威风八面。

荀息、里克、吕甥，随后乘车，率领兵卒方阵。

大街两厢，有甲士分行站立，强令虢国国人跪地"欢迎"。

献公车乘经过，甲士手中戈戟戳地，发出整齐声响。

兵卒齐声呐喊。

众：万岁，万岁，万岁！

9. 室外 虢国 宫廷 台陛 日

虢国宫廷外，台陛上。

献公趾高气扬、顾盼自雄。

身后，甲士们从宫内抬出各种礼器、箱笼。

台陛下，虢国降臣、太监、嫔妃等分队跪下。

荀息、里克、吕甥汇报情况，听候献公指示。

荀息：大王，虢国都城以及其他所有城池，都被我军攻克！

献公：好！虢国从此消失，所有国土归入我晋国版图。荀息大夫，你先安排人手暂时驻守治理；大军归国论功后，再行分配各家大夫！

荀息：微臣遵命！

里克：大王，虢国国君与部分大夫，逃往周天子那里去了。我军追赶不及。

献公：这也罢了。周天子又能怎么样呢？里克大夫，你来选一下虢国礼器，上好的，寡人留下；次一等的，派人给咱们的天子献上。

里克：微臣遵命！

献公：吕甥大夫，你来拟表上奏，虢国土地出产，寡人将按照原来数额，供奉周天子。言辞讲究一点，让天子满意、让诸侯各国挑不出什么毛病来。

吕甥：微臣遵命！

献公：至于虞国嘛，按寡人的原先部署处置。荀息以致谢为名，赚开城门，率军进入国都，消灭其卫戍部队，占领王宫；里克、吕甥率领我军，袭击虞国大军军营。迅雷不及掩耳，除灭虞国！

荀息：大王用兵如神，微臣等永远望尘莫及！

吕甥：瞻之在前，忽焉在后，大王真是神龙见首不见尾呀！

10. 室外 虞国 都城 城门 日

虞国都城外。

荀息乘车来到城门下，后车载满礼品。旌旗蔽空，遮掩后面部队。

百里奚大夫，须发苍苍，欢迎荀息入城。

荀息下车。

百里奚：得知晋国除灭虢国，大军返回，荀息大夫要进宫致谢，我家大王派在下特来恭迎！

荀息：不敢，不敢！借道贵国，多有打扰，理当进宫致谢！后面是我家大王给贵国君上的礼品，一定要当面奉上！

百里奚：荀息大夫，请！

荀息：百里奚大夫，请上车一道进城。

百里奚登车，荀息令旗挥动，后面队伍跟进。

车到城门，车上将校控制了百里奚。

百里奚：荀息大夫，你们这是何意？

荀息：虞侯贪鄙颟顸，虞国亡国是早晚的事；贵国与其亡于他国，不如亡于咱们晋国。

百里奚：呜呼！早知有这一天，不意这一天来的这样突然！

荀息：大夫不必叹惋啦！大夫贤名在外，只是明珠暗投罢了。

身后，晋军已经控制了城门；两厢有将校带领甲士，扑向王宫。

11. 室内 虞国王宫 大殿 日

虞国王宫大殿。

甲士环立，荀息等全身甲胄，献公顶盔贯甲端坐榻上。

百里奚等虞国旧臣匍匐在地。

荀息：恭贺大王，兵不血刃、除灭虞国！

吕甥：启禀大王，微臣已经草拟表章，上奏周天子。我晋军乃仁义之师，虞国之朝臣国人，盼望大王如大旱之望云霓！

献公：好！表章嘛，是要写得冠冕一点。当然，给周天子的礼品也不能太菲薄了。晋国、虢国，中间夹着一个虞国；虢国归入晋国版图，虞国夹在当中，不是找罪受吗？一并归了晋国，让寡人统一治理，对谁都好嘛！

荀息：大王，百里奚大夫素有贤名，恳请大王勿毁虞侯宗庙礼器；一者，显大王之仁义；二者，安虞国臣民之心。微臣斗胆建言，虞国土地已经归入晋国版图，此地生民百姓应与一视同仁、赋税徭役一如晋人。

献公：这个建言好！寡人的臣民，从此都是晋国国人；至于百里奚所说的嘛，宗庙可以不毁；礼器少不得要动动地方。咱们要给周天子送礼、免得他挑刺，终不能动用咱的家底儿吧？——吕甥大夫，不毁虞国宗庙礼器这一条，你给我写上了！

吕甥：微臣遵旨！

荀息：大王，虞国大夫除宫之奇之外，尽数听候君上发落。

献公：宫之奇，就是说什么"唇亡齿寒"的那位吧？道理说得不错，虞侯他不听，也是枉然哪！刚刚你说的百里奚嘛，我看就举荐到秦国那里去。秦君是寡人女婿，他手下有什么人才？百里奚等，就算作给寡人女儿增补的嫁妆，赠送秦君！就这么办吧。

荀息：微臣遵旨！

12. 室外 虞国都城外 日

虞国都城外。

晋军大部队开拔回国。

旌旗蔽空，兵车隆隆；方阵推进，整齐划一。

献公立于兵车上，踌躇满志。

荀息等人，将当初赠给虞侯的良马、璧玉都收缴回来。

荀息：大王，请看，这是咱们给虞侯的璧玉，一块不少，统统载于后车；这是咱们屈地的良马，也是一匹不少。这些马，几年来虞侯只是替咱们饲养着罢了！

献公：哈哈，马仍是寡人之马，只是马齿徒长尔！

荀息：大王，你的须发也斑白了，岁月最无情啊！

夕阳无限好，散发着最后灼目的光辉。

13. 室外 狄国 校场 日

校场上，赵衰帮助龙卡训练军队。

一队步兵，手持砍刀、盾牌，贴地前进，砍断木桩。

一队步兵，手持长枪大戟，劈勾突刺，对付兵车。

一队弓手,列队射击靶子。

赵衰:狄国骑兵,擅长野战突袭,但兵种过于单一。两军对垒,最后解决战斗的,往往是训练有素的步兵。

龙卡笑逐颜开。

14. 室外 野地 日

距离一片瓦房不远处,壶叔与同伴正在辅导当地人烧陶制瓦。

旁边是开垦出来的耕地,庄禾茂密。

15. 室内 大厅 日

狐毛在大厅内教狄国官员礼仪。

官员们峨冠博带,行止有度。

狐毛在队列前执礼,大家学得有模有样。

16. 室内 教室 日

教室里,狐偃在教狄国青年认字、刻简。

学生们传阅竹木简。

狐偃在一块白苍木板上,用颜料写字。

大篆:天地人、水火风,等等。

狐偃:天,天高悬日月;地,地厚载山河——

学生:天,天高悬日月;地,地厚载山河——

17. 室外 教室外 日

重耳陪着国主凯勒参观教室。

凯勒:重耳公子,你们一行前来狄国投奔,这真是上天赐给我狄族的福分!我的将士们、孩子们和老百姓,能学得多少东西啊!

重耳执礼。

重耳:国主客气。游牧、农耕,各有千秋。拜天地所赐,人类得以繁衍生息;真是天无私覆、地无私载、日月无私照!人类之间,不同国家、部族之间,都能仁义相待、和平相处,该有多好!

凯勒:你等一行,自己盖了房舍,又自己耕田养殖,让我如何过意得去?

重耳：承蒙国主慨然收留，已是大恩大德；我等自食其力，如此最好。

凯勒：中原国君，自称"寡人"，却是何意？

重耳：寡人者，乃国君自称是寡仁薄德之人。

凯勒：哈哈，原来是一个谦虚的词啊！那么，我凯勒也是一个"寡人"啦！

18. 室外 野地 林边 黄昏

林边，野地。

乌楞大相面前，铺开毛毡，从人服侍，吃烧烤、饮奶酒。

手下兵丁人众，散开打猎。

从人：大相，此地靠近咎如地面，天色向晚，请大相下令收队！

乌楞：日头不是还没落吗？

从人：大相，咎如部族最近常来袭扰，大相还是小心些才好。

乌楞：小小一个咎如部落，莫非还敢对我下手不成？哼！要按我的主张，早已把这帮不开化的蛮夷赶尽杀绝！重耳一行到来，劝导国主不可嗜杀，同族同宗，尽可仁义相待云云。咱们狄国，快成了重耳的狄国啦！

19. 室外 林中 黄昏

林中，狄国小校追赶野物。

看到两只鹿，见猎心喜。

那两只鹿却蓦地站起，却是两个咎如族人装扮。

口含吹管，有毒针射来，小校中毒倒地，被拖走。

20. 室外 林边 黄昏

林边，从人收拾东西，备马。

乌楞惬意仰躺，不妨身后林中有咎如人吹来毒针，乌楞闷哼一声。

林中伸出几只挠钩，生生将乌楞活捉了去。

乌楞被揪上马背，横担在前，两骑咎如勇士打马狂奔。

从人：不好啦！大相被咎如人抓走啦！救人哪！

猎手从人奔回，匆匆上马，挥鞭追赶。

21. 室外 荒野 坡上 黄昏

介子推身背行囊，骑马赶回狄国。

驻马高坡，正赶上乌楞被抓、前追后赶的场面。

介子推策马下坡，斜刺里冲去。

追到近前，两名咎如族人挥刀砍来。

介子推不愿伤人，剑不出鞘，格飞了对手弯刀。

介子推劈手夺下乌楞，横担马鞍；两人不舍，依然挥动着马鞭搏战。

其中一人，口含吹管，毒针飞出。

斜阳里，毒针闪闪。

介子推出手如电，剑鞘横扫，打落毒针。

回剑圈转，点中两人手腕，两人马鞭落地。

两人惊愕失措中，狄国猎手追上来，两人策马离去。

介子推下马，轻轻扶下乌楞。

乌楞大相昏迷不醒。

小校从人赶到，下马向介子推连连施礼。

小校：幸亏介子推大侠出手相救，夺回大相。

介子推：大相这是中了毒，你等快快抬回去救治！

介子推上马而去。

几名从人，抬了乌楞。

小校：小的们，把猎物抬到重耳公子那里去！

22. 室外 校场 日

校场上。

狄族兵士整装待发。

几名咎如俘虏被捆在拴马桩子上，目光惊恐、愤怒；

刽子手在一面静候命令。

狄族兵士呐喊。

众：杀绝咎如人，替大相报仇！

将校：龙卡大将去找国主，只要国主下令，咱们就杀掉这几个家伙祭旗！

23. 室内 宫廷 日

重耳、赵衰，前来拜访凯勒。

龙卡正在请战。

重耳：敢问国主，乌楞大相的伤势怎么样了？

凯勒：大相中了咎如人的毒针，这种毒药只有他们能解，大相怕是熬不过去了！

赵衰：所以，龙卡大将就要发兵攻打咎如族，要将对方赶尽杀绝？

龙卡：这一段，咎如人连连挑衅骚扰，这又伤了乌楞大相；你说我们能怎么办？不给他们一点厉害瞧瞧，他们会更加猖獗，我们狄国百姓也不答应啊！

凯勒：非是狄国人好杀，多少年来，咎如人和狄国总是摩擦不断。我们实在没有什么好办法。

赵衰：据我们旁观了解，事情也不能全怪咎如。他们全族，以狩猎为主，有时追赶猎物，难免过境；狄国人抓住他们的人，就要对方拿几十张兽皮来换。

龙卡：咱们狄国人游牧，畜群过界，他们也是要抓人抢牲畜！抓了我们的人，我们照样也得拿成几十匹牛羊去换啊！比如乌楞大相，要是被他们抓去，那得要数千匹牛羊！敢对大相下手，简直是反了天了！

赵衰：这回咎如人对大相下手，恐怕也是事出有因吧？你在校场那儿准备祭旗的俘虏里，不是有他们的一个千户吗？听说，你要他们用三千张兽皮来换。龙卡大将，咎如人袭击大相，也是给逼出来的吧？

龙卡：赵衰，你怎么能这样说？他们的千户是自己过境，闯到狄国来的；乌楞大相并没有过境，他们凭什么袭击乌楞大相？

凯勒：公子你听听，许多事扯不清；结果就是摩擦不断，兴兵动武。

重耳：贵国的政事，按说我等不该插嘴。狄国与咎如，同族同宗，有些摩擦尽可和平解决。狄国处于强势，若能以仁义相待，咎如人岂能执意为敌不成？

凯勒：咎如人十分勇悍好战，怎么说呢，叫作好生不开化。仁义相待，怕是没有什么效用。

赵衰：贵国兴兵去攻伐咎如，不过是以强凌弱；结果是仇怨愈结愈深。再说，大相中毒不治，你们就不准备救他了吗？

龙卡：要救大相，非咎如人自己的解药不可。不打，他们哪里会乖乖献出解药？

赵衰：你们把咎如人的千户和其他俘虏主动送回，我相信他们一定会给你们解药。事情如此简单，何必一定要兴兵动武？

龙卡：俘虏在我们手上，他们为什么不来向我狄国低头？我们送还俘虏，岂不是向小小的咎如部落示弱？

重耳：国主，如果你们信得过，此事重耳愿为狄国出面调停。争取为狄国与咎如族消除误会，从此结为盟好；顺便带回解药，抢救大相脱险。

国主：这个，怎好让公子深入险地？咎如人万一加害公子，如何了得？

重耳：看狄国人，可知咎如人；察己，足以知人。国主不必担心，我以仁义对人，咎如人绝不会加害于我！

24．室内 乌楞住所 内室 日

榻上，乌楞大相面色乌青，气息微弱。

国主满面焦虑。

狐毛坐卧不宁。

龙卡连连埋怨。

龙卡：早知如此，就不该让重耳去搞什么调停！几个俘虏也给白白放走。闹不好，重耳公子再出了事——

这时，狐偃冲进来。

狐偃：国主，我家公子和赵衰回来了！

赵衰领着一名咎如勇士进屋，这勇士正是那日发射毒针的人。

那人冷眼看看国主和大将，来到榻前。

将一些药末敷在创口，另将药末吹入乌楞鼻孔。

一刻，乌楞鼻孔淌出乌血，人也有了气息。

勇士：你们的人没事了，烤好一只獐子的时间，他就醒过来了！

龙卡：赵衰，重耳公子呢？

赵衰：国主，龙卡大将，事情已经大致谈妥。咎如族的族人对我们送还他们的千户和几名俘获十分感激；愿意与狄国交好。族长派出使者，前来拜见国主，商谈具体条约。使者正在王宫外等候国主！

凯勒看看乌楞。

凯勒：龙卡，先安排使者住下，好生招待。等乌楞大相真的完全脱险了，我再接见他！

25. 室外 屈城 城郊 日

［字幕：献公二十三年（公元前 654 年）。假途灭虢之后，晋军回师，派贾华率兵突袭屈城。夷吾出亡梁国。］

屈城，城郊。

里克、贾华等乘坐兵车，率领大军行进。

里克：贾华大夫，我军长途奔袭，是否稍事休息。埋锅造饭，饱飨士卒之后，再下令大举攻城？

贾华：里克大夫，岂不闻兵贵神速？我军攻伐虢国、虞国，屈城这儿想不到会兵临城下，定是疏于防范。——传令官，传我将令下去，攻进屈城，放手焚掠杀人；多斩首级者，重赏！诛杀夷吾、冀芮逆贼者，赏千金！

里克：贾华大夫，这放手焚掠杀人，有所不妥吧？

贾华：亏你还是朝中老臣。君上嗜杀，又恨极了重耳、夷吾。不多多斩些首级，君上能高兴吗？

贾华挥动令旗，催动大军。

26. 室外 荒野 草滩 日

车辆来到一处草滩。

仆役铺开毡子，准备饮水，冀芮服侍夷吾过来席地。

从人、兵丁，渐渐汇集。

夷吾：想不到大军来的这么猝不及防；想不到贾华、里克下手这般狠毒！

冀芮：屈城边鄙，即便所有百姓都征为兵丁，能有多少人？屈城被破，是迟早的事。好在主公平安逃出，已是万幸！

夷吾：重耳出亡，到底也算有点先见之明。孤家结果也是不得不出亡。冀芮大夫，你看我们逃往哪里为好？或者也去狄国？狄国是重耳的外公老家，也是我的外公老家嘛！

冀芮：主公，微臣以为不妥。重耳给人外示忍让，其实胸怀远大；他先占住地步，哪里还有主公你的位置？再者，你和他到了一堆儿，大王更加不放心，定会发兵前去，将两位公子一鼓聚歼。到时再次逃亡，倒不如现在就选一个合适去处。

夷吾指指前面。

夷吾：过了黄河，西面就是秦国。要不，我去投奔妹子伯姬？

冀芮：主公思路不错，只是尚有欠缺。秦君是大王的女婿，恐怕也不好公然收容主公、开罪晋国。

夷吾：那该怎么办？

冀芮：黄河西面，晋国、秦国之间还有个梁国。梁国靠近强秦，凡事听命秦国；主公莫如去投奔梁国，梁国慑于强秦威势，断不敢慢待了主公。再请伯姬说动秦君、暗中关照，如此最为稳妥。

夷吾：冀芮大夫考虑周全，孤家那就投奔梁国好啦！

冀芮：主公，请允许微臣先行出动，替主公前去关说。给梁君、秦君，少不得还要带些礼品。

夷吾：看看后车，咱们能有多大的家当呢？

冀芮：主公，求人收容、寄人篱下，大可不必吝啬这点东西。我们等待机会，日后杀回晋国，得到的将是整个国家呀！

夷吾：哈哈，孤家也只是说说罢了，一切就依大夫说的办吧。

冀芮：主公，微臣斗胆建言。到了梁国，咱们是流亡客居，请主公暂时不要以"孤家"自称。

夷吾：孤家这一向竟是说惯了"孤家"，孤家不可自称"孤家"，好不惨然哪！

27．室内 秦国 王宫 内廷 日

秦宫内厅，秦穆公召见百里奚。

秦穆公与重耳年龄相仿，是一代英主。

百里奚年届七旬，大礼叩拜。

秦穆公：大夫年迈，在内厅请不必拘礼。

百里奚：多谢大王！微臣建言大王依礼治国，微臣衰迈，礼不可因此而废。

秦穆公：你已是寡人倚重的大夫，诸多建言皆是定国安邦的大计。听说你上朝不乘车驾、不张伞盖，步行往来街市，不用随从护卫，可有此事？

百里奚：微臣本是布衣，出身寒微。哈哈，身价不过五张羊皮。承蒙大王拔擢重用，愿为秦国强盛效命，不欲有富贵奢靡之想。

秦穆公连连点首。

秦穆公：大夫乃上天赐予寡人的治国之才啊！

百里奚：大王雄图大略，百里奚得遇明君，实乃三生有幸！

秦穆公：晋公子夷吾出亡，投奔梁国，大夫你怎么看？

百里奚：夷吾投奔梁国，明眼人不难看出，其本意正欲得到我秦国的保护罢了。

秦穆公：秦晋两国，乃姻亲之国，如果晋侯为此有所不快呢？

百里奚：大王要强盛秦国，有志东进，与晋国交好该是我国之国策。然两国交好，应当依从大义，不应依从晋侯一人之好恶。晋侯暴戾不仁，逼死申生，逼得重耳、夷吾流亡，大王正不必看其脸色，方是大国之君风范。

秦穆公：晋侯刚刚灭了虢国、虞国，气焰正盛，不会借口梁国收留夷吾，发兵打过河西来吧？

百里奚：大王所虑，按说梁侯也考虑过了。梁国凭什么敢于收留夷吾？因为梁国背后站着我们秦国。秦国不是虞国，大王不是虞侯，会放任晋国攻灭我们的近邻。大王宜于大张旗鼓褒扬梁国义举，令晋侯有所收敛、不敢肆意妄为。

秦穆公：寡人两个大舅兄，夷吾流亡梁国、重耳流亡狄国，晋国的事啊，往后恐怕复杂啦！

百里奚：晋国或有大的变动，当在晋侯百年之后；大王秉行仁义，静观其变可也！

第十二章 盛年生子善者得善报 老来无德暴君终暴亡

1. 统一片头

2. **室内 晋国 王宫内厅 日**

王宫内厅,骊姬陪着献公到来。

献公刚刚落座,骊姬打个手势。

少姬为首,率领宫娥人众,优施为首,率领宦官人众,齐齐跪下。

少姬:妃子等恭贺大王千秋万岁!大王功高千古、威震华夏!

优施:小人等恭贺大王千秋万岁!大王功高千古、威震华夏!

众:恭贺大王千秋万岁!大王功高千古、威震华夏!

献公:王后,这是何意呀?

骊姬:大王亲自带兵出征,一举攻灭虢国、虞国,这是多大的功劳呀!得胜归来,给这个记功、给那个封赏,可是,谁来给咱家大王记功、有谁封赏大王呢?所以,后妃动了这么点小心眼儿,给大王贺功、讨大王高兴!

献公:哈哈,好好!王后这般体谅寡人,寡人果然高兴得很!你们都起来吧,统统有赏!

众:谢大王!

众人退下,少姬、优施斟酒上来。

优施：大王用兵如神，真是古今一人。攻灭虢国，雷霆万钧；回头收拾虞国，轻描淡写；最是突袭屈城，简直妙到毫颠！

少姬：美中不足嘛，就是让逆子夷吾给跑掉了！听说跑到了梁国，那不等于就是秦国吗？秦君他这是干什么？大王另外给伯姬添加了那么多嫁妆，他这个当女婿的，真不给老丈人面子啊！

优施：不过，秦君也不会放纵夷吾怎么样；夷吾在河西那面，也可以说是让秦国替咱们管住啦！

少姬：那重耳呢？逃到了狄国，那可就是狐突的老家！说不定哪，咱们给大王庆功敬酒的这会儿，戎狄大军正在谋划偷袭咱们呢！

骊姬：你们两个呀！大王鞍马劳顿，刚刚坐下喘口气，拿这些劳什子搅扰他！

少姬：姐姐你倒是会做戏。私底下，你比我还心焦。奚齐长成人了吗？重耳、夷吾打回来，他能抵挡得了吗？大王打下的花花世界、锦绣江山，真个就那么保险啦？哼，版图扩大啦、人口增加啦，指不定给谁做了好事呢！

骊姬：重耳、夷吾的事，大王岂能不上心。你们让大王缓口气，从容办理嘛！

优施：其实呢，大王也就是动动嘴的事，咱们不好随便打到梁国，让秦君脸面上不好看；还不敢对付什么狄国了吗？攻打屈城，大王也没有亲自带兵去嘛！

骊姬：大王，贾华大夫办事也还利索。要不，派他带兵出征一回？

献公：你们几个呀，弯弯绕、连环套，算把寡人套住啦。不除重耳、夷吾，毕竟对奚齐极为不利；你们所说的，正是寡人日夜思虑的。优施，传荀息大夫进宫议事！

3. 室外 狐突院落 日

狐突院落里，邳郑前来拜访。

仆从服侍狐突在檐下晒太阳，老态龙钟、眼神浑浊。

狐突要挣扎起来还礼，被邳郑劝住了。

邳郑：你老安生坐着，和邳郑不必客气！

狐突：失礼，失礼呀！

邳郑：在下来看看你老人家。听说了吗？君上或许要派兵攻伐狄国啦。

狐突：虢国？虢国不是灭亡了吗？虢国和晋国还是同姓同宗哪！

邳郑：是说狄国，恐怕对重耳公子不利呀！

狐突：朝议？唉！老夫早已成了庶人，不管人家的事啦！

邱郑摇摇头；向仆从示意，看如何让老人明白。

邱郑：在下告辞！

狐突：请慢走！

邱郑离去，狐突眼神凝聚了，招呼仆从近前。

狐突：君上发兵，定是对重耳不利。你即刻安排一名干仆，火速去咱们老家报信！

4. 室内 狄国 王宫内厅 日

王宫内厅，国主与大将、大相，会见狐毛、狐偃。

凯勒：我国与咎如族人，经重耳公子和赵衰将军出面调停，签订了友好盟约，多少年来的冲突、摩擦、仇恨、猜忌，统统消于无形。咎如族人为表达感激之情，献上族中美女季隗、叔隗，这件事还请二位从中周旋玉成。

狐毛：这个，突如其来的——

龙卡：这是好事嘛！按照咱们狄族人的习俗，这是尊仰贵人的最高礼仪了。要是不接受，对主人可是太伤害啦！

乌楞：你们救了我乌楞的命，我本来就要这么做，想不到让咎如族人占了先。你们二位，还有介子推大侠，属于我的牧民有几千户，没出嫁的姑娘任你们挑！来到狄国，你们不能总是单身。你们中原人，看不上我们戎狄女子吗？

狐偃：哪里，哎呀，这个——

凯勒：咱们先把重耳公子和赵衰将军的喜事办了。二位是公子的舅父，也就是主婚人啦！我呢，给两对新人证婚！

乌楞：乌楞不才，大媒是一定要当的！本次婚礼花费，全包在我的身上！

龙卡：难道就没我龙卡什么事了吗？我去迎亲！两位新郎的聘礼，牲畜两千头，我负责啦！

狐毛：这个，成婚大礼是按什么礼节呢？

凯勒：这个，随便不得。龙卡迎亲，征求一下咎如族人的意见。假如要背新娘进毡房，少不得要重耳公子屈就一些了！

5. 室外 定居地 草滩 日

重耳一行定居地，举行盛大婚礼。

草滩上，觱栗悠扬，手鼓咚咚。

白毡铺地，宾客云集。

有孩子在草地角力，烧烤剌啦作响。

靠近居所，搭起两座毡房；有彩带飘扬。

毡房前，婚庆人员齐集。

国主、大相，狐毛、狐偃、介子推就座。

介子推向乌楞执礼。

介子推：乌楞大相，当初斩去大相胡须，介子推十分失礼。后来去往中原，一直不曾给大相赔罪。今日当面道歉，请大相原谅介某！

乌楞：介大侠救了乌楞，还说什么胡须的事！

介子推：这是两码事。大相遇险，介某正好赶上，自然要出手相救。好在大相的胡须依然茂密起来！

乌楞：乌楞不能只长胡须不长心。重耳公子你们这帮人，仁义、侠义、忲义呀！

听得胡笳响起，有勇士乘马奔来报信。

骑手：迎亲队伍回来啦！

人们都站起身。

草滩上，狄族男女欢快歌舞。

6. 室外 毡房 婚礼现场 日

歌舞男女围拢来，音乐渐渐止息。

婚礼开始。

重耳、赵衰，十字披红。

季隗、叔隗，民族装束。

狐偃峨冠博带，出任司仪赞礼。

狐偃：晋国公子重耳、将军赵衰，与咎如女子季隗、叔隗，大婚之喜。主婚——晋国大夫、公子大舅狐毛！

狐毛起立致意，人众鼓掌。

狐偃：证婚——狄国国主！

国主起立，众人欢呼。

狐偃：冰人——乌楞大相；迎亲——龙卡大将！

两人致意，众人鼓掌。

狐偃：仁者人也！晋国人、狄国人、咎如人，同处天地之间，兄弟一家！

众人欢呼呐喊。

狐偃：仁者二人也！男女也、夫妇也，父族、母族、妻族，盖由二人而成三族也！

——太极初分两仪开。

周公之礼定三才！

阴阳交合乾坤义。

且叫新人拜堂来！

丫头侍从，摆布了两队新人。

狐偃：一拜天地山川！二拜列祖列宗、父母高堂！三拜夫妻对拜！

两队新人行礼如仪。

狐偃：新婚大典宴会开始，新人送入洞房！

龙卡跳起来。

龙卡：狐偃大夫，这个要按照我们的习俗来！让新郎将新娘背入毡房——狄国人、咎如族人，大家要不要啊？

众：要！背上新娘进毡房！

重耳、赵衰踌躇着，尴尬一笑，伏低身姿，背起新娘。

众人欢呼呐喊，达于高潮。

那边介子推一人悄悄退席。

凝视远处，似有一个黑点移动而来。

介子推牵马离开一段，上马驰骋而去。

7. 室外 草原 日

介子推打马奔来。

狐突的家丁风尘仆仆赶到。

家丁：狐突主公让我前来报信，大王要派兵攻伐狄国。

8. 室内 狄国宫廷 日

宫廷里，凯勒主持联席会议。

重耳：恰如乌楞大相当初预料，重耳落难投奔，给狄国惹来了战祸。重耳十二分的不安！

凯勒：当初我说过，狄国既然答应收留公子，甘愿为此付出代价！

龙卡：晋国并不是发来举国大兵，龙卡就带领我们的勇士和他们打一仗！

乌楞：龙卡大将，我们要是打败了呢？

龙卡：打败，也要打！晋国不宣而战，莫非我们要举手投降、交出重耳公子不成？

乌楞：狄国既然收留了重耳公子，公子一行的品行为人，狄国上下非常敬服。包括乌楞在内，愿意为公子一战！乌楞只是说，战争对于国家，绝不是小事情，要慎之又慎！

赵衰：乌楞大相说得在理。自古兵者为凶器，闹不好就是亡国灭种的严重后果。公子与我等合计良久，大家都不希望战火烧到狄国内地来。最好是御敌于边境地区，迫使晋军退兵。

龙卡：迫使晋军退兵，我们有这个能力吗？

重耳：赵衰广有韬略、善能用兵。他的想法是，我们既已知晓晋军来犯的消息，尽可在边境山林地带设伏，阻挡其兵车行进的速度；另外，派出奇兵一支，袭击晋国北部粮仓啮桑。断其粮道、攻其必救，晋军没有粮草，不退何待？

狐偃：国主，如果定下此仗要打，能否允准赵衰将军与龙卡大将联合指挥？我等一行，包括公子在内，都要参战，保证服从指挥！

龙卡：这个有何不可？正要经历实战，向赵衰将军好生讨教！至于公子是否参战嘛——

季隗、叔隗闯进来。

季隗：不仅公子要参战，我们咎如族勇士也要参战！这个不曾见面的公公，非要杀我丈夫，真是岂有此理！

众人惊愕，继而大笑。

重耳一时尴尬。

9. 室外 边境 山地 战场 日

山地，晋军兵车行进艰难。

突然，领头的兵车落入陷阱。

兵士惊呼，烟尘翻卷。

林中，鼓声梆子乱敲，狄族伏兵乱箭射来。

晋军依托兵车，用盾牌挡箭。

龙卡率领咎如骑兵勇士，呐喊而出，弯刀闪光，砍杀一通，呼啸而去。

晋军后部，阵势不乱。

将校：贾华大夫，道路破坏严重，我军连连受阻，这该如何是好？

贾华：狄国有所预防，这个仗不好打啦。传令下去，就地扎营，火速整修道路！

10. 室外 城镇 郊外 林边 黄昏

赵衰率领骑兵劲旅，高举狄国旗号，奔袭啮桑。

来到林边，城镇遥遥在望。

赵衰：勇士们，前面就是啮桑，晋军在此囤积大批粮草。大家准备火种，天擦黑的时候，冲上去放火！

11. 室外 隘口 日

进入狄国腹地的隘口，这里戒备森严。

重耳、狐毛、狐偃、乌楞大相等，全身披挂，守在隘口。

介子推打马奔回。

介子推：公子，龙卡大将沿途设伏，晋军前行受阻；赵衰袭击啮桑成功，晋军粮道被断，晋军已经退兵！

隘口上，一片欢腾。

12. 室外 晋国 后宫 回廊 亭子 日

[字幕：献公二十五年（公元前652年），少姬为年过六旬的晋献公生下小王子卓子。]

后宫，骊姬、优施陪献公坐在回廊亭子里。

司礼太监服侍，饮酒小酌。

献公：王后呀，次妃即将临盆，你说她会给寡人生个什么？

骊姬：要叫我说呀，多半会是个儿子！

优施：我说一定是儿子！大王英雄了得、老当益壮；王后能给大王生个王子，次妃保准也给大王生个小王子！

献公：哈哈，这个话寡人爱听！寡人一视同仁，王后、次妃都给寡人长面子！

宫女从回廊奔来。

宫女：大喜呀！禀报大王、王后，次妃娘娘生啦，是个小王子！

优施那里竟然跳起来，疯魔一般。

优施：生啦？是儿子？

接着，伏地磕头如同捣蒜。

优施：苍天保佑、大地有灵、祖宗有德！生的是儿子，是个儿子呀！

观者难免诧异。

骊姬起身上前，踹了一脚。

骊姬：优施，你疯了吗？

看着骊姬凶狠的目光，优施这才醒来，扭头给献公叩拜。

优施：小人为大王高兴、为王后娘娘高兴、为太子高兴！太子有了兄弟，"打虎亲兄弟、上阵父子兵"，就再也不用害怕重耳和夷吾啦！

献公瞠视优施；骊姬打盆。

骊姬：大王，重耳、夷吾看看多可怕？让人恐惧到这般模样！

献公：重耳、夷吾，哼！——司礼太监！

司礼：奴才在！

献公：次妃生下小王子，传首辅荀息与掌卜大夫进宫，择吉祭祖告庙！

13. 室外 狄国 定居地 院内 日

院子里，重耳与赵衰散步兜圈子，攥拳、搓手都莫名紧张。

房门那儿，有丫头仆妇端了盛着热水的器皿进屋，门立即关严。

赵衰：和公子同一天完婚，这姐妹俩竟然要同一天生产；这这，赵衰是不是有些僭越失礼呀？

重耳：满口胡说！女人生孩子，有什么失礼不失礼？

赵衰：要是生个儿子就好啦！长大了，带兵打仗！

重耳：我和夷吾都是有过儿子的，都让，唉！流亡之中，这孩子无论男女，日后的命运都难说啊！

赵衰：公子，千万莫要灰心，流亡的日子总有结束的一天！

客厅两侧厢房，几乎同时传出婴儿的哭声。

两名丫头仆妇奔出。

丫头：恭喜公子，季隗夫人生了，是个儿子！

仆妇：恭喜将军，叔隗夫人也生了，也是个儿子！

赵衰几乎雀跃，奔向屋门，觉得不妥，又返回来。

赵衰：公子，都是儿子！这个并不失礼，哈哈，这叫唯公子的马首是瞻！

重耳已是喜极而泣。

重耳：赵衰，令人安排香案！

14. 室内 客厅 日

客厅里，高案上摆了鼎炉，供了天地诸神、祖先牌位。

重耳焚香叩拜，狐毛、狐偃陪在身后跪下。

重耳：天地护佑、祖宗有灵，不孝重耳年过四旬、流亡在外，幸而生子，敬告列祖列宗！此子与重耳一样，也是狄人所生；重耳对祖先神灵发誓，重耳身为人父，一定要善待此子、一视同仁，绝不让此子遭受不孝子重耳这般命运！重耳再拜，伏惟尚飨！

15. 室内 梁国 客厅 日

客厅里。

冀芮陪着夷吾祭祀祖先完毕。

夷吾拜罢起身。

夷吾：本公子流亡梁国，中年得子，该是大喜之事。可是卜者竟然说此子日后会当人质，被人关押，为之取名子圉。这岂不是大大的不吉利？

冀芮：主公差矣！主公若是老死梁国，终无所成，谁会要主公的儿子当什么人质呢？这恰恰是大大的吉兆！主公日后，定然能够复国，登上王位！

夷吾：哈哈，如此说来，本公子还有称孤道寡的那一天啊！

冀芮：晋侯年事已高，微臣看他作恶多端，没有多少日子作威作福啦！主公苦尽甘来的时候不远啦！

夷吾：冀芮大夫吉言哪！孤家登基那一天，你便是第一功臣，堪当孤家的首辅！

冀芮：微臣多谢主公！

16. 室内 后宫议事厅 日

[字幕：晋献公二十六年（公元前651年），齐桓公召集诸侯在葵丘盟会。]

献公召见荀息、士蔿。

献公：齐君召集诸侯盟会，寡人不想前去，二位大夫以为如何？

荀息：大王，虽晋国版图扩大，但还不具备与齐国抗衡的态势；不去参加盟会，似有不妥。

士蒍：齐国、晋国，有姻亲之好；齐君召集盟会，首先通告晋国，大王还是出席为好。大王可借机向诸侯国君示好，暗中图谋日后称霸！

献公：如此也好。士蒍大夫，随寡人赴会；荀息大夫，协同太子监国！

士蒍：微臣领命！

荀息：大王，齐国召集诸侯盟会，不以兵车；我国两军不会出动，大王外出，不知兵符交给何人掌管？

献公：太子监国，兵符自然是交给太子。

荀息：请恕微臣斗胆，太子尚未成年，兵符留给太子，便是留给后宫。请大王三思！

献公：自攻伐骊戎，骊姬、少姬入宫已有二十年。太子又是骊姬亲生，寡人看她不会胡来！荀息大夫，你未免多虑了吧？

荀息唯唯。

17. 室内 后宫 内厅 日

后宫内厅。

骊姬、少姬、优施，给太子奚齐穿戴王服、王冠，演习登基当大王。

优施：来，穿上，戴好！太子日后登基，就是晋国的大王哪！

少姬：何必日后？现在太子监国，兵符在手，整个晋国就是咱们说了算！

骊姬：奚齐啊，趁你父王不在，你要建立自己的威权。建立威权，莫过于调动兵马；这几天，你就召开朝会，决定派出一支大军，去攻打梁国！先把梁国给我灭了、把夷吾给我抓住杀了！

奚齐：母后，父王临行，一再警告不得妄动大兵；这派兵出征，他们、像荀息大夫是我师傅，要是不听我的呢？

优施：让他当太傅，那是大王给他面子！他要敢不听话，太子一句话就把他免了！

少姬：咱们的优施大夫，就是最好的首辅人选！

骊姬：你们也不要把朝廷大事看得过于儿戏了。辅佐太子登基，荀息还是离不开的人选；这次，先考验一回他对太子的忠心。至于往后嘛，谁要是不听话，无非就是这两样东西！

骊姬从身边拿起鞭子和刀。

骊姬：一个是鞭子，一个是刀！——我儿去吧，先命令勃鞮去集合大军，等候出征！

奚齐：母后，这个，不知怎么，儿臣有些害怕呀！

骊姬：你怕什么？让优施大夫陪你去，后宫有为娘给你撑腰做主！看看你那样儿，哪有点当大王的样子！

18. 室外 后宫内厅外 台陛 日

台陛上，勃鞮跪着。

优施陪着太子，执鞭申斥。

奚齐：本太子监国，母后说，整个晋国是我说了算，你、你竟敢不听我的命令，该当何罪？

勃鞮：太子，大王赴会之前，曾有安排，不得妄动大兵。末将恳请太子，最好收回成命！

奚齐：你？你果然只听大王一个人的命令！我打你，我打死你！我看你听话不听话！

奚齐抡动鞭子，抽打勃鞮。

勃鞮忍痛，只是不动。

优施夺过鞭子，一脚将勃鞮踹得从台陛滚下，追上毒打。

优施：你口口声声忠于大王、娘娘，你眼里什么时候真正有过娘娘？大王阉了你，你才肯听大王的；娘娘把你当人，你偏偏把自己当畜生！你这个不男不女、非人非类的畜生！大王阉掉你的下头，你以为太子不会砍掉你的上头啊？还不快快给太子叩头认错赔罪！

勃鞮满面鞭痕、衣装绽裂，伏地请罪。

勃鞮：末将错了，请太子恕罪啊！

奚齐：闹半天，你真是个天生的贱骨头！去，传本太子的命令，让大军集合，待命出征！

勃鞮倾头退下。

优施：太子，看见了吧？对这号畜生，就不能把他当人！

勃鞮瞟眼怒视，眼中欲要喷火。

19. 室外 大殿 台陛 日

群臣上朝。

勃鞮满面带伤，大家也不以为意。

勃鞮拦住里克，扯到台陛远处。

勃鞮：里克大夫，借一步说话。

里克满是警惕不信任。

里克：有话便说，不须鬼鬼祟祟！

勃鞮：今日朝会，末将被赶在殿外；殿内换了后宫带刀宦官，请大夫讲话小心！

里克：哼！你倒关心起本大夫来了，给我闪开吧！

里克拨开勃鞮，兀自进殿。

20. 室内 大殿 日

大殿，群臣朝会。

殿内不再是勃鞮的侍卫队伍，换成武装宦官。

太子奚齐带剑上朝，优施在台上仗剑俯瞰，耀武扬威。

优施：太子监国，今日召集朝会，群臣拜见太子！

大家犹豫着，看荀息举动；荀息当先执礼。

荀息：微臣等参见太子！

群臣这才纷纷执礼。

众：参见太子！

奚齐：免礼！今天，这个，本太子决定出兵攻伐梁国，诛杀逆贼夷吾。哪家大夫愿意带兵出征呢？

事起仓促，朝臣都来看荀息。

荀息：太子，大王临行特别嘱托微臣，不得妄动大兵；微臣辅佐太子监国，此事还须从长计议！

奚齐：太傅，这个——

优施：荀息大夫！太子现有兵符在手，攻伐梁国、诛杀逆贼夷吾，大王临行私下交代给娘娘与太子，此事荀息大夫不必干预！

荀息：出兵乃是国家大事，需要公告国人、征收兵赋、筹集粮草，然后才能集合军队，卜吉择日、选定将帅，微臣还请太子三思！

奚齐：太傅，攻伐梁国是母后的决定。学生我、本太子——

邳郑：真是岂有此理！自古以来，后宫不得干政；邳郑敢问太子，出兵攻伐梁国，究竟是大王的主张、还是王后娘娘的主张？

奚齐：这个，我、我不告诉你！

优施：大胆邳郑！胆敢议论后宫、对王后娘娘不敬，分明就是重耳、夷吾逆贼一党！

这时，里克出列；戟指申斥优施。

里克：优施，你给我住嘴！邳郑大夫乃前朝老臣，一贯忠贞，岂容你乱加罪名、随口污蔑？

优施：哈哈，你果然跳出来了！你是重耳的辅臣，早就对册立太子不满！还有吕甥，本来是夷吾一党，佯装顺从，其实心怀叵测！你们几个，莫不是趁大王不在，图谋造反作乱？

荀息：优施大夫，朝堂之上，群臣议事，关于出兵大事，正要众家大夫畅所欲言。请勿给忠直大臣随意添加罪名！

优施：你们，你们，你们统统反了！

里克：众家大夫，优施这样的奸佞小人，祸乱朝纲，我等罢朝了吧！

邳郑等都呐喊起来。

众：罢朝，罢朝！

众大夫纷纷退朝。

优施：来人！给我关闭大门，不要走了乱党逆贼！

正乱成一团，士蒍进殿。

士蒍：荀息首辅、众位大臣，大王途中发病，不能赴会，回到都城！

众人惊愕间，勃鞮搀扶献公进了大殿。

献公：优施，你、你给我住口！奚齐，你、你简直是胡闹！把兵符给、给我交出来！

奚齐看看优施，不知怎么办；优施努嘴耸鼻子的，从奚齐手中接下兵符，笑容可掬捧给献公。

优施：哎哟，想不到大王你回来！——这是兵符，大王你收好了。——哎哟，我的大王呀！离宫几天，怎么病成这样儿？——太子，快来给大王请安哪！

奚齐上前执礼。

奚齐：儿臣给父王请安！

献公定定看着奚齐。

献公：奚齐呀，寡人万一有个好歹，你这个样子，唉！怎么能掌管得了一个国家呀！满堂朝臣，哪一个会服服帖帖听你的呀！

献公手握兵符，回首俯瞰群臣。

荀息以下，众人俯首，莫敢仰视。

21. **室内 后宫 卧室 日**

卧室内。

司礼太监与几名小太监一旁服侍，献公病卧床榻，头上系着抹额。

献公昏睡入梦——

雾气朦胧，阴森森、黑沉沉，诸公子血肉模糊逼近。

诸公子：暴君，还我命来！

献公怒视，鬼影幻化，变成重耳、夷吾的妻小；孩子们脖子上刀痕出血，哀哭质问。

孩子：爷爷，你为什么要杀我们？

献公不忍，衣袖掩面。

一只手扯动衣袖，献公惊恐来看，申生执礼。

申生：父王，儿臣并未投毒，骊姬嫁祸陷害，你真的不知道吗？

献公：我的儿子——

献公想要拉住申生说话，申生表情冷漠、飘然退开，横剑自刎。

杜原款身首异处，一只手托着自己的头颅，头颅怒斥。

杜原款：诛杀无辜、残害忠良，鬼神不佑！

——献公梦魇，痛苦挣扎。

司礼太监摇摇献公。

司礼：大王醒来，大王醒来！

献公满头大汗，惊恐注视。

献公：你、你是寺奔！

司礼：大王，是奴才！

献公定睛，喘息半晌。

献公：传荀息大夫进宫，叫太子与勃鞮扶寡人到议事厅！

22. **室内 后宫议事厅 日**

议事厅，献公扶病，召见荀息。

太子、勃鞮、司礼太监在场。

献公：荀息大夫，寡人的病看来难得好了。

荀息：微臣望大王好生将养、及早康复！

献公：申生死得冤屈，杜原款大夫也可以不死。

荀息：大王！

献公：事已至此，寡人将国事、将太子奚齐托付与你。虞国土地，分你一半；自即日起，寡人任你为当朝太宰！

荀息跪地叩首。

荀息：微臣何德何能，当此殊荣？

献公：荀息，你起来。奚齐，来，拜见太宰！

奚齐：拜见太宰！

奚齐叩拜，荀息还礼。

献公拿出兵符，交给一人一半。

献公：兵符相合，才能调动大兵；奚齐你记住，凡国家大事、用兵征战，你要听从太宰的主张！

奚齐：儿臣记住了。

献公：勃鞮，你是寡人的爱将，后宫安危，托付与你！

勃鞮：大王，有末将在，敢保后宫无虞！

荀息：大王，请恕微臣斗胆，大王病重，群臣恐慌，人人害怕无端被诛。只要后宫不干涉朝政，不假托大王之命滥杀大臣，微臣可保后宫安全，可保太子顺利登基！

献公：荀息大夫，只要众家大夫拥护奚齐顺利登基，寡人不许滥杀大臣！

荀息：大王！微臣当忠心辅佐太子，矢志不渝！

献公：你让寡人如何才能相信？

荀息叩首。

荀息：大王死而复生，微臣不羞于面见大王；微臣相从大王于地下之时，无愧九泉神灵！

献公已是气息奄奄。

献公：王后、次妃都信誓旦旦说过要殉葬寡人，寡人倒要看看她们是真心还是假意！——勃鞮，勿离寡人卧室左右，随时听命！

荀息、奚齐，俱都错愕。

献公已经摆手，让大家退下。

23. 室内 里克府邸 客厅 日

里克府上客厅，召集大夫们议事；除荀息、狐突之外，尽数到场。

里克：诸位大夫，君上病重，危在旦夕；荀息大夫已被任命太宰，掌控兵符，君上分明是在托孤，欲令奚齐登基。此诚我等性命攸关之际，召集各位前来，非为里克一人安危考虑。

邳郑：荀息大夫就任太宰，按理不会秉承乱命、随便诛杀大臣。然君上昏聩，万一妖姬假托君命，荀息也将无可奈何。

吕甥：在下建议，我等各家宜于有所准备，点起家兵，随时应急。大王若有召见，最好不要单独进宫。如果宫中派兵杀人，我等应该相互救应，不要被各个击破！

士蒍：唉！妖姬乱国，搞得大臣人人自危，成何世道！

里克：荀息大夫乃前朝老臣，处事稳重；有请邳郑大夫过府拜访，与之通气。此次大王赴会，优施奸贼竟然在朝堂之上下令杀人；我等不能不防！勃鞮其人，忠于大王，倒不一定会全然听命妖姬；有请吕甥大夫与勃鞮联络，探其口气。若是此人已经归附妖姬，我等性命堪忧啊！

吕甥：我等已被后宫看作重耳、夷吾党徒，事情关键，在大王驾崩之时。勃鞮若是没有靠拢我等之意，我等必须点起家兵，冲入王宫；首先诛杀勃鞮，掌控内宫侍卫队伍。剩下小小优施，不足为虑！

里克：今日议事，所谈皆是灭族的话题。谁要是走漏风声，勿怪里克宝剑无情！士蒍大夫，你说呢？

士蒍：今日议事，诸位大夫未将士蒍看作外人；舍下家兵有限，愿听里克大夫号令！

里克：如此甚好，大家分头行事吧！

24. 室内 后宫 内厅 夜

后宫内厅。

勃鞮带剑，警惕注意献公卧室方向。

司礼太监匆匆而来。

司礼：勃鞮将军，大王病势沉重，正在与王后、次妃谈论殉葬的话题，情况极为凶险！请将军留意，一旦我派人召唤，即刻冲进卧室。

勃鞮：要不要通告太宰？

司礼：恐怕来不及了！

司礼太监又匆匆奔去卧室。

25. 室内 后宫内室 夜

司礼太监回到内室，刚要奔进卧室，被卧室门口一名太监用短刀刺死。

司礼：你？

那人却是骊姬的贴身侍女。

优施现身，示意让人拖走尸体。

优施：我等依计行事，你去把勃鞮打发走。老东西就任咱们摆布了！

26. 室内 卧室 夜

卧室里，一名太监在场。

献公半躺床榻，骊姬、少姬跪在塌旁。

献公：骊姬、少姬，你们姐妹二人愿意殉葬寡人，深慰寡人之心。非是寡人忍心，你二人积怨太多，众家大夫恨之入骨。你们活着，奚齐恐怕就难以顺利登基呀！咳、咳——给、给我拿来蜜水！

太监去取蜜水，优施闯进，掩上房门，一把打掉蜜水；同时，一刀刺死了小太监。

优施：两位娘娘，后宫已尽在我等掌控之中！

骊姬、少姬站起，少姬仰天大笑。

少姬：老不死的，想让我们姐妹给你殉葬，做你的清秋大梦！

献公：你、你们，勃鞮何在？勃鞮——

骊姬：得了，你别喊了，灯枯油尽，你省省吧。

献公：你们把他杀掉了？

优施：那倒还没有。勃鞮，你的那条狗还有用。到给你停灵办丧事的日子，让他杀死里克、杀死邳郑、杀死吕甥等，包括杀死荀息，就说是你的遗命。然后呢，晋国的太宰就是我来当上啦！再以滥杀大臣的罪名处死勃鞮！

献公：你、你们，你们要彻底毁了晋国呀！

骊姬：呵呵，临死咽气，总算你说了一句明白话！自你无端攻伐我骊戎国，骊姬、少姬发下血誓，含垢忍耻，就是要为骊戎报仇、为我的父母、为我的兄长、为我的丈夫报仇！就是要毁掉你的晋国！你好色奸淫、残暴不仁，你真是我们报仇的一个好帮手啊！申生是谁逼死的？是你！重耳、夷吾是谁逼走的？是你！堂堂晋国，就是毁在你的手里！

献公：我、寡人我，都是为了你们、为了奚齐呀！

骊姬：你以为奚齐只是你晋国的后代吗？他是我的儿子，他是我们骊戎国的后代！你千方百计册立奚齐为太子，要让奚齐接位登基，哈哈，晋国是奚齐的，就是我骊姬的！晋国，从此只剩下一个名号，骨子里变成了我们骊戎国啦！

献公：你，你们——

骊姬：你怎么还不气死？难道还需要我们动手不成？

27. 室外 回廊 夜

回廊上，那名贴身假扮太监，送勃鞮离开后宫。

勃鞮：你说大王病体好转，大王不是回光返照吧？

贴身：将军放心好了，大王果然是有些好转；司礼太监说，三五日之内，定然不会有事。

勃鞮：大王没有安排后事吗？

贴身：大王倒是说了一些。两位娘娘和司礼太监都在场，与将军有关的嘛，她们自会告知将军。

勃鞮：何妨透露一二？

贴身：这个——大王说，如果朝臣中竟然有人反对太子登基，那就是与大王作对，分明是重耳、夷吾一党。甚至会发动家兵攻入内宫，犯上弑君。那么，到了那种地步，也只好让勃鞮将军秉承遗命、诛杀乱党了。

勃鞮：噫？怎么会有脂粉之气？

贴身：许是奴才靠近两位娘娘，沾染了脂粉？——请将军谨守职责，严防宫外各种非常变故！

勃鞮：请转告大王和两位娘娘，有勃鞮在，敢保后宫无虞！

勃鞮离去。

28. 室外 后宫暗处 屋顶 夜

后宫暗处，勃鞮发现了尸体。

凑近认出是司礼太监。

勃鞮纵身跃上屋顶，潜行到献公卧室上方，倒挂屋檐窃听。

29. 室内 卧室 夜

卧室里。

献公已经近乎哀求。

献公：求求王后，求求次妃，你们、你们让我见见奚齐吧！

骊姬：哈哈，一国之君、生杀予夺的大王，什么时候求过人啊？你可曾想到今生今世会落到这般地步？奚齐不会见你，我不会让他见你！你还妄想他会替你通风报信吗？他不会，他是我们骊戎族的未来国君，他早就巴不得你快快死掉！

献公：还有卓子，我的小王子卓子；求求你们把他抱来，让寡人最后看他一眼吧！

少姬：我的儿子，凭什么来看你？寡人，你真是一个孤家寡人！临死，没有一个亲人在你的身边，只有你的仇人！

献公：优施，寡人待你不薄，你——

优施：住嘴！你以为我是谁？你残忍暴虐，杀人无数、灭族无数！我的整个家族，是被你灭族的啊！偷生忍耻当你的男宠、被你百般凌辱，我优施就是要等着报仇的这一天！卓子？你以为卓子是你的儿子吗？不！他是我优施的儿子！你的少姬，早就成了我的女人！

献公：不会的，你胡说、你造谣！

优施搂过少姬。

优施：等奚齐登基之后，国号将改为骊戎国！我要把你的王后、次妃，公开霸占！哈哈，到那时，我们恩恩爱爱、情投意合，每天夜里都要做连床大会！——你听见了吗？你赶快活活气死吧！你到阴间，等着你的仇人向你索命吧！

献公当下只有出气、没了进气，眼神恐惧、无助、羞耻、哀伤，向着空中乱抓的双手，突然摔下。

火烛闪烁，灯干油尽。

一代雄主，惨然故去。

30. 室内 里克府邸 客厅 晨

凌晨，勃鞮出现在里克府邸客厅。

里克便装出见。

里克：凌晨时分，你出宫来不会引起后宫怀疑吗？

勃鞮：大王晏驾，荀息大夫已经进宫。末将奉太宰之命，安排城防卫戍任务，因而脱身前来拜见大夫。

里克：即便你所言属实，你因何不禀告荀息大夫知道？

勃鞮：里克大夫，末将固然愚钝，可也知道其中的厉害。荀息大夫已经发誓要辅佐奚齐太子登基，即便相信末将所言不假，也不会对妖姬和优施下手！

里克：大王对你绝对信任，你怎么可以违背大王意志？不帮骊姬、反助我等？

勃鞮：大王许多错事，皆是骊姬蛊惑煽动；临了又是被骊姬活活气死！骊姬处心积虑二十余年，就是为骊戎国报仇的啊！还有优施，竟然与少姬勾搭成奸，生下卓子——

里克：嗯？此事是能随便胡说的吗？

勃鞮：勃鞮恨极优施和妖姬姐妹，发誓一定要替大王报仇雪耻！

里克：你敢对付骊姬、优施，你可清楚？奚齐如果登位，你就是灭族之罪！

勃鞮：勃鞮如果听命妖姬指令，杀害诸位大臣，末了妖姬也会将罪责推在末将一人身上。末将左右是死，愿诛杀妖姬奸佞而死！

里克：为今之计，岂有单单诛灭妖姬、留下奚齐孽子的道理。待奚齐长大成人，我等家家都要灭族的呀！

勃鞮：愿听里克大夫调度！

里克：哈哈，如此一来，你可就算主动加入了"重耳、夷吾"一党。你须得伪装听命骊姬，宫中有何异动，要随时报我知道；我等如何应对剧变，听我统一号令。

勃鞮：大王驾崩，末将唯里克大夫马首是瞻！

里克：勃鞮将军，你所处地位至关重要，若是能为诛灭妖姬孽子立功，你可有什么要求吗？

勃鞮：勃鞮刑余之人，不敢不听大王指令。参与迫害太子申生、杀死太傅杜原款；几次追杀重耳、夷吾两位公子，末将自知罪孽深重。唯望大夫能体谅末将，准予末将将功折罪！

里克：好！里克言必信、行必果，只要诛灭妖姬孽子，便是大功。我可以力保对你既往不咎！

第十四章 骊姬赴死衷肠获倾诉 夷吾登基本性尽昭然

1. 统一片头

2. 室内 荀息府邸 客厅 日

客厅里。

里克、邳郑、吕甥等先后到来，荀息执礼迎候。

主客席地。

荀息：大王驾崩，正要召请几位大夫共商国是。国不可一日无君，奚齐太子的登基大典，还请各位与在下一并操持。

里克：申生太子被诬陷致死，重耳、夷吾两位公子被迫流亡在外，这样重大事体不与解决，匆匆扶持奚齐登基，恐怕不妥！

荀息：此言差矣。奚齐乃是大王亲自册封的太子，登基接位顺理成章，如何能说不妥？

邳郑：太宰，不唯朝臣、包括国人百姓痛恨骊姬，必欲除之而后快。让奚齐登基，大违民意呀！

荀息：大王在日，谁敢说半个"不"字；大王刚刚驾崩，即刻非议王后、违背大王遗愿，恐怕不合适吧？

吕甥：所谓此一时彼一时。伯姬在秦国为后，齐君又是申生外公，齐国、秦国都不会支持奚齐登基。大王驾崩，正是晋国改弦更张的好时机。为晋国前程考虑，谁来继任国君，还望太宰三思！

荀息：荀息身受大王厚恩，肩负托孤之重，大王临死，在下发了毒誓，定要辅佐奚齐登基！此事再无更易的可能，请诸位不必再说！

里克：骊姬、奚齐一向把我等几人目为异己，让奚齐登位、骊姬把持国柄，日后我几人等着被灭族吗？

荀息：诸位大夫多虑了，我等拥戴太子登位，是我等有功于王后、有功于太子；只要荀息执掌朝政，敢保诸位不会有事！

说话间，勃鞮全副武装进来禀事。

勃鞮：启禀太宰，末将已经下令全城戒严、卫戍部队随时待命！

荀息：好！大王下葬前，群臣将要入宫大祭，勃鞮将军安排侍卫队伍，一定要做好后宫护卫、保障诸位大夫朝臣的安全！

勃鞮：末将得令！

3. 室内 后宫内厅 日

后宫内厅，骊姬、少姬、优施给勃鞮安排任务。

赐座勃鞮，面前摆有酒食。

骊姬：勃鞮将军忠于大王，屡次有功于国。稍有疏漏，也在所难免。本后有时对将军切责太过，这厢给将军赔礼了！

勃鞮：哎呀王后，这叫末将如何敢当？

骊姬示意优施、少姬。

骊姬：你们两个当勃鞮将军是自家人，平常讲话口不择言。将军虽然不怪，你们也该赔情道歉！

少姬上前斟酒。

少姬：妃子在大王面前讲话放肆惯了，请将军多多恕罪呀！

勃鞮：末将是让大王骂出来的，次妃娘娘肯骂我、是瞧得起我！

优施：勃鞮将军原来也是这样会说话。除灭重耳、夷吾在朝中的党徒，王后娘娘就指靠将军你了。等大功告成，咱们奚齐太子登基做了大王，我来做太宰，少不得你就是晋国大将军！

勃鞮：优施大夫戏言。优施大夫有经天纬地之才，末将只是王宫里一条忠实的看家狗罢了，哪里敢奢望当什么大将军。

骊姬：勃鞮将军，大王临去之际，最放心不下的是太子奚齐。大王明白，一旦驾崩、太子年幼，重耳、夷吾的党徒必定要犯上作乱。为太子顺利登基，为根绝后患，大王留下遗言，要除掉里克等人。这一点，请将军务必尽力，完成大王的遗愿。

勃鞮：末将忠于大王、忠于娘娘，请娘娘尽管放心！

骊姬：本后当着大王的灵柩发誓，完成大王遗愿、太子登基之日，一定要封你为大将军！

勃鞮：末将多谢娘娘！——到动手的当日，末将自会安排杀手；只是，当场谁来下令呢？

优施：到时，当然是奚齐太子下令。勃鞮将军放心，动手诛杀朝臣大夫，王后敢作敢为，不会将罪责推到你的身上。

勃鞮：敢问娘娘，具体要杀哪些人或者说不杀什么人，请娘娘明示。

骊姬：大王说了，除荀息、士蒍以外，其余的一律当场诛杀！

勃鞮：既是大王遗言，末将这便去做安排！

勃鞮退下。

骊姬：优施，你看勃鞮靠得住吗？

优施：勃鞮有勇无谋，没什么脑子；以我的判断，他倒不像作假。

骊姬：即便如此，我们还得另有准备。事关重大，不得有任何闪失！

4. 室外 后宫 议事厅 日

后宫议事厅外，甲士黑衣白盔，两厢列队。

勃鞮仗剑，面无表情。大夫朝臣，迤逦到来。里克、邳郑在前，吕甥、士蒍居后。

大家一律素服，容色拘谨。

里克路过勃鞮跟前，两人眼神会意。

5. 室外 议事厅侧门 日

侧门这儿，优施领着带刀宦官前后簇拥着奚齐到来。

荀息拦住了优施。

荀息：优施大夫，今日大祭场合你就不必参加了。请在后宫关照两位娘娘！

优施：我是大王亲封的中大夫，娘娘命我陪伴太子——

荀息：给我站住！上次在朝堂之上，随便开口、下令诛杀朝臣，几乎酿成大事，还不记取教训吗？太子朝臣今日大祭，是我主持，须不是娘娘主持！

奚齐一时怯场作难。

奚齐：优施大夫，我、我怎么办呢？

优施：太子，一切按娘娘吩咐的照办就是！

骊姬的贴身女仆，扮作太监，搀了奚齐进去。

6. 室内 后宫议事厅 日

议事厅内，周围有甲士环立。

当中是献公灵柩，设立了香案牌位。

祭品杂陈，鼎炉焚香。

太子奚齐在上首一侧，下首是群臣列队。

荀息主持祭礼。

荀息：大王晏驾，是为国丧；已派人上报大周天子，通报齐国、秦国姻亲大国以及诸侯各国。今日依礼大祭，有请太子当先主祭！

奚齐并不拈香致祭，回身看着朝臣发言。

奚齐：大王驾崩，国不可一日无君；本、本太子理所当然应该及早登基，接受群臣朝拜，然后再说祭祀大王的事情！

荀息：太子！此事微臣自有安排——

里克：简直岂有此理！

奚齐：里克、邳郑还有吕甥，你们几个都是重耳、夷吾一党！娘娘说，大王留下遗言，要首先除掉你们几个！——来人哪！勃鞮何在？快快给我动手！

勃鞮带领甲士冲进议事厅，即刻纷纷控制了众家大夫；刀剑横架颈上。

荀息：大胆勃鞮，你怎么敢这样？

勃鞮：大王留下遗言诛灭乱党，谁敢不听？

荀息：大王遗言，有何为证？谁能断定不是王后假托王命、诛灭异己？

勃鞮：大王晏驾，末将唯王后太子之命是听！

荀息：太子，奚齐！随意诛杀大臣，晋国定会将不国呀！

奚齐：太傅、太宰，这个你就不必操心了。晋国是谁打下的？是我家父王血战疆场打下的。大王把晋国留给本太子，晋国就是我的！

荀息：太子，你要诛杀大臣，师傅我宁可自杀！看有谁来辅佐你治国安邦？

奚齐：母后说了，晋国太子只有我一个，能当太宰的人多的是！师傅想自杀，请便！

里克：荀息太宰，事到如今，你还有何说？你让我等拥立奚齐，说是能保全我等性命；满朝大夫，今日要被妖姬孽子诛杀，荀息你如何交代大家？

荀息：我、我，——奚齐，你不能随便诛杀大臣哪！我、我和你拼了！

荀息欲要扑向奚齐，被化妆成太监的贴身拿住，腰刀横在脖颈。

贴身：太宰，给我老实些！娘娘没有命令杀你，你知足吧！

奚齐：勃鞮听令，给我将重耳、夷吾的党徒，就地处决！

吕甥等无不惊恐，荀息束手无策。

这时，里克睁开羁押，朗声下令。

里克：勃鞮将军听令，将妖姬孽子奚齐给我拿下！

勃鞮：后宫侍卫听令，放开诸位大夫！

说话间，宝剑出鞘，剑尖指定奚齐。

奚齐即刻慌乱。

奚齐：勃鞮，你要干什么？——来人哪，救命哪！

那名贴身，困兽犹斗。

贴身：勃鞮！你敢动太子，我就杀死太宰！

勃鞮并不回身，宝剑蓦地回挑，已将那人手中腰刀挑上半空。

这里还剑入鞘，劈手抓住那人领口，一手接住空中落下的腰刀。

勃鞮：你就是那日伪装成太监的杀手！

横刀一削，打掉头冠，现出女人原型。

勃鞮：此人是骊姬从骊戎国带来的贴身侍女，多次参与阴谋杀人！骊姬、少姬的乱国阴谋，一审便知！

那人也够刚烈，奋身扑向刀锋，当时毙命。

奚齐伏地逃命，爬到荀息面前哀告。

奚齐：太傅！老师！求你救救我！

勃鞮一把拎起，揪到里克面前。

勃鞮：请里克大夫发落！

里克：诸位朝臣大夫，妖姬孽子无德无能；大王祭礼场合，竟然秉承妖姬指令，欲要诛杀朝廷大臣。留着此子，必将祸国殃民！

荀息：里克大夫，不可造次呀！

里克：你住了吧！你秉承大王遗命，定要辅佐此子登基，哪里顾及晋国前程和诸家大夫性命？——来人，将申生太子的宝剑捧上来！

一名甲士，捧上宝剑。

里克：此乃申生太子生前宝剑，晋国仁德太子被妖姬阴谋陷害，悲惨自刭；当初我里克发誓，定要用此剑诛灭妖孽，替太子报仇！让我先杀孽子、再灭妖姬！

宝剑挥处，奚齐被杀。

里克：勃鞮听令，去后宫将骊姬抓来！

勃鞮带人冲出。

荀息这里，捡起地上腰刀。

荀息：大王哪！奚齐太子被杀，微臣未能实现你的遗愿，微臣随你去也！

荀息要自刭，被士蔿、吕甥等拦阻。

士蔿：荀息大夫，不可如此！

献公大祭场面，乱成一团。

7. 室内 后宫 内室 日

后宫内室，武装甲士冲进。

骊姬、少姬、优施惊愕。

优施：你们、你们想干什么？

勃鞮仗剑而入。

勃鞮：孽子奚齐已经被杀，本将军奉命来抓妖后！

少姬抱着小儿卓子在一面恐惧打抖。

优施：怎么会是这样啊？

骊姬：大胆勃鞮，竟敢违背大王遗志，背叛本后！

勃鞮：我的王后娘娘，你祸乱后宫、恶贯满盈，不是你耍威风的时候啦！——来人，将妖后押往灵堂，听候朝臣大夫处置！

甲士上前，被骊姬喝止。

骊姬：不用你们动手，本后自会去见你们晋国的大夫！

勃鞮：甲士们，给我看好少姬和优施这个奸贼！

优施跪地，爬到勃鞮跟前。

优施：勃鞮将军，所有罪恶都是骊姬一人的主张，和小人无关哪！请将军饶命哪！

勃鞮一脚将优施踢翻。

勃鞮：无耻小人，坏事做尽，你还想活命吗？

8. 室内 后宫议事厅 日

后宫议事厅。

勃鞮仗剑呐喊。

勃鞮：妖姬抓到，请众位大夫发落！

现场立时安静。骊姬身穿民族服装，花枝招展；在穿孝的人群中格外突出惹眼。骊姬目不斜视，径自走到奚齐的尸体旁边，跪下来喃喃自语。

骊姬：奚齐，我的儿子，他们把你杀了，为娘到底没有看到你登基当上大王啊！

里克：妖姬，别做你的清秋大梦了！祸乱晋国二十多年，你大概想不到会有今天！

骊姬站起，环顾群臣。

骊姬：祸乱晋国，说对了，我就是要祸乱你们晋国！里克、荀息、吕甥你们应该记得，当年我们骊戎国是怎样灭亡的！你们仗恃武力、不宣而战，灭亡了我们的国家，害死了我的父王、母后；骊戎国献出骊姬、少姬我们姐妹两人，你们答应放归我的哥哥和情郎，然而，你们真是无耻、真是残忍哪！用乱箭从背后射死了他们，你们哪里还有一点道义？哪里还有一丝人性？里克，你、你们，谁能回答我的问题？

里克等一时面面相觑。

骊姬：亡国之痛、失去亲人之痛，你们知道吗？你们设身处地想过吗？从那时起，从那一天那一刻开始，我就发下毒誓，就是要千方百计祸乱你们晋国！申生是不是一个好太子？是的；然而我就是要蛊惑你们的大王，害死申生！包括杀掉诸公子，杀死杜原款，赶跑重耳、夷吾，都是我的计谋！哈哈，你们的大王，英雄盖世、谋略过人，可是，他是个好色之徒、禀性残暴，他对我果然是言听计从；祸乱你们晋国的，可以说是我骊姬、也完全可以说就是你们的大王！

荀息：你，大王尸骨未寒，不许你诋毁大王！

骊姬：大王？那是你们的大王；他是我们骊戎国的寇仇，是我骊姬不共戴天的敌人！我到底看到了他临死时的惨状。没有一个亲人在身旁，喝不上一口水，在我恶毒的诅咒中，死得像一条丧家狗！报仇雪恨，我一个弱女子毕竟做到了！你们可以诋毁我、诅咒我，可以在你们的史书上侮辱我；我对自己的行为，感到无比欣慰、无比自豪！报仇雪恨，天经地义！

骊姬回身盯着勃鞮。

骊姬：勃鞮！是你坏了我最后的计划。要不然，在你们大王的灵前，死的不是我的儿子，而是你们晋国的所有大夫！晋国，将会只剩一个名义，在事实上，它将变成我们骊戎国！勃鞮，原先我认为你是一条狗，今日你的所作所为都证明，你不如一条狗啊！

勃鞮：住嘴！

勃鞮拔出宝剑，就要动手。

骊姬：不用你动手！骊戎族的女儿，会自行了断！

骊姬向着骊戎方向，跪拜一番；掏出匕首，对准心口。

骊姬：父王、母后、哥哥、我的情郎，骊姬追随你们来了！

骊姬将匕首捅进胸口，面不改色，缓缓倒在奚齐的身边。

9. 室内 梁国 客厅 日

梁国这里，夷吾听到消息，与冀芮喜形于色。

冀芮：主公，吕甥派人及时报来消息，咱们终于等到了这一天啊！

夷吾：老头子死了，好！奚齐被杀掉，好！真是天眼重开，孤家苦尽甘来！

冀芮：主公，咱们还不能高兴得太早，有两种情况还得密切关注！

夷吾：爱卿，你说！

冀芮：一是，奚齐死了，大王还有个小儿子卓子。会不会有人拥立卓子登基？

夷吾：奚齐被杀，骊姬死了，卓子不足为虑！

冀芮：二是，主公有个强劲对手呀！要按长幼来说，重耳比主公你更占优势啊！

夷吾：那我们该怎么办？

冀芮：一者，让吕甥随时注意朝中动向；一者，谁最先得到秦国的支持，谁就能够稳操胜券！

夷吾：说的是！爱卿即刻好生安排，替孤家操作起来！

冀芮：微臣领命！

10. 室内 狄国 客厅 日

客厅里，狐毛、狐偃、赵衰还有头须，一块议事。

狐毛：家父派人报来消息，不知诸位怎么看？

狐偃：除掉奚齐和骊姬，乃是众望所归；同样的道理，朝臣大夫们绝不会拥立卓子。

赵衰：晋国让骊姬祸乱朝纲多少年，总算到了改弦更张的一天。要叫我说，咱们也别弯弯绕了，公子应该归国继位，赶紧重整朝纲、复兴晋国！

狐毛：说到继位，还有个夷吾公子啊！

赵衰：咱们公子为长，从任何方面考量，继位哪有夷吾什么事？

头须：小人冒昧，小人觉得赵将军说得好极了！主公素有贤名，朝中大夫也一定会拥戴主公。

狐偃：向来新君登位，离不开周天子和齐国、秦国等大国的扶持。咱们得派人去寻求支持啊！

狐毛：咱们说半天，公子不拿主张，还是白说。

11. 室内 内室 日

内室，季隗怀抱次子叔刘，长子伯儵依偎在旁，大家都换了孝服。

重耳穿孝，用衣袖拭泪。

季隗：请夫君不必太过悲伤。

重耳：唉，先王毕竟是我的父亲、孩子们的祖父啊！一旦宠信奸佞、为政不仁，落到了这般下场！一个弟弟奚齐被杀，还有个小弟弟卓子，不过伯儵这么大，他哪里还能存身？他们都是我的骨肉兄弟啊！

季隗紧紧抱住了怀中的叔刘，伯儵紧紧抱住妈妈的腿。

季隗：夫君，晋国没了国君，你就不考虑归国继位的大事吗？

重耳：当初，逃离都城的时节，我亲口答应过夷吾兄弟，只要他归国继位能够施行仁政，我就绝不争抢王位。答应过的事情，我怎么好失信反悔呢？

季隗：言而有信，你真是我的好夫君、孩子们的好父亲！我们全家就在狄国这么过下去，不也满好吗？

重耳：只是跟从我重耳的那么多人，有了机会归国，我却要放弃，恐怕他们想不通啊！

12. 室内 晋国 后宫 内室 日

后宫内室。

荀息与士蔿来见少姬；少姬抱着卓子，惊恐万状。优施即刻见礼献媚。

优施：太宰快快请坐！大王晏驾，太宰就是晋国的擎天柱啊！次妃娘娘和小王子，就指靠太宰护佑啦！

荀息：你且给我闪过一边！——次妃娘娘，大王临终，托孤微臣；微臣未能辅佐太子登基，就该一死谢大王于地下！

优施：哪儿能呢？太宰一死，能换得太子登基也罢；太宰平白死去，算干了一场何事呢？

士蔿：太宰左思右想，决定将小王子卓子立为太子。委托微臣，已经写好了祭祖告庙的表章。

少姬紧紧搂住卓子。

少姬：太宰啊！你饶过我们母子吧！让我的卓子当太子，就是要我们母子的命啊！请太宰千万开恩，放我们出宫，哪怕当一个庶民百姓也行啊！

荀息：哼！国家大事，岂能由得你！卓子立为太子，即可为大王下葬；尔后，微臣将辅佐太子登基，继任国君！就这么定了，请次妃娘娘做好准备吧！

荀息说罢，与士蔿离去。

优施：我的少姬啊！这是多好的事情呀！卓子当上国君，咱们才能保全性命哪！

13. 室外 宫门 日

宫门这儿，里克、吕甥拦住了荀息、士蔿。

吕甥：魏阙张挂文告，太宰已经将卓子立为太子。大王下葬之后，你还要让卓子登基继位。日后卓子长大成人，我们几家不是要等着被灭族吗？

荀息：国不可一日无君。大王临终托孤，我荀息绝不能辜负了大王的重托。

里克：口口声声大王重托，荀息大夫你真是枉为朝廷大臣！你只为践行个人誓言，拘泥于小节小信，哪里是在考虑晋国的前途和大家的未来处境？

吕甥：夷吾和重耳两位公子，素有贤名，我等为什么不可以迎回他们，登基继位？

荀息：你们杀了奚齐，已经犯下了弑君大罪；大王在日，曾将重耳、夷吾定名为弑父弑君的逆子，你们竟然要迎回他们，看来你们真不愧是一些逆贼乱党！荀息既然已经对大王发下毒誓，宁死不会改变我的誓言，定要扶持卓子登位！

　　荀息说罢，拂袖而去。

　　里克：荀息如此一意孤行，我等也只好一不做二不休！

　　里克、吕甥也相携离去，剩下士蔿摇头叹息。

14. 室内 大殿 日

　　大殿上，两三岁的卓子穿戴王冠王服，优施在旁边逗哄了。

　　台陛下，众家大夫集齐，荀息正要主持仪式。

　　里克腰挂宝剑，勃鞮与甲士们全副武装，环卫四周。

　　荀息：里克大夫，上朝议事，因何自带兵器？你不知道这是违反朝规的吗？

　　里克：晋国哪里还有朝规？动不动就要下令诛杀朝臣大夫，大夫们人人自危；不瞒太宰，里克不仅自带兵器，宫外还部署了各家大夫的家兵。谁要胆敢一意孤行，危及朝臣安全，休怪里克宝剑不认人！

　　士蔿上来打圆场。

　　士蔿：两位大夫，是否能暂时不必争执；朝会大事，还请太宰主持。

　　荀息：众位大夫听了，大王临终对在下有托孤之重，在下不得不勉为其难。日前，大王终于得以安葬；骊姬葬以王后之礼，奚齐太子葬以太子之礼。骊姬与奚齐，不该妄动诛杀大臣之心，结果激起了朝堂变故。如今，骊姬与奚齐都已亡故，后宫只剩下卓子这一点大王的嫡亲骨血。卓子已经是我们晋国名正言顺的太子，还是那句话，国不可一日无君；今天，乃是太子登基继位的吉日。有请各位大夫，随在下一齐叩拜，恭贺新的晋侯登位！

　　众家大夫面面相觑，里克走到队列前面。

　　里克：在下以为，荀息太宰所言，大大不妥！除了太子申生被害，还有两位贤公子重耳、夷吾被迫流亡国外；这样重大冤案不得昭雪，小小一个卓子如何可以登基继位？卓子登基，在眼下，他只是一个三岁顽童，晋国朝政将会变成荀息太宰一人把持的朝政；到日后，在场多数大夫，都难免有灭族之祸！

　　吕甥：在下赞同里克大夫所言，反对卓子登基！

　　邳郑：在下反对卓子登基！

　　荀息：你们，你们诛杀了奚齐太子，已经犯下了弑君大罪！还口口声声拥戴重耳、夷吾，分明就是大王所说的逆贼乱党！

荀息拿出兵符。

荀息：本太宰有兵符在手，勃鞮听令！给我将一干乱党拿下！

勃鞮：太宰，请恕末将不能从命！卓子登基，晋国将会变成少姬与优施的天下，末将项上的头颅也难以保全啊！

荀息：反了，你们统统反了！座上乃是新君晋侯，尔等还不赶紧跪拜？

里克：众位大夫，荀息太宰只为一己所谓誓言，根本不考虑晋国前程；他既然要一意孤行，我等也只好争锋相对。座上的卓子，不过三岁孩童，妖姬作乱，此子何辜？然而此子不除，晋国祸乱将会继续。在下主张除去此子、以绝后患！

邳郑：在下赞同！

吕甥：在下赞同！

勃鞮：末将也赞同！

里克拔剑，走向王座。

优施跪地，连连哀告。

优施：不能啊！求求你们，不能啊！

荀息袍袖掩面，奔出大殿。

荀息：罢了，罢了！

15. 室外 大殿 台陛 日

大殿外，台陛下。

荀息整顿衣冠，北向叩拜。

荀息：大王哪！微臣有负重托，未能完成大王遗愿，唯有一死以谢大王！——捧上剑来！

从人扑通跪下，双手捧上宝剑。

荀息伏剑自刎。

16. 室内 后宫 卧室 日

卧室里，少姬满面惊恐，手持匕首缩成一团。

少姬：你们抢走了我的儿子，你们还要干什么？

优施失魂落魄，抱着卓子的遗体跪下。

优施：次妃、少姬；卓子，我们的孩子，他——

少姬疯魔一般抢过卓子，紧紧抱在怀里。

少姬：卓子！我的儿子呀！让妈妈抱着你，他们再也抢不走你啦！

优施：少姬，我们一门心思害人，到头来是害了我们自己，害了我们的儿子呀！

少姬用匕首指着优施。

少姬：你别过来，是你害死了我的儿子！我要杀了你！

优施凑近刀尖，任匕首刺入胸腹。

优施：我的少姬，死在你的手里，优施心甘情愿！

优施面带微笑，软软倒地。

少姬手中的匕首滴着血，烛火转暗。

少姬：卓子，我的乖儿子，妈妈知道你怕黑；你不要怕，妈妈陪着你，咱们回老家去！咱们老家，山清水秀，牛羊遍地，蓝天白云，风景好美呀！

一声闷哼，匕首插入心脏。

少姬抱着卓子，倒在榻上。

烛火灭了。

17. 室内 梁国 客厅 日

客厅里，吕甥到来；与夷吾、冀芮议事。

吕甥：奚齐死了，卓子也被杀了，主公归国继位的主要障碍已经扫除。眼下，朝臣大夫觉得主公与重耳谁继位都可以；微臣所以匆匆赶来，希望主公千万抓紧机会，机不可失、时不再来呀！

夷吾：吕爱卿一片忠心，堪可嘉许。有何计较，快快讲来！

吕甥：主公与重耳，谁都有继位的机会。所谓捷足先登，谁当上晋侯，另一位就只能干瞪眼。而要捷足先登，离不开两条：一条是朝中大夫拥戴，一条是获得齐国、秦国这样姻亲大国的支持。

冀芮：朝中大夫，荀息已死；剩下两位上大夫，里克与邳郑。这二人会拥戴主公登位吗？

吕甥：当下晋国朝政，基本上掌握在里克手中。里克其人，倒是刚正，但也有致命弱点。只要抓住他的弱点，不怕他不上圈套！

夷吾：什么弱点、什么圈套？

吕甥：里克位极人臣，爵位上已经没有什么希冀。他的弱点就是喜欢土地，贪得无厌！

夷吾：孤家答应给他十万亩土地如何？

吕甥：主公既然开口给他土地，何不答应给他五十万亩？

夷吾：哎呀，晋侯公族能有多少土地？五十万亩，不是太多了吗？

吕甥：哈哈，这正是微臣所说的圈套。先投其所好、空口许诺，换取他的支持；等主公登基继位之后，不给他土地，他莫非敢来抢公族的土地不成？

夷吾：好，此计甚妙，就这么办！

冀芮：齐国相隔遥远，主公争取获得秦国支持，比较可行。

吕甥：一则，可以给秦君和王后伯姬多多送上礼品；再则，还可以口头应许，将属于晋国的河西五城割让秦国。鄙词厚币，又有五座城池的诱惑，秦君一定会支持主公归国继位。内有接应、外有强援，主公哪，晋侯之位跑不了啦！

夷吾：朝中的事情，有劳吕爱卿；与秦国交涉嘛，有请冀芮大夫出面了。

吕甥、冀芮：微臣遵命！

18. 室内 秦国 王宫内厅 日

秦国王宫内厅，秦君与百里奚、公子絷等，研讨晋国问题。

秦穆公：眼下，晋国没了国君；寡人的两位舅子，重耳和夷吾都有归国继位的机会。咱们秦国到底该支持哪一位？寡人也是一时委决不下。

百里奚：按说，继位的事情应该依照古礼。有嫡子，以嫡不以长；无嫡子，以长不以贤。重耳、夷吾两人都是庶子，宜于立长，不宜立幼；何况，重耳贤名远播。微臣以为，君上应该支持重耳继位。

公子絷：大王，应该立长子重耳，这样的道理晋国大夫们不懂吗？晋国朝臣的态度却是谁归来继位都可以。看其情势，恐怕晋国朝臣支持夷吾的倒是多一些。再说，夷吾派了冀芮大夫前来送礼，还答应日后给我们秦国河西五城。微臣以为，君上应该支持夷吾继位。

秦穆公：我们秦国的决断举足轻重。寡人看，这事还是慎重些为好。公子絷你就辛苦一趟，以吊丧为名，去见见重耳、夷吾，当面考察一回，再做决定。

公子絷：微臣领命！

19. 室内 狄国 客厅 日

客厅里，重耳身穿重孝，与属下人等议事。

狐毛：晋国朝臣派了使者前来，秦国使臣公子絷也来吊丧。咱们公子究竟何去何从，大家不妨各抒己见。

赵衰：奚齐死了，卓子也给杀了，晋国眼下没有国君。这件事情明摆着，咱们一块议论也不止一回。晋国发生国乱，已经多少年；确实需要改弦更张、重整朝纲。我看公子归国继位，属于当仁不让。

头须：这样场合，按说没有小人讲话的份儿。莫说诸位大夫与将军，就是我们这些跟随主公的仆从下人，也都盼望主公能够归国继位。晋国，让妖姬祸乱了多少年，除了主公，谁能把咱们晋国整治好啊？

狐偃：公子，大家的意见基本一致。说来说去，此事还得看公子你的主意。

重耳：诸位跟随重耳流亡，已经好多年。希望回归故国、施展本领干一番事业，这种心情我和大家完全一样。可是，诸位应该记得，我们逃离都城、逃脱勃鞮的追杀那回，我和夷吾有个约定。大家等到有了复国机会的一天，我绝不去和夷吾争抢。夷吾现在迫切想要归国继位，这样的情况下，我该怎么办？我只能是遵守诺言，放弃归国！

赵衰：放弃归国？公子，这样的机会不说千载难逢，也是百年不遇。这、这怎么可以呀？

重耳：机会难得，是啊。可是，我们这样想，夷吾也会这样想。你们说，夷吾会不会放弃归国？

狐偃：你们两个都是狐家外甥，按说狐家看待你两个没有厚薄之分。不过，就我的判断，重耳你能放弃的，夷吾恐怕不会放弃。

重耳：夷吾既然不肯放弃，你们诸位也不乐意我重耳放弃；结果会怎么样？必然是兄弟相争，最终闹个各不相让、你死我活！

赵衰：公子为长，按道理是夷吾应该让公子，凭什么公子反过来要让他夷吾？相争就相争，咱们还怕了他夷吾不成！

重耳：道理不是这样说的，不是谁怕谁的问题吧。咱们晋国，再也经不起折腾了呀！父子相残，闹了多少年；奚齐、卓子，都是我的骨肉兄弟啊，结果小小年纪丢了性命、身首异处，说来令人惨然哪！父子相残之后，再不要兄弟相争了！只要夷吾归国继位，能够施行仁政，让晋国老百姓过上平安日子，重耳夫复何求？

介子推立在门边，此时鼓掌。

介子推：重耳公子不愧是重耳公子！古来有尧王舜帝推位让国，有泰伯三以天下让；只要晋国能够施行仁政，施政者何必一定是公子？

介子推说完，管自离去。

狐毛：那么，公子的主张就这样讲给秦国使臣吗？

重耳：公子絷前来吊丧，重耳当以孝子之礼相见。其余的，他不问，我何必主动表白呢？

赵衰：公子絷前来吊丧，其实就是代表秦国来打探公子的态度啊！谁能得到秦国支持，谁就能归国继位啊！

重耳：诸位跟从我重耳流亡多年，可谓艰辛备尝。眼下分明有了归国机会，重耳偏偏又要放弃。重耳放弃归国继位的机会，或有千般理由，可我有什么理由继续耽搁大家的前程呢？说到这儿，重耳不胜惶恐，真是有万般歉意，不知如何言说。重耳对夷吾讲过的话，绝不食言；我要放弃归国，甘于继续流亡。诸位如有离开狄国、离开重耳的意思，尽可自行决断；重耳绝无半句怨言，唯有道一声"对不起"啦！

重耳深深施礼下来，众人连忙还礼。

众：公子！

20. 室内 秦国 王宫内厅 日

内厅，秦穆公与百里奚、公子絷议事。

公子絷：启禀大王，微臣奉命去了狄国、梁国，见过了重耳、夷吾。重耳名不虚传，果然是个贤德仁义的公子。对晋侯之死，身穿重孝，面带戚容；对继位之事，极为从容。夷吾嘛，一心盼望尽快继位，有些迫不及待。不瞒大王，还给了微臣不少礼物。

百里奚：要从治理晋国的角度，从日后秦晋之间正常相处，微臣以为，还是支持重耳继位比较妥当。

公子絷：大王，让重耳继位，那是为晋国考虑；要是为秦国考虑，夷吾并非雄才大略、贤德之主，不是更好一些吗？夷吾答应给我国河西五城，还说今后凡事都要听命我们秦国，秦国何乐而不为呢？听说夷吾也派人给周天子送了厚礼，咱们何必与周天子意见相左呢？

秦穆公：好吧，那就这样决断。我们秦国支持夷吾继位，派出大兵、护送归国！

21. 室外 黄河 大路 日

[字幕：晋献公二十六年冬，秦国派兵护送夷吾归国登位，是为晋惠公。晋惠公元年，在公元前 650 年。]

秦国旗帜招展，兵士护卫夷吾归国。

夷吾立在船头，与冀芮、吕甥指画山川。

夷吾：冀芮、吕甥二位爱卿，想不到寡人有归国继位的这一天啊！

冀芮：大王继任晋侯，实乃天命所归！

吕甥：重耳喜好仁义、贪图虚名，放弃归国机会，后悔也来不及啦！

夷吾：父王在日，就对重耳没有放心过；寡人登基，首先要防备的，还是重耳！你们给寡人记下了，只要重耳活在世上，寡人就睡不好觉！

吕甥：大王要防备重耳，微臣以为，第一步先要翦除重耳在朝中的党羽。里克、邳郑位高权重，大王必须严加提防！

夷吾：这个何须爱卿提醒。一朝权柄在手，且看寡人如何用权！

22. 室内 王宫 大殿 日

大殿上，夷吾高坐。

群臣两列，一列里克为首，一列吕甥为首。

冀芮在队列前负责唱班。

冀芮：大王上朝，群臣朝贺！

众：微臣等恭祝大王千秋万岁！

夷吾：众位爱卿平身！

冀芮：大王即位，面对国内外种种事务；当务之急，有几件。大王对此已有方略，群臣且听大王一一分说。

夷吾：寡人归国即位，得到过秦君的支持；曾经答应给秦国河西五城。可是，咱们晋国的土地，皆是先王留下，岂能随便给人！此事如何区处，请各位大夫畅所欲言。

里克：大王，请恕微臣直言。身为一国之君，应该言而有信。既然答应给秦国五城，就不该中途反悔！

吕甥：里克大夫，此言差矣！大王登基即位，原本就是天经地义。秦国不过是顺水推舟，竟然就要平白拿去我国五城。真是岂有此理！不给秦国五城，它又能怎样？

夷吾：吕甥大夫说得好！寡人已经给秦君送过不少礼物，五城是不能给他们了。此事就由邳郑大夫为特使，去秦国当面告知秦君！

邳郑：大王，这个，毁约抵赖，微臣实在感到作难！

夷吾：什么？你这是要抗命吗？骊姬在日，动不动就要砍你们的脑袋，你以为寡人就不会砍头杀人吗？

邳郑：微臣领旨！

夷吾：把勃鞮给寡人传上来！

冀芮：传勃鞮！

勃鞮匆匆奔上，跪地叩头。

勃鞮：末将戴罪之人，叩见大王！

夷吾：你自承有罪，倒也聪明！奚齐、卓子，乃是先王子息、寡人骨肉，参与诛杀二人，该当何罪？

勃鞮：大王，勃鞮刑余之人，一介武夫，实在不敢不听朝臣大夫的指令，恳求大王恕罪！末将愿为大王竭尽犬马之力，忠心效命！

夷吾：动不动就要诛杀王子，晋国的大夫也太猖狂了！他们要你杀寡人，你也要下手不成？

勃鞮叩头作响。

勃鞮：末将万万不敢！

夷吾：谅你也不敢！寡人降你为内宫统领副将，好生戴罪立功吧！

勃鞮：末将谢恩！

勃鞮退下，夷吾看看里克。

夷吾：寡人也曾经答应过，登基之后要给里克大夫土地五十万亩，要给邳郑大夫土地二十万亩。一样的道理，晋国公族有多少土地，白白给人啊？寡人归国登基，是寡人就应该登基，不要以为你们立了多大功劳似的。你们不是同时也请重耳归国的吗？你们哪里是什么忠臣！——里克大夫，杀死先王两个爱子，你可曾自认有罪？寡人命你去给先王守墓，好生反省！

里克：微臣遵旨！

夷吾：从头辅佐寡人的，真正忠心耿耿的，有没有？有！就是冀芮和吕甥两位大夫。自即日起，擢升两人为上大夫！

冀芮、吕甥跪地。

冀芮、吕甥：微臣谢恩！

夷吾：退朝！

23. 室内 秦国 馆驿 日

秦国，馆驿；百里奚、公子絷拜见邳郑。

邳郑：关于敝国答应给贵国河西五城的事情，在下真不知道该如何开口。

公子絷：莫非晋侯要毁约不成？

邳郑：说来惭愧，我家大王正是这个意思。

百里奚：晋侯是怎样说的？邳郑大夫不妨原话讲来。

邳郑：本来朝堂议论，大夫们大都认为，既然君上已经在事前有所许诺，事后无论如何应该践约，将五城划归秦国。可是，我家大王竟然单方毁约。要我告诉贵国，说是晋国大夫们太厉害，一齐表示反对。晋国的土地，是先王留下的，随便给人，大夫们不让啊！

公子絷：怎么会是这样？晋侯他怎么能这样？

百里奚：言而无信，不知其可。一国之君，竟然这样品格，晋国的事情，难说啦！

24. 室内 后宫 内室 日

后宫内室，秦穆公对伯姬大发雷霆。

秦穆公：夷吾这个舅子，真是个舅子！翻脸不认人、扭头不认账，生生就是一个骗子！

伯姬：妾妃请大王息怒。夷吾他不懂事，望大王不要和他一般见识。

秦穆公：他不懂事？他懂事得很！急着归国继位，巴巴地给寡人鄙词厚币、好话说尽，答应给秦国河西五城；归国了、继位了，即刻赖账！你看看，你们家都是些什么东西？

伯姬：大王，请恕妾妃直言。当初百里奚大夫说过，不如让重耳继位。大王要不是贪图晋国的五城，也不会答应支持夷吾！

秦穆公：说了半天，倒是寡人不对啦？

伯姬：妾妃不敢责怪大王。夷吾他忘恩负义、过河拆桥，谁也没有想到啊！

秦穆公：气死寡人了！

伯姬：大王消消气。只当他没有说过那五座城的事，大王就算是看在妃子的面子上，帮了晋国一回！

伯姬走上前,轻轻给穆公拊膺捶背。

秦穆公:算我傻,玩不过你们晋国人!

伯姬:大王胸怀远大、治国有方,晋国人哪里去找这样的大王啊!这不,是晋国人巴巴地讨好大王哪!

秦穆公火气渐渐平息。

第十五章 矢志复国重耳起盟誓 扶佐友邦秦君错主张

1. 统一片头

2. 室内 后宫内厅 日

［字幕：晋惠公元年（公元前650年），周襄王收到礼物，命周公忌父会同齐国、秦国大夫，共贺晋惠公即位。］

后宫内厅，夷吾与冀芮、吕甥议事。

吕甥：周天子命周公忌父会同齐国、秦国大夫，恭贺大王归国即位，这是好事。大王还是及早安排赴会为好。

夷吾：寡人当然要赴会。给周天子送上礼物，他就办事，怪不得诸侯们都小瞧了他！

吕甥：大王初即位，就要外出赴会，朝中大事还望大王妥为安排。

夷吾：寡人外出，冀芮大夫负责监国；吕甥大夫应对便捷，你随寡人赴会。

冀芮：里克大夫没有得到土地，又被贬去守墓，恐怕心怀怨愤呀！

夷吾：二位爱卿，你们看怎么办为好？

吕甥：大王不杀人，怎么能立威呢？

夷吾：说得好，正合寡人之意！先除掉里克，剩下邳郑不足为虑。

冀芮：重耳还在狄国，迟早也是大王的心腹之患哪！

夷吾：除掉里克、邳郑，翦除掉重耳的朝中势力，等寡人赴会归来，再全力对付重耳！

3. 室外 介子推院落 日

介子推院子里。

仆妇在碓臼里舂米，母亲跪在当院用簸箕簸米。

介子推进院，紧赶几步，近前跪下。

介子推：母亲！不孝儿子回来看你了！

母亲回头，笑得一派慈祥。

4. 室内 内室 日

内室，介母一边看介子推更衣，一边聊天。

介母：老百姓嘛，盼什么？一盼风调雨顺，二盼国家有个好君上，轻徭薄赋，大家过上个安生日子。

介子推：对夷吾归国即位，老百姓怎么看？

介母：老百姓哪能管得了国家大事？也不过是说，重耳是兄长，怎么就没有继位呢？

介子推：重耳公子不愿兄弟相争，主动放弃了归国的。

介母：重耳是个长人。老话说，人长天也长。只要他是个仁德公子，我儿跟他就没有错。鸟能择木，木岂能择鸟？夷吾身边，听说如今是吕甥、冀芮成了红人，还不定怎么样呢！

介子推：儿子回来，一则看看母亲大人，二则到都城看看狐突老人。重耳公子不和夷吾相争，只怕是夷吾对重耳还不放心呢！

介母：事情就怕做过了头。夷吾真是这样处事，恐怕也不是个长久的主儿！

5. 室内 王宫 议事厅 日

后宫议事厅。

夷吾高坐，勃鞮全副武装；冀芮、吕甥在侧。

里克走上，参见夷吾。

里克：微臣里克参见大王！

夷吾：里克大夫，寡人召你前来，有几句心里话讲给你。

里克：微臣洗耳恭听。

夷吾：寡人要外出赴会，外头对重耳不能放心，家里对你不能放心。

里克：微臣奉命为先王守墓，微臣深自反省，当尽忠职守。

夷吾：哈哈，你倒是说得轻巧。里克你是太厉害、太能干啦！好家伙，一家大夫，随随便便就杀了两个国君、一位首辅。给你当国君，太难啦、太恐怖啦！

里克：大王哪！不有所废，何有所兴？不是微臣冒死除掉奚齐、卓子，哪有大王你归国继位的机会？大王你是欲加之罪何患无辞，里克不服哪！

夷吾：你们瞧瞧，里克哪有一点臣下的样子？哪有一丝反省的意思？这分明是和寡人犟嘴、指责寡人嘛！好啦，寡人心肠软，就不用灭族了，赐你一死，你看可好？你就赶快谢恩吧！

里克：夷吾！里克有眼无珠，不曾看出你是这样一个昏君、暴君！如此倒行逆施、毫无信义，立国不以仁义，我料定你终不长久！

夷吾：你嚷什么、跳什么呢？你不是惯于弑君吗？你看看勃鞮是听我的还是听你的？

勃鞮拔剑，早已指定里克。

里克：勃鞮走狗！不消你动手，拿剑来，里克自行了断！

夷吾：哎哟，寡人怕血，你不用在寡人面前逞什么好汉；爱去哪儿死、去哪儿死吧！

勃鞮拖了里克下去。

夷吾对冀芮、吕甥笑笑。

夷吾：两位爱卿，寡人手段比先王怎么样啊？

吕甥：大王谈笑之间，除掉重耳朝中党羽，微臣敬服！

冀芮：大王英雄神武，空前绝后！

夷吾：寡人没那么了不起，不过也差不多就是了！哈哈！

6. 室外 狐突府上 后院 日

狐突老人，胡须飘飘，独自在后院舞动大戟健身。

老人觉得身后有人，大戟蓦地向后，擦着大树刺出。

狐突：什么人？

介子推从树后抓住大戟走出。

介子推：老人家，身手依然不错啊！

狐突认出来人。

狐突：哈哈，是你？我估摸着也该来人啦。

7. 室内 内室 日

宾主席地。

狐突：重耳不和夷吾争抢继位，也够难得。想不到夷吾这小兔崽子是这个样子！对外失信抵赖，对内诛杀股肱之臣。如此，民心还是思念重耳，民心就是天意呀！

介子推：夷吾滥杀大臣，不会对老人家你有什么不利吧？大家远在狄国，实在难免担忧啊。

狐突：多谢各位挂心。狐突已是老朽一个，碍不着夷吾什么事，估计他还犯不上杀他外公。我倒是担心，夷吾心术如此恶毒，恐怕终归对重耳不利。

介子推：老爷子，国君不仁，古来有"易位"之制；夷吾如此倒行逆施，可有什么办法吗？

狐突：易位之制，在于过去朝臣大夫有这个权限。后来君权日隆，易位之制只成了一句空话。比如，让重耳归来替换夷吾，说来是好事，操作起来不容易。里克大夫被害，吕甥、冀芮把持朝政，这二人办事不能出以公心，他们怎么可能会让重耳归来？

介子推：那晋国的事情就没有办法啦？

狐突：重耳这孩子仁义，先前不和夷吾争抢，免得兄弟相争、国无宁日，这是对的。你回狄国告诉他，往后嘛，对晋国的事，重耳可就该上心啦！哪怕十年八年，只要机会成熟，他一定要归国！不然，堂堂晋国就彻底毁了！介子推，你也不容易；不为仕途俸禄考虑，能始终如一支持重耳，老夫佩服得很哪！

狐突向介子推施礼；介子推连忙还礼。

介子推：老人家，折杀在下了，介子推哪里当得起？

8. 室内 秦国 内厅 日

内厅，秦穆公接见邳郑；百里奚在场。

秦穆公：寡人一时错了主张，没有听百里奚大夫之言。劳民伤财，支持夷吾归国，闹成这样结果。

邳郑：夷吾这样行事，国人愈加思念重耳。便是朝中大夫，也多数会欢迎重耳公子归国。恳望大王勉为其难，能赞成微臣主张。

百里奚：看贵国吕甥、冀芮行为做派，并无社稷大臣风范。二人眼下又把持了朝政，恐怕此事难成。秦国硬性送重耳公子归国，闹不好就是两国的战事冲突。

邳郑：吕甥、冀芮，都是前朝老臣；虽然难免见利忘义，我们正可投其所好。只要给予重贿，一定会同意国君易位！

秦穆公：邳郑大夫，你真有把握？

邳郑：给两人送上重礼，微臣从旁开解，他们一定会听从。他们继续辅佐夷吾这样的国君，日后难免是里克的下场啊！

秦穆公：邳郑大夫如此有把握，秦国小小破财，给两人送些礼物，何足道哉？

邳郑：微臣叩谢大王！

百里奚：邳郑大夫，此事万一不成，对阁下可就是灭族之祸啊！

邳郑：多谢大夫提醒。邳郑不过是正好出使秦国，方才逃得性命；不然，已经和里克一样，被夷吾除掉了。在下拼将一死，愿为晋国前程一搏！

9. 室内 晋国 吕甥客厅 日

吕家客厅，冀芮来访。

几案上摆满礼品，金银、玉璧等。

冀芮：我家里也收到这样的厚礼一份，秦君今番出手足够大方啊！

吕甥：请大夫过府，正是要说此事。邳郑把话说透了，他已经获得秦君的首肯，无非想要策动我二人，废去夷吾，迎回重耳。此事极为重大，不知你怎么看？

冀芮：你我辅佐夷吾一场，如今可谓苦尽甘来。爵位升任上大夫，朝中大事尽在掌控之中。假如重耳归国继位，他身边所谓五贤士哪里容得我们把持朝政？里克热扑扑迎回君上，最终落得怎样下场？

吕甥：大夫说得极是。重耳归来，或者对晋国是好事，对我二人却说不上是什么好事。那么，邳郑这儿，我们如何处置？他的谋略，是否禀报君上？

冀芮：这件事，我们能瞒得过去吗？瞒不过去，只能禀报君上。不过，夷吾的禀性，咱们看得最清。他可是把杀人不当回事！邳郑不仅性命难保，恐怕还有灭族之祸啊！

吕甥：夷吾喜欢杀人，咱就放手让他去杀！朝中老臣全部杀完，他还能指靠谁？只能更加倚仗我们两个。追随里克、邳郑，所谓七舆大夫，那是七八人的势力集团，让夷吾统统杀绝才好！

　　冀芮：吕大夫，你可曾想过？放手让夷吾这么杀人，最后会不会危及到我们啊？

　　吕甥：除了对付前朝老臣，夷吾最害怕的不过是重耳；重耳这个最可怕的竞争对手还在，要对付重耳，夷吾哪里离得开我们？

　　冀芮：倒也是。那么，眼下咱们就只能对不住邳郑大夫啦！

10. 室外 王宫 大殿外 日

　　大殿外，甲士林立。

　　大夫们来到殿外，等候上朝。

　　邳郑观察四周；步上台陛，向吕甥、冀芮问话。

　　邳郑：二位大夫，咱们说的事，你们考虑得怎么样了？

　　吕甥：你没看见吗？内宫侍卫已经部署好了。待会儿上朝，我等一齐发难，逼令夷吾退位！如果他要不识好歹，只好当场诛杀！

　　冀芮：我想，重耳公子不喜欢动不动杀人；夷吾只要退位，也就是了。邳郑大夫，你说呢？

　　邳郑：我怎么觉着哪儿有点不对劲呢？莫不是夷吾对我们的计划已经有所觉察？

　　吕甥：不会的，邳郑大夫多虑了！

　　这时，大殿大门开启，勃鞮仗剑冲出。

　　勃鞮：大王有令，邳郑和七舆大夫图谋弑君犯上，内宫侍卫给我就地正法！

　　邳郑：吕甥、冀芮！无耻小人！你们出卖了我！

　　说话间，众多大夫被当场砍杀，台陛上血流成河。

　　吕甥指着邳郑尸体冷笑。

　　吕甥：邳郑，亏你还是前朝上大夫，和当今君上作对，哪一个能有好下场？

　　士蒍哆哆嗦嗦的。

　　士蒍：两位大夫，这、这——

　　冀芮：士蒍大夫，看见了吧？乖乖听命大王，及早断绝迎回重耳的念头，才能保全性命！

士蔿：乖乖听命，在下一定乖乖听命！

11. 室外 街市 日
街市上，甲士全副武装，冲驰而来。
国人惊恐，纷纷躲避。

12. 室外 狐突院落 日
院里，狐突吩咐仆从。
狐突：甲士们突然出动，冲向众家大夫宅院，分明是要杀人灭族！你们快去邳郑大夫家，告他儿子邳豹快快逃命！
仆从疾奔而去。

13. 室内 狄国 客厅 日
客厅里，布置了灵堂。
几案上，是里克、邳郑等人牌位。
狐毛主持仪式，重耳为首，大礼祭祀。
狐毛：为了晋国安宁，公子不与夷吾相争，毅然放弃归国继位；原指望夷吾实施仁政，光复晋国。不料夷吾，竟是倒行逆施、暴虐血腥。先杀老臣里克，又杀邳郑与七舆大夫。里克诛灭奚齐、卓子，邳郑策动废除夷吾、迎回公子，乃是为了晋国，非为一己之私。实乃我晋国之忠臣、大夫之楷模！二位大夫不幸被害、灭族，天理何在？仁义何存？为此，晋国公子重耳，亲率流亡臣下，在狄国隆重祭祀两位贤大夫！——有请公子主祭，众位臣下陪祭！
重耳肃然，当先拈香，深深叩拜下去。
狐毛：一拜！再拜！三拜！
重耳：重耳身为晋国公子，从流亡之日起，未尝有一日不思虑我晋国之前程。先王晏驾，其时有了归国机缘，确实不欲与夷吾兄弟相争；故断然放弃归国继位。只要夷吾施行仁政，光复晋国又何必在我？不料夷吾竟是这般样子，说来令人痛心！在里克、邳郑两位大夫灵前，重耳郑重宣布，自今日起，重耳将立志复国！有生之年，只要有一线机会，重耳再不放弃；唯愿各位同道，为光复我晋国，精诚合作、同心同德；百折不挠、矢志不渝！
众：精诚合作、同心同德，百折不挠、矢志不渝！

14. 室内 狐突府上 内室 夜

狐突府上，士蔿夜间来访。

狐突：士蔿大夫，稀罕得很呀！请坐下说话。

士蔿：一向疏于问候，老前辈你可好啊？

狐突：老夫也还活着就是了，比起里克、邳郑，阁下也算幸运多多啦！

士蔿深深拜下。

士蔿：士蔿深感恐惧，特来向老前辈请教。为今之计，如何才能苟全性命啊？

狐突：你何不向夷吾积极献策呢？一来，大夫本来有进言献策之职责；二来，你献策是为了当今君上，他又何必杀你呢？

士蔿：那么，该向君上献什么策、进什么言呢？万一不合君上心意，岂不是自己惹祸上身？

狐突：夷吾登基以来，杀戮太重，民心不安。除了杀人，他不能干点别的吗？比如，民众思念太子申生，觉得申生死得太冤了。可以重新安葬太子，隆重祭祀，以安抚民心。这或许是一条好的建言。你只说是自己的主张，不必说是老夫讲的。

士蔿：多谢前辈指点！

15. 室内 后宫议事厅 日

议事厅，夷吾召见士蔿；吕甥、冀芮在场。

夷吾：士蔿，听说你要给寡人进言，你有什么高明主张来教导寡人呢？

士蔿叩头连连。

士蔿：微臣不敢！微臣只是觉得大王登基以来，晋国百废待兴，安定民心最为当紧——

夷吾：安定民心？哈哈，是个好主意。寡人问你，这主张果然是你自个儿的吗？

士蔿：这个——

吕甥：支支吾吾，你莫非有什么事情瞒着大王吗？

士蔿：大王英明盖世，微臣该死；微臣私下拜访过狐突，微臣不敢隐瞒哪！

冀芮：狐突没有让你仗剑闯宫吗？你们是不是还策划让重耳归来？

士蔿：微臣一心忠于大王，微臣只是向狐突讨教，如何敬献忠心。狐突说，国人思念申生，宜于重新安葬申生、隆重祭祀，以便安定民心。微臣所言，句句属实，不敢有半句虚言哪！

吕甥：士蔿！朝臣的一言一行，都逃不出大王的耳目监视，你和狐突只是说了这些吗？

士蔿：微臣不敢隐瞒分毫哪！

冀芮：大王，狐突的主张，微臣以为倒也不坏。请大王定夺！

夷吾：祭祀死人，给活人做个样子看，寡人早有此意。重耳惯于倡言仁义，寡人难道就不会吗？士蔿，就命你负责重新安葬申生，然后让狐突出面主持祭礼。在国内大造声势，以宣扬寡人的仁德之举！办好了，寡人有赏；办不好，里克、邳郑就是你的榜样！

士蔿：微臣竭心尽智，一定办好、一定办好！

士蔿躬身到地，退行而出。

16. 室外 曲沃宗庙 大殿外 日

祭祀申生完毕，狐突与士蔿以及司礼太监，指挥宦官人等收拾祭品、礼器。

士蔿：狐突前辈，重新安葬了申生太子、隆重祭祀告庙，但愿能让君上满意！

狐突：与其说要让君上满意，莫如说要让国人满意。杀戮太过，民心不安，定是鬼神不佑！申生太子九泉有知，也不会高兴！——司礼太监，你说对吗？

司礼：不瞒狐突老前辈，自从先王晏驾，一到天晚日落，后宫就是阴气森森；小人们都十分害怕呀！

狐突：滥杀无辜、多行不义，正气不能张扬，夷吾他实在该有所收敛啦！

司礼：这种话，除了老前辈敢说，别人谁敢说啊！

17. 室外 旷野 黄昏

旷野上，狐突与士蔿、司礼太监等乘车回城。

日落之后，天色转暗；突然，道路前方腾起雾障，雾障中鬼影憧憧。

鬼影：我是申生！有话讲给夷吾！

车驾停下，太监随从们都吓得不敢出声。

士蔿哆哆嗦嗦。

士蔿：老、老前辈，这、这——

狐突从容下了车驾，独自走了过去。

狐突：如若你真是申生，你可认得狐突老臣？

鬼影：狐突老大夫啊！按说我也该称你一声外公。你的外甥夷吾，滥杀无辜，让我很生气！他以为将我的尸骨重新安葬，我就会原谅他吗？申生不能责备父王，难道不能怪罪夷吾吗？

狐突连连揖礼恳告。

狐突：果然你是太子。还望太子饶恕夷吾，给他自省的机会啊！

黑烟腾起，鬼影消失。

狐突回到车上，士蔿、司礼太监面色如土。

狐突：老夫警告尔等，夷吾君上禀性多疑，你们回宫之后，什么都不许讲！就说什么都没看见、什么都没听见！

18. 室内 狐突府上 内室 日

内室，狐突与贴身仆从谈论。

仆从：果然不出主人所料，你越不让他们说，他们越要说。见到申生太子鬼魂的事情，已经在宫内传开了。

狐突：唉，这也是没办法的办法。夷吾暴戾，丝毫不亚于先王；但愿借助鬼神，对他多少有些约束。

仆从：夷吾他会相信申生鬼魂出现的事吗？

狐突：心地光明，自然不信鬼魅；祭祀天地山川、祖宗神灵，心里多属坦然。夷吾多行不义，他心中自个儿就有鬼！

仆从：阴差阳错，重耳公子怎么就没能归国继位呢？

狐突：唉，这也是国运啊！运数使然，自从先王无端攻伐骊戎，违反了仁义之道，不知要流多少血、要绕多大的弯子，晋国才能回归正道啊！

19. 室内 后宫议事厅 日

[字幕：晋惠公四年（公元前647年），晋国发生严重旱灾。]

后宫议事厅。

夷吾与吕甥、冀芮议事。

夷吾：连日朝会，朝臣大夫们一再说，咱们晋国大旱成灾，多数地方绝收。这事你们看该怎么办？

吕甥：启禀大王，微臣的土地就已经绝收，所有水井都干涸无水。这事再也不能自欺欺人了，咱们晋国必须向外国说明情况、花钱买粮啦！

冀芮：大王，秦国和晋国是姻亲之国，土地接壤，运输方便，微臣建议向秦国买粮，请大王尽快决断。

夷吾：这个嘛，你们两个比我都清楚，咱们答应给秦国五城，是毁约赖账了的。咱们找上门去，秦君不答应卖粮怎么办？

吕甥：大王，五城的事，秦君无非是说几句难听话，那有什么？咱们还就是要找秦国买粮，看在亲戚的份儿上，价格还得合理。要不然，我们何不找别的国家买粮？有困难，先找秦国，实话说，这是看得起他们秦国！

夷吾：晋国遭了灾荒，民心不稳，秦国不会乘机攻打咱们吧？

冀芮：微臣以为绝对不会。秦国地处边鄙，最怕中原各国说他们不懂道理、不通仁义。秦君那人，给他两顶高帽子，什么都肯干。

吕甥：再给伯姬送点礼物，让伯姬给他唠叨哭泣一番，这事就成了！

夷吾：寡人就依了你两个。那么，派谁出使秦国呢？

吕甥：前朝老臣也没有几个了，大王刚刚封赏为大夫的先轸、庆郑，微臣看着都可以。

夷吾：先轸最早可是和赵衰走得比较近，寡人对他不能完全放心。这回出使秦国，就让庆郑去办！——告诉他，粮食价钱可是必须压到最低！要不然，寡人宁可不买粮食。我倒不相信，晋国老百姓会统统饿死！

20. 室内 狄国 客厅 日

客厅里，重耳与狐毛、狐偃、赵衰议事。

狐偃：晋国向秦国求援买粮，我看十有八九要碰钉子。言而无信、翻脸无情，夷吾他还有脸再找秦国！

赵衰：我要是秦君，就向晋国再次提出五城的问题！不给五城，就干脆发兵攻伐！这叫师出有名，一举把夷吾赶下台去，然后大张旗鼓送咱家公子归国继位！

狐毛：赵衰将军的说法，也不过是想当然尔！

赵衰：怎么是想当然？咱们公子既然已经决心复国，就应该抓住这样的态势机会。秦君支持夷吾归国，已然发现弄糟了，如今是一肚皮窝火；我们就该派人去说动秦君，转而支持公子。凡事我等不去努力，难道等着秦君来求我们不成？

重耳：赵衰，就算眼下有这样的态势机会，我们也不能如此行事。晋国老百姓遭了灾荒，已经出现了饿死人的现象；再有兵火战事，民众还如何吃得消？就天下大道而言，其君有过，其民何辜？赶紧救助民众于水火之中，才是我们应该做的、必须做的！

赵衰：我也不过是虚拟情况，只是那么说说。

重耳：我看秦君其人，不会动那样险恶心机。即便可能动了那样心机，我们也不能见猎心喜、不顾道义。借这样的机会复国，将是重耳永远洗不去的耻辱！

狐毛：公子你看我们需要怎么做？

重耳：有劳大舅辛苦一趟，前往秦国，拜见秦君和伯姬。恳请秦君不念夷吾过错，能够尽早卖粮给晋国，以解救晋国百姓。

狐毛：秦国要是不肯卖粮支持晋国呢？

赵衰：假如秦国已经决定乘机攻伐晋国呢？

重耳：出使而能专对，我看大舅完全有这样的能力。两国原本有姻亲之好，晋国有了困难，秦国出手帮忙，这是大国明君应有的风范。如果秦君要趁火打劫，岂不是绝了秦晋之好？重耳不过是个流亡公子，但也将从此看不起他秦君！

21. **秦国 王宫内厅 日**

王宫内厅，秦穆公与百里奚、公子縶议事。

秦穆公：晋国遭了大灾，晋君派使臣来向我国买粮，你们有何见解？

公子縶：日前，邳豹到微臣舍下，特意言说此事。晋侯背信弃义，对我秦国有毁约之过；邳豹建议我国，趁此机会讨伐夷吾的失信不义。邳豹父亲邳郑被害，固然是报仇心切，但他的建议完全可以考虑。

百里奚：夷吾毁约，是在几年前。当初大王没有兴师问罪，如今趁该国遭灾兴兵，微臣以为不妥。大王志在秦国强盛，应该对内施行仁政、对外树立我秦国之良好形象；万不可背离仁义，遭诸侯各国耻笑！

秦穆公：那么，我国卖给晋国粮食不？晋国毁约，我国不予惩罚；他国有了灾荒，我们又是有求必应，秦国就这样好说话啊？寡人心里不舒服，非常不舒服！

公子縶：即便我们不去攻伐晋国，至少也可以义正词严拒绝他们的要求！

百里奚：大王，莫说秦国、晋国乃姻亲之国，便是一般邻国，有了天灾，援手救助，此乃古来立国之道也！望大王能够弃小愤、从大道，正气堂堂，使秦国自立于诸侯各国而毫不逊色！

秦穆公：此事容寡人想想。夷吾这个舅子，想起来实在令人窝火啊！

22. 室内 后宫 内室 日

秦穆公下朝，伯姬伤心掉泪。

几案上摆满食物，一点儿没动。

秦穆公：王后，你这是怎么了？——你们，是谁惹王后伤心掉泪了？

贴身宫女怯怯回答。

宫女：启禀大王，奴婢们不敢惹王后伤心，是王后自己不肯用膳。

秦穆公：王后，有什么事你和寡人说，你、你总得吃饭哪！

伯姬：我不吃！晋国遭了灾，老百姓吃不上饭，有人在一旁看笑话，不肯出手帮忙，我还吃什么饭？把我的膳食省下，留给晋国人吃！

秦穆公：王后开玩笑，你一个人不吃饭，能省出多少粮食、帮上几个人呢？

伯姬：能帮上几个算几个。有人能帮上大忙，可就是不帮！啊呀，晋国是找你们秦国来买粮，不是来乞讨；就算是乞讨，我的娘家人乞讨到你的门下，你也该给一口吃的！

秦穆公：你瞧你，国家大事，我总得和朝臣大夫们商量商量吧？你兄弟夷吾，答应给秦国五城，到了背信弃义欺骗了秦国，寡人这是办了一场何事？我、我得能给大伙儿交代得过去啊！

伯姬：反正是我们家人做得不对、做得不好，就算夷吾他有一万个不是，晋国老百姓可没有惹着大王你。

秦穆公：寡人总得让夷吾他觉得有些作难，不能他想怎么样就怎么样！

伯姬：大王你聪明绝顶，一开始你怎么就不选择重耳呢？莫非我们家的兄弟，就没个好的啦？

秦穆公：照夷吾这个样儿，寡人真有心思出兵废了他，让重耳归国执掌朝政！寡人这就派人出使狄国，和重耳协商此事。

伯姬：大王，你不用派人，狄国已经来人了！我狐毛舅父到了秦国啦！

秦穆公：狐毛来了？是说重耳归国的事情吗？反正这两个舅子的事，我是脱不了干系。夷吾干不成还有重耳；哈哈，幸亏王后你只有两个嫡亲兄弟！

伯姬：你不要把我们家人统统瞧扁了。重耳派我大舅来秦国，偏偏不是说什么归国继位的事！

秦穆公：不是说归国继位的事，那他说什么来了？

伯姬：他也是来说卖粮给晋国的事哪！

秦穆公：他也是说卖粮的事？这个，寡人真是不曾想到！

伯姬：怎么样？你也有想不到的时候吧？

23. 室内 馆驿 日

馆驿里，百里奚与狐毛相见。

百里奚：重耳公子真个名不虚传，真乃是仁义之主啊！老夫年迈，或者看不到那一天了；重耳日后，一定能够复国，复国之后，一定是个仁义之君！

狐毛：我家公子，一派拳拳之心，还望百里奚老大夫从中玉成哪！

百里奚：请阁下放心，百里奚当竭尽全力劝说我家大王，尽快发运救灾粮船！

24. 室外 渭河 码头 日

渭河码头上，粮包堆积如山。

民夫兵丁扛包装船。

当先的大船上，装满粮食；秦国旗号迎风招展。

岸边，百里奚为庆郑送行，公子絷将押运粮船去往晋国。

百里奚：庆郑大夫，请登船吧！粮船沿渭河顺流而下进入黄河，再溯流而上进入汾河，几天就到了你们晋国啦！

庆郑：运粮船队启运，庆郑不辱使命；多多拜上秦君，多多感激百里奚大夫从中周旋，也多多感谢公子絷亲自押运粮船！

公子絷：庆郑大夫你该知道，我家大王最终同意发运粮船救灾，重耳公子在其中起了至为关键的作用。

庆郑：重耳公子？

百里奚：是啊，重耳公子派出狐毛，前来游说我家大王；极力建言救灾恤民、永结秦晋之好。重耳仁义名不虚传！

庆郑：我家大王杀戮太重，国人确实都在思念重耳公子。晋国的事情，殊不足为外人道也！——庆郑告辞！

25. 室外 汾河 渡口 日

秦国救灾粮船，风帆旗帜高扬，陆续抵达汾河渡口。

岸上，纤夫结队拉纤。

船上，船工奋力划桨。

船上、岸上，号子震天。

船工：大伙儿用力划呀，大伙儿一条心哪！
　　　秦晋两相好呀，亲如一家人哪！

26. 室内 王宫 大殿 日

王宫大殿，群臣朝会。

静鞭三响，司礼太监出现。

司礼：大王上朝！

夷吾走上台陛，榻上高坐。

司礼：群臣朝拜！

冀芮、吕甥为首，大殿叩头。

众臣：微臣等恭祝大王千秋万岁！

夷吾：诸位爱卿平身吧！

冀芮：今日朝会，有两件大事，也不妨说是喜事！一件，晋国虽然遭了大灾，一时人心惶惶；大王英明神武、临危不乱，及时决策，向秦国买粮。秦国粮船抵达，民心安定，这是喜事一件！第二件，公子圉年满十二，已到成丁之年。大王决定册立公子圉为太子。册立太子，是国家大事，也是喜事！

吕甥：微臣拥戴大王决策！

士蒍：大王决策，关乎国运长久，微臣拥戴！

夷吾已经几分不耐烦。

夷吾：好啦好啦，不用一一表态、争相拥戴啦！册立太子，诸位朝臣都拥护。择吉祭祖告庙就是。祭祖的事，由冀芮主持；通告国人的表文嘛，由士蒍负责。冀芮大夫主持朝政，升任太宰之职；吕甥大夫能力强劲，加封太傅之职！

冀芮、吕甥：微臣谢恩！

冀芮：大王虚心纳谏，最为圣明；诸位朝臣，还有什么建言，尽可畅所欲言！

先轸：微臣先轸以为，此次秦国对我晋国有求必应，慨然卖粮，解救了我国灾荒。我国当派出使臣向秦君呈递国书，表达感激之情！

夷吾：向秦国买粮这件事，其中周折寡人已经听说了。秦君答应得很不爽快！晋国是向他买粮，须不是向他乞讨，寡人是花了钱的！作为姻亲之国，卖给我们一点粮食，没什么大不了的！

群臣愕然。

冀芮、吕甥相视一笑。

吕甥：大王所言，极有道理。不过，大王胸怀开阔，何必与秦君一般见识？不妨写一封国书，夸奖他几句，给秦君一顶高帽子戴戴，以显示大王之非凡器量。

夷吾：好吧，就依吕甥大夫所奏！

庆郑出列。

庆郑：微臣庆郑，觉得有一事需要说明。晋国此次向秦国买粮，重耳公子在其中也有派人建言的功劳。伯姬娘娘嘱咐微臣转告大王，希望大王能与重耳公子和睦相处——

夷吾：庆郑，你给寡人住嘴！重耳其人，惯会假仁假义、收买人心。寡人现在是晋侯，晋国还有他重耳什么事？寡人花钱买粮，重耳他空口白牙，让他跳出来充好人，真是岂有此理！

庆郑：请恕微臣直言。伯姬娘娘并无恶意，希望大王与重耳公子和睦相处，此乃公族之福、晋国百姓之福！

夷吾：哈哈，朝堂之上，你敢和寡人顶嘴！庆郑你莫不是和狐毛在秦国有所勾连？你是不是暗中想往重耳归国、取代寡人？

庆郑连忙跪下。

庆郑：微臣不敢，微臣绝无此意！

冀芮：庆郑出使秦国，本来有功；在朝堂之上竟然屡屡提及重耳，实属狂悖！微臣建议，对庆郑罚俸一年，以观后效！

吕甥：微臣同意冀芮太宰的建议。

夷吾：哼！不是太宰、太傅替你讲话，寡人今天就砍了你的狗头！寡人倒是不信，朝中拥戴重耳的人就杀不完！——退朝！

27. 室内 馆驿 日

[字幕：晋惠公五年（公元前646年），秦国遭灾。派出使臣来晋国洽谈买

粮事宜。]

馆驿内，吕甥、庆郑会见使者公子絷。

公子絷：去年贵国遭遇大旱，想不到今年秦国也遭遇了大旱。君上命在下前来贵国洽谈买粮事宜，多多拜上二位大夫，望能及早奏明晋君。

庆郑：此事请阁下放心，我家大王定会爽快答应，及早发出救灾粮船。事情明摆着，去年晋国遭灾，贵国给予大力支持；今年秦国不幸遭灾，此乃天赐晋国还报恩人的一个机会呀！

吕甥：请阁下在馆驿安心歇息，一旦我家大王做出决定，会有人前来通报。阁下烦闷，不妨四处走走，游山玩水一回。

公子絷：灾情如火，在下心如油煎，哪有心思游山玩水？多多拜托，万望尽早发运粮船哪！

28. 室内 后宫 内厅 日

后宫内厅，夷吾与冀芮、吕甥议事。

冀芮、吕甥席地，几案上美酒甘旨。

夷吾：内厅见面，咱们就不拘礼仪啦！你两个随便吃点、喝点。

冀芮、吕甥：微臣谢过大王！

夷吾：天下事说来有趣，你们两个当我的陪臣时节，寡人在宫里装的像个三孙子；喝酒嘛，还得到你们府上，偷偷喝那么一点。

冀芮：大王吉人天相、洪福齐天，偌大一个晋国，就等着大王归来统驭治理。

吕甥：朝中有障碍，里克就跳出来诛杀掉奚齐和卓子；国外需要强援，秦君就跳出来支持大王归国。微臣敬大王一爵，祝大王千秋万岁、万万岁！

夷吾：寡人耳根里，好像听得秦国遭灾的事，对此，二位爱卿怎么看啊？

冀芮：启禀大王，此事吕甥已经替大王通盘思虑过了，大王不妨听他分说一回。

夷吾：吕甥你是多有高见，往往与寡人想法不谋而合。秦国遭灾，你已有了想法，那就说来听听！

吕甥：大王，晋国东边，齐国最为强盛，说实话，咱们还不具备与齐国为敌的实力；西边呢，秦国大有崛起之势，不予遏止，简直就有东进扩张的可能。不知大王以为然否？

夷吾：说下去，说下去！

吕甥：去年，咱们晋国遭灾，假如大王处在秦君的位置上，会怎么办？那是天赐良机啊！发起大兵，突然袭击，莫说河西五城，便是河东五城、十城，也归了秦国版图！老天给了他们机会，他们白白放弃，那不是白痴傻瓜活该吗？

夷吾：说得好！先王为什么把百里奚送给秦国，寡人觉得那真是一步卓有远见的高棋！满脑子仁义道德，那只能是作茧自缚！寡人凭什么重用你两个？一肚皮歪才坏水，最合寡人的心思！

冀芮：多谢大王夸奖！

吕甥：如今，秦国遭灾，民众人心惶惶，这正是老天给予我们晋国的极好机会！微臣建议，宜于发起大兵，对秦国不宣而战；趁虚进攻，把秦国给他打垮了、打残了！

冀芮：莫说五城不给他，至少强占他五城回来！如此，大王开疆拓土，我晋国可望称霸！

夷吾：二位爱卿所言，深合寡人之意！——那么，咱们派谁领兵出征呢？

吕甥：按说，重大军事行动，就该大王带兵亲征。不过，大王乃万金之体，倘若有什么闪失，如何了得？微臣建议，庆郑积极倡言卖粮给秦国，就专门让他带兵攻伐秦国！

夷吾：哈哈，吕甥呀，你快成了寡人肚里的虫子啦！寡人怎么想，你就怎么说，咱们这样的君臣一条心，也是旷古未有啊！

吕甥：微臣多谢大王夸奖！——让庆郑带兵，还不能给他太多兵马；要不然，万一他倒戈反叛，大王拿他怎么办？顶多给他半支上军，打胜了，是大王的英明决策；打败了嘛——

夷吾：寡人自会拿他问罪！好啦，事情就这么定了！——来，咱们君臣同饮美酒啊！

29. 室外 魏阙 日

魏阙这儿，国人围观出兵公告。

国人：要打秦国？不会吧？识字的，你们没看错吗？

士子：可耻！晋国竟然成了这样一个国家！

老者：有其父必有其子呀！

介子推和壶叔，表情肃然，默默离去。

30. 室外 都城 日

离开晋国都城，公子絷扭身回望，愤怒诅咒。

公子絷：夷吾竖子，趁我秦国遭灾，不宣而战，你如此背信弃义、倒行逆施，必遭天谴！

第十六章　恩将仇报惠公犯秦境　吊民伐罪秦军捉夷吾

1. 统一片头

2. 室外 田地 土墙 日

隔着一道土墙，壶叔招呼那边的老农。

壶叔：刘二老伯，晋国这几天要出兵打你们秦国；告诉老乡们躲一躲吧！

刘二：能有这事？

壶叔：壶叔什么时候说过假话？

刘二招呼种地农人，扛了锄头离去。

3. 室外 渡口 日

渡口，许多人踩着跳板上船。

船老大：老三，这是过河瞧闺女去吗？

老三：朝廷出兵要打人家秦国，我去把闺女一家接回来！好端端的，要打秦国，上头这不是疯了吗？

4. 室内 秦国 朝房 日

朝房里，朝臣等候上朝。

朝臣：百里奚大夫，想不到老百姓的传言变成了事实，晋国果然是对我国不宣而战；幸好咱们有了防备，晋军遭到了迎头痛击！

百里奚：大王极为恼怒，国人非常气愤，军队强烈要求回敬晋军！看样子，大王要带兵亲征，打过黄河去，痛痛惩罚夷吾一回！

公子絷：大王带兵亲征，在下愿为前锋！

5. 室内 后宫 内厅 日

后宫内厅，伯姬和宫女们帮着秦穆公结束衣甲。

伯姬忍不住抹泪。

秦穆公：这次出兵，莫说是朝臣一致同意，就是朝臣不同意，寡人也要打过黄河！夷吾这个舅子，真是混账，气死寡人啦！

伯姬：我家兄弟不争气，不给我长脸，妾妃还能说什么？

秦穆公：你什么也不用说，你也甭给他护短，你也甭给我掉泪！

伯姬：一边是我的夫君，一边是我的兄弟，你们两个打起来，妾妃我——

秦穆公：是你那忘恩负义、没有人性的兄弟夷吾，他打上门来的！不是寡人闲得无聊，找人打架玩儿！

伯姬：但愿大王旗开得胜，可是——

秦穆公：可是什么？莫非你不愿看到寡人打胜仗吗？让你兄弟无理打上门来，你丈夫被揍一顿吗？真是岂有此理！

伯姬：大王呀、夫君呀，你饶过妾妃吧！

伯姬说着，哭泣开来。

秦穆公：寡人出征在即，你看你，唉！这个夷吾，不办人事，搞得秦国遭灾还得打仗，搞得寡人后宫不宁！

伯姬忍住哭泣，屈膝敛衽。

伯姬：妾妃愿我的夫君平安归来！

秦穆公走到门边，身后传来伯姬的哭声。

秦穆公：你们给我好生服侍王后！

6. 室外 旷野 日

旷野上，视界里，晋军弃兵曳甲，纷纷逃窜。

公子絷与秦穆公在战车上讲论形势。

公子縶：晋军毫无斗志，几乎是一触即溃；我军全部渡过黄河，依然没有遇到像样的抵抗。请问大王，我们还继续进入晋国的腹地吗？我军粮草恐怕有些困难啊！

秦穆公：我国虽然遭灾，但面对晋侯的不义，老百姓积极支持寡人打好这一仗！百里奚正在组织粮草接应，我军乘胜进军，寡人一定要打得夷吾服软、认错不可！

公子縶挥动令旗。

公子縶：大军继续前进！

7. 室内 后宫议事厅 日

庆郑胳膊带伤，跪地请罪。

夷吾厉声质问。

夷吾：大胆庆郑！一开始，我军不是打过黄河去了吗？怎么这么快就败退回来？

庆郑：微臣只有数千人马，遭到秦君亲率大军的抵抗。微臣无能，有负大王重托！

吕甥：大王决定，无比英明！我军突然袭击，完全能够以少胜多。是你指挥失当，大败亏输，还敢在大王面前狡辩！

夷吾：败军之将，不在前方战死，还有脸活着回来！你是不是专门将秦军引入我国腹地？——来人哪，将庆郑推出宫门斩首，人头挂在魏阙，号令国人！

士蒍出列跪地。

士蒍：大王哪！庆郑身负重伤，说明曾经奋勇死战。再者，小小一个庆郑，带兵数千，确实不是秦国全部大军的对手。微臣恳请大王饶过庆郑性命，让他戴罪立功！

冀芮：大王为什么只派数千兵马出征？就是要激怒秦君，让他带兵打来！秦国遭了灾荒，劳师远征，大王自有破敌之策。——大王，念士蒍大夫为其讲情，微臣请大王暂且饶过庆郑！

夷吾：庆郑，打了败仗，还要活命；你是不是可以交出一半封地，来换取你的性命啊？

庆郑：微臣谢大王不杀之恩，微臣愿意交出一半封地！

士蒍：启禀大王，微臣对国家没有尺寸之功，也愿意交出一半封地！

夷吾：哈哈，寡人看着你们是越来越可爱啦。你们怎么就学得这么懂事、这么乖巧呢？

8. 室内 后宫内厅 日

［晋惠公六年春（公元前645年），秦穆公亲率大军，攻入晋国腹地韩原一带。］

后宫内厅，夷吾手扬一张帛书，与冀芮、吕甥议事。

夷吾：所有朝臣里，寡人最信任的不过你们两个，你们无论如何不该糊弄寡人！你们说，秦国遭灾，军队的粮草根本接济不上，稍稍一拖，他们定会不战而退；结果怎么样？秦军不但没退兵，反而越打越近，就快打到都城来了！秦君还给寡人写来了问罪的国书！

吕甥：大王，微臣料定秦军退兵，说得不过是常情常理；谁知道秦国人办事不按常理。如今，是他们打到了我们晋国，须不是我们打去他们秦国。他们凭什么要向大王问罪？是大王该向秦君问罪！

夷吾：吕甥啊，寡人知道你能言善辩，死人都能让你说活了。秦军打到咱们大门上，这是光凭说嘴就能退兵的吗？

冀芮：大王，秦军打来，也不过是兵来将挡、水来土掩！

夷吾：一个太宰、一个太傅，你们也不用给寡人演双簧。你两个快快代寡人主持朝会，看怎么尽快退兵吧！

冀芮、吕甥：微臣遵命！

9. 室内 大殿 日

大殿上，群臣朝会。

冀芮：今日朝会，大王命我和吕甥大夫代为主持。去年，庆郑大夫奉命带兵攻打秦国，始而未能取胜、继而未能御敌于国门之外，结果让秦军长驱直入，打到了我国韩原。这事怎么办，大家不妨直抒己见。

先轸：冀芮太宰说法不妥。晋国遭灾，秦国救灾恤邻，尽快发来粮船；秦国遭灾，我国不仅不帮助救灾，反而是趁人之危、不宣而战；这是太宰、太傅决策有误，怎么能把责任完全推到庆郑大夫头上？

吕甥：出兵攻伐秦国，决策是大王做出的。先轸大夫你的意思，是要指责君上吗？

先轸：吕甥大夫这样讲话，群臣谁还敢直抒己见？秦军粮草接济困难，仍然不肯退兵，在下以为他们绝不是要攻占晋国，而是兴师问罪；他们需要一点面子，需要我们低头认错！二位大夫主政，可有这样一点风度？只要亲自去见秦君、诚恳认错，我敢说，秦国一定会退兵！

冀芮：简直岂有此理！秦国打到我们晋国，怎么反过来要我们晋国认错？先轸你到底是为哪国利益讲话？

庆郑：秦国不肯退兵，我国又不肯认错；眼下情势，唯有和秦国一战。不知二位主政大夫，是不是这个意思？

吕甥：庆郑大夫，我看你倒是长了不少脑子。大王的意思，就是要给秦国一点颜色瞧瞧，把秦军尽快赶出我们的国土！庆郑大夫是否准备带兵出战、戴罪立功呢？包括诸位大夫，你们谁肯领受任务、为国建功呢？

庆郑：秦军属于劳师远征，只要大王能够给在下足够多的军队，庆郑敢保必胜！可是，我把话讲明在朝堂上，大王不会给我那么多军队呀！

先轸：所谓疑人不用、用人不疑，大王又要马儿跑得好，又要马儿不吃草，这仗可没法打！——吕甥大夫深得大王信任，又是随先王多次征战过的，何不亲自领军出征呢？

吕甥：这是什么话？本大夫现任太子太傅，爵位已经足够高，怎么还可以掌控兵权呢？

先轸耸耸肩膀。

先轸：那我们还开什么朝会？大家等着秦军打到都城来好了！

士蒍：各位大夫，请容士蒍说个主张。眼下情势，秦国不会退兵，晋国不肯认错，这仗是非打不可；大王不愿放手兵权。一国之君嘛，也实属情有可原。既然秦君是亲自带兵打来，我们国君何不亲自带兵出战？士蒍希望朝臣大夫形成一致意见，共同请求大王领军出征！

冀芮、吕甥对对眼儿。

冀芮：士蒍大夫不愧是老臣，这个主张说得好！我和吕甥大夫就这样禀报大王。

庆郑：如果记得不错，大王是不曾打过仗的；庆郑戴罪之身，如果大王亲征，愿为大王驾车！

10. **室内 后宫议事厅 日**

后宫议事厅，夷吾与冀芮、吕甥议事。

夷吾：寡人让你两个主持朝会，想出一个退兵之策；你们竟然是众口一词，让寡人亲自出征。寡人没有打过仗，你们不知道吗？你们，你们这不是赶鸭子上架吗？

吕甥：朝臣们倒是有两条退兵之策，只怕大王不肯听啊！

夷吾：什么退兵之策，快给寡人说来听听！

冀芮：一条，大王原本就不该决策攻打秦国。秦君生了气，带兵打到门口，须得大王亲自去给秦君认错、道歉。

夷吾：不成、不成！寡人凭什么给他道歉？寡人即便错了，也要一错到底，绝不给他低头！

吕甥：还有一条，庆郑想要戴罪立功，先轸也愿意领兵出征。他们要求大王把晋国上下两军的兵权，全部交给他们！

夷吾：不成，这一条更不成！哈哈，寡人凭什么指手画脚、作威作福？就因为寡人手握兵权，能够对朝臣大夫生杀予夺！把兵权交出去，他们反戈一击怎么办？他们去迎回重耳来，寡人怎么办？

冀芮：所以，要想把秦军赶出去，只剩下一条，大王你就亲自带兵出征吧！

夷吾：就没有别的办法了吗？寡人亲自带兵出征，打不过秦军怎么办？万一寡人有个好歹，你们、你们就不管寡人的死活了吗？

吕甥：大王，要打仗千万不能未战先怯。秦军远离国土，粮草接济不上，可以说他们中了大王的诱敌深入之计。而且，秦军属于疲劳之师，根本经不起我军的迎头痛击。大王吉人天相，一定能够旗开得胜。

夷吾：那么，你们两个，谁陪着寡人去打仗呢？整个朝政、后宫国都，不能都交给你们吧？

吕甥：大王，你要对我们两个都产生了怀疑，大王可就真的成了孤家寡人啦！微臣觉得是这样，让冀芮大夫与太子监国，同时负责发运粮草；我吕甥愿意随同大王出征！——这样安排，大王以为如何？

夷吾：好，好！寡人哪里会怀疑你们两个呢？你俩是寡人最最宠信的大臣、爱卿！如果打了胜仗，看寡人怎样奖赏你们！

11. 室外 城郊 军营 日

军营，军旗招摇，戈戟如林。

营门大开，战车出动，当先战车上是庆郑、先轸。

庆郑：先轸大夫，大王亲自带兵出征，你看有几分胜算？

先轸：按说，秦军是劳师远征、强弩之末，我军在本土作战，属于生力军，我方胜面大些。要论士气，恐怕秦军要高一些。具体胜负，难说啦！

12. **室内 大帐 日**

大帐内，秦穆公与公子縶以及将校们一边议事，一边在几案地图上指指画画。

公子縶：微臣以为，夷吾会派一支大军前来；想不到是夷吾亲自领军，上军、下军一齐出动。

秦穆公：哈哈，事实早已证明，夷吾这个舅子的想法，异于常人。寡人给他写去国书，只要他口头认错，我们即可退兵；我军劳师远征、粮草接济困难，战事拖延下去，确实不利，寡人要的不过是秦国的面子。他就是不给寡人这点面子！夷吾亲自出动也好，不然，他龟缩在都城死活不出来，我们怎么办？我们还真是不好下台。

公子縶：晋国两军出动，兵力可就超过了我军。这仗怎么打？不知大王有何部署？

秦穆公：当下态势，我军只宜速战速决。

公子縶：所谓擒贼先擒王，只要集中兵力，杀死或者活捉了夷吾，我军便是大胜！看晋军的布阵情况，是这样一个弧形防卫的圈子；夷吾一定是在圈子里面的核心。微臣愿率一支前锋，冲破防卫、直扑核心，争取将夷吾一举拿下！

秦穆公：擒贼先擒王，我们这么想，对方就不会这么想吗？吕甥、先轸、庆郑，都是打过仗、善用兵的人才。他们放过我军前锋，集中兵力前来围攻寡人，我们该怎么办？

公子縶：哎呀，这一节，微臣确实疏于考虑。

秦穆公：由一支前锋，突破防线、直扑核心，这个想法非常大胆！寡人分兵一半，亲率前锋，突入核心，寻找夷吾决战；晋军发现寡人，必将全力合围。你等余下兵力，分作两路，在晋军全力合围、不顾身后的情况下，从背后发起冲击。晋军可破、我军定将大胜！

公子縶：大王，此计果然是好计，可是大王万金之体，这个就太危险啦！

秦穆公：两军相逢勇者胜，打仗哪有不危险的？就这么定了，分头部署，准备出兵！

13. 室内 大帐 日

晋军大帐，夷吾与吕甥、庆郑、先轸也在计议。

先轸：我军兵力尽管超过秦军，但微臣以为，要完全消灭秦军，根本不可能。秦军劳师远征，一定是急于和我们决战，我们只宜深沟高垒，不与对方接战；另外派出一支奇兵，断其粮道。秦军没有了后方接济，一定会仓皇退兵。这时，我军再背后掩杀，可获全胜！

庆郑：先轸大夫所言，深合用兵之道，微臣完全赞同！

吕甥：大王亲征，我军士气大振；正要和秦军决战，如何可以未战先怯、深沟高垒，一味防守？

夷吾：是啊是啊，那样寡人岂不是成了缩头乌龟？要当缩头乌龟，就龟缩在咱们都城不好吗？赶紧和他打，全部消灭秦军，活捉那个姓嬴的小子，让他给我认错，让他给我叩头谢罪！

庆郑：如果不用先轸的方略，要和秦军决战，我军就不该部署成一个弧形防御的圈子。应该派出一支前锋，冲破秦军阵形；然后其余部队分作两支，对秦军形成钳形夹击之势。秦军必败无疑！

吕甥看看夷吾。

吕甥：你们这是什么话？大王亲征，大王才是我军的重中之重！弧形防御圈，就是为了全力保护大王安全。

夷吾：哈哈，说得好！吕甥大夫对寡人真是一片忠心！

先轸：想要消灭秦军，却不去进攻对方；全军只是要保护大王安全，这仗到底要怎么打？

吕甥：秦军急于求战，一定会主动前来进攻；我军弧形防御圈，中间放开一个口子，让秦军进来；然后我军回师合围，秦军还往哪里逃？包围了对方之后，擒贼先擒王，通告全军上下，杀死或者生擒秦王者，赏万金！封地十万亩！

这时外面响起战鼓声，有小校闯进报告。

小校：秦军向我军发起进攻，前锋离我军不到二里！

夷吾在那儿已经缩了脖子。

吕甥：大王，请登上战车，看微臣如何指挥这场大战！

14. 室外 旷野 战场 日

秦军前锋部队，成一个楔形，战车在前，向晋军弧形防御圈推进。

最先的战车上，甲士都是长枪大戟，弓弩手引满待发。

第三辆战车上，秦穆公当先挺立；吩咐身边将校。

秦穆公：待冲破晋军防御圈之后，即刻亮出旗号，吸引全部敌军，前来围攻寡人！

将校：末将得令！

两军接近，双方放箭。

将校挥动令旗，秦军齐声呐喊，战马奔腾开来。

秦军：冲啊！杀啊！

前锋眼看突入了晋军防线。

15. 室外 晋军防线 日

秦军战车冲开晋军防线。

长枪大戟，相互攻杀。

秦军精锐步兵，护卫了秦穆公战车，冲开一条血路。

秦穆公：展开大旗，亮出寡人旗号！

当先战车上，一齐打出秦王旗号。

车上甲士、步兵，齐声呐喊。

众：杀呀！活捉晋侯，冲啊！

16. 室外 晋军垓心 日

垓心里，夷吾独自在一辆豪华战车上。

众多战车、甲士，严密护卫。

吕甥在一辆车上观察形势。

吕甥：秦王如此胆大，不顾死活，竟然亲自冲进我军防御圈！——来人，速速通报庆郑、先轸，回军包围秦王！

有传令官骑马，朝两面而去。

17. 室外 树林 秦军后队 日

秦军后队，在一片林中等候出战。

有战士爬在树上观望战场形势。

战士：报告将军，大王战车已经冲进了晋军防御圈！

将校：公子，我们出动吗？要是晚了一步，大王有个闪失，如何得了？

公子絷表情极其严肃。

公子絷：继续观察！晋军整个合围，我军才能出动！否则，大王冒死犯险，将前功尽弃！

18. 室外 战场 日

垓心战场。

秦军已经扑进垓心，遭到晋军环形车阵阻挡。

车上，箭矢如雨，秦军纷纷中箭。

秦穆公：弓箭手放箭！标枪手出动！

秦军弓箭，同样如雨射去。

标枪手冲上，标枪纷纷投掷。

秦穆公：甲士们，冲上去！

甲士们凶猛异常，连连将晋军砍翻、刺死，并掀翻晋军车辆。

这时，庆郑、先轸合围而来。

众：不要走了秦王！活捉秦王！杀呀！

秦军禁卫队收缩圈子，严密护卫着穆公。

穆公反而微笑。

秦穆公：好！今天战事发展，一如寡人所料！

有箭矢、投枪射来，身边将校连连拨打开来。

19. 室外 秦军后队 日

公子絷高声号令。

公子絷：晋军已经全部回军合围，我军分作两路，攻入垓心！

秦军分作两支，战车当先，如两道洪流，冲杀而前。

众：冲啊！活捉晋侯！杀呀！

20. 室外 垓心战场 日

垓心战场，秦穆公这儿的形势异常紧急。

外面，庆郑、先轸已经逼近。

里面，吕甥的战车冲出。

众：活捉秦王！冲啊！

秦穆公这才拔出宝剑。

秦穆公：秦国勇士，杀敌报国的时候到了！

众：杀敌报国！

晋军冲上的兵士，纷纷被杀。

有长枪大戟已经接近秦王，秦王禁卫以一当十。

秦穆公身上已溅满鲜血。

这时，秦军后队终于冲上，钳形攻势完成。

公子縶：秦军大队人马杀到！冲啊！

众：冲啊！活捉晋侯！杀呀！

庆郑、先轸，连忙回军迎战。

秦穆公：援军来到，勇士们，随寡人冲啊！

秦军战车冲锋；禁卫军势不可当。

吕甥忙着回车，被甲士赶上，砍翻驭手、掀翻了战车，吕甥连滚带爬，逃出垓心。

21. 室内 大帐 日

夷吾狼狈逃回大帐，喊叫带着哭声。

夷吾：你们给寡人挡住秦军，寡人重重有赏啊！

亲兵或被杀死，或被缴械。

公子縶带领甲士冲进。

公子縶：夷吾小儿，你想到会有今天吗？

夷吾：我错了，我有罪！你们、你们千万不要杀我，我让全军放下武器、马上投降哪！

公子縶：瞧瞧你，哪有一个大国君主的样儿？——给我抓起来，押回秦国！

22. 室外 帐外 战场 日

大帐外，战事接近尾声。

公子縶将夷吾押出大帐，押上一辆兵车。

秦国将校在呐喊。

将校：晋侯已经被俘，晋军放下武器，一概不杀！

晋军见状，不再抵抗，纷纷扔下武器。

秦穆公登上一辆战车，准备发布宣言。

公子絷：晋军将士们，大家听好，我家大王有话要讲！

秦穆公：寡人帮助夷吾归国继位，看来是错了。夷吾不仁不义，对外屡失信用，对内滥杀无辜，简直是天怒人怨！寡人带他回到秦国，将上报周天子，然后会同诸侯大国，宣布夷吾罪状，杀了他祭天！你们晋国怎么办？寡人一定要请回重耳公子来，好生管理国家！

晋国士兵，当时就有人欢呼。

士兵：好啊！杀掉夷吾、迎回重耳！

23. 室外 草丛 日

吕甥与几个亲兵躲在草丛中。

耳边是各种呐喊声。

众：夷吾被活捉了！——杀掉夷吾、迎回重耳！

吕甥：快快逃回都城，商量对策！

24. 室内 冀芮客厅 日

客厅里，冀芮、吕甥议事。

冀芮：这事闹得，这仗打得真是出乎意料！

吕甥：怎么？冀芮大夫没有想到今天吗？夷吾他哪里是领兵打仗的料子？

冀芮：我是说，秦军干脆把他杀掉也好！咱们把子圉扶起来，晋国朝政不是还在咱们两个的手中吗？如今情势，秦王要是迎回重耳，我们该怎么办？

吕甥：我没明没夜匆匆奔回，就是和你商量这件大事。我的主张，宁肯设法救出夷吾，也不能让重耳归来！

冀芮：这个，吕大夫你能办到吗？

吕甥：哈哈，吕甥打仗或者差一点，要说出使专对、外交花招，吕甥敢说没有什么对手！

冀芮：秦王恨极了夷吾，他要是不听你的，非杀夷吾不可呢？

吕甥：他可以不听我的，却不会不听伯姬的！不用很多礼物，凭我的三寸不烂之舌，我保证能让伯姬一哭二闹三上吊，闹得秦王后宫整个鸡犬不宁。末了，还保住夷吾的性命。

冀芮：这样的话，我们这回可就功劳大啦！你我能有什么好处呢？

吕甥：我已经想过了，就是"作爰田、作州兵"！

冀芮：作爰田、作州兵，怎么讲？

吕甥：晋侯手中的土地太多啦！夷吾他要活命，我们要他乖乖地把土地全部拿出来，由大夫们负责经营。我们按比例给他纳贡，土地却从此成了我们的私产！我们控制了土地，任何君主能不听我们的吗？听明白没有，这就是作爰田！

冀芮：夷吾要是不干呢？

吕甥：那就让秦王砍掉他的脑袋！

冀芮：如此说来，所谓作州兵，就是大夫们控制了土地之后，可以按土地大小比例，自行建立军队？

吕甥：冀芮大夫，果然是我的知己！哈哈，夷吾当年怎么说的？咱们两个，是穿一条裤子啊！

冀芮：好！如此就请吕大夫辛苦，赶奔秦国活动；朝中各家大夫，由我来通气协调。

吕甥：在下今天就连夜出发。秦军归国，车辆辎重，行进缓慢；我一定要在秦王归国之前，见到伯姬那个没脑子的女人！

两人对脸相视，脸上都是坏笑。

25. 室内 秦国后宫 内厅 日

后宫内厅，几案上是礼品，玉璧、首饰、五色锦缎等。

吕甥披头散发，泥涂血泪的，好生狼狈。

宫女陪同伯姬出来见客，伯姬身旁还有女儿秦姬。

伯姬：哎哟，这是吕甥大夫啊，我又见到娘家人啦！

吕甥早已跪下，哀声拜见。

吕甥：晋国败军之将吕甥，拜见王后娘娘！

伯姬：起来说话吧。——你是说，晋国吃了败仗啦？

秦姬：母后，看来我家父王是打了胜仗啦！

吕甥：王后呀！大王夷吾已经知道自己错了，到战场上是要给秦王认错赔情的啊！可是，秦王不肯饶恕夷吾，把晋国人杀得是血流成河啊！王后你是知道的，大王夷吾哪里会打仗？哪里是秦王的对手，如今成了秦国的俘虏啦！

秦姬：那叫活该！谁让他那么不仁不义、没有一点信用！

伯姬：秦姬，不许那么说你舅舅！——夷吾被抓住，还好还好。我家大王恨极了他，总算给他还留着性命。

吕甥：王后呀，我的公主！秦王活捉了夷吾，并当众宣告，一定要杀掉他祭天呀！王后娘娘，你无论如何要救你的嫡亲兄弟的性命哪！

伯姬：大王也真是的，怎么非要杀掉夷吾呢？

吕甥：夷吾乃晋国一国之君，活生生让秦国处决砍头，秦王的名头太凶恶；晋国人从此恨死了秦王，咱们姻亲之国、秦晋之好，从此成为世代仇敌。再说，晋国老百姓可怜巴巴的，一下子就没有国君了呀！

秦姬：没了夷吾舅舅，不是还有重耳舅舅吗？让重耳舅舅归国继位，有什么不可以？父王不要杀夷吾舅舅，把他养活起来，不就得了？

伯姬：小妮子说的倒也是个道理。吕甥大夫，我来劝劝大王，不要杀夷吾，让他退位，你看可好？

吕甥：王后娘娘，夷吾归国继位之前，奚齐和卓子两位王子都让杀掉的呀！王室继位的事，娘娘知道，向来是血雨腥风；就算重耳公子仁义，不肯随便杀人，大夫朝臣们也不干哪！只要传出夷吾退位的消息，夷吾的孩子们统统会被杀掉呀！太子子圉最大，也不过十几岁，才只秦姬这么大，娘娘啊！你怎么能忍心，看着这么大的娃娃被剁成肉酱啊！

伯姬：你快不要说了！

吕甥：娘娘，我的公主，咱们晋国人都看着你、都指靠你啦！

26. 室外 王宫 大殿外 日

秦穆公得胜还朝，百里奚带领百官隆重迎接。

百里奚：大王得胜还朝，可喜可贺！

公子絷：大王披坚执锐、亲冒矢石，最终能够俘获晋侯，果然是仁义之师所向无敌呀！

秦穆公：前方，公子絷克敌有功；后方，百里奚大夫漕运粮秣接济，同样功不可没！大家将息两日，然后朝议，看晋国的事情如何妥善处置。

公子絷：大王已经当众宣告要杀夷吾，这个家伙极其可恶，实在没有留着的必要啦！

百里奚：老臣建言，即便不杀夷吾，也该请回重耳来主持晋国朝政。不然晋国的事情，终究得不到彻底解决。

这时，大内太监总管匆匆奔来。

总管：大王，请恕奴才冒昧，打断大王。王后娘娘带了小王子、小公主们登上后宫阁楼，反锁楼门，声称大王如果诛杀夷吾，就要放火自焚哪！

秦穆公：这、这是从何说起？这，这不是胡闹吗？寡人杀不杀夷吾，这是国家大事！她怎么能、怎么可以——

总管：大王，王后的脾气，这个，奴才冒死请大王快回后宫哪！

秦穆公：内宫总管听命，快快回后宫去救王后和孩子们，就说寡人不杀夷吾。快去呀！

太监总管匆匆离去。

百里奚：大王处理后宫事务，微臣等告退！

秦穆公满面尴尬。

秦穆公：这个，寡人说过要杀夷吾吗？话是那么说，哈哈，当姐夫的，怎么好随便就杀掉小舅子呢？百里奚大夫，你说说看，杀掉夷吾，不利于秦晋之好嘛，是不是？

百里奚：大王，即便不杀夷吾，也不能随便放他回晋国！国家大事，到底不全是大王的家事啊！

秦穆公：百里奚、公子絷，关乎国家大事，夷吾究竟如何处置，你等给寡人拿出一个合适的方案来！

百里奚：老臣领旨！

公子絷：大灾之年，劳师远征，好不容易活捉了夷吾，绝不能便宜了他！

27. 室外 后宫阁楼 回廊 日

阁楼外的回廊上，伯姬全身戴孝，手持火把，又哭又叫，出言威胁。

伯姬：赶快放了我家兄弟！要不然，我就点着阁楼，和孩子们同归于尽，反正我也没脸见晋国人！

贴身宫娥连连劝阻。

宫娥：娘娘，这可不是闹着玩儿的，小心吓着孩子们！

伯姬：谁说我是闹着玩儿啦？他再不放我兄弟，看我敢不敢放火！

28. 室内 阁楼里 日

秦姬和几个弟妹被关在阁楼里。

弟弟：姐姐，母后为什么关起我们来啊？

秦姬：母后这是在吓唬父王。

妹妹：什么时候放我们出去呀？

秦姬：咱们帮着母后哭闹，父王着了急，咱们可以就出去啦！

弟弟：有趣，有趣！那咱们就开始哭闹呗！

大家于是一齐哭叫。

众：父王呀！救命哪！活不成啦！

阁楼门打开，伯姬笑眯眯进来。

伯姬：孩子们，别哭闹啦！你家父王答应不杀夷吾舅舅啦！

秦姬：母后你也真是的，父王出征归来，你就这么折腾他！

伯姬：小妮子你知道什么？为娘不这么闹腾，能救下你舅舅吗？

29. 室内 客厅 日

夷吾被软禁，公子絷前来面谈。

夷吾一身素服，起身见客。

夷吾：被俘之人夷吾，见过公子！

公子絷：大王乃一国之君，尽可不必这样谦卑。怎么样？这儿吃住方面，照顾也还周到吗？

夷吾：多谢多谢！吃得蛮好，顿顿有酒有肉；就是在晋国，寡人，不，在下，又能吃些什么呢？

公子絷：我国提出的几条结盟条款，大王都考虑过了吗？

夷吾：考虑过了，我是一概答应，绝无不同意见哪！

公子絷：河西五城，这回你给不给秦国哪？

夷吾：我给，我给！现在就给！

公子絷：这是先前的欠账，不算此次的条款。让你的太子入质秦国，你可答应？

夷吾：太子来当人质嘛，只是名声不那么好听而已。其实有什么呢？他来住到他姑姑家，蛮好蛮好！只要让我归国，我是什么都答应啊！

公子絷：条款你都答应，这固然不错。可是，你到底能不能回晋国，还有最关键的一条。

夷吾：还有哪一条？快快请讲！

公子絷：贵国的朝臣大夫，愿不愿意让你归国呢？他们要是不同意，大家一致欢迎重耳公子归国，那么对不起，你就什么都别想啦！

夷吾急得连连打躬作揖。

夷吾：这个，这个请大夫务必多多帮忙周旋！朝臣大夫，冀芮还有吕甥，让他们赶快来见我！他们怎么会不愿意让我归国呢？让重耳归国，不可能，万万不成！我、我答应给秦国十座城池，划一半国土给秦国！

公子絷：哼！就凭你这个样儿，为了自己归国复位，置国家于不顾，谁会希望你归国呢？你好好反省一回吧，我的大王！

公子絷拂袖而去。

夷吾急得搓手顿足、抓耳挠腮。

30. 室内 馆驿 日

馆驿内，百里奚与吕甥见面。

百里奚：这一次，再不能草率行事。夷吾究竟能不能归国，我家大王考虑极为慎重。除非晋国朝臣大夫，多数要求夷吾归国；不然，秦国记取教训，宁肯帮助重耳回去执掌朝政。

吕甥：这个嘛，在下须得回国与朝中大夫商量。大家拥戴夷吾与否，让人人都署名画押，以取信于秦王。

百里奚：关乎晋国前途，吕甥大夫好自为之。

吕甥：在下临行前，不知能否见见夷吾？

百里奚：这个有何不可呢？

31. 室内 客厅 日

吕甥来见夷吾，夷吾几乎是声泪俱下。

夷吾：吕甥大夫，寡人一向待你不薄，你这次一定要帮助寡人归国啊！

吕甥：大王，事情恐怕有些难办。秦国这次开出的条件非常苛刻。不是微臣和冀芮说了就能算事，要所有大夫都拥戴大王归国，署名画押才行啊！

夷吾：吕甥大夫，寡人求你啦！你、你替寡人给朝中大夫多说说好话，他们有什么要求，寡人统统答应！

吕甥：大王，对秦国，你赖过人家五城；对里克，你不仅不给他封地，还要了他的命。大王你的信誉，不怎么样啊！

夷吾：那、那都是寡人听了你和冀芮的主张哪！你、你不能把责任都推到寡人头上哪！

吕甥：大王，现在不是追究责任的时候。你说这些，有什么用呢？这么讲吧，大王你到底是不是真心想归国？

夷吾：这还用问吗？寡人在秦国，是俘虏、是阶下囚，寡人是度日如年啊！

吕甥：那么，你能不能按微臣说的办呢？

夷吾：你说怎么办？快快给寡人讲来！

吕甥：比如让大王将公族的所有土地都拿出来，分给朝中大夫，你舍不舍得呀？

夷吾：这个、这个，这也太苛刻了吧？公族的土地都拿出来，寡人吃什么呀？

吕甥作势要走。

吕甥：大王舍不得了吧？那就一切免谈。这样的条件，我等去和重耳谈谈，看他乐不乐意？

夷吾扯住吕甥。

夷吾：我的好大夫，寡人答应、寡人答应你还不成吗？

吕甥：这一项，叫作"作爰田"。大夫们分得公族土地，会按比例缴纳贡赋。大王不必亲自经营土地，却能照常得到贡物，何乐而不为呢？——这是具体条款，大王如果同意，就在上面署名画押。微臣归国，即刻就将土地分给众位朝臣。那么，接下来，就是隆重欢迎大王回国复位啦！

夷吾拿着一块帛绢，痛不欲生割肉一般，署名于上。

这时，几滴眼泪落在帛绢上。

吕甥：大王这回的眼泪嘛，像是真的了。"男儿有泪不轻弹，只因未到伤心处"嘛！

32. 室内 晋国 冀芮客厅 日

客厅里，冀芮、吕甥会面。

冀芮：吕甥大夫真厉害！果然是外交专家、谈判高手，竟然真个救下了夷吾，让夷吾同意了"作爰田、作州兵"！让他同意这些，好比是与虎谋皮啊！

吕甥：夷吾怕死，又想回来执掌晋国大政，他能不答应咱们的条款吗？

冀芮：公族土地，这就分下去，还是等他回国之后再说？

吕甥：夷吾言而无信，翻手为云、覆手为雨，现在就得分掉土地，给他来一个既成事实！

冀芮：夷吾其人，目光短浅、心胸狭隘，这样痛痛地敲了他两竹杠，他复位后，会不会报复你我二人呢？

吕甥：在两军阵前，秦王抓获了夷吾，当众声称要请回重耳；在咱们晋国军队里，就有人当众欢呼。夷吾心里明白，对他的致命威胁，从来不在你我，而是在重耳。夷吾这次窝囊透了，一肚子的邪火要发泄；咱们稍稍给予诱导，让那股邪火冲着重耳发去，也就是了。

冀芮：吕甥大夫，你算把夷吾的弱点软肋统统找准啦！

吕甥：咱二人彼此彼此。再说，还有"作州兵"一条，咱们手中渐渐掌控了军队，在晋国咱们还会怕谁呢？

第十七章 赶尽杀绝勃鞮充刺客 半途而废头须当逃兵

1. 统一片头

2. **室外 住宅区 操场 日**

住宅区附近的操场上，赵衰、狐偃正在辅导赵盾与伯儵射箭。

两个十来岁的男孩，有模有样。

放箭几乎脱靶，赵衰厉声训斥。

赵衰：看看你们的箭术！到了战场上，这样能射中目标吗？

赵衰拿过弓箭，一射而中红心。

赵衰：继续给我练，射中红心一百次，然后回家吃饭！

狐偃：赵衰，你这是干什么呢？他们不过刚满十岁。

赵衰：十岁，是啊，我们流亡狄国已经超过十年啦！十年来，一事无成，只觉得岁月催人老啊！

狐偃：夷吾这次被秦王活捉，本来又是我们公子最好的一次机会；我也劝过公子，派人去和秦王关说。可公子硬是不听啊！

赵衰：事情就是这样，夷吾再不济，有吕甥为之积极活动。伯姬一哭一闹，就把夷吾救下啦！咱们不去找秦王，人家又何必主动多管晋国的闲事？

狐偃：夷吾被俘，咱们要是去活动，公子说是乘人之危。唉！公子是过于仁义大度了。不过，我看公子像是有了离开狄国的意思。

赵衰：树挪死、人挪活，快挪挪地方吧，不然把人要憋死啦！

3. 室内 客厅 日

客厅里，重耳与狐毛、狐偃、赵衰、介子推议事。

狐毛：公子既然志在复国，何不抓住这次机会？就此议题，大家不妨各抒己见，以消除种种不必要的误会。

赵衰：公子已经决心复国，眼前摆着的机会却又白白放弃，属下确实想不通！

重耳：重耳是要复国，这个目标既然确定，应该全力以赴。可是，为了这一目标，无论如何不能不择手段。要是不择手段，乘人之危、趁火打劫，我和夷吾还有什么分别？

狐偃：我们和秦国方面加强联系、有所接触，总是应该的吧？我们坐在家里，就会有人送一个晋国给公子的吗？

重耳：舅父说得有理。与秦国接触，应该没错。可凡事总得看具体情况、因时而动。夷吾这次得以归国，表面上看似因为伯姬闹了一场，那我们就把秦王看得太简单了。秦王支持夷吾归国，原本就不是为着晋国考虑。夷吾可以应许秦国若干条件，秦王当然觉得夷吾更好控制。后来，这事他觉得是做错了，可又不想认错，他是有点骑虎难下。包括这次让子圉作人质，秦王的目的还是要控制晋国。说穿了，他眼下并不真的希望我回到晋国啊！

狐毛：如此看来，公子考虑是对的。我们希望赢得秦王的支持，主动找上门去求助，假如秦国方面提出若干条件，我们到底该答应还是不答应？我们终不能为了复国，就屈从别国的压力。

赵衰：那我们就这样继续待着，什么都不干吗？

重耳：我们想这样待着，恐怕也不可能了。夷吾其人，我是太清楚他的心胸了。此次归国，该是一肚子窝火。他的火气往哪里发？多半还是冲着我来。到时候，咱们也就该动动地方了。

4. 室内 晋国 大殿 日

［晋惠公七年（公元前644年），夷吾回到晋国，首先诛杀大夫庆郑。］

大殿，夷吾召集朝会；拍着自己的脸，气急败坏。

夷吾：寡人这次死里逃生，算是从秦国活着回来了。可是，寡人很没面子！一国之君，成了俘虏、变成秦国的阶下囚啊！

冀芮：大王吉人天相，大难不死、必有后福！

吕甥：大王归国复位，可喜可贺！

夷吾：你们一个太宰、一个太傅，可喜可贺的是你们两个！出面救出寡人，多大的功劳？裹挟群臣、威逼寡人，答应你们的条件，你们又得了多大的好处？寡人还算什么吉人？寡人成了衰人！寡人还能有什么后福？寡人别再有什么后害、后祸，就谢天谢地啦！

吕甥：大王不必过于颓唐，微臣敢请大王提起精神、有所作为、重整朝纲！

夷吾：寡人还能有什么作为？作爰田哪、作州兵哪，寡人的君权快让你们剥夺干净啦！看看你们，还有哪个真正和寡人一条心？恐怕只剩下一个勃鞮，还多少肯听寡人的。寡人心里窝火，一回来就杀掉了一个庆郑！谁替寡人杀人的？就是勃鞮呀！

勃鞮：末将勃鞮，甘为大王的犬马！

夷吾：各位朝臣，你们听见了没有？勃鞮原先只听先王一个人的，如今只听寡人一个人的。这是什么？这就是犬马！你们哪，统统不如寡人的一条狗啊！寡人为什么杀庆郑？也可以说不为什么。寡人就是要让你们知道，寡人还能杀人！包括冀芮、吕甥，你们统统给我老实一点！

冀芮：微臣向来老实，一贯效忠大王！

吕甥：微臣敢劝大王，不要再随便杀戮大臣。不然，朝中大臣人人自危，对国家不利！

夷吾：听听，知道寡人奈何不了你，你就敢教训寡人！

吕甥：微臣不敢！

夷吾：寡人残暴，寡人暴君，寡人自暴自弃，这行了吧？对了，重耳仁义，你们一个个巴不得让重耳归来。寡人这就彻底断了你们的念头！除了寡人当晋侯、就是寡人的儿子当晋侯！这一条，你们是干气没办法。——勃鞮听命！

勃鞮：末将在！

夷吾：寡人命你带领杀手，秘密奔袭狄国，给我去杀重耳！限你三天赶到，务必要杀人见血！杀了重耳，让朝臣大夫干脆别再想事！

勃鞮：末将遵命！

夷吾：勃鞮，你也别只学会说一声"遵命"，你得学会动动脑子。寡人为什么给你限定三天时间去杀重耳？

勃鞮：末将愚钝，以为杀得重耳越快、大王越解恨，不知说得对不对？

夷吾：简直是满嘴胡说！先王曾经派你去暗杀过重耳，你是怎么失手的？不是你本领不高、出手不狠，而是重耳预先得到了消息，有了防备。朝议刚刚说了的事，重耳他就知道了，这说明什么？说明就在都城，有重耳的线报！第一个值得怀疑的，是我的外公狐突！其他人有没有？恐怕也有。所以，你要抓紧时间，连夜出发！你要赶在前面，让通风报信的人，来不及通报重耳。你明白了吗？

勃鞮：末将明白了，今晚就带杀手出发！

夷吾：士蔿，你来拟一封国书，让狄国献出重耳。他们再要保护重耳，寡人将不惜发动举国大兵，踏平狄国！写好之后，交给勃鞮。

士蔿：这个，微臣遵命！

夷吾：退朝！散摊儿！

5. 室内 狐突府邸 内室 夜

先轸化装成仆从模样，前来拜见狐突。

先轸：生怕引起宫内耳目怀疑，先轸不得不这样来见老前辈，请不要见笑！

狐突：夷吾这个小子，是越来越不像样子啦！从秦国回来，是不是更加丧心病狂、又要派人去对付重耳呢？

先轸：老前辈真是神人！今日朝会，说的就是这一话题。夷吾已经派出勃鞮，带人去杀重耳公子，限期三天赶到、务必杀人见血！

狐突：重耳跟前，有我家毛与偃，还有赵衰、介子推，小小一个勃鞮，如何就能杀了重耳？

先轸：重耳公子，身系晋国将来，此事还请老前辈有所安排。

狐突：嗯，知道了。

先轸：重耳公子得了消息，勃鞮必然就要扑空。那么事后，夷吾定会怀疑国中有人给狄国通风报信，老前辈你将首当其冲啊！

狐突：哈哈，先轸，你果然还是细心。保全自身、蛰伏下来，日后你会是重耳的股肱之臣！

先轸：晚辈但愿能看到那一天！

狐突：至于解除夷吾的疑心嘛，今晚就在魏阙，将勃鞮出动的消息张贴出来。他要暗杀重耳，给他搞得国中尽人皆知。看他怀疑谁去！

先轸：老爷子果然好计谋，先轸这就去办！

6. 室外 草原 林地 日

草原上，林地边缘，狄国君臣与重耳一行，狩猎野餐。

赵衰与狄族勇士们，策马驰骋，追逐猎物。

有汉子们在草地上摔跤角力。

国君凯勒执礼询问重耳。

凯勒：重耳公子，听说尊驾执意要离开咱们狄国；莫不是我们上下，有谁得罪了尊贵的客人？

重耳：国主言重了。重耳流亡之身，在此打扰整整十二载。贵国上下，对我等的关照，可谓是无微不至。这份情谊，非是言语能够表达。重耳愿以此酒，敬谢国主！

重耳举爵，执礼恭谨；宾主饮尽酒爵。

龙卡：分别总是让人几分惆怅。重耳公子，你们不走不成吗？狄国，也可以说是你们的家呀！

狐毛：夷吾回到晋国，假如为政以德，百姓能够安居乐业，我们公子说不定也就别无他想了。然而，夷吾他是倒行逆施，晋国让他搞得一团糟，公子这才立志复国。说到底，公子牵挂晋国，晋国也需要公子！

乌椤：公子志向远大，胸怀故国；回到晋国，到底才是施展抱负的地方。再者，狄国确实也不具备帮助公子复国的能力。这叫爱莫能助啊！

重耳：由于贵国收容重耳，先王在日，曾经发兵前来攻打过狄国；恐怕夷吾还会这么做。一再给狄国引来兵火战事，重耳万分不安！

乌椤：那么，公子离开狄国，将首先去往哪国呢？

重耳：这个嘛，重耳还没和大家商量。以我个人之见，或许去往齐国比较合适一点。

狐偃：谋求复国，就诸侯各国而言，反正离不开秦国、齐国这些姻亲大国的支持。齐君说来也算公子的外公，他要肯帮公子，在诸侯国面前说话，该是一言九鼎。

龙卡：你们的事情，越说越复杂。要叫我说，还不如干脆直接一点，咱们狄国发起大兵，就这么送重耳公子归国登位！

狐毛：龙卡大将讲话真个爽快！我家公子始终不愿意兄弟相争，怕的是两败俱伤；晋国百姓难逃战乱，将无辜的狄国拖入战事，更为公子所不取。

龙卡：绕到齐国争取支持，这个弯子绕得可就大啦！

7. 室外 高冈 草原 日

介子推立马高冈，看到围猎的赵衰，打马奔下。

两人相遇。

介子推：赵衰，狐突老爷子派人报来消息，勃鞮带领杀手赶奔狄国而来！

赵衰：勃鞮这个混账、这条疯狗！——走，速速去报，让公子知道！

8. 室外 住宅区 院里 日

院里，伯儵与赵盾争论。

赵盾：夷吾发兵前来，狄国就算兵力不足也要和他打！伯儵你说呢？

伯儵：听我父亲说，再也不肯连累狄国，这几天就要离开狄国啦。

赵盾：他们离开狄国，要是夷吾派兵打来呢？他们就扔下狄国的事不管啦？

伯儵：父亲他们离开了，夷吾就不会来打狄国了吧？

赵盾：听说他们不带女人和小孩子离开，怕大伙儿拖累；我们还算小孩子吗？到时候，我非要跟着他们离开不可；他们不答应，我就偷偷跟上去！——怎么样？你去不去？

伯儵：我还有弟弟和母亲，离开他们、他们怎么办？

9. 室内 重耳住处 日

季隗在榻上给重耳整理行装。

次子叔刘不过七八岁，缠住重耳问事。

叔刘：父亲，你要出门远行，为什么不让我们一块去？

重耳：叔刘呀，父亲和伯伯、叔叔们有大事，不能带你们。

叔刘：父亲，你不要走，我要你和母亲在一起！

重耳：咱们分开一段，父亲会回来接你们的！

叔刘：父亲，你说话算数吗？

重耳：叔刘，你和你哥哥都要记住，你们的父亲答应了的事情，就一定要办到！

季隗：叔刘，别缠着你父亲啦，找你哥哥去玩儿。妈妈和你父亲有话要说。

叔刘听话出去。

重耳：离开狄国，重耳这是再次流亡；不得不与夫人分手，重耳心里说不是什么滋味！

季隗：公子你不要说了，季隗身为狄国女子，也懂得大道理。你身负复国大任，原不该过于儿女情长。你们走了，我和姐姐还有孩子们，相依为命吧。你不用过于操心我们！

重耳：万一夷吾丧心病狂，要来斩草除根，你和孩子们要小心呀！

季隗：狄国这么大，可以存身的地方多得很；实在不行，我们姐妹回咎如地面去。我是担心公子，这把年纪，还得流亡；到了别处，谁来照顾你的起居？

重耳：重耳年过半百，夫人还是青春年少，还得跟上我担惊受怕、眼下面临生离死别，重耳对不起夫人哪！

重耳肃然向夫人行礼。

季隗连忙还礼。

季隗：我的夫君，与你成婚十余载，和你有了两个孩子，季隗今生无悔无愧了。

10. 室内 赵衰居处 日

赵衰这儿，叔隗正在帮他结束铠甲。

赵盾也挎了短剑。

赵衰：估计勃鞮快要到来，打完这一仗，我们也就该动身了。

叔隗：辅佐公子、光复晋国，那是你的大事。可怜盾儿才十岁，谁知道他什么时候才能再见到你啊？

赵盾：不管你们去哪儿，反正我要跟上去！

赵衰：盾儿，你要听话。我走了、你也走了，谁来保护你母亲呢？

赵盾：那眼下这一仗，我要参加！我要看看你怎么打胜仗！

叔隗：盾儿，怎么整日就知道打打杀杀？

赵衰：父亲年过半百，日后你是保驾咱们晋国的人才；我走后，你要听母亲的话，除了学好武艺，你还应该多读诗书。父亲到时候，一定会回来接你们的！

赵盾：到时候，谁知是什么时候？

赵衰：也许三五年或者七八年，哈哈，到时候，你就成了大小伙子啦！

这时，壶叔进来报告。

壶叔：赵将军，勃鞮已经快到隘口，龙卡大将请你快去参战！

赵衰拿起宝剑，闪身出门。

赵盾看看母亲，按剑护卫到叔隗身边。

赵盾：母亲不要怕，父亲走了，咱们赵家还有我！

叔隗：我的好儿子！快快长大，长成你父亲那样的男子汉吧！

11. 室外 隘口 石墙 日

隘口这儿，厚重的木门紧闭；石墙上了无生息。

晋国杀手们，纷纷将爬城绳索扔上石墙，然后开始徒手爬城。

突然，一阵梆子乱敲，石墙上旌旗竖起，介子推现身；狄国弓箭手，引满待发。

杀手们，有的跳到地上，有的吊在半空不敢乱动。

介子推：呔！你们这些杀手听好了！狄国不愿与晋国为敌，重耳公子不忍杀戮，不然，尔等能有活命吗？

个别的还想蠢蠢欲动，龙卡砍断绳索，杀手重重摔下。

众杀手向上作揖。

杀手：多谢饶命！

介子推：怎么不见勃鞮？

杀手：勃鞮将军带领大队，翻山走小路，准备突然偷袭！

介子推：你们不过是听命于人，给我统统放下武器，立刻离开狄国！

12. 室外 山林 小径 日

山林小径，勃鞮带领杀手们潜伏前进。

快到谷口，已经可见林地外的草原。

勃鞮：今番偷袭狄国，看来果然没有走漏风声；到了草地上，抓住本地土人，问清楚重耳的住处，然后灭口。

勃鞮打个手势，杀手们迤逦走向谷口。

13. 室外 林边 谷口 日

谷口这儿，赵衰、狐偃设伏。

杀手前队到了谷口，狐偃挥动令旗，伏兵敲响梆子，乱箭齐发。

杀手们立即纷纷中箭。

勃鞮发现中计，带人退回林子。

勃鞮：有埋伏，快快退回林中。

14. 室外 林中 空地 日

林中遍地设伏。

有的落入陷阱。

有的被猎兽木桩刺死。

有的被绊倒活捉。

勃鞮带领几人逃到林间空地，赵衰仗剑现身。

赵衰：勃鞮，中了埋伏，还不认输吗？重耳公子不愿多有杀戮，不然，你还能活着回晋国吗？

勃鞮：我、我勃鞮就实在想不通，莫非你们能未卜先知？这次，你们怎么知道我要前来狄国？

赵衰：夷吾残暴不义，重耳公子道德仁义，这叫得道多助，这叫人心向背；勃鞮你对暴君唯命是从、甘为鹰犬，本将军都懒得杀你！

勃鞮：将军饶过末将，末将感激不尽。末将奉命行事，实在是身不由己。

赵衰：我家公子，推位让国，夷吾是非要赶尽杀绝！你回去告诉他，重耳公子立志复国，迟早要回去执掌晋国朝政。夷吾多行不义，一定不会有好下场！

勃鞮：末将还带着一封国书，敢请将军代为呈递狄国国主。

赵衰上前，结束帛绢，粗粗一观。

赵衰：夷吾其人，真是全无心肝；他也是流亡过的，狄国收留重耳公子、正如梁国收留他夷吾啊。迁怒于狄国，有什么道理？我等这就要离开狄国了。这里也是夷吾的舅家，他就积点德，不要祸害这儿啦！

勃鞮：不知重耳公子你们将要去往何地？

赵衰：怎么，你还要替夷吾追杀公子吗？

勃鞮：唉！勃鞮只是有个说法，回去交差吧。

赵衰：我家公子将周游列国，宣扬仁义治国的方略。齐国、秦国这些姻亲大国，终究会帮助我家公子复国。夷吾已然臭名昭著，让他等着完蛋吧！

勃鞮：勃鞮惭愧，但也期望咱们晋国早些回到正道上来呀！

赵衰：勃鞮，这回算你说了句人话！

勃鞮：勃鞮刑余之人，被君上当犬马，末将自己何尝不想做人？唉，告辞！
勃鞮倾下头，带人蔫蔫离去。

15. 室内 库房 日
库房一角，成列的陶缸。
壶叔带领一些仆从，正在用口袋装粮。
头须恋恋不舍，扯住壶叔念叨。
头须：这是多少粮食啊，足够咱们这些人吃三年！可是，只能是扔下了。这可都是咱们一颗汗珠摔八瓣，耕种出来的；省吃俭用，节余下的；还有几十间房子，也都扔下。你说，可惜不可惜？
壶叔：这也是没办法的事。要离开狄国，总不能带上房子赶路吧？上头吩咐了，只带十来天的吃食，少量钱币，够咱们路上花用、能赶到齐国就成。
头须：狄国好歹吧，离咱们蒲城不算远。年里月里，咱们还能回家看看；到了齐国，再想探家可就难啦！
壶叔：重耳公子和赵将军，在这儿成了家，狐毛、狐偃什么时候回过都城？咱们既然认定了重耳这个人，乐意跟上公子流亡，其他的，也就说不起了。
头须：是啊是啊，是咱们自个儿要跟公子流亡，这能怪怨谁呢？我是说，光在狄国就已经是十二年；往下，不知道还得流亡多少年。不管什么日子，不管熬多少年，总得让人有点指望呀！
壶叔：这事儿，我是个粗人，可心里也琢磨过。复国，是那么容易的吗？重耳公子，他的心里又该有多煎熬？可我一丝一毫没见过公子着急上火、灰心失意。那要多大的定力、多大的恒心？唉，不容易呀！咱们就别给他添乱啦！
头须：说的也是。哈哈，这叫大王不急太监急。抓紧收拾行装、准备上路是正事！对了，上头议事，我还得问问，咱们带不带马匹？

16. 室内 客厅 日
客厅里，重耳与众人议事；狐毛主持。
狐毛：咱们提前得到消息，有所准备，赶跑了勃鞮。总算没有给狄国惹来更多麻烦。公子决定，即日离开狄国。关于下一步的去处，公子主张去齐国。事情重大，关乎复国大计，各位尽可畅所欲言。
赵衰：事情明摆着，两个姻亲大国，秦国选择了夷吾，或者说夷吾依靠的是秦国；公子寻求帮助，也只能是齐国了。

重耳：齐国是东方大国，气象雄浑，从治国的角度，可借鉴的东西不会少。齐王说来是我的外公辈，其贤臣管仲刚刚去世，听说依然广纳贤士。我们投奔齐国，至少不会碰钉子吧。

狐偃：咱们去齐国，还要途经其他国家。公子志在复国，我看这个想法不宜过早暴露。有些国家，巴不得晋国就这么衰败下去，恐怕不一定希望公子回归晋国哪！

赵衰：那咱们到了齐国，到底要不要申明主张？寻求帮助，总得我们自己开口求人呀！

重耳：关于复国，我们只能是因时而动。一者，要看晋国的变化，时机不到，只会欲速不达。一者，要看诸侯国的态度，人家并不支持重耳，我们也不好强人所难。

狐毛：季隗、叔隗两位夫人和孩子们留在狄国，还得留下一些仆从服侍。哪些下人仆从随我们一道流亡，也得决定。

赵衰：这样细事，就不必在这儿议论了吧？

重耳：说来也不是细事啊。在座诸位，跟定重耳，我要再说什么客套话，闲得自家人生分。下人仆从，他们也不容易。我看不妨把话讲明。愿回到晋国的，尽可自便，大家也不要小瞧挖苦；愿随我流亡的，多多鼓励。唉，重耳孑然一身，复国遥遥无期，真不知该如何安抚众人啊！

介子推：公子你别过意不去。有你这一番话，也就够了。至少壶叔他们一帮人，还愿意继续追随。

17. 室外 院里 日

介子推打开屋门，壶叔为首的仆从们簇拥在门边。

壶叔憨憨地笑着。

壶叔：公子，咱们都是些粗人，愿意为公子们继续干粗活、出力气！

重耳肃然执礼。

重耳：重耳多谢诸位！

18. 室内 重耳居处 隔间 夜

重耳与季隗，秉着火烛，先在隔间看过孩子。

两个儿子分榻而眠，已经睡熟。

重耳深情地看着孩子，披好被角。

重耳：我走了，家里这副担子，可就全给你扔下了！

季隗紧紧攥住重耳的手，示意不要惊动孩子。

19. 室内 重耳居处 夜

重耳插好火烛，季隗帮着重耳脱去外衣。

重耳：我这一去，真不知何年何月能够回来，季隗你能等着我吗？

季隗：公子，你信不过季隗吗？需要季隗给你发誓吗？

重耳：身为男儿，不能给你和孩子以幸福，重耳惭愧，真的是惭愧呀！

季隗：公子，我的夫君，你胸中有大事、肩上有重任，我和孩子的事，你就不要分心了。我保证把他们带大，教他们像你一样，仁义做人。等你回来接我们的那一天，季隗一定问心无愧！

重耳：你今年才二十五岁，如果能等我二十五年，到那时，你就不会嫁人了吧？

季隗：你说的是什么呀？到那时，公子春秋已高，我也行将就木啦！无论如何吧，我答应你！我和孩子们，等着你！

重耳熄灭火烛，回身搂住了季隗。

窗隙里，月光射入。

暗影里，季隗一声长叹。

季隗：哦——，分手的时候，月亮她偏生是圆的啊！

20. 室外 高冈 草原 山野 日

高冈上，身后是草原，眼前是山野。

龙卡大将和季隗、叔隗，送行至此。

重耳：龙卡大将，请留步。请向国主和乌楞大相致意，重耳一行多多拜上！

龙卡：公子一路顺风！公子能够复国与否，请记住，狄国永远是你的老家！

重耳一行，向季隗、叔隗挥手辞行。

头须、壶叔等仆从，背着口袋行李，开始下山。

狐毛：两位夫人，请回吧。

狐偃：送君千里，终有一别呀！

季隗：孩子们，向你们的父亲叩头辞行！

伯儵、叔刘、赵盾跪下。

三人：孩儿拜别父亲，父亲保重！

季隗、叔隗，都是热泪盈眶。

叔刘用衣袖擦泪。

伯儵：叔刘，别哭！男子汉流血不流泪！

自己却也在飞快地抹去泪水。

重耳向众人深深揖礼。

重耳：重耳就此别过！

一行众人，步下高冈。

赵衰：我们一定会回来——

喊声惊飞了山林宿鸟；回声不断，山谷鸣动。

宿鸟翱翔，汇入空溟。

耳际，似有古歌一阕；悠长广远。

21. 室外 晋国 都城 魏阙 日

[晋惠公八年（公元前643年），太子圉入质秦国。]

魏阙这儿，有国人围观。

国人：一国的太子，去当人质，真是丢人现眼！这是国耻啊！

士子：无端去打人家秦国，这是他自己种下的苦果。

老者：黄鼠狼下耗子，一代不如一代！

22. 室内 后宫议事厅 日

后宫议事厅，冀芮、士蔿禀报国事。

夷吾歪在榻上，懒洋洋的。

士蔿：太子入质秦国，使者连连催逼；关于因何迁延至今，微臣已经写好国书，给对方以说明。

夷吾：说明也罢、不说明也罢，反正是寡人丢脸。自己当了俘虏不算，太子给人家去当人质；如何挽回面子，你们谁也不肯给寡人建言。咱们怎么着再打一仗，把秦王俘虏回来，那是什么光景？看看寡人如何炮制他！

冀芮：晋国新败，民心不稳，微臣以为不可再次草率用兵！

夷吾：寡人手中没有了土地，说话是不顶用啦。寡人坐在这里，快成了你们的傀儡啦！你们还整日在寡人跟前晃来晃去，就算寡人不烦，你们不累吗？散摊吧、下工吧，各自回家吃饭吧！寡人也不用搞什么赐宴了，看着你们几颗脑袋，寡人会吃不下饭的！

冀芮：太子去当人质，心绪不宁，听说在东宫哭哭啼啼、怨天尤人，请大王和娘娘予以安抚。

夷吾：他也不用怨天尤人！小小年纪，册封为太子，叫他知足吧。光等着日后当晋侯，不想着为国家分忧啊？寡人软磨硬抗的，拖了秦国一年多，推托说要等他成人。子圉他如今成人了！——对了，让吕甥告诉他，太子的名字为什么叫作子圉？出生的时候，他外公给他占卜，说他日后会给人去当臣仆。要不然，怎么会取名子圉呢？既然叫了子圉，他就认命吧！

23. 室内 东宫 客厅 日

东宫客厅里，一起陪子圉当人质的太监们，已经整备好了行装。

吕甥负责送行，子圉哭泣埋怨。

吕甥：太子，车驾已经在宫门伺候，请太子动身吧！

子圉：无端地和秦国打仗，是你们决定的；打了败仗，和我有什么关系？凭什么让我去当人质？

吕甥：太子，大王战败，当了秦国的俘虏，为了回国，亲口答应了人家的条件；谁还有什么办法？太子这也是为国分忧，替大王受过，大家会记住太子的功劳。再说，秦国是咱们的姻亲之国，王后是太子的姑母，太子到了秦国，不会受虐待；比起大王当年流亡，处境要好得多！

子圉：他自己当年没过上好日子，我就不能过好日子啦？

吕甥：太子不可这样讲话。所谓子不议父，请太子注意人臣礼仪！

子圉：太傅，这个时候，你还要教训我，一个劲儿催逼我。子圉我实在命苦啊！你们谁能救救我呀！

吕甥：太子！再要这样胡闹，师傅只好禀报大王了。大王吩咐下来，让明白告诉太子；你小时取名叫子圉，命中就该去做人质。自己认命吧，我的太子！

子圉：太傅啊，你说我还能回到咱们晋国吗？

吕甥：这个何须怀疑？去秦国待上一两年，秦王高兴了，就放你回来了。咱们晋国，还等着你日后继位当国君哪！

子圉：我真的能够回来？太傅你可别骗我！

吕甥向太监们示意。

吕甥：时辰不早，搀扶太子出发登车！

太监们两边架起子圉，脚不点地的出门。

24. 室外 宫门 广场 日

宫门广场这儿，士蔿陪着狐突老人，来给子圉送行。

狐突一身便装，颤颤巍巍的，所谓老态龙钟。

士蔿：吕甥大夫，狐突老人来给太子送行。

吕甥：哎呀，狐突老前辈，你还在为国事操心呀？

狐突：老朽哪里还管得了什么国事？子圉这孩子，是我的重外甥；他们不懂礼，从也不来见我；我狐突不能不懂礼。孩子出远门，我该来送送他！

士蔿过去向子圉招呼。

士蔿：太子，这位是你的老外公，是来为你送行的，请过来见礼！

子圉竟是恶狠狠向地上啐了一口。

子圉：满朝大臣没有什么人来送行，你们不用拿一个糟老头子寒碜我！

子圉登车，车驾启动。

士蔿一脸苦笑，尴尬在当场。

狐突摇摇头。

士蔿：老前辈，这、你看这——

狐突：晋国呀，晋国！国运哪，国运！

25. 室外 山石 林子 小径 日

从太行山的高处望下去，是广袤的华北平原。

重耳一行，快要走脱山地，下到平川。

林中小径蜿蜒，枝叶柴草拦路。

赵衰在前面开路，宝剑砍断拦路树枝，不时回头看看大家。

身后是重耳、狐毛、狐偃。

远远落在后边，是介子推、头须和负重的壶叔等人。

一块山石，小径分作两叉。

赵衰在山石上展开一块在兽皮上绘制的地图，给重耳几人指指画画。

赵衰：从左边这条路，下了山就是卫国地面；斜刺里这么穿越卫国，就是齐国的地盘了。

狐偃：途经卫国，公子要不要拜访一下卫君？

狐毛：我们要是想及早赶到齐国，就不必在卫国耽搁；况且，卫君对公子的态度会怎么样？我们也不得而知。出于安全考虑，就不要惊动卫国方面。

狐偃：公子离开狄国，就是要让天下诸侯知道、让他夷吾知道。偷偷穿越卫国，我看不妥。过门不入，不去拜访一下，是否有些失礼？

狐毛：先王诛杀诸公子的时节，诸公子没有一个逃亡来卫国的。卫君有些薄情，说是怕得罪咱们晋国，不敢收容逃亡；公子前来拜访，卫君要是不接待呢？那我们岂不是自讨没趣？

赵衰：我们刚刚离开狄国，不清楚诸侯国对公子的态度；为了公子的安全，干脆不要惊动卫国了。抓紧赶路，一两天也就到齐国了。

重耳：就这么办！

大家从左边小径，绕过山石，下山而去。

26. 室外 林中 小径 日

林中小径，壶叔等仆从背着粮食、炊具，汗流浃背。

头须腰缠金银钱币，与介子推说话。

头须：到齐国不知还得走几天，一路上每餐都是吃些粟米。介大侠，能否设法打点野味？咱们也给主公调剂一下伙食。

介子推：头须你想的倒也周全。你们赶到前面，埋锅造饭，我到林子里去看看。

介子推摘下弓箭，钻入山林。

27. 室外 山石 小径 日

刚刚大家路径的山石这儿，头须眼珠骨碌转，用树枝扫去大家的脚印行踪。

壶叔等几人赶来，头须故意指错路径。

头须：你们快走几步，赶上主公他们，就该埋锅造饭啦！

头须当先，领着大家走了右边的小径。

28. 室外 林中平地 日

林中平地，重耳几人在树荫下坐了。

赵衰不停地张望后面。

赵衰：头须他们是怎么回事？早该赶上来了，是走差了？还是在后边埋锅造饭呢？

狐偃：你不能安生坐会儿吗？本来不很饥饿，让你说得是越来越饿啦！

介子推匆匆奔来。

介子推：几位，情况恐怕不大好。头须和仆从们，像是带着钱币、食物逃走了！

狐偃：逃走了？不会吧？

赵衰：介子推，你不是在后边跟着他们的吗？你是干什么的？

狐毛：介子推，你没有返回去找找他们？他几个莫不是走错了？

介子推：头须要我打点野味，原来是要支开我。哈，让这个小人算计啦！

赵衰：介大侠，你也有失算的时候啊？头须逃跑了，壶叔那几个，不是你的人吗？怎么也跑了？公子提前说得清楚，谁不想一道流亡，没人强迫他！

狐偃：赵衰，壶叔跑了，须不是介子推跑了，何必把话说得那么难听？

赵衰：我、我是说，头须、壶叔哪天落在我的手里，看我怎么收拾他们！小人、混账！你们逃走可以，不该把食物尽数带走！

重耳：诸位都少说一句可好？这也不是什么塌天的大事。头须从蒲城出来，跟从我们十多年，任劳任怨的，也算难为他。

狐毛：他不该半途而废、不告而别呀！

狐偃：把金银钱币也裹挟而去，多大的钱财啊？公子日后复国，还报他头须的，岂止这么点东西？

重耳：重耳我究竟能不能复国？连我自己都没有任何把握。头须弃我而去，又何足为怪？前程渺茫，看不到多少希望，谁能像你们几位这般忠诚？哈哈，这事也不妨说是一件好事，各位跟随重耳、矢志不移，重耳该心满意足！

赵衰：眼下，咱们就粒米无存，这到底是个事啊！

狐毛：穿越卫国需要两天，我们总不能两天不进食。莫非我们还落到乞讨的地步不成？

狐偃：公子，事到如今，我看咱们的计划不妨变一变。干脆大张旗鼓去拜访卫君一回。他果然就能拒不接待？乃至把公子抓起来、交给夷吾？

狐毛：按说，一国之君应该懂礼。卫君即使不方便容留公子长期客居，也该设宴招待，或者赠送一些盘缠什么的。

赵衰：说来说去，还是变相乞讨。以公子的身份，如何向卫君开口？万一碰了钉子，那该多难堪？

介子推：在下觉得，一时拮据，向人求助，倒也没有什么；最是公子的安全，千万大意不得！

狐毛：那就这样。我来为公子当使者、打前站。卫君是何态度，摸清他再说。

重耳：如此甚好，那就有劳大舅了！

狐毛结束整顿一番衣冠，当先前去。

29. 室外 山地 草坪 黄昏

山地，一片草坪。

头须枕着金银包裹休息。

壶叔等四名仆从，倚着粮包也在睡觉。

壶叔偷偷起身，接近了头须，摘下头须的兵器，一把夺过包裹。

头须：你、你干什么？

壶叔：你们几个，过来把头须这小子捆起！

头须：你们，你们放开我！

众人不由分说，捆上了头须。

壶叔：你这家伙，真不仗义！哄骗我们走上岔路，正午赶到黄昏，也没赶上大伙儿。你分明是要背叛公子！公子那么仁义，哪点对不住你头须了？

头须：我、我是一片好心哪！重耳公子固然是仁义，可是、可是他应许的复国计划，遥遥无期啊！咱们在狄国耗了十二年，往下，不知道又是流亡多少年。咱们的光景就不过了？一辈子就毫无希望跟着他？大家伙儿谁不想离开他？你们只是被"义气"两个字给束缚住了，不好意思。咱们一起回蒲地去，安生过自己的小日子吧！

壶叔：你怎么料定公子一定不会复国？再者，你要离开公子，不会有谁拦着你。你、你不该哄骗我等，将我等也统统陷于不义！

头须：壶叔，你醒来吧！重耳即便将来复国，有你什么事？你能安邦、还是能定国？你不过是个下人、是个仆役。不信你看着，介子推那号脾性，日后他也不会有什么好结果！

壶叔：壶叔我开始跟着介子推，后来算是跟着重耳公子。我知道自己是个小人物，我也没指望日后得什么好处。可我知道是非、明白好歹。我们是下人、是仆役，可我们拒绝当小人！

壶叔招呼几位。

壶叔：走，我们去追公子！

头须：你们放开我，你们不能这样扔下我！

头须惊慌挣扎。

壶叔：你吼叫什么？惹得大爷生气，我宰了你这个小人！背信弃义的家伙，躺在这里好生扪心自问吧！

众人离去。

头须也只剩下苦笑自嘲了。

头须：小人，呵呵，头须呀，你能说自己不是小人吗？

第十八章 野人献土绝境得吉兆 大国高待流亡且存身

1. 统一片头

2. 室内 馆驿 厢房 日

馆驿，简陋厢房。

侍者将狐毛领来这儿。

侍者：我家大人已经进宫禀报君上，请贵客在这厢房等候消息。

狐毛：好说。

有人端来食品放在几案上。

侍者：请贵客先用些点心。

狐毛：我家公子一天尚未进餐，在下不便先吃东西。

狐毛席地，依礼端坐。

3. 室外 王宫 回廊 日

回廊上，卫文公正在拿肉条喂鸟。

内宫总管报告消息。

卫文公：重耳路经我国？他不是流亡狄国的吗？

总管：狐毛使者说，他们一行将去往齐国；因途经我国，重耳希望依礼拜会大王。

卫文公：这个重耳也是多事，依寡人之意，还是不见他为好。

总管：他的使者已经到了馆驿，大王不见重耳的话，是否让哪位大夫代为见面，招待他们一餐？我们也算略尽地主之谊，双方日后也好相见。

卫文公：晋国当今是夷吾在位，两兄弟可是仇人。我们接待重耳，岂不就得罪了晋侯。这样，撵那狐毛快快出城，告诉他等尽快离开卫国。

总管：给他们带点盘缠什么的，可好？

卫文公：卫国，究竟是我当家还是你当家？快快撵他们离开，就当他们没来过。晋国、卫国，隔山相望，我们多一事不如少一事，免得给夷吾造成什么挑衅的口实。

总管：大王，重耳公子贤名在外，我们这样失礼，传扬出去恐怕不好吧？

卫文公：那要看怎么说。不把重耳的脑袋砍掉献给晋侯，寡人就够仁义的了！

卫文公回头逗鸟，总管退下。

4．室外 馆驿门口 日

馆驿外，驿丞送客。

狐毛身后有两名宫中侍卫，紧紧看押了。

驿丞：我家大王有令，鉴于两国邦交的原因，卫国不便接待晋国流亡。请贵客立即出城，并能转告重耳一行，要尽快离开卫国。在下不过是个小小驿丞，人微言轻，实在爱莫能助！

侍卫上前推搡狐毛。

侍卫：请你赶快出城，免得我等对你动武！

狐毛：我家公子途经贵国，远来是客，生怕失礼，派我前来照会；想不到贵国是这样对待客人。

驿丞：宫里传出话来，我家大王说了，不砍下重耳的头颅献给晋侯，已经足够仁义。你还是识相点儿，快快走吧，免得大王改变了主意。

狐毛从腰带上解下一只玉佩，诚恳请求。

狐毛：各位，这是一只玉佩，请能拿这个换点食物。我家公子一行，一天未曾进餐，粒米未进啊！

驿丞：哈哈，说得可怜。不过，你家公子吃饭的事，不是在下管辖的范畴。阁下请吧!

驿丞示意,两个侍卫推搡了狐毛离去。

5. 室外 林中 山石 日
林中,岔道口那块山石这里。

壶叔一行返回。

壶叔:可恨头须这个家伙,让咱们枉跑了多少路?就是这里了,咱们得抓紧赶上去,公子他们没有吃食,正不知怎么作难哪!

6. 室外 城门 日
快到城门,两名侍卫紧紧跟随狐毛,不时推搡催促。

侍卫:你能不能快点?大爷们还要回宫交差呢!

狐毛:你们逼人太甚、欺人太甚!

侍卫:不杀你们几个,你是一点儿不感激;反过来嘟嘟囔囔、牢骚满腹!还不快走,快点哪!

城门洞这里,有个盲人要出城,用拐杖探看路面,踟蹰前行。

城外有马车驶进;盲人侧过耳朵辨听,不知往哪面躲开。

狐毛甩开侍卫,赶前几步,拖开了盲人;马车从身边隆隆而过。

狐毛:这位瞽者,小心哪!

盲人:听先生口音,莫不是晋国同乡?

狐毛搀扶了盲人,说着话出城而去。

宫中侍卫,警告城门守军。

侍卫:刚刚出城的这个人,你们给我认住了!没有上头的命令,再也不许放其入城!

7. 室外 城外 日
城外,路边。

那位盲人递给狐毛一只瓦盆,里面是两小块干粮。

盲人:逃荒要饭来到卫国,想不到能碰上老乡;看来,你们也是遇到了难处。在下今天已经吃饱,如果不嫌弃的话,请收下一个瞎眼老乡的这点心意!

狐毛接住了瓦盆。

狐毛：哎呀，这个，恭敬不如从命，多多感谢你的好心了！

狐毛将那块玉佩递给盲人。

狐毛：这位瞽者，也请你能收下老乡的这点心意！告辞了。

狐毛离去。

瞽者抚摸那块玉佩，连连感慨。

盲人：这件东西，价值不止百金；我是在做梦、还是遇到贵人了？——老话说，贵人遭磨难，这一定是个贵人哪！

8. 室外 田野 树下 日

树荫下，重耳一行席地而坐。

狐毛报告情况，手边是那只瓦盆。

众人七嘴八舌。

赵衰：这个卫君，真是太不像话了！太不知礼，太不给咱们公子面子啦！

狐偃：说来也是我们有求于人，早知道是这样，还不如别去打什么招呼。

重耳：我们不想偷偷经过卫国，还是去打个招呼才对。总归我等不曾失礼，只是委屈了大舅啦！

赵衰：拿玉佩换点吃食都不给，这不是明着欺负人吗？

介子推：卫君恐怕得罪夷吾，我看这点心理不足为怪；公子尽可不必在意。再说，卫君讲话也算实在，他要真动了杀心，把公子诓进城去，事情就不堪设想啦！离开狄国，回到中土，咱们宜于处处小心。

狐毛：介子推说的是，我等还是抓紧离开卫国的好。狐毛无能，只讨得这么一点干粮，请公子先用！吃罢东西，立即赶路。

重耳接过瓦盆，端然执礼；掏出匕首，从容分割食物。

面对小小一点食物，气氛一时显得庄严。

重耳将分割好的食物，一一分赐众位。

个人也都是依礼而行，井然有序。

重耳：不知名的一位瞽者，慷慨相助，令人感叹。重耳提议，为瞽者寿！

众：为瞽者寿！

9. 室外 田野 岔路 日

壶叔一行，背着粮包、陶器，匆匆赶路。

岔路口，众人停下。

壶叔看日头、辨方位。

壶叔：这个时辰，日头在南；公子他们要去齐国，齐国在东边。我们一直往东走，总归不会错！

大家走向朝东的岔道。

10. 室外 田野 阡陌 日

田间有几个老少农人在用木耒掘地松土。

田埂上，是饭筐水瓶之类。

老者招呼大家歇息。

老者：后生们，到午时了，歇工吃干粮！

大家草鞋、赤脚的，走上田埂。

有的双手拍拍，有的在草叶上擦擦手，准备开饭。

远处阡陌上，重耳等几人赶路。

后生：这个时辰，有人顶着大太阳赶路啊！看穿着，不像田里下苦的人啊。

老者：后生，甭羡慕人家啦。生在农家，你不在田里下苦、还想怎么着？

11. 室外 阡陌 日

阡陌上，日头当顶，重耳一行疲惫不堪、饥渴难忍。

赵衰：公子，我看大伙儿是实在饥渴难忍了。那面地头像是农人们在用餐，咱们是不是开口讨要一点吃食啊？

介子推：赵衰，想讨要吃食，你去就是了；你的意思，是让公子亲自去乞讨啊？

赵衰：开口乞讨，赵衰我、哎呀，这个；要不，还是请狐毛大舅出马？瓦盆还在你那儿嘛！

狐毛：上山擒虎易、开口求人难啊。

狐毛拿着瓦盆，面现难色。

重耳：遇到难处、依礼求助，重耳离开狄国前往齐国，按说也是这样一回事。要不，我就来试试。

结果，狐偃上前抢过瓦盆。

狐偃：公子，我们几个再不济，也不能让你去讨要吃食啊！

重耳：如此，二舅辛苦了！

一株小树,略可遮阳。

众人席地,目送狐偃去乞讨。

12. 室外 田埂 日

狐偃手持瓦盆,来到田埂这儿。

农人们正在用餐,一时停下来。

狐偃:各位老少,这厢有礼了!

农人看到狐偃衣冠楚楚、腰悬宝剑,俱都惊慌,连忙站起。

老者在衣襟上擦擦手,作揖还礼。

老者:老朽还礼,不知这位官爷有何见教?

狐偃:在下并非卫国官员,我等几人都是晋国人,这是路经贵国。

后生:哦,是外国人啊!

听说是外国人,神情松懈了。

狐偃:说来不好意思,我们几个和仆从失散了;从昨天到今日,没有进餐,实在饥饿难忍。敢请诸位赠些干粮饭团,在下感激不尽!

老者:我看你们不像普通老百姓,怎么会没有饭吃?再说,我们的食物粗粝不堪,官爷们哪里能下咽?请千万莫要取笑!

后生:看你身穿绸缎、腰悬宝剑,分明是公子哥儿;没事干,拿种地的农人寻开心!有什么事,你们该去找官家说话。晋国人,不走大道,不找官府,莫不是逃亡的凶徒?快快走开吧!

狐偃再次揖礼。

狐偃:说来一言难尽。我等实在是遇到了难处,还请帮忙一回,多少赠一点吃食!

老者回头招呼。

老者:咱们还有些剩干粮吗?出门行路人,难说遇上什么难处。开口讨要,不好让人空手走开的。

后生:这点干粮,我们还不够哩!

那后生恶作剧,捡起几团土块,扔进瓦盆。

后生:你这人,死乞白赖的,不想空手走开,好!给你几块这个!

狐偃勃然大怒,就要发作。

狐偃:几个土人,竟敢这般无礼!

老者已经在训斥那后生。

老者：不给人家吃食也罢了，你、你怎么能这样？

狐偃扬起瓦盆，就要动手。

介子推一把凌空拦住。

介子推：且慢！

介子推扯过狐偃，一边说些什么，一边端了瓦盆相携离去。

农人们窃窃私语，好生疑惑。

13. 室外 树下 日

狐偃、介子推走回树下。

狐偃面色肃然，双手捧着瓦盆归来，众人面现喜色。

赵衰：看来讨到吃食了。这叫"二舅出马一个顶俩"！

狐毛：莫要取笑，大舅也没有空着手回来！

狐偃来到近前，面对重耳跪下。

众人一起看清，瓦盆中是几团土块！

狐偃：启禀公子，来到五鹿地面，欣逢野人献土！公子颠沛流离，因为什么？只因由于脚下没有寸土。野人献土，大吉大喜！实乃公子日后拥有社稷之兆！狐偃敢请公子，大礼拜受！

重耳与众人，始而惊诧，继而释然。

重耳神色庄重，接过瓦盆，高举过头，北面而拜。

然后放下瓦盆，叩首在地。

重耳：重耳流亡之身，寡仁薄德，不期在五鹿之地，有野人献土；此乃上天所赐，重耳虔诚拜受！

狐毛、狐偃、赵衰，随后行礼如仪。

14. 室外 田埂 日

田埂这儿，远远看见重耳一行离去。

后生：他们竟然没有生气，这可叫人想不通了。

老者：看那做派，就不是一般人。后生，你要能想通这个，哪里会一辈子种田欺负土坷垃？吃饱了肚子，干活吧！

15. 室外 齐国 田野 窝棚 日

田野，一处遮阳避雨的窝棚，四面透风。

众人疲惫不堪，就地歇息。

赵衰在地图上指画。

赵衰：公子，这里已到齐国地面。你们先在这儿歇息。这回轮到我来出马，到前面集镇上，无论用宝剑还是玉佩，换些吃食回来。

狐毛：介子推呢？

赵衰：他给我去打前站；哈哈，免得像大舅、二舅，碰钉子、吃糗！

狐偃：赵衰，介子推不会——

赵衰：介子推怎么会？

狐偃：壶叔那帮人，可都是他带领出来的！

重耳：怀疑谁，我等也不可怀疑介子推！

这时，听得介子推在外呼喊。

介子推：公子，壶叔他们几个回来了！

赵衰一把撕去窝棚的遮挡。

壶叔等四名仆从，背着粮食、陶器，汗流浃背出现在眼前。

壶叔放下东西，抢先进来拜见重耳。

壶叔：公子，可算追上你们了！

介子推肃然询问。

介子推：你们几个怎么回事？害得公子等人两天没有吃上东西，你们莫不是私下逃走了？

壶叔：介大侠，哪儿会呢？信不过别人，你还不知道壶叔是什么人？——你们几个，赶快埋锅造饭！——壶叔跟了你多少年，不认字的壶叔认下两个字，就是仗义！

介子推：你们失踪了两天，该如何解释？

壶叔：唉！是头须那个小人，专门把我们引上岔道，让我们来回枉跑了六七十里！

介子推：头须其人呢？

壶叔：这不是，带了这一包金银钱币，说是要回蒲城；你回蒲城，没人拦你呀！不该蒙骗我们几个。把他绑起来，扔在半道上，东西反正是抢回来了！哈，心说怕追不上公子，你们没了粮食锅灶，可怎么办呢？公子你们都是让人服侍惯了的，这两天可该如何遭罪呀！

狐毛：难为你们几个，没有弄错方向。

壶叔：嘿，壶叔也长着脑瓜哩！齐国在东边嘛，一直朝东，这个总错不了！

重耳向壶叔执礼，拜了两拜。

壶叔：公子，这可使不得、使不得！

重耳：重耳流亡之中，难得你们如此忠心耿耿！

狐偃看看介子推。

狐偃：公子啊！此事令狐偃好生感慨。壶叔几人，不过是些下人仆从，然金银不能惑、胁迫不能屈，不惧艰难、不改初衷，甘愿追随公子。比起在五鹿"得土"，公子今番这是"得人"哪！

重耳：重耳何德何能，能有诸位这般忠心辅佐。他年或有出头之日，重耳断不会忘却流亡艰难之时！

介子推默默出外，去看造饭情形。

介子推：粟米饭就要做好了！

赵衰：开饭！用餐！吃得饱饱的，直奔齐国都城！

16. 室内 齐国 王宫内厅 日

齐国，王宫内厅；狐毛拜见齐桓公。

齐桓公年届八旬，器度恢宏；太子与开方、易牙等大夫在场。

狐毛叩拜。

狐毛：大王答应收容重耳公子，微臣狐毛谢过大王！

齐桓公：申生是寡人的外甥，重耳公子说来也算寡人外甥。你等投奔来此，齐国理当给予关照。——令尊狐突老人还好吗？我们是同辈，当年几回见面，颇能说得来啊！

狐毛：多谢大王挂念。家父留在都城，人老了，没多少能力了。微臣与弟弟狐偃跟从重耳公子，流亡在外，有十多年不曾见过父亲！

齐桓公：你们晋国的事，叫作一言难尽。申生本来是个好娃娃，重耳公子，听说也是素有贤名；偏偏不得执掌国政。寡人也有了一把年纪，太子他们兄弟四五人，别看在我面前规规矩矩；明争暗斗，恨不得你死我活，寡人什么不清楚？哼！

太子连忙跪下，开方、易牙等也随着跪地。

太子：儿臣恭祝父王千秋万岁！

开方：微臣等效忠大王，万死不辞！

齐桓公：你们都给我起来吧，没得在客人面前现眼！——太子，带豪车二十辆，按诸侯之礼，到郊外隆重迎接重耳贵客一行。车子嘛，就留给他日后专用。好生辟出宽敞精舍，安排贵客长期居住。男女仆从，多多配给。公子虽是流亡，要让他如同在自家一样。下去办吧！

狐毛：多谢大王！

太子：儿臣遵命！

17. 室外 精舍 大院 日

太子陪着重耳诸人，参观住处。

廊下男仆、门边丫头，连连施礼。

太子：重耳公子，你看此处可还住得？

重耳：多谢太子亲自接待，多谢大王如此礼遇！隔日，重耳当沐浴更衣，拜见大王，当面致谢！

太子：公子住下来，有什么不方便，尽管明言就是。——请公子用膳歇息，在下告辞！

重耳：狐毛，请代我恭送太子！

狐毛送客。

狐偃：公子选择投奔齐国，看来决策对了。至少，不必担忧夷吾派人暗杀了！

赵衰：公子志在复国，我看不论在哪儿，夷吾都不会安生歇心！

18. 室内 晋国 王宫内厅 日

王宫内厅，夷吾召见冀芮、吕甥。

两人席地，几案上摆有酒肉果品。

冀芮：微臣多谢大王赐宴！

夷吾：好啦，你两个就不必和寡人客套啦。礼下于人、必有所求；你们说说看，寡人有什么事，求二位帮忙呢？

吕甥：大王说笑。我两人忠心效命大王，唯命是从。微臣揣测，大王心里有两件事情不得安然。

夷吾：不妨说来听听。

吕甥：那微臣就斗胆了。一件事情，太子到秦国当人质，大王心里不痛快。窝囊、窝火，还不得发泄。不知微臣猜得对不对？

夷吾：哈哈，猜得不错。大王的心思，让臣下一来就猜中了，这个大王，是该高兴、还是不高兴？寡人呢，是由衷地高兴！寡人对你两个，是不存一点戒心哪！

冀芮：大王信任微臣二人，微臣由衷感佩。区区犬马之情，大王明察！

夷吾：哈哈，当君上的，为什么喜欢佞臣？佞臣就是会说话，会讨好人，一来就能搔着你的痒处。吕甥，接着说第二件。

吕甥：这第二件，勃鞮暗杀重耳没有得手。重耳离开狄国，逃亡去了齐国。虽然离开晋国是远了一些，可大王到底不能放心。重耳一天不死，大王一天不得安然。

夷吾：吕甥哪，说下天来，谁也得承认，你真是一个人物！寡人的心思，怎么让你猜得这么准呢？

吕甥：大王担心的事，是有关国家的大事；国家大事，微臣与冀芮大夫，作为朝廷大臣，岂能不时时在心。

夷吾：两件糟心事，好不令人郁闷！不知二位有何良策？有何妙招？让寡人也多少开心一点。

冀芮：太子入质秦国，大王颜面上有些不好看；其实，只要看开些，不妨说倒是一桩好事。

夷吾：好事？

夷吾站起，示意宦官撤去几案。

吕甥、冀芮也起身说话。

吕甥：冀芮大夫所言极是。秦国、晋国本是姻亲之国，太子入质，我们动点脑子、下点功夫，让太子当上秦王的女婿，两国岂不是亲上加亲？如此一来，秦国不仅不会威胁晋国，反而会像先前一样，帮助晋国、支持晋国。有秦国撑腰壮气，重耳在齐国，任他折腾，能掀起多大的浪头来呢？

夷吾：两国亲上加亲，让子圉当上秦国女婿，好计倒是好计，秦王他得乐意上钩才成啊！

冀芮：秦王励志强国，已经攻占了河西不少戎狄之国，新近又把势力扩张到了蜀地，唯有对跟前的梁国不曾下手吞并。

夷吾：梁国是寡人的丈人家，秦王胆敢吞并梁国，寡人就不答应！

吕甥：大王，问题的症结就在这儿。梁国弱势，被秦国吞并是迟早的事。晋国难以保障梁国永远不亡国呀。我们何不做个顺水人情，暗示秦王，秦国吞并梁国、晋国不予干涉，等于献给秦王一份厚礼。秦王得了如此好处，怕不乖乖上钩，将公主许配咱家太子？

夷吾：这件事，寡人就委托吕甥大夫你来出使秦国、全权办理！

吕甥：微臣遵命！

夷吾：齐国这一头呢？你们有什么妙招、毒计，赶紧想来！最好能将重耳一举诛灭，方称寡人之心！

冀芮：这个嘛，微臣与吕甥大夫有过计议。重耳在狄国十多年不曾挪动，一旦挪动，首选齐国，当然是大有图谋；一定是希望说动齐王，帮助他复国。然齐王已是年迈苍苍，老蛇无毒，恐怕有心无力。微臣敢说，重耳今番流亡齐国，恐怕将老死他乡啦！

夷吾：他在齐国，想必是好吃好喝、美酒肥肉，说不定齐王还要赏赐美女，小日子过得不比寡人差呀！寡人心里，十分的不舒服、不愉快、不来劲、不惬意啊！

吕甥：所谓生于忧患、死于安乐。重耳每日甘旨美酒、豪宅美人，正可消磨意志、乐不思归。又无须大王花费半个小钱，齐国这回，等于是帮助大王软禁了重耳哪！

夷吾：这么说嘛，也算言之成理。那寡人就对重耳听之任之、不采取任何举动啦？

吕甥：大王，齐王年事已高，怕的是齐王驾崩之后，继任者不再收容重耳。重耳过不成好日子，再次颠沛流离，岂不千方百计、谋求复国？所以，微臣建言，大王宜于派出使者，感谢齐王收留重耳兄长，并且声称要施行仁政、好生治理晋国。齐王哪里会自己找事、非要帮助重耳复国呢？然后，暗中给太子送上一份厚礼，请太子长期软禁重耳。如此，齐国不过举手之劳，就能维持与我晋国的良好关系。齐国人何乐而不为呢？

冀芮：大王，这叫软刀子杀人、杀人不见血啊！

夷吾：哈哈，好、好！二位爱卿，不愧是耍阴谋、使奸计的高手。寡人自叹弗如呀！

吕甥：微臣等谢大王夸奖！

19. 室内 秦国 王宫内室 日

王宫内室，吕甥拜见王后伯姬。

有宫人收走锦缎、玉璧。

伯姬：我那兄弟夷吾，还能记得起这个姐姐，我就满意啦！何必给我带什么礼物呢？

吕甥：区区一点微薄礼品，不足以表达大王和微臣对娘娘感激之情的万分之一！大王朝为阶下囚徒、暮登晋侯宝座，多赖娘娘救助啊！娘娘寻死自焚的，真不愧是咱晋国公主，能拿出如此绝决手段！

伯姬：嗨，快不要说起。为了救夷吾性命，我也是万般无奈、出此下策；事后想起，未免赧颜。你猜怎么着？我给大王着实赔了几回不是呢！

吕甥：这个，子圉今番成了秦国的人质，我给大王一再解释；有伯姬公主照应，太子还不等于是串亲戚一样的吗？有什么不能放心的呢？可是大王与王后一再念叨，非要派微臣前来探视太子。

伯姬：你见过子圉了吧？我出宫见他到底不方便，可断不了派宫人去探视的。吃住都不差，有人服待起居，隔三差五、还能进后宫来游玩；你就让夷吾他们夫妻放心好啦！

吕甥：太子呀，说来也是命运不济啊。起小，跟上大王在梁国，算是流亡；回到晋国没几天，这又成了人质。小小年纪，离开父母家国，唉！

伯姬：生在王侯公族人家，有什么办法？想当年，父王命我出嫁秦王，说来年龄还没有子圉现在大哩！

吕甥：多亏先王当年决策，奠定了这秦晋之好的根基。微臣离开晋国之际，大王说了一个想法；又不知在娘娘面前，当讲不当讲？

伯姬：这么说，岂不见外？吕甥大夫，夷吾有什么想法，请你尽管讲来！

吕甥：子圉也到了婚配年龄，这个，不知敢不敢开口高攀；要是子圉能成了娘娘的女婿，那可就是亲上加亲呀！

伯姬：这个嘛，子圉本身是太子，日后是要继位当晋侯的；高攀二字，是讲不得的。不过，这是国家大事，吕甥大夫何不向秦国正式提亲呢？

吕甥：娘娘，吕甥今番来秦国，正是肩负了提亲使命。但这样的国事，不妨说也是家事；娘娘要是不乐意这桩婚事，或者做不了秦王的主，这事微臣便趁早三缄其口，免得咱们晋国丢面子。

伯姬：说到家事，儿女婚嫁，我家大王倒也得听我几分。

吕甥：娘娘，吕甥要的就是娘娘你这句话。姑舅亲、肉连着筋，子圉日后回国继位，咱家闺女就是主持后宫的王后！这秦晋之好，将是好上加好哇！

20. 室内 馆驿 客厅 日

馆驿客厅，公子絷与吕甥会晤。

吕甥恭谨执礼。

吕甥：公子絷大夫，请上坐！

公子絷：请吕甥大夫，一块儿就座。

吕甥：敝国欲与贵国结亲联姻一事，不知大夫试探过贵国大王的口气没有？

公子絷：我家大王，倒是不曾拒绝；只是嘛，眼下子圉身为秦国人质，贵国提出联姻结亲，是否有些操之过急？

吕甥：只要大王不曾拒绝，这就有办法。眼下，我国太子身为人质不假，莫非秦国会永远扣押太子不成？太子迟早是要归国继位的呀！如果秦王答允婚事，公主日后就是晋国王后；这对秦国只有好处、没有害处啊！

公子絷：话虽如此，眼下晋国势弱、秦国势强，晋国总得付出些代价吧？

吕甥拿起几案上的玉璧，敲击出声。

吕甥：大夫从中出力，玉成其事，晋国哪里会吝啬礼物哪！

公子絷：吕甥大夫误会了我的意思。不是在下贪图礼物，晋国向秦国提出求婚，拿什么来做聘礼呢？

吕甥：我家大王倒是备了一份厚重礼品，其价值，不亚于河西五城！

公子絷：不亚于河西五城，莫非河东富庶地面，贵国肯于拿出几座城池？

吕甥：我说的是一个国家！

公子絷：一个国家？

吕甥：让我说穿了吧，就是梁国！

公子絷：梁国？那、那怎么就能成了晋国的聘礼呢？

吕甥：秦国觊觎梁国，已非一日。你们攻占了西部若干戎狄地面，新近又将势力扩充到了蜀地；唯有对肘腋之间的梁国，迟迟不敢下手。这是为什么？因为你们害怕晋国出面干预！梁国虽小，是收容过我家大王的；而且，梁伯乃是大王的岳丈、太子的外公。秦国胆敢攻伐梁国，晋国必然会发兵相救。所以，秦国嘴边摆着一块肥肉，偏生只能看着眼馋。——你如实说，吕甥讲得对也不对？

公子縶：这个，这个，既然晋国会出兵相助梁国，你讲的一切，又从何说起？

吕甥：说来，这便是咱们晋国的一点风度啦！秦国、晋国，是姻亲之国，咱们两家怎么能动武、怎么还能刀兵相见呢？晋国要攻占梁国，你们秦国不会答应；可是，秦国答允了晋国的婚事嘛，情况就不一样了。晋国，能忍能让，你们尽管去打梁国，晋国保证不会干涉。这么讲、这样说，难道不是晋国拱手将偌大一个国家白白捧献出来，给了贵国吗？这样的一份聘礼，难道还不够丰厚吗？

公子縶：吕甥大夫啊，让你弯弯绕、连环套，你把我的脑袋都绕晕啦！好端端一个梁国，当然不属于秦国、可也不属于你们晋国呀！让你一说，好像是晋国拿出了一个国家！

吕甥：或者晋国并没有拿出一个国家，你们秦国却将得到一个国家。大夫请想想，事实难道不是这样吗？

吕甥拿起几案上的玉璧，捧给公子縶。

吕甥：道理明摆着，一点不拗口；晋国出让权益、秦国大大得利。晋国向秦国求婚，秦国及早答允，实乃上上之选！有请大夫，为继续秦晋之好，能向秦王诚恳建言，吕甥就尽等着好消息啦！

21. 室内 后宫 内厅 日

秦穆公下朝，颇为兴致勃勃。

伯姬起身迎候，请穆公落座。

伯姬：大王下朝，喜气洋洋；看来今日朝会，诸事顺心。

秦穆公：王后说得不错，今天朝堂之上，议定了一件大事。梁国的事儿，等于解决啦！

伯姬：梁伯是夷吾的岳丈、子圉的外公，记得大王很是为此烦心。

秦穆公：梁伯不顾国力，大兴土木，搞得老百姓疲惫不堪。工地上一夕数惊，有人呐喊"秦军打来了！"劳工们即刻四散奔逃。民心可用，寡人拿下梁国，应该是不费吹灰之力。寡人只是碍于晋国这层关系，一时难下决心。现在好了，那个吕甥说了，梁国的事儿，晋国大撒手啦！

伯姬：我们晋国人，到底还是大度。我兄弟夷吾有错不懂事，可也有懂事懂礼的时候。偌大一个梁国，说不要就不要、说不管就不管啦！大王这回，不再生他的气了吧？

秦穆公：晋国是有条件的，你兄弟不会白白送我一份厚礼。

伯姬：这个夷吾也是的。什么条件？妃子能听听吗？

秦穆公：寡人猜测，吕甥一肚子计谋，恐怕早就进宫来给王后透过口风了。

伯姬：哎哟，听大王的口气，妃子参与了晋国的什么奸谋似的。多少年的夫妻，好像我就是一个外人！我是只顾娘家、不管夫家！

秦穆公：看看，又来了。晋国想和咱们秦国继续结亲，想让子圉娶寡人的女儿。——这件事，我不信吕甥没有提起过！

伯姬：大王说的是这个呀！这是好事嘛！吕甥说过，一点不假。

秦穆公：不知王后你是个什么主张？

伯姬：你们秦国君臣，在朝堂上已经议定的事，我还能有什么主张？"寡人的女儿"，哼，她就不是我的女儿？

秦穆公：嘿嘿，寡人失言、寡人失言。是咱们的女儿嘛！王后不要生气了。子圉呀，原先是你的侄儿，往后就是你的女婿啦！

伯姬：你呀！光是我的女婿、就不是大王的女婿？

秦穆公：嘿嘿，秦国人嘴笨，说不过你们晋国人。

这时有宫娥奔来，跪地报告。

宫娥：禀报大王、娘娘，长公主文嬴好像是听说了什么事，又哭又闹的，奴婢们劝解不下！说的好不怕人，说是也要自焚上吊！

秦穆公：哎呀，王后你看，是不是赶快去劝劝？

伯姬：后宫的事，你不用管！这个死妮子，前几天就和我哭闹了一场。月亮进了家——她是越来啦！嫁到晋国、还是亲舅舅门下，有什么不好？子圉如今是人质，日后登基就是晋侯，文嬴你就是王后，你还有哪点不满意？

秦穆公：还请王后给文嬴慢慢开解。

伯姬：妃子出嫁秦国那时，比她还小一岁，谁给我来开解？还要自焚上吊，哼，学老娘的样儿，你还差着那么一截儿！

伯姬唠叨着，风风火火去了。

22. 室外 城池 战场 日

[字幕：晋惠公十年（公元前641年），秦国灭了梁国。]

战车、军队，秦军旗号招摇。

兵士攻上城头，焚毁梁国旗帜、砍断旗杆。

秦军大队入城。

23. 室内 齐国 重耳居处 客厅 日

客厅里，重耳与狐毛等议事。

赵衰：秦国灭了梁国，晋国竟然是无所作为。

狐偃：说到根子上，是大周王室衰微、周天子无所作为。

重耳：西面秦国，南面楚国，没了什么制约，都有点为所欲为。天下大势，究竟怎么看？大国，能在其中起点什么作用？希望这次拜望齐王，能听到老人家的见解。

狐毛：齐王年迈，身体大不如前；几经交涉，太子说，大王近日将召见公子。

重耳：除了介子推，不耐礼节琐碎，我等几人一起进宫便了。

24. 室外 王宫 甬道 内厅 日

王宫甬道上，开方、易牙等大夫，迎接重耳一行。

开方：奉大王之命，恭迎重耳公子！

重耳：开方大夫、易牙大夫，多多有劳！

众人来到内厅门首，太子执礼恭迎。

太子：恭迎重耳公子！

重耳：多谢太子！

25. 室内 内厅 日

内厅，齐桓公高坐。

太子：启禀父王，重耳公子驾到！

重耳为首，狐毛、狐偃、赵衰在身后，一起跪地叩首。

重耳：流亡晋公子，外甥辈，重耳一行拜见大王！

齐桓公：公子免礼，请安坐说话。

太子等在一侧为主、重耳等在一侧为客，席地而坐。

齐桓公：公子来齐国一段，他等没有招呼不周吧？

重耳：多谢大王礼遇。太子与各位大夫照顾周全，流亡人实有宾至如归之感！

齐桓公：前段，夷吾派了使臣到来。执礼颇为恭谨，夷吾对寡人，倒也是自居外甥辈，未曾倨傲失礼。对公子一行，客居齐国，深为同情，表示一切属于无奈。

重耳：大王，重耳与夷吾，一母同胞；只要夷吾实施仁政，好生治理晋国，重耳又何必非要复国？晋国的事，有劳大王费心思虑，重耳十分不安！

齐桓公：夷吾反复无常、滥杀无辜，诸多不仁，寡人也有耳闻。但夷吾归国继位，有秦国插手在先，既成事实于后。公子复国的事情，恐怕还得等待机会。

重耳：大王高瞻远瞩，重耳受教！

齐桓公：跟从你的这几位，寡人看个个都是国士；假如日后由你等治理晋国，该不是今日状况。

狐毛：微臣等多谢大王嘉勉。但愿等来机会，有齐国作为强援后盾，公子能够复国、微臣等能一展胸中抱负！

齐桓公：好，好！寡人到底是老啦！齐国日后还不定怎么样呢！

太子连忙跪地叩首。

太子：父王身体康泰，耳聪目明，儿臣愿父王千秋万岁！

齐桓公：好啦好啦，谁不想千秋万岁、谁又能真个千秋万岁啊？——重耳公子几人，皆是多年流亡在外，来我齐国，怕是得常住些日子；你们给找几个姣好女子，分头服侍诸位。重耳公子嘛，好生选一位宗室女儿，寡人做媒，就做主许配公子了！

重耳：哎呀这个——

齐桓公：此乃寡人一番美意，公子不必推辞。流亡的日子，寄人篱下，寡人当年也有过这般经历啊！——好啦，太子你们下去办吧！

太子：儿臣遵命！

太子、开方等，执礼退下。

重耳：大王九合诸侯，齐国称霸，重耳冒昧，敢请大王解说天下大势！

齐桓公：自大周东迁，王室衰微；诸侯大国，自应担起左右天下局势的重任。秦国图强，日后或有东进之心；而楚国崛起，令人不安。大国者，当然要国力强大、武力强盛；但单单仗恃武力，天下岂不成了弱肉强食？若然，则绝非天下之福。

重耳：设若重耳有复国一日，晋国能够强盛，请大王不吝赐教。

齐桓公：齐国并非姬姓诸侯，寡人九合诸侯，不以兵车；匡救弱小、主持公义，念念不忘者，尊王攘夷而已！

重耳伏地再拜。

重耳：主持公义，尊王攘夷；重耳谨记大王教诲，当没齿不忘！

第十九章 重耳子圉叔侄皆大婚 晋国齐国两处生变端

1. 统一片头

2. 室内 东宫 客厅 日

东宫客厅，齐太子与太监总管议事。

总管：大王年事已高，还有心力管这么多事。重耳一行，允许居留我国罢了，还要许配宗族女子。莫非大王以为，重耳真个有机会复国不成？

太子：大王胸襟眼界，非同常人。既然吩咐下来，宜于立即照办。倘若重耳日后真能复国，我们齐国到底也是帮过忙的。

总管：晋侯夷吾派来使者的事，太子就不作考虑吗？

太子：多谢总管提醒。不过，大王既已决定收留重耳，原本就不怕得罪什么晋侯夷吾。堂堂齐国，称霸诸侯，靠的是主持公义。岂能像那秦国一样？扶植起一个夷吾，反而身受其害；两国相互攻伐，适足为天下笑！

总管：太子胸襟器度，颇具大王的风范啊！但愿太子能够顺利继位，乃齐国之福也。

太子：此事还请总管慎言。我那几个兄弟，对王位虎视眈眈；易牙、竖刁之辈，阿谀钻营，唯恐天下不乱。唉！假如我有一天落到重耳的地步，还不定有无一处地方容身呢！念及这一点，实在不忍慢待重耳。——宗族女儿，后宫已经指定好了吗?

总管：指定好了，是叫作文姜的女孩子。说来最是贤良淑慧。

太子：好！文姜出阁前，我得见见她，嘱托她几句。

3. 室外 精舍 客厅 日

重耳等居处的精舍，壶叔带领仆从张灯结彩。

丫环仆妇洒扫庭除。

人们出出进进，喜气洋洋。

4. 室内 客厅 日

客厅里，狐毛、狐偃、赵衰与重耳议事，重耳表情肃然。

赵衰：公子，请恕赵衰直言。大婚之日，我看你好像有点闷闷不乐。公子莫非有什么心思？

重耳：重耳此时的心情，竟是一言难尽。离开狄国的时候，我殷殷嘱托季隗，要她苦等重耳；季隗一片忠贞，临别之言、言犹在耳；分手情景，历历在目。重耳这里，分明确是要另结新欢！念及季隗母子，重耳到底不能全无心肝。

狐偃：公子不忘旧情，足见一片仁人之心。日后复国，早早接回季隗母子也就是了。

重耳：季隗是狄族女子，今番齐王指定成婚者文姜，乃是宗族女儿。重耳不能复国也罢了，设若重耳侥幸得以复国，该如何还报齐国？如何摆放两个女子？

赵衰：齐王按诸侯之礼接待公子，又许配以宗族女儿，不把夷吾放在眼里、十分的看重公子。我等投奔齐国，不就是要得到如此强援吗？公子优柔寡断，赵衰不以为然！

狐毛：赵衰所言与公子所想，我看并非一回事。君子之道，肇端乎夫妇；公子立志复国，更其要仁义治国；对身边人尚且没有仁义之心，谈何仁义治国？公子忐忑不安，狐毛愿为公子贺！

狐偃：虽然如此，公子大婚，到底还得整顿精神、隆重办理。

狐毛：我等尽管处在流亡之中，此事不可草率！我等还得竭尽所能，备办若干彩礼才是。

重耳：两位舅父说的是，彩礼的事让壶叔上街买办。还请大舅出面主婚、二舅负责礼仪主持；赵衰，你能代我去迎亲吗？

赵衰：公子差遣，赵衰无有不从。哈哈，莫说是迎娶宗族女儿，就是一只母老虎，赵衰也给公子捉将来！

话一出口，自己掌嘴。

众人只做不见。

重耳摘下腰间一只玉佩，递给赵衰。

重耳：我身上仅止这件玉器，请转赠文姜，以表区区之意吧。

5. **室内 厢房 日**

在准备出阁的厢房，贴身宫女已经给文姜上妆完毕。

文姜拜见太子。

文姜：文姜出嫁，多谢太子代大王为我主婚。

太子：文姜乃宗族女儿，本太子为你主婚是该当的。开方等几位大夫，还将出席大婚仪式为你证婚。说来，这是国家大事啊！

文姜：涉及国家大事，除了听命大王，宗族女儿还能有何话说？

太子：重耳年龄是有些大，又在流亡之中；然这位公子，仁义之名传扬天下，文姜不可轻慢。

文姜：我倒要看看这个重耳，是怎样的仁义！

太子：流亡之中，身无长物。他等勉为其难，给齐国王室送来若干彩礼；狐毛主婚、狐偃司仪，赵衰代公子迎亲，礼仪倒也周全。这个嘛，是重耳随身的一件玉佩，文姜收好了。

文姜接过玉佩。

文姜：也难为他！

耳边有迎亲的鼓乐之声传来。

6. **室外 精舍 大门 黄昏**

大门上张灯结彩。

鼓乐声中，重耳十字披红，与狐毛、狐偃在门首迎候新人。

太监执事、宫女提灯，簇拥了装饰豪华的婚车到来。

赵衰：新人车驾到来！

文姜挑起窗帘，窥看重耳。

重耳端然执礼。

7. 室内 新房 夜

女仆掩上房门,喧阗鼓乐仿佛被关在门外。

新房里,重耳与文姜面对面席地而坐。

文姜端丽中几分羞涩,重耳上下打量个不停。

文姜侧脸避开,瞟眼来问。

文姜:公子目光灼灼,令人不安;是公子不曾见过女人,还是新人太过丑陋?

重耳执礼。

重耳:重耳失礼,夫人莫怪。流亡在外,身无长物,随身一件玉佩,赠与夫人;不见夫人佩戴,莫非是嫌其菲薄?

文姜:礼物之厚薄,如何评断呢?只是不知公子,对妾身情义真假耳!

重耳:面对丽人,哪个男子能不动情?然此情乃男女之情,并非夫妻之情。重耳与夫人明媒正娶,已有夫妻名分,重耳自当肩负起丈夫之责;至于夫妻情义,望你我从今相濡以沫、多加呵护。

文姜:听说公子在狄国已有妻室儿女,敢问公子,今天面对新人,你可思念旧人乎?

重耳肃然。

重耳:重耳不敢诳骗夫人。自大王开口赐婚,几天来重耳确实是难免念及季隗与孩子。季隗也不过二十有五,能为重耳守贞;重耳肩负复国之志,不好推辞大王美意,却不能为季隗守义。为之心存惭愧,十分不安!

文姜点点头。

文姜:文姜自幼生长宫中,倒也多少理解公子渴望复国的心情。假如公子有朝一日,真个复国,将如何安置妾身?

重耳:此事诚属遥遥无期,今日谈论有此必要嘛?

文姜:莫非公子流亡秦国,只是随遇而安、度一日算一日不成?复国固然只是假设,然正因为是假设,公子一定对于日后治国安邦多有思虑;对于齐王赐婚这样大事,公子难道就不曾细想吗?

重耳愈加严肃。

重耳:夫人原来是秀外慧中!小小年纪,思虑深远。齐王赐婚,说来是重耳流亡之中,无人照料起居、多有不便;但大王胸怀,何其深广?所以选择宗族女儿者,其实已经考虑到了日后。日后假如是齐国帮助重耳复国的话,大王的意思明白不过,按说夫人就是晋国的王后了。

文姜："按说"？公子的意思，日后即便是齐国相助复国登位，文姜还不一定是王后？

重耳：这个，你要重耳说实话吗？

文姜：文姜所惧怕者，是公子对妾身虚与委蛇，不说实话！

重耳：一国之王后，不仅要掌管后宫、还要母仪天下。不能干预朝政，恰恰是以其大度、贤良影响人君；申生被害、重耳流亡，固然不能说全是骊姬之责，而晋国骊姬之祸，想来令人胆寒！所以，重耳将来册立王后，定要观察考量、三思而行！今日不愿对夫人空口许诺，请夫人见谅！

文姜肃然再拜。

文姜：怪不得重耳公子仁义之名传扬天下，公子诚乃真人也！季隗姐姐愿意为公子守贞，她没有看错人哪！

文姜起身，为重耳摘帽脱衣。

文姜：已经夜深人静，请公子安歇！

然后自己到榻上，褪去外衣。

重耳所赠玉佩，系在贴身抹胸。

烛火熄灭，重耳的手触到玉佩，两只女儿家的手，搅住了重耳的臂膀；

朦胧暗影里，两人轻吟——

文姜："今夕何夕，见此良人。"

重耳："子兮子兮，如此良人何？"

8. 室内 晋国 后宫内厅 日

后宫内厅，夷吾与冀芮、吕甥议事。

夷吾几案上美酒甘旨，二人几案上空空如也。

夷吾：寡人今天召见你们两个，就不赐宴了。寡人自个儿大吃二喝，二位爱卿就那么眼巴巴地看着。

冀芮：大王讲话，是越来越有趣了。

夷吾：有什么趣？寡人觉得没趣，简直是相当无趣！几个月前，也是在这儿，寡人赐宴款待两位。两位巧舌如簧，给寡人说得是天花乱坠。你们那是骗吃骗喝，用空话哄寡人高兴，寡人真的高兴了吗？没有啊！依然很烦心、很郁闷！

吕甥：眼下咱们晋国，国内没有灾荒、国外没有战乱；朝堂无事、后宫安宁，不知大王有何烦恼？

夷吾：先说东边的重耳。齐王这个老家伙胆敢收容重耳，寡人是没有一点奈何。听上你二人的软刀子杀人之计，派出使者、带上礼物，请人家齐国好生款待重耳。这不是愚蠢到发疯了吗？

冀芮：大王实乃庸人自扰。重耳到齐国，是要求得齐王相助，争取复国。假如齐王以诸侯盟主之名，召集多国大军，送重耳归国继位，大王怎么办？还能这样品尝美酒肥肉，指着朝廷大臣的鼻子随便训斥吗？重耳安生待在齐国，不来夺取大王的宝座，大王何乐而不为呢？大王不可生在福中不知福啊！

夷吾：好好，这一条算我庸人自扰。那么西边呢？子圉的事呢？寡人就没有烦恼了吗？

吕甥：大王，微臣出使秦国，凭着三寸不烂之舌，说动了秦国君臣上下，秦王终于同意将其女儿许配太子。此乃晋国外交方略的成功、大王万千之喜，不知大王的烦恼所自何来？

夷吾：梁国不是寡人流亡之地吗？梁伯那是寡人的老丈人哪！听上你们的高招妙计，把梁国拱手送给秦国，寡人这不是出卖了老丈人吗？寡人的老丈人，不是你们的老丈人，你们就随便鼓动寡人、任意将其抛弃，你们两个居心何在？

冀芮：我二人忠于大王、殚精竭虑、献计献策，大王怎么可以这样冷淡我两人的一派忠诚？我俩所献之计，是大王亲自首肯；再说，秦国得到了梁国，也答应了咱们的条件。太子成婚在即，秦晋之好得以继续，这是天大的好事啊！

夷吾：事到如今，你们还要嘴硬、还敢说是好事！子圉是秦国的人质啊，一个人质、秦王凭什么要把女儿许配给他？因为子圉是寡人的太子！难道不是吗？

吕甥：大王说的不假。秦王的女儿没处打发吗？人家当然是看中了子圉的太子身份。

夷吾：太子日后是要继位当晋侯的，秦王一点不傻，他的女儿日后是要册封王后的！假如子圉日后不能继位，秦王他绝对不会和寡人攀扯什么儿女亲家；胡扯什么秦晋之好？这只是为了它秦国好！

吕甥：大王，太子日后登基，册立秦王的女儿为王后，有秦国作为强援，太子的王位更加牢靠，对于晋国，这也没有什么不好啊！

夷吾苦了脸面。

夷吾：秦王俘虏过寡人，寡人耿耿于怀，这是寡人永远的耻辱！寡人今生今世想要报仇，看来是没什么指望了；子圉日后登基，他会替寡人报仇、他会去打他老丈人吗？秦国，从此吃定了我们晋国啦！

冀芮：大王，太子大婚的日子迫在眉睫，说什么也已经晚了。我国应该赶快派出使臣，前去秦国参与主持太子的婚礼；一国太子大婚，我国还得给太子备办一份丰厚的彩礼——

夷吾火烫似的嚷起来。

夷吾：不成，不成！我给了他一个梁国、赔上了一个老丈人还不够啊？彩礼，我是一分钱币都没有！

吕甥：大王，这个说不过去吧？

夷吾：有什么说不过去的？吕甥你不是长着三寸不烂之舌吗？对了，这次还是你当使臣，给寡人出使秦国。给寡人的儿子、把他的女儿娶过来！彩礼？他的女儿日后要当王后，这不是一份巨大的、极其丰厚的礼物吗？

冀芮：大王！

夷吾：好啦好啦，你两个穿一条裤子，你反正是要给吕甥帮腔，你就省省吧！——怎么，你两个准备抗命吗？

冀芮、吕甥：微臣遵命！

9. 室外 王宫 大门外 日

王宫大门外，吕甥、冀芮准备分头乘车。

吕甥点点自己的头颅。

吕甥：冀芮大夫，你发现没有？一段时间以来，大王好像陷入了某种病态；无端猜忌、一意孤行，而且有愈演愈烈之势啊！

冀芮：你说得一点不错。在下身任太宰，在大王身边的时候更多些。照这个样子下去，恐怕事态有超出我们控制的可能。

吕甥：是啊，此人万一到了丧心病狂的程度，突然做出什么不利你我的决策，那就太危险了。

冀芮：我看大夫还是赶紧出发去往秦国，主持太子婚礼的同时，告诫太子相机行事；争取伯姬和文嬴的支持，最好能及早摆脱人质地位，回到晋国。实在不成，告诉他，逃也得逃回来！

吕甥：前前后后，我们在太子身上下的功夫也不少了。这次大婚，种种花费、包括彩礼，看来也得我们先垫支出来。大王哪，你是给他做人装面子的机会，他都是烂泥扶不上墙啊！

冀芮：照这个路数操作起来，将来晋国的朝政依然不会逃出我们俩的掌控；咱们连本带利收回，应该不是什么难事。

吕甥：国家国家，晋国，不再是姬姓公族一家的啦！

冀芮：说得好！如此，谨祝吕甥大夫一路顺风！

10. 室内 秦国 王宫 内室 日

王宫内室，伯姬来见女儿文嬴。

宫女在几案上摆满金银首饰、玉璧玉簪等。

伯姬：这是吕甥大夫专程从晋国带来的，来，插挂起来让为娘好好看看！

文嬴：什么好东西，秦国人没见过金银玉器吗？

文嬴随手划拉，首饰都散落到席子上。

宫女们忙去收拾。

伯姬：文嬴！你闹起来没完啦？子圉那孩子有什么不好？过几年，回国登基，当上大王，我儿你就是王后！

伯姬：你们晋国啥都好，行了吧？

伯姬：这鬼妮子！夷吾是你舅舅，嫁到晋国，亲上加亲；再者，你父王定下的事，谁能改变得了啊！

文嬴：你不是惯会自焚跳楼吗？你就不肯帮我，你就恨不得赶紧把我打发出去！

伯姬：为娘那也是实在给逼急了，你舅舅眼看就要被杀掉啊！

文嬴：一早就不该救他！帮着他复国登位，想想他办过一件好事没有？现在又非要把我嫁给子圉。父王是知错不肯改错，反倒是错上加错。

伯姬：一个女娃娃，国家大事你懂得什么？不许你随便议论你父王！

文嬴：不许人议论，那得把事情做在那儿。

伯姬：你家父王也是在想办法补救嘛！夷吾他是不好，子圉这孩子我看腼腼腆腆的，日后当了晋侯，准差不了！

文嬴：那个可怜样儿，是做给你看的；眼睛骨碌的，一肚皮歪点子！晋国日后指靠他？哼！

伯姬：你重耳舅舅最是宽厚仁义，可是，唉！他不如夷吾的命好啊！

文嬴：命好还得人好，照夷吾他治理晋国的样儿，日后还不定怎么着呢！子圉就比夷吾强了好多吗？子圉回是回不了晋国、回国当成当不成晋侯、当了晋侯当得长当不长，你们都想过没有？着着急急把我嫁给子圉，就算万事大吉啦？

伯姬：我说一句、你说三句，我说不过你，我也劝不来你。你要闹事，找你父王去闹吧！

伯姬抹泪。

文嬴也背转身偷偷擦泪。

11. 室内 子圉住处 客厅 日

子圉住处，吕甥走来走去，对子圉夸夸其谈。

吕甥：大王说我长着三寸不烂之舌，师傅对此很得意！是啊，空口白牙，为太子说定了亲事；眼下大婚在即，秦王他家的女儿，打扮得光光鲜鲜、洗漱得干干净净，哈哈，就要送到太子的床榻之上啦！

子圉一脸苦相。

子圉：多谢太傅！

吕甥：太子好像并不高兴啊。

子圉：身为人质，说好听些是寄人篱下，说穿了就是俘虏、奴隶。这样的日子，值得高兴吗？所谓大婚，也不过是身边多了一个监视我的人罢了！

吕甥：太子远离故国，代父受过，说来也是难为。不过，请太子不必如此悲观。伯姬是王后，文嬴是公主，血缘亲情、血浓于水啊！有这两个女人保驾，太子在秦国的日子，会越来越好过的。

子圉：日子再好过，还是人质！

吕甥：太子啊，秦王不会让你永远当人质的。他凭什么把女儿许配太子？太子日后登基继位，文嬴就是王后！

子圉来了情绪，随即又蔫了下去。

子圉：登基继位，我做梦都是登基继位！可是，可是谁知道是在什么牛年马月哪！

吕甥：这个嘛，着急上火也没用。师傅只能说，日后晋国的王位是非太子莫属！吕甥身为太傅，让别人继位，师傅我也不会答应呀！

子圉：我在秦国，对晋国朝中情况一无所知；底下几个弟弟，哪个是省油的灯？他们眼看着是一天天长大，父王、母后万一改变了主意，我子圉岂不就成了申生、重耳？

吕甥：你身后有秦国啊！改立别人当太子，秦王他得答应啊！所以，太子对大婚万不可掉以轻心。高高兴兴的，对文嬴要知疼知热、显得是服服帖帖的。到时候，秦国出兵护卫太子归国，谁敢和太子你争锋啊！

子圉：到时候？谁知道是什么时候？

吕甥：朝中万一有什么变故，我是说，大王万一有个什么好歹，师傅会及时派人通告太子。——太子请看。

吕甥掏出一块锦帛。

吕甥：这是我往来秦晋，为太子提前预备的通关文书。情况如果格外紧急，太子就是逃也得立即逃回晋国！只要你出现在朝堂之上，师傅与冀芮大夫，保你坐上晋侯之位！

子圉：子圉多谢师傅！

子圉这才有了一丝笑容。

12. 室外 子圉住处 院内 大门 日

子圉送吕甥出门，院内张灯结彩，仆役太监忙里忙外。

大门口有甲士执戟守卫，如临大敌。

吕甥撞上公子縶。

吕甥：公子縶大夫，这是何意呀？

公子縶：哈哈，吕甥大夫，文嬴公主出嫁，往后常住此处，大王吩咐要加强护卫哪！

吕甥：哈哈，是这么个理儿！大王呵护公主，呵护的是咱们秦晋之好啊！

公子縶：还是吕甥大夫讲话得体、评价中肯呀！

13. 室内 后宫内室 日

后宫内室，文嬴已经改妆，成妇女发型。

鼓乐声中，司礼太监在门边催促。

司礼：吉时已到，请公主登车啦！

伯姬：我儿好生去吧。为娘出嫁时，比你还小一岁，又是远来秦国；你呢，说是出门离宫，就在跟前。啥时想回宫，捎话进来，为娘让人去接你！

文嬴：母后，你不用说了。请转告父王，叫他放心；就说为了秦晋之好，女儿高高兴兴出宫去了！

文嬴起身，宫女们搀扶了出去，头也不回。

14. 室内 新房 客厅 夜

客厅里，鼓乐声中，宫女掩上房门。

房间格局属于一明两暗。

烛火光影里，两名宫女服侍文嬴与子圉，面对面席地而坐。

宫女：大婚之夜，公主有几道题目询问，敢请太子回答。

子圉眼睛骨碌转，有几分拘谨了。

子圉：请公主下问，子圉当尽力答复。

文嬴：太子来秦国做人质，不知对此有何想法？

子圉：我家父王被秦王俘虏，子圉属于子代父过。来秦国当人质是应该的。好在有姑母照应，子圉身在秦国，感觉和在晋国没什么两样。

文嬴点头。

文嬴："子代父过"，说得不错。

宫女：太子这道题答得不错，公主点头了。请听公主下一道题目。

文嬴：太子日后是要归国继位的，不知你对此怎么想？

子圉：这个嘛，子圉觉得是以后的事，现在想也没用。能在秦国和公主长年相伴，子圉心满意足、心满意足！

文嬴沉默，半晌无语。

宫女：公主没有摇头可也没有点头，太子你要用心了！

文嬴：要是我的大舅、你的伯父，回到晋国，你还乐意在秦国和我长年相伴吗？

子圉几乎跳了起来。

子圉：那不会的，绝对没有这个可能！他凭什么回来？晋侯的位子，是我子圉的！莫说是重耳，就是我的亲兄弟，我也绝不答应！

文嬴这时冷了面孔。

子圉的声音越来越小。

子圉：公主，莫非子圉说错了？秦王的意思，让公主嫁给我，不就是为着公主日后当上晋国的王后吗？

公主起身，一名宫女搀扶着回到一面卧室。

另一名宫女，打开另一面的卧室门。

宫女：公主身体不适，今晚就委屈太子，请独自安歇吧！

子围变了脸色，又不敢发作。

自己咬了嘴唇，恨恨地进屋，掩上房门。

15. 室外 齐国 宫门 广场 日

王宫广场这儿，宫门上增添守卫。

有甲士驱赶广场上的市民。

民众三三两两，议论纷纷。

市民：听说宫内变乱、大王被囚！

士子：大王一世英雄，落到奸佞算计之中！

老者：少谈国事吧！

介子推默默离去。

16. 室内 重耳居处 客厅 日

客厅里，重耳一行议事。

介子推：我已经打探确实，齐王果然被困在宫内。易牙、竖刁几个奸贼，砌了高墙，隔绝了后宫与外界联系，齐王死活不知。

赵衰：太子呢？怎么能放任几个佞臣胡作非为？

介子推：太子恐怕自身难保！易牙等违背齐王意愿，准备废去太子。其他几个王子，各自调兵遣将，都城极有可能陷入战乱。

狐偃：开方背叛祖国，投靠齐王；大王随意说起，不知人肉味道，易牙杀掉自己三岁的儿子，请大王品尝；竖刁为了进宫服侍大王，竟然把自己阉割！表面来看，无比忠于大王，其实一个个违背天理人情。管仲临死，奉劝大王远离三人，大王被蛊惑沉溺已深，早已听不进去了！

狐毛：齐国将有国乱，公子流亡客居，会不会有危险啊？

重耳：没有摸清楚全部情况，我看一动不如一静。又不知太子有何动作、能否掌控眼下局面。有请子推兄和赵衰，设法再做打探！

此刻，文姜与贴身宫女现身。

文姜：公子，请恕妾身冒昧。愿以省亲为名，争取进宫，打探消息。

重耳：这个嘛——

赵衰：公子，夫人这是好计谋呀！夫人省亲，我和介子推护送，说不定能够见到太子，也好得知宫中详情。

重耳：就这么办吧。

17. 室内 王宫内室 日

王宫内室，高墙遮挡的缘故，室内一片昏暗。

榻上，齐桓公奄奄一息。

齐桓公：谁能给寡人一口水啊？寡人渴死啦！

门子下面掏出一个方孔，有人递进一碗水，用木棍往里推。

太监带着哭腔说话。

（声音）太监：大王，奴才给你来送水。房门反锁，奴才进不去呀！大王从榻上下来，就能够着水碗！

齐桓公奋力挣扎，已经没有力气下地。

齐桓公：现在是白天还是黑夜，寡人眼前一片黑暗哪！

（声音）太监：大王，现在是正午！外面砌了高墙，挡住日光啦。宫外，谁都进不来！

齐桓公：悔不听贤相管仲之言，寡人宠信三个奸佞小人，落到这般地步，寡人无颜见管仲啊！

齐桓公奋力扯过帐幔，绕在自己脖颈，用帐子遮盖了脸面。

（声音）太监：大王、大王！大王哪！

18. 室外 王宫内厅 日

王宫内厅，开方、易牙等几人议事。

易牙：老头子给困在后宫，不吃不喝，这些天也该差不多了！

开方：易牙大夫，老头子驾崩，咱们发丧不发丧呢？

易牙：开方大夫，万万不可草率行事！断然不能发丧！一旦发丧，太子便要登基继位，他对咱们几个可是怀恨久矣！咱们还能位列三公、执掌齐国朝政大权吗？

开方：那我们要不要及早动手干掉太子？

易牙：及早干掉他，原本最为稳妥。不过，下面几个公子，已经调兵遣将、恨不得立即杀掉太子；我们何不借刀杀人呢？免得我等担当了诛杀太子的名头，日后被抓住把柄。

开方：还有个晋国流亡来的重耳和太子有过往来，对其如何处置？

易牙：重耳流亡齐国，天下诸侯尽人皆知；不必当回事，他能怎么样，他又敢怎么样呢？

开方：对我等没有妨害，也就罢了；如果不识好歹、不知高低，就趁着国乱干掉他！

易牙：咱们还是先关注几个公子的动态，看最终谁能在争夺中胜出。至于重耳，派人加强监控便了！

19. 室内 东宫 内室 日

太子东宫，赵衰、文姜劝告太子。

太子：恐怕大王已经驾崩，我怎么好离开王宫？

文姜：太子啊！几个奸贼把持朝廷，即便大王活着，太子不能当面尽孝；大王或者竟然已经驾崩，太子又不能主持发丧。你硬要留在宫内，实属不智！

太子：我的处境这般样子，万一给重耳公子惹来麻烦——

赵衰：我家公子，承蒙太子悉心关照，能为太子做点什么，该当的！请太子再勿犹豫。事不宜迟，迟则生变！

太子：这个，我——

赵衰：委屈太子，赶紧换过衣冠，扮成夫人随从！

赵衰不由分说，开始给太子脱衣服。

20. 室内 重耳居处 厢房 日

厢房里，重耳与狐毛、狐偃、介子推议事。

介子推：齐王恐怕已经驾崩，但几个奸贼封锁消息，拒不发丧。

狐毛：奸佞把持朝政，其他公子又对王位虎视眈眈，太子处境极其危险哪！

介子推：赵衰和夫人正在劝太子离开东宫，先到这儿来避祸。因事情紧急，来不及请公子首肯了。

重耳：人同此心，心同此理，赵衰和夫人所为，深合我意。

狐偃：太子不能继位，看来到此避祸，也非长久之计。恐怕也得去国流亡啦！太子尚且要流亡，咱们公子待在齐国，实在令人不能放心！

重耳：齐王善待我等，老人家刚刚去世，重耳慌慌离去，心中不安。

介子推：此乃公子之仁也。

重耳：齐王驾崩，我等虽是流亡，不能失礼。到发丧之时，重耳一定要到灵前吊丧致祭！

狐毛：此乃公子之礼也！

狐偃：不顾一己安危，容留太子来此避祸，此乃公子之义也！

重耳：至于我等去留，密切关注齐国事态，临机处置便了！

这时，赵衰闯进。

赵衰：公子，夫人车驾归来，太子已到客厅！

重耳：我等一起过去拜见！

21. 室内 客厅 日

客厅里，重耳一行先后进来。

太子身着下人服装，几分尴尬。

重耳：重耳拜见太子！

太子：这般模样来见公子，失礼得很！

重耳：非常时刻，只好从权——太子请上座！

大家席地而坐。

狐偃：来此暂避，绝非长久之计。不知太子有何计谋？

太子：父王深谋远虑，或者预料到齐国会有国乱，曾经将在下托付给宋国君上。为今之计，我也只有流亡宋国，请求宋君收容帮忙。

赵衰：齐国已经发生国乱，情况一刻三变；末将以为，太子不宜迁延彷徨，应该立即动身回国。否则，多耽误一刻，多一分危险哪！

太子：这、这，公子流亡齐国，我不能照顾公子，反要公子来协助逃亡，在下十分不安哪！

重耳：太子无须客气。扶困济危，义所当为；能助太子一臂之力，重耳幸甚！——赵衰，太子如何平安出城？快快拿出决断。

赵衰：末将已有计谋在此。寻常我等几人断不了出城围猎、郊游兜风，齐国军民司空见惯。大王所赐二十辆车驾，城门守卫都已认下；我和介子推多多出动一些车辆，出城之后，太子独乘一车，管自去往宋国就是。

狐毛：我去给太子准备行装，多多带些银钱、干粮。

重耳：还有，太子出城之后，单独去往宋国，到底不能令人放心啊！

介子推：公子不必多虑。我安排壶叔等人，一路护送太子就是。壶叔忠心可嘉，料无舛错。

　　重耳：如此甚好。

　　太子向重耳深深揖礼。

　　太子：重耳公子，在下逃得性命，如能复国归位，今日相助之恩，没齿不忘！

　　重耳：太子言重了，重耳不敢当啊！

22. 室外 大街 城门 日

　　赵衰当先，介子推殿后，壶叔居中，几人驾车。

　　多辆豪车驶过街市，直奔城门。

　　赵衰扬手，与守门军士打招呼。

　　军士执戟还礼。

　　车辆依次顺利出城。

23. 室外 精舍大门外 街巷 日

　　重耳等居住的精舍，大门外有军士守卫。

　　狐偃出门观望。

　　狐偃：各位辛苦了！

　　军士：狐偃大夫，这是要出门吗？要不要车驾伺候？

　　狐偃：只是透透气，闲逛而已。

　　这时街巷那边，一辆战车还有一队甲士跟随，迎面驶来。

　　狐偃警觉，按剑立在门首。

　　领头的队长、队副，跳下车子。

　　甲士们不由分说，将原先的守卫赶开。

　　甲士：闪开、闪开，全部换防啦！

　　队长抬眼看看狐偃。

　　队长：请问，阁下是哪一位？

　　狐偃：在下狐偃，晋国公子重耳陪臣是也。

　　队长：因发生国乱，宫中有令，让末将前来换防；往后，重耳公子住处的安全，由末将负责。各位无事，最好不要外出！请各周知，休怪末将言之不预！

　　狐偃：万一大王有什么不测，我家公子和夫人需要进宫呢？

　　队长：据末将所知，大王已经驾崩。到时，上面是否同意公子进宫致祭，末将自会告知。

24. 室外 王宫 大殿 日

王宫大殿外，丧幡招摇。

值勤兵士白衣白甲。

齐国臣僚、各国使节，一色戴孝，列队准备致祭。

重耳一行出现，只有介子推未到。

重耳之后，狐毛、狐偃、赵衰皆是全身重孝，见者无不诧异。

狐毛率先来见司礼太监，献上礼单。

狐毛：晋国公子重耳携同属下人等，前来致祭。

司礼：敢问狐毛大夫，公子缘何不以诸侯公子之礼致祭，而是身穿重孝？

狐毛：晋国申生太子，乃大王嫡亲外甥；我家公子，乃大王外甥辈。公子应当以外甥之礼致祭！这是公子礼单。

司礼：公子如此深自谦抑，流亡之中，祭礼又如此丰厚。真是难得啊！

狐毛：大王慨然答应收容我家公子，开方、易牙等几位大臣对公子也多方照应，我家公子理当如此。

司礼：请跟我来。

司礼引路，向灵堂里面呐喊。

司礼：晋国公子重耳驾到！以外甥之礼祭拜大王！

齐国臣僚、各国使节，人人点头认可。

25. 室内 朝房 日

朝房内，开方、易牙等奸佞议事。

开方：重耳这一招厉害呀！在各国诸侯使者面前，竟然甘愿以外甥辈儿身份祭拜大王。一者，深自谦抑，十分尽礼，让谁都挑不出毛病；二者，晋国公子，流亡在姻亲之国，等于公诸天下，齐国是会保护他的；三者，展现身份，达到为复国造势的目的。

易牙：他也不要过分自得，小瞧我们齐国无人！咱们的太子逃亡宋国，不也是志在复国吗？我是听见什么"复国"就来气！这等于说，我们现今拥立的齐王是不合法的，等于在打我们的脸！

开方：那我等到底也不便对重耳采取什么手段吧。

易牙：太子是怎么突然消失的？我总怀疑与重耳有关！只要让我抓住把柄，他胆敢介入齐国大政，看我怎么收拾他！

开方：不是已经换了守卫，重耳等于被软禁起来了吗？

易牙：身边服侍的仆从、宫女，也统统换成我们的人。严密监控，绝不放松！

开方：扣押重耳，作为和晋国讨价还价的筹码。即便重耳有机会复国，那也是我们的功劳，别的国家休想染指！

易牙：哈哈，重耳聪明过人，这叫自投罗网啊！

26. 室外 精舍大门外 日

大门外，甲士们依然如临大敌。

重耳一行先后乘车归来；介子推带领仆从们迎候。

介子推搀扶重耳下车，低声警告。

介子推：公子，除了守卫队伍，仆役和宫女也都换人了。

重耳：知道了。

27. 室内 重耳居处 客厅 日

客厅里，文姜帮着重耳脱去孝装。

一个陌生的贴身侍女，指派其他宫女。

侍女：不长眼色！这种事情，也要夫人亲自动手吗？

侍女面上堆笑，却是一把推开文姜；一边服侍重耳，一边指派他人。

侍女：你，去给公子打水净面！

文姜面色不虞，重耳只做不见。

重耳：夫人，这几个女孩子都很面生哪！哈哈，好像比原先那几个长得还要端正喜人。

侍女：奴婢是宫里新派来的。原先那些个粗手笨脚的，怕她们服侍不周。——你，去夫人房中，取来公子的替换衣服！

文姜：且慢，未经我的许可，谁敢擅自去我的房间？

被指派的宫女愣在当地。

侍女：夫人，对不起！

文姜：不管你是谁派来的，你给我记住了，在这儿，我是女主人！

文姜离去，宫女随后跟随。

侍女脸上变神变色的，重耳安抚。

重耳：夫人是宗族女儿，连我也惧怕她几分哪！以后，咱们都长点心眼，好不好？

侍女屈膝施礼。

侍女：多谢公子提醒！

重耳：寄人篱下，看人眼色，这日子不好过啊！

侍女：请恕奴婢冒昧，公子就不想复国的事吗？

重耳：按说这样的事情，做下人的是不该问的；不过，本公子看你聪慧可爱，不妨说说啦。事情明摆着，我怎么能不想复国呢？然而，今日进宫祭拜大王，重耳的心算是凉透了。大王如果健在，说不定我还有复国的希望；大王辞世，齐国自顾不暇，谁还有心思管我的闲事？

侍女：听说我家太子逃往宋国，公子你就不准备离开齐国吗？

重耳：晋国有两大姻亲之国。一个秦国，一个齐国。秦国，我是指靠不上；除了齐国，我还能去哪儿？但愿齐国不要赶我走，我就满意了。美酒甘旨，豪车美女，我还要怎么样呢？

说着，重耳去抓侍女的手。

宫女们打了水来，捧了衣服来。

侍女轻轻拿开重耳的手，重耳净面更衣，仿佛一切都没有发生。

第二十章 李代桃僵仁人脱险地
瞒天过海志士离乱邦

1. 统一片头

2. 室外 精舍 别院 日

停放豪车的别院，赵衰、介子推散步议事。

赵衰：门外换了警卫，仆人、宫女也都换了新人，看来咱们等于被软禁起来了；不过，暂时也还看不出会对公子有什么过激举动。

介子推：赵衰，咱们处在任人宰割的地步，公子安危，令人极其担忧。此事万万不可掉以轻心！况且，眼下齐国内乱，属于自顾不暇；我们继续待在齐国，只会妨害复国大计。

赵衰：齐国太子去了宋国，也不知情况如何？

介子推：眼下当权者，最担心太子复国；齐国太子若有归国的举动，恐怕就是咱们公子最危险的时候！

赵衰：对了，壶叔他们也该回来了。这个还得注意，免得透出什么口风，被抓住把柄。

介子推：我已派出咱们的人，到路上迎接壶叔。

赵衰：危邦乱国，我们好比虎穴栖身哪！

3. 室内 重耳居处 客厅 夜

客厅通着卧室。

客厅里烛火照耀，重耳与文姜还有那个侍女，正在猜拳饮酒。

重耳已经舌头发短。

文姜：公子已经过量，不能再喝啦！

重耳：我没有喝多。不许打猎，不许郊游，本公子还能怎么样？守着美女，喝着美酒，本公子还要怎么样？来，最后三杯，谁和我猜拳哪？

侍女：猜拳，我们都猜不过公子呀！

重耳：你赢了，本公子喝；我赢了，还是本公子喝；怎么样？

重耳纠缠不休，文姜变了脸色。

文姜：公子，该安歇啦！——你们两个，扶公子上榻歇息；你们把这儿收拾干净。——天天如此，谁能受得了啊！

侍女与另一宫女，架着重耳进了卧室。

4. 室内 卧室 榻上 夜

卧室里。

宫女将重耳的衣服搭上衣架。

那名侍女借着服侍重耳，在床榻四周、枕头下面检查。

重耳舌头短短，伸手来抓侍女。

重耳：你不用找了，本公子身无长物，没有什么宝贝赏赐你。

侍女连忙缩手。

重耳：我和夫人商量商量，哪天把你收了房；你就和夫人，姐妹相称啦！

文姜进来，厉声呵斥。

文姜：整天喝酒，喝成这般模样！你还哪有点复国的大志？

重耳：复国，呵呵，我要复国——

言语咕噜不清，已是沉沉睡去。

文姜：你们几个，也歇着去吧！

宫女们屈膝行礼，躬身退出。

文姜掩上卧室门；听听外面动静，给屋门上闩。

然后过去熄灭了灯火。

文姜脱去外衣上床，腰间一把匕首。

重耳口齿清晰，轻声发问。

重耳：夫人，你腰间藏着匕首，这是何意呀？

文姜：我的公子，宫里派来的这个女子，心怀叵测，妾身对她实在不能放心啊！

重耳：齐国当局，对我只是软禁，看来不至于下手杀人。他们担不起这个名声。

文姜：这样的日子，何时是个了局？公子你不能整天醉生梦死啊！

重耳：什么时候离开齐国、如何离开，须得好生谋划。不然，轻举妄动，你我即刻就有杀身之祸！再说，我走了，你怎么办？

文姜：公子真的这样念及妾身吗？

重耳紧紧抓住文姜的手。

重耳：夫人对重耳一片真情，你和季隗一样，都是我的患难妻子啊！

文姜娇弱身躯，钻进重耳怀中。

5. 室外 院落 夜

院子里，各个房间都已熄灭灯。

一个黑影从屋檐下溜过，到高墙底下，用爬墙索爬上墙头，翻出墙外——隐约可见，是个女人。

一间房门无声打开，介子推一身黑衣，到墙边纵身而上，追了出去。

6. 室内 内室 夜

易牙的住处内室，那名侍女一身夜行衣装，正在汇报。

侍女：启禀大夫，奴婢监视重耳，不敢放松。重耳几乎天天饮酒作乐，确实看不出有何计谋。

易牙：把你安插在他身边，无非两条。一条是否与太子有所勾连；一条是否预谋要逃离齐国。一旦有什么迹象，速速报我。

侍女：如果事起仓促，奴婢来不及报告呢？

易牙拿出一块令牌。

易牙：这是我的令牌。重耳胆敢轻举妄动，那儿的一队甲士即刻动手，格杀勿论！告诉你的手下，立功有赏！

侍女：谢过易牙大夫！

7. 室外 精舍 偏院大门口 日

介子推与几个仆从乘车、壶叔驾车，进了街巷，到了偏院大门口这里。

守卫队长带领几名属下，来到近边。

队长：介子推大人，你这是？

介子推：把车子放回院内呀！

队长：这可怪了，末将好像不记得今天有车辆出去过哪！

介子推：将军负责我等安全，已经足够辛苦；还要负责看管车辆。齐王当初赏赐的车子，万一丢失一辆，你也吃罪不起呀。我来问你，我出门的时候，你干什么来着？

队长愈加懵懂。

队长：是啊，我干什么来呢？怎么就想不起你何时出门去的呢？

壶叔：闹不好你连自己都要走失了哪，还说是在这儿保护我家公子的安全。

队长：你说什么？

介子推拿过壶叔手中的鞭子，凌空甩个鞭花，"叭"的一声脆响。

队长仰脸去看，介子推身形一晃，背着手问话。

介子推：将军，看看你身上少了什么物件？

队长左看右看，上下摩挲。

队长：哎呀，我的宝剑呢？

介子推背后伸手出来，举着一柄宝剑。

介子推：将军，这是你的兵刃吗？

队长愈发惊异。

队长：大人，你、你莫非会什么法术？

介子推：献丑献丑，再给将军玩一个？

介子推一手将宝剑递还，一手向脑后扬起鞭子。

鞭子甩上车辆，眨眼之间，收回鞭子，双手捧了一个酒坛。

介子推：将军，不开玩笑了。我家公子整日花天酒地，在下和仆役们出门买酒去了。弟兄们疲累，打瞌睡，我就不曾惊动各位。这坛老酒，奉送队长和弟兄们啦！还望笑纳。

队长：这个，哈哈，不好意思呀！

介子推示意，壶叔赶车进了偏院。

8. 室外 偏院 日

偏院，壶叔等人卸车；仆役们有的牵马上槽头，有的卸下酒坛。

介子推与赵衰接头。

赵衰：壶叔回来，宋国那面情形如何？

介子推：宋国大王欢迎公子前去，说是有意相助公子复国。

赵衰：好，我当尽力催促公子采取行动！

9. 室外 精舍 院内 日

院内，壶叔等人抬了酒坛过来。

狐毛指挥，存入厢房。

赵衰与狐偃接头。

赵衰：宋国大王有意相助公子，我等应当催促公子尽快做出决断。

狐偃：此事须得保密。一定要稳妥，保证做到万无一失。我等先拿出一个行动计划才好。

10. 室内 宋国 王宫内厅 日

宋国，王宫内厅。

宋襄公与司马公孙固、齐国太子议事。

太子：大王收容流亡之人，答允帮助不才复国，不知该如何感激大王！

宋襄公：当年齐王将后事托付，寡人亲口答应要辅佐太子。寡人言而有信，已经有了计划。请公孙固大夫，详细讲给太子！

公孙固：齐国发生内乱，不再能够领袖诸侯；宋国虽然不算强大，但一定要担起领袖诸侯的责任。周边几国，尽管多是小国，纷纷响应我家大王号召，愿意共同出兵，帮助太子归国。

宋襄公：太子归国继位之后，寡人将要全力以赴，对付楚国。

太子：对付楚国？

宋襄公：近年来，楚国仗恃武力不断北进，侵扰诸侯各国；最令人不能容忍的是，竟然无视周天子的权威，妄自称王称霸。齐国发生国乱，晋国的夷吾治国无方；协同中原诸侯各国、共同对付猖獗的楚国，寡人只能是当仁不让！

公孙固：宋国虽然不够强大，似乎不足以与楚国抗衡；但凡事总得有人挑头，敢于担起责任。不然，中原各国唯有被楚国各个击破的命运。宋国相助太子复国，仗义执言，实乃也是关乎宋国的存亡啊！

宋襄公：宋国与楚国，必有一战；寡人即便战败，也将在所不惜！

公孙固：如果我国侥幸得胜，大王还想帮助重耳公子复国。

宋襄公：重耳是个仁义公子，寡人平生所奉行者，也不过是"仁义"二字。寡人但有余力，定要扶困济危、主持公义！

太子：大王胸襟器度，在下受教多多！宋国勇于主持公义，乃天下之幸也！

11. 室外 齐国 精舍 后园 日

院子里，有小门通往后园。

从矮墙、围栏看去，后园果木花开烂漫。

重耳与文姜散步，有那名侍女以及宫女们左右跟从。

重耳：啊，不知不觉竟是冬去春来！

文姜：整日醉生梦死，公子你哪里还管什么季节变换？

重耳：后园繁花似锦，春色好不诱人！——来人，速速给我后园摆酒，把大伙儿统统请来，同赏美景、共饮美酒！

文姜：你一个人浑浑噩噩，还不够；还要大伙儿统统掉在酒缸里吗？公子，你就全然不顾复国大志了吗？

重耳：眼下，齐国自顾不暇；除了齐国，哪个国家有能力帮我复国？复国的事，以后你少给我念叨！复国，哼，我回去当上晋侯，你当上王后，哪有这样方便的好事？——来，摆酒饮宴，消闲日子，咱们夫妻过了一天算一天！

文姜：你呀，真拿你没办法啦！

重耳指派侍女。

重耳：你们还等什么？你们到底是听我的，还是听她的？

侍女翻眼看看文姜，带人退下。

12. 室外 院内 日

院里侍女指派仆从，搬了酒坛去后园。

狐毛、狐偃、赵衰等，先后从房间出来，伸懒腰、打哈欠，也都懒洋洋的。

13. 室外 后园 草地 日

繁花满树，绿草如茵。

草地上摆放着几案，果品、酒具陈列。

仆从、宫女，斟酒服侍。

重耳与文姜上座，大家次序席地。

重耳：冬去春来，不期然间，后园繁花盛开。承蒙齐国方面盛情容留，我等在此饮食无忧。所谓良辰美景，正好及时行乐！本公子与夫人设宴招待各位，今天咱们来个一醉方休！

文姜：齐国内乱不止，各位不能出城围猎郊游，说来也是气闷。公子反正也是整日贪杯，干脆大家高高兴兴饮宴一回。

狐毛：多谢公子，多谢夫人！

重耳与文姜举爵。

重耳：各位，请！

众人饮尽酒爵。

狐偃：公子，请恕属下直言。我等来到齐国，已经四五年；复国的事儿，再不听公子说起。莫非我等就这样老死在外乡不成？

文姜：对了，你们都劝劝你家公子。总这样下去，不是个长法。

重耳：今天，咱们不说这个话题。

赵衰看看那个侍女。

赵衰：我等期望复国，并不伤害齐国利益；这样话题，难道犯忌吗？我们几乎被软禁起来，连说话也不敢说了吗？

重耳：齐国、晋国是姻亲之国，本公子是齐王的外甥，人家盛情容留，不好说是软禁吧？至于说话，有什么不敢说的？只是没用。夸夸其谈半天，一点用处都没有。

赵衰：齐国现在帮不上我们，我们不能转到其他国家看看？

重耳：其他国家，能这样优待我们吗？风餐露宿、四处流亡，那样的日子有什么好呢？——来，喝酒！

狐毛：公子说的也是。走一处，何如守一处呢？等齐国的局势好转，齐国还是会帮助我们的嘛！

狐偃：哎，怎么不见介子推？我们何不听听他的主张？

赵衰：介子推不爱凑热闹，任其自便吧。

重耳：不然，大家同乐，少了谁都不好。

文姜指派那名侍女。

文姜：你是不是去请一下介大侠？

侍女：公子和夫人在这儿，奴婢怎么好离开？——你，给我去请介大侠！

侍女接着给大家斟酒。

重耳与文姜对对眼，轻轻摇头。

14. 室外 偏院 日

偏院这儿，壶叔奔回，向介子推报告。

壶叔：介大侠，属下打探确实，宋国纠集了几家诸侯发兵齐国，要送太子归来！

介子推：这一消息非常重大，你们几个继续严密关注，特别要注意王宫方面的动向！

壶叔：明白！

壶叔奔出大门。

宫女从过道到来。

宫女：介大侠，你在这儿呀；公子和夫人请你到后园赏花饮酒呢！

介子推：知道了。

15. 室外 后园 酒宴 日

后园酒宴上，已是杯盘狼藉。

重耳向狐毛、狐偃敬酒。

重耳：二位舅父，请满饮此爵！

文姜：公子喝得不少了，请让妾身代饮！

文姜代饮，狐毛、狐偃执礼避席。

狐毛：公子请恕我等失礼，属下实在是喝多了！

狐毛、狐偃躬身退下，去往后园林中。

重耳：哈哈，怪不得尔等都是我的属下，酒量就差得远嘛！赵衰，你来继续陪我喝！

赵衰捧酒让那侍女。

赵衰：夫人能代公子饮酒，请这位小姐姐代本将军一回如何？

侍女推拒，赵衰强行搂住，灌了多半杯。

文姜：赵将军，你有些失态啦！

赵衰施礼。

赵衰：请公子、夫人恕罪！

赵衰也躬身退下。

重耳：好不扫兴！谁来陪本公子饮酒呢？

文姜：公子你也喝多了，不能再喝了！——来，帮我扶公子回房歇息！

那侍女看看重耳，又看看林中。

侍女：夫人，你来服侍公子；那几位都喝多了，奴婢该去照看照看！

说着，不经文姜同意，起身离去。

文姜待要发作，重耳揽住了肩膀。

重耳：我、我真的也喝多了，有请夫人送我回房。

16. 室外 园门 日

园门这儿，重耳、文姜撞上介子推。

介子推看看左右。

介子推：公子，宋国发兵送太子回齐国；事关重大，请赶快做出决断！

重耳：你去通告赵衰让他们知道，要注意那个侍女！

介子推：在下晓得！

17. 室外 后园 桑林 日

桑林中，狐毛、狐偃、赵衰秘密议事。

狐毛：公子整日花天酒地，他究竟是清醒还是糊涂？我都说不准了。莫非他真的贪图安逸，把复国大志统统放诸脑后啦？

狐偃：齐国政局不稳，谁知宫中会有什么变化？久居乱邦，让人担心哪！

赵衰：开方、易牙，都是奸佞之辈；齐国太子归国的事又遥遥无期。他说会帮助公子，看来指靠不上；我等必须做出决断，不管公子同意与否，尽早离开齐国为好。

狐偃：即便说服了公子，门上守卫严密，还有出城问题，必须做到万无一失啊！

赵衰：是啊，关键是守卫的问题。万一惊动了宫里，说不定就是杀身之祸！

18. 室外 桑林 花丛 灌木 日

桑林之外，那名侍女藏身花丛，侧耳偷听。

听到什么，脸上现出阴恻恻的笑容。

另外一丛灌木后，介子推监视着那名侍女。

侍女起身四顾。

介子推隐身不见。

19. 室外 后园 酒宴现场 日

侍女回到酒宴现场。

宫女们还都乖乖守候。

侍女：公子和夫人呢？

宫女：公子饮酒过量，夫人搀着回房去了。

侍女：你们呀，都是些木头！重耳他是真的醉了吗？他真的回房去了吗？木头、蠢货！

侍女匆匆奔出后园。

介子推随后跟从。

20. 室内 卧室 日

卧室里。

文姜服侍重耳躺在榻上，回身关上房门。

文姜：我都弄不清公子你究竟喝多了，还是没喝多。怕你喝多了伤身，你总是说没喝多。不知你到底是哄她，还是哄我？

重耳在榻上坐起来。

重耳：今天真是没有喝多。赵衰他们要决定离开齐国的大事，我哪里敢喝多了？

文姜：公子志在复国，我看到了当机立断的关口。你看看那个女人有多难缠？再这么犹豫不决，恐怕要出事啊！

重耳：一旦决定离开，心中难免局促不安。能不能复国尚在两说，又要将你单独扔在齐国，重耳岂不有些忍心？

文姜：大丈夫应当建功立业，这样的道理何须我来多说；就说跟从公子的这一帮人，忠心耿耿、矢志不移，该有多么不容易！单是为了这个，公子也得痛下决心，勿以妾身为意。

重耳：多谢夫人体谅重耳。一朝复国，当即刻派出使臣，来接夫人！

文姜：还有他！

重耳：还有谁？

文姜：粗心的公子啊，我、我有了身孕几个月啦！

重耳：哎呀，这是真的吗？看看我，真是的。那我等离开之后，夫人须得注意保重啊！

文姜：怀着公子的血脉，有他和妾身作伴，我自然会多方注意。

重耳轻轻揽过文姜，耳鬓厮磨。

这时，那名侍女推门冲进。

重耳与文姜连忙分开。

侍女：我的公子，原来果然是没有喝醉呀！

文姜：大胆！你这是哪里学来的规矩？一个下人，未经主人首肯，竟敢直闯内室。

侍女：下人？下人倒是下人，可我不是你的下人；你也不用给我摆什么夫人的架子、耍什么主人的威风！

文姜：你到底是什么人？因何要这样严密监视公子起居？

侍女：原本我也没有必要告诉你，不过今天嘛，告诉你也无妨。我是易牙大夫派来专门监视重耳的！

文姜：放肆，公子的名号是你随便呼叫的吗？

侍女：他要老老实实待着，倒也能算一家公子；今天，赵衰等人秘密议事，决定要偷偷离开齐国，须怪不得姑娘我不客气！

文姜：你待要怎样？

侍女：本姑娘当然要禀报易牙大夫知道。

说着就要离去。

文姜起身拦住房门。

重耳：就算重耳决定离开齐国，不过是投奔别处、寻求帮助，这个对齐国有何妨害？姑娘为何不肯通融一回呢？

侍女：重耳，你不用给我来这套。谁知你和齐国太子有没有勾连？谁知你离开齐国，要干什么勾当？反正，本姑娘奉命行事，一定得禀报易牙大夫。易牙大夫怎么处置，那就看你的命相了！

侍女要夺门。

文姜：如果我不许你去找易牙呢？

侍女掏出那块令牌。

侍女：朝廷令牌在此，谁敢阻拦本姑娘，本姑娘调动守卫甲士，格杀勿论！

文姜：看来你是有恃无恐啊！

侍女：呵呵，可不有恃无恐；呵呵——

文姜断然出手，侍女软软倒下，胸口插着那把匕首。

介子推闪身进来，掩上房门。

介子推：夫人当机立断，干得好！不然，介子推也要把她做掉。宋国发兵，齐国几个奸贼末日到来，定然是陷入疯狂，公子的处境难以预测。

介子推将侍女的尸体拖到床榻之后，扯下帐幔擦去地上血迹。

重耳：他们几人何在？为今之计，须得立即行动！

介子推亮出手中令牌。

介子推：如何对付门上守卫，赵衰已有计较。这块令牌，正好可以拿来出城！

21. 室外 精舍 大门口 黄昏

大门口，介子推与壶叔出面请客。

队长、队副正在交接班。

介子推：两位将军，这是交班哪？

队长：哎哟，介大侠。我下岗，按规矩进宫去说一声，点个卯。

介子推：我家公子念及大伙儿日夜辛苦，今晚备酒宴请两位将军；请二位务必赏光！

队长：这个，恐怕——

壶叔：将军，就不要推辞啦。我家公子还要赠送二位礼物呢。值勤守夜的弟兄们，轮开班次，和我到偏院去喝酒！

介子推：如果介子推面子不够大，让公子自己来请二位。

队长：好好，恭敬不如从命！

两人随介子推走进大门。

壶叔带领兵丁们，去往偏院。

22. 室外 偏院 黄昏

院子里摆开席面。

仆役们穿梭上菜。

粗使丫头给大伙儿斟酒。

壶叔招呼兵丁们。

壶叔：弟兄们，辛苦了。今晚重耳公子请大家喝酒，咱们来个一醉方休！

众：好，一醉方休！

壶叔：丫头仆人，咱们都是下人，这儿不论上下啦；上罢菜肴之后，统统入席。

23. 室内 客厅 夜

客厅里，重耳、文姜上坐。

狐毛等主位、两名将军客席，频频举杯、觥筹交错。

介子推举爵。

介子推：两位将军，介子推敬二位一杯！

队长：啊呀，已经过量了，实在是——

介子推：他们几个都有官爵，只有介子推是个白身，莫非两位将军为此不喝这杯酒？

队长：哪里哪里，请！

随后文姜起身，前来满酒。

队长：哎呀夫人，这叫末将如何当得起？

文姜：这杯酒有个题目，妾身提议，预祝公子终将复国。请两位将军莫要推辞，我这厢陪大伙儿一起喝！

在场众人都举起酒爵饮尽。

重耳与文姜四目相视，缓缓饮尽酒爵。

重耳：给我和两位将军换大杯来，我要和大家连干三杯。

三人面前换了巨爵；重耳恭谨执礼。

重耳：这第一杯，敬两位将军！

队长、队副：末将不敢当啊！

重耳：重耳流亡齐国，从先王到各位大臣、将军，照顾重耳可谓无微不至。重耳深表谢意！——请！

大家饮尽。

重耳：这第二杯，敬两位舅父、赵衰、介子推等诸位患难知己！

狐毛：公子，这，咱们自家人——

重耳：诸位跟随重耳，不说功劳苦劳，忠心耿耿十七八年，十七八年哪！重耳的谢意，一言难尽，都在这酒里啦！

众人饮尽。

重耳：这第三杯，重耳敬我的夫人！

文姜立即回拜。

文姜：公子，夫君！

重耳：大王指婚，你我原本是萍水相逢；重耳何德何能？几年来，夫人尽心尽力、知疼知热，重耳由衷感喟；况且，重耳身负复国大任，说不定哪天就是离散匆匆！夫人，重耳心情，尽在不言！

文姜：我的夫君哪！

重耳目光深邃，文姜已是眼角带泪。

赵衰：两位将军，咱们大伙儿，来，为公子和夫人，干杯！

24. 室外 偏院 夜

偏院这儿。

兵丁们有的相扶了，跌跌撞撞去上岗；有的横躺竖卧，傻笑唠叨。

介子推现身，催促壶叔。

介子推：立即备车两挂，行装干粮装车，挑几匹良马驾车！

有齐国仆役，怯怯来问。

仆役：介大侠，你们这是？

介子推亮出令牌。

介子推：宫中有令召唤，你等不得多言！

25. 室内 客厅 夜

介子推赶回客厅这儿，两名将军已经醉倒。

有宫女仆役拿来被盖枕头，两人席地而眠。

重耳饮酒过量，舌头短短。

重耳：我、我不走了，我，放心不下她！你们、你们知道吗？她，嘿嘿，有了身孕啦！

文姜扶着重耳，连声安抚。

文姜：公子，你不能这样，你要听话！

重耳：我，我就要这样！

狐毛、狐偃，有些手足无措。

狐偃：公子，你肩负着复国大计呀！

重耳：我不要复国，我要和夫人在一块儿；你们不用逼我啦！

文姜：赵衰听令，赶紧扶公子上车！

赵衰：末将得令！

赵衰等扶了重耳离去。

赵衰：公子，咱们回房去睡，好吗？

重耳还兀自伸手要够文姜。

重耳：我不走，我不睡，你们骗我。

目送重耳离去，文姜毅然回身。

文姜：介子推，我房间里的那物事，你去给我清理出去！

介子推：禀夫人，房间，壶叔他们已经清理过了。我们这么走了，留下夫人你一个成吗？

文姜：哼！我须不是替他们监视公子的！二日天明，我还要找他们要人呢！

介子推：那，夫人多多保重！

文姜掏出那枚玉璧。

文姜：介大侠，这块玉璧请交给公子。见到玉璧，如见妾身！——你们远走高飞去吧！

介子推躬身施礼。

文姜避开脸子。

介子推闪身出屋。

文姜回身，张张嘴想要说什么，终于没有说。

两行泪，无声淌落。

26. 室外 城门 夜

城门这里，壁上插着火把。

两辆马车停靠了。

一辆，赵衰驾车；一辆，壶叔驾车。

守门军士认出赵衰。

门军：赵将军，好久不见啊！将军这是要？

赵衰掏出令牌，同时扔给一些钱币。

赵衰：宫里吩咐的事，该半夜出城也得出城啊！——弟兄们辛苦了，这个，拿去打酒喝！

门军：哎哟，多谢将军！——快点啦，打开城门！

城门大开，两辆马车先后驶出。

鞭声响处，马车一路奔进暗夜之中。

27. 室内 客厅 晨

客厅里，清晨。

两位将军先后醒来，睡眼惺忪，拍拍后脑勺，大眼瞪小眼。

有仆从立即警告。

仆从：两位将军，你们可是闯了大祸啦！重耳公子不见啦！

队长：什么？重耳公子不见啦？

两人连忙跳起。

队副：到底怎么回事？快将值岗的兵士叫来问话！

一名仆役奔出。

这时，宫女陪着怒气冲冲的文姜进屋。

文姜：你们办的好事！我的那个贴身侍女，是易牙派来的卧底！包括你们两个，你们都是一路的！

队长：夫人，你别急，有话请慢慢讲——

文姜：我不能不急，我怎么能不急？夜来，那个卧底的女人，手持令牌，把公子他们都抓到宫里去了；至今没有任何消息，死活不知，我能不急吗？公子好心好意宴请你们，你们真能做得出来。

队长：那个女人，她、她怎么能擅自行动？夫人，我们两个不过是奉命行事，公子和夫人仁义待人，我们对公子绝对没有任何恶意。

文姜：你少给我讲这些废话，还不快快派人去宫中打探？我是活要见人、死要见尸，我的人不能这么不明不白就消失了！

门上守卫的兵士，进来回话。

兵士：将军，夜来是属下值岗。

队长：我来问你，重耳公子他们哪里去了？

兵士：重耳公子不是和两位将军在一起喝酒的吗？

队长：满嘴胡说！重耳公子被抓进宫里去了，快快给我进宫去打听消息，快去！

兵士：属下得令！

那兵士刚刚跑走，一名宦官岸然进来，高举令牌。

宦官：宫中有令！宋国大军攻入齐国，你等带领本部兵丁，速速守卫城垣去者！

队长：末将得令！

队副：末将斗胆，请问重耳公子他们——

宦官：齐国太子图谋复国，留着重耳大大不利！易牙大夫另有密令，让你等立刻将重耳一行就地处决、格杀勿论！

队长：就地处决？重耳公子他们已经被抓到宫中去了呀！

文姜：好呀！易牙这些奸贼果然是要残害公子哪！本姑奶奶是先王做主嫁给重耳公子的，你们竟然要杀害公子！

正乱作一团，有兵士奔来报告。

兵士：启禀将军，宋国大军来到城下，我国守军看见太子已经全部放下武器，欢迎太子归国继位！

宦官：太子归国继位？我等应该赶快去欢迎哪！走呀，还等什么？

宦官、将军、兵士等，一窝蜂离去。

文姜这才缓缓落座，神情释然。

28. 室外 旷野 大路 日

［字幕：晋惠公十二年（公元前 639 年），重耳离开他居留了五年的齐国；开始了他复国前最后的流亡旅程。］

旷野上，两辆车子停在路边。

车旁有仆从手执戈戟守卫。

狐毛、狐偃，在一辆车旁看着熟睡的重耳。

狐偃：一夜赶奔，这就快到边境了，要不要叫醒公子？

狐毛：夜来公子真是喝多了。既然已经脱离险地，让他多睡一刻。看昨晚那个闹！所谓酒后吐真言，公子是真的舍不得离开夫人呀！

狐偃：季隗夫人，苦等公子，那叫一片忠贞；文姜夫人，当机立断，能杀能斩，这叫果决！都是好女子，咱家公子天生有福啊！

那面，赵衰、介子推指挥，壶叔等人挖了墓穴，将那名侍女掩埋。

介子推撮土为香，插了三柱蒿草，祷告几句。

介子推：这一女子，青春年少；不知其名，玉殒香消；为了谁的江山霸业？青春归于黄土；有人会记起你否？碧血肥沃了荒草！惜哉、痛哉，呜呼哀哉；介子推临穴祷告！

壶叔：介大侠动情啦！

赵衰：介子推，这个女子要谋害我们大家，难道不该死吗？为了江山霸业，不知要死多少人，你这不是书生气吗？

介子推：这一女子，或有可杀之理。但谁能保证，刀剑之下，不伤无辜呢？杀一无辜，而得天下不为；谁能真正做到这个呢？

车辆这里。

车上，重耳一觉醒来；睡眼惺忪，一派懵懂。

掀起车窗帘子，只见荒野茫茫。

车下，狐毛、狐偃还在聊天。

狐毛：你说，公子究竟是贪恋美酒女色，不肯离开齐国呢？还是出于韬晦、迷惑别人呢？

狐偃：要看他喝多了的那个样子，他反正是舍不得离开女人！要不是咱们七手八脚将他硬性抬到车上，哈哈，这个外甥子真还不愿意离开温柔乡哩！

狐毛：如果公子本心并不想离开齐国，我等硬性将他挟持出来，他会不会生气怪罪呢？

狐偃：关乎复国大计，岂能对他一味听之任之？贪恋美酒女色，那他成了什么东西？他竟然还要生气怪罪，看我怎么数落他！

突然，重耳跳出车辆。

重耳：好啊！你们胆敢挟持我，竟然还要这样议论我！

狐毛、狐偃吃了一惊。

狐毛：公子你醒了？

狐偃：我们、我们都是为着公子好——

重耳：我贪恋美酒女色，我不成一个什么东西！

重耳扭身从仆从手中抢过戈戟。

狐偃拔腿就逃。

重耳：你给我站住！

狐偃：救人哪！公子要杀舅氏啦！

重耳持戟追赶，狐偃绕了圈子逃窜。

赵衰着急，上前要阻拦重耳。

赵衰：公子不可莽撞！狐偃、我们大伙儿，都是为着公子的复国大业啊！

狐偃：只要公子成就复国大业，你、你就是杀了舅氏，舅氏也心甘！

重耳：复国大业不能成功，看我怎么收拾他！说我贪恋美酒女色，说我根本不管复国大计，我真恨不得剥了他的皮、生吃他的肉！

介子推微笑上前，夺过重耳手中的戈戟。

介子推：公子，夜来的酒，还没醒过来吗？大家齐心协力，用智用计，终于逃离齐国危邦险地，值得庆幸哪。

狐偃摸着脖子，嘿嘿讪笑。

狐偃：嘿嘿，公子日后复国，有的是美酒肥肉；舅氏的肉，又老又骚，哪里值得公子品尝？嘿嘿，不好吃、不好吃！

赵衰：公子，这里是齐国边境，国境那面就是曹国。是直接去往宋国，还是路经曹国稍作停留？咱们该在一块儿商量商量。

重耳：好吧！哈哈，我已经被你们"挟持"了，还有什么话说？

介子推掏出那枚玉璧，郑重捧给重耳。

介子推：公子，这是昨晚临行，夫人托我带给公子的。夫人殷殷嘱托，见到玉璧如见夫人。

重耳神情立时庄重。

重耳：夫人要我励志复国，大业有成，以报答各位忠义之士对重耳的一贯追随；夫人不惜夫妻分手、不顾身怀有孕，斩断儿女私情是那般绝决！重耳当心如玉璧之坚，再不彷徨！

狐毛：公子诚能如此，我等即便历尽千辛万苦，了无遗憾！

重耳对狐偃恭谨执礼。

重耳：方才外甥大大失礼失态，请舅氏恕罪！

狐偃：人非圣贤，孰能无过？公子善能补过，堪为舅氏楷模。方才，我也是口不择言，祈望公子谅解！

赵衰：哈哈，甥舅重归于好，君臣前嫌尽释，咱们上车出发可好？

重耳：上车！

重耳与狐毛、狐偃相携上了前面车子，赵衰、介子推与壶叔在后面。

两辆车子启动。

29. 室内 曹国 王宫内厅 日

王宫内厅，曹共公与大臣釐负羁议事。

曹共公，鼠须吊眼，模样有几分可笑；走动不停，不得安生。

釐负羁叩拜禀事。

釐负羁：启禀大王，微臣接见了重耳公子的使臣狐毛；正式通告对方，大王欢迎重耳一行途经曹国，愿意热情招待。

曹共公：釐负羁大夫啊，说得好、办得好！起来回话吧。热情招待嘛，是要热情招待。哈哈，你说说寡人为什么要招待重耳？

釐负羁：重耳乃一国公子，途经我国，按礼节自然应该予以接待。何况重耳贤名远播，晋国与咱们曹国又是同姓之国，血脉亲情——

曹共公：错！寡人自然是懂得礼节，这又何足为奇？

曹共公用力拍拍自己的胸部，神秘兮兮。

曹共公：你难道没有听说过吗？重耳天生异禀，长着骈胁。骈胁是什么意思？也就是说，他的肋条是整块的！哈哈，你说有趣不有趣？你说怪异不怪异？

釐负羁：大王，微臣也曾听说有这样的传闻。

曹共公：耳听为虚，眼见为实。寡人早年听了这样的传闻，觉得好不奇怪。重耳他、他怎么就会长出骈胁来呢？这一回呀，寡人总得想办法见见！

釐负羁：大王，这个，微臣以为，关乎个人私密，恐怕难以办到吧？

曹共公：错！寡人有这么一点好奇之心，重耳他，哈哈，竟然就自己主动送上门来！这样的天赐良机，寡人怎么能放过呢？所以，寡人已经安排馆驿，做了手脚，部署了机关，这一回哪，重耳他要落入寡人的圈套之中啦！他的骈胁是真是假，寡人要亲自验看喽！

釐负羁：大王，万万不可呀！大王乃一国之主、万乘之君，如何可以这样非礼，如何可以这样恶作剧？微臣恳请大王三思、收回成命！

曹共公：错！你是寡人的股肱之臣，国家大事寡人听你的；这样的小事，寡人好奇感兴趣，你就不必干涉太多啦！

釐负羁：大王一举一动，关乎礼仪，关乎国体，绝不是小事！

曹共公：得得得！你觉得寡人脾气太好是不是？还不给我下去！

第二十一章 偷偷摸摸曹侯坏大礼 堂堂正正宋君获仁名

1. 统一片头

2. **室外 城门外 日**

城门外，釐负羁大夫与宫中司礼太监一块迎候重耳一行，迎宾仪仗两厢排列。

狐毛、狐偃下车见礼；重耳在车上执礼。

釐负羁：在下曹国上大夫釐负羁，这位是宫中司礼太监，我等奉大王之命，恭迎重耳公子一行！

狐毛：多谢大王礼遇，多谢二位出城迎候！

釐负羁：晋国、曹国乃同姓之国，大夫不必客气。在下愿为公子前驱，请公子进城！

釐负羁与司礼太监前行，仪仗开道；重耳所乘车辆启动，一行进了城门。

3. **室外 馆驿大门 日**

馆驿大门这儿，重耳一行下车。

驿丞施礼恭迎。

釐负羁：公子、各位大夫，这位是敝国驿丞。

驿丞：馆驿里已经烧好洗澡水，请公子与各位大夫进来沐浴更衣。——请！

鳌负羁与司礼太监引导，重耳等走进大门。

4. 室内 侧室 日
侧室内，宦官陪着曹共公。

曹共公身边还有他的宠姬、嫔妃若干。

侧面墙上开了一个洞口，有小木门遮挡；曹共公向那面窥探。

曹共公：布置得好！安排得好！哈哈，待会儿他沐浴更衣，寡人就能看到他的骈胁啦！赤身裸体的，嘻嘻，他是万万想不到啊！

宠姬等都掩口抿嘴，不好意思。

曹共公：众位爱姬，你们也不用给寡人假装害羞；你们怕是比寡人还要好奇，早就急不可耐啦！

宦官：大王小声，重耳已经到了！

曹共公连忙缩回脖子，关上小木门，仿佛做贼一般。

抓耳挠腮，急不可耐。

5. 室内 客厅 日
客厅里，横着扯了一道布帘；布帘后面，蒸汽升腾。

身边摆着衣架、挂着浴衣，地上摆放木屐，完全布置成了一间公共浴室。

重耳一行俱都诧异。

驿丞：是这样，各位车马劳顿，风尘仆仆，馆驿里已经备好洗澡水，请各位沐浴更衣。——公子请！

狐偃：驿丞官，我等一路驱驰，腹中饥饿，是否先用一些点心之类？

驿丞：这个嘛，我家大王在宫中已经备了迎宾大宴，各位沐浴更衣过后，即可进宫用膳。小有一点饥饿，还请多少忍耐一刻。沐浴更衣，然后拜见大王，也是应有的礼仪。莫非，重耳公子不讲礼仪吗？——公子，请吧！

赵衰探头到布帘后面看过，未见异常。

介子推看着鳌负羁，鳌负羁一脸尴尬。

重耳：恭敬不如从命，大家洗个热水澡也好！

驿丞与鳌负羁等退出，掩上房门。

6. 室内 侧室 日

侧室这面。

曹共公蹑手蹑脚、鬼头鬼脑地靠拢小洞，侧耳细听。

想要打开木门，又急忙缩手。

宠姬在旁，屏声静气，表情也是随之格外紧张。

7. 室内 客厅（浴室）日

客厅这里，布帘后面，地上是几只大木盆，盆中水汽蒸腾。

壶叔等仆从，服侍重耳、狐毛、狐偃脱去衣裤、坐进木盆；并用葫芦瓢舀水来冲洗。

赵衰解下宝剑，开始脱去上衣。

赵衰：介子推，你还等什么？哈哈，莫非你也是没人服侍不会自个儿洗澡的吗？

介子推左右仔细观察。

介子推：进得馆驿，这个驿丞一直催促公子沐浴；不知为什么，我总觉着透出一点古怪！

赵衰：你是说，曹国可能会对公子不利？

介子推：这个倒是看不出来。不过——嘘！

介子推作势要赵衰屏息。

这时看去没有异常的墙壁上，突然缓缓开启；一扇小木门向内打开。

赵衰与介子推即刻警觉，闪在木门两边；两人侧身注视，木门里面现出一张脸来；一双吊吊眼，正在朝这里窥看。

赵衰连忙回身，提醒重耳。

赵衰：公子！有人偷窥我等沐浴！

众人错愕之际，水声、撞击木盆声乱成一团。

壶叔等连忙拿来衣服、浴巾，帮着大家遮挡。

介子推那儿，冲着小木门孔洞断喝了一声。

介子推：什么鼠辈？胆敢如此无礼？

随即仗剑冲出客厅而去。

8. 室内 侧室 日

侧室这面，曹共公的偷窥被发现，一时惊慌。

宦官、宠姬们扶持了，就要逃离。

介子推已经仗剑闯门而入。

介子推：你们是什么人？快说，是谁让尔等这般无礼？

曹共公尴尬嗫嚅，无言以对。

赵衰扯着驿丞的脖领，随后进来；然后是司礼太监慌慌冲进。

赵衰：说！这些男女是什么人？是不是你安排他们来偷窥的？

介子推的宝剑已经迫近了曹共公的胸口。

驿丞：请赵将军松手，在下我、我也是上命差遣，没有办法呀！

司礼太监上前，抱住了介子推的胳膊。

司礼：请壮士息怒，千万不可造次，这位就是我们曹国的大王哪！

赵衰：曹国大王？身为一国之君，怎么会是这样？你怎么可以这样？

曹共公脸色倏红倏白的，不成颜色。

这时，狐毛陪着釐负羁进来，釐负羁给大家连连施礼赔情。

釐负羁：请各位多多原谅！请各位多多担待！听说重耳公子生有骈胁，我家大王也是一时好奇，说来真是不好意思，失礼得很哪！

司礼：这一切嘛，哈哈，只当没有发生过。请各位不要介意，有请大家这边一块儿进宫赴宴！

介子推：堂堂一国的君主，竟然带领女眷偷窥宾客沐浴；做出这样事情，还说"只当没有发生过"！你是司礼太监，莫非贵国就是这样对待礼仪的吗？

釐负羁走到曹共公面前。

釐负羁：大王不听微臣劝阻，乃有今日这般尴尬；看来大王应该知错改错，过那厢给重耳公子好生赔罪才是！大王，你就认个错吧！

众人都看着曹共公。

曹共公回头看看宠姬、嫔妃，却是恼羞成怒了，手之舞之的。

曹共公：釐负羁，你给寡人住嘴！寡人有什么错？如果重耳他不是传说的什么骈胁，寡人会生出好奇心来吗？如果重耳他不来我们曹国，寡人会想起来看他沐浴洗澡吗？再说，水汽蒸腾的，寡人什么都没有看到，寡人凭什么给他赔礼道歉？他来我国做客，寡人准备招待他，看看他的肋巴条，有什么了不起的？

釐负羁：大王，不可这样固执己见哪！

狐毛：微臣自然不能强求大王赔礼道歉，微臣只要大王给天下人一个交代！

曹共公：看清没看清，寡人算是看过重耳的肋巴条啦；重耳他要是觉着吃亏了，寡人也可以让他看看寡人的肋巴条！这下子，大家算是扯平；这下子，还交代不了天下人吗？

狐毛：荒唐，简直是荒唐！

曹共公：反正寡人已经看了他！那怎么着，你们非要挖去寡人的一双眼珠才算满意吗？

釐负羁：大王，不可这样讲话哪！

曹共公：寡人就要这样说话！这是曹国，不是他晋国；寡人是曹国的国君，不是什么流亡公子！寡人愿意怎么讲话，就要怎么讲话！我看他洗澡了，他能把我怎么样？你去告诉他，乐意在我们曹国待几天，寡人管饭；他要是不乐意待着，寡人还没工夫陪他呢，叫他快快给我滚蛋走人！——内侍，摆驾回宫！

曹共公率人扬长而去。

众人面面相觑。

9. 室外 旷野 大路 日

大路上，两辆车子行进。

前边车上，狐偃驾车，重耳、狐毛乘坐。

狐偃：说来真是又好气又好笑。曹侯一国之君，做出这般举动；我等一干人算是给戏弄侮辱了一回，然后活生生被轰出曹国！

重耳：有朝一日我重耳执掌了晋国朝政，必报此辱！

狐偃：哈哈，公子发狠啦！这才像个要复国的样儿嘛！

狐毛：受些屈辱，长些见识。比样学样，公子就单单想到"报复"二字吗？

重耳：大舅提醒的是。假如重耳成为一国之君，当永远以曹侯的样子为镜鉴，牢记礼贤下士、以礼待人。

狐毛：这就对啦！

后边车上，壶叔驾车，赵衰、介子推乘坐，仆从人等步行。

赵衰：曹侯这个家伙，简直荒唐透顶，活脱脱就是一个小丑！

介子推：这也罢了。好在没有酿出其他祸事。公子非比常人，流亡诸侯各国，谁知遇上什么险情啊！——不好，后面有人追来！

介子推、赵衰先后跳下车来，按剑站在路边。

赵衰命令壶叔。

赵衰：壶叔，你和前面车子打马快跑，我们断后！

壶叔打马，超越前车。

壶叔：后面有人追来，我们快跑！

两辆车一时奔驰而去。

后边远处，一辆车子奔来，介子推当先认出来人。

介子推：原来是那位釐负羁大夫。

仆从驾车，釐负羁扬臂呼喊。

釐负羁：重耳公子慢走，釐负羁特来送行！

10. 室外 路边 草地 日

路边草地上，众人席地而坐。

釐负羁向重耳施礼，深深拜伏下去；重耳还礼。

仆从拎过两只篮筐，里边都是食物；有熏鱼、腊肉、蔬菜、麦饼等等。

釐负羁：重耳公子，在下匆匆赶来送行，殊属冒昧。一则，釐负羁愿为敝国君上的荒唐无礼道歉；一则，内子听说各位在曹国的遭遇，十分不安，这是她要我奉上的一点干粮吃食，还请笑纳！

重耳半晌没有表态。

狐毛：公子，你看这？

重耳：其他的种种不快，只当不曾发生。我等一行途经贵国，承蒙釐负羁大夫以礼相待；对此，重耳当没齿不忘！

釐负羁：不敢当、不敢当哪！公子身边诸位，皆是相国之才；公子立志复国，日后晋国必将大大兴盛！

重耳：多谢大夫吉言。贤伉俪馈赠的食物，我等就收下了！

狐毛示意，壶叔将篮筐拎去车上。

重耳再次施礼致谢。

釐负羁：敢问公子，离开曹国，诸位将去往哪国呢？

狐偃：宋国帮助齐国太子复国，宋君或能主持公义。我等将去宋国看看情况，但愿不要再次遭遇不快！

釐负羁：宋君礼贤下士，一定不会慢待贵客。只是，宋国与楚国交战，刚刚新败，恐怕难有帮助公子的心力啦！

重耳：重耳图谋复国，离不开诸侯国的支持；而正所谓开口求人难，这样事情谁能强求？我等不过待机而动罢了！

釐负羁：可惜我国没有这样的实力，国君又是一味荒唐从事。公子离开齐国，消息将传遍天下；哪一国捷足先登，支持帮助公子复国，那才是目光远大！

重耳：重耳何德何能，承蒙大夫这般鼓舞。

说话间，壶叔拎着一只空篮筐过来。

壶叔：启禀公子，篮子里食物下面有一块玉璧，如何处置，有请示下。

釐负羁：哎呀，不好意思，这是在下的一点心意——

重耳：多谢大夫美意！食物我等收下，这玉璧是万万不能收。

釐负羁再次施礼，捧起玉璧。

釐负羁：请公子给釐负羁一点面子，笑纳这点薄礼！

重耳：一饭之德，不敢少忘；玉璧华贵，重耳是断然不能领受！——谢过大夫，我等告辞！

重耳等人与釐负羁纷纷施礼道别，然后登车。

釐负羁手执玉璧慨叹。

釐负羁：白璧无瑕；往后曹国与晋国的关系，到底有了瑕疵啦！

11. 室内 晋国 后宫 内廷 日

[晋惠公十三年（公元前638年），重耳离开齐国的消息传回了晋国。]

后宫内廷。

有宫女歌舞，太监奏乐；音乐是靡靡之音，舞蹈柔媚入骨。

夷吾病恹恹的，在榻上半躺半卧，有宠姬左右陪伴。

面前几案，美酒甘旨铺排；小太监流水一般上菜。

有的菜，夷吾动一下筷子；有的，看都不看，已经撤下。

司礼太监斟酒，夷吾去灌左右宠姬，然后自己痛饮。

司礼：大王龙体欠安，奴才斗胆劝大王节制酒色，以国事为重！

夷吾：大胆！冀芮、吕甥两个，刚刚啰唆聒噪半天；你这个奴才，竟然也敢给寡人扫兴！

司礼跪地叩头。

司礼：大王，重耳离开齐国，到了宋国；他要图谋复国，大王不可不防哪！

夷吾：国家大事，岂容你来多嘴！重耳他想复国，谈何容易？寡人还想当周天子哩！这是想当就能当上的吗？笑话、梦话、屁话！你们别听冀芮、吕甥两个大惊小怪。寡人整天美酒肥肉，按你说还龙体欠安；重耳四处流亡，况且他又不是什么龙体，寡人倒不信熬不过他！——来来，给寡人斟上酒来！

司礼太监斟酒，夷吾夺过酒器；酒爵、几案，酒水横流。

夷吾：冀芮、吕甥两个家伙狼狈为奸，尽日谋划算计寡人；拿上"重耳复国"来蛊惑人心、耸人听闻。重耳回来，寡人没有好果子吃，他两个狗头也吃不到什么好果子！国事，就让他们一狼一狈考虑去吧！寡人就是好酒贪杯、好色贪淫，谁能奈何得了寡人呢？重耳他今生今世有这样的福分吗？

夷吾大口饮酒，突然剧烈咳嗽、呕吐。

太监与宠姬连忙抚胸捶背，手忙脚乱。

12. 室内 狐突 内室 夜

狐突府上，内室。

士蔿和先轸一道来访，两人席地行礼。

狐突像一截老树桩，倚着靠垫、仆人帮扶了，勉强还礼。

士蔿：狐突老前辈，重耳公子离开齐国的消息，你老可曾听说？

狐突：古话说得好，防民之口甚于防川。国人街谈巷议，关于重耳的消息不胫而走，老百姓这是盼望重耳复国哪！

先轸：夷吾执政不仁，如今的晋国，可谓内外交困。外面得罪了秦国、狄国，太子成了秦国人质，名声很丑很臭！国内冀芮、吕甥对上把持朝政，阳奉阴违，对下横征暴敛，搞得老百姓怨声载道。晋国再不改弦更张，国家就彻底毁啦！

士蔿：敢问老大夫，你对重耳复国有何设想呢？

狐突：重耳离开齐国，要干什么？明摆着就是要图谋复国。晋国朝野上下，无不希望重耳归来；重耳他所欠缺的，也就是一家诸侯大国的支持。

先轸：晚辈也曾设身处地想过，几家诸侯大国，哪家可能支持重耳公子呢？齐国好不容易平息了内乱，自顾不暇；宋国又是新败，单单抗衡楚国就非常吃力，莫非公子竟然会去寻求楚国的支持不成？

士蔿：楚国被中原各国一向视为蛮夷之邦，这且不论；楚国和晋国之间，隔着好多诸侯国，楚国就是真的想支持重耳，也难以操作啊！只要楚国兴兵北进，中原各国一定会坚决抵制，重耳寻求楚国帮忙，只怕是适得其反啊！

狐突：夷吾登位，仗恃的是秦国的支持。重耳或者会到楚国兜个圈子，恐怕这个圈子真真假假，就是兜给秦王看的。如果楚国与晋国南北联手，中间还有秦国什么事？

先轸：可如果晋国与秦国联手，打出"尊王攘夷"的旗号，一定能够遏止楚国北进、维护中原安定的格局！

先轸讲到这里，不禁已是摩拳擦掌。

士蔿：所谓事在人为，就看重耳公子周游各国如何动作了！

狐突：眼下，估计重耳他们的行程，该到宋国了吧？

先轸：那我们怎么办？能干点什么呢？

狐突闭目养神。

士蔿：你我一动不如一静。在朝中保全自己，静观局面变化吧！

狐突似乎微微颔首，又仿佛响起了轻微的鼾声。

13. 室内 冀芮府邸 客厅 夜

客厅里。

冀芮施礼，吕甥还礼；仆人退去，两人入座。

冀芮：吕甥大夫，快快请坐！

吕甥：深夜差人相招，不知太宰有何见教？

冀芮：重耳离开齐国，这样消息原想莫说国人，便是朝臣也不会知晓；谁知竟是搞得尽人皆知，都城里到处街谈巷议。如此局面，着实令人担忧！

吕甥：国人议论纷纷，不过是对夷吾大失所望，但愿重耳能够回来执掌朝政，这又何足为奇？所谓重耳复国，包括他重耳在内，也不过是痴人说梦罢了！

冀芮：恐怕不见得吧？远的不说，夷吾所以归国执政，还不是秦国一手扶持成的？万一哪家诸侯国支持重耳，晋国朝野有人响应，重耳复国恐怕就要变成事实哪！

吕甥：冀芮大夫多虑了。夷吾归国执政，是因为咱们晋国当时没有了国君；有秦国背后倾力支持，夷吾方才捷足先登。如今夷吾占着国君的位子，重耳他岂是想回来就能回来的？即便有哪家诸侯国支持重耳，它也得看看秦国答应不答应哪！

冀芮：不怕一万，就怕万一。夷吾如今贪杯好色，已经病入膏肓；万一突然驾崩，情况突变，你我恐怕措手不及呀！

吕甥：哈哈，正是人无远虑、必有近忧。夷吾驾崩，咱们手头不是还有一个子圉吗？让子圉归国登位，他重耳还不是依然无法复国、四处流亡？

冀芮：可子圉现在秦国——

吕甥：秦王扣押子圉当人质、并且将女儿许配子圉，他为的是什么？不过是让子圉登位。在这点上，秦王与我二人叫作不谋而合。秦王莫非会不让黄口孺子、他的女婿子圉登位，反倒会让老谋深算、难以控制的重耳登位吗？

冀芮：即便如此，我等也得及早安排、防患于未然哪！

吕甥：不瞒冀芮太宰，吕甥已经派出信史，向子圉通报了大王病重的消息。子圉归来，指日可待；让他重耳就在诸侯各国游说活动好了，磨牙费嘴、口干舌燥，我料定他终将一事无成。晋国的权柄执掌在你我手中，太宰哪，咱们尽可高枕无忧！

冀芮大喜，拍掌叫人。

冀芮：来人，给我安排夜宴，我要和吕甥大夫一醉方休！

仆人、丫头捧了酒水、菜肴，鱼贯而入。

冀芮：大夫请！

14. 室内 宋国 王宫 内廷 日

王宫内廷。

宋襄公新败，胸胁带有箭伤，摆开国宴欢迎重耳一行。

宋襄公与重耳分宾主，坐在台陛上的席位。

宋国大臣公孙固等人，重耳一下狐毛、狐偃等人，在陛下也是分了宾主，两厢就座。

有乐队鸣奏钟磬，正是钟鸣鼎食。

太监鱼贯捧上酒水、馔食。

宋襄公当先敬酒。

宋襄公：重耳公子一行，枉驾前来敝国，寡人面上生光；能够做东款待贵客，确实是小小宋国的荣幸。——公子请！

重耳：久闻大王仁义之名，衷心倾慕，今日得见，重耳三生有幸！——大王请！

狐毛举爵致辞。

狐毛：踏上贵国的国土，我家公子正要派我前来照会，不承想大王已经派出公孙固大夫,远远到边境迎接。流亡途中,承蒙如此礼遇,我等一行感激不尽!

公孙固:狐毛大夫客气了,重耳公子仁义之名传播天下,我家大王敬慕已久;况且早年参加齐王诸侯大会,在下与狐偃大夫一见如故,早已成了好相识。恭迎各位,应该的!

狐偃:感谢大王亲自设宴款待,我等一行举酒,为大王寿!

众人包括重耳,礼貌举爵。

宋襄公:寡人诚谢各位!

公孙固也招呼宋国朝臣。

公孙固:宋国朝臣举酒,为重耳公子寿!

重耳起身,走到台陛下。

重耳:重耳一介流亡,不敢受此大礼!

宋襄公:公子莫要过谦。诸位臣子,敬的是公子的人品德行,这个与公子流亡与否何干?还请公子登陛落座!

重耳向宋襄公和各位臣子一再执礼之后,方才归位。

宋襄公齐齐拿起筷子,向重耳示意。

宋襄公:公子请!

重耳这才执了匕箸,开始用餐。

席间一时觥筹交错。

重耳:前不久,大王不负齐王当年所托,会盟几国诸侯,将齐国太子送归齐国登位,令人感佩良多!

宋襄公:唉,寡人正要与公子言及此事。寡人原来计划送归齐国太子之后,将全力以赴帮助公子复国。其中固然不乏为我宋国考虑的因素,但扶助仁义、驱除暴虐,到底也是秉持天地间的道义,堪称一桩好事。不料,楚国兴兵北进,恃强凌弱,寡人又不能不奋起与那楚国一战!

重耳:便是重耳处在大王的地位,此仗也是一定要打!

宋襄公:结果大家已经看到,寡人无能,不惟自个儿负伤,抑且造成宋国大败。寡人即便还想帮助公子,宋国眼下实在是没有这样的实力啦!说来惭愧呀!

公孙固:大王既然讲到与楚国打仗的事情,请恕微臣斗胆。楚强我弱,我军实力本来就差许多;我军列阵已成,楚军半渡,那是我们攻打对方的极好时机。可是大王竟然认为,这样乘人之危是不仁不义!如此拘泥于仁义,我军哪有不败的道理?

宋襄公：只要能打胜仗，不惜采取任何狡诈不义的手段，寡人觉得终归不对。换言之，为了恪守仁义，寡人认为，就是吃败仗也是值得的！——不知重耳公子以为然否？

重耳：大王，这可是一个大题目啊！或许，仁与不仁的较量，不在一日之长短；楚国虽然获胜，结果背上了不仁不义的恶名。或许，战事之胜败，说到底是一场实力的较量。实力不济，即便偷袭用智一时取胜，能保证最终获胜吗？重耳愚钝，还真的要静下心来好生参详。

宋襄公：公子说得好！请公子与各位在宋国住下来，就天下大势，就仁义道德，咱们宾主一块好生参详！

15. 室外 城外 旷野 日

城外。

公孙固与狐偃双双下车，散步聊谈。

公孙固：齐桓公称霸以来，大周天下安定了几十年；桓公去世，齐国衰微，天下格局发生变动。南方楚国崛起，连连扩张北进，便是好多姬姓诸侯国也被征服。如今的世道，仿佛成了只靠实力说话；这样下去，天下必将大乱，说来令人担忧啊！

狐偃：贵国大王崇信仁义，若能继齐桓公之后称霸，诸侯国一定乐于拥护，楚国也不会这般猖獗。可惜竟是败给了楚国，诸侯各国群龙无首，也只好被楚国各个击破。

公孙固：你们晋国是北方大国，又是大周国姓，大家寄望多多。争奈是狭隘之辈夷吾执政，搞得自顾不暇。重耳公子众望所归，假如能够复国执政，天下大势或将有所转捩。

狐偃：说到复国，没有一家诸侯大国的支持，哪里可能？我家公子投奔宋国，原以为能够得到强援，谁知贵国又刚刚吃了一个大败仗。复国的话题，真不知从何说起！公子的磨难，何年何月才能到头啊！

公孙固：宋国已然无力支持重耳公子，那么你们有什么新的打算？你们该不会到楚国去寻求支持吧？

狐偃：至于寻求哪国的支持，大家也是七嘴八舌，我家公子还没有最后定夺。贵国上下对我们一片盛情厚义，假如我们恰恰是要到楚国寻求支持，实在有点难以启齿。你可知道大王是什么想法？

公孙固：我家大王倒是看得开。重耳公子复国，是公子的大事；宋国既然无法给予帮助，绝对不会干涉你们的去向。假如公子日后真的复国执政，不要忘却宋国这点好处，我们也就满足了！

狐偃：大王的胸襟，非是常人可比。狐偃谨记在心！

16. 室内 馆驿 客厅 日

馆驿客厅里。

重耳与狐毛、狐偃、赵衰、介子推议事。

狐毛：大家追随公子多年，在座各位戮力同心，就是要完成复国大业。我们离开齐国，一则是齐国自顾不暇，二则指望宋国能给我等期待中的帮助。不料事与愿违，宋国败于楚国，诸侯国之间的格局发生大变。今日议事，公子希望人人畅所欲言，对我等下步行动能够各抒己见。

赵衰看看众人，当先发言。

赵衰：事情明摆着，离了一家诸侯大国的支持，复国终究是一句空话。反过来说，哪家诸侯大国能够帮助公子复国，对该国也是关乎长远利益的好事。眼下，齐国、宋国已经指靠不上，我们可以选择的，恐怕只剩下秦国与楚国。楚国名声不佳，所谓蛮夷之邦；我的主张嘛，还是要设法寻求秦国的帮助！

狐偃：这个，呵呵，关于楚国是不是蛮夷之邦，我有一点不同看法。公子的母族是狄族，我和兄长就更不用说，论血统分明就是狄族人。如今谁能说，我们兄弟和公子不是晋国人、不是中国人呢？

介子推：楚国被称作蛮夷之邦，也不是赵衰兄一人的说法。

赵衰：是啊是啊，我也不过是那么说说而已。

介子推：我的看法，楚国如果对内施行仁政、对外主持公义，虽是蛮夷也可以叫作中国；晋国像夷吾执政的样儿，行事还不如蛮夷、倒不妨叫作蛮夷之邦！

重耳：子推兄大有见地！楚国原是蕞尔小邦，本属异姓、地处偏远，近年国势大增，必有缘故。奋发图强、励精图治，或者竟是吸取了中原各国的优长，也未可知。我等既然是周游列国，到楚国去好生看看，有何不可？

狐毛：公子，咱们周游列国，其目的何在？为的是复国大业寻求帮助。楚国意图北进、咄咄逼人，他会支持我们，他会希望北方出现一个强盛的晋国吗？

赵衰：就算楚国出于长远战略考虑，愿意支持公子复国，我们到底能不能接受这样的帮助？我们如今是在宋国，宋国上下对我们怎么样？无须赵衰细说。我们转而投奔楚国，寻求帮助，宋国君臣会怎么想？

狐偃：赵衰的考虑不无道理。即便我们不叫楚国是什么蛮夷之邦，楚国近年仗恃武力、向北连连进犯，中原各国谈虎色变。我们寻求这样一个国家的帮助，合适不合适？受过了楚国的恩惠，日后楚国继续胡作非为，晋国该怎么办？

赵衰：着哇！说来说去，我等还是得扭回头寻求秦国的帮助！

狐毛：可是，现在晋国的当权者夷吾，是秦国扶助上台的；夷吾的太子在秦国当人质，又娶了秦王的女儿。秦国想要长久控制晋国，这个意图可谓昭然若揭。要让秦王突然转而支持公子，大家说，容易办得到吗？

重耳表情严肃，众人一时陷于沉默。

介子推：秦王劳民伤财，扶助起一个夷吾，事实上没有得到好处、反倒吃了不少苦头。秦王知道自己错了吗？我看他是知道了。他只是不甘认错、不肯下台罢了。咱家公子呢，离开狄国之初，远远地直奔东方的齐国。自尊、自重，又绝不肯主动与秦国联络。两个大人物，妹夫与舅子，不知是在赌气、还是在斗心眼。

赵衰：一个想，你不来求我帮你，莫非要我反过来求你不成？一个想，你既然愿意帮夷吾、不愿意帮我，我只好转而去求他人、就是求人也绝不求到你的门下！——赵衰斗胆，不知说得咱们公子对也不对？

狐毛：事已至此，那你们说现在怎么办？现在我们主动去找秦王吗？万一碰了钉子怎么办？我倒是不怕碰钉子，只要公子同意，我今天就出使秦国去游说！顶多是他继续支持夷吾、我等继续流亡！

狐偃：公子，说反说正，到底怎么办？大主意还得你来拿。

重耳对大家恭谨施礼。

重耳：各位都能直抒己见，重耳心中感佩！所谓旁观者清，我的心思我自己是渐渐才明白过来的。出于自尊，无论如何不愿求到秦王名下，可以说正是如此。大家忠心耿耿，随我流亡十多年，重耳年近六旬，事情到了这样一个关头——这恐怕是重耳我争取复国最后的机会了。所以，我决定，不在宋国耽搁了，往下途经郑国、直奔楚国！

赵衰：说了半天，我们还是要去楚国？

重耳：到楚国，我要大张旗鼓公开复国的意愿，甚至不惜主动寻求楚国的帮助！

狐偃：公子、公子真的要让楚国帮忙复国？

重耳：狐毛大舅，你还是充任我的使臣，不妨与楚国上下，包括中原各国出使楚国的使节，敞开言及此一话题。让这一话题传遍天下！

狐毛：这个，这个，公子这样安排，有何用意呀？

重耳：我们不妨假定，楚国果然乐于帮助我等，重耳果然得以复国，南方、北方两个大国联手，中原将是一个什么格局？然后，是谁最不愿意看到这样的格局？

赵衰：晋楚联手，天下无人能敌；齐国想要复兴、再次争当霸主，绝无可能；而一直谋求势力东扩的秦国，将再也看不到一丝希望！公子的意思是说，秦王绝对不愿意看到这样的结果？

介子推：公子真正的意思，其实是引而不发。做出寻求楚国帮助的态势，却要把握火候分寸，并不使之成为现实。这样做的最终结果，是要刺激秦王，让他心有不甘、不甘心姻亲之国晋国从此成为楚国的盟友。秦王者，胸怀大志、腹有良谋，将非常有可能放下架子，主动前来与公子接洽。

重耳面带微笑，鼓掌赞同。

重耳：子推兄一语道破！说穿了，我重耳图谋复国，第一要顺应晋国朝野的呼声，第二要因时而动、顺应天下大势。它实在不是一个低三下四、乞求谁来施舍的事情啊！要说心理，这也许是我和秦王之间的一场心理较量！

狐偃：好！但愿公子从北方到东方、再从东方到南方，兜出这么大个圈子，最终能把秦王兜在其中、为我所用！秦王左右权衡，为了晋国、更是为了他们秦国，末了甘愿扶助公子复国！

狐毛：可是，刚刚分析的，秦国害怕晋国与楚国联手；那么，楚国就不会防备晋国与秦国联手吗？公子去往楚国，会不会受其挟制、甚至有性命之忧？

重耳：大舅的担心非常有道理。左思右想，万全之策恐怕没有。我等只能竭心尽智、勉力而为。

赵衰：不入虎穴，焉得虎子？冒险一搏，才有出路。我赞成去楚国，立即动身！

狐偃：哈哈，你第一个反对去楚国，这会儿又变成第一个去楚国啦！

赵衰：二舅你别踩我的脚后跟，赵衰这叫从善如流。从善如流，不好吗？不对吗？不可以吗？知错不改，那不是我赵衰，那是秦王，那是你家的亲戚！

众人开颜拊掌，皆大欢喜。

17. 室内 秦国 后宫 内廷 日

后宫内廷。

秦穆公与公子縶席地，亲切交谈议事。

公子縶：大王，晋侯夷吾病重，恐怕不久于人世，这一情况需要尽快拿出决断啊！

秦穆公：百里奚大夫不幸病逝，如今公子縶你是寡人依傍的重臣，这事你是个什么主张呢？

公子縶：按照常理，一个国家君主病重，当务之急是要考虑谁来继位，以利于国家权力的平稳交接过渡。夷吾病重，子圉身为晋国的太子，却在我们秦国当人质；按说，晋国朝廷应该照会我国，要求召回太子。大王将女儿嫁给了子圉，原初目的也是要子圉归国继位，好继续控制晋国。微臣以为，大王宜于派兵护送子圉，确保子圉能够登基继位！

秦穆公：可是，我们秦国劳师动众，帮助夷吾复国，结果并不理想，甚至是相当糟糕。我们最初选择支持夷吾，而不是支持重耳，看来是决策有误啊！如今，重耳离开齐国，在诸侯各国周游，分明是在寻求帮助、图谋复国。这一情况，我们是否值得慎重考虑呢？

公子縶：大王莫非有了帮助重耳复国的心思？究竟是送回子圉让他继位，还是让重耳回到晋国执掌朝政，眼下主动权还在大王手里。事情处在这样一个微妙的关头，就看大王最终如何决断了。

秦穆公：是啊，一旦做出决断，比如支持子圉归国，寡人就是彻底开罪了重耳，事情就再也没有回转的余地啦！

公子縶：推开一步说，重耳不过是个流亡公子，大王开罪了他，又当如何？我们扶植子圉归国继位，重耳他能有什么作为？他能对我们秦国怎么样呢？

秦穆公：重耳贤名远播，诸侯各国看了夷吾的做派，拥护重耳复国的呼声很高。寡人偏偏要一意孤行扶植子圉，不大能摆到桌面上啊！

公子縶：扭回头说，咱们秦国支持重耳复国，到底有什么好处呢？

秦穆公：一则，寡人顺应了晋国百姓的期盼，顺应了诸侯各国的想法，关乎秦国的形象。我国究竟是主持公义，还是只考虑一国的利益？其次，重耳主持晋国朝政，晋国必将强盛；一个强盛的晋国，才能对付咄咄逼人的楚国。要不然，指望我们秦国，能够阻挡楚国北进吗？

公子縶：晋国控扼了中原，我们秦国作为晋国的忠实盟友，自然也能从中获益。可是，大王的女婿，人质子圉，拿他怎么办呢？

秦穆公：晋国至今没有召回太子的任何表示，子圉嘛，就先继续扣在秦国。往下咱们看看形势变化再说！

公子絷：夷吾驾崩，扔下晋国那个烂摊子，确实不是子圉一个黄口孺子能够掌控得了的。

秦穆公：唉，寡人将女儿许配给他，有些操之过急啦！

18. 室外 子圉府邸 后园 日

后园，文嬴和宫女们游戏；荡秋千玩儿。

一名宫女奔来请示。

宫女：公主，公子圉有事想见你。

文嬴：没见我正玩得高兴吗？

宫女：公子圉说是有急事，他在外面已经等候半天啦！

文嬴：是不是晋国又来人了？偷偷摸摸的，从来也没个大气样儿！让你注意着点儿，你听见他们说什么了吗？

宫女：好像说的还是晋侯病重的事。

文嬴：让他在客厅等着我！

19. 室内 客厅 日

客厅里，文嬴饮水扇扇子，不拿正眼来看子圉。

子圉谦卑执礼。

文嬴：有事，你开口讲话呀！

子圉：公主，是这样。晋国几番来人通报，说我家父王病重。

文嬴：他病重就怎么样呢？

子圉：父王万一驾崩，我是太子，我、我得归国继位呀！

文嬴：继位登基，对你是好事呀。

子圉：可是，秦国一直不放我回国；有心进宫求告姑母，宫里总是挡驾。子圉无能，请求公主开恩，能进宫去帮着通融。子圉如果得以顺利归国登基，公主你就是我们晋国的王后啦！

文嬴：哼！晋国的王后，那么值钱吗？

子圉伏身施礼。

子圉：公主或者瞧不上一个王后的身份，可归国继位，对子圉是天大的事情啊！还请公主看在你我夫妻的份儿上，慷慨相助啊！

文嬴：按说，连我母后都不得参政，我哪有权利参与朝廷的大事？不过，你的处境也是令人同情，我就试着进宫说一说。

子圉：多谢公主、多谢公主啊！

子圉连连叩首。

文嬴：来人，吩咐备起车驾，我要进宫！

20. 室内 后宫 内室 日

后宫内室，伯姬与秦穆公议事。

穆公端坐，伯姬帮着扇凉。

伯姬：不得掺和国家大事，妃子算是记住了。子圉那孩子多次要进宫来说事，我都挡了驾啦！

秦穆公：王后你做得对，这才像样嘛！

伯姬：可是呀，子圉绕了个弯儿，让咱家文嬴进宫来啦。夷吾病重，看来消息不假，咱们秦国总是扣着子圉，这也不算一回事啊！

秦穆公：你们晋国做事怪哉。想要召回太子，他们得公开照会才是。我总不能莫名其妙把子圉送回晋国去吧？

伯姬：大王你派兵送回子圉，谁敢阻拦？子圉当上晋侯，咱家女儿可就是堂堂正正的王后啦！

秦穆公：哼，劳师动众，帮子圉登基继位，然后等着他派兵来攻打秦国吗？寡人吃过一回亏啦！姻亲之国，哼！

伯姬：那怎么办？子圉不回去，万一夷吾突然驾崩，晋国朝臣辅佐别的公子登基，你还不是干瞪眼？那样，就算把咱女儿活活耽搁了呀！

秦穆公：别的公子继位，有那么容易吗？你不想想，你兄长重耳多年图谋复国，你两个舅舅狐毛、狐偃，还有赵衰等人，都不是等闲之辈；晋国的国君谁来当，真还充满变数呢！

伯姬：重耳要能归国主政，当然最好。那不仅是晋国百姓的福分，妃子我还敢拿头颅担保，重耳绝不会做对不住秦国的事！可是，可是你拿子圉怎么办？咱们女儿的终身又怎么办？

秦穆公面色严峻，沉吟不语。

21. 室内 子围府邸 内室 夜

内室，子围和晋国信使密谈。

子围：大王的病情究竟怎样了？快快给我讲来！

信使：太子哪，在下临行，吕甥大夫和冀芮大夫都在场。他们说，大王病入膏肓，确实已是灯干油尽，今日不保明日啦！

子围：两位大夫有何安排？

信使：两位大夫共同拥立的太子，当然不会变卦去扶持别的公子。公子娶了秦王的女儿，这是吕甥大夫早有的一项权谋，也是太子你的优势所在。眼下，最当紧的是太子你得立刻归国啊！不然，恐怕有其他变数！

子围：秦国一直不放话，我、我怎么归国啊？

信使：吕甥大夫特别吩咐，太子手头已有过境的关文，应该当机立断、逃离秦国！

子围：逃离秦国？

信使：吕甥大夫还说，能带上文嬴一块儿逃走最好；实在不成，太子就孤身逃离。事情一定要做得极其隐秘！

子围：我要带上文嬴，我一定要带上她！一来，只要文嬴和我一块儿逃跑，路上绝对安全。二来嘛，哼！堂堂晋国太子，在他们秦国当人质，我受了多少委屈？我简直就是个三孙子，简直就不是人哪！把文嬴挟持回晋国，他的女儿反过来就成了我手头的人质！看我怎么调理她，看我怎么报复我的老丈人！

子围手之舞之，不觉起了高声。

信使：公子低声！

子围连忙缩了脖子，一副谦卑鬼祟样儿。

第二十二章 死到临头子圉杀狐突
生当人杰重耳会楚王

1. 统一片头

2. 室内 子圉府邸 内室 日

文嬴所在内室，文嬴端坐榻上，有宫女陪侍在侧。

子圉跪在当地，连连恳求。

子圉：公主，子圉远在秦国，晋国朝臣哪个会支持我？据公主说，没有晋国的照会，大王又不好轻易送我归国。晋侯的位子让别人抢去，我子圉这一辈子就算完了呀！我是一个十足的可怜虫，除了公主，谁还能帮我一把呢？

文嬴：公子起来说话好了，我真是不能见你这个低三下四的样儿！

子圉：公主不答应，我就是不起来！

文嬴：说半天，你到底要我答应你什么事儿呢？

子圉：为今之计，我只有逃回晋国，才有可能继位。子圉斗胆，请公主能随我一块儿逃走！

文嬴：原来你是要逃跑？

子圉：等我登基，即刻册封公主当王后！子圉对天起誓，绝不食言！

文嬴：又来了，又来了！如果晋国来了照会，父王决定派兵护送你归国，文嬴服从父命，自然会名正言顺随你归国。你竟然决定不告而别、私下逃走，已属背信弃义；念你一国太子在此当人质，说来也是可悲，文嬴不去告知父王，算对得起你我夫妻一场。我怎么会背离父母随你逃走呢？

子圉：要是、要是我执意带公主逃走呢？

子圉站起，面现凶相。

文嬴冷笑。

文嬴：呵呵，你不妨试试看！

子圉向门外拍拍巴掌。

子圉：来人，给我将公主绑了！

外面，半晌没有动静。

文嬴这时也拍拍巴掌。

文嬴：给我带进来吧！

房门打开，四名宫女全副武装，将晋国的信使、仆从，一块绑缚了，推进来。

子圉见状，连忙跪地叩头。

子圉：子圉该死，公主饶恕！子圉也是一片好心，你我夫妻一场，我实在是舍不下你呀！

文嬴：把他们解开吧！——就在秦国，就在我家父王眼皮底下，你胆敢下手劫持于我！不是我看出你居心不良，几乎让你的小儿把戏得逞！

子圉：公主饶命！子圉是和公主闹着玩儿的呀！我再也不敢了呀！

文嬴：你走吧，我不会阻拦你。归国继位，对你是天大的事情，我也绝不会向父王报告。干粮行装，也给你备好了，你去吧！

子圉：这是真的吗？公主不是骗我吧？

文嬴：你呀，真是小人之心度君子之腹！我好端端骗你干什么？我要不肯放你走，现在不会将你抓起来送到宫里去吗？

子圉还在犹豫狐疑。

文嬴：你走不走，再不走我要下令抓人啦！

子圉一行，这才慌慌张张离去。

3. 室外 府邸外 巷口 夜

府邸外，巷子口。

子圉换了装束，与那信使以及几名仆从，鬼鬼祟祟溜出来。

看看街市无人，溜墙根逃走。

一处暗影里，有人看到这一场面。

4. 室内 王宫 内廷 日

王宫内廷，公子絷向秦穆公汇报。

公子絷：微臣奉大王之命，派出人手监视子圉；子圉昨晚带领几名随从，偷偷逃离了都城。遵照大王吩咐，不曾派人追赶。

秦穆公：子圉急于归国继位，按说是情有可原。可是，身为寡人的女婿，有何决断，竟然不与寡人明言。所谓有其父必有其子，这般行事，真不愧是夷吾的儿子！给寡人讲在明处，寡人难道会不支持他当晋侯吗？

公子絷：微臣以为，子圉的行径一定是吕甥背后指使。如此，子圉归国登位，并无大王的尺寸之功。往后，也好挣脱我秦国的种种制约。

秦穆公：哼！孤身逃遁，寡人一声令下，子圉他能逃出我秦国的掌控吗？

公子絷：大王如果要抓回子圉，现在派出精骑快马，还完全来得及！

秦穆公：吕甥之辈自以为得计，殊不知正好给了寡人一个口实！

公子絷：莫非大王已经决定要帮助重耳复国啦？

秦穆公：事不宜迟、迟则生变，吕甥他们这样做事，休怪寡人改弦更张、反其道而行之。爱卿你这就组成使团，即刻出发，到中原诸侯国去迎重耳。无论在哪一国，也无论别国答应了重耳没有，你都要给我找到重耳，将他好生迎接到秦国来！

公子絷：微臣遵旨！

5. 室内 后宫 内室 日

后宫内室。

秦穆公怒气冲冲下朝，伯姬迎候。

伯姬：大王下朝啦？妃子看着大王，怎么好像是有点不高兴啊？

秦穆公：寡人有什么高兴的？你让寡人怎么能高兴起来？你家那宝贝侄儿、你我的女婿、咱们女儿的丈夫，子圉那个兔崽子，逃回晋国啦！

伯姬：子圉他、他逃跑啦？咱家文嬴呢？怎么不告咱们知道？莫非文嬴跟上子圉逃走了？

秦穆公：你问我，我问谁去？子圉逃走，咱的女儿能不知道？她不告寡人知道，说不定就是你们母女捏好的圈套，分明就是要放走子圉！

伯姬：老天爷呀、天老爷呀！这是冤枉人哪！子圉归国继位，我的女儿就是王后，我怎么会平白放跑子圉呀？

秦穆公：这可倒好！把我女儿扔在半道上，你说怎么办？你兄弟夷吾、你侄儿子圉，看看都是些什么东西？当年你是寻死觅活，非要让寡人放夷吾一马；结果怎么样？我是好心当成了驴肝肺、喂狗喂成了白眼狼！要是一早请重耳归国继位，哪有这些烂事？两国关系、晋国情形，何至于成了今天的样子？

伯姬转转眼珠，过来安抚丈夫。

伯姬：当初就算妃子不对，可是大王你也没有坚持嘛！你要坚持除掉夷吾、回头扶助重耳，难道我还会真的自焚跳楼不成？一家大王、一国君主，就让我一个女流之辈给吓唬住了！

秦穆公：你厉害、你有本事、你的计谋高！哈哈，你的兄弟，扭回头发兵攻打你丈夫；哈哈，你的侄儿，咱的女婿，背过老丈人逃走了！你看光彩不光彩？你看神妙不神妙？

伯姬：大王，这不正好吗？子圉侄儿逃走了，我还有重耳兄弟嘛！

秦穆公：你娘家有多少亲戚？一个个都要当一回晋侯才满意吗？

伯姬：我的亲戚，也是大王的亲戚呀。谁让我的丈夫是秦王呢？谁让我的丈夫这么有本领呢？谁让我的丈夫他就天生喜欢帮助晋国人呢？谁让我的丈夫找了我这么个亲戚多的老婆呢？

秦穆公终于转怒为喜。

秦穆公：你呀，寡人这一辈子算是拿你没有办法啦！——告诉你吧，寡人已经派人去迎重耳啦！

伯姬拿指头去戳丈夫的额头。

伯姬：你呀！

6. 室外 郑国 三岔路口 城门外 日

三岔路口，远远可见城门。

重耳一行，车辆增加了许多，在大道上一起停下。

狐毛到车前来请示。

狐毛：公子，前面就是郑国都城了。我还是当使臣、打前站，关于公子复国的计划、寻求诸侯国帮助的意图，就直接讲给对方吗？

赵衰当先发话。

赵衰：郑国迫于楚国的压力，刚刚与楚国结盟，实际已经沦为楚国的附庸，哪里有能力帮公子复国？我看公子到楚国，或者不会有危险；倒是这样看大国眼色行事的国家，说不定会对公子不利。我主张，干脆直接到楚国去！

重耳：晋国、郑国本是同姓，途经该国而不打招呼，我等岂不是失礼？大舅还是辛苦一趟。他们顶多也就是拒绝接待，那失礼的就是对方了。

赵衰：狐毛老兄，关于我们下一步的去向，暂时不可随便透露！

狐偃：赵衰，你也太疑神疑鬼了吧？

介子推：我们对郑国情形一无所知，还是谨慎一些好。公子图谋复国，到了这紧要关头，万万不能有任何闪失啊！

7. 室内 王宫 内廷 日

王宫内廷，郑国大夫叔瞻与国君郑文公议事。

叔瞻：大王，重耳从宋国来到咱们郑国，派出使者狐毛前来接洽，微臣恭请大王示下。

郑文公：他从宋国来？宋国可是刚刚和楚国打过仗的。咱们冒然接待重耳，恐怕不太妥当吧？

叔瞻：大王，楚国固然势强，可咱们郑国也不能过分恐惧示弱。晋国和郑国都是国姓，重耳贤名远播，说不定真能够复国；我们像宋国一样礼遇重耳，终归不会有坏处啊！

郑文公：呵呵，你怎么断定重耳他一定能够复国？眼下晋国还在夷吾手里，礼遇重耳，夷吾能高兴吗？他们亲兄弟尚且相互不容，寡人不过仅仅是个同姓，何必与他套什么近乎？

叔瞻：大王，稍稍款待一番，大家面子上好看、不伤和气，有何不可呢？

郑文公：你还有完没完？诸侯国乱七八糟，同姓的、异姓的，尽日有多少公子流亡；不管什么人，凡来郑国的，咱们都要招待，我就整天陪他们吃饭、什么都别干了！——得了，你去告诉什么狐毛，让他们赶紧走人！

叔瞻沉吟一刻。

叔瞻：大王！重耳实乃非凡之人，随他流亡的人物，个个都是相国之才；重耳复国，只在早晚罢了。大王执意不肯礼遇，请听微臣建议，干脆将其诱进城来，统统杀掉！如此，可免我郑国日后祸患哪！

郑文公：嚯！不予礼遇，干脆杀掉，你这叫什么主张？无缘无故杀掉重耳，郑国成了个什么国家，寡人成了个什么国君？平常看你说话办事也还不大离谱，面对一个重耳，怎么变得这样云山雾罩？——还不给寡人下去！

叔瞻咬牙攥拳的，暗下决心。

8. 室外 城外 大路 日

大路上，重耳一干人众在车下等候狐毛。

狐毛慌慌奔回。

狐毛：公子不好！郑国不肯接待我等，大夫叔瞻正在调动兵马，看样子有杀害公子之意！

赵衰：公子，赶快上车！

赵衰几乎是不由分说，将重耳弄到车上。

介子推：狐毛，那叔瞻知道公子要去哪国吗？

狐毛：我、我和对方什么都没来得及说啊！

介子推：好！大家分成两路。请赵衰、狐偃保护公子，依然直奔楚国；我和狐毛断后，抵挡追兵。壶叔，你带领几辆车原路返回，迷惑对方！

车队分作两帮，分头打马远去。

9. 室外 城门 日

叔瞻带领甲士兵车，奔出城门。

10. 室外 三岔路口 日

三岔路口，叔瞻的追兵停下，下车观察车辙。

军校：大夫，重耳一行好像兵分两路逃走。

叔瞻：宋国刚刚接待过重耳，我断定他绝不会去往楚国，一定是原路返回了宋国。哼！给我故布疑阵？——兵士们，快马加鞭，直奔宋国方向！

兵车启动，一路烟尘。

11. 室内 楚国 王宫 内廷 日

王宫内廷，楚成王与大将子玉以及几位朝臣站立议事。

墙上挂着一幅帛绢上绘制的巨大地图，上面标出了重耳周游列国的路线。

楚成王四十出头，正是年富力强、雄心勃勃。

楚成王：重耳派狐毛为使臣前来知会，要拜访寡人，你们各位有什么见解啊？

众人看站在地图前的子玉。

子玉：大王，宋国不自量力，竟然与我楚国争霸；两国刚刚恶战一场，眼下宋国分明是楚国最大的敌手。重耳途经宋国，两下里握手言欢；然后莫名其妙来到咱们楚国，那狐毛公然说是图谋复国、寻求帮助。重耳既然是宋国的座上客，我们楚国大可不必予以接待！

楚成王在地图上比画着。

楚成王：哈哈，子玉大夫你是这样的主张。重耳既然图谋复国，自然会考虑晋国与诸侯各国的关系。他离开齐国，要来咱们楚国，中间途经宋国，你说他该怎么办？为此而拒绝接待，我们楚国可就显得小家子气啦！

子玉：考虑晋国与各国关系，重耳他原本就不该来我们楚国。最早，他去的是齐国，那是他们的姻亲之国；还有个秦国，不仅是姻亲之国，而且两国接壤。不远千里，偏偏要来楚国，谁知他怀有什么图谋伎俩？

楚成王：我们楚国远离中原、地处偏僻，不幸被诸侯各国目为蛮夷之邦。不论出于何种原因，重耳能不远千里来访楚国，就是对我们的承认和尊重。重耳素有仁义之名，甚至可以说是名满天下，这样的人物看得起楚国、楚国就应该礼尚往来，以礼相待，也好展示我国风范。同在中华大地，我们楚国虚心学习中原礼仪，寡人不信他们永远拿"蛮夷之邦"来说事！

子玉：请恕微臣直言。万一重耳提出，要我国帮他复国，大王答应不答应？楚国与晋国中间，隔着太多的国家，助其复国，操作起来非常困难啊！

楚成王：哈哈，子玉大夫不愧是寡人的大将，虑事果然周全。重耳会不会冒然提出要求？寡人会不会轻易答应他？一旦我们楚国声称，要帮助重耳复国，恐怕对于诸侯各国，就是惊天动地的新闻；其间会有什么变数？上述种种，统统未可逆料，都在未定之天。眼下，咱们说的不是接待重耳的议题吗？

子玉：大王胸襟，微臣敬服。接待重耳，说来对我楚国并无害处、倒有许多益处。

众臣：是啊是啊！

子玉：不知大王要按照什么规格接待重耳？

楚成王：寡人做好人，干脆做出个样子来。接待重耳，按照接待诸侯之礼！

众臣：诸侯之礼？

楚成王：子玉大夫，寡人还要大会宾客，邀请诸侯各国使节出席。具体事宜，爱卿你来办理吧！

子玉：微臣遵命！

12. 室内 馆驿 客厅 日

馆驿客厅，豪华宏敞；几案、器具精美，服务周到。

仆人、女侍斟好美酒，备好瓜果；见大家要谈事，静静退出。

重耳与属下议事。

狐毛：公子周游许多国家，礼遇规格最高的，恐怕就数楚国了。狐毛听对方郑重通告，楚王明日接见公子，要按照接待诸侯之礼；届时将大会宾客、邀请各国使节出席！此事如何处置，请公子定夺。

众人表情不一。

重耳：我等尚在流亡中，即便按照常情，重耳也不过是一国公子，如何可以安享诸侯之礼？况且各国使节在场，我怎么可以在天下人面前失礼？

赵衰：这事我想了。公子流亡十几年，历尽艰辛屈辱，连一些小国都敢轻视；难得楚国这般待遇，公子硬是谦辞，岂不是对主人失礼？再说，公子要复国，这又不是什么藏着掖着的私密；为晋国着想、为天下格局考虑，公子就是要争取复国。那么，楚国如此接待，不妨说就是帮助我们造势。整个属于有利无害，简直就是天助我也！

狐偃：公子决定前来楚国，原本没把什么"中国、夷狄"看得很重，这叫开阔；我看这个楚王也不寻常，破格接待公子，这叫大气！仿佛一切都是按照公子的预想，大张旗鼓、大肆张扬。对中原各国、对夷吾、包括对秦王，不啻都是一个巨大的触动！

狐毛：楚王这般礼遇，恐怕有其目的吧？

赵衰：但凡一人做事，岂有不为自己考虑的？我说狐毛大舅啊，这事对咱们有利没利，才是该考虑的；光怕别人占了我们什么便宜，天下人都不用打交道啦！

狐毛：赵衰这是什么话？岂不闻"礼下于人、必有所求"，万一楚王当场提出什么过分要求，公子该是答应还是不答应？

介子推：凡事预则立不预则废，只是一般道理；事到如今，还得机变应对。公子平常如何为人处世，我看大家心里都有底。相信这场欢迎会，公子与楚王尽可皆大欢喜！

重耳：多谢大伙儿吉言，我等整顿精神、明日赴会！

13. 室外 都城 大街 日

大街上，甲士分列两厢维持秩序。

楚国官员乘车前驱开道。

重耳的车辆居中，披红挂彩，马匹也都精心打扮了。

前边更有鼓乐高奏。

迎宾车队直奔王宫。

14. 室外 王宫 大殿前 台陛 日

鼓乐声似有若，人声则是难免嘈杂。

殿前甬道，甲士们衣甲鲜明，长枪大戟，仪仗高举。

大殿前，台陛下，楚国朝臣官员排列两厢，组成迎宾队伍。

子玉大夫为首，与司礼太监两人执礼恭迎。

重耳当先，身后是狐毛、狐偃、赵衰、介子推，连连还礼。

将到台陛前，各国使节也是两厢站立；各家身后皆有旗帜标识，齐、宋、郑、曹、卫，等等。

司礼太监一一向重耳介绍，双方行礼如仪。

重耳将到台陛跟前，楚成王步下台陛。

司礼：我楚国大王降陛，恭迎公子一行！

楚成王：公子光降楚国，偏远国度备感荣幸！

楚成王施礼，重耳深深还礼。

重耳：承蒙大王如此礼遇，重耳由衷感佩！

楚王主动执手，两人相互打量。

然后两人双双登上台陛。

重耳的随从人等、各国使臣、楚国官员，都在台陛下仰望。

楚成王与重耳分宾主站立，再次相互施礼。

司礼太监，在台陛边缘宣告。

司礼：晋国公子重耳，仁义之名，传播天下；公子不弃我偏远边鄙之地，不远千里，前来楚国；此诚楚国之荣幸、天下之盛事！楚国大王，英明雄略，礼贤下士、尊奉礼仪，今日特以诸侯之礼，接待公子！

台下楚国众臣以及甲士们，齐声呐喊。

众：万岁，万岁，万万岁！

人声鼎沸中，重耳降陛，下到最后一级台阶。

向上施礼，向各国使臣施礼。

重耳：尊敬的大王，尊敬的各国使臣，请听重耳告白。人所共知，重耳乃晋国区区一庶出公子，眼下又在流亡之中。只因我晋国君上，施政有偏，朝臣民众多有微词，重耳不自量力，于是有复国之志。争奈苍天不遂人愿，多年蹉跎，至今一事无成。个中艰辛，确实一言难尽！

台上楚成王、台下诸国使臣，纷纷点首。

重耳：重耳来楚国之前，与几位属下也颇为踌躇。楚国者，毋庸讳言，向来被中原各国目为蛮夷之邦；重耳则认为，蛮夷而能施仁政、识礼仪，不妨可以看作中国；中国而暴虐不仁，又何异于蛮夷呢？非是重耳受到大王盛情接待，而发一时权宜之言；重耳的言论，今日正式公诸于天下！

楚成王以及台下的子玉等人，轻轻鼓掌。

重耳：重耳前来楚国，不瞒大王是为着寻求帮助。无论楚国还是哪家诸侯国，肯于帮重耳复国，重耳定当铭刻衷心，没齿不忘。设若重耳侥幸复国，对内定要施行仁政，对外定要主持公义，让晋国成为一个对内、对外都能担得起责任的大国！

这回便是狐毛等随行人等，也不由地鼓掌。

重耳：重耳不才，承蒙大王厚爱，举行如此盛大欢迎仪式，使得区区能有机会发布以上感言；重耳再次诚谢大王之破格礼遇，再次诚谢楚国朝臣大夫们，再次诚谢各国使节能够倾听在下的肺腑之言！至于诸侯之礼，重耳名不正、言不顺，愧不敢当！

重耳再次向台上楚成王和台下诸位行礼。

楚成王随之降陛，再次施礼诚邀重耳。

楚成王：所谓诸侯之礼，公子又何必过分拘泥？不妨看作寡人一片诚意可也！——公子请！

重耳：如此，重耳僭越了。——大王请！

两位携手登陛。

台下掌声雷动，甲士欢呼。

众：万岁！万岁！万万岁！

15. 室外 大路 三岔口 日
大路三岔口。

公子絷乘车，车上高挂秦国旗帜，有随从、武士护卫，在三岔路口停下。

两名探子迎候了，汇报情况。

探子：禀报大夫，我等已经打探确实，重耳途经郑国，已经到了楚国！

公子絷：他竟然真的去了楚国！——我等直奔楚国都城！

车辆启动。

16. 室内 楚国王宫 宴会厅 日
宴会厅内，场面热闹、气氛热烈。

乐队伴奏、宫女漫舞；小太监们布菜斟酒，佳肴美食流水端上。

楚成王与重耳，分宾主坐在中央位置；楚国群臣与晋国客人，分列两厢；往下，是各国使节。

楚国群臣，子玉为首祝酒。

子玉：楚国群臣，为重耳公子寿！

重耳举酒答谢。

狐毛为首，晋国一行祝酒。

狐毛：晋国臣属，为楚国大王寿！

楚成王举酒答谢。

各国使臣，一同祝酒。

众：各国使节，为楚国大王寿！为重耳公子寿！

楚成王与重耳，一起举酒答谢。

两人碰杯，一饮而尽。

楚成王：公子啊，寡人今番如此款待，不知公子可还满意？

重耳躬身施礼。

重耳：大王盛情高义，重耳由衷感佩！

楚成王：当着诸侯国各位使者的面，寡人断言，以重耳公子的声望品格，以公子属下诸位的大才贤能，公子复国只在早晚之间！

重耳：多谢大王吉言！

楚成王：请公子恕寡人直言，公子复国之后，到那时你将如何报答寡人哪？

此言一出，楚国群臣、晋国各位、各国使节，俱都停了聊谈。

重耳：直到如今，尚没有一家有能力的诸侯大国，表态帮助在下复国；重耳哪里敢断言一定能够复国？

楚成王：哈哈，寡人断言，自有断言的道理。或者对公子复国，我等眼下只当假定可乎？

重耳：当作假定，当然概无不可。这个嘛，即便真有那么一天，大王什么奇珍异宝都不短缺，在下还真想不出，能拿什么来回报大王呢！惭愧惭愧哪！

楚成王自己斟酒，满饮一杯。

楚成王：想我楚国，不甘被称作蛮夷之邦，始终在努力靠拢和融入，然而却不被中原各国接纳久矣！请恕寡人直言，楚国今天的地位，是我们打出来的！——这样讲，不知重耳公子以为然否？

当场所有人屏息注目。

重耳：哈哈，听大王这样率直讲话，重耳倒乍然有了如何回报大王的一个念头。

楚成王：好！公子有了念头，何不当众讲出？

重耳：大王，在下非常赞同楚国努力靠拢和融入中原的话题。一个国家，即便地处再偏远，只要服膺仁义，中原各国没有理由拒绝它！

楚成王：说得好！

重耳：不过嘛，如果一个国家受到侵犯，自然有权奋起抵抗，所谓以牙还牙是也。如果一个国家，以融入靠拢为名，没有来由的无端进犯他国，重耳对此很难赞同。

这时子玉脸上变色，站起质问。

子玉：重耳公子，你说的是我们楚国吗？

那面，赵衰也站了起来。

赵衰：子玉大夫，我家公子并没有点明是哪国，公子说的不过是公理公义而已！

楚成王：所谓公理，常常是公说公有理、婆说婆有理，到头来最终恐怕还得仪仗实力来说话。寡人刚刚打败不自量力的宋国，谁又把我们楚国怎么样了呢？

重耳：大王，以当下中国的实际状况而言，大概楚国还没有到谁都无可奈何的地步吧？

楚成王：这么说来，如果公子复国成功，如果我们楚国依然锐志北进，莫非晋国就要出面干预不成？

重耳：既然大王说的是如果，那恐怕一切都说不定哪！

楚成王：这个，便是重耳公子所说的对寡人的报答吗？

重耳：如果事情真的到了那一步，晋国、楚国不幸兵戎相见，重耳当着今天在座各位的面答复大王，晋军定当退避三舍！

此言一出，满座皆惊。

子玉将宝剑拔出半截，抢到重耳面前。

子玉：重耳大胆！我家大王如此礼遇于你，你竟然敢这样讲话，还说是报答！

赵衰也将宝剑拔出半截，抢到前面护卫了重耳。

介子推则手按剑柄，只盯住楚成王。

赵衰：子玉大夫，胆敢对我家公子拔剑相向，这就是贵国款待诸侯之礼吗？

重耳：赵衰退后！大王直言快语，深合重耳脾气；重耳也不过是实话实说，你们何必如此惶恐？莫非大王希望重耳虚与委蛇、假情假意、言不由衷吗？因为一句实话而动怒，哪里会是楚王气度？

赵衰把剑入鞘，退开一边。

楚成王：子玉退下！看来我楚国日后挺进中原，晋国将是我国的劲敌。重耳公子果然是真人一个，讲话诚恳，不欺骗寡人。难得难得！

子玉也把剑入鞘，退回本位。

楚成王：公子，刚刚你说，晋楚两军万一兵戎相见，贵军当退避三舍，此话当真？

重耳：君子无戏言！

楚成王：一舍可是三十里！

重耳：三舍乃是九十里！

楚成王：君子一言……

重耳：快马一鞭！

楚成王：你我为此击掌乎？干杯乎？

重耳：愿与大王击掌三声，连干三杯！

楚成王：拿酒来！

两人挽起衣袖，当众击掌三声。

尔后端起酒杯，仰面痛饮。

狐毛带头鼓掌。

晋国诸人、诸侯使节,然后是楚国群臣,掌声响成一片。

17. 室外 后宫 台陛 廊庑下 日

那面,司礼太监在台陛那儿送客。

各国使节与重耳一行,聊谈着步下台陛。

这厢廊庑下,楚成王与子玉议事。

子玉:刚刚在宴席上,可恶重耳出言不逊!若不是大王阻拦,微臣定会让他血溅当场!

楚成王:幸亏你没有那么做,不然,乱子可就出大了!当着诸侯各国使节的面,杀死寡人的贵客,楚国成了什么国家啦?

子玉:大王对他盛情款待,当众表示赞成他复国;他声称复国之后,竟然要和大王作对,简直岂有此理!

楚成王:哈哈,尽管是假设,重耳说的却是实话。这一点,寡人倒是佩服得很。唯唯诺诺、周旋委蛇,那倒不是名满天下的重耳啦。趁着重耳尚未复国,我国要抓紧部署、继续北进!

子玉:大王,你看重耳他真的能够复国?

楚成王:秦国不是派使臣来了吗?秦国生怕晋楚联手,这是迫不及待要笼络重耳哪!

子玉:那我们留住重耳,出兵帮他复国,真个建立晋楚联盟不好吗?

楚成王:楚国和晋国之间,隔着太多的国家,事情不易操作;再者,重耳已经表明态度,他绝不会放任我们楚国武力北进;即便两国建立了所谓的联盟,也难以长久啊!

子玉:秦国派来的是重臣公子縶,对他们双方的接触,我们需要探其底细吗?

楚成王:这个嘛,寡人觉着重耳临行之际,会给我们讲在明处的吧!

君臣二人,聊谈着转过殿角。

18. 室内 馆驿 客厅 日

馆驿客厅,重耳与属下议事;唯有狐偃不在场。

众人俱都显得兴奋。

狐毛：秦王派公子縶大夫为特使，前来与我等接洽，真是天大的喜事啊！公子复国，终于看到了希望、提上了日程，真是皇天不负有心人哪！

赵衰：赵衰当初还不赞成来楚国，看来我确实错了。公子这步棋走得英明，我们这个圈子兜得值！秦王他到底是满口应承了要主动帮公子复国！

重耳：也算是风云际会，水到渠成。狐偃舅父正在和公子縶研讨秦晋联盟的种种细则，大致谈出一个轮廓，我看咱们也就该离开楚国啦！

介子推：日前的宴会，想来还让人心跳。子玉气势汹汹的，几乎当场就要动武！

重耳：也不过是一点小小的龃龉误会，楚王到底不是寻常人物啊！

狐毛：公子即将与秦国建立联盟，咱们和公子縶谈判的情况，是否需要通报楚国方面呢？

赵衰：这是晋国和秦国之间的事，有必要通报他们楚国吗？

介子推：关于晋国与楚国的关系，公子已经表明态度，不会放任楚国仗恃武力、北进中原。对于楚王的盛情，当着天下诸侯国使节，许下日后"退避三舍"的誓言。可谓有礼有节、堂堂正气！秦国要帮公子复国，已经是明摆着的事情，我看公子向楚王坦诚说明一番，确实应该！

重耳：好，就这么办。一则，平心而论，楚王待我等确实不薄，将心比心，我们宜于对楚王表示出应有的坦诚和尊重；二则，重耳做事，应该来去明白，但求问心无愧。

狐毛：晋国、楚国，日后或者真的会难免一战。未来的敌手，今日却是坦诚相见的朋友！楚王不是寻常人物，咱们公子就更加不是寻常人物呀！

19. 室外 王宫 大门外 日

王宫大门外，楚成王和臣下为重耳送行。

两人执手道别，惺惺相惜。

楚成王：楚国与贵国相距遥远，即便如此，寡人也确实曾经想过，要辅佐公子复国！

重耳：大王无须明言，大王一片真诚，重耳岂能不知？

楚成王：秦王贤明，派了使臣前来，公子复国大志即将成为现实。哈哈，你我再见之日，真个说不定就是在中原战场上啦！

重耳：重耳希望再见大王，却实在不希望是在战场上哪！

那面，公子縶已经登车。

赵衰和子玉也在道别。

子玉：赵衰将军，日后楚国、晋国如果真打仗，子玉愿和你正经较量一回！

赵衰：子玉大夫，到时候，对贵国大军"退避三舍"之外，赵衰可是绝不客气！

这面重耳登车，与楚王揖别。

重耳：大王，山高水长、后会有期！

楚成王：公子，前程远大、一路顺风！

车队启动，车声辚辚远去。

楚成王：重耳堪称对手，晋国将是劲敌！

子玉在旁，紧握剑柄。

20. 室内 晋国 后宫 议事厅 日

［字幕：晋惠公十四年（公元前637年），夷吾病逝。谥号惠公。子圉即位，是为晋怀公。］

后宫议事厅，显得冷冷清清。

子圉与冀芮、吕甥议事。

冀芮：大王，微臣两个昨天刚刚进宫议事，大王又火急召我二人，不知有何大事？

子圉：寡人登基以来，想要见见群臣，怎么你们连一次朝会都没有召集过呢？

吕甥：启禀大王，先王在位的时候，开罪了许多朝臣；各家大夫，不是称病便是辞朝，朝会早已形同虚设。只有微臣和太宰两人，始终忠于国事。大王有什么事，尽管吩咐我两个好啦！

子圉：哼！先王在日，是你两个把持朝政，谁人不知？寡人即位，你两个竟然还是这样！

冀芮：大王，你可不该这样讲话。不是微臣压制各位公子，不是吕甥大夫派人接回大王，坐在王位上的还不知是谁呢！大王你就知足吧！我两个要是也撂了挑子，大王你就成了光杆一个啦！

子圉：你们两个狼狈为奸，也不用吓唬寡人。重耳不是已经到了秦国了吗？重耳真要是复国，寡人的王位保不住，你两个的狗头也不保险！

吕甥：你住嘴吧！吕甥我原先的安排可谓天衣无缝，让你娶到秦王的女儿，哪里还有重耳什么事？是你抛弃了妻子，自个儿急急慌慌逃回来，彻底惹恼了秦王。这可倒好，秦王对你恨之入骨，重耳复国还有谁能阻拦的了？

子围一时张口结舌，眼睛眨巴。

冀芮：好啦好啦，吕甥大夫你消消气，大人不记小人过，你就别和大王一般见识啦！眼下情势，到了你死我活的紧急关头，咱们还是赶紧想想办法吧！

吕甥：想什么办法？有什么办法？看看咱的大王，是这么个黄口孺子，本领不大，脾气还不小。再看看朝臣，除了你我，差不多人人盼着重耳归来执政。据说，有几家大夫已经派人去秦国和重耳私下接触，咱们坐以待毙吧！你们就这么陪着大王，一块等死吧！

冀芮：哈哈，整个晋国，谁人不知，吕甥大夫最是计谋超群。快不要和大王赌气啦！大王是小孩子、你也是小孩子吗？——大王，关乎你的江山社稷，你得求求太傅哪！

子围忸怩一刻，七扭八歪离座，苦着脸给吕甥施了一礼。

子围：太傅，寡人这里求你啦！

吕甥：大王你就免礼吧。国君求到臣下，这要传出去，国人还不笑掉大牙？为今之计嘛，我看还不到彻底绝望的时候。谁胜谁败，真还不一定哩！

冀芮：有何妙计，快快请讲！

吕甥：所谓兵来将挡、水来土掩。重耳要复国，无非是两条：一条，他得回到晋国来；一条，有人拥戴他。咱们只要针锋相对，他就休想复国！

子围：我的太傅、寡人的爱卿，快说第一条！

吕甥：第一条，即刻调动军队，在边境布防。秦军护送重耳归国，我军给以迎头痛击！

子围：对对，迎头痛击！

吕甥：秦军劳师远征，劳民伤财，送不回重耳来，最终决心动摇，乖乖撤兵。

冀芮：让谁统帅大兵，至关重要啊！

吕甥：兵权必须牢牢抓在我们手中！各军统帅，由你我随时任命撤换，哪个不听号令，杀无赦！

子围又是手之舞之。

子围：对对，杀无赦！

吕甥：至于第二条，还是杀人！

冀芮：还是杀人？朝臣国人，拥戴重耳的，如今都在暗处。我们能拿谁开刀呢？

吕甥：十几年来，矢志不渝追随重耳的，可都在明处！只要把这些人杀个精光，躲在暗处的，哪个还敢拥戴重耳？

冀芮：你是说，狐毛、狐偃、赵衰等人？他们都在秦国啊！

子圉：他们在秦国，可他们的家人、族人都在晋国！家人、族人，就是寡人手头的人质！

吕甥：我的大王，不愧是先王册立的太子，不愧是本太傅的学生，实属可造之才啊！

君臣三人，一时拊掌，桀桀怪笑。

21. 室外 宫外 广场 魏阙 日

宫外广场，勃鞮给武装甲士部署任务，带队出动。

当场有甲士扔掉戈戟，脱去衣架，离开队伍。

队伍出动，又有兵士溜走。

勃鞮看到了，也不制止。

魏阙这儿，国人议论纷纷。

国人：秋后的蚂蚱，蹦跶不了几天啦！

士子：困兽之斗，纯属垂死挣扎！

老者：重耳公子，快点回来吧！

22. 室外 狐突府邸 院落 日

勃鞮带人冲进狐突院落。

仆人：你们这是干什么？

勃鞮：不要惊吓了老人家，就说勃鞮公务在身，前来拜访！

仆人进屋，勃鞮在外等候。

23. 室内 客厅 日

客厅里，仆人帮扶狐突老人席地而坐。

勃鞮跪地，深深施礼。

勃鞮：老人家，勃鞮公务在身，不得不来府上打扰。

狐突：呵呵，你还在给宫里当差啊？

勃鞮：勃鞮惭愧。

狐突：重耳快要回来，这谁也挡不住。吕甥的伎俩，不过是杀人；不仁不义,单靠杀人,呵呵,能永远执掌一个国家吗?——子圉派你来,是要我召回我的两个儿子吧?

勃鞮:大王正是这样吩咐的。只要你写信召回狐毛、狐偃,大王就保证不杀你老人家。

狐突:勃鞮,你说子圉这一手对我管用吗?就算我老糊涂了,越老越怕死了,去信召回我那两个儿子;狐毛、狐偃那么没脑子吗?呵呵,你是现在动手,还是抓我进宫听候命令然后动手?

勃鞮:老人家,还有赵衰等各位的家人、族人,待会儿我还得去抓他们哪!

狐突扭头看看仆人们。

狐突:勃鞮将军要抓的是我,又没说你们统统连坐。还不快快逃命?

仆人一起跪下。

仆人:老主公!

狐突:你们去吧。等重耳复国之后,让毛和偃到我坟头烧一炷香,告诉我一声就是了。

仆从们含泪,纷纷不舍而去。

勃鞮张张嘴,想说什么,到底没有开口。

剩下一位贴身老仆,跪地不起。

狐突:你怎么还不去?

老仆:主公,小人服侍了你几十年,耳朵里记下了"忠义"二字。请主公赏赐小人这个机会,让小人陪你老人家,一道为忠义而死!

狐突点点头。

狐突:呵呵,服膺仁义,夷狄可为中国;秉持忠义,小人能成君子。重耳赤手空拳,最终却能复国,其间有天道在、更有人心在啊!——去,给我拿朝服来,老夫要更衣!

老仆去取朝服。

狐突自个儿要挣扎站起,勃鞮来扶,被狐突打开手掌。

老人终于颤颤巍巍站起,老仆取来朝服,帮狐突更衣。

狐突气度俨然,面带微笑。

狐突:勃鞮啊,你先领我进宫去交差,缓出这么个空子,该逃跑的也就逃跑了。有这一款,重耳复国之后,可保你性命一条。

勃鞮深深施礼,眼睛微有湿润。

第二十三章 苦尽甘来仁君竟复国 百废待兴晋侯首惠民

1. 统一片头

2. **室外 秦国 馆驿 院子 日**

馆驿院里，壶叔与仆从向狐毛引见来客。

狐毛与晋国几位客人见礼。

来客：狐毛大夫，在下是先轸将军派来的；这几位是栾枝大夫、郤縠大夫派来的；听说公子到了秦国，朝中大夫如久旱之望云霓，都很兴奋！纷纷表示愿做公子复国内应。

狐毛：好，好！公子正在议事，请各位先到厢房歇息；公子得空，一定会接见各位！——壶叔，你要好生招呼咱们的家乡人哪！

壶叔：壶叔晓得！

狐毛：狐毛失陪！

来客：大夫请自便！

狐毛匆匆进了客厅。

3. **室内 客厅 日**

客厅里，重耳与属下郑重议事。

狐毛进来，归位席地落座。

狐偃：日前，我等随公子来到秦国，整体情况，十分随心。秦王为先前错过扶助公子复国，诚恳地表达了歉意；我和兄长陪公子进后宫，又特地见过了伯姬，送上了礼物。关于支持公子复国，秦国朝廷已经向晋国方面以及各国诸侯的使节，发出照会；具体如何动作，已经开始部署。目前对方需要我们配合的，就是提供晋国朝野和军队的反应。

狐毛：莫说里克、邳郑、杜原款几位老臣的族人，原先和我们一般交往的栾枝、郤縠等大夫们，也都派来了使者。大家纷纷表示，一旦公子开始复国行动，多数朝臣大夫愿做内应。

赵衰：执意与我们为敌到底的，只剩下把持朝政的冀芮和吕甥二人。据我了解，他们在动员军队，估计要作最后的顽抗。目前我们的人，只有先轸在下军担任副帅。我看一场恶战是少不了的。秦国方面出兵太少，恐怕还不足以一战而胜。

重耳：兵者为凶器，圣人不得已而用之。打仗就难免要死人，重耳复国，还得多少人流血啊！狐突外公已是百岁老人，被子圉抓进宫去，老人家凶多吉少啦！

赵衰：听逃出来的人讲，多亏狐突老人家派人报信，我们赵氏族人、还有许多家族，方才免于被血洗灭族。老人家的功德，天高地厚啊！

狐偃：公子，人固有一死，家父如果难免一死，死于忠义、便是死得其所。子圉他倒行逆施，只会更加众叛亲离！

狐毛擦泪，向上空遥遥执礼。

狐毛：家父遇难的话，我和弟弟定是无法归国奔丧。恰如先王逝世时节，公子在狄国、无法归国一样。公子，眼下复国大计迫在眉睫，我等还是研讨当前大事要紧！

介子推：狐毛大夫说的是。公子早一天复国，不知会解救多少生民于倒悬。

狐毛：秦国大夫公子絷提起过，司空季子又正式代表秦王前来提亲，秦王要送五个宗族女子和公子成婚。公子还得振作精神，准备迎亲成婚哪！

重耳未免尴尬。

重耳：这个，嘿嘿，重耳年过六旬，这个——

赵衰：公子哪！我们一到齐国，齐王就将宗族女子文姜许给公子；子圉在秦国为质，秦王将女儿许配；其间的内涵，还需要明说吗？秦王今番做派，更

445

加显出相助公子复国的决心和诚意；莫说五个宗族女子、就是十个八个，公子也得笑纳！

这时，外面鼓乐突然远远响起，声音越来越近。

赵衰：看看，说话之间，新人就来了。公子快快更衣，准备迎亲拜堂吧！

众人拊掌。

重耳笑得愈加尴尬。

4. 室内 新房 客厅 夜

新房客厅里，五个宗族女子个个艳丽如花，人人都有宫女陪伴服侍；

其中有嫁过子圉的文嬴，位置居中，透出一点颐指气使的华贵派头；

秦国一方送亲的司空季子，晋国一方主婚的狐毛，相拥了重耳进来；重耳十字披红，一身光鲜，微醺而不醉。

文嬴指挥其他几人。

文嬴：诸位姐妹，这便是名满天下的重耳公子，我等几人的夫君。大家行礼吧！

文嬴言罢，其余四人一起施礼。

众：妾身拜见夫君！

重耳连忙还礼。

重耳：重耳给诸位还礼！

一一还礼之中，发现文嬴并未施礼。

文嬴向司空季子发话。

文嬴：司空季子大夫，是大王和娘娘没有明言，还是大夫你办事疏忽？方才婚礼之际，没听见你给公子讲明我的身份。将我混同于一般妾妇，日后公子登基，莫非我也是普通嫔妃不成？

此言一出，在场俱都惊愕。

司空季子：这个——

文嬴：这个，是打马虎眼儿的事情吗？还不快快对公子讲明！

司空季子向重耳和狐毛施礼。

司空季子：公子，狐毛大夫，是这样。这位，并非普通宗族女子，是我家大王和王后的嫡亲女儿文嬴！

狐毛：是文嬴公主？

文嬴：司空季子大夫，何必半吞半吐呢？关乎父王的大计，关乎我日后的名分，这事可以藏着掖着的吗？

司空季子：公子哪，文嬴公主曾经嫁给子圉；子圉听说夷吾病重，急于归国继位，竟然仓皇逃走，将公主甩在了秦国。我家大王，今番将公主许配公子，足见大王对公子不是一般看重。这不惟可以见出秦国帮助公子复国的决心，也关乎秦晋两国日后的亲密关系啊！复国大事，咱们双方都忙乱，这一情况未及明言，乃是在下疏忽。万望公子海涵！

重耳脸色一时不虞。

扭头去看狐毛，狐毛挪步要出门。

司空季子见状，匆匆胡乱施了一礼。

司空季子：这个，就请公子自便啦！

也要随狐毛撤退。

重耳：两位慢走，请到客厅叙话！

重耳也追了出去。

三人竟是都没有和文嬴打招呼。

文嬴：侍女，给我掩上屋门，看他重耳待会儿回来怎么处置！

5. 室内 客厅 夜

客厅里，重耳卸去红绸披挂，与属下包括司空季子，一块儿议事。

狐毛：司空季子大夫，文嬴是公主，本来是秦王看重我家公子；可她又是子圉的弃妇，这、这至少应该提前说明啊！

重耳：重耳前面有妻子季隗，后面有夫人文姜，又哪里有资格挑拣文嬴是否嫁过什么人？只是，一者，秦王原本是我的妹夫，大家平辈；如今秦王成了我的丈人辈，这个是不是有点强加于人哪？

赵衰：公子，这个不算什么吧？齐桓公原本是公子的外公辈，公子和宗族女子文姜成婚，齐桓公降了一辈，没听公子对之有什么说辞。

重耳：还有，子圉乃是我的嫡亲侄儿，我娶了他的妻子，天下人会不会说我成了霸占侄儿妻子啊？

司空季子：请恕在下直言，这就是公子拘泥常礼，小家子气了！子圉是你侄儿不假，他对你可有什么叔侄情分？公子志在复国，连他的国君位子都要夺过来，遑论文嬴还是他的弃妇。文嬴公主当初拒不和子圉一块儿逃走，果然是个极有主见的女子，公子不可怠慢了！

赵衰：司空季子大夫说得好！事情明摆着，离开秦王的帮助，我等如何能够复国？公子万万不可拂逆秦王的美意、耽搁了复国大业哪！

狐偃：公子，就算秦王强加于人，强加给公子的也是秦晋之好；反正公子已经和文嬴拜了天地，事已至此，莫非还能悔婚不成？

重耳：复国大计、秦晋之好，都是国家之间的大事；秦王不考虑文嬴的心情，重耳身为丈夫，能不考虑这个吗？

赵衰：哈哈，这个嘛，如何抚慰女子的心情，公子经验丰富，就无须属下人等献计献策了吧？——公子，还是好生回你的洞房去吧！

赵衰和司空季子推推搡搡的，将重耳推出客厅。

6. 室内 洞房 夜

洞房。

赵衰等将重耳推搡进来，从外掩上房门。

重耳跌跌撞撞的，有人掩嘴而笑，有人"扑哧"笑出声来。

文嬴：这有什么好笑的？你们几个给我记住，莫说公子王后要当晋王，即便不能复国，既是我等夫君，我等一概不得对公子无礼！记住了没有？

众：妾妇等记住了！

重耳恭谨执礼。

重耳：重耳多谢公主！

文嬴并不还礼，沉默不语。

重耳：公主，重耳这厢有礼了！

文嬴依然不语。

重耳：不知重耳何处失礼，但请公主明言！

文嬴：哼，新婚成礼之夜，把新娘扔在新房，去和你的谋臣商量良久，就是这样一个结果，还是要口口声声称我"公主"吗？莫非你想回绝这门婚姻，将本公主送还秦王吗？

重耳：非也非也，请公主、请夫人听重耳解释。重耳当初并不知道公主原来是公主，乍然听说，难免有些错愕。

文嬴：当你乍然听说之后，你是怪嗔我家父王，把子圉的弃妇再次做主嫁给你吧？

重耳：大王固然是出于秦晋之好的美意，然毕竟应该事前讲在明处为好。

文嬴：事情明摆着，我家父王把我许配给你，正如当初许配给子圉一样，不过是要让我日后当你们晋国的王后。你和你的谋臣商量一回，觉着不便拂逆秦王的意思，那样必将影响你的复国大计。只好勉强把我接收下来，你敢说不是这样吗？文嬴身为公主，却不幸成了国家结盟的牺牲品！文嬴夫复何言？你还口口声声地继续称我"公主"！

重耳：夫人直言快语，所言句句恳切！你我作为这场婚姻的当事人，不知该叫"感同身受"，还是该叫"同病相怜"。你不能违抗大王的意志，重耳则不能放弃复国的大计。但无论如何，重耳既然已经与公主拜堂成婚，又弄清楚了前后原委，你我就是拜过天地的夫妻。夫人，你说对吗？

文嬴：就仅止这些吗？

重耳：重耳崇信仁义，不敢说行事处处不违仁义，至少是心向往之。仁者，二人也；夫妇之道，乃仁之发端。重耳设想，我心目中的秦晋之好，哪里能离得开你我之间的夫妇之好？夫人不嫌弃重耳流亡之人、衰朽老迈，乃重耳之万幸。重耳当与夫人相敬如宾，对夫人礼敬始终如一！

文嬴已是回嗔作喜。

文嬴：还有吗？

重耳看看几位姬妾。

重耳：这个，重耳单独与夫人相处之际，再说不迟。

文嬴向几位姬妾挥挥手。

文嬴：时辰不早，我来服侍公子歇息；你们几位，下去吧！

众：公子、夫人，妾身等告退！

众人施礼退下。

宫女推开卧室门。

重耳：夫人请！

文嬴：还是公子先请！

重耳执了文嬴的手。

重耳：如此，你我夫妻一道请吧！

文嬴娇羞无限，半推半就，两人相携进了卧室。

宫女掩上屋门，逐个灭了火烛。

偷偷拊掌，抿嘴而笑。

7. 室内 晋国 地牢 日

有人打开地牢门，光线透进来。

台阶上，禁卒的几条腿走下来。

地牢囚室里，狐突坐在蒿草上，老仆在帮着轻轻捶腿。

狐突：扶我站起来。看来，咱们的阳寿到头了；也就是说，重耳快回来了！

老人艰难站起，老仆搀扶了，缓缓步出囚室。

8. 室内 后宫 议事厅 日

议事厅，显得冷清而阴森。

子圉高坐，吕甥、冀芮在侧，勃鞮和甲士在门口值岗。

正对子圉，狐突箕坐在地，老仆在身后捶背。

吕甥：狐突！见了大王，为何不拜？竟敢箕坐，无礼之极！

狐突眯眼看了子圉半晌。

狐突：长得端端正正，或者原本能成为一个好君主。一方白绢，近朱者赤，近墨者黑。吕甥，身为太傅，只知玩弄权术，不知"仁义"二字，你把好娃娃给教坏啦！

冀芮：死到临头，还敢嘴硬！

狐突：呵呵，冀芮大夫，身为太宰，看看你把晋国管理成什么样子？要不然，重耳赤手空拳，怎么说回来就能回来呢？同样死到临头，老夫略无恐惧；这几天来，你恐怕是寝食难安了吧？想要活命，幡然悔悟还来得及。这样来作困兽之斗，你觉得有用吗？

子圉：寡人开恩，给你宽限时日，只要召回狐毛、狐偃，就可免你不死，想不到你如此冥顽不灵！

狐突：唉，称孤道寡，那得做事像个大王。你老子给你扔下个烂摊子，你治理不了晋国这样一个大国呀！好生恭请重耳归来执政，你给国人颁发一个罪己诏，老夫倒是可以保你不死。不然，秦国大军入境，朝臣大夫纷纷响应，军队倒戈、国人欢呼，娃娃你死无葬身之地啦！

子圉面现恐惧，惶惶去看冀芮、吕甥。

吕甥：老家伙，休得吓唬小孩子！让你写信召回狐毛、狐偃，你到底写不写？

冀芮：你现在就写，立刻就写！不然，立刻推出宫门斩首、灭门、灭族！

狐突：老夫不才，生的两个儿子争气。不仅是相国之才，最是服膺仁义、禀性忠直。包括赵衰、介子推等志士仁人，追随重耳公子数十年，历尽艰难困苦而矢志不渝，忠贞不贰、如众星拱卫北辰；你们也不想想，公子复国在即，他们会像你两个一样，肮脏龌龊、贪财怕死、见利忘义、卖主求荣吗？

吕甥：大王，这个老杀才疯狗狂吠，快快下令斩首诛杀！

狐突：子圉，娃娃你可怜可悲啊！你爷爷暴虐不仁，一代雄主，身败名裂；你老子又是迷信权力，指靠杀人立威，结果是落入这奸贼的掌控之中，只落得千夫所指、无疾而死；你登基才刚几日？被这两个奸贼挟持，眼看就要国灭身死。

子圉：你、你胡说！我的晋国不会灭亡，我不会死！我、我手头掌控兵符，我有上下两军！重耳他回不来，他永远回不来！

狐突：呵呵，你爷爷称我国丈，你老子是我外甥，你是我的曾外孙啦！娃娃你比我多活不了几日，老汉我在地下等着你。我料定你困兽之斗，没有出路；到你不得不带兵出征，抵御重耳的时节，我敢断言，你身边这两个奸贼，绝对不会替你冲锋陷阵！到时，你真正就成了孤家寡人，身边连我这样一个忠实的老仆都没有啊！

子圉：快快把他拖出去斩首，给寡人将他万剐凌迟、剁成肉酱！不许任何人给他收尸！

狐突：哈哈，那样你就不怕了吗？——来，扶我起来，咱主仆二人上路！

老仆像平日服侍老人，扶狐突站起，替老人抻衣襟、理胡须，然后旁若无人端详狐突；毕恭毕敬，施了一礼。

老仆：老主公，你老人家还是这么精神！你永远是小人心目中的英雄！

老仆搀了狐突，狐突步履蹒跚，却脊背挺直，昂然步出议事厅。

子圉缩在坐榻上，目光惊恐。

冀芮、吕甥四目相视，又看看子圉，嗒然若丧。

9. 室外 秦国 城外 军营 日

军营。

营门和营栅上，旌旗林立。

营内战车列阵，当先并列的两辆战车上，是赵衰与公子絷。

军营正中，搭起将台。

将台四周，甲士环立。

秦穆公与重耳端立其上。

秦国朝臣与重耳随臣，分列两厢。

司空季子宣读出兵誓命。

司空季子：自夷吾执政，暴虐不仁，背信弃义；子圉继位，更加民不聊生，怨声载道。重耳公子，仁义之名满天下，立志复国，顺天应人。有我大秦，主持公义、疾恶如仇，维护秦晋之好，愿助公子复国；乃发仁义之师，定当攻无不克！

战旗猎猎，军马嘶鸣。

甲士戈戟指天，齐声呐喊。

众：万岁，万岁，万万岁！

台上重耳率狐毛等，向秦穆公施礼致谢。

重耳：想我重耳，流亡去国一十九载，复国志向，今天终于要化作现实。大王真乃枯苗之时雨，不啻有再造之功！

秦穆公亲自搀扶重耳。

秦穆公：寡人先前决策失误，贻笑大方；感谢上苍给了这一改过机遇，得以相助公子，寡人幸甚！

重耳：秦军出动，晋国有人内应，大王就不必亲自出征了吧？

秦穆公：不然，寡人定要亲自送你渡过黄河，保你坐上王位！

重耳：重耳登基之后，定当首先迎接文嬴公主，即刻册立王后、祭祖告庙！

秦穆公：好！寡人这便下令出兵！

秦穆公示意，司空季子挥动令旗。

司空季子：大王有令，大军出发！

前面，赵衰与公子絷同时启动兵车。

车队开出营门。

10. 室内 大帐 日

大帐内。

子圉顶盔贯甲，更加几分不像君王。

几名将校和先蔑，围拢了子圉，一块儿审视地图。

子圉：秦军不过几千人，竟然就能长驱直入，攻到我晋国内地！

众人都不言语。

子圉：寡人哪里打过仗？秦军打来，让狐突老儿说中了，冀芮和吕甥胆敢罢朝，活生生抛弃了寡人哪！

众人依旧不言语。

子圉：你们、你们怎么都不说话？先轸，你、你是大将，你来说说，这仗怎么打？

先轸看看将校们，指着地图部署。

先轸：秦军数量虽少，但勇猛无比；我们尽管启动了上下两军，却军无战心。这仗按说就没法打。依照常理来说嘛，可以派下军迎战秦军，大王亲率上军，在高粱地里坐镇；我军得势，大王带兵包抄上去，可以全歼秦军。我军失势嘛，大王还能组织起二次抵抗。

子圉：你说下军，下军不就是你率领的吗？万一你临阵倒戈怎么办？寡人信不过你！寡人不能听你的！

先轸：但凭大王决断好了。

子圉：秦军没有多少，寡人带领上军亲自迎敌！你那儿分兵给寡人一半，寡人即便打败了，寡人的兵力也要比你多！——怎么？你敢不听吗？现在寡人就能杀了你！

先轸躬身施礼。

先轸：先轸现在就交出兵权也可以。

子圉：就这么着。将校们，随寡人迎敌去啦！

将校们摇摇头。

先轸几乎笑出来。

11. 室外 旷野 日

旷野上。

晋军推进，前面看到了严阵以待的秦军。

子圉的战车停下，指派执法队散开，自己向旁边大呼小叫。

子圉：你们上呀，给寡人打呀！后退者砍头！畏缩不前者灭族！

兵士们缓缓前进，队伍中突然发生了骚乱。

有小校、军士纷纷呐喊。

小校：我们是狐突家族的，子圉残害狐突老主公，我们绝不给子圉卖命啊！

军士：我们是里克、邳郑家族的，我们拒绝替子圉打仗！

小将：我们是栾枝大夫、郤縠大夫的家兵，大家倒戈杀回去，杀掉子圉、迎回重耳公子呀！

大部分军队，一时倒戈。

在小将小校率领下杀向子圉的战车。

众：杀掉子圉！迎接重耳！杀呀！

倒戈队伍，声势浩大。

执法队不敢阻拦，四散逃开。

子圉的驭手连忙回车，不多时几辆战车逃离了战场。

12. 室外 军营 日

下军的军营。

先轸和部将看到奔来的战车。

部将：将军，子圉这么快就败退下来了。我们怎么办？

先轸：把他放进来；除掉这个昏君，迎接重耳公子！

部将摆动令旗，营门大开，放进了子圉一行。

子圉惊魂未定，回头看看没有追兵，下了战车。

部将带领军士，四面围拢上来。

子圉：你们，你们要干什么？寡人的亲兵，给我杀呀！杀掉他们、杀死先轸，杀人有赏啊！

个别亲兵动武，被众军士砍死。

子圉：先轸，你、你犯上作乱！寡人是大王，是晋侯，寡人要把你灭族！

先轸：子圉！你残暴无能，实在不配当堂堂晋国的国君！还不快快自裁，免得被军士们砍成肉酱！

子圉惊恐万状，跌跌撞撞还要逃出营门。

营门外，方才倒戈的军士已经成群涌上。

小校：砍死这个暴君，为狐突老人家报仇啊！

刀剑戈戟一通乱砍。

先轸跳上战车，大声发令。

先轸：众军听令！杀死暴君，人心大快；但杀人不过一死，大家不可再遭害尸体。重耳公子一定不会希望这样！现在大家各归本队，整顿军容，等候重耳公子到来接收大军，任命新的统兵将帅！

远处,出现了秦军高高飘扬的旗帜。

13. 室外 黄河 渡口 日

黄河渡口;临时搭起军帐。

帐前有甲士守卫。

栾枝、郤縠等朝中大夫,里克、邳郑等家族代表,下了渡船,与狐毛见面。

两人为首,向狐毛施礼。

栾枝:狐毛大夫,别来无恙!

狐毛:哎呀,是栾枝大夫!

郤縠:还认得郤縠吗?

狐毛:郤縠大夫,路上辛苦!

栾枝:公子来到渡口了吗?我和郤縠大夫,还有里克大夫、邳郑大夫等家族的代表,是来恭迎公子归国的。请狐毛大夫安排,大家想尽早拜见公子哪!

狐毛:秦王不仅派出大军,还要亲自送公子过河,公子正与秦王议事。我这便去通报,请各位少待!

14. 室内 大帐 日

大帐内,重耳端坐正中,狐偃、赵衰在侧。

介子推守在入口。

栾枝等人次序进来,队伍延续到帐外。

狐毛向上介绍。

狐毛:启禀主公,晋国朝野来人,恭迎主公归国继位。为首的,是朝中大夫栾枝、郤縠等。以下有里克、邳郑、杜原款几位老臣家族代表;留守都城的士蒍大夫、掌控军队的先轸将军等,也派来了代表。现在,大家参见主公!

栾枝、郤縠,当先跪地叩拜,后面跪下一片人头。

栾枝:微臣等叩见大王!

重耳看看狐毛、狐偃。

重耳:这个,各位快快请起,不可行此大礼。重耳尚未复国继位,不宜僭称"大王"。

郤縠:大王!子圉已经伏诛,大王归国继位只在这几日;国不可一日无君,大王早已是微臣等心目中的大王!

栾枝：夷吾、子圉父子，暴虐昏庸，那才是窃据王位；朝臣国人盼望大王继位，有如枯苗之望时雨。恭请大王尽快归国登基，以安国人之心！

狐偃：主公，众位大夫真诚拥戴，忠心可嘉；请主公不必拘泥登基与否，给与嘉勉！

重耳：各位大夫作为内应，功不可没；又过河来迎接重耳，十分辛劳。快快请起，我等共商归国事宜！

栾枝、郤縠：微臣谢大王！

这两人站起，后面的人膝行而前，为首代表连连叩头。

代表：大王哪！我等是被诛杀、被灭族的几家大夫的族人，里克、邳郑、杜原款几位前朝老臣，都死得凄惨、死得冤枉啊！恳请大王尽早归国，昭雪几位大夫的冤情，族人子遗感恩戴德、没齿不忘！

狐偃：晋国朝野，百废待兴；公子归国之后，自会颁布新政；昭雪冤案，当是新政内容之一。

代表：我等日前参战，临阵倒戈；虽说小小功劳、不值一提；拥戴大王确实是一片真心。恳请大王金口答应昭雪冤案，不然我等永无出头之日啊！

重耳：重耳秉持仁义，将施行仁政、以德治国。各位请起，只要是冤案，重耳必定给与昭雪！

这拨人起身，后面更多人跪地。

众：大王，我们也是有功的！

众：大王，我们也有冤情！

众：大王英明，万岁万万岁！

人声鼎沸，挨挨挤挤。

狐毛、狐偃不能禁，都给挤到一边。

介子推冷眼旁观，默默退出帐外。

15. 室外 渡口 日

大船上旌旗招摇，靠在码头，与岸上搭好跳板。

重耳在仆从甲士护卫下，登上渡船。

岸上，狐毛与秦国送行官员告辞。

船上，狐偃、栾枝等围拢了重耳。

赵衰、介子推在另一侧船舷。

狐偃：大王，对岸就是蒲城地面。微臣等追随大王流亡国外，前前后后是十九年哪！

重耳：是啊，十九年！中年出走、老年归来，能不令人感慨！苍天有眼，竟然让重耳的复国梦想一朝变成现实！治国安邦、百废待兴，有多少大事等着咱们君臣去做啊！

船工升起船帆，撑篙摆正船头。

舵手：开船啦！

划船手低沉呼喊号子。

船工：摆正船，升起帆呀！——过黄河，拿命搏呀！

旌旗猎猎，波浪翻涌。

重耳等与岸上人们执礼告别。

16. 室外 黄河 中流 日

船舷一侧。

介子推与赵衰吐露心思。

介子推：追随重耳公子十九年，介子推应该说对公子看得分明。公子雄才大略，人格高拔；尤其是心地仁厚，秉持仁义始终如一；艰难困顿，历尽坎坷；终于复国，确实是晋国之幸、天下之幸！

赵衰：追随公子一场，所为何来？为的就是有这么一天，公子复国登基，我等各居其位，与公子能够达成君臣共治天下的格局。大家共同为晋国的尽快复兴，各尽所能！

介子推笑笑。

介子推：狐毛、狐偃兄弟，还有赵衰兄，你等都有相国之才。好生辅佐公子，晋国复兴我看指日可待。所谓自知者明，介子推知道自己，尊奉行侠仗义、乐于扶困济危；曾经追随公子，或有尺寸之功；皆是甘心情愿、乐在其中，确实不图后报。

赵衰：子推兄助人为乐、不图报答，自是侠之大者。可是，公子的为人品行，岂能不报仁兄乎？

介子推：不是怀疑公子人品，也不是介子推故作清高；公子复国，执掌国家权柄，应该是对内施行仁政、对外主持公义；介子推的平生大愿也不过如此，我还能干点什么呢？

介子推目光悠远。

近处，芦苇摇曳、芦花似雪；黄河滔滔，水鸟翩翩。

远处，山峦起伏，天高地阔；有雄鹰展翅，自由翱翔。

船舷另一侧。

狐偃正在给重耳施礼，表白什么。

狐偃：微臣与兄长，早年依附君上，虽是甥舅、情同手足；后来，尊奉家父严命，甘心追随大王。流亡之中，历尽坎坷，回想起来实在不敢居功自傲；倒是舛错太多、对大王失敬的地方也太多了！

重耳：舅父何出此言？莫非重耳是个狭隘小人，不记诸位的功绩、会记得各位偶有的小错吗？

狐偃：大王，愚钝如我，尚且记得自己许多错处；大王英明天纵，还能看不出微臣的种种毛病？我和兄长，不负家父嘱托，时至今日，终于完成辅佐公子复国的重任。大王手下，能人正多，有功之臣比比皆是，狐偃与兄长就到这儿为止吧！

这面，介子推鼻子出声，冷笑一面。

赵衰：这个狐偃，聪明过头了。公子能忘了你吗？何必讲出口来，这不是要挟邀功吗？

那面，重耳从仆从手中接过一块玉璧；手执玉璧，当众起誓。

重耳：各位追随重耳流亡十九年者，功高第一！重耳复国，如若不与各位共享富贵、共治天下，有如此璧，请河伯见证！

重耳执玉璧再拜。

投玉璧与滚滚波涛之中。

这面，赵衰发一回感慨。

赵衰：公子复国，就是君上；君要像君，臣要像臣；大家都得适应新的角色，这样的双簧是得演；大家一道流亡时的推心置腹、亲密无间，已经像这流水一样，永远逝去了吗？

身边无人回应。

扭头去看，介子推踪迹杳然。

赵衰左右上下扫视，不见人影。

大河滔滔，苇叶喧哗。

雄鹰化作一个黑点，汇入空溟。

17. 室外 军营 日

军营。

营门大开,先轸与将校们率领兵士整装列队,欢迎重耳。

重耳与赵衰,由秦国甲士护卫,乘战车驶入军营。

先轸与将校车前执礼。

重耳下车。

先轸:原晋军下军元帅,统领上下两军,迎候大王!献上兵符,请大王收回举国兵权!

先轸跪地,双手捧上兵符。

赵衰接过兵符,献给重耳。

重耳接过兵符,跪地举过头顶,三拜天地。

重耳:先轸将军,历年统兵,多历战阵;本次诛灭子圉,倒戈建功;整肃部武,秩序井然。还请统领上下两军,回归都城大营,整训待命!

先轸接过兵符之半。

先轸:末将得令!

重耳将另外兵符之半,交给赵衰。

重耳:赵衰将军,晋国非常时期,恐有种种变乱;请代我掌控兵符,随时应变,便宜行事!

赵衰接过兵符之半。

赵衰:末将得令!

重耳:兵者为国家之公器,两位将军统帅大军,宜慎之又慎,不违仁义之道、不负国人之重托!

赵衰、先轸:末将谨记大王教诲!

重耳:相助本公子复国,将士们都辛苦了。请传号令,回归大营,当犒赏全军!

先轸:大王有令,将犒赏大军!

众:万岁,万岁,万万岁!

18. 室内 郇地 盟府 日

盟府大厅。

当间供奉着天地山川诸神灵位。

高香巨烛，祭礼场面隆重。

几案上，是朱笔在玉板上写好的盟书，左右一式两份。

一方，狐偃为首，有栾枝、郤縠等人。

一方，司马季子为首，公子絷等人。

大家向神位行礼如仪，然后相互致礼。

狐偃：在我晋国徇地，在此盟府，狐偃代表我国大王、司马季子大夫代表秦王，祭拜天地山川诸神，举行两国庄严盟会。盟约已成，双方确认！

司马季子：夷吾当初割让晋国土地河西五城，晋国重新予以确认；夷吾无端进犯秦国，造成秦国人命、财物损失若干，晋国当前执政，愿承担责任，予以赔偿；晋王虽为秦王之婿，亦是秦王舅兄，两国公文往来，仍按平辈称呼，以示双方尊重；诸条诸款，一一写上盟书。

狐偃：盟书一式两份。一份，将存于盟府，以备查考；一份，投诸河水沟谷，天地鬼神作证！

司马季子：盟约已成，永无反悔；如有悖逆，天地不容！

双方人物，再次向神灵牌位叩拜，极尽虔诚。

19. 室外 晋国都城 街道 日

[字幕：公元前636年，重耳复国登基，是为晋文公元年。]

都城大街。

重耳复国归来，举行入城仪式。

新组建的内宫禁卫军，衣甲鲜明，仪仗庄重，前面开道。

重耳独乘第一辆车，太监内侍，周遭护卫车辆。

重耳向国人连连拱手致意。

大街两侧，百姓恭迎。

有人家摆了香案。

有老者叩首在地，口中喃喃。

有汉子肩头扛了孩童，指指画画。

紧跟重耳，赵衰、先轸全副武装，第二辆车。

后面狐毛、狐偃，再后栾枝、郤縠，再后士蔿、魏犨；个个乘车，朝服冠冕。

最后是壶叔等随从流亡人等，步行跟从。

前面，一处巷口，勃鞮穿了便装，压低帽檐窥看。

赵衰警觉，回头再看，没了踪影。

后面，一处檐下，头须缩着脖子挤在人群中。

壶叔发现了，举手指画。

头须低头溜走。

入城队伍，浩浩荡荡开向王宫。

20. 室外 曲沃 宗庙 大院 日

宗庙大院；甲士守卫大门。

乐曲伴着香烟，从殿内飘出。

太监们抬着供品，进入大殿。

朝臣们分列两厢，队伍从殿内排出外面来。

21. 室内 大殿 日

大殿内，宗庙牌位前，祭品、礼器排列。

巨烛高烧，鼎炉焚香。

钟磬悠然，气氛庄严。

士蒍主持祭祀；当先叩拜，焚烧表章。

士蒍：晋国公子重耳，仁义贤良，顺天应人，继位晋侯；朝臣大夫一致拥戴、举国百姓无不称颂；惟于兆月吉日，率朝臣祭祖告庙。列祖列宗，保佑我晋国、国祚绵延！伏维尚飨！

重耳接过点燃的高香，恭谨插入鼎炉。

躬身揖礼，尔后叩拜于地。

群臣同时跪拜，三起三落。

士蒍：大王就位成礼！奏乐！

钟磬和鸣，悠扬庄严。

香烟袅袅，直冲藻井。

22. 室内 后宫 议事厅 日

后宫议事厅，重耳与朝臣议事。

重耳居中，端坐榻上。

朝臣两列，一列士蒍为首，栾枝、郤縠、先轸等，一列狐偃为首，狐毛、赵衰等；大家席地而坐，几案上有果肴。

司礼：大王有旨，大殿朝会，行君臣大礼；后宫君臣共商国是，可免去朝拜。

狐毛：这个是否合适，有请士蒍大夫解说。

士蒍：启禀大王，大王登基，百废待兴；礼仪规矩，关乎国体，千万不可草草！

重耳：重耳刚刚继位，自称"寡人"真还有点不习惯。希望犹如重耳流亡时，大家直抒己见，少讲虚礼。

狐偃：大王，流亡之日，我等口称"公子"，心中尊奉如同"大王"，向来不敢轻慢。

重耳：如今各位称我"大王"，希望亲密无间犹如还是"公子"。此乃寡人之望也！——闲言少叙，寡人归国继位，正是千头万绪。夜来与狐偃合计一回，列出亟需处置的大事若干。下面有请狐偃一一分说。寡人有意请狐偃担任太宰，召集朝会、统领群臣，大家看怎么样？

士蒍：狐偃大夫出任太宰，最为妥当。

重耳：好，下面就请太宰上任！

狐偃向上施礼，向周边执礼。

狐偃：狐偃诚谢大王重用，谢过各位朝臣信任。下面先说当务之急第一条。大王复国登基，随后祭祖告庙，包括今日朝会，都派人通告了冀芮、吕甥两位大夫。两人都没有参加，足见其敌视心理。对此，各位大夫有何看法，尽可直言。

栾枝：冀芮、吕甥官居太宰太傅，追随夷吾、子圉把持朝政，助纣为虐。罪行累累，民愤极大！如今竟敢敌视新朝、对抗大王，微臣请大王降旨，予以诛杀灭族！

狐毛：在大王复国前，此事曾有议论。大王希望以仁道建国，断不愿动不动杀人灭族。具体到冀芮、吕甥，大王的想法是既往不咎。夷吾、子圉如果施行仁政，冀芮、吕甥之辈，如何能够作恶多端？

先轸：大王已经仁至义尽，这二人却是怙恶不悛、不思悔改，莫非他们有什么丰功伟绩，还要大王登门恳请不成？微臣建议，先将二人抓捕下狱，待审明二人罪状，再行处置！

士蒍：冀芮、吕甥，或是恐惧被诛，所以蛰伏不出。大王不以一己之好恶而取舍，不因一时之喜怒而生死予夺，此乃朝臣之福、深合为君之道！

赵衰：微臣负责监管大军之外，暂时还负责后宫禁卫与整个城防；目前已经注意到，冀芮、吕甥府邸，有族人聚集、蠢蠢欲动。

重耳：赵衰呀，人家族人议事你也要管，你能管得过来吗？

狐偃：大王，此事万万不可粗心大意！赵衰职责在身，一定要严防子圉旧党种种可能的悖逆作乱，确保宫禁安全！

赵衰：赵衰谨记，不敢疏忽！

狐偃：有请先轸将军协助赵衰，统领两军，枕戈待旦，严防意外！

先轸：末将得令！

狐偃：往下几条，听我一一说来。各位没有不同意见，就无须人人表态；各负其责、各司其职便了。第二条，隆重祭祀太子申生；隆重祭祀杜原款大夫、里克大夫、邳郑大夫等死难；隆重祭祀不久前死难的先父狐突。对无端受害的家族予以抚恤，被没收的土地应予归还。这一条，有请士蒍大夫负责，栾枝大夫协助料理！

士蒍：老臣领命！

狐偃：第三条，大王特别强调，一定要广施仁政，让举国老百姓都能得到好处。复国改元，要精简开支，绝不增加赋税；组织乡民有序开荒，新垦的土地，三年免征。大王特命在下总理此事，有请卻縠大夫具体负责！

卻縠：微臣领命！

狐偃：大王流亡在外十九年，端赖许多国家友好接待、鼎力支持；宜于立即派出使臣，带上厚礼，到狄国、齐国、宋国、楚国等各国诚挚致谢。此事关乎国体，有请狐毛大夫负责安排。

狐毛：微臣领命！

狐偃：还有奖赏有功之臣，整顿后宫，迎回大王各位夫人，诸般事宜，恕不一一说了。

重耳：刚刚所说几条，都是大事。有请各位戮力同心，加以操办起来。至于奖赏有功，寡人会及早考虑，争取做到基本合理、让大家相对满意。

狐毛：微臣能力有限，舛错多多，不敢居功；大王不予处罚，就满足啦！

重耳连忙制止。

重耳：我的大舅，你不敢这么说。好像外甥和舅舅捏好套子，做给朝臣来看似的。寡人可以有过不罚，知过改过，也就是了，有功是一定要奖赏的！

狐毛：这么说，倒像是大舅强行讨赏了！

重耳抚掌，气氛一时轻松。

士蔿：大王，方才所议几条，确实是当务之急。对于安定人心、整肃朝纲，大有益处。微臣请大王考虑，可将以上举措，公诸于魏阙，广告国人。

重耳：好！做到做不到、干好干不好，应该公诸于世。某条某款，谁来负责，也要公布。让国人监督寡人，也让国人敦促各位尽职尽责！

狐偃：今日议事，后宫备了便宴，大王请客！

重耳：寡人刚刚回宫，一切颇属草草，请大家赏光！

司礼：有请各位大夫，更衣入席！

众人纷纷站起。

赵衰：有酒没有，让不让大伙儿一醉方休？

狐偃：今天谁都可以喝醉，只有赵将军你不可以喝醉。怎么，狐偃提醒得不对吗？

赵衰肃然。

23. 室外 都城 街巷 夜

巡逻甲士小队，走过街巷。

巷口，勃鞮黑衣仗剑，看着甲士走远，纵身上房，没入暗夜。

第二十四章 除恶务尽履险平内乱 既往不咎大度得人心

1. 统一片头

2. **室外 深巷 荒院 夜**

僻静深巷,荒废院落。

烛火照耀下,满地荒草,四周有破败房屋、窑洞。

甲士守卫了出口。

吕甥指挥家将,给家兵族人发放武器。

大家领取到弓弩、戈戟,列队。

吕甥:重耳归国继位,情况对我吕姓家族和冀芮大夫家族极其凶险!历任晋侯,残忍暴虐,动不动就要诛除异己、杀人灭族。便是姬姓诸公子,也曾被无端杀得鸡犬不留!大家想要活命,唯有趁重耳立足未稳,起而自保!现在你们领到武器,到具体起事时间,听候号令,开始行动!胆敢不从者、畏缩不前者,杀无赦!谁要暴露行动机密,当场剁成肉泥!

众人个个紧握武器,表情坚决。

吕甥目光阴鸷,环顾大众一周,扭身离去。

3. 室内 吕甥府邸 客厅 夜

吕甥步入客厅，冀芮、勃鞮起身见礼。

吕甥：二位请安坐，生死关头，来不及客套。在下已经动员了家兵，冀芮大夫你那儿准备的如何了？

冀芮：已经发下武器，就地待命。单看与勃鞮将军这头，怎样协同行动，突然袭击、杀进宫去，一举除掉重耳！

勃鞮：二位大夫，魏阙张挂公告，重耳声称"既往不咎"，咱们只有铤而走险一条路不成？

冀芮：怎么？我等说得好好的，勃鞮你要反悔吗？

吕甥：冀芮大夫何必如此焦急。重耳惯会假仁假义、收买人心，勃鞮将军信以为真，这又何足为奇？只是，重耳即便真的既往不咎、放过你我，也绝不会放过勃鞮！迫害申生、残杀杜原款；几番追杀重耳，末了把狐突剁成肉酱；这样血仇，重耳能放过，狐毛、狐偃能放过吗？勃鞮他长十颗头颅，也不够砍来赎罪的！勃鞮乐意反悔，请便！

勃鞮脸上变神变色。

勃鞮：勃鞮并非是要反悔；我是说，杀死重耳之后，晋国谁来当大王？不论谁当上大王，这弑君之罪就没人来清算吗？

冀芮：呵呵，将军你倒看得长远！日后是否有人算账，那是日后；眼下，重耳就要找你算账、就要砍你的脑袋！

勃鞮摸摸脖颈。

勃鞮：勃鞮听二位安排就是。

吕甥：我们两府的家兵，合起来有不下千人。都城卫戍部队、城外大营，也有我们的人马。目前是赵衰负责后宫禁卫，但勃鞮将军熟悉宫中情形；如果宫中有人做内应，我等发动突然袭击，大事可成！

勃鞮：我们什么时候行动？

吕甥：将军速速与宫内旧部联络，一旦有了内应，确定了重耳的行踪居处，我等即刻行动！

勃鞮：如此，勃鞮这就去做安排。末了，还来这儿碰头吗？

吕甥：为着防备重耳先下手为强，我和冀芮大夫将分头出城。如何碰头，由我的属下与你具体商定好了。

吕甥拍手，一名干员进来。

两人闪身离去。

吕甥掩上房门。

冀芮：吕甥大夫，这个家伙靠得住吗？

吕甥：其人不长脑子，方才已经被我一番话吓蒙了。冀芮大夫尽可放心。即便他反悔了，不参加我等行动，你我也毫无退路，唯有舍命一搏啦！

4. 室外 后宫 街巷 晨

清晨，街面上有人洒扫。

勃鞮闪出后宫附近一条巷子，被头须拦住去路。

头须：勃鞮将军，借一步说话！

勃鞮：你是？

头须：将军攻打蒲城、到狄国追杀重耳公子，我都见过你。唉，我是——

不等头须说完，勃鞮一把卡住头须脖颈。

勃鞮：你想干什么？

头须：我、我不过想给你指出一条活路。

勃鞮略微松手。

头须看看周围。

头须：在下目光短浅，中途离开了公子。虽说后悔莫及，如今也想重新投靠。将军一身本领，难道就要彻底断送自己的前程吗？

有巡逻甲士走来，勃鞮扯着头须，钻进小巷。

5. 室外 后宫 正门 日

后宫正门，有执戟甲士守卫。

赵衰从王宫大门方向赶来，要进后宫，被执戟武士戈戟交叉拦住。

甲士：拿来！

赵衰：大胆！没看见是本将军吗？

甲士：将军你说过，非常时期，没有将军你亲自发放的令牌，任何人不许进入后宫！

赵衰摸出令牌笑笑。

赵衰：好！本将军现在就指定你担任后宫禁卫的小队长！

甲士：小卒谢将军提拔！

赵衰正要挪步，宝剑不出鞘，蓦地向后刺出。

剑鞘被人抓牢，赵衰并不回头。

赵衰：介子推？你来了？

赵衰回头，却是勃鞮。

勃鞮：将军还是这样好身手！

赵衰：勃鞮？我这样突然攻击，能够防住的，除了介子推，大概只有你了。你怎么进宫来的？

勃鞮：曾经身为后宫禁卫统领，进宫对我不是什么难事吧。

赵衰：嘿嘿，大王眼下忙于安定晋国的大事，还顾不上想及仁兄你这一堆烂账；你可倒好，自己找上门来啦！

勃鞮肃然，向赵衰施礼。

勃鞮：不瞒将军，勃鞮是特地冒死来见大王的。求将军帮忙通融，无论如何让我见见大王！

赵衰：嚯！口气不小。如今的重耳公子，晋国大王，是谁想见就能随便见上啊？况且，你不想想，大王能轻易饶恕你吗？我看呀，你今番进宫，就是找死。既然你自己送到面前来，赵衰也不能不抓捕你啦！

勃鞮：唉，勃鞮深知自己的罪过。蒲城暗杀、狄国偷袭，都是一门心思去杀大王的。可是，从先王到夷吾君上，都是国君；勃鞮身为臣属，效命为忠，你说我能怎么办？大王心地仁厚，胸怀博大，罪人勃鞮认为，大王一定能设身处地，体谅勃鞮的难处。

赵衰：大王仁厚博大，也不会没边没沿吧？我倒是可以进去通报，只怕是你见不到大王的面，大王就可能下令，即刻将你正法！

勃鞮单膝跪地。

勃鞮：赵将军，勃鞮有重要情况禀报大王！大王如今不再流亡，登基为君，就没有蒲城、狄国那样的危险了吗？

赵衰：真有情况？

勃鞮：一点不假！

赵衰：看来，果然有人想要犯上作乱！

勃鞮：只要大王饶过勃鞮性命，勃鞮洗心革面、弃暗投明，绝对效忠大王！

赵衰：好，你在这儿稍等，让我进去通报！

甲士：将军，这个人要看管起来吗？

赵衰：哈哈，免了吧。你们能看得住当年的禁军统领吗？

6. 室内 后宫 内廷 日

后宫内廷。

重耳便装，正在忙乱政务。

郤縠刚刚施礼离去，士蒍又捧着什么公告之类请重耳过目。

忙乱一通，重耳这才过来，与狐偃、赵衰站立走动，轻松议事。

重耳：好了，现在咱们能说这件事了。哈哈，这个勃鞮有趣！寡人腾不出功夫找他算账，他倒自己找上门来！

狐偃：鹰犬杀手，血债累累，对这号家伙，我看应该立即就地正法、明正典刑！

赵衰：勃鞮是该杀，可是，他这回报来重大消息，又该算是立功，不好随便杀头吧？

狐偃：公子流亡时，痛加追杀，不敢抗命；大王登基后，为了活命，逢迎投靠；这般小人伎俩，岂能容他！

重耳：想起其人种种恶行，能不令人切齿痛恨！可是，所谓此一时、彼一时；勃鞮说得不错，当初他只是上命差遣，不得不尽职罢了。即或勃鞮没有这次立功表现，寡人觉得也不该杀他。如果只是由于我等痛恨，为了泄愤而杀人，国家哪里还会有什么法度可言？既往不咎，就从勃鞮身上做起吧。

狐偃：既往不咎，以前的罪行不再追究；那么，这个家伙报来重大消息，反倒是有功的了？

重耳：拒绝参加吕甥等人谋逆行动，能够悬崖勒马、报来重大消息，总不能说是坏事。将功折罪、不予追究当年罪错可也。如果给他算成功劳，寡人岂不是成了奖赏告密、鼓励背叛？

赵衰：勃鞮有对大王效命之心，我们给不给勃鞮安排一个什么职位呢？

狐偃：大王复国，重整朝纲；要切记亲贤臣、远小人哪！

重耳：寡人自然不会让他还当后宫禁卫统领。至于具体做什么，等平息下去这场乱子，再行考虑可也。冀芮、吕甥谋逆作乱，你们看该怎么处置？

赵衰：大王，冀芮、吕甥怙恶不悛、谋逆作乱，我看宜于擒贼擒王，立即抓捕归案！

狐偃：二贼竟敢策动举族，阴谋弑君犯上，罪在不赦，一定要沉重打击、予以灭族！先下手为强、防患于未然，以儆效尤、安定大局！

重耳：你两位是寡人倚重的股肱之臣，不能鼓动寡人来不来就杀人灭族啊！冀芮、吕甥策动或者胁迫之下，一般族人谁敢不听？

狐偃：大王不忍灭族，两家的族人聚集起来，却要袭击王宫、谋逆作乱；大王仁厚，也不能这样宽宥作恶犯上吧？

赵衰：至少，应该先把冀芮、吕甥两个首恶就地正法！

重耳：两人谋逆，有什么证据？不过是勃鞮一人的举报。即便他的举报千真万确，眼下谋逆又没有成为事实。我们提前动手抓人乃至杀人，会不会成了当初先王诛杀诸公子，"欲加之罪、何患无辞"？

赵衰：那，那我们就等着他们杀人放火、放任他们弑君作乱不成？大王这样的仁义，岂不成了宋国与楚国打仗的仁义？

重耳：宋王宁可战败，不肯抛弃仁义，那是何等的胸襟境界？杀一无辜而得天下不为！寡人宁可承受其他损失，绝不能仅仅依靠揣度他人可能犯罪而下手杀人！

狐偃：只知道冀芮、吕甥要袭击王宫，又不知道发动攻击的具体时间，赵衰负责王宫禁卫，这个任务可就太艰巨了！万一防护不周，大王有所闪失，晋国该如何是好？

赵衰：大王心意已决，谁能勉强？微臣只有加强防卫，枕戈待旦。二贼一旦发起攻击，休怪赵衰杀他个血流成河！

重耳：都城这些年杀人流血太多啦。国人生活在恐怖气氛中，晋国这叫什么国家？赵衰你好生想想，如何既要平息变乱，又尽量不要让都城搞得尸山血海。

狐偃：这、这不难为赵衰吗？

赵衰：微臣想来，只有一个办法。为防止万一，大王必须先期秘密离开都城一段；等二贼发动叛乱，找不到大王，我当尽量将战事引到城外。

重耳：哈哈，看来办法还是人想出来的嘛！

狐偃：卫戍部队、城外大营，恐怕也有二贼同党。这样，要提前警告先轸，上下两军不得妄动，以免造成军队变乱。

赵衰：冀芮、吕甥把持朝政，经营多年，不知能鼓动起多少人马？闹不好，还得请秦军插手帮忙。

重耳：这或许是晋国病体上最后一个毒瘤啦！切除掉之后，晋国就该走上大治了！

7. 室外 宫门 魏阙 日

魏阙这儿，张挂了公告。

有国人市民围观。

头须注意公告内容，轻轻点头。

国人：盼得就是这一天哪！重耳早几年当上大王，晋国不是今天的样子啊！

士子：这几条真个都不错！只要真正做到，晋国的兴盛指日可待！

吕甥的干员混迹人群，却是注意宫门那里。

宫门大开，仪仗列队，赵衰护卫，车驾启动。

老者：这是晋王的车驾，重耳大王操劳国事，这算是忙上啦！

干员默默溜走。

8. 室外 王宫 侧门 日

王宫侧门这里。

重耳与狐偃、狐毛登车。

轻装简从，仆从们都换了便装，不事张扬，车辆出门而去。

9. 室外 大院 黄昏

荒芜大院。

几辆战车，有的站满甲士，有的堆着巨木。

院内，家兵们列队，都手执兵器、火把、戈戟之类。

冀芮、吕甥都是顶盔贯甲；那名干员，在跟前汇报情况。

吕甥：冀芮大夫，勃鞮失踪，情况有变，我等必须提前行动了。

冀芮：成败在此一举，箭在弦上、不得不发！

吕甥登上一辆战车，部署行动。

吕甥：已经打探确实，重耳的车驾上午出宫，午后回到宫内。我们今晚行动，这叫出其不意、攻其不备！况且，都城卫戍部队、上下两军，都有咱们的人马配合，我等大计必成、重耳必死！

冀芮：往下，吕甥大夫部署今晚具体行动，各队队长听好了！

吕甥：这次行动，关乎家族存亡，每个人的生死。本大夫当亲冒矢石，与大家同生共死！第一队是本大夫精选的勇武，负责用巨木冲开王宫侧门，然后开始杀人放火！

勇士：小人得令！

吕甥：第二队是我们两个家族蓄养的死士，冲进后宫，务必找到重耳，当场诛杀！

死士：小人得令！

吕甥：本大夫指挥城防卫戍部队，控制城门，严防重耳逃走！一旦宫中火起，将率领人马杀进王宫！冀芮大夫策动城外大军，哗变倒戈，杀进都城，将所有追随重耳的当朝大夫杀死！统统灭族！今晚，晋国都城就是要火光烛天，血流成河！

冀芮：火光烛天，血流成河！

两人困兽犹斗，黄昏光影里，面目狰狞。

10. 室外 王宫 后宫正门 夜

后宫正门，门外增加了守卫。

里面有人关闭大门，甲士门下了门闩。

墙上燃着火把，甲士列队，披坚执锐。

赵衰与勃鞮，议论守卫细节。

勃鞮：几十年来，有人要袭击王宫，这还是头一遭。

赵衰：冀芮、吕甥弄权，把持朝政，自己知道作恶太多、难逃清算；这是要疯狂一搏，根本不管晋国的前程！

勃鞮：但愿能为保护大王建功，勃鞮今生今世也算干了一点好事！

突然，听到嘈杂人声，墙外王宫侧门方向现出火光。

赵衰：他们动手了！

勃鞮上前，弄灭火把，随后纵身跃出围墙。

11. 室外 侧门 夜

王宫侧门外，战车开来。

勇武们燃起火把，抬了巨木，呐喊中猛地撞击宫门。

众：撞呀，嗨哟、嗨哟、嗨哟！

宫门里面木栓断裂声中，大门倒塌。

勇武冲进，战车冲驰而入。

众：杀呀！杀重耳呀！

12. 室外 宫内 夜

宫内，许多房屋门窗起火。

战车当先，勇武们、杀手们冲向后宫。

众：冲啊！杀呀！杀重耳呀！

13. 室外 后宫 正门 夜

后宫正门前，勃鞮组织抵抗。

对方勇武和战车冲到近前，埋伏的弓箭手突然现身，起立放箭。

人马纷纷中箭倒地。

后继者死命冲击，弓箭互射、投枪乱扔。

双方抵近，开始刀枪对抗，互有死伤。

勃鞮以一当十，与众多勇武缠斗。

有死士黑衣装束，将爬墙索甩上宫墙，纷纷窜上墙头、跃进内宫。

14. 室外 内宫 院落 夜

死士杀手跳下宫墙，赵衰指挥甲士抵抗。

赵衰连连砍翻敌人。

墙头源源有人跳下。

有的杀手，已经点燃火把焚烧内宫门窗，院内火光照亮。

有人要扑向内宫，甲士们舍身抵抗。

廊檐下、栏杆后，有弓箭手现身放箭。

赵衰跃上台阶，砍翻几名杀手。

巨木撞击声中，宫门倒下。

勃鞮且战且退，和赵衰靠拢，两人身上、脸上满是血迹。

15. 室外 街道 夜

街上，可以看到火光中王宫的剪影、轮廓。

吕甥在一辆战车上手之舞之。

有人带头呐喊。

有人：偷袭王宫得手，卫戍部队全部倒戈啦！

若干卫戍部队向王宫奔去。

16. 室外 城外 大营 夜

城外大营这里,可见城中火起。

大营木栅内,有部分作乱兵丁被缴械,抱头蹲伏在地。

营门之内,先轸与将校们处变不惊。

将校:将军有令,全营将士,各居本位、不得乱动,违令者斩!

营门外,有甲士几人乘马奔来。

甲士下马匆匆报告。

甲士:先轸将军,卫戍部队叛乱!赵衰将军请你立即发兵进城、镇压叛乱!

将校:将军,怎么办?

先轸:严守军令,大军不许擅动!

甲士:将军,后宫已经起火,大王十分危险!贻误战机,出了大事,你要担责呀!

先轸:你们有调动大军的兵符吗?

甲士:匆忙之中,见不到大王,赵衰将军哪里能有兵符啊?

先轸:哼!赵衰将军兵符在手,你们几个分明是冀芮、吕甥的属下,胆敢前来蛊惑造谣!——弓箭手,给我放箭!

几个家伙被识破,仓皇逃离,奔入黑暗。

17. 室外 宫内 后宫 回廊 夜

后宫四处起火。

回廊一带,赵衰与勃鞮且战且退,甩开杀手。

赵衰:不知有多少乱军杀进宫来,你我保护大王车驾,冲出宫去!

勃鞮:好!

赵衰:等我将战乱引出城外,由你负责召集卫戍部队,进宫救火、安定都城!——这是兵符,拿好了!

勃鞮:多谢将军信任!

勃鞮揣好兵符,两人率领甲士,杀开一条血路。

18. 室外 城门 夜

赵衰乘坐大王车驾,冲向城门。

勃鞮带领甲士,左右护卫、奋勇拼杀。

吕甥、冀芮个个乘坐兵车，随后追击。
吕甥：快关城门，不要放走了重耳！
勃鞮带领的甲士，与守门乱党弓箭互射、投枪往来。
勃鞮拨开箭矢，杀到门边，砍翻乱党。
赵衰在车上用大戟拨打箭矢，驭手突然中箭歪倒。
战车失控，情势危急，路边一人窜上驾座，执定缰绳，驾车继续飞奔。
赵衰的车驾冲出城外。
吕甥、冀芮的兵车，随后追出。
吕甥在车上挥手，众多乱党随之奔出城去。

19. 室外 旷野 大路 晨

旷野上，不多甲士乘马，护卫车驾奔逃。
后边，吕甥等战车越追越近。
赵衰：驭手，弃车换马！
头须：大王怎么办？
赵衰：这是空车，大王早已出城！
赵衰砍断套绳，跃上前面马背。
回头看清了，另一匹马上是头须！
赵衰：头须？是你？
两人与甲士们一起奔逃。

20. 室外 林地 日

赵衰等远远奔来。
林地中旗帜高扬，涌出大队秦军。
公子絷当先，严阵以待。
公子絷：赵将军，秦军在此等候多时！
吕甥、冀芮战车迫近，秦军放箭，呐喊如雷。
秦军：冲啊！诛灭乱党，杀呀！
吕甥等见势不好，慌忙回转车。
乱军丢盔弃甲，狼狈逃窜。

21. 室外 河边 日

河边，吕甥、冀芮弃车，跳入河水。

乱军纷纷跳河。

追兵赶到，在岸边一起放箭。

吕甥、冀芮舍命拨打箭矢，终于中箭，在水中挣命。

赵衰立在岸上，指了二人数落。

赵衰：冀芮、吕甥，大王既往不咎，本来要放尔等一条生路；自省自问，大王何尝有丝毫对不住你们的地方？你两个丧心病狂，竟然要谋反弑君。怙恶不悛，自寻死路；身败名裂，遗臭万年！

吕甥还要指指画画，开口狂吠。

与冀芮两人连连喝水，沉入河中。

水花气泡，与血水混作一团。

22. 室内 行宫 大厅 日

行宫大厅。

重耳居中高坐，狐偃、赵衰、士蒍、栾枝等席地，君臣议事。

狐偃：冀芮、吕甥之乱，终于彻底平息。士蒍大夫与栾枝大夫从都城赶来，说都城已经恢复平静。除了宫中焚毁若干房舍，好在没有更大的损失。在此行宫，大王召集各家大夫议事，一来汇总情况；二来大王有些想法，也想听取大家意见，以利于朝廷决策。第一条，冀芮、吕甥自作自受，身败名裂；对其家族如何处置？

士蒍：犯上弑君、罪大恶极，此次叛乱，两家族人又多数参与；依照历来做法，应该予以灭族！

重耳：刑法之重，不过灭族。动辄杀人千百，极宜慎重。寡人觉得此事尽管罪大恶极，罪在首恶，冀芮、吕甥已死，对族人不必株连。胁从者，一概不问。

栾枝：冀芮、吕甥把持朝政期间，大量霸占土地，如果不予灭族，至少应该夺其土地，收归公族。

重耳：其他族人如果不再问罪，只要从此奉公守法，总得让大家生活下去。凡两人非法侵夺霸占的土地，予以收回；原先各族土地，还照常让族人耕种，照章纳税可也！

士蒍：大王宽仁。如此必能感化顽劣、消除敌视。有罪尚且如此，何况其他国人？国民定能安居乐业，由衷拥戴大王！

狐偃：有请士蒍大夫拟写文告，将冀芮、吕甥犯上弑君罪行以及大王仁政，公诸国人。

士蒍：微臣领命！

狐偃：其侵夺霸占土地，有请栾枝大夫丈量划定，负责褫夺归公。

栾枝：微臣领命！

狐偃：子圉身死国灭，暂时蒿葬野外；他毕竟是晋国一朝君主，大王建议，大夫们要共同商定一下，给子圉一个谥号，然后举行国葬；尸体回归祖茔，灵牌供在宗庙。此事就请士蒍大夫牵头，依礼行事。

重耳：冀芮、吕甥曾是朝廷上大夫，其尸体也可由族人依礼安葬，尊享子孙祭祀。

士蒍：兴灭继绝，此诚为政之大仁大德。大王仁德，地厚天高！

狐偃：今番平息祸乱，大家都有功绩。赵衰冒死犯险，最终诛灭首恶，功劳最著；大王还都后，将论功行赏。眼下，秦军驻扎此地，这回协助平息祸乱，更是功不可没。大王一则要给秦王写去国书致谢，二则就在行宫举办宴会，宴请公子縶。第三嘛，大王要带大家一道牵羊担酒，到大营犒赏秦军！

士蒍：理当如此、理当如此啊！

狐偃：不知是赶早还是碰巧，抑或是大王提前运筹，刚刚平息了复国之后最凶险的一场叛乱，大王派往秦国迎亲的狐毛大夫派人报信来了。已经给秦王和伯姬王后献上聘礼，代表大王亲迎、并迎回了新娘文嬴公主；秦王给公主的嫁妆甚为丰厚，共有三千训练有素的甲士，从此当作爱女贤婿的护卫亲兵！

赵衰：哈哈，狐毛大夫迎回了新娘秦国公主；前头派往各国致谢的使臣，肩负使命，要迎回狄国的季隗夫人和齐国的文姜夫人。这回，咱们大王后宫可要热闹啦！

重耳有些尴尬，又有些喜悦。

士蒍、栾枝不知如何表态。

只有赵衰与狐偃相视会意，拊掌大乐。

23. 室外 后宫 甬道 日

后宫，可见曾被焚毁的房舍，有工匠在整修门窗。

甬道上，太监引导勃鞮与头须去往内廷。

头须：勃鞮将军，大王召见咱两个，你说是福还是祸啊？

勃鞮：多亏头须你提醒，勃鞮悬崖勒马，弃暗投明；能够保全性命，已经谢天谢地。其他的，不敢多想。

24. 室内 内廷 日

内廷，勃鞮与头须叩拜重耳。

重耳便装，狐偃、赵衰在场。

狐偃：这次平息变乱，你两个大小不等，都是有些功劳的。大王百忙之中，抽空接见你们，想听听你们要求什么封赏。

勃鞮：小人先前罪过多多，只求大王开恩，饶小人不死！

头须：小人不该中途离弃大王，更不该带走金银食物，小人的行径，可气可恶，唯求大王降罪处置！

两人连连叩头。

重耳：说来咱们都是故人，就不要一个劲儿磕头啦。先说勃鞮，即便你这次没有立功举动，寡人也不会杀你。从先王到夷吾、子圉，你不过都是个听命杀人的工具。国君杀人，要你代劳罢了。杀人的账都算到你的头上，没有这样的道理。

勃鞮：大王英明！

重耳：自然还有另外的道理。你犯下必死之罪，先王饶恕，你存了一份尽忠报恩之心，原也该当。可是，君上草菅人命、动辄杀人，你还是坚决执行、唯命是从，到底不合大义，拂袖而去可也。以你的本领，哪里不能存身？何必一定要充当鹰犬杀手？

勃鞮：小人忠于君上，不敢有这样的念头啊！

重耳：前一段，寡人已经决意不再让你担任后宫禁卫统领。可是，赵衰将军乃统帅举国大兵之才，不能总是忙于这点后宫琐事；你本来熟悉这一套，寡人决定，你还是回来负责禁卫后宫吧！

勃鞮：谢大王如此信任，末将效忠大王，至死不渝！

狐偃：大王特别有几项考虑，勃鞮你听好了。一条，往后整个禁军，仍然归属赵将军指挥调动；禁军也是国家的军队，不能成为君上个人的杀人工具。一条，大王施行仁政，绝不滥杀一人；哪里还会有国人朝臣要进宫行刺的事件？后宫禁卫人数，可以精简若干。由你拿出具体方案，呈报赵衰将军审核。

勃鞮：末将明白了。

赵衰：从先王算起，勃鞮你给王室效命已有数十年。大王念你一把年岁，往后不必日夜值岗。交由副手代劳可也。副手人员，由你定夺，告诉本将军一声就是。

勃鞮：末将多谢大王体恤！

狐偃：还有，除了宫内有你一间住处，几十年来，谁曾见你有过土地和府邸？大王格外开恩，允你在都城购置府邸一处，赏赐土地千顷；可过继子嗣，延续香火！

勃鞮叩首在地。

勃鞮：大王！勃鞮刑余之人，做梦都没想到今天！

抬头起身，已是泪流满面。

重耳：往下说你头须。从蒲城到狄国，你辛辛苦苦跟从寡人十二年，怎么就能半途而废呢？连寡人都替你惋惜！

头须：大王，小人确实是见利忘义的小人、没有远见的愚人；小人背弃大王，后悔莫及！

重耳：流亡之中，便是寡人自己也绝没想到能有今天。你看看狐偃、看看赵衰，他们何尝丝毫动过背弃寡人之心？正是各位的执着，成就了今日的寡人哪！

狐偃：大王过奖了！

重耳：跟从寡人流亡的，如果都像你，寡人哪有今天？寡人侥幸得以复国，头须你便来投靠，寡人都不知道怎么说你好了。

赵衰：大王，头须劝说勃鞮弃暗投明，危急之中冒死帮微臣驾车，应该算是有功。

头须：小人多谢赵将军！头须厚着颜面，前来拜见大王，是觉着头须对大王还有用。不揣冒昧，请大王听小人分说。

狐偃：说来大家听听！

头须：大王哪！跟从大王流亡者，普天下都承认是相国之才；其实，各位首先都是仁人君子。大王仁义感召，才愿意始终跟从大王，不计成败、矢志不渝，有如群星拱绕北辰。可是，普天下能有几个这样的人物呢？满世界还是头须这样的小人多，愚蠢短视的蠢人多。大王只要贤才，统统不要小人，大王你手下还有多少臣民呢？就说满朝大夫都是贤才，大夫们上朝下朝，没有小人，谁来给他们驾车当驭手呢？

赵衰：哈哈，你怕没人给大王驾车、大王还得自个儿当驭手不成？

头须：想给大王驾车的人自然不缺，可是像头须这样的小人却只有一个。小人摆在大王跟前，才更能彰显出大王的仁义、宽厚呀！

狐偃：大王重新收容你，国人不会说大王亲近小人吗？

头须：小人所求，不过是回到大王身边，替大王执鞭赶车；勃鞮那样的人，官复原职；头须这样的家伙，照样启用；前朝旧臣、晋国百姓，将作何感想？大家定会对小人指指点点，而更加认定大王，虚怀若谷、心胸之宽阔，简直是海阔天空！

重耳：头须呀，尽管你中途背离，寡人除了替你惋惜，从来不曾想过要给你什么惩处。如今你有悔过之心，又有立功表现，也算知错改过。今天召你进宫，就是要给你一个什么职位。以前的事情搁过不提，用你的长处，参与到兴盛我晋国的大局中来。给寡人驾车嘛，我看就不必了吧？

狐偃：大王，头须能够知错改过、终有善果，大王不计前嫌、大度容人；这件事本身，诚有昭示给国人的必要；微臣建言，让头须先给大王当一段驭手，也未尝不可。

赵衰：只要头须不觉得赧颜，给大王当驭手，也是许多人求之不得的上差啊！

头须：小人的过错，心中万般悔恨！能让国人指戳数落，是我头须的幸事。能在大王身边亲聆指教，实属头须万幸！

重耳：其实，头须最是了解乡野。怎样强国富民，如何推行土地新政，决策在朝堂，根本在乡野民众。头须先给寡人驾车一段，完了替寡人到下面看看、听听民众的说法。

头须：小人谢大王重用！

重耳：寡人还有东宫、后宫许多事务。勃鞮，你来招待头须在宫内用饭。

勃鞮：末将得令！

勃鞮、头须叩拜。

重耳带领狐偃、赵衰，已经起身。

25. 室内 东宫 书房 日

东宫书房。

地上摆放几张书案，上面都有竹木简册。

伯儵、叔刘、赵盾三人，年龄十六七左右，席地坐在书案前。

士蔿端坐主位，三人分头依次行拜师礼。

士蔿：奉大王之命，老夫来给几位公子当师傅。听说你等在狄国这些年，除了学习射御，也曾学习诗书礼仪，为师非常高兴。你等先给为师行上拜师礼来！

伯儵先上前，伏地叩拜。

伯儵：学生伯儵，大王长公子，拜见师傅！

士蔿拱手执礼，伯儵躬身退下。

叔刘：学生叔刘，大王二公子，拜见师傅！

叔刘退下，赵盾叩拜。

赵盾：学生赵盾，赵衰长公子。听说不该在东宫读书，只因我三人自幼在一起，不愿意分开，承蒙大王允准，随同读书习礼。请师傅接受学生拜见！

士蔿：你三人之外，过两天大王三公子欢，也将来此就读。欢比你等年幼，你们要好生爱护于他！

伯儵：师傅放心。母亲与文姜娘娘、文嬴娘娘相处最好；伯儵、叔刘已经成人懂事，一定会对弟弟爱护忍让。

士蔿：好！师傅今天开课，就先讲一段晋国故事。大王当年与太子申生、弟弟夷吾，如何礼让相处的故事。

26. 室外 东宫 院落 日

院内。

重耳与狐偃、赵衰相携，听到孩子们的回答，俱都喜悦。

随行太监要通报，重耳摆摆手，大家悄声退出。

27. 室内 后宫 内室 日

后宫内室。

文姜前来拜见季隗，季隗起身迎接。

文姜：文姜拜见长夫人！

季隗：哎哟，文姜夫人太客气了。我不过年长几岁，先与大王成亲数年，哪里敢称长夫人？

文姜：大王在齐国时，总是说起夫人恩德，令文姜仰慕不已；见到夫人，朴素端庄，教子有方，深为感佩！大王让夫人主持后宫，最为得当！

季隗：咱姐妹们应该坦诚相见，伯儵、叔刘明摆着，是所谓庶出。文姜夫人给大王生下公子欢，日后怕不就是晋国太子？请妹子放心，我那两个儿子虽然不才，心地最是善良磊落。对弟弟一定会呵护关爱，绝不会有非分之想！

文姜连忙跪地。

文姜：长夫人言重了！欢儿日后如何，作为生母，岂有不挂心的？夫人有这样胸襟，妹子心领了！大王复国，秦国起了最关键的作用。文嬴已经被册立王后，她要生下王子，欢儿自然也得退后。

季隗搀起文姜。

季隗：快快起来说话。文嬴夫人，我看也是直肠直肚。她生下王子，另当别论；她要不再生育呢？大王好像有这样的意思，过两年想让欢儿将文嬴母后认作嫡母。如此，文嬴依然稳稳做她的王后，欢儿也能顺利当上太子。

文姜：大王虑事，最为周全。只要文嬴夫人愿意，我有什么说辞？如此说来，中间最苦了长夫人你哪！

季隗：狄族咎如女子，承蒙大王不弃，季隗夫复何求？大王年事已高，日理万机；让我主持后宫，我哪里能给他添乱？但愿咱们能和谐平安，让他安心！

文姜：咱们一道过去看看文嬴夫人可好？

季隗：我正有此意。咱们走！

28. 室内 后宫 内室 日

文嬴所居内室，宫女们簇拥了文嬴，正要出门。

门口宫内来报。

宫女：季隗夫人、文姜夫人驾到！

文嬴：快快有请！

季隗、文姜进屋。

三人几乎同时，相互施礼。

文嬴：见过长夫人、文姜夫人！

文姜：见过王后，文姜有礼了！

季隗：王后妹子，我和文姜妹子过来看看你！

文嬴：我也正要过去拜见两位姐姐。妹子已经说过，往后咱们在后宫，都听大姐的；再不要称我什么王后，要不然我可要生气了！

文姜：文嬴妹子是正经册封的王后，分明就是王后嘛！

文嬴：我家父王和大王，他们那么约定的，让他们那么说着玩儿去！咱们姐妹，还叫姐妹！还能什么都叫他们男人说了算啊？

季隗：文嬴妹子生来贤惠，文姜妹子天性温良，又都年轻漂亮；莫说大王，我看见你两个都喜欢！怪不得大王让你俩轮流侍夜哪！

两人一起嚷起来。

文嬴：大姐你说什么呀！

说着，文嬴、文姜还要作势捶打季隗。

三人叽叽喳喳，笑作一团。

29. 室内 后宫 议事厅 日

后宫议事厅。

重耳与狐毛、狐偃、赵衰小型酒会，轻松议事。

重耳：自复国以来，连日忙乱，朝廷大政渐渐步上正轨，你们几位都辛苦了！

狐偃：大王总理全局，还是大王辛苦！

重耳：咱们君臣小酌一回，说说闲话。

赵衰：秦王这个老丈人足够大方，给他女儿的嫁妆三千甲士，都是训练有素的精兵。已经遵照大王吩咐，编入我军部武。

狐毛：士蒍大夫教几位公子读书习礼，大王是不是计划让士蒍日后当太傅啊？

重耳：咱们晋国前前后后这几十年，士蒍都是亲身经见过的。让他给孩子们说道说道，寡人觉得十分必要；再者，士蒍也熟知各种礼仪。至于让他当太傅嘛，那要在正式册立太子之后。

狐偃：请恕微臣直言，咱们都是六旬开外的年岁了，册立太子也该提上议事日程啦！

重耳：这件事关乎国祚，关乎日后晋国大局稳定，寡人也是颇费心思。今天反正是说闲话，各位不妨随便说说看。

赵衰：大王复国，明摆着的，秦国起了关键作用、可谓不遗余力。两位大王有约在先，两国又举行了会盟、签署了盟约，文嬴公主自然也就册封了王后。按说，王后所生王子，才能册封太子；可是，眼下王后还没有生育。这、这也不是说生就能生出来的啊！

狐偃：事情往前推，要是咱们到齐国的时候，就能复国，那文姜夫人不就是王后啦？

狐毛：再往前推，咱们流亡狄国期间复国，那季隗早就当上王后啦。比如说，叔隗还不就是赵衰的夫人？赵盾日后还不就是赵氏的当然继承人？

重耳：这正是寡人作难之处。或者，只能过两年再定了。

赵衰：大王，请恕微臣好奇。文嬴夫人册封了王后，朝臣大夫都有些担心，文姜夫人、季隗夫人没有说法吗？叔隗夫人，含辛茹苦，把伯儵、叔刘拉扯成人；文姜夫人，给大王带回了欢儿，都是功劳卓著呀！

狐毛：大王齐家有方，后宫安宁和谐，是公族之福、朝廷之福、晋国之福！

赵衰：朝廷大事，微臣等还能出谋划策；后宫事务，谁能插嘴？谁敢多言？大王是怎么做到的？

狐偃：赵衰，看大王治国的本领，自然可以放心大王齐家的手段。这个，咱们做臣下的，不好一再追问吧？

赵衰就揖礼，自己独自饮酒。

赵衰：赵衰出言冒犯，自罚一杯！

重耳：今天咱们闲谈说话，没有那么多规矩。寡人和你们几个都不能推心置腹，可就真成了孤家寡人了！对待几位夫人嘛，也不过是将心比心、一碗水端平。

赵衰：这个、这个，我又忍不住要说啦。文嬴册封了王后，算是咱们交代了秦国；可是对于几位夫人而言，在名分上，这一碗水分明是没有端平嘛！

重耳：寡人有个设想，说出来你们参详参详。如果可行的话，再提到朝堂上，请众家大夫通过。文嬴已经册封王后，祭祖告庙；在面对大周王朝、面对诸侯各国种种礼仪场合，文嬴当仁不让。季隗年长几岁，寡人已经明确让其执掌后宫；在名分上是否可以称作"掌宫王妃"？文姜是欢儿生母，又是齐国宗族女子，祭祀宗庙、逢年过节，令其表率礼仪；在名分上称作"崇祀王妃"。

三人对对眼神。

狐毛：我看大王考虑甚是周全，面面俱到、堪称合情合理。三位夫人各有名分，各司其职，但愿后宫更加安宁和谐！

狐偃：大王高明，臣等一起敬大王一杯！

君臣共饮。

重耳：这一程只顾忙乱，大家都腾不出手来。和赵衰几回提及介子推，心想他淡泊名利，寡人一旦复国成功，他自然不屑于什么功名富贵；可是，寡人实在是想念他。他也该来看看大伙儿，见见咱们这些故人哪！

狐偃：反正介子推是清高孤傲。大王你不派人请他，恐怕还就是不肯现身哪！

赵衰：一块流亡十九年，我和子推兄最是合得来。临别之前，多少透露了一点心迹。其人心志，只是铲除不义、锄强扶弱；大王复国登位，如果广施仁政、主持公义，介子推帮助公子复国的最终目的也就达到。他本来就不是世俗中人，就是去请，恐怕也不一定肯来哩！

狐偃：哈，这个派头可是摆得太大啦！

狐毛：大家相处一场，君子分手，不出恶声。人各有志，不必勉强。

重耳：要论功劳，介子推的功劳该是数一数二。他给寡人做了太多，寡人不能略有报偿，心中总是不安！

赵衰：这两天，我叫上壶叔几个，一块儿去找找介子推。

重耳：他不肯居官任职，不能和寡人继续做朋友吗？

第二十五章 高尚其志高士隐山野 功成身退功臣归田园

1. 统一片头

2. 室外 旧院 茅屋 日
一处旧院，破壁残垣，院内荒草没膝。
数间茅屋，坍塌破败，门窗损毁已久。
壶叔从门里走出，怅然自语。
壶叔：子推公子，介大侠，你到哪儿去了呀？

3. 室外 深山 小院 柴灶 日
深山小院，石墙小屋。
柴灶跟前，介子推在熬药。
仆妇：公子，让我来吧。
介子推：多少年来，代我照顾老母，辛苦你们了；让我亲自服侍母亲几天，尽尽孝心。
说着，从药锅里小心泌出药汤，捧了进屋。

4. 室内 卧室 土炕 日

老母年有八旬，半躺在低矮土炕上。

看着母亲喝完汤药，介子推跪在土炕前，给母亲捶腿、按摩。

介母：偶感风寒，吃了两天药，这也就好了。腰腿疼，是老毛病了。你快歇歇吧，为娘哪里有那么娇贵了？

介子推：多少年不在母亲跟前，儿子实在是不孝！

介母：老话说，尽忠不能尽孝，你不在家这些年，仆妇、家丁招呼得满好。我儿跟随重耳，干得是正事大事，应该的！

介子推：重耳公子终于能够复国，儿子曾经为之效力，一辈子参与过这样一件大事，想来也算不虚此生！回家来，老母健在，上天又给了我尽孝的机会，命运待我不薄啦！

介母：你离开重耳的时候，真的就没打一声招呼吗？如此说来，你也未免有些失礼。来去明白，这样一点道理，你能不懂得吗？

介子推给母亲执礼。

介子推：母亲教训的是！流亡在外，有时猛地想起母亲，儿子心中的自责、不安，不可名状；一旦重耳公子复国成功，只想着快快回来看看。再者，朝臣大夫们那种争功邀宠的样子，我也实在看不惯。心念一动，抬脚就走！

介母：这也罢了。我儿志在行侠仗义，助人为乐，又不要当他的什么官。没有什么亏欠他重耳的，自个儿想来心安，这便最好。

介子推：重耳公子执掌了晋国朝政，总算有了推行仁政的机会。但愿晋国老百姓苦尽甘来，过上安生日子。

介母：重耳归来之前，耳边厢听得什么"作爰田"；老百姓哪里知道那是说什么？不过，乡邻们的日子倒是好过了一些。重耳复国，不会改变这个吧？

介子推：母亲，朝廷政令，这个不是咱们左右得了的。不过，我相信重耳。一家国君，只要诚心推行仁政，他总能找到办法。他总不会比夷吾、子圉还残暴无能！

5. 室内 都城 王宫 朝房 日

朝房里。

狐毛与士蔿、栾枝，讲论"作爰田"的大政。

狐毛：国家大事，不过"耕战"二字。大王对此极为重视。国富民穷，穷兵黩武，自然要不得；如何富国强兵，同时又能让民众真正富足，才是咱们所要的新政。作爰田、作州兵，我等追随大王在外流亡，对此不甚了解。几位不妨解说一回。

士蔿：夷吾君上被秦军俘虏那一回，是吕甥提出"作爰田""作州兵"的新政，要君上答应施行的。尽管有几分趁火打劫、臣下胁迫君上的意味，但施行这样的政令之后，效果却是果然不错。

栾枝：冀芮、吕甥把持朝政，侵占土地，惹得朝臣大夫人人侧目，那是违法乱纪，并不是新政的错。其实，所谓作爰田，把公族的土地分给各家，朝臣大夫们都得到了好处。

狐毛：公族所有的土地，本来都是最肥沃的良田；大家分到良田，自然满意。可这样一来，公族没有了土地，大王、后宫吃什么？

栾枝在几案上比比画画。

栾枝：公族过去食用公田的出产，如今食用税收贡物。从最底层的例子说吧。原先八夫一井，八个农人除了种自己的地，共同来耕种公家的那一块地，那块地里的出产归公。结果，公家的良田沃土，出产偏偏不多；还达不到平均数九分之一，大家没有积极性嘛！如今，把好地分给大家，各家多分到九分之一的土地，总共只缴十分之一的税务。结果，总产量提高，公家的税收增加了，种地的农夫各家的收成也多了！

狐毛：吕甥其人，真有他的点子花招！

士蔿：其实，齐桓公凭什么称霸的？说到底，就是实施了土地新政的结果。大夫们都有这样的念头，没有机会得以推行罢了。大王复国登基，"作爰田"这样的好政策，大家都希望能够延续完善。

狐毛：这点请大家放心。大王头脑非常清醒，一条政策，只要有利于强国富民，不论是谁最早提出来的，绝不会因人废政。

士蔿：照这样坚持下去，用不了几年，我们晋国必将成为最富强的诸侯大国！

6. 室内 朝房 日

另一间朝房里。

狐偃、赵衰、郤榖，在讲论作州兵。

狐偃：作州兵，我明白了。原先，众家大夫分到土地，自然就要按土地多少出兵员、出兵赋；如今，公族土地、包括新归入晋国版图的地方，也分了下去，这些周边地方当然也应该出兵员、出兵赋。

赵衰：大王让我负责在上下两军之外，组建三军；我看这"作州兵"的政令就非常好、非常实用。

郤縠：先王攻灭了虢国、虞国，其实那时我们晋国就具备了建立三军的实力。由于种种原因，迁延至今。

狐偃：大王登基继位，晋国要当肩负重任的大国，没有强大的军队怎么能成？

7. 室内 朝房 日

那面朝房。

狐毛：关于土地新政，方才这些主张我会详细禀报大王。还有，除了我等几人随同大王流亡者，辅佐大王复国、除灭国乱有功者，大王将要论功行赏。此事极宜慎重，大王警告了，封赏会分等级，但千万不要有什么遗漏。请二位大夫帮我想想。

狐毛执礼告辞。

8. 室内 朝房 日

这面朝房。

郤縠离去，狐偃、赵衰谈论介子推的事情。

赵衰：流亡之时，盼着做事，是闲得发慌；如今有了事做，是忙得要命！后宫禁卫，刚刚卸任，交给勃鞮；秦军三千甲士，刚刚编入部武；这又要组建三军，还得寻找介子推老兄！

狐偃：食君之禄，忠君之事嘛！我等追随大王一场，所为何来？也不过是施展抱负。对了，介子推和我们一样，忠心不贰、历尽艰辛，追随大王一场，他真的一点都不想官职、俸禄吗？还是自高身份，非要大王将高官厚禄送上门去？

赵衰：我说国舅爷，这个可是不能妄猜妄说。介子推志在惩恶扬善、锄强扶弱、崇信道义、不求闻达，绝对是心口如一；如今完成心愿、退隐山林，那是货真价实、独往独来的一位侠士。

狐偃：反正他的行为举动，处处和人不一样；目空一切、傲视常人，那号脾性，就算出仕居官，他能干点什么？至少是不能立于朝堂，和朝臣大夫同列。

赵衰：介子推什么不能干？领兵打仗，我看不比你我差。组建三军，让他当一军统领，有什么不可以的？只是人家高尚其志，甘愿退隐；登门去请，我看也是白费口舌！

狐偃：话说回来，介子推功劳卓著，人所共知；清高做派，硬是不肯受封，咱们几个脸上不好看也罢了，舆论说法上，恐怕对大王不利。好端端的，突然消失，容易让国人生出种种猜测来啊。你还是抽空访一访他，最好是能劝他出山。不想具体做事，领受大王一块封地也好。

赵衰：我找壶叔打听，你猜怎么着？壶叔也不见了！

狐偃：你是晋国统兵大帅，只要你找他，还有找不见的？

赵衰：倒是已经派出人手，四处打探。一旦得知介子推的准确去处，我总得亲自去见见他。知交好友见面，畅谈一番、畅饮一回！

9. 室外 城门 大路 路口 日

[字幕：晋文公元年（公元前636年），大周朝廷周襄王的弟弟姬带发难夺权，周襄王逃避郑国。派出特使，前来晋国告急求助。]

赵衰与部属数人乘马，出城奔上大路。

中途，赵衰一行刚刚下了岔路；周朝使者快马加鞭，奔向都城。

赵衰命令一名随从。

赵衰：看那装束，像是大周朝廷来人了。你返回都城打探，如有紧急情况，速来报我！

随从听命而去。

10. 室外 深山 小院 小径 日

院外小径，介子推与赵衰信步游走，坦诚聊谈。

介子推：这几十年来，晋国的事情你我看得分明。先王八九个公子，江山社稷最终归了重耳公子，冥冥之中有天意在。

赵衰：所谓天意，听来有些虚无缥缈啊！

介子推：岂不闻"天听自我民听"，天意不妨说就是民意。公子仁德爱民，便是顺天应人。介子推与诸位，没有错看了人；公子终于能放手推行仁政，不枉我等十九年跟从。

赵衰：我们能有今天，公子能有今天，晋国能有今天，真是来之不易。子推兄自然从来不求什么官职俸禄，可是这为国为民干点大事的机会，你也毫不在意吗？咱们还来一道辅佐公子，一道干大事，不好吗？

介子推：公子应该知道我，赵衰兄你是最了解我。介子推崇奉侠义，立志锄强扶弱、惩恶扬善；公子屡遭迫害、奔波流亡，介子推出手相助，确实是出于公义、不计报偿。要是斤斤于什么爵禄，有违我的志向追求。再者，没有指望的时候，追随公子的人才短缺；公子已然复国，愿意效力、又有能力参与治国安邦的人才多的是。晋国步上正轨，有我无我，差别不大。赵衰兄你就不要勉强我了。

两人走到山谷深处。

只见沟谷幽深、峭壁巉岩，清流瀑布、野树山花；回望山外，村镇点点，人烟辐辏。

赵衰：子推兄本来不是世俗中人，如今归老林泉，避世隐居，得其所哉！不像赵衰之辈，整日忙忙碌碌，难逃世俗羁绊。

介子推：你我是好朋友，大家却原本不是一路人。赵衰兄忠勇仁德，满腹韬略，是公子身边统军治国的大才。离了我，大家一时念及罢了，对大局其实无碍；离了赵衰你，那可大不一样。

赵衰：子推兄高看赵衰啦！

介子推：唯愿公子不改初衷，始终亲贤臣而远小人，是晋国大幸！赵衰你和公子是连襟，更是同生死共患难的知交，望能随时直言进谏。我在山里，会关注天下大事；诸位记得这儿有个老朋友，也就是了！——回去向公子和各位问好，赵衰兄肩上有重任，你我就此别过！

赵衰：我这样回去，怕是交代不了公子。说不定还会再来打扰！

介子推：请赵衰兄向公子说清楚，介子推就此隐居，不希望有人打扰！

介子推已经执礼送客。

赵衰的那名随从奔来禀报。

随从：禀报将军，大周王室出了大乱子，周王出逃郑国。大王请你速速返回都城，进宫议事！

赵衰：知道了！

回头与介子推告辞，已然人影不见。

11. 室内 大殿 日

大殿，朝会。

群臣就列，一边以狐偃为首，狐毛、赵衰、先轸随后。

一边是士蒍为首，栾枝、郤縠、魏犨等随后。

静鞭三响，重耳朝服步上台陛就座。

司礼太监台边宣告。

司礼：大王上朝，君臣议事，群臣常礼参拜！

群臣仅是揖礼。

狐偃：臣等参见大王！

重耳：诸位朝臣平身。寡人复国以来，平息变乱、施行新政，诸事繁冗，端赖大家戮力同心。许多政务，各位有个大致分工，各司其职，成效显著。今天朝会，寡人将颁布正式任命。

司礼：前朝老臣，上大夫士蒍，官封太傅，主持东宫，教导几位王子！

士蒍：老臣谢恩！

司礼：狐偃赐上大夫爵位，官封太宰，协助大王总理政务！

狐偃：微臣谢恩！

司礼：赵衰赐上大夫爵位，官封司马，统领三军！

赵衰：微臣谢恩！

司礼：狐毛赐上大夫爵位，负责国家大典礼仪、外交事务！

狐毛：微臣谢恩！

司礼：栾枝、郤縠、先轸、魏犨等朝臣，升任中大夫，依旧各司其职。土地赏赐，各依等级！

众：微臣等谢恩！

重耳：大家的爵位官职，或者不是一成不变。寡人当有功必赏、有过必罚；同时将杜绝以君上一己之好恶，随意任免大臣。寡人如有过错、不当，尤望众位朝臣直言敢谏！

士蒍：大王仁义宽厚，为政以德、依礼治国，君臣和谐，我晋国之强盛、指日可待！

栾枝：国强民富，晋国成为真正的大国、强国，才能担起大国重任、主持公义，达到国人朝臣期望我国称霸的目标！

重耳：说到称霸，寡人流亡期间，颇多留意。一者，是大周王室衰微，尽管大家不愿意是这样，王室衰微已是不争的事实；再者，齐国称霸、宋国称霸，皆是尊王攘夷、代天子主持公义。除此之外，仗恃国力强盛，恃强凌弱、吞并欺凌周边弱小国家，以力取胜、无视公义大道，寡人不取。晋国绝对不能成为这样一个大国、强国！

狐偃：大王所言极是。晋国能够称霸与否，取决于我国能否真正担起一个主持公义的大国的责任。国力不强，一切皆是空话；国力强盛而不能主持公义，适足成为天下之害！

赵衰：微臣认为，能否称霸，自然是要量力而行；好比行侠仗义，要有侠士的高强武艺。但主持公义，却好比一人秉持仁义，是持之以恒的功课。日前，大周王室出事，周天子逃到郑国，派出使臣向我晋国求救。这正是需要我们不计利害、挺身而出，主持公义的时候。微臣有请大王尽快决断！

重耳：好，本次朝会，正要议及此事。各位朝臣尽可畅所欲言，也好帮助寡人做出决断。

栾枝：周天子逃往郑国，郑国也是大周同姓国家；周天子何不就近求救呢？大王复国，国政初定，我国恐怕尚不具备这般国力。

先轸：微臣以为，郑国迫于楚国的强势压力，自顾尚且不暇；天子向我国求救，一来我国本是同姓，二来比起周边国家，我国到底还是大国。发兵援救，帮助周天子复位，固然要大大耗费国力民财，但所谓当仁不让，此事极宜出手相助！

狐毛：天子求救，出手相助，确乎是义所当为；但既要发兵救人，自己家中无论如何不能出事。与周边国家也得充分协调，免得生出其他变乱。此事要做，总是要左右衡量，各方面都能做好才是。

狐偃：一旦决定出兵，务要取得完胜，这将是大王登基以来首次发兵国外的重大举动，宜于慎之又慎！

赵衰：天下出了乱子，事起仓促；可事情本来就是这样，哪里会等着我们万事俱备，它才出乱子呢？吵来吵去，结果是没有结果。家有千万、主事一人，此事还请大王决断！

朝臣议论，一时热烈。

重耳：这事寡人看是这样。天子出事，派人求救，已经充分说明我们晋国在大周天子心目中的地位。天子开口求人，晋国作为同姓诸侯国，是为义不容辞。我们就是再困难，也得出手发兵。这一点，咱们朝堂上先定下。其次，此事又不宜焦急匆忙。天子逃往郑国，暂时没有更大的危险。寡人决定，我国要排除一切干扰，继续大力推行新政，此事由狐偃牵头负责。栾枝、郤縠两位大夫协助施行。

狐偃：微臣领命！

重耳：组建三军以及出兵事宜，由赵衰负责，先轸辅佐，尽快拿出可行方略。

赵衰：微臣领命！

重耳：定下出兵路线，途经哪些国家，狐毛负责提前通气，外交协调。

狐毛：微臣领命！

重耳：天下将要大乱了吗？弑父弑兄，层出不穷；姬带弟夺兄位，大周王室活生生就出了这样悖逆事体！晋国出兵之前，有请士蒍大夫草拟檄文，讨伐无道、主持公义，昭示天下！

士蒍：老臣领命！

重耳：是不是大致就这样？未尽之处，大家讲给狐偃，狐偃及时与寡人通气就是。——退朝！

司礼：大王退朝！

群臣执礼恭送。

12. 室外 魏阙 宫门 广场 日

宫门大开；甲士肃立。

大夫们下朝，谈论、告辞，纷纷攘攘，各自走向自家车辆。

勃鞮上前，拦住赵衰。

勃鞮：赵将军，魏阙那里有人私下悬书，围观的人不少；国人纷纷猜测，说法多多，请将军你来看看。

赵衰：有人私下悬书？那儿是朝廷张挂政令公告的地方，这私人悬书还是头一回听说。走，看看去！

魏阙这儿，不少人仰脸围观，其中有壶叔。

有士子在磕磕巴巴念诵。

士子：这字写得，敢在魏阙悬书说事，你也写得差不多点儿！——一龙升云，四蛇各入其宇；一蛇独怨，终不见处所。哈哈，这是要说什么呢？

国人：赵衰大将军来了，快闪开吧！

壶叔与众人散开到远处。

赵衰来到近前，仰脸细看，脸色渐渐凝重。

勃鞮：将军，要是什么不当的话语，末将把它摘去吧？

赵衰：大王施行仁政，还能害怕国人讲话、发议论不成？
勃鞮：那就在这儿挂着？开了这个先例，以后国人谁想往魏阙悬书，就随便来啊？
赵衰：好像这议论的口气，是说介子推的。此事如何处置，须得及时禀报大王。走，随我一道进宫！
赵衰刚刚离去，国人就更加涌来不少。

13. 室内 深山 介子推住处 客厅 日
客厅里。
仆妇、家人在准备搬家，来回出进。
介子推与母亲议事，母子席地而坐。
介母：赵衰代表重耳公子前来寻访，倒也足见重耳的诚意。
介子推：是啊，公子仁厚，儿跟从他十九年，没有跟错。
介母：可你决意不食君禄，恐怕对重耳有所不利。尽忠竭力，是你应该做的；知恩报恩，岂不也是重耳应该做的？你一味固执，仿佛显得人家有什么对不起之处似的。
介子推：这个，儿也曾想过。可是，儿自幼有自己的志向，那就是在天地间，永远做一个自由之人。天下无道，愿意出去做事，锄强扶弱、除暴安良；包括择主而事，尽忠效命。当天下有道，就像重耳公子得以复国，我便自由归隐，及时抽身，绝不混迹官场。如果碍于情面，不能痛下决心隐退，我只会溺陷愈深，再也无法隐居林泉了。
介母：倒也是，人有见面之情。食君之禄，就得忠君之事。但愿你这么做，不至于让重耳难堪。
介子推：反正儿向来就是我行我素。他按君王的规矩办，我按我的规矩办，大家各办其事便了。我总得给天下人做出个样子来——士君子以天下为己任，服膺的是道义，绝不是为了什么高官厚禄、荣华富贵！
介母：我儿你真能做到，为娘赞同你的主张。那就搬到深山更深处，再也找不到你，他们也就歇心啦！

14. 室内 都城 后宫 内厅 日
后宫内厅。

重耳便装，与狐偃、赵衰、勃鞮紧急议事。

狐偃：此事我看不可等闲视之。这份悬书尽管有些隐晦，分明说的是介子推；什么"四蛇各入其宇""一蛇独怨"，我等几人大王都给与封赏、单单没有封赏介子推嘛！口吻之中，怨愤不平，竟然是对大王发出指责。如此狂悖不敬，怎么能允许？勃鞮你看到了，就该赶紧摘下来！

勃鞮：悬书到底在说什么，末将不得明白，这才报告了赵将军。

狐偃：赵衰，勃鞮不明白，你也不明白吗？魏阙是张佈朝廷政令的地方，是什么人都可以随便发牢骚、泄私愤的吗？

赵衰：我怎么不明白？我明白得很。悬书张挂在那儿，已经有国人看到了，议论纷纷、猜测不断，突然取掉，怎么回事？朝廷总得有所解释吧？再说，大王施行仁政、广开言路，到底让不让国人讲话、发议论？我要把那悬书当场取掉，恐怕是大大不妥。

重耳：勃鞮做得对，不明白的事情，不妄自做主；赵衰做得更对，深合寡人之意。是啊，寡人施行仁政，到底是真要施行、还是空口许诺？看到一份悬书，如临大敌，国人有议论，不许公开讲话，所谓敢怒而不敢言，寡人还敢说晋国实行仁政了吗？

狐偃：那悬书直接指责大王，这是犯上、有悖国体呀！况且，说的也不是事实啊！

重耳：君子之过，有如日月之食，老百姓看得更清楚。不让他悬书，他照样发议论。一般国人，知道多少朝廷政务？要求他们所说，绝对符合事实，结果还是一个，就是不让人讲话。

狐偃：那这件事如何处置，愿听大王主张。

重耳：听那悬书口气，像是壶叔。

狐偃：我看就是他！一个粗人，学了介子推的样儿，说三道四，不知天高地厚！

勃鞮：末将是否立即把他传来问话？

重耳：赵衰，你是去拜访过介子推的，你看这事如何处置才好？

赵衰：这事反正有些纠结。介子推高尚其志，不要俸禄、甘心隐退；一般人不知情，都觉得介子推功劳卓著，大王怎么没有予以赏赐重用？结果却闹出这么大的误会！

狐偃：这可倒好，你自个作玩儿清高，连累大王让人随便指戳！

重耳：赵衰你去吧，好生把壶叔给寡人叫来。事情总能解释清楚嘛！壶叔他们一帮人，跟从寡人十九年，就说是粗人仆从，照样忠心耿耿、出生入死，都不容易呀！

15. 室外 王宫 马厩 日

马厩；有人喂马、有人铡草。

壶叔正给一匹马洗刷。

赵衰来到近前。

赵衰：壶叔，正忙着呢？

壶叔：可不忙着。大将军要用车吗？

赵衰：我来看看。你负责王宫马匹、车辆这些事吗？

壶叔：壶叔哪有那么大的权限，连给大王赶车也轮不上我！

赵衰：我来问你，魏阙那儿的悬书，是你干的吗？

壶叔横了脖颈，一副任杀任剐的样子。

壶叔：是我干的又怎么样？

赵衰：有人认账，这就好办了。

壶叔：大丈夫敢作敢为。悬书是我写的，黑夜偷偷挂上去的。怎么，这个犯法吗？办事不公、还不许人说啊？

赵衰：壶叔，咱们一块儿跟了大王十九年，大王是不许人讲话的人吗？你觉着大王办事不公，怎么不当面和大王说啊？

壶叔：现在可不是流亡那会儿啦，我一个喂马的，能随随便便见到大王啊？哼！头须那样的玩意儿都能重用，介大侠何等人物、立下多少功劳，就不给封赏啊？反正我是看不惯！大不了我也走人，与其伺候这些牲口、我伺候介大侠去！

赵衰：要是大王真个办事不公，还能挡住人说吗？你能仗义执言，我看也没什么不对。不过，你是只知其一不知其二。大王复国，从秦国上船过黄河的时候，介子推就不告而别，你知道吗？我去找过他，他自己觉得辅佐大王一场，已是建功立业，甘愿从此退隐，你清楚吗？介大侠历来品性孤高，淡泊名利，哪里会在意什么官职俸禄；你说他是什么"一蛇独怨"，他那样的人物，会有什么怨气？你的悬书，不仅错怪了大王、也曲解了介子推。你还给咱拿出这么一副得理不让人的架势！

壶叔一时怔住。

半晌，摸了摸脖颈，一脸尴尬。

壶叔：哎呀，这个，壶叔我是莽撞了！大将军你看怎么着？我赶紧去取掉悬书可好？

赵衰：说出的话、泼出的水，悬书已经张挂出去，国人议论纷纷，影响已经造成啦！大王传话要见你，看看大王怎么处置此事吧！

壶叔：唉！自己做事莽撞欠思量，有什么说的？任凭大王降罪处罚呗！——去见大王，一身马粪味儿，我要换换衣装吗？

赵衰：你也犯不着紧张，大王不像是要处罚你的样子。大王，你当他还是咱们的重耳公子，就不要这么着前倨后恭的了。走吧！

16. 室外 王宫 后园 日

王宫后园。

重耳接见壶叔，狐偃、赵衰在场，大家席地而坐。

壶叔：壶叔叩见大王！

重耳：壶叔啊，你就免礼吧！

壶叔：壶叔一时懵懂，以为大王忘了介子推、写了那么一张帖子，脑子一热，就给挂到魏阙那儿了。小人做错了，请大王治罪！

重耳：你知道因言获罪这话吧？因为说话不合适，冒犯了寡人、寡人就将你治罪，那寡人还标榜什么仁义、空喊什么为政以德呢？你放心，安生坐下说话，寡人不会拿你治罪！

壶叔：哎呀，这个，听赵衰将军给我分说了一回，壶叔知道这回捅了大娄子。我把大王想成那样，大王根本就不是那样；大王不是那样，我的帖子却把大王说成那样。帖子明晃晃地挂在魏阙，国人哪个看不见？我这是给大王你平白无故抹黑呀！恨起来，真想割了自己的舌头、剁了自己的手！大王，你得处罚我，要不然壶叔心里不得安然啊！

重耳：人非圣贤，孰能无过？知道错了也就是了。寡人召见你，想对你说两句心里话。我这里说说呢，狐偃、赵衰他们也听听。不说呢，寡人心里也是不能安然。

壶叔：大王请讲！

重耳：咱们相处十九年，你们几个应该知道寡人。寡人当上这晋国大王，总是想把事情办好，不想办坏；办了好事呢，也是想让国人夸奖、不想让大家唾骂。寡人说的是实话吧？

狐偃：人同此心、心同此理，大王说得坦诚！

重耳：大家忠心耿耿跟随寡人十九年，各位的功劳苦劳，寡人记性再坏，也该记得。谁的功劳都记得，寡人怎么能单单忘了介子推呢？寡人能专门落下功臣介子推，指望你们几个、指望全天下的人们都忘了介子推吗？

赵衰：大王在封赏我等几人之前，派我去寻访过介子推。这个谁都不能说大王忘了功臣故旧！

重耳：介子推不告而别，寡人是过了些日子才知道。复国前后，咱们遇上的事也多。介子推本来就那做派，独往独来，所以也就没往心里去。揣测他自有平生的追求志向，所谓高尚其志，他要的是功成身退、归隐林泉。赵衰去见他，也算代表寡人去请他，听了他亲口所言，寡人的揣测看来不差。那么，在这个时候，寡人怎么办？不封赏他？说不过去；硬性给予封赏，可又分明违背了他本人的心志。壶叔你来说说，寡人说得在不在情理之中？

狐偃：壶叔哪，你确实是错怪了大王啦！

壶叔已是连连叩头。

壶叔：壶叔小肚鸡肠，以小人之心度君子之腹，壶叔大错特错了呀！

重耳：话说回来，寡人到底也有错处。介子推淡泊名利，可以不要封赏；寡人论功行赏，却不可以不封赏介子推。满朝文武，谁能和介子推相比？所有国人，有几个是真正了解介子推的志向的？有功必赏、有过必罚，是朝廷大政，不能出现例外、以至造成误解！

狐偃：事已至此，不知大王有何考虑？

重耳：寡人心里纠结良久，大致考虑这么办。壶叔也在，一并把对他的封赏也说说。对大家的封赏，寡人心里预先划出了几个等级。能够引导寡人坚守仁义、督促寡人为政以德者，是上赏；比如狐毛、狐偃、赵衰、包括介子推你们几个。凡追随我的臣子，忠心不贰者；凡在寡人复国之际，倒戈响应者；是为次赏。投身诛灭国乱、参与杀敌立功者，是为三赏。三赏之外，像壶叔这样的农夫、仆从、普通兵士，出力流汗，照样功不可没，也要奖赏。只是寡人还没有宣布罢了，让壶叔诸人未免焦躁起来。

壶叔：壶叔确实是心中暗暗巴望，生怕大王不把我们这些粗人莽汉当一回事。壶叔实话实说，请大王别和咱们一般见识！

赵衰：壶叔你就别打岔啦！听大王说完嘛。

重耳：介子推功劳卓著，能够不居功、不言禄，甘于隐退、高尚其志，令人钦佩。他的隐居之地叫作绵上，寡人决定，其地整座大山，命名为介山；环绕介山，所有土地，封赏介子推所有，特命为介推田。介推田，谁来负责耕种、管理、收缴税务？我看壶叔和他的一帮弟兄完全能干得了这个。就由壶叔你等招人耕种，税收无须上缴公家；援例按总产的十分之一，供奉介子推母子，其余的全部归你们。壶叔你看可好？

狐偃：说是介推田，其实土地的所有出产几乎都归了你们，那是上千顷土地啊！

壶叔又是连连叩头。

壶叔：大王对壶叔有过不罚，叩头谢恩！没有什么功劳，大王给了这样丰厚的奖赏，壶叔谢恩叩头！

赵衰：大王，那悬书的事怎么了结？

重耳：悬书不必取掉。是寡人的过错也罢、失误也罢，与其国人私下议论，下情不能上达，倒不如让大家有什么不满就讲出来。往后，国人对寡人有何不满、对国家大政有什么建言，尽可继续悬书。真能对朝政提出好的建议，寡人有赏！当然，封赏介子推的决定，属于公开旌表功臣贤士，也该公布于魏阙。狐偃太宰，这末了一条，你看如何？

狐偃：大王心地仁厚、胸襟博大。哪怕是微末小过，也能深自反省、及时补救。大王如此严以律己，晋国政治何愁不能清明？微臣当与士蔿太傅会商，请他写好这条公告！

赵衰：那是大王做得好，官样文章才能写得好啊！

重耳却意外地严肃。

重耳：这样处置，壶叔满意，你们朝廷大臣也满意；寡人终于也算封赏了介子推，不用再让国人议论刻薄寡恩，寡人也该满意。可是，大家想想，介子推真的需要这个吗？这是他追求的志向吗？介子推他会满意吗？

17. 室外 后宫甬道 日

后宫甬道上，壶叔追着赵衰说话。

壶叔：赵将军，大王说不必取掉悬书，说的是朝廷的主张；壶叔我自个儿取掉它，这个没人拦着吧？

赵衰：你自个儿取掉悬书？

壶叔：我要在魏阙那儿自承过错，把这事的前前后后给国人说清楚。

赵衰：你能说得清楚吗？好像大王召见了一回，安排你这么干似的。越描越黑，你就甭再多事了，好生去经营你的介推田吧！

壶叔：壶叔一定把介推田耕种好、管理好，请大将军得空的时候，到那里看看。

赵衰：但愿再去的时候，还能见到介子推。

18. 室外 深山 小院 日

壶叔与赵衰出现在介子推曾经居住的深山小院。

赵衰带领随从再次来访，这儿已是人去屋空。

赵衰：他果然是搬到深山更深处去了。壶叔，你们也见不到他吗？

壶叔：有时候，砍柴的、采药的，能在山里见到介大侠；有时候，他会突然出现。反正，介大侠是不想让人打扰。要不，我撒开人手，到山里去找找他？

赵衰：这个就不必了。他不想让人打扰，何必惹他不快？退隐山林，淡泊名利，人们也只是说说罢了；真能做到的，世上有几个？壶叔你也不用陪着我了，我自个儿到山里转转，能不能见到他，随缘吧！

19. 室外 介山深处 日

介山深处，风光无限。

峰回路转，重峦叠嶂。

崖松古柏，郁郁葱葱。

溪流奔湍，瀑布如练。

赵衰仰头巡视，只见岩穴渺溟，烟岚冉冉。

要寻觅故人，哪里是？

赵衰一时情动，放声呐喊。

赵衰：介子推，你在哪里？

喊声在崖壁上泛出回声。

回声：介—子—推——你—在—哪—里——

山风袭来，林木招摇。

耳畔有琴声一缕，伴着林涛水声，缥缥缈缈，似有若无。

赵衰伫立良久，几乎出神。
眼前不时幻化出那曾经的画面——
介子推带壶叔他们为民请命。
介子推与赵衰在东山并肩作战。
介子推为众人烧烤鹿肉。
介子推策马驱驰。
介子推的笑脸。
介子推闪身离去的背影——
赵衰似乎看到了，好像听到了。
赵衰微微一笑，扭头下山。

第二十六章 尊王攘夷旗帜真猎猎 恪守信义精神最煌煌

1. 统一片头

2. **室外 城外 军营 日**

[字幕：晋文公二年（公元前635年），晋国出兵尊王讨逆；诛杀姬带，帮助周襄王成功复位。]

军营一角。

营门、木栅上，旌旗招摇。

战车列队，骑兵列队，步卒列队。

先轸与将校走过各兵种方阵。

传令兵策马而来，下马执辔报告。

传令：报告先轸将军，大王前来视察三军，车驾已经出城，即将驾临大营！

先轸：将校们，随我恭迎大王！

3. **室外 营门外 日**

营门大开。

甲士护卫车驾来到，头须驾车。

重耳与赵衰分头下车，先轸执礼。

先轸：先轸参见大王、大将军；甲胄在身，恕不叩拜！

重耳：先轸将军平身，请前边带路。

4. 室外 营门 日

战鼓雷动声中，重耳一行步入营门。

鼓声停下，三军呐喊。

众：万岁，万岁，万万岁！

重耳微笑，赵衰、先轸左右陪伴，开始视察。

5. 室内 大帐 日

大帐里。

先轸、赵衰汇报情况。

先轸：遵照大将军指令，此次组建三军，原先上军、下军之外，增加了中军。两军的老兵分到三军，军队扩编；底层军校多了升迁机会，无不效命。新增兵员都有老兵带领训练，战力提高很快；末将觉着，三军都已经完全能够投入实战。

重耳：秦王所送三千甲士，是怎么编入部武的？

赵衰：这三千甲士，开始不乐意分开，这哪里能由得他们？眼下，分为三拨，分别编入三军；原先的各级军校，还按本来职务级别任职。

先轸：这批秦军，训练有素；只是难免想家，特别是在秦国有了家口的。多数没有成家的，日后还有个婚娶的问题。

重耳：寡人对军队知之不多，不好妄说。秦军三千甲士里，已经有了家口的，数量也不多，是否可以考虑发给薪饷路费，允其回国？没有成家的，你们得帮助想办法。日后若能在我晋国婚配，大伙儿也安生，更其有利于秦晋之好。唯有爱兵如子，大家才会尽忠效命。是不是这么个道理？

赵衰：大王教诲的是。末将和先轸将军当认真考虑，让我三军上下一心、为国效命！

6. 室内 后宫 议事厅 日

后宫议事厅。

重耳高坐；群臣席地，坐在几案前，君臣商谈出兵大事。

狐偃：大王复国，诛灭国乱、推行新政，连月忙碌。周天子派使臣求救，已有一些时日；今天大王召见群臣，共议出兵大事。

赵衰：大国三军，我晋国如今终于有了三军。部武严整、将士用命，听候大王指令，随时可以出兵！

重耳：自古以来，讲求师出有名；晋国出兵，须得有一个名堂，所谓名正言顺，正气堂堂。

士蔿：周天子原本是嫡子正当继位，齐桓公当年诸侯会盟，一致盟誓拥戴；这个姬带，借助西戎势力、袭击王城，弟夺兄位，分明是一种悖逆。老臣以为，此次出兵，宜于叫作"尊王讨逆"。

重耳：寡人看这个名堂满好。野心膨胀，就要弑父弑兄，夺取王位，天下岂不大乱？莫说周天子求到我国名下，这号事情就是没人前来求助，我们该管的也得管。

赵衰：咱们本次出兵，三军一起出动吗？还是——

狐偃：大王，晋国初定，微臣建言，可以出动两军；留下一军，以备不测。

栾枝：不知大王是否亲征？如果大王亲征，谁来监国？有请大王定夺。

重耳：寡人复国，这是晋军首次出境作战，自然要亲征。寡人决定，由赵衰、栾枝负责统领上军；狐偃与先轸负责统领下军。由士蔿太傅协助狐毛监国，全权统领中军，便宜行事。

众：臣等领命！

重耳：狐毛大夫日前已经去了郑国。一来，作为特使拜会周天子，正式通报我国即将出兵的消息；二来，同时知会沿途国家，协调借道事宜。等他回来，也就大致清楚各国对我晋国出兵勤王的态度啦！

栾枝：怎么，我国不惜财力，出兵救助周天子，诸侯国还会有什么说法不成？

士蔿：王室衰微，天下大乱，没了规矩，纲常大坏；这个还真是难说。我想，周天子绝对不是只向我们晋国一家派出求救使臣，已经几个月了，可曾听说谁家主动出兵救驾的？恐怕都是要保全国力、等待观望，多一事不如少一事啊。大王不顾晋国初初安定，慨然出兵，或者就会有说我们晋国不自量力的，也难免会有说我们是妄图借机称霸的。老臣唯望大王明白，要做一个担负责任的大国，还一定得有大国的胸襟。

重耳：士蔿太傅说得好。出于公义，咱们觉得应该做的事情，就不计代价去做，把那些闲言碎语只当耳旁风。眼下，有请各位朝臣听命狐偃太宰安排，集中全力做好各项出兵准备事项。等狐毛一回来，咱们就出兵。大家戮力同心，一定要打好尊王讨逆这一仗！

赵衰、先轸摩拳擦掌的；

赵衰：算日子，狐毛特使该起身返国啦！

7. 室内 郑国 后宫内廷 日

郑国，后宫内廷。

郑文公与大臣叔瞻议事。

叔瞻：大王，晋国的特使狐毛拜见了周天子，看来晋国是决意要发兵勤王了。这、这本来是我们郑国手边的一件好事，举手之劳就能做到，竟然眼睁睁看着让别的诸侯国捷足先登！

郑文公：凡事都得量力而行。大周是王室衰微，咱们郑国就那么强盛吗？姬带倚仗的是西戎的劲旅，我们如何能够保证必胜？劳民伤财一场，再吃了败仗，天下诸侯耻笑事小，郑国恐怕就太危险啦！周天子逃亡来到郑国，我们尽力而为、予以收容，已经是大获好评，我们何不见好就收、知足不辱呢？

叔瞻：大王，尊王、勤王是要冒点风险，可也是壮大我国声威的一个极好机会呀！

郑文公：什么机会？你不要煽动寡人见猎心喜。宋王看着齐桓公死了，以为他的机会来了；结果怎么样？大败亏输，国力国势一落千丈！先王把国家传到寡人手里，寡人战战兢兢，不敢拿国家弄险弄悬啊！

叔瞻：大王，咱们不是和楚国有盟约吗？郑国一国之力不足以勤王，何不与楚国联手，一块儿做了这件好事？周天子现在我们手头，让楚国多出兵力，我们坐地分肥，有何不可？

郑文公：叔瞻大夫，寡人知道你对国家是一片忠心；可是，凡事总得三思而行。楚王是什么角色？楚国是什么国家？那是野心勃勃的蛮夷、恃强凌弱的豺狼！楚国志在北进，郑国首当其冲，寡人不得不虚与委蛇、违心与之结盟。要是鼓动楚国出兵勤王，莫说分肥，只怕是连我们整个郑国都得贴进去！

叔瞻：大王，可是这件事要让晋国做了，晋国威望大增，对我郑国也不是好事啊！重耳流亡之初，我们可是不曾善待他呀！

郑文公：晋国能否勤王成功，还不一定嘛！重耳初初复国，胆敢劳师远征，我看重耳他是冒险弄悬；结果恐怕是劳民伤财、民怨沸腾。闹不好，刚刚复国，就得再次流亡。就算他打了胜仗，勤王成功，在诸侯国有了些威信，晋国和我们郑国也相距太远，重耳他能将寡人怎么样？叔瞻啊，为人学得乌龟法，得缩头时且缩头吧！逞强，是要付出代价的！

叔瞻：那我们对狐毛就听之任之了？

郑文公：可不听之任之。他们要出兵勤王，我们就在一面连声喝彩；他们乐意劳民伤财，那叫活该！至于我们郑国，给他哭穷诉苦，小国寡民，不能出兵勤王，十分惭愧。咱们装孙子，让他们耀武扬威去出头、去当老大。哼！出头椽子先烂，有他们晋国君臣后悔哭鼻子的时候！

8. 室内 秦国 后宫内厅 日

后宫议事厅。

秦穆公颇为踌躇满志，立在一幅地图前比画，与公子絷、司空季子议事。

秦穆公：哈哈，五张羊皮赎身的大夫百里奚，是当年老丈人晋献公送给寡人的一块重宝啊！老大夫临终之前，给咱们秦国定下的方略，交好晋国，谨慎东进；放手开拓西部，如今已是大见成效！不期然间，秦国向西拓地千里！现在，二位爱卿说说看，咱们是不是到了回头关注中原的时候啦？

司马季子：大周王室衰微，中原早已是群雄争霸这样一个格局。眼下，周天子出亡郑国，倒是一个出兵勤王、张大我秦国威望的好机会！

公子絷：纵观天下大势，东边的齐国已然不足虑；能够与我秦国争雄的不过是楚国、晋国而已。大王向西拓地，楚王也没闲着；除了向南开拓，几年间吞并周边小国也确实胃口不小。比起晋国，楚国恐怕更是秦国日后的劲敌。我们秦国，如果过早暴露东进的意图，必然与志在北进的楚国形成冲突。两强相争，其结果必然是晋国从中得利。

司马季子：是啊，重耳复国以来，广施仁义、推行新政，晋国大有迅速崛起之势；看着晋国做大，这也是咱们秦国东进的巨大障碍。微臣认为，既然周天子最先向同姓国家求救，我们秦国何必强行出头呢？出兵勤王，劳师远征，除了增加威望，能有多少实质性的收获？倒不如让喜好仁义之名的重耳来干这件苦差事，咱们乐得在一边养精蓄锐。晋国出够了风头，楚国看不下去了，让他们两家争个你死我活，说不定就是两败俱伤！

秦穆公：让晋国劳师远征、劳民伤财，不要看着他做大；如果晋国也是这么想呢？重耳久经磨难，狐偃、赵衰哪个不是相国之才？他们就那么没脑子吗？他们要是借口复国不久、国力不济，迟迟不肯勤王，让楚国抢占了这一先机，如何得了？

公子絷：晋国尽管不曾与我国通气，依我对重耳的估计，晋国出兵勤王的可能极大。微臣觉得不如这样，大王来个真真假假、两手准备。

秦穆公：如何真真假假、两手准备，你来说说看！

公子絷：大王陈兵黄河西岸，做出要出兵勤王的姿态。重耳得到这样的消息，生怕被大王占了主持天下公义的名头，或者就将立即发兵。大王的举动，不过是用来刺激重耳的，这一手就可以说是假的。如果重耳不受刺激，晋国出于种种考虑，竟然坚决不肯出兵，那么，就是上天非要给大王这个出人头地的机会了。我们出些人力财力，既然同姓国不肯救助周天子，且看我们异姓国出面来摆平天下大事。于是，陈兵黄河西岸这一手，此刻就干脆变成真的啦！

司马季子：大王，微臣看着此计可行。这叫进退有据、左右逢源！

秦穆公：好一个进退有据、左右逢源！好，就这么办！逼出他重耳来最好；重耳首鼠两端、踌躇犹豫，休怪寡人抢了他的风头！

9. 室内 晋国 后宫议事厅 日

后宫议事厅。

重耳与群臣议事，在地图前分析形势、确定路线。

狐偃：狐毛特使拜见周天子，通报了我国出兵消息；周王非常欣慰，讲了许多感激的话语。

狐毛：周王说，同时向许多同姓国都派出了求救使臣，明确答复出兵的，只有我们晋国。天子流亡，寄人篱下，渴望救援、翘首以待。周王甚至说，如果实在没有指望，将不得不向异姓大国求助。

狐偃：大王已经决定克日出兵，召见群臣，最后明确关于出兵的若干事宜。

赵衰到地图前，指画了虚拟路线。

赵衰：第一，是出兵路线。用兵之道，兵贵神速；当然是尽可能走最捷近的路线。如此，我军出东山、下太行，然后过黄河，最为捷近。狐毛大夫已经和沿途各国打了招呼，各诸侯国都同意借道。东山一带，还有若干戎狄部落，也已经派人交涉知会。

狐偃：两军渡过黄河之后，兵分两路。一路，赵衰将军与栾枝大夫统领上军，到郑国迎接周天子还都；大王车驾，随上军行动。一路，由在下与先轸将军统领，直奔大周，讨伐姬带、诛灭叛逆。

赵衰：西戎兵马，擅长野战；但我军此次尊王讨逆，主要在平原作战，正好发挥车战的优势。即便如此，我军之中，已经有了部分骑兵；本次作战，将锋芒小试，取得实战经验。

狐偃：另外，边境上有消息源源报来，秦国在黄河西岸集结，看样子非常可能也要出兵勤王。此事非同小可，大家不妨对此各抒己见。

赵衰：纵观天下，如今的几大强国无非是东齐、西秦、南楚、北晋。齐桓公称霸，靠的是什么？靠的是尊王攘夷。周天子眼下被赶下王位，流亡郑国，正是诸侯大国出兵勤王的大好时机。所谓尊王，莫过于此。楚国北进之势，咄咄逼人；秦国意图东进，跃跃欲试。秦国陈兵河西，要干什么？那是要借尊王，张大国势，最终达到东进中原而称霸的目的。我们晋国，是唯一与大周同姓的大国，这是天大的优势，无论如何我们不能让别国得了先机。

先轸：方才赵衰将军说到"兵贵神速"，秦国真的要出兵勤王，何必仅仅是陈兵河西？应该是早已渡过黄河，挺进中原了。秦国的真实意图究竟是什么，不好琢磨。

栾枝：莫非是要趁着我国中空虚，有所图谋？可也不像啊！再说，秦王有什么必要毁坏刚刚修复的秦晋之好呢？

狐毛：也许是想和我军联合行动，大家分享尊王的成果？可是，那样的话，也应该首先向我国发出照会、进行交涉啊！

重耳一直注意众人发言，此时轻轻咳嗽一声。

狐偃：众位大臣安静，大王有话要说。

重耳：听了各位大臣所说，寡人有这样几点看法。一点，周天子渴盼我们出兵，我们也准备停当了，就按定下的日程发兵。出兵的路线，出东山、下太行，最为快捷，寡人赞同。一点，兵分两路；上军迎到周王，要迅速回军。两军最好形成夹击之势，以期速战速决、一战功成。至于秦国的举动，秦王的心思嘛，寡人觉得就不需深究了吧？

赵衰：莫非大王猜到了秦王的想法？何不说说看，也好解开大伙儿的疑惑嘛。

重耳：以秦晋两国目前关系而言，首先不宜乱加猜测。秦国绝对不会对我国有什么不利举动。我们倒是该往好的方面想想。秦国真要出兵勤王救驾，这是好事。咱们做好事还怕人多势众吗？至于谁家夺得了尊王的头筹，这个也不必太在意。秦国真能肩负起大国重任，主持公义，保证中原安定，对谁都是好事。咱们倒无须劳师远征，能一门心思强国富民啦！

狐偃：看来，秦国陈兵河西，只是虚张声势？

重耳：就算虚张声势，事实上促进了我国尽快发兵，这也不是坏事。再说，我们要是出于种种国内情形考虑，一再迁延时日，说不定秦国真个就要东渡黄河啦！还有，我军勤王讨逆，谁能保证一定取胜？万一我们不是西戎军队的对手呢？所以，寡人认为，秦军陈兵河西，同样起到了夹击呼应的效用。

赵衰：大王眼界高远，胸怀博大，非是臣等可比！大王有这样胸襟眼界，何愁我晋国不能称霸！

重耳：称霸云云，晋国、秦国、楚国，谁家说这话都为时尚早。楚国一味仗恃武力，侵国夺地，一旦称霸，那是谁也不愿意看到的结果。晋国要称霸呢，则是要肩负起大国重任，主持公义、保障和平，没有相应的国力，终归是一句空话罢了。咱们不必好高骛远，脚踏实地，一步步往前走吧。目前的任务，就是打好这出国第一仗！

重耳指向地图上的目标，众人目光集注。

10. 室外 后宫内厅 台陛 日

司礼太监陪着重耳立于台陛。

士蔿率几位公子叩拜。

士蔿揖礼。

士蔿：大王出征在即，老臣率几位公子拜见大王，为大王送行！

伯儵在上首，叔刘、姬欢依次，一起跪拜叩头。

伯儵：父王出征，尊王讨逆；师出有名、三军用命。儿臣等恭祝大王旗开得胜，马到成功！

重耳满面喜色。

重耳：你们都起来吧！看来太傅教导有方，所谓知书达礼，你等要继续好生读书、多习礼仪。

伯儵：儿臣等谨遵父王教诲，不敢懈怠！

三人起立。

重耳：士蔿太傅，当年先王攻伐骊戎，出兵之际，寡人也就是伯儵这样年岁。无端攻伐他国，结果造成我晋国后来多大的混乱？这些史实，有请太傅给他们详细讲述,前事不忘、后事之师哪!

士蔿:老臣遵命。

重耳:你们都给我记住了。寡人今番出征,是为着肩负起大国重任,主持公义;尊王讨逆、师出有名。往后,无论是谁,绝对不许仗恃武力、恃强凌弱,无端攻伐,侵国夺地!对内,施行仁政;对外,主持公义。这要作为我国的立国准则,代代传承、不可违背!

士蔿与三位公子恭谨执礼。

11. 室内 后宫 内室 日

后宫内室;三位王后帮着重耳顶盔贯甲。

文姜、文嬴共同给重耳结扎衣甲,季隗帮着戴好头盔。

重耳:寡人出征,由狐毛大舅负责监国。打仗的事、国家的事,你们都放心。唯望你们三人和衷共济,后宫安定,督促几个王子好生读书明礼,以免寡人担忧。

季隗:大王要管国家的事,还要操心别人家的事,咱们家里的事你就放心。

重耳:季隗你年长,当大姐的,凡事担待些。

季隗:这个何须大王吩咐?再说,文姜、文嬴都比我谦和知礼,十分懂事,哪里有什么担待不担待的?妾妃只盼大王打了胜仗,早早回来。

文姜斟上酒来。

文姜:大王,你瞧大姐多会说话?妾妃不会讲话,这杯酒敬献大王,祝大王打个大大的胜仗,早日凯旋!

重耳展颜,接过酒爵,一饮而尽。

重耳:师出有名,三军用命,寡人一定能大大的打个胜仗!

文嬴施礼。

文嬴:大姐会说话,文姜姐姐更会说话。妾妃只说一句,大王长途征战,没人在身边照顾,大王自个儿多多保重!

季隗:大王听见了吧?她两个才是一个比一个嘴甜会说哪!

重耳大喜。

重耳:哈哈,你们三位都说得好!寡人要多多保重、打个胜仗、早早回来!

重耳执礼。

重耳:别过三位后妃,重耳去也!

三人一起还礼。

三人：大王走好！

重耳离去，三人喃喃自语。

文嬴：多多保重！

文姜：打个胜仗！

季隗：早早回来！

12. 室外 城外 军营 日

军营，营门大开。

营门外，士蔿、狐毛、郤縠等留守，伯儵等王子，分列两厢送行。

鼓角齐鸣，开道甲士先行。

旗手高擎两面大旗，一面上写"尊王"，一面上写"讨逆"。

随后，重耳车驾当先，头须驾车。

士蔿等执礼恭送。

然后是赵衰、栾枝一车，狐偃、先轸一车，先后开出营门。

车阵之后，骑兵、步兵出动。

士蔿等抬头，只见大旗在前，遥遥远去。

队伍前不见头、后不见尾。

13. 室内 大帐 日

大帐内。

狐偃、赵衰与一干将校指画了地图议事。

狐偃：过了黄河，我军兵分两路。大王随了上军，去往郑国方向；咱们下军，已经进入大周领土。下面，请听赵衰将军的整体部署。

赵衰：第一条，本将军再次强调，我军乃仁义之师，首先要严明军纪。大军出动，粮草预备十分充足；军旅所到之处，一定要做到秋毫无犯。违令者斩！

狐偃：你们听好，凡部卒违反军纪的，拿你们带兵将校是问！

赵衰：获知准确消息，夺取王位的姬带，眼下不在京城、而在都城附近的温地。温地城池并不那么高厚，敌军人数也不占优势，此仗可能不像我们预计的那么难打。我军将分为三旅，两旅对温城形成包抄，与敌军正面交锋；一旅负责把守大路，严防姬带逃回京城。兵贵神速，我军将连夜出发，直扑温地。

将校：抵达温地后，我军要发动突然袭击吗？

狐偃：这个当然不可以。堂堂正义之师，岂可不宣而战？抵达温地，我大军自会向敌方发出战表，邀其出城决战。敌军逃遁，我们予以追击；敌军坚守，则进行攻坚。

赵衰：宣战书上，我们还要向对方讲明，我方上军迎回周王，将立即参战；而且，秦国兵马也将东渡黄河。如果能不战而屈人之兵，那就最好了。

狐偃：号令全军，埋锅造饭，饱餐之后，即刻拔营！

将校：得令！

14. 室外 大营门口 日

大营门口。

重耳叮嘱赵衰，赵衰与一队甲士即将出发。

重耳：按礼，寡人应该亲自到郑国都城迎接周天子；只是，当初郑国君臣和我等有些龃龉过节。寡人倒没什么，恐怕对方尴尬。你这便代表寡人，好生将天子迎接得来。

赵衰：请问大王，微臣见到郑国君臣，该如何应对？

重耳：公事公办，依礼而行。对方不来找茬，我方何必旧事重提。郑国收容大周天子，同样出于公义，宜于多多给与赞扬！

赵衰：微臣遵命！

15. 室内 郑国 后宫内厅 日

叔瞻带领随从即将出发，听郑文公交代。

郑文公：晋国发来勤王大军，按礼，寡人应该亲送周天子出城去晋国大营。只是想起旧事，见了重耳难免会生出尴尬。有请叔瞻大夫全权代劳吧。

叔瞻：大王，微臣曾经带兵追杀过重耳君臣。万万想不到，重耳真个得以复国。这个，微臣也不好和他们见面哪！

郑文公：恭送周天子，不过公事公办罢了。这样场合，谅他们也不会旧事重提。只当一切都不曾发生过就是了。晋国劳师远征，不远千里前来勤王，你只管把客套话语献上，也就是了。快快去吧！万一门上通报，重耳来见寡人，如何是好？

郑文公连连挥手。

叔瞻退下。

16. 室外 大营 门外 日

营门大开。

营栅两厢，旗帜高耸，"尊王、讨逆"十分醒目。

重耳礼服，与栾枝以及将校们在营门外列队恭候。

周天子仪仗车驾来到。

仪仗队分列，宦官内侍搀扶周襄王下车。

叔瞻与赵衰左右相陪，向营门而来。

栾枝和将校们顶盔贯甲，执兵器，行注目礼。

将士们齐声高喊。

众：尊王讨逆，恭迎天子！

重耳赶前几步，叩拜于地。

重耳：微臣重耳叩见大王！

周襄王连忙亲自搀扶。

周襄王：快快请起！叔父千里奔波，辛苦你了！

重耳：大王如此称呼，让重耳如何敢当？

周襄王：天子称同姓诸侯为叔、异姓诸侯为舅，此乃古礼也。

重耳：微臣救驾来迟，乞望大王恕罪！

周襄王：寡人翘首以待，到底等来了勤王之师，寡人没有看错晋国啊！

重耳：天子有难，屏藩之国自当奋勇向前。

周襄王扫视军营将士，注意到几面大旗。

周襄王：尊王、讨逆，说得好！说得好啊！

重耳：请大王先到大帐歇息。微臣已经派出下军一支劲旅攻打温城；这便派赵衰、栾枝率领上军前去助阵。待平定祸乱之后，微臣再恭送大王从容还都。

周襄王：尽可便宜行事，寡人无有不从、无有不从哪！

重耳：大王请！

重耳陪周襄王步入大营。

将士戈戟撒地，齐声欢呼。

众：万岁！万岁！万万岁！

17. 室外 温城 城外 战场 日

城外，狐偃指挥大军与敌方接战。

战鼓雷动，旌旗招摇。

战车驰骋，万箭齐发。

呐喊连天，死伤遍地。

敌军渐渐不支。

这时，赵衰、栾枝率领上军赶到。

"尊王、讨逆"旗帜鲜明。

战车冲驰而来。

狐偃挥动令旗。

将校：援军到来，冲啊！

兵士：冲啊！杀呀！

敌军当即溃败。

少部分逃向城门，多数放下武器，有的四散落荒而逃。

城头竖起降旗。

赵衰、狐偃率领大军杀进城去。

18. 室外 城门 城外 日

另一个城门这儿，姬带乘车与随从、宦官等逃出城门。

先轸率领骑兵冲杀而来。

先轸：不要走了姬带，给我杀！

众：冲啊！杀呀！

仪仗扔了满地。

随从、宦官伏地叩头。

姬带的车辆倒翻、马匹倒地，众军士冲上，戈戟齐上。

19. 室内 秦国 后宫内厅 日

后宫内厅。

秦穆公与公子絷、司马季子议事。

司马季子：原来考虑，晋军勤王不会这么顺利，我军也好东进中原，参与勤王；想不到晋国这么快安定下来；想不到晋军勤王这么快就能获胜！

秦穆公：尊王讨逆，口号提得高明；正气堂堂，一句话所起的作用，不亚于一支大军哪！既然中原暂时无事，我军撤回来就是了。尊王，让重耳夺了头筹啦！

公子絷：大王不必懊悔。尊王固然好，劳师远征、劳民伤财，晋国是要付出代价的！眼下的情势异常分明，王室衰微，周天子是要倚仗晋国来撑腰壮气；楚国偏偏不受周天子挟制，自己称王、拒绝向大周纳贡称臣；晋楚两家，有的争、有的斗！

司马季子：我秦国无非还是养精蓄锐，静观天下变化罢了。

公子絷：大王，周天子复国归位，咱们还得派使臣表示恭贺哪！

秦穆公：你等安排就是。我秦国东进中原，何年何月才能变成现实啊！

20. 室内 京都 后宫内厅 日

后宫内厅。

周襄王与大臣王子虎等议事。

周襄王：寡人失位去国，向多少国家求救，结果是只有晋国发兵勤王；重耳果然是个仁义之人！他的这番功绩，不亚于当年齐国扶助寡人登位啊！王子虎大夫以为然否？

王子虎：大王所言甚是。然大周王室衰微，再也不能号令天下，微臣深以为虑！这次国乱，祸根起自于王室之内；那楚国桀骜不臣，屡屡武力北进，一旦猖獗狂悖，觊觎京城，那就是天大的乱子啦！大王复国登位，微臣恳望能好生奖掖笼络重耳，或能借助晋国之力，稳固王室、重整朝纲。

周襄王：爱卿说的有理。莫说日后，便是眼下，京畿大乱刚过，局面不稳，也需要晋军维持秩序、多待一些时候啊。寡人自然是要好生奖掖重耳。

王子虎：不知大王有何具体安排？

周襄王：有请爱卿秉持节钺，以寡人的名义前去犒赏晋国上下两军。打开国库，发去足够大军半个月食用的粮草。晋军劳师远征，估计军粮已经不多，终不能让大军饿着肚子替寡人卫戍京都吧？

王子虎：这是理当做的，仅此恐怕远远不够！

周襄王：寡人还要张罗国宾大宴，宴请重耳与他手下的大将；宫中拿出玉器金银帛缎若干，当众赏赐！

王子虎：大王哪，这个还是不够啊。单说晋国，历年除了援例进贡之外，金银、玉璧、礼器重宝，供奉给王室的该有多少？大王今番所赐，不过是拿出其中一少部分而已。王室所求重耳者大，一般赏赐是太显微薄啦！

周襄王：寡人细细想过，若非重耳今番仗义出手、尊王讨逆，整个大周分明已经不属于寡人啦。寡人要拿出京城外围、国土边境上的城邑十二座，一举封赏给晋国。如此，就将晋国与大周紧紧绑在一起。往后，大周有难、便是晋国之难。足以保全大周王室，号令天下、重整纲纪！

王子虎执礼。

王子虎：大王明智！驱策重耳，为大王所用；借重仁义之邦，复兴大周王室；若能如此，实乃大王之福、大周之福、天下之福！

周襄王：爱卿这便照此办理去吧！

王子虎：微臣领旨！

21. 室内 大帐 日

大帐内。

众将围拢重耳，热烈议事。

几案、支架上，是周王赏赐的物品，面前展开一幅地图。

狐偃：王子虎代表周天子犒赏我上下两军，又送来大营许多粮草，将士们都很高兴！毕竟是天下之主，做事有模有样。

赵衰：这也罢了，大王已经照单收下。我军粮草快要接济不上，大军驻扎在这儿，为大周稳定局面，总不能喝西北风嘛！

栾枝：天子赏赐的金银玉器也不少，大王还要带我们出席国宾大宴。咱们不妨开开眼界，看看京城王室，到底是个什么派头。

重耳：尊王讨逆，按说是臣属之国应该的本分。天子如此礼遇，足见王室衰微，正是礼下于人、必有所求，寡人心里竟生出几分惨恻来。出席国宾大宴，诸位给寡人记住了，千万不可以功臣自居、骄横失礼！

狐偃：微臣等谨记，请大王放心。

重耳：玉器、帛缎，你们几个分一分；就算寡人代周天子赏赐大伙儿的。至于金银之属，立功将校、死伤兵卒，作为奖赏、抚恤之用。此事由狐偃太宰负责处置。你们看怎么样？

狐偃：大王慷慨，微臣代表众将士谢过大王！

重耳：至于天子要一举赏赐城邑十二座，寡人觉得这个可是万万不能照单全收。

先轸：大王，那王子虎大夫说得非常诚恳，周天子绝不是虚情假意。再说，其间的意图也格外分明，就是要让我们晋国给大周王室保驾；大王总是说咱们晋国要肩负起大国责任，事到临头怎么又是这样？

栾枝：所谓当仁不让，这是许多诸侯国梦寐以求的大好事情哪！

重耳：周天子的心理，寡人岂能体谅不到？只是这尊王一战，我们究竟付出多大代价？究竟是多么了不起的一项功劳？

赵衰：尊王一战，代价是不大，那是我军指挥得当、三军用命的结果；帮助周天子复国归位，世上还有比这个更大的功劳吗？

重耳：大国责任，固然一定要有尊王一项。但更大的责任当是主持公义、匡正天下。诸位想想看，我们此次出兵勤王，或许只是安定了大周王室罢了；距离安定整个天下的目标，恐怕正是任重道远，不可以道里计。

狐偃：依大王的意思，这十二城咱们就一座也不要啦？

重耳：十二城全部接纳，晋国分明得地太多，各诸侯国心理上会极度不平；那我们极有可能成为众矢之的，惹出许多想象不来的麻烦。当然话说回来，十二座城池全部不接受，也有不妥。

先轸：是啊是啊，好比介子推硬是不接受大王封赏，反而惹得国人对大王有了说法——

赵衰连连咳嗽、拦住先轸。

赵衰：呵呵，咱们晋国不接受赏赐，恐怕显得大周天子失礼呀！

重耳：寡人准备接受大周北界，相对靠拢我们晋国的三城。你们来看——

重耳指画了地图。

重耳：就是温、原和阳樊三城。

狐偃：只接受这三座城池，大王能否讲讲到底用意何在？

重耳：一者，接受赏赐，凸显大周天子的恩德，同时也就等于答应要承担全力辅佐王室的重大责任。二者，咱们晋国公族，也就是寡人手中还有多少土地？而寡人每年还要向大周朝廷进贡；这三地的出产，不妨就近如数拿来纳贡；还能免了长途运输之力。第三条嘛，本地要不要设官来管理？要不要驻军、驻军吃用怎么办？万一中原有事，我国又要出动大军，如果能从这三地就近征发兵赋、筹集粮草，那该省事多少？

赵衰：大王！你还说不知军旅之事，刚刚说的这个，大王料事长远、太有战略眼光啦！从此，我晋国土地与大周国土接壤，王室有什么事、中原有什么风吹草动，我国立刻就能做出快速反应。

重耳：如果各位觉得可行，咱们就收下这三城。具体如何进行接收，如何设官管理、怎样在三地一并推行我国新政，有请狐偃太宰通盘考虑。

狐偃：微臣领命！

22. 室外 原地 府邸 院落 日

原地冢宰伯贯的府邸院落，堆放许多兵器。

伯贯在家臣、家兵簇拥下，召见市民代表。

家臣：各位老少听好了。冢宰伯贯大人，紧急召见大伙儿，有要事通告！

伯贯：大家一定已经听说，大王把咱们原地，整座城池、所有属地，一句话就赏给晋国重耳啦！我们本来是天子的臣民，为什么要当他一个小小晋侯的臣民？我们不干、我们坚决不答应！

代表们推举一位白须丈人出面应对。

丈人：大人，天子的臣民怎么能不听天子的号令？大人你原先给天子纳贡，如今给晋国纳贡，究竟有多大区别？我们普通百姓，原先种地纳粮、现在还是种地纳粮罢了。听说重耳仁义，晋国百姓拥戴新政，我们不知道大人为什么一定要抵制重耳？

伯贯：各位有所不知，重耳他的仁义之名是假的！他进了阳樊，当即把那儿的冢宰给杀了；老百姓稍有怨言，重耳竟然下令屠城、把老百姓都杀死了呀！咱们唯有武装自保，与咱们原地的城池共存亡！

丈人：晋军屠城？真的有这事？

家臣已经呐喊鼓动开来。

家臣：我们不能等死，不能任人宰割！大人已经下令关锁了城门，家兵已经登城守卫；大家赶快领取兵器，参加守城！

市民们纷纷去拿武器。

伯贯一副得计的模样。

23. 室内 大帐 夜

大帐里。

重耳与狐偃、赵衰、栾枝几人连夜议事。

狐偃：大王，微臣派人接管三城，温城和阳樊的接管都非常顺利。想不到原地的冢宰伯贯，竟然抗拒接收。已经驱赶家兵和市民百姓登上城墙，叫嚣要与城池共存亡！

重耳：是我们的人没有说清楚、还是当中发生了什么误会？我们尊奉天子之命，和平接收三城，不会对当地有什么伤害啊。

赵衰：末将派人打听了，这个伯贯曾经追随过姬带，或者是有所顾虑，生怕我们代周天子追究他吧。

栾枝：可这弹丸之城，怎么可能抵挡得了我精锐之师、上下两军？这家伙岂不是得了失心疯？

狐偃：呵呵，这天下真是乱啦！多少人自以为是、不知天高地厚啊！普天之下、莫非王土，原地已然不归天子，又不归我们晋国，这个伯贯是要自个儿称王吗？大兵一到，打他个落花流水！

先轸挑帘进帐，抖落雨水。

先轸：启禀大王，春雨连日，道路泥泞，兵车行进困难；加上离家日久，将士们都有点想家。大家说，天子赏赐下来的地面，还要去血战争夺，心里想不通。末将觉得，我军有点兵无战心，请大王定夺。

赵衰：想不通怎么着？这是军队，还能因为想家就不打仗啊？

重耳：为稳定大周局面，我军确实也比原计划多耽搁了不少时日。将士们想家也满正常嘛！

栾枝：那我们就舍弃原地不要啦？这、这也太没个规矩了吧？

重耳：伯贯抗拒天子之命，岂能容忍放纵？如此狂妄之徒，一定得给与教训。只是原地百姓被迫守城，一旦开战，还不是老百姓死伤，白白替伯贯送命？民众大量死于我军之手，大家心里会怎么想？我们晋国总不能仗恃武力、侵城夺地。

先轸：这可就难啦！既要教训伯贯，又不想伤着百姓，这仗究竟该怎么打？

重耳：天子赏赐的地面，还要去血战，我军将士自然想不通。大家思归厌战，我们能给大家一个什么必须打仗的理由？寡人看是这样。传令下去，晓谕全军；原地在归国途中，我军路过该地，歇下大军、围城三天；将士们无须强攻，免得两下里都有死伤；用武力打下城池，何如不战以屈人之兵？其间，争取向城中百姓说明情况、督促伯贯献出城池。

赵衰：大王，这个办法成吗？围城三天，要是没有什么结果呢？

重耳：为政以德，离不开取信于民。带兵治军，应该也是这样吧？我们对自家的兵士都不能言而有信，谈何树立信义于天下？围城三天，没有结果，如期撤军，一刻都不停留！

众人未免将信将疑。

24. 室外 原地 城池 城外 日（雨）

城外阵地。

雨中，少量晋军列阵，与城上武装对峙，弓箭手引而不发。

城上守军，稀稀落落，有箭矢射来，也没有多少杀伤力。

有的兵士，开始拆卸帐篷、辎重装车。

传令官乘马驰骋军阵传令。

传令官：众将士听令！我军围攻原地三天，时辰已到，拔营退兵、取道归国啦！

大家立即动作，列阵士兵统统撤下。

25. 室内 大帐 日

大帐内。

赵衰、先轸劝阻重耳。

赵衰：大王，请勿匆忙撤军！城上射来帛书，守城的老百姓原来是受了伯贯挟持。听信谣言，说是我军在阳樊屠城。现在大家明白了真相，不再替伯贯卖命，正在逼迫伯贯献城归顺。

先轸：大王，再有半天、顶多一天，咱们就能接收原地。设官管理、宣布新政，三城一并归入我国版图。给将士们说清楚，大家一定能够接受啊！

重耳：唉，你两个都是领军大将，应该比寡人更明白治军的道理。令出如山，为将者岂可朝令夕改？原地暂时不肯归顺，对大局有多少妨害？立国不能取信于民、治军不能取信将士，将会动摇根本哪！土地城池宁可不要，也绝不能丧失信用！——传令下去，即刻撤军！

赵衰、先轸严肃执礼。

赵衰、先轸：末将得令！

26. 室外 大路 旷野 日

大路上。

晋军归国途中，大军在路上行进；旌旗招摇、车尘滚滚，前不见头、后不见尾。

路边，重耳停下车驾，原地百姓代表和伯贯的家臣追了上来，拜见重耳。

百姓推举白须丈人上前。

丈人：草民叩见大王！原地所有老百姓，恳请大王派人接收城池！

重耳：老丈请起。追赶大军几十里，辛苦你了！

丈人：草民追赶的是仁义之师，哪里敢说辛苦。

伯贯家臣跪地，高举谢罪文书。

家臣：罪人伯贯家臣，叩见大王！伯贯不该无中生有，造谣惑众。恭请大王回军，接收原地；伯贯愿受大王惩处，请大王治罪！

狐偃结过文书，呈递重耳。

赵衰：哼！伯贯不该违抗天子之命，尤为不该造谣惑众！幸亏大王仁厚，严令我军不得伤害百姓；不然，将有多少人死于非命、多少人家破人亡？

重耳：伯贯历来掌管原地，并无恶行；此次违抗天命，幸而悬崖勒马、知错能改。寡人不予惩处、望其自新。你回去告诉他，寡人命他继续掌管原地。至于接收事宜，晋国诸般利民仁政，如何推行，狐偃太宰自会派人处置！

重耳登车。

原地百姓恭送。

旌旗招摇，大军行进；前不见头，后不见尾。

第二十七章 觊觎中原楚国逞蛮横 维护公理晋军树威权

1. 统一片头

2. 室外 大路 城门 日

[字幕：晋文公四年（公元前632年），楚国纠集陈、蔡、许、郑、曹、卫等国，大举攻宋。宋国陷入重围，都城岌岌可危。宋襄公之后继位的宋成公，派公孙固为特使，急赴晋国求援。]

晋国都城外。

大路上，若干随从护卫了公孙固的车辆，人困马乏，奋力驱驰。

终于看到远处都城，公孙固急切之中，现出一丝欣慰。

公孙固：总算赶到晋国都城啦，快、快！

驭手打马，车辆驶向城门。

3. 室内 馆驿 客厅 日

客厅里。

狐偃拜会公孙固，宾主深谈。

公孙固：楚国野心勃勃，仗恃武力，侵国夺地；莫说别的国家，曹国、郑国皆是大周王族同姓之国，也都屈服于楚国威势，被迫与之结盟。这些国家不敢向大周天子进贡，转而向楚国纳贡。中原一带，只有我宋国拒不屈服，坚决抵制。结果，唉！

狐偃：贵国在宋襄公战败、不幸驾崩之后，国势大不如前；还在奋起抵抗强楚、绝不臣服，也算难能可贵！

公孙固：国君秉承先王遗志，尊奉周天子为天下共主，宁可亡国，也绝不向武力强权低头！如今，以一国之力，抵抗数月，国都已经岌岌可危！念在先王对晋侯曾经礼遇、在下特来求救；祈望晋国能主持公义，发兵援救；祈望狐偃大夫念在你我旧交的份儿上，促成此事！

公孙固揖礼，鞠躬到地。

狐偃连忙搀扶了。

狐偃：大夫快快免礼！当年敝国君臣流亡之中，贵国上下大为礼遇，我等岂敢少忘；自我家大王复国以来，晋国内修仁政、国力大增。晋国虽不敢自称大国，但希望能够肩负起大国重任。请大夫在馆驿好生歇息，狐偃自当禀明大王，尽早有所决断！

4. 室内 后宫 议事厅 日

后宫议事厅。

群臣席地，与重耳议事。

狐偃：宋国危殆，公孙固大夫前来求援，此事已经数次朝议。今天，大王召见群臣，将做出最后决断。是否出兵、出兵多少、作战方略、外交斡旋，种种方面，有请各位还是各抒己见、知无不言！

士蔿：自大王复国登位，内修仁政，我晋国之强盛，有目共睹。正是"公食贡，大夫食邑；士食田，庶人食力，工商食官，皂隶食职，官宰食加。政平民阜，财用不匮。"内部安定、国力壮大。楚国蔑视天子、以强凌弱，宋国乃仁义之邦，我国自当出兵救援。

栾枝：楚国实力强大，不可小觑；况且与众多诸侯国结盟，也是不争的事实。我国出兵救宋，如何能够保证必胜？万一战败，整个中原态势将不堪收拾。微臣敢请大王慎言出兵！

先轸：自从齐国衰落，整个天下简直就是放任楚国为所欲为。连齐国都竟然与楚国结盟，天下还有什么公义？大王始终主张，大国要肩负起大国重任；抗楚救宋，正是履行大国责任。以微臣之见，出兵救宋，天经地义；救宋而成霸业，此乃天赐我晋国的良机。报宋定霸，在此一战！

郤縠：栾枝大夫并非反对出兵，不过是希望能有一个万全之策。郤縠敢问先轸大夫，万一我军战败，又当如何？

先轸离座站起。

先轸：我军本是仁义之师，一旦出兵，战略得当，先轸敢说必胜！再说，我晋国表里山河，居高临下、易守难攻；远有黄河天险、近有太行屏障，进可攻而退可守。至于万一战败嘛，在下敢保晋国无虞！

赵衰：先轸大夫所言甚是。呵呵，且请安坐说话。

重耳：寡人心意已决。晋国要肩负起大国重任，自然就该主持公义、出兵救宋。而出兵对付强楚，谁个敢言必胜？寡人的意思是，即便冒着战败的风险，此仗也不能不打。不然，放任楚国以力胜人，天下公义将荡然无存！

狐偃：我国决定主持公义、出兵救宋，这事就这么定了。关于出兵的名堂，牵涉到对外宣称于诸侯各国、对内晓谕军队国人，也请各位共同议定。

先轸：抗楚救宋，我看就是现成的好名堂！

重耳：寡人流亡之时，曾经得到宋襄公礼遇；报答恩德，理所当然。可是，楚国对寡人同样礼遇，甚至有过之而无不及，这抗楚救宋，不大说得过去吧？

狐偃：大王，微臣以为，报答宋国固然应该，毕竟不是大义；而主持公义、除暴安良，才是天下大义。那楚国，横行霸道、自我称王、仗恃武力、侵国夺地，已经到了目无天子、肆无忌惮的地步。中原诸国，只知有楚王、不知有天子，整个天下已经快要不成天下。我军宜于打出"尊王攘夷、匡扶天下"的旗号，请大王定夺！

士蔿：这一名堂，老臣以为甚善！

重耳：好！尊王攘夷、匡扶天下，好！就这么定了！

狐偃：下面，我国出动多少军队，谁人出任统帅，请各位建言。

先轸：上次救助周天子，尚且出动了上下两军；如今要面对楚国大军乃至面对多国联军，我国当然要三军一起出动！

重耳：寡人同意出动三军。谁来分别统帅三军，有请赵衰提名。

赵衰：谢大王信任。微臣已经有个名单在此。由狐毛、狐偃统帅上军；郤縠、郤臻统帅中军；栾枝、先轸统帅下军。三军有请大王协调指挥。

狐偃：微臣觉得这一名单可行。

重耳：大家若无歧义，就这么定了。寡人于领兵打仗，确实不敢不懂装懂；寡人特任命赵衰为统军上卿，代寡人协调指挥三军。

先轸：臣等赞同！

赵衰：微臣领命！

狐偃：往下还有外交斡旋一款。中原各国之外，按兵不动、左右观望的大国还有齐国和秦国。这两国的态度倾向，不可小觑。如何争取这两个姻亲之国的道义支持乃至出兵襄助，请各位出谋献策。

赵衰：此前，楚国刚刚与齐国结盟，楚国本次攻宋的行动，可谓蓄谋已久、准备充分。齐国、秦国按兵不动，分明就是保全国力，任由楚国为所欲为。策动这两国出兵相助，恐怕暂时不那么现实。

先轸：微臣以为，事情不妨分作两步进行。第一步，从道义上讲，齐秦两国也不能公然放任楚国诛灭宋国。宋国的公孙固大夫前来求援，还带了若干礼品；我晋国出于大义，决定救援宋国，岂是为了什么礼品？不如让公孙固带着礼品，去请齐秦两国出面调停。宋国已经被打得很惨，楚国是否见好就收、解围撤军呢？

郤縠：楚国灭宋，既然是蓄谋已久，哪里会听别国调停？

先轸：楚国不肯听齐秦两国调停，这正在我的意料之中。那么，也就是楚国不肯给两国面子，过分仗恃武力、目中无人啦！这时，我们再推进第二步，争取两国在道义上谴责楚国、乃至出兵。我军得道多助，敢期必胜！

重耳：寡人看先轸将军说得不错。齐秦两国不能出兵救宋，出面调停、从中斡旋，总该不会断然拒绝吧？事不宜迟，这一方略就请狐偃太宰会后速速通告公孙固。

狐偃：微臣领命！

5. 室外 馆驿 院内 日

馆驿院子里。

公孙固神色焦躁，往来走动，不时看看日头、叹气顿足。

公孙固：路程遥远，晋国即便马上出兵，也得行军半月。唉，但愿我宋国还能坚持得住啊！

6. 室内 后宫 议事厅 日

议事厅，会议还在进行。

重耳：出兵救宋，一者理当报恩、二者出于公义，三军用命、正气堂堂。但寡人心中，总是颇为不安。流亡之际，楚王礼遇，其情其景、历历在目；想不到真个就要兵戎相见！齐秦两国，若能从中调停、让楚国解围罢兵，最为妥善！

先轸：请恕微臣斗胆，楚军强盛，近年来几乎是战无不胜；我军新建，毕竟没有打过大仗、恶仗，莫非大王有些怯战不成？

赵衰：大王心情，我看不是怯战；只是有些不忍，不愿两家真个撕开面皮、直接兵戎相见罢了。

重耳轻轻点头。

先轸：两虎相争、必有一伤。末将也希望晋楚两个强国，最好不要直接对抗。我晋国出动三军，决意救宋，不妨声东击西、引而不发；表示出一定要救宋的强烈愿望。楚国若能像我们一样考虑，不希望两国直接对抗，两败俱伤，那他们就识相一点，及时撤军好了。

赵衰："声东击西、引而不发"，牵扯到具体用兵方略，有请先轸将军给大家详细解说。

先轸站起来。

先轸：楚国凭什么能够肆无忌惮、放手进攻宋国？除了与陈蔡许郑等国早已结成同盟，大举联合攻宋，属于以多欺寡；宋国北部的曹国、卫国，事实上与楚国形成了对宋国的整体包围夹击之势。而且，曹国、卫国又在客观上起到阻隔我军南下的战略屏障作用。我军不愿与楚军直接对抗，何不从太行山居高临下，给曹国、卫国以迎头痛击？如此，等于砍掉楚国一条臂膀，撤去了宋国的半面之围。那么，也就起到声东击西、引而不发，不打楚国、事实上打击了楚国的效用！

重耳听了也好生兴奋。

重耳：不与楚军正面交锋，攻打曹国、卫国，其有可说乎？

狐偃：大王，这个当然有的说！臣等追随大王流亡之际，曹卫两国对大王好生无礼；所谓以德报德、以直报怨，对这两国，还有什么客气的？更为不能容忍的是，两国都曾与宋国结盟、把酒言欢；如今迫于楚国强势，一不能主持公义、二不能严守中立，而乃助纣为虐、为虎作伥。给与痛击严惩，理所当然！

重耳：说得好！正是推己及人，想要说服天下人，首先得说服自己。如此，三军统帅已定，赵衰你便做出统一部署，号令三军、克日出兵中原！

7. 室外 宋国 都城 战场 日

宋国都城，大将子玉指挥楚军发动新一轮攻城。

投石机向城头、城内发射巨石和火球。

木架搭起的高台上，巨型弓弩发射箭矢。

冲车绑着巨木，兵士们推着，猛撞城门。

敢死队呐喊着扛了云梯登城。

城头也有巨型弓弩对射。

将校们指挥兵士，有的用戈戟挑翻云梯，有的用檑木滚石向下投掷。

还有国人参战，纷纷送来饮水、抬来砖石、捡拾敌方箭矢。

楚军死伤不少，城上宋军也有中箭死伤。

战况激烈。

8. 室内 大帐 日

楚军大帐内，大将子玉来回踱步。

小校进来禀报。

小校：大将军，子西将军求见！

子玉：快快让他进来！

子西血污汗渍的进帐。

子西：末将见过大将军！

子玉：免礼，我军这一轮攻城情况怎么样？

子西：严令之下，我军攻势凶猛；可是宋军和国人舍命抵抗，我方将士死伤不少，就是攻不上城头啊！

子玉：宋国几乎被我方联军全部占领，单单一座都城，我军竟是将近一年攻不下来！

子西：大将军，我军将士已经十分疲惫，兵员损失也不小。这仗还能打下去吗？

子玉：子西将军，对宋国一仗，是我等极力鼓动大王；大王命我全权领军。此仗胜败，关乎咱们家族声望、关乎你我在朝中的地位。我们没有退路，必须打胜哪！我军是困难，但至少不缺粮草；城中宋军能有多少储备？估计他们已经断粮，坚守不了多久啦！——传我将令下去，大军就在城下埋锅造饭，大吃大喝；让大家向城头喊话，凡出城投降者，不杀头、给饭吃！

子西：末将得令！

9. 室内 后宫 院内 台陛 日

宋国后宫院内。

宋成公戎装，浑身污渍、面现疲惫，登上台陛。

院里，禁军、宦官、宫女分别列队。

内宫总管执礼。

总管：启禀大王，王宫禁军、内侍和宫女们集合完毕，听候大王吩咐！

宋成公：都城被围将近一年，楚军未能攻进来一兵一卒。寡人薄德，端赖将士们和国人戮力同心、舍命坚守。寡人派出公孙固大夫向晋国求救，晋侯仁义之名满天下，一定会出兵相救！战事到了最后也是最困难的关头，寡人决定，禁军无须守卫王宫，全部登城守卫！内侍们编入部武、参与搬运砖石，宫女们协助大军造饭、护理伤员。大家应该明白，一旦都城被攻破，将会玉石俱焚，人人被俘为奴；城在人在、城亡人亡！

众：城在人在、城亡人亡！

总管：大王，城中已经断粮，人心惶惶，如何是好？

宋成公：传话下去，无论大夫国人，敢于私藏一粒粮食者，杀无赦！宫中存粮，全部拿出；厩中马匹，杀掉充作军粮！

总管：大王，楚国不过是要一个战胜的结果；我国与其签署一个城下之盟，委曲求全——

宋成公：住嘴！签订城下之盟，何异于屈膝投降？寡人宁做亡国之君，绝不做投降蛮夷之君！

总管跪地。

总管：许多大夫们都劝大王趁夜逃出都城，以保全国祚——

宋成公：此话休要再说。寡人心意已决，誓与都城共存亡！——还不快快带人前去守城，等着寡人砍头吗？

宋成公按剑。

总管起身。

总管：大家跟我出宫登城，誓与都城共存亡！

众：誓与都城共存亡！

10. 室外 山隘 大路 日

晋军大队开出山隘，沿大路快速行进。

旌旗招摇，车队雄壮。

路边搭起大帐，帐前有将校挥动令旗。

将校：快、快！卫国不作停留，绕道而行，大军直奔曹国！

战车上，驭手加鞭。

部卒们加快步伐。

11. 室内 大帐 日

大帐内。

重耳与诸位大将围拢地图，做出部署。

赵衰：我军先期制定的战略不变，暂不奔赴宋国战场，三军全力打击卫国、曹国。具体行动方针是这样。派人出使卫国，审明我军抗楚救宋的意图，向其借道。同时，要求卫国立即解除与楚国的盟约，撤出参与围攻宋国的军队。

狐偃：这也可以说是我们给卫国提供的一个机会，促进其弃恶从善、改过自新，以服从天下公义。不过据大家分析判断，卫国不会这么听话。是为知错不改、怙恶不悛；那么这便是我军回头痛击卫国的极好理由。

赵衰：我们在卫国这儿虚晃一枪，大军以雷霆之势直扑曹国；由栾枝、先轸率领下军，攻占都城！

栾枝、先轸：末将得令！

赵衰：同时，横扫曹国之后，狐毛、狐偃率上军回师，痛打卫国！

狐毛、狐偃：末将得令！

重耳：打垮两国之后，当派出使臣去往齐国；说服齐王，看清大势，解除与楚国的盟约，回到尊王攘夷的正道，与我晋国结盟。

先轸：那么，宋国解除了半面之围，楚国的同盟出现裂隙；楚王要是有些脑子，及早撤军回国。晋楚两军无须兵戎相见，我方顺利达到救宋的战略目标。

重耳：但愿如此吧。

赵衰：即便楚王这么想，恐怕左右不了领军大将子玉。晋楚两国之间，恐怕终有一战。我军先按预定战略行动，同时要做好与楚军正面对垒的切实准备！——各位将帅，分头行动吧！

12. 室内 卫国 后宫内廷 日

卫国此时在位的已是卫成公，后宫总管还是当年那位。

卫国后宫内廷。

卫成公与王宫总管聊谈，颇为得计。

卫成公：总管，晋国的使臣给寡人打发走了吗？

总管：尊奉大王旨意，驿丞官好生将那使臣奚落挖苦一番，活生生撵出都城去了。

卫成公：哼！晋军发兵救宋，明知我国与楚国结盟，竟然开口向我国借道；这不分明又是他们晋人的惯技，想要假途灭虢吗？寡人岂能轻易中计！

总管：大王英明！

卫成公：晋国来使，还要奉劝寡人与楚国断交。卫国与楚国，刚刚结为姻亲之国；有强楚照拂，我卫国方能立于不败。寡人岂能无端爽约背盟？

总管：重耳简直是异想天开、痴人说梦。大王坚毅仁勇、刚正不阿，哪里会背信弃义？

卫成公：结果怎么样？寡人不肯借道，晋军乖乖地走别处去了！

总管：呵呵，晋军就那么偷偷地溜过去了！大王英明，安坐后宫，保定我卫国稳如泰山哪！

这时，有太监慌慌奔进，跪地报信。

太监：大王不好啦！只因我国不肯听从劝告，晋军突然回师，大军长驱直入、横扫我国全境，已经逼近都城哪！

总管偷觑，卫成公嗒然若丧、面如死灰。

卫成公：这这，这这这，这可怎么办？

总管：大王，要不传令让我军赶紧登城守卫？

卫成公：这这，这是与晋国公然对抗哪！我国少许军队，哪里是晋军的对手？我军必败无疑！然后、然后就是亡国啊！寡人悔不该，唉！你等简直是一群废物，怎么就不奉劝寡人，接受晋国使臣的条件哪！

总管：大、大王，咱们现在答应晋国的条件也来得及啊！趁着晋军还未打到城下，赶紧派人去求和呀！

卫成公：快快派人前去！就说寡人答应一切条件！晋军要借道，随便借；条条大道任意往来。我国还可以资助粮草，牵羊担酒犒赏大军！还有，这就立刻写表，与楚国断交！

总管：楚国乃蛮夷之邦，我们也要尊王攘夷！

卫成公：对！坚决尊王攘夷！从此与晋国结盟，永不背离！

总管：大王刚正不阿、坚毅仁勇，绝不会背信弃义！

卫成公：休得啰唆，还不快去办理！

总管回头训斥太监。

总管：还不快去办理！

两人退下。

卫成公颓然落座。

13. 室外 大路 旷野 日

大路上，晋军战车、部卒依次行进。

路边有兵士值岗，看护农田。

将校令旗指挥。

将校：大王有令！我军顺利攻占五鹿，即刻发兵卫国都城；战车部卒，不得侵扰农舍、毁坏农田庄稼！

路边一株大树下，驭手搀扶重耳下车。

狐毛、狐偃、赵衰等围拢上来。

狐偃：大王可曾记得？此处乃是我等饥饿乞食、野人献土之地啊！

重耳：当年种种，历历在目，而今非昔比、实有恍如隔世之感！

赵衰甚至捧起路边土块。

赵衰：野人献土，得地之兆，果然应验！大王亲征，我军先行攻占卫国领土，我看又是吉兆！

狐毛：启禀大王，我方使者已从齐国返回。齐王收下了宋国礼物，派人去见楚王，楚王拒绝调停、不肯罢兵；听说我国三军出动，决心尊王攘夷、抗楚救宋，齐王已经答应与我国结盟！

重耳：这是个大好消息！楚王拒绝齐国调停，自然也不会接受秦国的调停。如此，我晋国将与齐秦两个大国结成联盟，楚国难道真的要和北方三个大国同时为敌吗？

狐偃：上军拿下卫国，指日可待；但等下军攻下曹国，楚军应该看清形势、知难而退啦！

14. 室内 曹国 后宫内廷 日

后宫内廷，曹共公与大臣鳌负羁等人议事。

曹共公还是站坐不宁、毫无庄重的样子。

曹共公：好你重耳、生着骈胁的家伙！你要救宋国，你去救呀；你要和楚国作对，你去对着干哪！你竟然发来大军，攻打我曹国！分明是挟私报复、公报私仇！寡人当年是偷偷看你的肋巴条来着，那又怎么样呢？况且寡人还压根儿没看清！

鳌负羁：大王哪，曹国当年是对重耳有些失礼，这且不论；眼下晋军兵临城下，都城岌岌可危，是战是和，大王须得当机立断哪！

曹共公：反正寡人已经得罪了重耳这个小人，那就得罪到底！什么叫和？和谈吗？签订城下之盟吗？寡人不干！寡人要战，要和他干、和他来一个你死我活！

鳌负羁：请恕微臣直言，曹国弱小、兵微将寡，与晋军对抗，必然失利；后果不堪设想！不如派人求和，以免国灭城破，大王最终被俘受辱哪！

曹共公：你这叫什么话？你到底是寡人的朝臣、还是重耳的卧底？宋国也很弱小，照样抵抗强大的楚军一年多。寡人凭什么就会被俘受辱？只要我们坚守数日，楚国援军一到，内外夹击，哈哈，寡人还想俘虏重耳哩！嘿嘿，到时候，寡人非要好好看看他的肋巴条不可！不让寡人看？那可就由不得他喽！

鳌负羁：大王不是宋王，曹国也不是宋国；都城危殆，如果执意要与晋军一战，也请大王尽快调兵遣将、好生部署！

曹共公吊眼转动。

曹共公：对啦，你说到"受辱"二字，提醒了寡人。来人哪，传寡人旨意！

有太监跪地。

曹共公：凡活捉的晋国士兵，一律处死；包括凡攻城晋军被我射杀者，统统剥光衣甲！吊在城头，专门让他们全军将士观看！受辱？哼！咱们看看到底是谁来受辱！嘻嘻，寡人怎么就能想出这么神妙的主意来呢？

太监躬身退出。

鳌负羁接着跪地。

鳌负羁：大王，万万不可呀！不斩俘获、不辱死伤，允许对方收尸安葬，是古来惯例，合于天道人伦；请大王快快收回成命。不然，日后传之天下，为诸侯各国所不耻；载于史书，为后人诟病。眼下，激怒晋军，破城之后如果屠城，如之奈何？

曹共公：你住了吧！晋军见到死者受辱，谁个还肯奋勇争先？寡人这一妙计，抵得上十万守军！你就瞧好吧！剥光吊起，嘿嘿——

曹共公窃笑退下，扔下鳌负羁欲哭无泪。

15. 室外 战场 城头 城下 日

城下，晋军一波攻城结束，将士退下来。

坚守出发阵地的将士，突然向城头指指画画。

撤退中的将士回头观看，纷纷驻足。

远远只见曹国城头，用绳子将赤裸的晋军尸体吊在半城墙那里，情状惨不忍睹。

将士们有的别转头去，有的气得掉泪；有的咬牙切齿，有的嘶声怒骂。

小校：曹国人缺德无耻，惨无人道！

兵士：猪狗不如，你们这些畜生！

城头有人哈哈大笑，有人欢呼雀跃。

晋军有兵士不顾号令，返身冲向城墙。

有人投出戈戟，不能抵达城上；有的弯弓射箭，箭矢无力；反而被城上弓弩射中。

后方军阵响起鸣金退兵声响，将校们在摇动旗号呐喊。

将校：将军有令，退出战场！

16. 室内 大帐 夜

大帐内，栾枝与先轸和将校们紧急议事。

栾枝：曹军竟然如此无耻，做出这般天怒人怨的恶行！将士们强烈要求发动强攻，连夜攻入曹都，屠城报仇！

先轸：曹军残杀俘获、作践兵卒遗体，谁能不恨之入骨、咬碎牙齿！然我军若被激怒，强行攻城，只会增大无谓伤亡，中了敌手的奸计！再者，曹国执政统兵者，才是这一暴行的首恶元凶，与普通国人何干？传令下去，军中绝不许有什么屠城的说法！

栾枝：不许部队强攻，将士们激动的情绪如何安抚？强行攻城、士气可用；不让大伙儿发泄愤怒，这兵就不好带啦！两军对垒，莫非我方只是提出照会交涉、仅仅停留在口头谴责不成？先轸将军，你说怎么办吧！

先轸：栾枝将军，请少安毋躁。末将注意到，我军开挖堑壕的时候，我们扎营之处，是曹国人的一片坟茔；我还警告大家，尽量不要伤及坟包、棺椁。既然曹国人这般无耻缺德，休怪我军以其人之道还治其人之身！

栾枝：有请将军细说端详！

先轸：以德报德、以直报怨，来而不往非礼也！我军开挖对方几座坟茔，将棺椁抬到城下展示；严正通告曹军，如果不能按照惯例好生装殓我方阵亡、全部送还将士遗体，我军将撅掉曹国所有人家的祖坟！特别是曹侯与各家大夫的祖坟，定要掘墓焚尸，说到做到、绝不食言！

小校：说得好，就得这么干！撅出棺椁、捣碎尸骨，就在城下焚尸扬灰！

栾枝：哎呀，祖宗坟茔，谁个忍心被毁？我看无须到焚尸扬灰，曹国人就得乖乖地答应我方条件。我军接回阵亡将士遗体，好生依礼安葬。

先轸：栾枝将军，果然是正道直行啊！

栾枝：先轸将军，何出此言？正道直行不好吗？

先轸：所谓兵行诡道，用兵之法宜于奇正相合。当曹国人开城送还我方将士遗体的时候，我军突然发难、占领城门要道，预先埋伏骑兵一支，骤然冲进城去，曹国都城可一战而下！

栾枝：对方非礼，自然不对；对方依礼行事，我方突施袭击，这个，妥当吗？

先轸：我军已然和对方开战，何来袭击一说？栾枝将军哪，宋国都城被围，渴盼救兵早到；我军早拿下曹国都城一天，将能救出多少生灵？我军无须强攻坚城，也能免去更多死伤。若依将军之说，那我们掘出对方哪怕一口棺椁，也是不符合礼仪的啊！末将之言，请将军三思！

将校：栾枝将军，你就下令吧！不然，将士们鼓噪起来，属下等怕是羁勒不住。

栾枝：好吧，就依先轸将军所言，你们下去传令吧！

17. 室外 战场 城头 城下 日

战场上，晋军抬了几具棺椁，行进到对方射程边际停下。

城头曹军见了，指指画画。

晋军将校，指挥兵士列队，兵士们一起高举戈戟、齐声呐喊。

众：掘毁坟茔，焚尸扬灰！

小校开弓，将帛书射上城头。

18. 室外 战场 城头 日
城头，将校们传看帛书。

守城兵士已经看出晋军意图，顿时无比张皇。

有的号啕大哭、有的跳脚大骂。

兵士：千万不能啊，祖宗坟茔，损毁不得啊！

老军：是哪个缺德的杀才，下令折辱人家的尸体？这是报应，报应！

有的集体摔掉兵刃，坐在地上抗议。

小校：肉食者缺德，我们凭什么给这样玩意儿卖命？

将校：这仗没法打啦，快快禀报宫中！

19. 室外 阵地 日
阵地正面，一队步卒集合待命。

前方，有人手执白旗。

领兵将校和大家头上都缠了孝带。

将校：大家听好！全队不使戈戟、弓箭，一律短兵；曹军打开城门的时候，突然发难，占领城门、控制通道！

阵地侧翼，蒿草掩蔽的堑壕内，骑兵埋伏，执辔待命。

将校：各位勇士听好，一旦我军控制了城门，大家上马冲锋；冲进城去，直扑王宫、活捉曹侯！曹军放下武器投降者，免死；不许扰民、更不许随便伤及国人！

20. 室内 大帐 日
大帐内，栾枝、先轸传看对方投来的帛书。

将校们就地待命。

栾枝：对方答应了我军的全部条件。装殓我方阵亡将士，开城送出棺椁，允许我军小队到城门口迎回灵柩。先轸将军你看？

先轸：按照原定计划行动。重申军令，不得伤害普通国人、不许侵扰民居；攻占王宫的同时，派兵特别保护鳌负羁大夫的府邸。

将校：末将得令！

21. 室外 城门 城头 日

城门外，迎接灵柩的晋军步卒来到，列队等待。

城头，守军持弓引满，严密监视。

城门缓缓打开，曹军手持戈戟分列两厢，闪开通道。

晋军在将校带领下，依次进入。

将校：动手！

晋军步卒突然都亮出兵刃，控制了对方。

有人在城门口挥舞白旗。

晋军阵地上，蓦地战鼓雷动。

一支骑兵在蒿草后边出现，飞驰而来。

城头守军，张口结舌，来不及做出任何反应。

骑兵已经冲到。

大队骑兵势不可当，洪流一般冲进城去。

22. 室内 客厅 日

[字幕：晋文公五年（公元前632年），在敛盂地面，晋文公与齐襄公举行盟会，两国结盟。]

客厅内，上首并列两个主座。

重耳与狐毛、魏犨等臣下，朝服冠戴。

另一方，当年齐国的太子如今的齐襄公与臣下。

双方见礼。

重耳：幸会大王，别来无恙！

齐襄公：齐、晋姻亲之国，大王执政，晋国强盛，可喜可贺！

重耳：贵我两国结盟，共同尊王攘夷，天下幸甚！——大王请！

齐襄公：还是大王先请！

重耳主动执了对方的手，双双步向座位。

23. 室内 行宫 内廷 日

行宫内廷。

楚成王与臣下宛春、子西等席地议事。

子玉从前线赶回，一身戎装征尘。

宛春：大王，我国拒绝了齐秦两国调停，结果晋国、齐国结盟，秦国也集结兵力，准备进军中原；形势对我方颇为不利呀！我军如何进退取舍，微臣请大王尽快定夺！

子玉：宛春大夫有点言过其实了吧？重耳声称发兵救宋，至今没有一兵一卒抵达宋国；攻打卫国、曹国，顶多算是声东击西；和齐秦两国结盟，我看也不过是虚张声势、自我壮胆！我看晋军实属怯战，根本不敢和我大楚正面交锋！

宛春：晋军不曾直接救宋，也不一定就是怯战吧？我看那是大王曾经对其格外礼遇，重耳不便与我方正面冲突。

子玉：不管说法如何，晋军指望声东击西、虚张声势，就想让我军放弃攻宋，岂不是白日做梦！

楚成王：战局发展，千变万化；其间到底要以胜败来说话。无论出于何种缘故，晋军不来直接救宋，这便是我军的大好机会！数国联军，归子玉将军统领，一年有余，竟然至今攻而不克；此时撤军，寡人到底干了一场何事？

子玉：大王，请准予末将最后一战；发动猛攻，毕其功于一役！

宛春：大王，我军攻打宋国，迟迟不下；晋军横扫曹国、卫国危在旦夕。就按胜败而言，事实上晋国救宋，已经减缓了宋国的半边压力。我们也不能看着卫国亡国啊！万一晋国完全没了钳制，大兵前来救宋，我军即将面临腹背受敌，前景堪虑呀！

子玉：哼，本将军正要等重耳一会儿，让他知道我军的厉害！

楚成王：子玉将军，宛春大夫所言，也在道理。寡人看是这样。第一，抓紧攻宋，力争尽快攻克都城；第二，分兵一部，驰援卫国，尽量牵制晋军南下。第三嘛，如果我军与晋军接战不利，千万不要继续恋战。撤军后退，免得腹背受敌、陷大军于不利境地！

子玉：大王，那样我军岂不是功败垂成？重耳岂不是救下了宋国？大王，我军久经战阵，莫非还怕了晋军不成？

楚成王：重耳和他的一干属下，千万不敢小觑！两强相争，谁敢放言必胜啊！子玉将军，不要固执了，好自为之吧！

子玉执礼。

子玉：末将遵命就是。

楚成王：宛春大夫听命，你代寡人到军前，牢记寡人几条主张，好生辅佐子玉将军！

宛春：微臣领命！

子玉面现不满；楚成王只做不见。

24. 室外 曹国 后宫 台陛 日

晋军占领了曹国王宫。

赵衰与先轸立于台陛上。

赵衰：先轸将军虽然只是下军佐，与栾枝大夫相处和谐，这一仗打得足够漂亮！

先轸：多谢大将军夸赞。拿下一个区区曹国，何足道哉！

这时，将校奔来报告。

将校：禀报将军，已经搜出曹侯，末将请示如何处置？

先轸：严令部卒，不得侵扰后宫嫔妃，不得擅动宝器、毁坏宫室，违令者斩！

将校：末将已经传令下去，三令五申过了。

几名甲士押解了曹共公到来。

将校：曹国君上押到，请大将军发落！

曹共公认出赵衰，挤眉弄眼、几分尴尬，上前搭讪。

曹共公：哎呀，赵衰大将军，小王罪孽深重，乞望原宥；你们不会擅自犯上弑君吧？

先轸：那可说不定！

曹共公快要哭出来，作势要下跪。

先轸发笑，命令将校。

先轸：把他拖起来！

赵衰：我说大王，看看你像个什么样子？当年对我家大王冒犯失礼，你可想到会有今天？

曹共公：小王冒昧冒失，只想着——哪里想得这么长远？

赵衰：身为一国之君，有釐负羁那样的贤臣不用，可谓昏庸。

曹共公：是昏庸、是昏庸！

赵衰：重用佞臣，皆是一干轻薄纨绔；美女充车，招摇过市。你的国家，不亡何待？

曹共公：是该亡国、是该亡国！

赵衰：最是两军交战，竟然残杀俘获、侮辱遗体，简直丧尽天良、人头畜鸣者也！

曹共公：人头畜鸣，小王就不是人、说的不是人话呀！

赵衰：拖下去吧，别在这里现眼！

甲士要拖下去，曹共公快要瘫软，嘶声嚎叫开来。

曹共公：小王已经认错了，你们不能犯上弑君哪！

赵衰：拖往大帐，给我好生侍奉了这位大王！

曹共公这才站住了，连声道谢。

曹共公：多谢不杀之恩！多谢不杀——

脚不点地被拖了下去。

赵衰：望之不似人君，忝列诸侯之位！

先轸：大将军，我军拿下曹国，卫国也已在掌控之中；楚军竟然不为所动，又拒绝了齐秦两国的调停。看来，不予楚军正面交锋，打个输赢胜负，宋国之围还是解不了哇！

赵衰：大王禀性仁厚，总是不愿与楚王拔刀相向；楚王何等人物，哪里会体察我家大王的不忍之心？反而倒是以为我军怯战软弱，于是，更加疯狂攻宋。宋国急报，一日三至。恐怕再要耽延时日，宋国就要完啦！

先轸：如此，计将安出？

赵衰：或者先轸将军已有计较？

先轸：大将军知我者也！末将熟思良久。即便大王暂时不能下定决心与楚军正面交锋，我军声称前来救宋、到底不该放任楚军肆意妄为。我军宜于派出一支劲旅，火速开往宋国；虽是佯动，楚军哪知真假？楚军生怕陷于腹背受敌，说不定就撤去宋国之围。

赵衰：我听出来了，这其实还是我军前段战略方针的继续，声东击西之后，来个敲山震虎！

先轸：大将军英明！

赵衰：楚军恼怒，撤围之后，寻找我军搠战，如何应对？

先轸：楚军恼火，那是必然；只是楚军久战疲惫，一定不敢当即与我生力军交手。晋楚两军即便必定要大战一场，也不在仓促之间。

赵衰：派出劲旅一支，此事要报大王知道吗？

先轸：大将军，你是统兵上卿，应该当机立断，不宜首鼠两端、贻误大事！

赵衰：上军在卫国、你们下军刚刚打下曹国，中军统领郤縠又是染病——

先轸：末将愿分下军之半，佯攻楚军背后！

赵衰：好，就这么定了！

先轸招呼属下，拔步便去。

25. 室外 宋国 城外 城头 战场 日

宋国都城外，楚军攻势猛烈。

巨型弓弩、抛石机连连发射。

攻城兵卒，呐喊冲锋。

众：冲啊、杀呀！

城上，宋军无力呼喊，依然奋力抵抗。

砖石之类，纷纷打下。

26. 室外 城中 日

宋国城中，饿殍遍地、满目瓦砾。

宦官们抬了砖石登城，几步一喘。

宫女们协助造饭，锅缶里煮些马皮之类。

没有柴火，只能劈开骨头作燃料。

有的军士在啃噬弓弦、衣甲小块。

景象悲惨，人们羸弱不堪，看不出表情。

27. 室内 大帐 日

大帐内，子玉、宛春观看地图。

子玉指着宋国都城，咬牙切齿。

子玉：城中早已断粮，他们到底在吃什么？怎么还能组织起抵抗来？

子西奔进，禀报军情。

子西：启禀大将军，我方派出援救卫国的军队，与一支晋军遭遇；我军败退下来！

子玉：在什么地方遭遇？来了多少晋军？

子西：是在宋国北部边境；晋军部武严整、勇猛善战，至少是三军中之一军！

子玉：晋军到底还是要和我军正面交手了！

宛春：宋国边境，据此不过半日途程；请大将军依从大王安排，撤围退兵！

子玉：眼看就要打下宋都，好不恼人！我军撤围，就地列阵迎击晋军！
子西：大将军，我军疲惫不堪，不可强行与晋军接战哪！
宛春：我军暂时后退几十里，弄清楚所有情况、我军也修整数日，再和晋军决战不迟！

子玉看看地图，一拳击在几案。

子玉：撤围退兵！

28. 室外 后宫内廷 台陛 日

宋国后宫内廷，台陛前。

后宫总管跌跌撞撞走来，跪地禀报。

总管：启禀、启禀大王，楚军他们撤围退、退兵了！

宋成公两腮凹陷，眼睛瞪得愈加突出。

宋成公：你待怎讲？

总管：楚军退兵啦！

宋成公踉跄步下台陛，伏地叩拜。

尔后含泪向天呼喊。

宋成公：天乎天乎！苍天有眼、先王有德！我宋国得救啦！

第二十八章 攻卫救宋晋旅得胜势 退避三舍大军失先机

1. 统一片头

2. **室外 卫国 城外 城头 战场 日**
   卫国都城外,晋军列阵。
   车阵严整,战马腾跃。
   投石机、巨弩无数,准备发射。
   步卒抬着登城云梯,蓄势待发。
   城头,守军惊慌。
   将校:卫国全境失守,只剩下一座孤城;晋军如此强大,这仗还怎么打?
   兵卒:国君无能,让我们白白送死!
   老兵瞧瞧四周。
   老兵:小子,待会儿机灵点;见势不好,莫如快跑!

3. **室内 大帐 日**
   大帐内,重耳与众将议事。
   重耳:卫君派出使臣,再次前来求和;言辞恳切,希望与我国结盟;你们诸位怎么看?

先轸：大王，我军横扫卫国全境，只剩下区区一座都城；我军士气高昂，此城可一鼓而破。

栾枝：大王，我国出兵，目的在于救宋；原本不是为了攻灭曹国、卫国。再者，卫君求和示好，我们已经拒绝了一回；对方再次求和，期望结盟，微臣以为可以答应。我们何必赶尽杀绝，不给对方自新的机会呢？

狐毛：大王，我方第一次拒绝对方求和，不过是要教训卫君一番。让他知道，背弃原来的盟友宋国，投靠强楚，反过来恃强凌弱、为虎作伥，必须受到惩罚！这个时候，卫君已经宣布脱离与楚国的联盟；却即刻又去向楚国示好，要求重新结盟。卫国成了个什么国家？卫君反复无常，哪里还有点君主的样子？

赵衰：只是楚王恼火，不肯接受卫君的结盟要求；听说我军击退楚国援军，眼见我大军围城，这才又来求和。朝令夕改、出尔反尔、全无信义可言，这号君主，让其自新也难！

重耳笑笑。

重耳：小国君主，恐惧国灭身死，已经乱了方寸啦！寡人觉得，如果不允其结盟要求，也不一定非要强攻硬打。兵临城下，胜败之势已明；或者可以敦促其开城投降，也好免除双方无谓死伤。

赵衰：大王仁厚，就这么办。限定时辰，促其投降！

4. 室内 后宫 内廷 日

卫成公狼狈张皇，面对总管叫苦。

卫成公：向晋国示好求和，晋国不答应；扭回头向楚国投靠，人家也不答应！寡人实在是走投无路了呀！再次向晋国要求结盟，表示永不背盟，人家是根本不相信呀！——你说，寡人是那种言而无信的人吗？

总管：奴才认为大王言而有信、信义之名满天下！——可是我的大王，人家晋国不相信，奴才也没有办法呀！

卫成公：莫非，卫国要亡在寡人手里啦？——你快看看，寡人像是一个亡国之君吗？

总管：奴才怎么看，大王也是一位英明神武、仁义道德的君主！——可是，晋国大军兵临城下，国都随时会被攻破啊！

卫成公：一旦晋军攻破都城，寡人、寡人绝不逃跑！寡人要与宗庙社稷共存亡！——你说，寡人要不要逃跑？

总管：这个，这个奴才实在说不来！

这时太监慌忙奔进，跪地禀报。

太监：启禀大王，大、大事不好！大夫豪族们议定，说是要献城投降！家兵们不再守城，反、反而包围了王宫！有人扬言，要诛杀昏君，向重耳示好——

卫成公：他、他们竟然要犯上弑君吗？这、这是灭族大罪呀！

太监：还有人扬言，要活捉大王，献给晋军——

卫成公：活捉就好、不杀就好！

太监：另外有人扬言，要赶跑大王，大夫们自己去和晋军谈判求和！

卫成公：这个主张最好，最最合理！不用他们费事驱赶，寡人自行逃走好啦！——狗奴才，还不赶快备车，服侍寡人逃走？

总管被喝令，回头喝令太监。

总管：狗奴才，还不快去备车，服侍大王逃走？

5. 室内 大帐 日

大帐内，重耳与诸将继续议事。

狐偃：好！卫国朝臣大夫赶跑卫君，前来献城；我军得以兵不血刃、不战而胜。楚军又解除了对宋都之围，我方应该说是初战告捷！

赵衰：不过，宋都仅仅是解围而已。楚国大军，并未撤出宋国，依然占领大片国土。要说救宋，我军的战略目标还远未达成。

狐毛：是啊，楚国拒绝齐秦调停，看样子不灭宋国绝不善罢甘休。我们怎么办？驻军不前吗？还是撤军回国？我军前脚一走，楚军随后继续攻打宋国，如之奈何？

先轸：说到底，我军虽有小胜，楚军也没有大败。关键在于，我军并未与楚军正式接战，不曾消灭其任何一点有生力量。依末将看来，晋楚之间必有一战！唯有一决雌雄、争出胜负，别无他途。

赵衰：是啊，大王总是不希望与楚国兵戎相见，从此交恶；指靠外交斡旋、规劝讽喻、劝其向善，楚国君臣哪里肯听？蛮夷之邦，本性使然；忍让宽容，他们只会看作是我方软弱怯战。大王！事已至此，此仗恐怕是不能不打了。微臣请大王再勿犹豫彷徨！

先轸：汉水之滨，大周同姓之国尽数被楚国武力吞并，天下公义、荡然无存；我们要主持公义，对于某些国家，得用拳头说话，他们才能听得懂！

重耳：只有这一个办法了吗？非是寡人软弱怯战，只是觉得事关太过重大，不能不慎之又慎。楚国此次攻宋，准备何其充分？多少诸侯国与之结盟，乃至联合出兵。除了秦国之外，并连齐国都和楚国缔结了盟约。整个中原，已是楚国一家独大。大周王朝，岌岌乎殆哉；楚国简直就要凌驾于天子之上，号令天下！

赵衰：所以，我国方才出动三军，为了天下公义，尊王攘夷的呀！

重耳：拿下曹国、卫国，楚国同盟被我们撕开一个裂口；与齐秦会盟，按说也是对楚国的一个震慑。可是，楚国同盟的联军依然强大，齐秦两国实质上并不出兵参战，等于踟蹰观望。楚强我弱，态势依然，谁能保证我军必胜、一定能够以弱胜强？万一战败，晋国表里山河，我方败退固守，或者可保无虞；而从此中原整个态势将不可收拾，寡人将成为整个天下的罪人！

栾枝：责任之重，乃有思虑之深。为今之计，除了决战之外，没有一点别的办法了吗？

先轸急得搓手顿足。

赵衰：身为三军上卿，我有这样一个主张。既然楚军不肯放过宋国，那么我军也绝不放过曹卫两国。楚军占领着宋国大片领土，我方这便划出曹卫两国的领土馈送给宋国。一则，让疲惫的宋国有所仗恃、继续抗楚；二则，更为重要的是，向楚国宣示我们的决心——晋国将不惜一切代价，支持宋国到底！

先轸：楚国看到我们的决心，最终放过宋国，那我军又何必非要与楚军杀个你死我活？倘若楚国不肯改其虎狼习性，非要讨打，晋国三军难道真是吃素的吗？

重耳：寡人看这个办法可行！

狐偃：三军也不宜犹豫不决，好像避战似的。也得开赴前敌，宣示我军不惜一战、不惧一战！

赵衰：好！有请狐偃大夫主持割划领土之事，与公孙固尽快接洽。三军统领听令，立即拔营，开赴宋国！

6. 室内 行宫 内廷 日

楚王行宫，楚成王与子玉、子西、子上三军统领以及宛春等人议事。

众人席地而坐。

楚成王：几位将军连续作战，从前线赶奔归来辛苦了！

子玉：大王急召末将等前来行宫，不知所为何事？

楚成王：自晋国出兵，整个战局情势突变；这一仗，咱们还打不打？如何打？须得慎重考虑，万万不可草率仓促！

宛春：大王所虑甚是。我军与晋军虽未正面接战，整个战局已然呈现出对我方的诸多不利。我军攻战经年，最终不曾攻下宋都，晋军出兵才几天，却已经横扫曹卫两国，此乃一不利也；迫于情势，曹卫不得不与我背盟，而大国齐秦与晋国结盟，此乃二不利也。我军久战疲惫，晋军气势正猛，此乃三不利也。微臣以为，不如接受调停，撤军回国！

楚成王看子玉反应。

子玉却向子西子上示意发言。

子西：宛春大夫这叫什么话？这分明是长他人志气、灭自家威风。我们撤军，岂不是等于怕了晋国？再者，我军劳师远征、劳民伤财，这样灰溜溜地撤军，如何向国人交代？

子上：晋军打出旗号，竟然叫嚣什么"尊王攘夷"；分明是在污蔑我们楚国！重耳之流，大王待他何等礼遇优厚，诚属忘恩负义的小人行径！让晋国得逞、让小人得志，中原之地便是又要出现一个尊王称霸的大国。我们北进中原的国策，将永远没有实现之日，末将坚决反对撤军！

宛春：子西、子上二位将军，晋国自重耳复国，国力大增，隐隐然成了北方强国。我军与之兵戎相见，谁能保证必胜？逞一时之气，不看态势变化，实乃为将者的大忌！

楚成王：子玉将军，你怎么看？

子玉：宛春大夫所言，看似有理，其实只是些片面之词。情势分析云云，不过为了主张撤军，自圆其说罢了！

宛春：在下愿听将军高论！

子玉：所为齐秦两个大国，与晋国结盟，他们原本就是姻亲之国，何足为论。两国只是出面调停，并未派出一兵一卒参战；可见所谓结盟，不过是重耳自我壮胆罢了。此其一也。

楚成王：这一条，寡人赞同！

子玉：回头看我方联盟，陈蔡联军，一直归于末将指挥，申国、郑国，也有劲旅参战；相对晋国区区三军，明显我方兵力占优。我军久经战阵，修整一段，又是生龙活虎；晋军新建，他们打过什么大仗、恶仗？可笑号称救宋，只在曹卫两个小国头上逞凶，并不敢与我军一见高下，分明是怯阵避战。此其二也！

子上：子玉将军说得好！指望外交斡旋，便想吓退我军，无异于白日做梦！

宛春：重耳避战，或也正是礼让大王，以报当年礼遇，不一定就是怯阵吧？

楚成王：子玉将军所言第二条，与诸位所言并不冲突。我军势强，倒也合于实情。

子玉：为将之道，自然不可逞一时之气；但为将者，焉能没有霸气？如果未战先怯，唯恐失利，就该像宛春大夫一样，为大王奔走传令，不该带兵打仗。最为重要的，如果我国就此撤军，无异于养虎遗患，平白成就了重耳的称霸野心。中原大地，从此强弱易势，我国北进方略受阻、再无出头争雄之日！

子上：前一段，我方形势何等之好？一到晋国出兵，轻而易举解了宋国之围；趁火打劫，平白占领了曹卫两国。晋军毫发未损，大获全胜；我军劳民伤财，落得两手空空，乃至外有曹卫诅咒、内有国人不满。可谓完败，实为楚国大大耻辱！

子玉：为着教训重耳、遏止其称霸野心，为着我楚国北进的方略大计，我军不能撤军，必须竭尽全力与晋军一决雌雄！此其三也！

楚成王：寡人待他重耳不薄，他这回出兵，害我楚国不浅！出兵救宋也罢了，不该叫嚣"尊王攘夷、主持公义"！晋献公攻灭虢国、虞国，哪里顾忌什么公义？侵国夺地，与戎狄蛮夷何异？寡人是夷狄之君，你当初何必投奔来我楚国？

子玉：重耳忘恩负义、妄自尊大，请大王再勿犹疑，下令与之一战！

楚成王起身，来回走动。

宛春：大王，万一我军不能取胜，中原形势将更加对我不利，请大王三思！

子西：大王，我军久经战阵，阵容强大，末将敢言我军必胜！请大王下令开战！

这时，有太监奔进报信。

太监：启禀大王，前线急报。晋国三军向宋国境内挺进！

子玉等人也都站起。

子玉：重耳得寸进尺，逼人太甚！请大王速速下令迎战！

楚成王：看来，这仗是非打不可啦！子玉将军，如果与晋军决战，可有争胜的具体方略？

子玉：曹国、卫国败亡，陈蔡等国无不恐惧；只要我们决心一战，诸国联军唯我楚军马首是瞻。联军，可以抽出精锐，编为右军；末将与子西，分别统领中军、左军。末将敢言，我方已是立于不败之地。大王身边尚有一军，恳请大王将兵符授予末将，末将替大王引领举国之军，则必将尽数歼灭晋军、大获全胜！

楚成王：这个嘛，请容寡人想想。

宛春：子玉将军麾下，三军齐备，兵力占优；莫非并无必胜之把握？如果尽数带领举国之军应战，万一多少失利，楚国危矣！再说，尝听人言，在咱们楚国，除了大王之外，战车超过三百乘，就没人会指挥啦！

子玉怪眼圆睁，胡须戟张。

子玉：宛春，你说的是本将军吗？好，本将军无须增兵，率领属下三军，敢言必胜！身在后方，犹疑怯战；错失战机，将足为天下笑！

宛春：子玉将军，你这是暗指大王吗？

子玉：你！？

楚成王：好啦好啦！吵吵嚷嚷，成何体统？宛春大夫考虑万一，即或战败，能为楚国保存一点家当，也在情理之中嘛！子玉将军慨然请战、忠心可嘉。麾下已有三军；尽管如此，寡人再助你东宫禁卫军精兵一部！

子玉：末将谢大王！

楚成王：宛春虑事周密，仍代寡人趋赴军前，协助子玉将军筹谋划策！

宛春：微臣领命！

7. 室外 旷野 大营 日

旷野上，楚军扎了大营。

营中，楚军列阵，接受子玉等检阅。

战车成阵，旗帜招摇。

子玉：好！士气高昂、三军用命；与晋军决战，我军必胜！

子玉打头，走向大帐。

8. 室内 大帐 日

大帐内，子玉诸将与宛春议事。

子玉：陈蔡诸国联军精锐，编为右军，请子上将军统领！

子上：末将遵命！

子玉：左军乃我楚军劲旅，将东宫禁卫军编入，请子西将军统领！

子西：末将遵命！

子玉：中军最为精锐，本将军亲自统领。克日开赴宋国北部边境，迎战晋军！

宛春：大将军，两军交战，岂能说打就打？我军应该找到最好的开战理由。理直还是理屈，关乎道义、影响士气，事关重大，不可轻视。

子西：我军攻宋，关他晋国什么事？横加干预、坏我计划，这便是最好的开战理由！

子上：战场上见面，实力讲话；打胜了，你就有理！

宛春：晋军叫嚷"尊王攘夷、支持公义"，在我方听来不那么入耳；对于中原诸侯各国，却极具蛊惑之力。临行之际，大王殷殷嘱托；我国一贯被视作蛮夷之邦，何必显得那样强横、授人以柄呢？我们完全可以找到最好的说辞，显出我国处处占理；反倒是他晋国十分理亏、活该被我军痛打。大王坐镇后方，掌控全局；希望我军先礼后兵，不仅要赢得战争、还要赢得仁义之师的美名。几位将军，难道不想这样吗？

子玉等对对眼神。

子玉：呵呵，有这样的说辞吗？便请宛春大夫讲来！

宛春：重耳不是派人斡旋，希望两国罢兵休战吗？我方可派人前往，提出我们楚国的休战条件。

子西：休战？我们凭什么和他晋国休战？

子玉：少安毋躁，听完再说不迟。

宛春：晋国放过曹卫两国，退出两国地面，休兵回家，那么我军就答应放过宋国，两家就此罢兵。

子上：闹了半天，罢兵不打啦？这算什么条件？我们凭什么白白放过宋国？不成！这个办法不成！让晋军退出曹卫两国，它哪里会那么听话？我们得打！打败了它，它是不退也得退；狼狈逃窜，逃得比兔子还快！

宛春：几位将军太性急啦！这样条件，原本就只是一个能够拿到桌面上的说辞。我们不乐意，晋国只会更不乐意。那么，最后将会是什么结果？结果就是，我们楚国希望和平，愿意接受斡旋；倒是口称仁义的重耳一方，非要打仗。如此，两家打起来，我军理直而晋军理屈。诸侯国之间，会有说法褒贬；我军士气，由之大振！

子玉：此说果然可行。我军亦可就此进一步好生修整，做好打大仗、打恶仗的准备。

子上：那我们派谁前去，向晋军下这一套说辞呢？

子玉：两国交战，派出的使者当然要有身份，代表我们楚国嘛！宛春大夫，本将军就请阁下荣任此职！

宛春：身在大将军帐下，愿听驱策！

9. 室外 晋军大营 营门 日

晋军大营，营门大开。

随从护卫车驾来到。

有人搀扶宛春下车。

狐毛朝服冠戴，上前礼见迎接。

狐毛：宛春大夫，一路驱驰辛苦了！

宛春：多谢狐毛大夫在此迎候！

狐毛：贵客请！

宛春：主人请！

两人言笑晏晏，双双步入大营。

10. 室内 大帐 日

大帐内。

重耳安坐，与诸将议事。

赵衰：楚军派使者宛春大夫前来，我方由狐毛大夫全权接待；对方提出的休兵条件，诸位听到了。对此，大家有何看法？

狐毛：宛春一套说法，我看只是外交辞令而已。实质上并无真正休战退兵的诚意。在下揣测，子玉不过是想找到一个与我军开战的冠冕托词罢了。

先轸：单凭揣测，如何能够断定楚军没有退兵的诚意？

狐偃：根据探报，子玉正在集结大军，楚王又从后方派出精兵增援；这哪里是休战退兵的样子？休兵云云，分明就是托词！

重耳：即便只是托词，却也无懈可击，全然可以拿到桌面上来。晋楚两国罢战，从此中原复归和平，这完全能够说得过去啊！

狐偃：大王哪！万一我们退兵回国，楚军却并不退兵、回头再次攻打宋国，我们该怎么办？

赵衰：对方这一招确实高明。我军答应条件退兵吗？楚军恐怕不会真的放过宋国。我军拒绝退兵？那我们原本是要主持公义，反倒成了不顾公义、非要穷兵黩武！子玉刚愎自用，腹中能有如此韬略？确实有些难解、难缠，莫非这一招数出自楚王本人？

狐偃：听赵衰大将军此言，好像咱们都被这样一个小小花招给难住啦！子玉为臣、我家大王为君；单单凭他作臣子的一句话，我方只解救了宋国一个国家，他们倒一举解救了曹卫两国。臣得其二、君得其一；天底下难道有这样的道理吗？所以，子玉失礼在先，我们应该断然拒绝他的什么休兵条件！

先轸：狐偃将军，你说的，倒也有一点道理；可惜，只是一点礼数上的小道理。子玉固然为臣，但其说法大气堂堂；口出一言，便能安定中原三国。假如我方拒绝子玉，分明就是不要三国安定。其间的是非曲直，不言自明。不肯休兵、非要打仗，这样的主张，堂堂晋国如何拿得出手？

栾枝：抗楚救宋，原本我方理直；这么一来，反倒变成我方理亏。

重耳不禁站起来。

重耳：我军出动，为的是救宋；横扫曹卫，也是为了逼迫楚军撤围；我方的战略目标，已经达成了嘛！寡人主张，只要对方真的放过宋国，我们就该答应对方条件。退兵罢战，恢复曹卫。

赵衰：大王，只怕对方并无诚意，子玉是在使诈！

重耳：子玉究竟是不是使诈，不能只凭猜测。

先轸：大王，末将已有计较在此！

众人注目。

重耳：便请将军讲来！

先轸：对方提出的条件堂堂正正，我方可以答应子玉提出的条件！

狐偃：答应对方？我军放过曹卫两国，楚军并不放过宋国，我们该怎么办？

先轸：请听末将细说端的。事情的操作，可以分为三步。曹卫两国，已在我军掌控之中，放过他们还是不放，权力在我。岂能变成是因为子玉的一句提议，我们才这么办的？无论战局最终如何发展，大王仁义，自不会强行占领曹卫、侵国夺地；我们迟早要让曹卫复国，何不现在就提前答应他们？此乃第一步。

赵衰：我们就这样白白放过曹卫两国吗？

先轸：当然不是。请听在下的第二步。放过曹卫，允其复国，当然是有条件的；那就是，他们必须与楚国正式断交、解除盟约。

狐毛：两国等于已经亡国，能够复国，必然十分感激我国宽仁大度；让他们与楚国断交，我看绝非难事，简直是易如反掌。

先轸：那么，各位一定非常担心，我们放过曹卫两国，楚军却并不放过宋国，我们岂不是失算了吗？最关键的一步，也是第三步，我们扣押宛春、不令其回归楚营。只有楚军真正撤军罢兵，我们才会放人！

狐偃：扣押一个小小的宛春大夫，能有多大作用？子玉就会因此退兵罢战？我看反而可能激怒子玉，绝不放过宋国，一定要和我们兵戎相见！

赵衰会意微笑。

赵衰：这正是先轸将军此计的最终要点！到这个时候，对方的花招终于全部露馅。子玉原来是在使诈！

先轸：子玉的罢兵条件云云，本来就是玩儿虚的。他要的是与我军作战的一个冠冕说法而已。既然此仗非打不可，我军就来个坚决应战！

赵衰：而经过以上三步操作，大家听清楚了，我方完全同意楚军提出的条件，在事实上放过了曹卫两国；偏偏是他子玉，出尔反尔，不肯放过宋国、不肯真正罢战休兵。道理之曲直，不期然间发生了变化，变成我方理直、对方理屈！

狐毛、狐偃等，已是连连点头。

重耳：你们几个呀！反正是憋着劲想和楚军一决高下。楚王跟前，子玉是不服输的将才一个；寡人身边呢，有你们好几个哪！

狐偃：谢大王奖掖！微臣末将等几人，跟随大王多年，早有名声在外，皆是将才呀！

重耳：对了，曹国、卫国乃是诸侯之国，岂能任由寡人做主兴废？这允准复国的好事嘛，就恭请周天子来宣示敕命。亦可见出我晋国尊王的一片诚心。

赵衰：通报曹卫两国，上奏大周天子，还是请狐毛大夫全权办理。其余众将，厉兵秣马，鼓动三军，准备迎击楚军！

11. 室内 军帐 日

一座军帐，作为客房。

赵衰、先轸来见宛春。

先轸：宛春大夫，贵军提出的休兵条件，我家大王已经好生考虑过了，大将军特来告知结果。

宛春：大将军请讲。

赵衰：我军出兵，目的在于救宋；楚王曾经礼遇我家大王，晋军自然不会执意与贵军为敌。大王答应，放过曹卫两国，就此休兵罢战、恢复中原和平。

宛春：贵国真的愿意放过曹卫两国？

赵衰：曹国、卫国，皆是周天子分封的诸侯国，我们晋国岂能仗恃武力、随意侵国夺地？

先轸：我家大王已经派出使臣，上报大周天子；恭请周王，敕令曹卫复国。

赵衰：往下，就看贵军是不是真的会放过宋国啦！

宛春：想不到事情是、呵呵，想不到贵军这样爽快就答应退兵条件。在下这便回去禀报子玉大将军知晓！

宛春就要起身，被先轸拦住。

先轸：宛春大夫，对不起。请在我军大营安住几日，让你的随从还报子玉大将军。倘若贵军真的退兵，我等自会欢送大夫、摆酒践行；倘若子玉并不退兵，休战云云只是外交辞令、阴谋使诈，非要和我军一战，哼！到时候，说不定就要拿大夫的头颅来祭旗！

宛春：两国交兵、不斩来使，你们、你们胆敢扣押使臣！我家大将军早已做好开战准备，大军杀到，让你们一个片甲不留！

先轸、赵衰使个眼色。

先轸：大将军，看来我等判断不差，子玉果然扬言休兵是假！派这个宛春前来，不过只是想要个花招。

赵衰：宛春大夫，两军交战，曲直与否，岂在几句外交辞令？楚国仗恃武力，不听天子号令约束，一味横行霸道；汉水之北，诸侯各国被你们尽数侵占；执意攻宋，践踏公义。扪心自问，贵国可有什么占理的地方？我军尊王攘夷、锄强扶弱、抗楚救宋、堂堂正气！公理正义，尽在我方；晋楚之战，我军必胜！谓予不信，请宛春大夫拭目以待！

赵衰、先轸离去。

宛春颓然。

12. 室内 大帐 日

楚军大帐内。

子玉和子西、子上紧急议事。

子玉：好不恼人，晋军竟敢扣押我军使臣！

子西：宛春喋喋不休、一套说辞，非要磨牙费嘴争一个理直理亏，原本就是多事！

子上：我还是那话，谁厉害、谁的拳头硬，谁就理直！晋军我看就是欠揍！

子玉：晋军扣押我军使臣，岂不也是我军一个开战的极好理由！两位将军各归本军，按原计划出兵，与晋军决战！

子西、子上：末将得令！

13. 室外 大营 日

楚军大营。

兵车列阵，两面中军大旗高扬。

子玉面对军阵，将校在侧，进行发兵动员。

子玉：重耳忘恩负义，出兵与我楚国为敌；晋军扣押我军使臣，拒绝休战退兵。楚国大军、战无不胜；打败晋军、为国立功！

众：楚国大军、战无不胜；打败晋军、为国立功！

子玉：拔营起兵！

战鼓雷动，号角齐鸣。

营门大开，车阵出动。

大旗高扬，遥遥前去。

14. 室内 京城 王宫内廷 日

王宫内廷，周襄王与王子虎议事。

周襄王：晋侯派使臣前来，恭请寡人敕命，让曹卫复国，此事如何处置、方为周全？

王子虎：请恕微臣直言。曹卫两国，尽在晋军掌控之中；复国与否，全凭晋侯一言。晋侯此举，实乃对大周王朝之仰仗、对陛下之尊重。第一条，微臣恭请陛下准其所请，即刻颁发敕命。

周襄王：敕命文书已然写好。下面呢？

王子虎：第二条，晋侯尊重陛下，陛下宜于好生奖掖。敕命文书，派出使臣，交给晋侯，请晋侯代大王颁发与曹卫两国。

周襄王：正合寡人之意。君待臣以礼，臣方能事君以忠啊！

王子虎：难得晋侯真心忠于王室，拥戴陛下。若非晋国出兵，楚国北进之势谁能阻挡？京城周边，诸侯各国尽数归附楚国，大周王朝危乎殆哉！

周襄王：晋楚决战在即，你说胜负之数如何？

王子虎：晋侯尊王攘夷，但愿晋军此战能够得胜。

周襄王：晋军如果获胜，恐怕接下来晋国就要图谋称霸啦！

王子虎：陛下，与其楚国称霸，宁可晋国称霸！中原各国诸侯，迫于楚国威势，人人自危；巴不得齐桓公称霸局面赶紧再次出现哪！微臣敢请陛下，好生怀柔晋侯，以为大周王室之柱石仗恃！

周襄王：好，两事并作一事，寡人便命你为全权特使，代寡人颁发敕命、嘉勉晋侯！

王子虎：微臣遵命！

15. 室外 旷野 日

旷野上，晋国三军列阵。

上军、下军，阵前大旗一面。

中军，阵前大旗两面。

甲士戈戟如林。

将校刀剑出鞘。

16. 室外 高冈 日

三军背后，一带高冈。

伞盖之下，重耳端坐。

禁军精锐，分列两厢。

赵衰手执令旗，站在侧前。

三军统领、六名大将听命。

狐毛等依次出列。

郤縠：中军列阵完毕！

狐毛：上军列阵完毕！

栾枝：下军列阵完毕！

赵衰刚要挥动令旗，狐偃出列。

狐偃：大将军且慢发令，末将有话启禀大王！

赵衰：请讲！

狐偃向赵衰、重耳执礼。

狐偃：大王，我等当年流亡楚国之时，大王曾经当着诸侯各国使节之面，亲口向楚王许下诺言。设若晋楚两军相遇，不得不一决高下，晋军当退避三舍、以谢楚王。今日两军相遇，乃大王兑现诺言之时！

重耳：狐偃提醒得好！当年一诺、岂止千金？面对楚军、退避三舍，绝不食言！

栾枝：末将敢问一言，我军现在就退走吗？

先轸：所谓退避三舍，只能在两军接触对阵之后开始退军，才能称作退避；否则，我军管自退走十舍八舍，算得什么退避？

郤縠：两军对阵之际，我军不战而退，对方掩杀上来该怎么办？如此我军太过危险，有不战而败之虞呀！

赵衰作难，请示重耳。

赵衰：大王，此事如何处置？末将恭请大王三思！

重耳站起，前来几步。

重耳：宁可我军受损，寡人不能失信于天下！退避三舍，绝不食言！具体如何部署安排，既能报答了楚王、又能尽量减少我军败阵风险，有请大将军好自为之！

赵衰看看诸将，开始发令。

赵衰：诸将听令！各位将军，回归本军，向全军将士说明情况，免得退兵之时造成慌乱。待楚军出现于我军阵前，派出将校，向对方说明，非是我军避战，退避三舍，实乃兑现大王当日诺言、还报楚王。我军后队变作前队，从容退却，军阵不得自行紊乱。楚军若是趁势进攻，前队加快速度退却、后队组织掩护，以保证我军全身而退！我军退避三舍，其地在卫国城濮一带；三军在城濮集合，重新列阵！

六位将军同时执礼。

众：得令！

赵衰挥动令旗。

六人上马，分头从高冈驱驰而下。

赵衰回身。

赵衰：有请大王起驾！——禁卫军护卫大王，退回城濮！

17. 室外 旷野 战场 日

旷野上。

晋军三军严整列阵。

三军的前沿，分别是各自两员领兵大将，乘车处于最前方。

郤縠统领的中军，两面大旗高扬。

楚军三军，匀速推进。

子玉统领中军，队前两面大旗高扬。

双方渐渐靠拢，大约相隔两箭之地的时候，子玉挥动令旗。

属下即刻舞动两面大旗。

将士们看到旗号，弓弩手引满、步卒挺直戈戟。

队伍起步前进，整齐的脚步声震动大地。

鼓手执定鼓槌，号手准备吹号。

晋军中军阵前，郤縠挥手示意。

一名将校策马而出，单骑奔向楚军部队。

楚军这里，子玉看到有人奔来，令旗平伸。

两面大旗分别向左右平伸放置。

驭手拢住马匹，战车停下。

楚军大队，停止前进。

两翼看到旗号，同时停下。

子玉：莫非晋军来下战书？——前去看看！

战车一侧，有骑手数人，策马迎上。

晋军将校到了近前，勒马执礼。

将校：晋楚两军交战，我家大王下令，我军将退避三舍、报答楚王！

将校说罢，回转马头、奔驰而去。

晋军这面。

郤縠看到将校返回途中，先在头顶挥动令旗。

两面大旗同时左右挥动。

兵士们齐声呐喊。

众：退避三舍，还报楚王！

大军连喊三声，吼声直上云霄。

随之郤縠向后挥动令旗。

两面大旗向后倾斜，矛头斜指。

郤縠：后队变作前队，退兵！

步卒转身。

战车就地回头。

军阵不乱，齐步开动。

最后面，是郤縠、郤臻两人的战车。

楚军这面。

晋军喊声滚滚而来。

子玉冷笑一面。

子玉：哼！重耳惯会来这一套！你要真的有心报答我家大王，原本就不该出兵抗楚！——传令三军，给我掩杀上去！

子玉挥动令旗。

两面大旗舞动。

战鼓雷动，号角齐鸣。

楚军战车启动，渐渐加快速度。

步卒挺着戈戟，齐步小跑。

楚军开始呐喊。

众：楚国大军、战无不胜；打败晋军、为国立功！

大军吼声，排山倒海。

18. 室外 大路 旷野 林地 战场 日

旷野，上军迅速撤退。

大路上，有兵士们从林地砍伐了树木，狐毛、狐偃乘坐的兵车最后过去，树木扔在路上，形成路障。

带兵追击的楚军右军，子上的军队受阻。

另一面，栾枝、先轸率领的下军撤退。
后面的车辆上，绑缚了许多树枝。
树枝在大路和荒野上腾起烟尘，几乎遮蔽了视线。
子西带领楚军的左军，被搞得满面灰土。
子西挥动令旗，弓弩手纷纷发箭，朝烟尘中狂射。
有的箭矢，击中了撤退的战车，驭手继续打马狂奔。
等眼前烟尘散去，晋军已然远去。
子西不禁摇头。

晋军中军。
郤榖、郤臻坐在最后的战车上，指挥部队撤退。
旁边的车上，中军两面大旗高高飘扬。
子玉亲率的楚军中路大军，呐喊追击。
众：冲啊！杀呀！
子玉：快、快！前面是晋国中军，击败中军、我军便是大胜！
弓弩手在奔跑中，突然齐齐站定，开弓发射。
箭矢有如飞蝗，飞向晋军。
子玉旁边战车上，有甲士拉开巨弩，搭上数支大号长箭，开弓劲射。
郤榖近边战车上，掌旗手中箭倒下，中军大旗摇摇欲坠。
郤榖：不好！保护中军大旗！
郤榖奋身跃起，跳到那面车上，掌稳军旗。
后边楚军又有几支巨弩发射。
郤榖的战车，连连中箭。
一支长箭，射中了郤榖，穿胸而过！
有将校跃上战车。
将校：将军，你——
郤榖：扶着本将军，中军大旗不能倒！
将校一手扶着郤榖，一手帮着握牢军旗。
军旗高扬！
郤臻这面，指挥将士们发箭还击。

卻臻：弓弩手，放箭！

战车上，也是巨弩连发。

步行的弓弩手，奔跑中站定，回身列队，乱箭齐发。

楚军受阻，两方距离越来越远。

中军大旗依然高高飘扬！

19. 室内 大帐 夜

大帐内。

赵衰与几位将军紧急议事。

卻臻的旁边，已经换了一人，为重耳驾车的胥臣，从禁卫军调来。

烛火光影里，大家表情凝重。

赵衰：卻縠大夫不幸战死，已经禀报大王知道；大王和我们一样，痛失忠勇，异常悲伤！

栾枝：可恨楚将子玉，我军明明告之，退避三舍、以报楚王，他竟然趁势掩杀，简直全无心肝！

狐偃：唉，我军付出如此惨痛的代价，到底做到了恪守信义。

赵衰：我军退避三舍，楚军紧追不舍；眼下大战在即，不是悲痛的时候。在下有几项部署，众位将军听好了。

众人肃然。

赵衰：第一项，关于将佐安排。卻縠大夫战死，中军缺失主将。本将军指定，由先轸将军出任中军主将，卻臻为将佐！

先轸：末将遵命！

赵衰：同时，调大王禁卫军大将胥臣，为下军将佐！

胥臣：末将遵命！

赵衰：第二项，关于大战的整体部署。在下随大王先行退到城濮，列阵的战场地势已经看好。针对楚军三军部署情况，我军三军，将作这样安排。楚军以子上率领的陈蔡联军即右军相对较弱，我军将以下军迎战；大王禁卫军一部，编入下军；栾枝将军、胥臣将军争取在两军接触之际，以强击弱，尽快打垮对方！

栾枝：末将得令！

赵衰：今天我军撤退，吃了一点小亏；子玉未免骄横，定会亲率中军主力，寻找我们的中军决战。本将军决定，由狐毛、狐偃统领的上军，打起两面战旗，伪作中军！

狐毛：伪作中军？

赵衰：今天我军撤退的时候，大家使用的办法就非常好。和楚军接战之后，两位将军还是要佯装败阵怯战、丢盔弃甲，把子玉的中军引开，然后用树木阻塞道路，争取甩开楚军的中军。

狐偃：然后呢？

赵衰：请听在下细细分说。我军的主力中军，只打一面旗帜，这时面对的是楚将子西统领的左军。左军本是楚军劲旅，又编入东宫禁卫军一部，实力不可小觑。开始，先轸将军还是要未战先退，战车、马匹拖了树枝，搞得烟尘蔽日。然后，在敌军摸不着头脑之际，突然回军掩杀！与之同时，狐毛、狐偃两位将军率领的上军，甩开子玉，从战场上横切过来，将楚军拦腰截为两段。这样，等于是我们两军，对付子西所率领的一支军队。力争将其全歼！

先轸：末将明白了。楚军虽然兵力比我军略强，我军通过调动，却在局部地方变成了强势。以二打一，我军无有不胜之理！

狐偃：大将军果然好计，只是便宜了子玉！

赵衰：这也不过是在下的设想，能否成为现实，还得全凭诸位将军具体指挥、舍身血战。假如楚军三支军队被我军打垮乃至歼灭其中两支，我军便是大胜！以少敌多，我们不能头脑发热、贪图全歼敌军。否则，与子玉亲率的中军纠缠在一起，战事必将呈现胶着之势；打得再好，恐怕也是两败俱伤啦！

栾枝：大将军部署得当，末将认为完全可行！

赵衰：时辰不早，如果各位将军并无疑义，请个个遵令行事！

众：末将遵令！

第二十九章 城濮之战一举成霸业 践土之盟诸侯贺周王

1. 统一片头

2. 室内 城濮 行宫 客厅 日

行宫客厅。

重耳接见周天子使臣王子虎和齐秦等多国使节。

司礼太监引导重耳走进来。

各位使臣都起立执礼。

太监一边介绍客人。

司礼：这位是齐国使臣；这位是秦国使臣；这位是大周天子使臣王子虎大夫。

重耳一一还礼。

重耳：各位请安坐！

重耳在矮榻上落座，众使臣席地于几案之后。

王子虎：天子陛下派在下前来，在下敢代陛下问候叔父起居！

重耳连忙躬身还礼。

重耳：臣重耳谢天子陛下惦念！

王子虎：大王恭请陛下，敕命曹卫两国复国，天子敕命已下；有请大王代陛下颁发敕命、安抚两国。

王子虎捧出敕命。

司礼太监接了，捧给重耳。

重耳再拜，接过敕命。

重耳：臣重耳拜上，天子陛下驱策，敢不效命。眼下晋楚大战在即，胜负之数实难逆料；待大战之后，臣当从容处置！

王子虎：晋国尊王攘夷，主持公义，代天巡狩、抗拒暴虐，天子陛下唯望晋军仁义之师，一战而胜！

重耳：多谢陛下吉言！三军鼓舞、将士用命，但愿扫平烟尘、中原大定，不负天子陛下之望！

3. 室内 楚王行宫 内廷 日

行宫内廷。

楚成王来回游走，与身边近臣讲说担心。

楚成王：晋楚大战，胜负之数确实难以遇料。或者，寡人应该断然下定决心，严令子玉撤军？

近臣：重耳出兵救宋，破坏了大王的战略图谋，三军求战心切；再加上有人怀疑子玉大将军的指挥能力，大将军兵权在手，也不肯听命撤军啊！

楚成王：也许，寡人给子玉那儿增兵太少了？应该把我国大军尽数出动？

近臣：兵不在多、而在其精；况且我方联军总数大大超过了晋军。子玉大将军能征惯战、用兵有方，我军一定能够大获全胜！

楚成王：他面对的是重耳哪！重耳流亡在外多年，见识大大超乎常人；礼贤下士，身边聚集的都是贤才、将才；初初复国，晋国迅速强盛，如有天助！就怕子玉刚愎自用，稍有轻敌之心，后果不堪设想哪！

近臣旋转于侧，百计劝慰。

楚成王依然忧心忡忡。

4. 室内（重耳梦境）夜

卧室。

烛火摇曳。

重耳安眠榻上。

重耳进入梦境——

旷野茫茫，不知身在何方；天色混沌，灰暗迫人。

从天际、从地底，传来瘆人的声音。

云团翻滚，幻化出各种怪形。

众多怪形聚合，是一硕大头颅。

头颅飞驰迫近，却是楚成王眉目！

血盆大口，哈哈狂笑。

衣甲鲜明，手持宝剑，光芒耀眼。

楚成王：忘恩负义的重耳，哪里逃？

重耳慌忙拔剑。

宝剑突然变成一根朽木。

楚成王宝剑一挑，重耳手中空空如也。

楚成王狞笑扑上，重耳被扑倒在地。

手足麻痹，全无抵抗之力。

楚成王摁住重耳，竟然锯齿巉巉，吸食重耳的脑髓——

重耳惊悟，猛地睁眼坐起。

头上汗水涔涔。

室内烛火如豆。

5. 室内 起居处 日

起居处，重耳召来狐偃，坦言自己的担忧。

重耳：梦中情景，着实恐怖；孤独无助，甚为狼狈！此不足与外人道也，特请舅父帮寡人参详。

狐偃：日有所思、夜有所梦，何足为奇？大王肩负重责，生怕我军万一失利，忧思过虑，乃有此梦罢了！晋楚两军大战在即，大王万万不可显出怯战模样，影响三军气势。

重耳：赵衰的整体部署，与寡人讲过了，众将怎么看？这样打，我军果然能得胜吗？

狐偃：要说大将军一职，我看非赵衰莫属。整体部署，十分得当，众将人人心服。还有先轸，也是不可多得的将才；由他统领中军，最为合适。栾枝大夫谨慎沉稳，单从本次退兵来看，损失最小。大王，三军用命，你就大放宽心,静候佳音吧!

重耳:尽管如此,可寡人之梦,到底让人难以释怀。或是上天预示警告,此梦大为不吉呀!

狐偃:哈哈,要让微臣说,此梦上上大吉!大王仰面向天,此乃得天护佑也;楚王扑在大王身上,此乃俯首伏罪之预兆也;吸食脑髓云云,此乃去除大王心中对楚王的歉疚也!微臣之说,大王勿疑!

重耳:呵呵,竟然可以这样作解吗?

这时,司礼太监躬身而进。

司礼:启禀大王,楚军派出右军统领、子上将军来下战书;赵衰大将军求见大王!

重耳端坐俨然。

重耳:有请大将军!

6. 室外 旷野 大营 营门 日

晋军大营,营门大开。

甲士守卫、衣甲鲜明。

营栅上旌旗招摇。

营门内,赵衰大将军,上军狐毛、狐偃,中军先轸、郤臻,戎装肃立。

下军统帅栾枝、胥臣出营去见子上。

子上立在战车前,身左右将校护卫。

栾枝当先执礼。

栾枝:让子上将军久等了!

子上:在下奉子玉大将军之命,前来下战书;贵军的赵衰大将军怎么不来见我?你们不觉得失礼吗?

胥臣:哼!贵军将领讲话都是这般蛮横无理吗?子玉大将军来下战书,就该投书我家大将军麾下;而乃投书我家大王,说什么"请大王扶车轼而观、子玉也要奉陪观战",竟敢与大王平起平坐!将军不过是右军统领,我家大将军肃立营门、下军统领栾枝将军亲自酬酢应答,何为失礼之有?

子上:哈哈,贵军都是些只善言辞、不会打仗的人领兵的吗?日前面对我军,因何一味避战?——废话少说,对大将军战书,你们大王是怎么回复的呀?

栾枝:大将军所言,我家大王领教了!大王说了——对于楚王恩惠不敢少忘，便是对子玉大将军都履践诺言、退避三舍，确实不敢对楚王失礼不敬！如今，大将军紧追不舍，看来并无休兵罢战之意。便请大将军备好战车、忠实履行楚王之命。咱们明晨一早，战场上见！

子上：说得好！这番话在下自会转报大将军。——二位统领下军，看来明天在下要和二位一见高下啦！

子西瞠目而视。

胥臣也不甘示弱。

栾枝一笑。

栾枝：将军请登车！下军之将礼送贵军右军之将！

7. 室外 高阜 日

[字幕：晋文公五年（公元前632年），旧历四月，晋楚两国军队在卫国城濮展开决战。是为历史上著名的晋楚城濮之战。]

高阜之上，搭了凉棚。

凉棚下，各国使臣、晋军随员，有坐有站，交头接耳、指指画画。

当间，重耳端坐于伞盖之下，注目下面旷野。

晋军三军列阵，背靠高阜、依傍林地。

高阜半腰这儿，赵衰左右是几名将校和传令官。

紧张注视战场情形。

远处天际，隐隐传来战鼓之声。

楚国三军，旌旗招摇、战车引导，推进而来。

高阜上一时鸦雀无声。

8. 室外 战场 晋军阵地 日

晋军阵地，三军列阵。

栾枝、胥臣的下军，战车上绘制了猛兽图案。

禁卫军一律骑兵，战马上是狮虎等猛兽的兽皮。

先轸、郤臻的中军，此时打了一面旗帜，摆在阵地侧翼。

战车、战马后面，拴上了树枝。

狐毛、狐偃，上军变作中军，高竖两面大旗。

前面视界里，楚军三军推进而来。

狐偃令旗前指。

两面大旗同时前指。

狐偃：三军出动，擂鼓！

鼓声雷动，号角齐鸣。

战车启动，兵卒开步。

弓弩手引满，步卒直挺戈戟。

鼓声、大军踏步声，震动大地。

9. 室外 旷野 战场 日

战鼓声中，楚军挺进。

步卒高挺戈戟。

战车轮子滚滚。

中军战车上，子玉手执令旗。

子玉：今天，便是晋军覆灭之日！

令旗前指。

两面大旗前指。

大军加快了行进速度。

10. 室外 战场 田野 日

田野上，楚军右军挺进。

子上挥动令旗，一面大旗前指。

战马奔驰，兵卒跑步。

弓弩手开始放箭。

大队军阵中，已有对方的箭矢射来。

众：冲啊！杀呀！

对面，晋军下军，栾枝挥动令旗。

巨弩发射，战鼓雷动。

胥臣亲自率领骑兵，战马披挂兽皮，呐喊冲锋。

众：冲啊！杀呀！

11. 室外 战场 林地 日

中军战场。

子玉的中军，与狐毛、狐偃的中军，相对冲击。

两军相互发箭、发射投枪。

子玉挥动令旗。

楚军猛冲。

狐偃也挥动令旗。

两面大旗斜指。

前军战车向右面拐弯，避开了楚军锋芒。

整个大军，与楚军擦肩而过。

子玉连忙令旗斜指，展开追击。

狐偃这面，弓弩手列队齐射。

楚军中箭，人仰马翻者不少。

同时，晋军也有相当死伤。

晋军奔逃中，车后树枝搞得烟尘大起。

烟尘中，只见晋军旗帜歪斜、丢盔弃甲。

子玉：晋军怯战，给我追击！

烟尘中，乱箭射来，有如飞蝗。

等烟尘散开，楚军前边都是横七竖八的树木。

晋军尾部，没入了一片树林。

12. 室外 田野 战场 日

楚军右路。

胥臣率领晋军骑兵冲进楚军队列。

楚军战马看见对方兽皮蒙着的战马，纷纷惊惧。

战马不听羁勒，战车乱跑、战阵已乱。

栾枝挥动令旗。

栾枝：楚军已逞败象，擂鼓呐喊！

鼓声如雷。

众：打败楚军、为国立功！冲啊！杀呀！

子上：后退者斩！给我挡住！

但就连他的战车、马匹也难以控驭。

楚军阵脚已乱,开始溃退。

田野上,晋军骑兵展开追杀。

楚军不成队形,四散狂奔。

13. 室外 旷野 战场 日

楚军左军这面。

眼前的晋军不战而退。

战车、战马后面的树枝,腾起烟尘。

子西在战车上冷笑。

子西:哼!又是这一套!分明是怯阵避战,给我追击!

子西挥动令旗,大旗前指。

楚军呐喊冲锋。

众:冲啊!杀呀!

整个战阵队形,已经长长拉开。

14. 室外 高阜 日

高阜上。

大家看到战场上的情况。

不少使臣交头接耳,神色紧张。

使臣:晋军有一支情势占优,可楚军是两支得势啊!

王子虎动动嘴唇,想和重耳说点什么,结果没有吱声。

重耳依然端坐,面不改色。

15. 室外 战场 日

晋军中军。

战车、战马,解去树枝。

列阵严整。

先轸在战车上挥动令旗。

两面大旗前指。

先轸:回头掩杀、猛打猛冲!

战鼓雷动,强弓齐射。

战车启动,战马奔腾。

先轸与子西快要互相看清。

子西：怎么？我们面对的原来是晋军中军？禁卫军,给我上！

战车对冲而过。

箭矢乱飞,互有死伤。

楚军禁卫军异常勇猛,有的冲到先轸、郤臻车前。

先轸夺过一支大戟,连连挑翻对方。

郤臻手持双剑,左右砍杀。

16. 室外 战场 日

狐毛、狐偃率领的上军,甩开子玉。

向着楚军左军横向冲来。

战车战马在前,弓弩手在战车两侧,列队发射。

楚军侧面出现大军,只好仓促应战。

晋军顿时将楚军横切成了两段。

狐毛挥动令旗,指挥上军一部,冲杀楚军后队。

狐偃挥动令旗,指挥上军其余,围攻楚军前队。

17. 室外 战场 日

子西的半支队伍,被先轸的中军和狐偃的一部上军包围。

子西被困在垓心。

禁卫军死伤过半,尚在舍命搏杀。

包围圈越来越小。

子西战车上,箭矢无数。

身边将校舍命护卫。

将校：将军,我军处境危殆,赶快下令突围吧！

子西看看战场情况,长叹一声。

子西：想不到一只左军,毁败在我的手里！——突围！

令旗下指。

楚军大旗倒下,拖了地。

楚军不再抵抗,收缩队伍,集中到子西战车四周。

战车斜刺冲出。

禁卫军勇士断后。

子西到底冲开一道口子,落荒而去。

18. 室外 旷野 黄昏

旷野上,是楚军大营。

大营之前,子玉的中军收缩队形列阵。

阵前排列了拒马、鹿砦。

弓弩手跪姿围城弧形,持弓引满,警觉防卫。

子玉在战车、军旗下子立,表情凝重。

探报将校带人奔回。

探报:报告大将军,我军右军败退!

子上没了战车,与亲兵将校乘马,若干兵士在后乱跑一窝蜂。

子上下马,奔来近前,伏地叩拜。

子上:大将军,右军溃败,末将请大将军治罪!

子玉:子上,你的兵车、你的部众呢?

子上:启禀大将军,我军与晋军下军接战,对方在战马上披挂了狮虎猛兽的兽皮,我军战马受惊,不受羁勒;晋军还有数百禁卫军猛士参战,我军大败!陈蔡联军一部被俘,大部分都四处逃散了!

子玉:庸才、蠢材!一支大军溃散,你、你成了一个光杆将军!

子上伏地,不敢仰视。

这时,另有将校奔来报告。

将校:报告大将军,我军左军败退下来!

子西肩上带箭,只带几辆兵车、数十亲兵和禁卫军。

下了马车,踉跄而前,伏地请罪。

子西:大将军,左军全军覆没,请大将军治罪!

子玉浑身一颤。

子玉:怎么?全军覆没?左军是我军劲旅,本将军还配给你六百东宫禁卫军,你、你是怎么搞得?

子西:启禀大将军,我军见晋军上军退却,末将下令奋勇追击,不料对方返身杀回，原来是先轸、郤臻率领的中军劲旅！

子玉：哼！以中军对我左军，赵衰！你给我使出这般花招！——子西，即便撞上晋军中军，又当如何？你的左军不能占得上风，至少也应该和它斗个旗鼓相当！

子西：大将军哪！狐毛、狐偃率领上军，不知怎么突然冒出，斜刺里冲杀而来，将我军截为两段；以两军对付一军，我军被分割包围、陷于绝境。末将冒死冲杀，无法取胜，结果，唉！

子玉看看身后军阵，拳头攥紧、松开。

子玉：你两个都起来吧！晋军和我对阵的原来是其上军；本将军追杀一阵，受到树木阻挡，任其败逃、以免中了埋伏。原来是赵衰计谋，这支大军也去对付我方左军。左军覆没，罪不在子西，是我指挥失误哪！

子西：大将军，请再给末将一支兵马，末将再去血战！

子上：大将军，子上愿意戴罪立功，哪怕战死！

子玉：唉！三军失了两军，我军哪里还有胜机？再要莽撞，将是三军尽数覆没啊！晋楚决战，楚军败了。这个结果出在我子玉身上，真是耻辱啊！我才是楚国的罪人哪！

这时，又有传令官策马奔来，下马报告。

传令官：报告大将军，晋军三军，从三个方向包抄而来！

众人变色噤声。

耳际有隐隐战鼓声沉闷响起。

子玉：传我将令，火速撤军！

有将校在战车上挥动令旗。

两面大旗挥动。

楚军退却。

子西：大将军，我军的营寨？

子上：弃掉大营，不然你我都要成了晋军俘虏啦！

19. 室内 行宫 内廷 日

行宫内廷。

重耳端坐矮榻之上。

司礼太监禀报。

司礼：启禀大王，赵衰大将军率领三军诸将，齐来行宫报捷！

重耳：快快有请！

重耳降陛迎候。

赵衰为首，领进诸将。

赵衰：禀报大王，我三军大获全胜！末将率三军统领，特向大王报捷！

重耳向诸位一一注目，向大家执礼。

重耳：寡人都看到啦！晋楚决战，我们晋军胜利啦！多谢诸位将军哪！

众将一起躬身。

赵衰：托大王的洪福，末将等幸不辱命！

重耳：诸位将军请坐，咱们坐下说话！

赵衰：请大王上坐！

重耳在矮榻坐定。

众将个个在几案后落座。

小太监摆上瓜果、酒肴。

赵衰：大家先随便用些酒肴，我军获胜，随后大王要到大营亲自犒赏三军、正式庆贺！

狐偃：哈哈，是该庆贺一番。楚军三军，被我们打垮一军、全歼一军，只剩下子玉率领的中军，还是弃营而逃。

栾枝：事后看来，大将军的战略部署极为妥当，我军方能以弱胜强哪！

赵衰：托庇大王信任、多赖诸位将军血战，三军用命。我和大王在高阜上看到了，我方三军执行命令坚决，都打得极为漂亮！

先轸：好叫大王知道，子玉弃营而逃，我军占领了楚军大营，缴获辎重无数；光是军粮、腊肉就够我国三军吃好几天的！

重耳：好，好！诸位将军，请！

重耳捧起酒爵，礼敬众将。

赵衰为首，躬身将酒爵高高举过头顶。

赵衰：大王先请！

君臣饮尽。

太监斟酒。

重耳：大家不必过分拘礼。出兵以来，寡人一直心中忐忑，滴酒未曾沾唇；今天高兴，咱们自家君臣，畅饮三杯！

赵衰：在高阜上，各国使臣比我们还要紧张。看到我军两军退却，那是人人脸上变色；待我三军大获全胜，这才转而向大王纷纷道贺。

狐偃：听说，宋国大王派公孙固前来道贺致谢了？楚军今番被我们打败，宋国这才能算真正得救了！

赵衰：宋国道贺致谢，皆在情理；便是郑国，看到楚军战败，也派来使臣，想和咱们结盟哪！

狐毛：郑国？大王流亡之时，不仅拒绝接待，那个什么叔瞻竟然还带人追杀大王。见风转舵，这也转得太快了吧？大王没有答应吧？

重耳：郑国求和结盟的事，暂先放一放。眼下，还有更要紧的大事要办。

赵衰：是这样，得知我军大胜，大周天子极为欣慰。派王子虎大夫传话，除了祝捷道贺，还表示要亲自前来慰劳犒赏三军。

先轸：天子陛下要来劳军，这是咱们的大喜事啊！末将说过，报宋定霸，在此一战；晋国称霸，就在眼前啦！

众人都看重耳。

重耳：天子为君、寡人为臣，岂能让天子屈驾前来城濮？天子待臣以礼、臣下事君以忠；为此，寡人有几项主张，请各位听好了。其一，我们声称尊王攘夷，如今侥幸得胜，寡人自不能等着天子来慰劳，应该亲往京城向天子报捷。

狐毛：理当如此。按照礼仪，代天子征伐四方，获胜之后还应该向天子陛下献俘。

先轸：我军缴获楚军兵车数百乘，俘虏楚军数千人，都要带到京城去吗？那我们的三军出动不出动？

重耳：寡人当然不能带领三军前往京城朝觐天子。所以，第二，三军原地驻扎，严守军令，大军不得扰民！楚国无视大周天子，恃强凌弱、为所欲为，终究不得人心，而有今日之败；我军尊王攘夷，乃仁义之师，晋楚之战，我军得胜，质言之，乃是道义之胜啊！

赵衰：大王说得极好。三军诸将绝不敢骄横自满，轻忽道义礼仪！

重耳：至于天子陛下要来劳军嘛，寡人想这样安排。在附近衡雍地面的践土修建行宫，上表恭请大周天子前来，我军也好就地行献俘之礼；同时，派出使臣诚邀各国诸侯，希望大家到此一起朝觐天子，一道尊王！

狐毛：大王决定，最为妥善。

重耳：那就有请诸位，拟定分工，考虑种种细节，开始操办！

20. 室内 京城 王宫内廷 日

王宫内廷。

王子虎向周襄王汇报情况。

王子虎：启禀陛下，晋楚之战，晋军大获全胜；晋侯重耳，率领三军诸将，特来朝觐、向天子陛下报捷。尊大王旨意，微臣已经安顿到国宾馆驿，着人好生接待。

周襄王：重耳果然遵行礼仪，十分难得啊！

王子虎：好叫陛下得知，重耳已经在践土为陛下兴建行宫。待行宫建成，将上表恭请大王前往行宫驻跸；到时晋军向陛下行献俘之礼。具体细节微臣已经与其商谈过了，将要献上俘获楚军的兵车百乘、降卒千人。重耳诚心尊王攘夷，请陛下予以慷慨奖掖！

周襄王：哎哟，重耳确实心诚，所献兵车降卒数量不小啊！爱卿你看，寡人该怎么奖赏，才算合适呢？

王子虎：重耳上次的功劳，在于安定大周王室；今番的功劳，堪称安定天下。微臣斗胆，陛下除了赏赐王室宝器之外，应该赐重耳以爵位！

周襄王：只要重耳真心拥戴王室，寡人岂能吝啬。就请爱卿草拟晋爵文书敕命！

王子虎：微臣遵旨。之外嘛，陛下抵达践土行宫之时，重耳将邀请各国诸侯，一块朝觐陛下。

周襄王：不出寡人所料，重耳打败楚国，这是要谋求称霸啦。

王子虎：陛下，王室召集诸侯各国，又有哪家肯来京城？重耳有了这样的号召力，谁又能挡得住？微臣看来，这对我大周王室不是坏事。陛下尽可封其为诸侯首领，让重耳忠心耿耿、替王室羁勒约束中原各国，有何不好？

周襄王：说的也是。假如事情反过来，楚国此战得胜，中原将是楚国的天下，大周国祚之存亡都是问题啦！

王子虎：陛下圣明！

21. 室内 行宫 内廷 日

行宫内廷。

狐偃、赵衰主持，众将议事。

栾枝：禀报两位将军，末将奉命在践土，按图施工、起造行宫，日前已经竣工!

狐偃：好!

先轸：禀报两位将军，末将奉命负责献俘事宜，日前已经将兵车百乘、降卒千人，平安转移践土大营。敬候大王，择日行献俘之礼!

赵衰：好!

狐毛：禀报两位将军，末将派人持国书去邀请各国诸侯，前来践土朝觐天子陛下；齐国、宋国自不待言，陈蔡等追随楚国者，也纷纷表示乐意应邀赴会。

狐偃：大王发出邀请，诸侯国君愿来赴会者，自然是多多益善。

狐毛：有几个特殊情况，需要通报各位知晓。

赵衰：请讲!

狐毛：秦国方面，说是向来不曾参加过类似盟会；秦王托疾告假，将派公子縶为全权代理。

狐偃：这也罢了。

先轸：嘿！眼看咱们大王要称霸，这个老丈人的病根在这里哪!

狐毛：曹卫两国，事实上还没有复国。卫君焦躁，要让位给他兄弟叔武；叔武倒还知礼，不肯弟夺兄位；愿意代替卫君前来，恳请我方予以答应。还有个郑国，我国是否允其所请，与之结盟，也没有定下。对这两国如何处置，须得大王决断。

赵衰：说的是，在下将与狐偃将军及时请示大王。

狐偃：各国诸侯，朝觐天子陛下之后，咱们大王为首，将要举行盛大盟会。这一条，该是重中之重。各位将军不可松懈，争取事无巨细，做到好上加好、万无一失!

众：末将等遵命!

22. 室外 践土 大营 日

大营，营门大开。

大营内，重耳戎装，率领诸将迎候。

旌旗招摇，甲士威武。

营内空地上，兵车成列、降卒列阵。

晋军将校手执军旗，立于阵前。

营门外，华美车驾来到。

重耳趋前，立于营门。

狐毛、狐偃奔到车前。

躬身等候王子虎下车。

王子虎朝服冠戴，狐毛、狐偃左右陪侍。

随从人员在后，秉持节钺仪仗，一起进营。

狐毛：大周朝廷、大夫王子虎，代天子陛下前来，接受晋军献俘！

重耳当先躬身执礼。

众将一起行礼。

重耳：微臣重耳迎候天子特使！

王子虎手持节钺，受礼；递过节钺给属下之后，急忙搀扶重耳。

王子虎：大王请免礼！众位将军免礼！——天子陛下，多多问候叔父贵体康泰！

重耳：重耳何德何能，敢劳天子陛下挂怀。——托赖大周庇佑、天子福分，微臣代天巡狩，幸不辱命。恭谨献俘，敢请天子陛下哂纳！

王子虎：众将士尊王攘夷，忠心可嘉！

狐毛：献俘！

赵衰挥动令旗。

鼓声响起，号角长鸣。

三名将校，一人高举军旗、一人捧剑、一人捧衣甲，齐步而来。

来到近前，鼓声止歇。

赵衰接过军旗，先轸接过宝剑，栾枝接过衣甲。

三人回身，献于王子虎之前。

王子虎手持节钺，示意随从。

三名随从接过。

此时战鼓号角之声再起。

甲士呐喊。

众：万岁、万岁、万岁！

王子虎与重耳，相视一笑。

王子虎：陛下銮舆已经起驾，明日午前，可到践土行宫。

重耳：微臣当率诸侯国君迎候銮舆三十里外！

23. 室外 行宫 台阶 大殿 日

践土行宫，壮丽巍峨。

大殿前，旗幡招展、甲士环卫。

齐王、鲁王、宋王、秦国公子絷等，有太监引导，登上台阶。

台阶之侧，大周臣子，狐偃、赵衰等晋国大夫，朝服冠戴，执礼迎候。

台阶上，重耳与王子虎执礼恭候。

见礼寒暄，不一而足。

尔后，各国国君相互谦让。

王子虎邀请重耳。

王子虎：哈哈，今日形势，非大王带头不可啦！

重耳执了齐襄公之手，两人先后步入大殿。

各诸侯国君这才陆续进去。

24. 室内 大殿 台阶 日

大殿内，金碧辉煌。

内侍分列两厢，高举仪仗。

台阶上，摆放华丽坐榻。

台阶下，大周臣下以王子虎为首列队一侧，以重耳为首的诸侯国君在另一侧。

静鞭三响，一派寂静。

司礼太监来到台阶边缘。

司礼：大王陛下上殿！

周襄王从上首出现，衮服疏冕华贵庄严，安坐矮榻。

司礼：群臣朝拜大王陛下！

大周群臣，一起跪拜。

王子虎：微臣等参见大王陛下！

周襄王：众位爱卿平身！

众：谢大王陛下！

群臣起立归位。

司礼：各位诸侯，朝觐大王！

重耳为首，诸侯跪拜。

重耳：微臣等朝见大王！

周襄王：众位臣子平身！

众：谢大王陛下！

司礼：有请王子虎大夫登陛，代大王陛下还礼！

王子虎登陛，先向天子揖礼。尔后朝台陛下的诸侯揖礼。

王子虎：陛下礼见诸位叔父、诸位舅父！

重耳等诸侯躬身到地。

重耳：微臣等谢大王陛下！

周襄王：自伯舅齐桓公辞世，荆楚日渐狂悖；不尊大周王命，暴虐横行中原。端赖叔父晋侯秉持公义，发兵救宋，为寡人之前驱、代朝廷而讨逆；三次朝觐寡人于京城，俱见忠心；献俘于阙下，勇武可嘉。尊王攘夷，厥功至伟！

重耳连忙出列执礼。

重耳：微臣托庇天子洪福，为陛下前驱，侥幸得胜，不敢居功！

周襄王：爱卿不必过谦，请近前听封！

王子虎从天子手中接过敕命帛书，到台陛边上宣读。

王子虎：大周天子，敕命封赏晋君文书曰。

——册封晋君为侯伯；"敬服王命，以绥四国，纠逖王慝"。

——赏赐器服如下；大辂之服一，戎辂之服一，彤弓一，彤矢百——

重耳与重臣以及各国诸侯凝神敬听。

25. 室外 大殿外 门口 日

大殿外。

赵衰、狐偃等重耳属下，各国臣属，次序端立。

殿内隐隐传出王子虎宣读敕命的声音。

然后低声谈论。

狐偃：好！太好了！大王被当殿册封为侯伯，那就是众家诸侯之长哪！

先轸：我早说什么来着，报宋定霸，在此一战！

栾枝：当上诸侯之长，责任也更大了！天子赏赐彤弓等礼器，要"敬服王命、以绥四国"；往后天子四方有事，咱们晋国要代天子去安定哪！

狐毛：天子如此封赏，按礼应该是三辞而受。

赵衰：诸位少安毋躁，咱们沉稳一点吧！

26. 室内 大殿 日

大殿内。

台陛下，重耳向上执礼躬身，还在辞让。

重耳：服膺天子征召，忠于王事，乃诸侯本分；抗御侵凌，主持公义，分所当为；侥幸挫败强楚，系天子洪福庇佑，重耳寡仁薄德，岂可贪天之功；陛下封赏，微臣惶恐之至，不敢领受！

周襄王微笑示意。

王子虎降陛一阶。

王子虎：晋侯已然三辞，不可谦抑过甚；有负天子隆遇之恩！

身边，齐襄公、宋成公等也在劝进。

齐襄公：众望所归，请勿再三谦辞！

宋成公：领袖诸侯，舍公其谁！

王子虎微笑了。

王子虎：请晋侯登陛，拜受敕命！

重耳躬身登陛，矮于王子虎一阶，恭谨接过敕命。

向周襄王鞠躬者三。

然后退行而降。

降到最下一阶，回身捧了敕命，再向各国诸侯鞠躬致意。

然后方才挺直身姿。

重耳：重耳不揣孤陋，领受天子陛下封赏，忝列诸侯之长；衷心惭怍、万分惶恐。从今而后，敝国当继续广施仁政，代司天子之牧，造福一国百姓。若中原动荡，四野不宁，有不尊王命者、恃强凌弱者、弑父弑兄、不仁不义者，敝国当尊奉王命、秉持公义，居间调停，冀其改过自新；如若怙恶不悛、继续暴虐横行，敝国将慨然肩起责任，不惜再举仁义之师，奉天讨逆、代天巡狩！

齐襄公微笑、宋成公点头。

曾依附楚国的小国之君，未免尴尬。

重耳环顾各国诸侯。

重耳：若有天子陛下王命号令，重耳将冒昧出头诚邀诸侯各国，共赴大义、安定天下，届时请勿推拒！同时，亟请各国诸侯监察，敝国若有种种不德，不敬王室、违背公义，重耳当亲赴京城请罪、甘受诸国征讨！

各国诸侯唯唯诺诺。

周襄王点头微笑。

王子虎：侯伯重耳，三谢而受天子敕命；尊敬大周王室，效忠天子陛下，主持公义、严于律己，堪可领袖诸侯。值此各国诸侯齐聚践土之际，天子陛下特命侯伯重耳，召集与会，共订盟约！

重耳为首，众家诸侯一起执礼。

重耳：微臣谨遵王命！

27. 室内 楚王行宫 内廷 日

行宫内廷。

子西、子上拜伏于地。

楚成王满面怒容。

楚成王：子玉何在？

子西：大将军兵败自责，羞于面见大王；现在半途留止，听候大王治罪！

楚成王：谅他也无颜来见寡人！信誓旦旦，妄言必胜；刚愎自用、轻敌冒进；而有今日之败、败得如此之惨！我军何时才能重振雄风、我国何年才能再次北进中原？历代先王的遗志、寡人的图谋——

楚成王急火攻心，一阵狂咳，嘴角已是见红。

子西、子上：大王！

楚成王咬牙切齿，狠狠顿足，拂袖离去。

28. 室内 大厅 盟会现场 日

盟会现场。

当间，供奉天地山川诸神灵位。

高香巨烛，祭礼场面隆重。

几案上是朱笔在玉板上写好的盟书，左右一式两份。

重耳、王子虎为首，率领众位诸侯向神位行礼如仪。

大家回身，围拢几案。

王子虎：在践土之地，于此盟府，侯伯重耳为首，各国诸侯亲临，祭拜天地山川诸神，举行盟会。臣王子虎代表大周天子，见证盟会，盟约已成！

重耳：盟书两份。一份投诸山川地府，一份存于盟府。

王子虎：有渝此盟，神明殛之！

重耳：俾队其师，无克祚国！

众诸侯：及而玄孙，无有老幼！

钟磬轻响，香烟袅袅。

气氛严肃。

王子虎：天子陛下赐宴，庆贺会盟成功！

29. 室外 殿阁回廊 夜

回廊上。

诸侯国君们三三两两，凭栏远眺。

远处旷野上，火光冲天，夜空赤红。

齐襄公：好家伙！晋君此仗，缴获了多少兵车甲杖啊！大火竟是数日不熄！

先轸、狐偃等，微有得色。

一边，重耳与王子虎、宋成公并肩而立，重耳连连叹息。

宋成公：大王获此大胜，叹息何为？

重耳：用兵打仗，不得已而为之。劳民伤财、将士流血，令人如何能够心安？

宋成公：是啊，眼下中原暂得和平，但不知能维持多久啊！

重耳：楚王其人，过分信赖武力、恃强凌弱，怕是难改；属下子玉之辈，更是勇悍好战。设想整个天下，如何才能免于征战攻伐？仁义之道，如何才能广被天下？

王子虎：大王宅腑仁厚，晋国强盛，不惟晋国之福、乃王室之福、天下之福也！大王不日回师归国，勿忘侯伯之责！

重耳：天下事即晋国事，天子事即臣下事。重耳谨记！

火光映照，几人相互执礼，神情肃然。

第三十章 春秋大义瑰宝千古在 仁者无敌箴言万代传

1. 统一片头

2. 室外 山岭 大路 日

〔字幕：晋文公五年（公元前632年），践土之盟后，旧历六月，晋国三军渡过黄河北归。〕

旷野大路上。

晋军大军归国。

山路蜿蜒，盘曲而上。

军旗招摇，战车辚辚。

将校喜悦，兵卒踏歌。

大军前部，已经进入山峡，山岭上旗帜隐现。

大路近侧，搭了凉棚，重耳坐了歇息饮水。

赵衰与下军栾枝、胥臣伫立。

一刻，先是狐毛下了战车过来。

狐毛：启禀大王，末将分头处置过了卫国、曹国的复国事务。尊照大王指令，先到卫国宣布了天子敕命，允其复国。曹国君主放归都城，允其暂摄国君之位，保留宗庙、社稷，以观后效。

重耳：这样处置，诸位看是如何？

栾枝：末将以为甚是妥当。践土之盟刚刚成立，我三军撤回，宜于留下曹国做个样子。不顾信义、无端背盟者，依此为镜鉴，绝不姑息！

赵衰：我军北归，南边的楚国谁知会有什么动作？除了被我歼灭一军，楚国元气没有损伤；子玉之辈，含恨报复，擅动楚王兴兵，不是没有可能。

重耳：是啊！

这时，中军到来。

先轸、郤縠下车。

先轸：启禀大王、大将军！我军得到探报，楚国大将军子玉，兵败辱国，受到楚王痛责，羞愤自到了！

赵衰：消息确实？

先轸：确定无疑！

重耳露出喜色。

重耳：我们打击于外，楚王自己除灭好战者于内，是这样一种内外相应啊！子玉家族一支势力衰落，别家难免起而纷争，楚国忙于其内，对外怕是要安生老实一阵子了！

接着，上军到来。

狐偃喜形于色奔至。

狐偃：好叫大王得知，想不到在回军途中，太行山的荒僻之地，撞上了冀芮之子冀缺！

赵衰：冀缺？吕甥冀芮叛乱被诛，大王并没有灭族、殃及家人哪；怎么会逃来如此荒僻之处？

栾枝：或者心存恐惧，出于避祸考量吧。

重耳：此乃寡人之过也！所谓仁政，在我晋国尚不能泽及所有国人百姓。其父有罪、其子何辜？恐惧战栗，逃到这般地界，寡人于心何忍？诸位呀，咱们君臣也有过如此不堪的日月呀！

狐毛：撞上冀缺，看其情形如何？

狐偃：男耕于野、女织于家；孩童响饭田间、彬彬有礼；我看倒也一派乐天知命、安分守己的样子。

重耳：寡人看是这样，狐偃你返回去见见他。如果愿意回到都城，为国效命，寡人可以恢复其大夫俸禄。

狐偃：末将遵命！举逸民于乡野，这是好事啊！

赵衰仰观山形山势，自言自语。

赵衰：呵，不禁想起一处地方。岩穴渺溟，故人安在哉？

重耳肃然默然。

3. 室外 茅屋 小院 日

农家小院。

院子里，冀缺两个十多岁的孩子席地读书。

面前石板垒起的几案上，展开木简。

冀缺粗布衣衫，院内散步，从容悠闲。

狐偃带领随从武士数人，来到门外。

冀缺略一瞥视，视而不见。

两个孩子读书不辍。

狐偃用鞭杆敲敲门框。

冀缺：柴门开着，请进！

然后无话。

茅屋门开着，冀缺妻子席地缝补衣服，看看外面，也不应客。

狐偃：哈哈，客人造访，长者登门，冀氏家人便是这样不懂礼数吗？

冀缺：狐偃大夫，带兵卒前来诛灭冀氏，便请动手，何必如此奚落？

狐偃：既然知晓老夫前来诛灭冀氏，为何不逃？

冀缺：大军数万，若要搜求，冀氏区区几人，实属无处可逃。

狐偃：缘何还在督责孺子读书？

冀缺：诗书者，仁义所存。岂可临难捐弃。

狐偃：说得好！冀缺，你错会了老夫啦！乃父之乱，首恶已然伏诛。大王公告国人，胁从不问，并未株连族人。你怎么能以为要诛灭冀氏呢？

冀缺：既然如此，大夫如何去而复返？

狐偃：是老夫禀报大王，大王听知你举家知礼守法，希望回到都城，为国效命，赐你承继冀氏大夫俸禄！

狐偃：冀缺来此深山佣耕，依律纳税，不违国法，不愿受人驱策！

狐偃：隐居山林，谁能勉强？只是冀氏原本晋国巨族，大王兴亡继绝，不忍冀氏湮灭。族人甚伙，也需要有人领袖约束。请贤侄熟细思之！——告辞！

狐偃执礼，然后扭头离去。

冀缺张张嘴，想说什么；回头冲家人言语。

冀缺：重耳胸襟，确非常人可比！不意我冀氏，还有光复之日！

4. 室外 王宫 大门 魏阙 日

王宫大门外。

以士蔿为首的留守朝臣，在宫门这儿迎接重耳得胜还朝。

勃鞮率领宫中禁卫门列队。

重耳换了车辇，依然戎装。

仪仗开道，向魏阙附近夹道欢迎的民众执礼示意。

5. 室外 曲沃 宗庙 大殿 院落 日

宗庙院里，钟磬声隐隐从殿内传出。

宦官们抬了祭品次序进殿。

朝臣队列一只排进了殿内。

6. 室内 殿内 日

殿内香烟缭绕。

重耳朝服冠冕，焚香于鼎炉。

士蔿司仪。

士蔿：三军出征，抗楚救宋；尊王攘夷，克敌厥功；册封侯伯，诸侯首领；先王遗愿，霸业功成；敬告列祖列宗之灵！伏维尚飨！

重耳为首，恭谨叩拜。

赵衰、狐偃等，在后依此伏地叩头。

钟磬悠然。

香烟上冲藻井。

7. 室内 后宫议事厅 日

后宫议事厅。

重耳居中上坐。

众位臣下分列席地而坐。

一列，赵衰为首，先轸、郤縠、栾枝等。

一列，狐偃为首，狐毛、胥臣等。

几案上酒肴果品，太监斟酒杯中。

狐偃当先致辞。

狐偃：我军凯旋，国人欣悦；祭祖告庙，隆重井然。大王今日赐宴，一来为诸位贺功；二来还有要事与群臣面议。

重耳当先捧起酒爵。

重耳：此次我国出动三军，抗楚救宋，事前寡人确实非常担心；端赖各位爱卿，竟至一战而胜。胜与负，只在一线之间，实有天壤之别！晋国称霸，被大周天子册封诸侯之长，乃在寡人有生之年得以实现。寡人礼敬诸位啦！

赵衰恭谨执礼。

赵衰：大王对内施行仁政、礼贤下士，对外主持公义、尊王攘夷，我军之胜，究其根本，实乃大王仁义之道的大胜！

先轸：臣等不敢居功，愿礼敬大王！

君臣同时饮尽酒爵。

重耳：哈哈，今日宴会之上，大家不必过分拘礼。随意聊谈可好？关于此次凯旋记功，寡人听说小有一点说法，你们是否也有耳闻呐？

栾枝：大王论功行赏，据微臣所知，众位朝臣均无异词。大将军和在座的三军将佐都是大功，赏赐丰厚。小小说法倒也有，将士们难免议论；比方说，先攻曹卫以弱楚、许其复国以激楚、扣押宛春以怒楚，等等谋略，多是出自先轸。而大王封赏，却将狐偃排在最先。

狐偃：栾枝大夫不言，微臣也会提起。先轸大夫之功，确实应该在微臣之上！

先轸连连摆手。

先轸：在下开初只是下军之佐，大战之前，升为中军之将，大王已是封赏优渥。

重耳：诸位爱卿，战时奋勇争先，胜后并不争功，寡人心中至为欣慰！包括赵衰，开始寡人命其统领上军，他推荐了狐偃；命其统领中军，他又推荐了郤縠。举贤任能，气度宽容。协调三军、指挥若定。寡人封赏之际，又谦称自己不曾亲冒矢石，愿在几位将领之后。自然寡人要给他同样记上大功！

狐毛：给大将军记大功，完全应当！

重耳：至于将狐偃之功，摆在首位，寡人有这样一个道理。打仗嘛，自然希望获胜。先轸的谋略好不好？简直是太好了！然而，武力争胜、谋略以成之，到底只是一时之功。当初进攻原地，不失信于兵民；提醒寡人，退避三舍，不失信于天下；乃至撞上冀缺，推举不避仇雠；虽然只是几句话，所坚守者乃是仁道、信义。仁道信义，乃立身治国的万世之功。岂不超过武力、谋略的一时之利乎？设若不是我军侥幸，而是楚军得胜，楚王、子玉仗恃武力、以为得计；天下诸侯，如何心服口服？寡人之说，诸位爱卿以为然否？

栾枝：大王识见高远，微臣等望尘莫及！

赵衰：大王秉持仁义，无愧天地。微臣等将牢记于心！

重耳：咱们君臣戮力同心，坚守仁义，庶几能让我晋国不愧为诸侯之长，继续肩起大国责任！

众：微臣等谨记大王教诲！

君臣再次举爵饮尽。

赵衰：诸位臣僚，下面请听在下陈说我国扩军之事。我军两次出国征战，沿途都多次受到戎狄部族袭扰。大军远征，我国与边境地区，更是多有发生戎狄侵犯摩擦事件。或曰，何不出动大军，予以征讨？一者，大王不愿仗恃武力，乃至我国成为好战之邦；二者，我国肩负维护中原和平之重责，不宜轻动；三者，即便出兵征讨，山地野战，战车行动，多有不便，对方倏忽往来，难以歼灭其主力。

狐偃：我国自"作州兵"新政颁布，封地在边境一带的各家大夫，都有组建部队以自保的要求。在下和赵衰大夫，向大王进言，拟新建三支军队；以步兵为主，辅之以骑兵。步骑结合，机动快捷。一来，平时负责边境安宁；需要赴中原作战，则作为我原有三军的后备部队。各位大夫以为如何？

先轸：城濮之战，我国三军，加上大王禁卫部队，兵力不过四万多人；而楚军号称三军，兵力却将近十万。其军旅编制，早已突破常规。我军能够得胜，确有侥幸成分。晋国扩大军旅，势在必行。

狐毛：大国三军，天子六军，这是古制。我国再建三军，有僭越之嫌！

栾枝：新建三军，作为后备部队，又以步兵为主，不可与正轨三军相提并论；在名堂上，是否可称作"三行"？

狐偃：这个名堂好，名实相副嘛！

赵衰：大王看是如何？

重耳：扩军之事，非同小可。诸侯各国说法议论，倒在其次；晋国绝不仗恃武力，无端去侵国夺地。扩建军旅，是要赋税来支撑的；关键要看国人百姓，能否承担得了。

先轸：各家大夫，广有领地，富可敌国，无须增加赋税，兵赋问题都有能力自行解决。请大王不必疑虑！

重耳：如果确实按照新政颁布，坚守十一之税，不会增加民众负担，寡人看此事可行。狐偃、赵衰牵头负责，各位爱卿从容处置可也！

8. 室外 田野 日（夏）

〔字幕：晋文公七年（公元前630年），晋国发生旱灾。〕

野外，田地。

土地干裂，麦苗枯黄、穗实焦干。

阡陌之上，搭了凉棚。

重耳与狐偃、狐毛、赵衰、胥臣、冀缺等视察农田。

头须捧了禾苗来，跪呈重耳。

重耳：春夏无雨，旱像已成啊！

头须：询问老农，麦收大约要减产三四成；大秋恐怕要颗粒无收啦！

赵衰：好在自从作爰田以来，十一之税始终不变，民众耕三余一，民间多有存粮。足可渡过饥荒，无须向他国购粮。

狐偃：大王，百姓储粮甚多，衣食无虞；可是麦收减产、大秋绝收，朝廷税收将要大减哪！三行建军，正在关键时刻；自那年变乱、王宫失火，重修工程刚刚启动；微臣主理朝廷政务，这、这也过分拮据啦。

胥臣：能否还按历年数字征收赋税呢？

重耳：十一之税，乃是朝廷政令，岂能任意更动！

狐毛：朝廷用度太过紧缺，先从民间多收若干，算作暂借；来年按数减征，是否可行？

冀缺：微臣以为不可！灾年米价腾涨，丰年米价大减；看似如数归还，实乃与民争利、暗含盘剥。大王信义立国，岂可行此苟且之法！

重耳：冀缺所言，深合寡人之心。新政符合民意，不可擅改。民间存粮丰裕，国家根基牢固；实乃求之不得。况且，各家大夫与朝廷国库，存粮也不少。国内有了饥馑，不思拯助民众；朝廷一有举措，反而想着盘剥国人，此风不可长！——狐偃，召集朝会，拟定文告，申诫朝臣大夫，以安民心！

狐偃：微臣遵命！

9. 室内 后宫 起居室 日

后宫，重耳起居处。

重耳正与季隗踱步闲谈，漠然发现：几案上华贵器物之间，多了一只瓦盆，显得好生突兀。

季隗取下，只见其中是几块干土。

季隗：后宫之内，如何会有这样物件？这是哪个人促狭作怪？

季隗便要声张，重耳摇手。

重耳：恐怕是寡人的故旧知交所为，不必大惊小怪。寡人当年离开狄国，在卫国五鹿之地，有得土之吉。就是这样一件瓦盆。饥年荒旱，此乃故人提醒寡人，牢记得土得民之意。

季隗：大王说的是介子推？

重耳沉吟点头。

10. 室内 王宫 大殿 日

王宫大殿。

重耳上朝落座。

朝臣两列，一列狐偃为首，一列士蔿为首。

狐偃、士蔿：臣等参见大王！

重耳：诸位朝臣免礼平身！

众：谢大王！

狐偃：今年以来，我国多数地方天旱少雨，大王亲自到郊野视察，确认旱像已成。大王今日召集朝会，将要宣布几项应对灾年之策。

重耳招手，太监们抬上几案，摆于台陛之下；上面是那只瓦盆，里边是那些土块。

重耳：在场诸位，不少都是当年追随寡人流亡过的。大家该记得在卫国五鹿，野人献土的事情。回想当初，寡人狼狈流亡，脚下无有寸土；野人献土，视为复国之吉兆。当其时也，寡人心中暗暗发誓，重耳有生之年若能复国，定要广施仁政、泽及国人。只有顺应民心，才是服膺天意；得其民，才能守其土啊！

赵衰：大王讲及当年，一切历历如在眼前！

士蒍：大王复国以来，施行仁政，我晋国迅速强盛、国力壮大，天下人有目共睹。

重耳：寡人执政，或有不仁不义；天示旱像，实乃警策寡人。唯有广施仁政、真正泽及万民，免遭天谴！

狐偃：大王深自谦抑检讨，连日思虑，有几条想法，公诸于朝臣。一条，公族食贡，依照定例，绝不更改。如果今年田禾减产五成，大夫给公族的贡赋同样减少五成。后宫人丁，将节衣缩食，克减用度。正在修葺的宫室，宁可停工。

士蒍：大王这是以身作则，表率群臣啊！

狐偃：自从作爰田以来，公族几乎没有了土地，土地多数在大夫们手里。朝廷新政，十一之税，究竟能否恪守，关键在大夫。第二条，大王严令，恪守税法，绝不许巧立名目、盘剥民众。朝廷颁布政令，魏阙公告国人；敢有巧取豪夺者，夺其田邑，绝不宽待！

重耳：你们愿意遵命否？

众：微臣等遵命！

狐偃：据说是耕三余一，藏富于民；老百姓手头有存粮，当然是好事。朝廷国库有存粮，各家大夫同样该有库存。庶几能够做到灾年无灾。第三条，民间确有绝产断粮者，各家大夫应当开仓赈济，借贷予饥民。来年如数归还，不许添加利息。一定要争取做到野无饥民、路无饿殍。哪家大夫地面上出现流亡，罚俸三年、降爵一等！

重耳：狐偃、赵衰和士蒍大夫三人，拟定条款，公告国人！

狐偃：微臣等领命！

11. 室内 郑国 后宫内廷 日

后宫内廷。

郑文公与叔瞻议事。

叔瞻：大王，楚国战败，我国不仅与晋国结盟、又参与了践土之盟，郑国内外安定；不知大王因何要派出特使，偷偷向楚国示好、暗中缔结盟约？

郑文公：人无远虑、必有近忧。楚国一时战败，依然强盛；晋国虽然称霸，岂能永远是诸侯之长？万一楚国再次出兵北进，我们郑国必将首当其冲，最先受害；莫如及早向其示好，防患于未然。

叔瞻：大王执意要和楚国重新结盟，就该公开与晋国解除盟约；暗中背盟，不仅会激怒晋国，亦将招致中原各国非议谴责。

郑文公：叔瞻你怎么总是这样？外交斡旋，真真假假，岂能直来直去、非此即彼？我国与楚国暗中结盟，绝密往来，既能讨得楚王欢心、又不会得罪重耳，实乃左右逢源的万全之策！——休得争执，快快下去办理吧！

叔瞻无奈退下。

12. 室外 晋国 后宫议事厅 日

后宫议事厅。

重耳与狐毛、狐偃、赵衰三人议事。

太监、禁卫远远避开。

重耳便装，并且不坐矮榻，与几人就近席地。

重耳：朝臣大夫，皆是寡人臣子；你等几位，却与寡人是患难之交。

狐毛：多谢大王信任、恩宠。

重耳：年来天气，寡人自觉身体大不如前。有些话，想与你们说说。

狐偃：大王何出此言？微臣等与大王都已年近七旬，稍感不适，也是有的。大王乃非常之人，定能长命百岁！

重耳：死生有命，非关人力。士蒍大夫突然无法上朝，不是突然告老的吗？几桩大事，早做安排为好。

赵衰：大王请讲。

重耳：新建三行，训练已成。寡人拟决定抽取其中精壮，编为上下两军，号称新军。

狐毛：大国三军，礼制所限。晋国拥有五军，怕是说不过去。

重耳：建立三行，事实上依然违制。对外，我国要肩起大国责任；对内，各家大夫都有作州兵的愿望，寡人不好硬性压制。

赵衰：反正大王是诸侯之长，干脆不要藏藏掖掖。我国坚持主持公义，兵力用来尊王攘夷，有何不可？

狐偃：赵衰说的是。不在三军五军，确实在于军队用来干什么。楚国倒是三军，却是一味侵国夺地。

重耳：几次用兵，赵衰总是举荐他人。寡人决定，赵衰可做新军上军之将。你就再不要推辞了！

赵衰：微臣谢大王信赖！

重耳：自先王无端诛灭诸公子，晋国已经几乎没有了公族。晋国五军，都在你们手里啦！

三人连忙拜伏在地。

狐毛：狐氏托赖大王信任，忝为国戚，敢不效忠大王！

赵衰：赵衰忝为大王连襟，同气连枝，赵氏矢志效忠大王！

重耳：诸位与寡人名为君臣、情同手足，忠心耿耿，何须多言。寡人年事已高，考虑是该册立太子啦！你们几位，辅佐太子，让他学着掌管朝政吧！

狐偃：不知大王选定哪位王子继嗣王位？

重耳：此事最为踌躇。说是公族的家事，实乃晋国的国事。寡人复国，最终端赖秦国之力，文嬴册为王后；王后至今无出。即便还能诞育，年齿太幼，如何可以执政治国？伯儵、叔刘和欢儿，皆是庶出。这也罢了。寡人庶出，又当如何？只是，欢儿乃文姜所出，齐国与我晋国是为姻亲之国。寡人之意，莫如立欢儿为太子，日后可得齐国之强援；再令欢儿，拜文嬴为嫡母，则秦晋之好不绝。

赵衰：册一太子，而结东西两大强国之欢，有何不好？只是，伯儵、叔刘，将何以处置？

重耳：想当年，申生册为太子，寡人与夷吾有何怨怼？假如太子仁德，众位爱卿大力辅佐，后宫之事，有寡人从容安抚可也！

狐偃：册立太子之后，何人可为太傅？

重耳：舅氏现掌太宰之职，赵衰出任太傅如何？

狐毛：大王虑事长远，为着晋国长治久安，如此最好！

重耳：寡人请赵衰好生教诲太子，尊重三位母后、礼敬两位兄长；请两位舅父好生教诲伯儵、叔刘，与太子和衷共济，庶几能够尊享王子福禄；不可滋生事端，惹天下笑！如此，寡人死而瞑目！

重耳郑重执礼。

狐毛等三人拜伏于地。

13. 室内 秦国 后宫议事厅 日

后宫议事厅。

秦穆公与公子縶、司马季子等朝臣，立在地图前议事。

秦穆公：几年前，重耳还得仗恃寡人之力，复国继位；如今一战而霸，成了诸侯之长。寡人执政数十年，秦国东进，还是一句空话！

公子絷：许多事情，在于抓住机会；比方帮助大周天子复位，我们秦国完全能够办到。放过大好机会，竟让重耳得了先机。

秦穆公：今番郑国暗中背盟、给了我国出兵东进的口实，寡人心意已决，再不会放过这一机会！司马季子，即刻号令三军，准备出征！

公子絷：践土之盟，大王虽未出席，微臣代表秦国，签署了盟约。征讨郑国，恐怕不便擅自行动，须得通告晋国一声。重耳毕竟是天子册封的侯伯啊！再者，郑国背盟，我们知道了，晋国岂能不知？

秦穆公：受制于人，寡人何时才能出头！

司马季子：大王，凡事只能一步一步来。眼下矮他重耳一头，又有何妨？出征之事，莫如与晋国协同行动。我军名正言顺出兵中原，观其利弊，再定取舍。

14. 室内 晋国 后宫议事厅 日

后宫议事厅。

重耳与群臣立在地图前议事。

狐偃：日前传闻，郑国背弃践土之盟，暗中向楚国示好。探报到来，消息确实无疑。大王召集诸位，商谈如何应对此事。

狐毛：这个郑侯，真是太不像话！先前迫于楚国威势，背弃大周天子，就没有好生给与惩戒。如今大王是诸侯之长，竟敢背弃大王。实乃怙恶不悛，宜于出兵征讨、兴师问罪！

先轸：其所作所为，卑劣肮脏，分明是向天下公义挑战。暗中背盟、诌媚强楚，是可忍、孰不可忍？

栾枝：兴师问罪，我看朝臣并无异词。恭请大王定夺就是。

重耳：寡人决定出动上军、中军，下军兵符交太子和赵衰掌管，负责监国。

狐毛：大王年事已高，还要亲自率兵出征吗？

重耳：刚才各位说得好。郑侯背盟，表面上是背弃我晋国，实际上背弃的是大周天子，背弃的是天下公义。尊奉天子、维护公义，寡人不敢懈怠。身为诸侯之长，宜于作为天子前驱，死而后已！

狐偃：另外，听说了郑国背盟之事，秦国准备出兵；发来照会，征询我们的同意。

先轸：城濮之战，面对强楚，秦国只是驻足观望；如今对付一个小小的郑国，却如此踊跃。秦王到底想干什么？

赵衰：秦国东进中原之心，所来有自。只不过一直没有找到合适机会罢了。如今，齐国威势不再、楚国萎缩南疆，秦国这是不甘我晋国一家独大，要插手天下大事啦！

重耳：尽管如此，我们却不好拒绝秦国。出兵理由冠冕堂皇，又不曾对我晋国失礼。寡人看，可以回复他们，同意出兵一军，与我军联合行动。设若秦国果然旨在尊王，参与维护天下秩序，并不谋求秦国一国之私利，有何不可？

先轸：劳师远征、不谋一国私利，我看天底下除了大王，没有第二人！

重耳：秦晋之好，来之不易；秦王善待寡人，天下尽人皆知。秦国私下究竟有何打算，我们也不好妄加猜测。寡人还是那话，愿意尊王攘夷、主持公义的，还是越多越好！

狐偃：那就这样定下。各位分头准备，克日出兵！

15. 室外 大路 旷野 日

秦国出兵。

司马季子乘兵车在前。

秦穆公居中。

秦字旗号高扬。

晋国出兵。

先轸兵车在前。

大兵行进。

重耳车辆停在路边。

重耳半躺在车上，狐偃到车前询问病情。

狐偃：大王今天觉得好些吗？要不让大军停歇几日，等大王康复再行赶路？

重耳：寡人没事。不必张扬寡人有病，免得影响士气。大军继续前进！

16. 室内 大帐 日

大帐内。

重耳端坐，狐毛、狐偃、先轸、郤臻等大将一起议事。

先轸：启禀大王，大军途经卫国；卫君派人牵羊担酒前来劳军，向大王致意！

狐偃：现在，卫君算是多少懂得些礼仪啦！

重耳：懂礼就好！大军顺利借道而过，你们派人代寡人好生致谢，回赠一点礼品。

先轸：末将遵命！

狐毛：启禀大王，曹国大夫们也派了代表前来。一来向大王致意；二来恳请大王允准复国。

重耳：大夫们怎么说？

狐毛：大夫们说，齐桓公当年称霸，有错的异姓小国，只要改过，还能立国；曹国、晋国乃是同姓，大王不该灭同姓之国。

重耳：曹国虽是小国，国中有人物啊！岂止有一个贤臣鳌负羁？

狐毛：再者，大夫们说，曹侯有知错悔改之意，连年按时向大周天子敬献贡赋，执礼恭谨。

重耳：好，寡人允其复国。晋国何尝要灭掉曹国？原也不过是要促其改过自新罢了。狐毛你去办理吧！令其不必称谢寡人，宜于多多称谢大周天子的敕命。

狐毛：末将领命！

17. 室内 郑国 后宫内廷 日

后宫内廷。

叔瞻面君。

郑文公焦急不安，惶惶走动。

郑文公：这可怎么好？我国和楚国暗中往来，怎么就能走漏消息呢？叔瞻，你给我查一查！对了，这事儿不是你泄露的吧？

叔瞻：大王，微臣之忠，可以对天！如今秦晋两国大军兵临城下，郑国亡国在即，请大王不可轻易猜忌臣下，速速考虑应对之策！

郑文公：寡人这是多大的过错？郑国处在晋楚两个大国之间，该有多为难？重耳他的大兵，说来就来。这可怎么好？叔瞻，你不是喋喋不休总有说的吗？此时怎么哑巴啦？

叔瞻：老臣烛之武，多谋善断，与秦国大将司马季子乃旧交。微臣敢请大王，亲自登门，求老大夫出面，说动秦国退兵，郑国或者有救！

郑文公：烛之武他有那么点本事吗？再说，单单秦国退兵，能解郑国之围吗？

叔瞻：重耳发兵前来，不过是兴师问罪；只要大王认错改过，我看他不会非要灭亡郑国。秦国出兵，为了什么？会像重耳一样，单单为了什么"尊王"的虚名吗？恐怕正是为了侵国夺地，秦军才是最为可怕呀！

郑文公：寡人对烛之武一贯轻慢，如今以君求臣，这个——

叔瞻：大王哪！再不要撑架子啦！再要迁延踌躇，我等君臣就是人家的俘虏啦！

18. 室外 城墙 夜

夜色中，有几人掷城而下。

城头收起绳索。

城下身影，没入暗夜。

19. 室内 大帐 夜

秦军大帐内。

秦穆公戎装上座，司马季子在侧。

烛之武老态龙钟，席地执礼。

烛之武：郑国告老之臣拜见大王，多谢大王接见，允许老臣进言！

秦穆公：郑侯一直不肯重用阁下，阁下这把年岁、掷城而出，倒还对其尽忠。

烛之武：我家大王临难之际，能够礼敬老臣，也算知错能改。况且老臣前来拜见大王，不仅为了郑国，也是为了大王的秦国而计。

秦穆公：为我秦国而计？说来听听！

烛之武：我家大王，偷偷背盟向楚，说来真是不那么光彩。然郑国弱小，离强楚最近，不敢开罪楚国，实在是有难言之隐。背盟固是不义，但本心是为千方百计保全郑国，其情可悯。

司马季子：听着倒也有些道理。

烛之武：郑国背盟，重耳作为诸侯盟长，谴责之可也，声讨之可也；何须发动大兵前来征讨？

秦穆公：哼！单凭道义谴责，便能管用，天下也不会成了这般模样！若非兵临城下，恐怕郑侯自以为得计，哪里会认错改过？

烛之武：秦晋大军到来，小国无助，抵抗无用，面临的就是亡国。郑国亡国，窃以为并非大王之福。秦国出兵，或者希冀郑国灭亡，也好参与瓜分土地；大王可曾想过，郑国与秦，远隔千里，如何能保住此地疆界？只会激起楚国恼怒，发兵前来争夺。到时，秦国面对强楚，恐怕只会落得惹祸上身。到头来，堂堂秦国，成了重耳的马前之卒；替他对抗强楚，让他乐得坐享其成、稳坐诸侯盟长之位、一家独大。

秦穆公一时陷入沉吟。

烛之武：秦国劳师远征、劳民伤财，既不能得利又不能成名，天下诸侯只能看见大王成了重耳的附庸，何苦来哉？攻灭郑国，对大王并没有好处，大王何不高抬贵手，放郑国一马？如此，敝国君臣当感激不尽；日后中原之地，郑国便是秦国最友好的盟邦；大王东来，愿为东道主，唯大王的马首是瞻，老臣请大王三思！

秦穆公：请老大夫暂先下去歇息，此事容寡人好生想想。

烛之武：晋国历代君主，皆是贪鄙狡诈之徒。大王在夷吾身上，吃亏还少吗？大王放任晋国开拓南疆，焉知晋国不会开辟西土？老臣愿大王猛醒，再不要落天下人耻笑啦！

烛之武躬身退下。

20. 室内 晋军大帐 日

晋军大帐。

重耳与众将紧急议事。

先轸：岂有此理！自家主动倡议出兵灭讨伐，事到临头骤然变卦，简直全无信义。

狐毛：讨伐郑国，讨伐的就是背信弃义；秦王所为，分明有过之而无不及。

郤臻：而且，秦军反过来帮助郑国戍守，这是公然与我晋国为敌，太有点肆无忌惮、匪夷所思啦！

众将激动，重耳面色也极为难看。

先轸：西鄙野人！竟将大王仁厚，看作是懦弱，公然践踏秦晋之好！

狐偃：大王！秦王这是当众唾到大王脸上来啦！请大王下令出兵，痛歼秦军、严厉惩罚！

先轸：狐偃将军率领两军痛击秦军，可保必胜；末将愿带轻骑一旅，追击秦王，活捉以献大王！

狐毛：大王！践土之盟，秦王就倨傲无礼，是该给他点颜色瞧瞧的时候啦！

重耳：此事大大出乎意料，寡人也极为痛心！然用兵动武，最忌一时忿恚、不计后果。寡人复国，多赖秦王；说的中肯一点，没有秦王大力相助，哪有今日之晋国。稍有龃龉、睚眦必报，非君子所为；秦王一时昏聩不义，寡人岂能不仁？

狐偃：大王常言，以德报德、以直报怨；秦王他这回太不像话！不予惩戒，将更加狂妄无礼，不知伊于胡底！

重耳：秦晋之好，天下人皆知。秦王虽有舛错，只是囿于一时之利害权衡，到底不曾背弃大周天子，不曾退出践土之盟。我等出于一时之忿，与秦反目、自毁盟好，是为不智。

先轸：他们不怕毁坏秦晋之好，我们反倒缚手缚脚；放任秦军耀武扬威，我军岂不是在天下人面前向其示弱、避战怯阵乎？

重耳：我军本来是要惩戒郑国，如今转而与秦军对垒，是为不武。不仁、不智、不武，寡人不取！

狐毛：那我们该怎么办？此事总得有个了结啊！

狐偃：秦军帮助郑国戍守，我军就自行退兵不成？

重耳：寡人看是这样。烛之武晓以利害，竟然就能说动秦王退兵；秦王其人，心志不坚、可见一斑。寡人身边几位，我看才具都不在烛之武之下。或者，狐毛可当此任。追上秦王，晓之以大义、说之以利害，劝其兵马退回秦国。不听劝导，就说寡人不惜一战！

狐毛：末将领命！

重耳：讨伐郑国，旨在惩戒其背盟，并不是非要灭国。狐偃可派人去晓谕郑侯，提出几条要求。第一条，迅速与楚国断交；保证再不与其私相往来。第二条，向大周天子与寡人，公开认错。第三条，郑侯七子，被他无端诛杀者有四人，残忍暴虐、要痛加谴责！所余嫡子三人中，子兰素有贤名，必须尽快册立为太子。统统答应，还才罢了；不然，寡人必灭郑国、绝不食言！

狐偃：末将得令！

重耳：另外嘛，背盟向楚、策反秦军，多半又是那个叔瞻的主意。令叔瞻自缚前来大营，听候寡人处置！

重耳斩钉截铁，依然威势赫赫。

21. 室外 大营 校场 日

晋军大营。

两厢排列的军帐中间，空出校场。

当央是一座将台，重耳端坐其上。

众将在台上环侍而立。

台下禁卫军列队森严。

叔瞻自缚，被押解了，从营门走来，跪地叩首。

叔瞻：微臣叩见大王！

狐毛：叔瞻听着，我家大王，以侯伯身份提出的几条要求，郑侯都答应了吗？

叔瞻：启禀大王，我家君上已经一一答应。

狐偃：叔瞻，你知道为什么让你自缚前来大营？你可知罪？

叔瞻：微臣自认无罪！

先轸：既然自认无罪，因何自缚前来？

叔瞻：微臣知道大王痛恨于我，微臣如果能以一死，消除大王愤怒、解救郑国，微臣甘愿就死。

狐偃：当初大王流亡之中，途经郑国，你们君臣不予接待也罢了，为何非要派兵追杀、赶尽杀绝？你还敢说自认无罪！

叔瞻：微臣身为郑国公族，忝列朝臣，自然处处要为郑国存亡着想。君上如果采纳了微臣的忠言，郑国也不会有今日之祸！请大王快快下令诛杀微臣，让天下人知道，郑国有忠臣、忠臣不怕死！

先轸：大胆！你自知难逃一死，竟然敢在大王面前耍横！——来人，将鼎镬煮沸了，烹熟这个家伙瞧瞧，看看他的骨头到底有多硬！

叔瞻：你们不能啊！刑不上大夫呀！我死了也不服哪！

重耳摆摆手。

重耳：给他松绑！

然后起身来到台边，直视叔瞻。

重耳：叔瞻，你错了；口口声声自称是忠臣，你大错特错了！恻隐之心，仁之端也；仁者，杀一不辜而得天下不为。寡人流亡之中，途经郑国，不过是依礼拜访，并无所求；缘何非要诛杀而后快？就此观之，你的心术之不仁，还在楚国子玉之辈以下。

叔瞻：这、这是欲加之罪、何患无辞，你、你这是蓄意报复！

重耳：当城濮之战晋军大胜，如果寡人要报复郑侯，便不会答应与郑国结盟。大军掩杀而至，谁能阻挡？是郑侯主动表示诚心改过，信誓旦旦签署了践土之盟。寡人当时何尝对郑侯有过一句指责？只要真心遵守盟约，谨守公义，过往种种，尽可既往不咎！

狐偃：是你们郑国无端背盟，偷偷向楚国示好，践踏神圣盟约，我家大王这才兴师问罪。你扪心自问，到底是你们君臣有错当罚、还是我家大王挟私报复？

叔瞻软了口气。

叔瞻：郑国弱小，靠近强楚，不得不设法自保；暗中与楚国结盟示好，也不过是无奈之举。

狐毛：宋国遭到楚国侵凌，是晋国出于公义，不惜劳师远征、出兵相救；郑国既然加入践土之盟，尊我家大王为盟长，郑国一旦有难，你怎么断定我们晋国不会发兵救助？以小人之心度君子之腹，你们君臣上下，言而无信、践踏公义，谄媚强楚、为虎作伥，还自以为高明得计！作为大周的同姓之国，大周天子的颜面，都被你们丢尽了！

叔瞻：我家君上的决策，或有偏颇，作为臣下，唯有俯首听命；微臣尽管愚钝，一片忠心，无愧天地！

重耳：所谓忠臣，忠于天下公义、服膺仁义，方为第一要义。君命顺天应人，而有顺命；君命逆天背信，而有逆命。不惜一死，直言谏诤，是为忠臣。郑侯罔顾天下大义，谄媚强楚，苟且龌龊，叔瞻你并无一言谏诤。而乃不分是非好歹，唯命是听，充其量只是一味愚忠，甚或为之推波助澜，便是助纣为虐、堪可称作佞臣！你要劝阻了郑侯的倒行逆施，何至于有今日之羞！

叔瞻终于低下头颅，无言以对。

狐毛：大王，我们回军途中，将要召集天下诸侯朝觐天子；如此盛会，允许郑侯参加否？

重耳：叔瞻大夫，寡人这便放你回去。今日不杀你，不能帮你成就"大忠大勇"之名了！

叔瞻出于望外，愣怔一刻。

叔瞻：微臣惭愧，谢大王不杀之恩，谢大王教诲！

重耳：回去多多劝导郑侯，服膺大周天子，尊奉天下大义，再不要反复无常。朝觐天子的盛会，寡人恭候贵君如期参加！你下去吧！

叔瞻看看重耳，看看诸位大将，虔诚伏地叩头。

叔瞻：郑国不义，有愧侯伯；大王不灭郑国，微臣代我家君上多谢大王宽仁！

恭谨执礼，低头退下。

先轸自语。

先轸：大王仁厚，胸襟直可包容天下！

重耳仿佛也是自语。

重耳：仁者无敌。天下滔滔，几人能悟到啊！

22. 室外 河阳盟所 台陛 日

河阳盟所。

宫殿巍峨，台陛高耸。

台陛上，是周襄王与王子虎。

台陛下，是重耳为首的各国诸侯国君。

周襄王环视台下，面带微笑，回身走向宫殿。

台下，众人执礼恭谨。

王子虎到台陛前边宣告。

王子虎：大周天子狩猎河阳，诸侯之长重耳，惟忠惟谨，不以兵车，再合天下诸侯，汇聚河阳，前来朝觐天子陛下！齐国、秦国、鲁国、宋国、卫国、曹国、郑国、陈国、蔡国等诸侯国君，谨奉天子之命，愿尊晋侯为侯伯，将再次签订盟约。中原各国，一致表示，要尊奉大周天子，服膺天下公义；和衷共济、维护和平！

旗帜猎猎，禁卫肃然。

王子虎：有请侯伯登陛！

重耳缓缓登上台陛。

向王子虎执礼，然后向台下执礼。

礼毕，重耳挺身。

背衬蓝天，身影高过他身后的大殿。

23. 尾声 画面 声音

春秋时期的地图。

旗帜、战车、军队，往来交错，叠印在地图上。

曾经在本剧中出现的各国诸侯，次序现身。

重耳，与他的忠实追随者，赵衰、狐突、狐毛、狐偃、介子推、先轸等，最终久久占据了画面。

[字幕：晋文公重耳，因国乱流亡在外十九年，艰辛备尝，终于复国。复国之后，秉持仁义，为政以德。对内广施仁政，拔擢贤能；国民各执其业，官吏各司其职；政平民阜，晋国由此大治。对外主持公义，锄强扶弱，联秦合齐、保宋制郑，尊王攘楚，维护和平。作三军六卿，勤王事于洛邑，败楚师于城濮，盟诸侯于践土。开创了晋国长达百年的霸业，为维护当时的中原和平、造福人民，做出了历史性的贡献。文治武功，昭明后世、显达千秋！

更宝贵的是，短短几年执政，参与建造了华夏国族传之万世的文明成果：仁者无敌。]